国家社科基金重点项目（14AZW002）结项成果
浙江省哲学社会科学重点研究基地文艺批评研究院研究成果

中国新世纪文学的日常生活诗学

洪治纲 著

时代出版传媒股份有限公司
安徽教育出版社

图书在版编目（CIP）数据

中国新世纪文学的日常生活诗学／洪治纲著．—合肥：安徽教育出版社，2020.12
ISBN 978-7-5336-9277-3

Ⅰ.①中… Ⅱ.①洪… Ⅲ.①诗学－研究－中国－当代 Ⅳ.①I207.2

中国版本图书馆CIP数据核字（2021）第002865号

中国新世纪文学的日常生活诗学
ZHONGGUO XINSHIJI WENXUE DE RICHANG SHENGHUO SHIXUE

出 版 人：费世平
策划编辑：何　客
责任编辑：金　雯　王玉凝　黄晓宇
封扉设计：未　氓
美术编辑：张鑫坤
责任印制：陈善军

出版发行：安徽教育出版社
地　　址：合肥市经开区繁华大道西路398号　邮编：230601
网　　址：http://www.ahep.com.cn
营销电话：(0551)63683012，63683013
排　　版：安徽时代华印出版服务有限责任公司
印　　刷：安徽新华印刷股份有限公司

开　　本：710毫米×1010毫米　1/16
印　　张：31
字　　数：435千字
版　　次：2020年12月第1版　2022年10月第2次印刷
定　　价：78.00元

（如发现印装质量问题，影响阅读，请与本社营销部联系调换）

目 录

1	绪 论	何谓"日常生活诗学"
2	第一节	"日常生活"释义
14	第二节	"诗学"概念的内涵
20	第三节	"日常生活诗学"的界定
36	**第一章**	**日常生活诗学的传统流变**
36	第一节	"言志"文学的精神流变
44	第二节	启蒙语境中的日常生活书写
55	第三节	集体意志中的日常生活表达
63	第四节	重塑日常生活的生命本色
71	**第二章**	**新世纪作家的日常生活观**
72	第一节	辩证而多元的价值观
84	第二节	平等而质朴的生命观

95	第三节	丰富而自足的消费观
103	第四节	鲜活而琐碎的现实观
113	第五节	自由而精细的文本观

124 第三章　宏大理想的微观化呈现

126	第一节	个体生存中的历史叩问
135	第二节	日常冲突中的现实质询
147	第三节	世俗生存中的形上反思
161	第四节	地域风情中的文化拼图

173 第四章　个体生存的自由体验

174	第一节	边缘而独立的个体生存
184	第二节	敏感而丰饶的内心景观
198	第三节	日常交往中的自我呈现
208	第四节	社会之外，人性之中

223 第五章　物质时代的世俗情怀

224	第一节	功利境遇中的生命欲求
234	第二节	消费文化中的感官镜像
243	第三节	世俗欲望的合法性突围
253	第四节	符号、仿真与身体修辞

272	第六章	日常生活中的伦理文化
274	第一节	性别之间的情感困境
286	第二节	亲情之间的代际纠葛
302	第三节	职场之中的伦理博弈
317	第四节	异域他乡的文化碰撞
326	第七章	微观与开放的审美策略
327	第一节	轻逸化的审美趣味
338	第二节	反自律的书写策略
348	第三节	彰显生活内在的意味
360	第八章	丰实而斑驳的文本追求
360	第一节	多元混杂的文本形态
371	第二节	碎片化的隐喻性结构
381	第三节	感性丰盈的话语表达
393	第九章	回到个体，回到生活
393	第一节	身体与心灵的内在统一
402	第二节	物质与生命的相互支撑
414	第三节	人本主义的现代吁求

425	第十章	新世纪文学日常生活诗学的局限
426	第一节	世俗主义的过度张扬
434	第二节	感官主义的喧嚣与泛滥
442	第三节	惯性经验驱动下的同质化倾向
454	第四节	愉悦的此岸，寂寥的彼岸
465	余　论	从日常生活诗学到诗意化的日常生活
481	参考文献	
486	后　记	

绪 论
何谓"日常生活诗学"

随着"70后""80后"等青年作家群体不断涌入文坛,新世纪以来的中国文学发展,已经越来越突出个体日常生活的审美表达。很多中国作家(特别是青年作家)都自觉地立足于普通个体的生存经验和存在境遇,注重物质性、身体性和体验性的审美经验,突出平凡琐碎的日常生活对于个体生存的重要意义,并致力于建构一种日常生活诗学的内在价值。

这种诗学追求,表面上似乎带有某种世俗化的意味,但在本质上,却体现了中国当代作家对人类"完整生活"的审美建构,对变动不居而又繁复驳杂的现代生活的密切关注,以及对人的生命本体的全面理解和尊重,折射了朴素的人本主义思想。因为人类的"完整生活"应该既包括组织化、制度化、专业化的"非日常生活",也包括个人化、碎片化甚至是非理性的"日常生活"。日常生活诗学追求,在呈现日常生活中极为丰盈的生命质感和人生意绪的同时,还确立了身与心、人与物之间的统一,凸现了"对日常生活的诗学肯定"就是"对人性与生命的自觉肯定"这一哲学思想。更为重要的是,随着人类日常生活的急速扩容和不断丰富,尤其是一代代青年作家逐渐成为当代文学创作主力,有关日常生活的审美表达，展现的已经不再是单纯的文学思潮，而是中国当代文学发展的基本趋势。

正是基于这一缘由，本书将立足于日常生活诗学的内在价值，试图系统性地梳理中国新世纪文学中日常生活书写的审美肌理，探讨这一诗学追求的文化成因、内在特质，以及它与作家主体精神建构之间的深层关系，辨析其中所蕴含的一些独特的审美价值与艺术局限，为中国当代文学研究提供某种前瞻性的思考。

第一节 "日常生活"释义

日常生活是一种看似简单、人人都烂熟于心的生活模态。在一般人的心目中，它无非就是我们每人每天都在进行的程式化的生活，平淡无奇，千篇一律，充满了琐碎化、庸常化和重复性的特征。所以，列斐伏尔说，在启蒙运动以来的西方思想史上，日常生活通常被视为烦琐无奇、微不足道、无关紧要的生存模式，具有重复性、情绪性和自然生成性等特征，与哲学等研究目标完全不相融。"哲学家把日常生活挤出了知识和智慧的殿堂。日常生活是本质的和平凡的，不值得去思考。思维首先把自己与日常生活分割开来，日常生活是非哲学家的世界和栖息地。"[1] 英国学者戴维·英格利斯也不无感慨地说道："没有什么比我们日复一日的生活更清楚明了的了。所有人都把每一天过得如此程序化和平庸世俗，以至于这样的生活似乎根本不值一提——起床、刷牙、洗澡、泡杯茶或咖啡、遛狗、送孩子上学、跟邻居打招呼、乘车上班、看日间电视、在工作时间去复印文件、赶着吃午餐、回家、看晚间电视、睡前喝杯饮料、上床睡觉。所有这些，再加上其他不计其数的平凡琐碎

---

[1] [法]亨利·列斐伏尔：《日常生活批判》（第三卷），第545页，叶齐茂、倪晓晖译，社会科学文献出版社，2018年。

的事情，构成了我们日常生活的内容。"[1] 或许正因为日常生活的日复一日，平庸无奇，琐碎不堪，在很长一段时间内，人们都对这一领域熟视无睹，了无兴趣。

但是，人毕竟是一种文化的存在，也是一种历史的存在。从衣食住行、吃喝拉撒，到婚丧嫁娶、生老病死，人在日常生活中面对的每一件事，其实都蕴藏着无限丰富和异常复杂的历史文化信息；日常生活本身，也是确认我们自身存在价值的重要载体。由是，从韦伯、西美尔、胡塞尔，到卢卡契、赫勒、列斐伏尔，包括戈夫曼、戴维·英格利斯、舒斯特曼、费瑟斯通等著名学者，都开始从不同维度来关注日常生活，并提供了大量极具开拓性的研究成果，使我们认识到日常生活内部蕴含了极为繁富的文化信息，大到社会变革、种族变迁、文化演变，小到美学趣味、群体思维、自我表演，都隐藏在日常生活的各种碎片之中。列斐伏尔就曾毫不含糊地强调："宗教、抽象、'思维'生活，遥远的和'神秘的'政治生活，剥夺了规模巨大的日常生活。日常生活的淳朴，日常生活与生俱来的壮丽，原先那些让日常生活获得最初辉煌的细枝末节，都从日常生活中剥落了下来，让日常生活变得面目全非，判若两物。进步是真实的，在一些方面，进步是巨大的，但是，进步从来都是有代价的。然而，日常生活，这种纯粹的生活，依然在那儿，不过，它非常接近不名一文和令人羞辱，日常生活既根深蒂固，也使人感动；日常生活既具有创造性，也受到威胁；日常生活建设着未来，也被预测到的未来所包含的不确定性所困扰。"[2] 在列斐伏尔看来，人类的日常生活虽然遭受到各种非日常生活的巨大破坏，并让它变得"令人羞辱"，但它依然拥有特殊的创造性，并肩负着建设人类未来的重要职责。

的确，当人们将日常生活作为观察和研究的重要目标时，开始越来

---

[1] [英] 戴维·英格利斯：《文化与日常生活》，第1—2页，张秋月、周雷亚译，武桂杰、苑洁译校，中央编译出版社，2010年。
[2] [法] 亨利·列斐伏尔：《日常生活批判》（第一卷），第193页，叶齐茂、倪晓晖译，社会科学文献出版社，2018年。

越清晰地意识到，这个看似平淡无奇的概念，却是一个异常诡异而又复杂的存在，几乎很难对它进行科学而全面的界定。"日常把它自身提呈为一个难题，一个矛盾，一个悖论：它既是普普通通的，又是超凡脱俗的；既是自我显明的，又是云山雾罩的；既是众所周知的，又是无人知晓的；既是昭然若揭的，又是迷雾重重的。"[1]按照本·海默尔的说法，日常生活一方面"指的是那些人们司空见惯、反反复复出现的行为，那些游客熙攘、摩肩接踵的旅途，那些人口稠密的空间，它们实际上构成了一天又一天（但是并不对它们作出判断）。这是和我们最为切近的那道风景，我们随时可以触摸、遭遇到的世界"[2]。然而，另一方面它并非稳固不变，而是在现代性的进程中，以不易觉察的动态方式，呈现出巨大的包容性和消融性，"使不熟悉的事物变得熟悉了；逐渐对习俗的溃决习以为常；努力抗争以把新事物整合进来；调整以适应不同的生活的方式。日常就是这个过程或成功或挫败的足迹。它目睹了最具有革命精神的创新如何堕入鄙俗不堪的境地。生活中所有领域中的激进变革都变成了'第二自然'。新事物变成了传统，而过去的残剩物在变得陈旧、过时之后又足资新兴的时尚之用"[3]。正是这种复杂多变的包容与消融，才使得我们的日常生活变得异常驳杂，同时又摇曳多姿。所以，伊格尔顿由衷地说道："日常生活就像瓦格纳的歌剧，错综复杂、深不可测、晦涩难懂。"[4]

日常生活之所以显得异常复杂与晦涩，关键在于它是一个巨大的矛盾体。这个十分臃肿的矛盾体，不是某几类冲突的简单组合，可以通过二元对立的方式加以归类，而是集纳了无数相互对立、彼此杂糅的文化

---

[1] [英]本·海默尔：《日常生活与文化理论导论》，第30页，王志宏译，商务印书馆，2008年。

[2] [英]本·海默尔：《日常生活与文化理论导论》，第4—5页，王志宏译，商务印书馆，2008年。

[3] [英]本·海默尔：《日常生活与文化理论导论》，第5页，王志宏译，商务印书馆，2008年。

[4] [英]特里·伊格尔顿：《理论之后》，第6页，商正译，商务印书馆，2009年。

或经验元素，在前呼后拥、此消彼长中，呈现出漫无头绪的景象。它既有相对稳定的模态，又有变动不居的成分；它既包含了形而下的欲望特征，又承载了形而上的伦理之思；它既有感性的无序和缭乱，又有理性的程式化和规范性；它既是惯性化的无聊和乏味，又时常进出节日的仪式和欢乐；它在某个族群内部保持着强大的共识性，却又与其他群族存在着巨大的差异性；它既能同化不同的个体，又被时代不断地改造……如果我们承认，日常生活占据了我们每个人的核心位置，那么我们就必须意识到，它其实也承载了我们每个人绝大部分的生存问题，从油盐酱醋茶，到喜怒哀乐愁。

这就是人类的日常生活。一方面，传统、习惯、风俗、常识、自发的和直接的经验占据着它的核心地位；另一方面，它又为人们提供了稳定、熟悉而又充满安全感和自足感的家园形态。"它在时间维度上具有变动不居的不确定性，在空间维度上存在多元形态的差异性。同质性和异质性是日常生活不可分割的组成部分。"[1]因此，我们只要抛弃惯性化的庸常观念，无论从哪个角度去理性地探究，都会发现它的内部集合了极为复杂的社会、历史、文化、族群、生产、消费等等信息，几乎辐射到人文社科的各个研究领域之中。而要理性科学地理解日常生活，我们只能剥离那些具体的、不确定的日常生活事象，立足于抽象的、宏观的层面，对其基本特征进行甄别与概括。

首先，日常生活以动态化的方式，承载了人类社会演进与历史变迁的丰富信息。

尽管不同民族、不同地域的人们有着不同的日常生活方式，但日常生活在表面上总是一种日复一日的程式化生活，平淡无奇，波澜不惊。不同之处，或许只是在于自然环境的四季更替或风霜雨雪等气候骤变时，人们会在生活方式上进行一些必要的应对和调整。但在这种重复性的背后，日常生活不仅聚合了不同个体独特而丰富的内在生活，还承载

---

[1] 吴宁：《日常生活批判——列斐伏尔哲学思想研究》，第172页，人民出版社，2007年。

了人类社会演进和历史变迁的丰富信息。任何一种社会的发展和历史的变迁，包括历史的巨变，都是从日常生活内部开始积蓄而成，只不过这种积蓄过程可能细微而漫长，让人不易觉察罢了。此所谓聚沙成塔、滴水穿石。因此，我们在理解日常生活时，首先要认识到它对社会和历史的变迁所形成的"蓄势"能力。这一点，在西方的微观史学研究中，就获得了细致而丰富的呈现。即使是黄仁宇这样一贯秉持"大历史观"的学者，在《万历十五年》中，也是立足于一些微观历史事件，从海瑞、戚继光、李贽等人的命运，推衍出大明王朝由兴盛走向衰败的转折时期。实际上，我们只要细细审视茅盾的《子夜》，尤其是其中涉及的乡村生活图景，上海民族工业内部的矛盾，以及金融、买办和民族资本家之间的日常生活纠葛，也大体上可以认识到 20 世纪 30 年代中国社会发展的主要矛盾和变革趋势。同样，巴金的《家》中，尽管呈现的是高氏家族里不同代际之间的日常生活冲突，包括价值观念、生活方式和情感取向等方面，但这种代际冲突的内部，其实已隐含了传统封建家族伦理溃败的必然性，展示了从家庭变化到社会变革的内在动力。我们当然可以说，这是作家对社会认知的一种艺术再创造，但也可以认为，这恰恰说明作家对日常生活所具有的强大"蓄势"能力的认同。

日常生活之所以对社会演进和历史变迁具有重要的承载能力，主要在于日常生活之中永远交织着各种被组织化、整体化的非日常生活。这些非日常生活通过理性的强制规约，使人的自在生活不断出现"异化"倾向。从黑格尔的"异化理论"出发，列斐伏尔就曾一针见血地指出，在日常生活中，虚浮的意识形态直接把经济现实、政治上层建筑以及革命的种种可能性掩盖起来，并用大众传播工具去扫除大众的独立思考和判断力，随着电视、报纸和广播的扩散，具有大众性和性刺激的图像包围着人们的日常生活，不断去安抚和左右电视机面前的消费者。这种状况是人类在实现自身的解放、自由过程中，为摆脱"群体"对个人束缚，使个体成为具有独立性的人而付出的代价，这种危机实际上是个体主体性的危机。在这种历史情境中，个体的对抗性无所不在，所以，列斐伏尔认为，被异化的日常生活既包括被压迫因素也包括解放的因素，日常生活也因此蕴涵着各种否定性甚至是革命性的因素。日常生活是各种社会活动与社会制度结构的最深层次的连接处，是一切文化现象的共同基础，也是导致总体性革命的策源地。[1]

与此同时，日常生活本身就像肥沃的腐殖质，"是滋生一切创造性、差异性和哲学意义的土壤，是人类一切更高级的活动的重要基础"，[2]绝非表象上的琐屑不堪或平庸无奇。"日常生活固然有其顽固的习惯性、重复性、保守性这些普通平常的特征，但同时也有超常的惊人的活力与瞬间式的无限的创造能量。……日常生活本身并不是一泓死水，而是潜在地具有改变自身的可能性。"[3]任何一种生活，如果缺乏必要的内在活力，便不可能获得长久的延续。日常生活的巨大活力在于，它通过生产与消费的循环，不断刺激人们追求更好生活的意愿；同时它又以各种不动声色的张力结构，在潜移默化中推动社会变革的发生。在列斐伏尔看来，"日常生活从根本上是与所有活动相关的，包含所有活动以及它们的差异和它们的冲突；日常生活是所有活动交汇的地方，日常生活是所有活动在那里衔接起来，日常生活是所有活动的共同基础。正是在日常生活中，产生人类和每一个人的关系总和有了整体的形状和形式。在这个整体的形状和形式中，产生现实整体性的这些关系得到了表达，成为实现，当然，在一定的方式下，这种整体性总是部分的和不完整的：友谊、同志、爱、交流的需要、玩耍等等"。[4]作为人类一切活动的枢纽，日常生活将各种差异性甚至对抗性的因素融合在一起，在生产与消费的不断循环中，推动社会整体的发展乃至历史的变迁。

---

[1] [法]亨利·列斐伏尔：《日常生活批判》（第三卷），第566页，叶齐茂、倪晓晖译，社会科学文献出版社，2018年。
[2] 吴宁：《日常生活批判——列斐伏尔哲学思想研究》，第167页，人民出版社，2007年。
[3] 吴宁：《日常生活批判——列斐伏尔哲学思想研究》，第163页，人民出版社，2007年。
[4] [法]亨利·列斐伏尔：《日常生活批判》（第一卷），第90页，叶齐茂、倪晓晖译，社会科学文献出版社，2018年。

其次，日常生活以包容性的姿态，汇聚了人类不同文化的融合与变革。

日常生活是一种人类文化的聚合体。我们的日常消费、生产与交往，无一不体现了某种特定的文化积淀。当我们说"人是文化的存在"，在很大程度上就是指日常生活内部聚合了各种丰富复杂的文化信息，使每个人像鱼活在水中一样生活于其中。同时，这些文化，对每个个体的生存方式、思维方式和价值观念都进行了潜在的规约。"在人类社会，不仅是性，人类废弃物的排泄也受文化的管制。……若一个人对于某事的反应是习得的，那么他就是被一种文化规范所塑造而不是被'本性'塑造的。"[1] 的确，就每个个体的人来说，日常生活并不是随心所欲的生存空间，而是一个包含了塑造和反塑造的文化空间。不论是个人的生活观念、生存方式和交往原则，还是思维方式、行为准则和理想形态，都深受各种特定的日常文化的影响。脱离了文化的观照，日常生活就没有什么特别的意义。人们对日常生活意义的获得，也正是基于不同个体在其特定文化体系中的感受，包括他在群体中获得的认同或排斥，在不同的日常情境中得到的欢乐和悲伤，在本质上都是由其所秉持的文化（特别是伦理文化）所给定的。因此，我们要科学地理解日常生活，就必须洞察日常生活与文化的内在关系。它们是彼此交融、难以剥离的，以至于我们很多时候在谈论日常生活时就是在谈论某些文化。

当然，日常生活中的文化一方面是多元而繁复的，很多时候都转换成各种伦理性的准则或观念，使人们的生活不断受到规训；另一方面又是地域性和族群性的，带有各自不同的生活标识，体现出其自身的独特性。从多元性来看，日常生活中的文化不仅以各种形态涵盖了人们衣食住行等方方面面，还在不同地域和族群的交流中，使一些特定的文化融入各种异质性的文化元素，形成新的文化形态。这一点，无论是在中国乡村社会的现代化进程中，还是在西方一些移民性的国家中，都体现得

---

[1] [英]戴维·英格利斯：《文化与日常生活》，第31页，张秋月、周雷亚译，中央编译出版社，2010年。

非常明显。从地域性和族群性来看,日常生活中的文化又有相对稳定的基本范式,大到风俗礼仪,小到吃喝拉撒,皆有特定的范式。这种情形,无论是在中国的南北方,还是在东西方,都是不言自明的。因此,英格利斯说:"要理解日常生活,我们就要明白,日常活动的形塑不仅受个人社会地位的影响,而且受人们身处其中的文化情境的影响。在复杂的现代社会中,每个人生活于其中的文化情境都是多元的、并且是交叉重叠的。"[1]的确,从我们的生存方式来看,任何个体在日常生活中都必然要受到各种文化的"形塑",而且越是现代的人,其日常生活空间就会越大,日常行动的目标也越复杂,其承受各种文化"形塑"的力度也会越强。

日常生活拥有丰富的文化包容性,促使其程式化、琐碎化的生活内部,始终蕴含着无限丰富的生命信息,也使每个个体的生活变得生机勃勃,并为作家的创作提供了巨大的精神资源。譬如,张爱玲的《传奇》、王安忆的《长恨歌》、金宇澄的《繁花》、夏商的《东岸纪事》、张怡微的《细民盛宴》等,都是书写上海都市的市井生活,且都是立足于颇为琐屑的普通市民的日常生活,但他们却塑造了不同的历史人物,呈现了不同的精神内蕴和审美情趣,这正是因为日常生活的多元性文化及其在不同时代的变化形态,使作家们获得了不同的感知方式和表现维度。它也恰恰印证了列斐伏尔的判断:"一方面,日常生活是人类生活组织的经验形态;另一方面,日常生活是大量掩盖了这种人类生活的组织的表达、延续性和日常生活风险。所以,日常生活表现出'现实'的样子:不一致和固定、脆弱和凝聚、严肃和浮躁、深刻的剧目和表演者面具背后的虚空。"[2]在日常生活中,任何个体的存在,既是最具体的也是最抽象的,既具有动态的历史性,也具有相对的稳定性,既依赖于社会组

---

[1] [英]戴维·英格利斯:《文化与日常生活》,第7页,张秋月、周雷亚译,中央编译出版社,2010年。
[2] [法]亨利·列斐伏尔:《日常生活批判》(第二卷),第354页,叶齐茂、倪晓晖译,社会科学文献出版社,2018年。

织形态，也具有自由选择的独立空间。日常生活所展示出来的这种现实的多面性，无疑给作家的创作提供了灵活、丰富而又极具个人洞见的审美创造空间。

再次，日常生活以消融性的手段，迎纳了每个个体生活空间的差异性和变异性。

如果我们认识到日常生活所拥有的巨大的包容性，并以此了解其中所承载的极为丰富的文化信息，那么我们也同样可以看到，这种包容性并不是简单的照单全收，而且通过日常生活自身特有的吞吐能力，在消融性的运行机制中，完成了对不同个体的差异性和特殊性的接纳，并使其获得应有的生活方式。譬如，在日常生活的相关伦理中，背叛夫妻忠诚的偷情行为是不允许的，但是，在特定的日常生活情境中，偷情事件总是会不断出现，虽然有时也会因为某些传统的家规国法而遭到严惩，但并不是所有偷情都会如此。这一点，我们可以从《红楼梦》以及大量中国当代小说中都可以看到，尽管我们可以将它们视为一种纯粹虚构的生活，但也并不代表完全没有现实生活的经验。从这类事件中，我们可以认识到日常生活的消融性特征，尤其是对个体生存方式及行为之差异性的默许。

任何一个社会都是由不同的个体组成的，日常生活也是由个体的人的生活所构成的，离开了个体的人的具体生活和实践活动，既不存在社会的发展，也不存在我们所说的日常生活。因此，要关注日常生活，就必须关注不同个体的生活。在《日常生活中的自我呈现》一书中，欧文·戈夫曼曾详细论述到，日常生活世界就像一个剧班，每个个体都在其中扮演了特定的角色，并根据不同的日常生活情境，展示自我内心意欲实现的角色形象。"社会要求每个人都能对自己内心的感想有所抑制，只对情境表示那些他感到至少暂时能被其他人接受的看法。这种表面的、虚饰的一致，之所以能够维持，是因为每个参与者都把自己的欲望藏匿于他维护社会准则的表述之后，在场的每个人都感到不得不对这种冠冕堂皇的表述给予赞赏。"[1]如果我们将关注的焦点转向日常生活情境中的个体参与者,我们就会发现,其他在场的人之所以表现出赞许,一方面固然是某个人角色表演的成功,另一方面也说明了大家对这种表演的默许式认同。

这种默许式认同,在本质上体现了日常生活特有的消融性。它不是为了呈现终极意义上的真相,而是为了让每个个体都拥有自己相对自由的社会角色和表演舞台(即生活空间),哪怕这些角色和舞台只是短暂的、戏剧性的,也都有其合理性。事实上,日常生活的这种消融性机制,使每个个体都能够保持其独特性;他所选择的生活方式乃至生活观念,虽然受制于相关文化伦理的制约,但仍存在相对独立的个人化空间;同时,这种个人化空间会随着社会文明程度上的提高而不断扩容。这一点,在女性个体生存空间的变化上就可以看出来。早期的女性受制于男权控制,自主选择生活的空间并不大,但随着社会的发展,在世界大多数地区,越来越多的女性都已拥有独立自主的生活选择,包括对职业、情感和家庭生活的选择。

日常生活的消融性在为个体的生存和自我表现提供各种自由空间的同时,也使整个社会的日常消费活动变得日趋丰富。因为个体生活方式的自由选择,有效激活了不同个体的内心欲求,让物质性生活变成一种社会再生产的重要动力。这也是为什么消费社会往往会引发欲望泛滥的原因之一。在社会再生产与个体欲念之间,总是存在着这样或那样的循环和互动,有时是创新产品刺激了人们的欲念,有时又是人们的欲念催生了新的商品出现。消费活动作为一种日常生活的基本方式,就是通过种种消融性的手段,实现了两者之间互动的默契。通过日常消费,不同的个体获得了自我欲求的短暂满足;而这种满足,又进一步刺激不同的个体去进行更大自我生存空间的获取,并由此形成了日常生活的繁复驳杂,或者叫生机勃勃。

---

[1] [美]欧文·戈夫曼:《日常生活中的自我呈现》,第7页,冯钢译,北京大学出版社,2008年。

最后，日常生活以再生产的手段，维系了人类社会整体在日常消费、交往以及观念活动中的多元发展。

人类社会的发展，首先是基于人类日常生活的正常运转。自然灾害、战争、内乱、经济危机等等，这些破坏或阻碍日常生活的现象一旦出现，就意味着社会发展的停滞或倒退，这是众所周知的事实。那么，如何理解和判断日常生活的正常运转呢？那就是个人的日常生存获得必要的保障，因为人类的日常生活都是由不同个体的人的生活所构成的，只有每个个体的人都能够根据自身的角色进入自我的再生产，日常生活的正常运转才成为可能。在《日常生活》一书中，赫勒就认为："没有个体的再生产，任何社会都无法存在，而没有自我再生产，任何个体都无法存在。"她还进一步指出："如果个体要再生产出社会，他们就必须再生产出作为个体的自身。我们可以把'日常生活'界定为那些同时使社会再生产成为可能的个体再生产要素的集合。"[1] 这也就是说，个人以及个人的活动，作为个体再生产的主体，在日常生活中具有重要地位；不同的个体通过各自的自我再生产，在总体上形成了社会的存在与发展。但问题在于，每个个体由于其所处的生存环境和所接受的文化影响不同，他的日常生活也必然是千差万别的，所以赫勒指出，关注日常生活中的个体差异性或日常生活的"异质性"，是我们研究日常生活的重要前提。为此，她强调："个人的再生产总是具体个人的再生产：即在特定社会中占据特定地位的具体人的再生产。"没错，在具体的社会发展中，不同个体的再生产是构筑日常生活的主体，日常生活的主要形态体现为不同个体的生存和自我再生产。

但自我再生产不是目的，而是过程。在日常生活中，个体生存与再生产的最终目标，是为了保障自我生存与发展的需要。按照衣俊卿的观点，在纷繁复杂的日常生活中，每个个体的日常生活大致可以分为三种类型。一是日常消费活动。"衣食住行、饮食男女等以个体的肉体生命

---

[1] ［匈］阿格妮丝·赫勒：《日常生活》，第3页，衣俊卿译，黑龙江大学出版社，2010年。

延续为宗旨的日常生活资料的获取与消费活动是日常生活世界的最基本的层面，古今中外，古往今来，概莫例外。在这种意义上，可以把日常生活世界称之为消费世界。"[1] 二是日常交往活动。"杂谈闲聊、礼尚往来等以日常语言为媒介，以血缘关系和天然情感为基础的日常交往活动，同样是日常生活世界的最基本层面之一。"[2] 三是日常观念活动。"伴随着日常消费活动、日常交往活动和其他各种日常生活的日常观念活动，是一种非创造性的、以重复性为本质特征的自在的思维活动。在这种意义上，日常观念活动领域就是胡塞尔晚年所推崇的前科学、前逻辑，原给定的世界。"[3] 在衣俊卿看来，"环绕着个体生存和再生产的日常消费活动、日常交往活动和日常观念活动，构成了日常生活世界的基本框架"。[4] 应该说，这种层次性的归类，基本上呈现了人类日常生活正常运转的活动方式，也展示了社会整体在日常消费、交往以及观念活动中多元发展的基本形态。

日常生活既凭借自身的包容性，容纳了多样文化的聚合，又通过特有的消融性，维护了不同个体的生存空间，同时还以再生产的方式，维系着整个社会的多元发展，并最终推动人类社会的变革，这既是我们关注的主要特质，又是我们探讨的核心内涵。从定义上看，"日常生活是以个人的家庭、天然共同体等直接环境为基本寓所，旨在维持个体生存和再生产的日常消费活动、日常交往活动和日常观念活动的总称，它是一个以重复性思维和重复性实践为基本存在方式，凭借传统、习惯、经验以及血缘和天然情感等文化因素而加以维系的自在的类本质对象化领域"。[5] 如果说这种自在的类本质对象化领域是非日常生活的发源地，那么我们就有理由强调，没有日常生活便没有那些高度理性化的非日常

---

[1] 衣俊卿：《回归生活世界的文化哲学》，第193页，黑龙江人民出版社，2000年。
[2] 衣俊卿：《回归生活世界的文化哲学》，第193—194页，黑龙江人民出版社，2000年。
[3] 衣俊卿：《回归生活世界的文化哲学》，第194页，黑龙江人民出版社，2000年。
[4] 衣俊卿：《回归生活世界的文化哲学》，第194页，黑龙江人民出版社，2000年。
[5] 衣俊卿：《回归生活世界的文化哲学》，第210页，黑龙江人民出版社，2000年。

生活，也不可能拥有更高级的社会组织和上层建筑，更不可能出现各种规范性的精神文化形态。卢卡契就曾指出："如果把日常生活比作一条长河，那么由这条长河中分流出了科学和艺术这两种对现实更高的感受形式和再现形式。"而且，这两种更高形式的文化之最终目标，还是"为了更丰富、更深入地解决日常生活的具体问题"。[1]因此，在卢卡契看来，"人在日常生活中的态度是第一性的……人们的日常态度既是每个人活动的起点，也是每个人活动的终点"。[2]就每个个体的人来说，无论他的生命多么漫长，也无论他的身份或地位多么特殊，日常生活都将占据他全部生活的核心地位，而他面对日常生活的态度，也将体现他的生命情趣、文化伦理及其内在的精神品质。

第二节 "诗学"概念的内涵

在文学研究领域，"诗学"既是一个内涵和外延都十分复杂的概念，又是一个异常活跃且运用频繁的概念。特别是20世纪以来，它常常以一种开放性的姿态，延伸到很多人文领域，涌现出诸如"文化诗学""身体诗学""比较诗学""人类学诗学""性别诗学""历史诗学"等新的文化理论。尽管这些理论未必都能获得学界的广泛认同，但作为一种积极的、前瞻性的学术探索，也有效拓展了诗学本身的研究视域，丰富了诗学的文化内涵。

无论中外，"诗学"这一概念都源远流长，但其内涵却并不相同。在传统的中国文论中，"诗学"所指"大凡有二：一是'《诗》学'，即'《诗经》之学'，……二是诗格之类诗学入门著作"。[3]在中国早期的典籍中，"诗学"即指"《诗经》之学"，因为《诗经》本身就是经学要

---

[1] [匈]乔治·卢卡契：《审美特性》，第43页，徐恒醇译，中国社会科学出版社，1986年。
[2] [匈]乔治·卢卡契：《审美特性》，第43页，徐恒醇译，中国社会科学出版社，1986年。
[3] 蔡镇楚：《诗话研究之回顾与展望》，《文学评论》，1999年第5期。

著之一，而经学又是中国古代学术的核心，所以"诗学"可视为经学研究的一个组成部分。陈定家就认为，"在经学盛行的汉代，诗学的地位相当显赫，唐宋以后，'诗经之学'的意义依然是诗学的正解，如《诗学》《毛郑诗学》一类著作都是以阐释诗经为主要内容的文本"。[1] 但是，魏晋之后，中国的诗歌创作日趋活跃，尤其是到了唐代，诗歌创作进入鼎盛时期，有关诗歌创作的各类研究性著作也大量兴起，"诗学"概念开始逐渐滑出经学范畴，拓展成有关诗歌创作和鉴赏的理论之学。

在《中国诗学大辞典》中，"诗学"的定义是："关于诗歌的学问，或者说，以诗歌为对象的学科领域，叫做诗学。"[2] 该辞典从广义和狭义层面上，对中国传统"诗学"的概念进行了历时性的梳理：当"诗"作为《诗经》的专有名称时，"诗学"即指《诗经》之学。这是诗学最狭义的一种含义。后来，"诗学"逐渐延伸到有关诗歌的学问之中，涉及诗歌的基本理论和诗学基本范畴；诗歌的形式和创作技巧问题；中国历代诗歌源流或诗歌史的研究；历代诗歌总集、选集、别集或某一具体作品的研究；历代诗人以及由众多诗人所组成的创作群体的研究；历代诗歌理论的整理与研究等等，由此形成了一种广义上的"诗学"概念。[3]

由此可知，在中国传统的文学研究中，广义的"诗学"概念，主要是指关于诗歌创作、文体、观念、流派、品鉴等理论的探究，包括"诗论、诗说、诗话、诗律、诗史，乃至诗纪、诗笺、诗选之类，也都属于诗学的范畴，若把这些内容加以概括，便是诗学，而且只能名之为诗学"。[4] 可以说，它是一个相对独立且较为完备的学术体系。陈良运在《中国诗学体系论》中就认为，中国传统诗学理论体系的发展，从历时性上看，大致经历了四个时期："一、诗歌观念发生与诗学建设初创时

---

[1] 陈定家：《主持人语》，《南阳师范学院学报》（社会科学版），2003年第7期。
[2] 傅璇琮等主编：《中国诗学大辞典》，第2页，浙江教育出版社，1999年。
[3] 傅璇琮等主编：《中国诗学大辞典》，第3页，浙江教育出版社，1999年。
[4] 姜书阁：《诗学广论》，第3页，中国社会科学出版社，1982年。

期（指先秦至两汉）；二、诗歌观念转型与诗学体系形成期（指魏、晋、南北朝）；三、诗学观念体系建构完成与诗歌文学成熟期（指隋、唐至两宋）；四、诗歌文体理论与流派理论发展、繁盛期（元、明、清）。"[1] 从共时性上看，中国传统诗学则形成了一种内在的系统结构："中国自有诗以来，诗歌理论对诗歌创作实践的抽象表述是：发端于'志'，演进于'情'与'形'，完成于'境'，提高于'神'。"[2] 在此基础上，形成了"志""情""象""境""神"所构成的中国诗学体系。无论这一体系的建构是否严谨与完整，它都是针对诗歌艺术的，并不包括诗歌之外的其他文学范式。

或许是鉴于诗歌在中国传统文学中的核心地位，《中国诗学大辞典》也曾指出："由于在中国古典文学里，诗是最重要的一种文体，古人，不但总是将诗置于文学领域的首席地位，而且常有把诗等同于文学的倾向，所以他们对于诗的论述，特别是涉及其基本问题时，往往自觉不自觉地将整个文学甚至艺术都隐含在内。这样，古人的某些诗学理论，就因其较强的涵盖性和形而上学性，而在实际上带有了后来所谓的文学理论或艺术哲学的意味。"[3] 这也就是说，将中国古代的有关诗学理论，视为一般意义上的文学理论，应该有其内在的合理性，因为这既是我们在具体文学研究中经常发生的情况，也有其文学史意义上的依据。

在西方的文论体系中，自亚里士多德的《诗学》开始，"诗学"便主要指向文学理论乃至艺术理论，因为亚里士多德在《诗学》中所讨论的主要对象是戏剧，兼及诗歌和批评。在亚里士多德看来，诗歌、音乐、舞蹈、绘画、雕塑等，都是以"模仿"为原则，其模仿的对象是行动中的人，只不过不同艺术的模仿手段、模仿媒介、模仿方式不同而已。悲剧的目的在于模仿较好的人，喜剧的目的在于模仿较坏的人。各种模仿诗歌就是根据模仿的手段、目的、方法、效果而加以区别的。亚

---

[1] 陈良运：《中国诗学体系论》，第2页，中国社会科学出版社，1992年。
[2] 陈良运：《中国诗学体系论》，第25页，中国社会科学出版社，1992年。
[3] 傅璇琮等主编：《中国诗学大辞典》，第3页，浙江教育出版社，1999年。

里士多德把这些因素集合起来，给悲剧下了一个经典的定义，并以此作为原则，进行推论，得到了悲剧各部分（剧情、角色、思想、措辞、音乐和场面）的数目、性质、相对重要性和应有的结构。[1]正是如此，亚里士多德的"诗学"观念被后来的西方文艺理论家所广泛接纳，成为西方文艺理论体系中较为稳固的一种理论基石，并对整个西方的文艺理论和文学创作都产生了极为深远的影响。

当然，这并不是说西方的"诗学"就此一解。事实上，在西方特别是英语语境中，人们对"诗学"内涵的理解也并非完全统一。杨乃乔通过对《简明牛津英语辞典》《牛津百科全书辞典》《世界之书百科辞典》《兰登书屋英语辞典》等辞典中"poetics"释义的梳理，认为"诗学"在英语语境中至少有四层含义：诗及其诸种技巧的研究；文学批评领域中关于诗及其本质与诸种规律的专项研究；关于诗的形式或体系的研究；亚里士多德的文艺理论或美学研究。从杨乃乔的梳理来看，西方的"诗学"概念也指向两个方面，一是关于诗歌的研究，这是狭义的概念；一是关于文艺的理论探究，这是广义的概念。史蒂芬·海利威尔就直言不讳地说："把《诗学》作为一部理论的或哲学批评的著作来看的一个深刻原因是，《诗学》始终在关注文类的概念及其内在的本质，而不是在关注个体诗人及其作品。"[2]正是在这种纲领性的理论框架之下，西方学界在19世纪之后，逐渐将"诗学"视为广义上的文艺理论加以使用。20世纪初，随着俄国形式主义的出现，西方文艺理论研究者们开始将诗学与语言学结合起来，经历了布拉格学派、英美新批评、法国结构主义和后结构主义等发展，一直到叙事学、文体学，"诗学"内涵由此获得了进一步的拓展。

按照结构主义代表人物托多罗夫的说法，在20世纪的西方理论界，"诗学"主要有三层意思："首先是指文学的全部内在理论；其次，它适

---

[1]《简明不列颠百科全书》，第241页，中国大百科全书出版社，1986年。
[2] 转引自杨乃乔：《论中西学术语境下对"poetics"与"诗学"产生误读的诸种原因》，《天津社会科学》，2006年第4期。

用于一个作家在文学所有的可能性中（按主题学、构成、文体等顺序）所作的选择，如《雨果的诗学》；第三，它涉及一种文学流派所建立起来的标准规则，以及当时必须遵循的实用惯例的总体。"[1]在托多罗夫看来，"诗学"应该取其第一层意思，是一门文学理论的科学，它"并不以'正确'解释过去的作品为己任，而是以创立分析这些作品的工具为目标。它研究的对象不是已经存在原文学作品的总和，而是作为能产生无数作品的原理的文学理论"。也就是说，"诗学"所要回答的是"什么是文学"，"它应将这个称为'文学'的社会学现象置于一个内在的、理论的实体之中（亦可指明并不存在这种实体），还应说明文学理论与其他理论相比有何特征，以便说明要了解的对象"。[2] 正是由于俄国形式主义及其随后的技术主义批评的崛起，20世纪之后的西方文学研究领域中，"诗学"开始在广义的概念上被不断使用。

通过对中外"诗学"概念的简要梳理，我们可以看到，中国传统"诗学"在广义上与西方狭义的"诗学"内涵大体相同，都是指有关诗歌创作的内在规律和理论。不同之处在于，中国传统"诗学"曾专指"《诗经》之学"，乃经学研究之一种；而西方"诗学"则泛指一切有关文学的理论；到了以托多罗夫为代表的结构主义时代，"诗学"则指向不再关注某部具体作品的、抽象的"文学性"，即它"与整个文学有关，不论其是否是韵文体的"。[3] 值得注意的是，随着西方文化研究的兴起，特别是女性主义、新历史主义和后殖民主义等文化理论的发展，"诗学"也同样进入了文化批评的视野，成为有关文学内在规律和普遍性的探讨。但不论如何，在西方的文学语境中，"诗学"一直是指文学的某些规律性、普遍性或"文学性"之理论，这个核心内涵并没有发生本质性的改变。

与此同时，我们还必须注意到，西方的"诗学"概念进入中国之

---

[1]［法］茨维坦·托多罗夫：《诗学》，孟华译，《文艺研究》，1990年第6期。
[2]［法］茨维坦·托多罗夫：《诗学》，孟华译，《文艺研究》，1990年第6期。
[3]［法］茨维坦·托多罗夫：《诗学》，第6页，怀宇译，商务印书馆，2016年。

后，无论是内涵还是外延上，都没有与中国传统的"诗学"概念形成紧密的融合，而是沿着各自的理论体系在发展。所以，在很长一段时间内，中国传统文论研究者基本上还是袭用传统"诗学"的理论体系，主要从事诗歌领域的相关理论研究，像陈良运的《中国诗学体系论》就是这方面的代表性专著。而一些借助西方文学理论的研究者们，则沿用了"诗学"即文艺理论的观念，强调对文学内在规律的探究，用托多罗夫的话说，"诗学是对于既是'抽象的'又是'内部的'文学的探讨"。[1] 这种概念上的错位，也引起了很多学者的反思，包括余虹、赵新林、谢应光等学者，都发表过相关的辨析文章。但总体而言，这种格局并没有发生根本性的改变，越来越多的学者依然强调，"诗学所探讨的是文学话语这种特殊话语的各种特性"，它所关心的是"构成文学事实的那种抽象特性，即文学性"。[2] 这里，一方面是中国传统的"诗学"，基本上已被"诗歌研究"所取代，并与散文研究、小说研究和戏剧研究等，构成了相对明晰的自律性学术概念；另一方面，随着全球化步伐的加快，中外文学研究在理论资源上的融合也不断加强，越来越多的中国文学研究者们，都在倚重西方文学理论进行具体的文学研究与批评实践。无论是形式主义、新批评、结构主义等技术主义理论，还是新历史主义、后殖民主义、女性主义等文化批评，在当下的中国文学研究中，几乎成为普遍运用的基本理论。"诗学"概念的运用更不例外。大量学者都在广义上运用西方的"诗学"从事文学乃至文化研究。

从某种意义上说，这些"诗学"研究可能已超出了西方"poetics"的某些范畴，但我们认为，这并不影响"诗学"作为一种对文学规律、本质及其内在结构体系的探讨发生了颠覆。而且，从历史的眼光来看，任何一种人文领域的概念，都会随着不同时代和不同文化语境的变迁而产生变化，这既体现了这一概念本身的内在活力和包容性，也折射了它在文化研究之中的新空间。所以，"性别诗学""文化诗学""身体诗学"

---

[1] [法]茨维坦·托多罗夫：《诗学》，第5页，怀宇译，商务印书馆，2016年。
[2] [法]茨维坦·托多罗夫：《诗学》，第5页，怀宇译，商务印书馆，2016年。

之类诗学研究著作的出现,并非是一种概念误置,而是体现了当今人文研究的一种新思路和新空间。正是在这个意义,本书将采用广义上的"诗学",即它不是"关于诗的研究",而是指涉文学的某些规律或理论。

第三节 "日常生活诗学"的界定

在简要考察了"日常生活"和"诗学"这两个概念之后,我们有必要对本书的基本概念"日常生活诗学"进行相对科学的梳理和界定。本书之所以选择"日常生活诗学"这一命题,并非为了标新立异,而是为了体现这样一种学术努力:推动中国当代文学研究回到其内在的重要位置,开拓一种新的普遍性诗学。只要人们充分尊重日常生活,全身心沉入日常生活,生命的诗性就不会流失,文学艺术也就不会消亡。所谓"日常生活诗学",主要涉及两个基本问题:一是日常生活何以成为诗学?二是日常生活诗学的主要内涵是什么?只有将这两个问题梳理清楚,我们才能够科学地理解日常生活诗学的研究目标。

首先,日常生活何以成为诗学?

在"诗学"内涵的考察中,我们已经大致了解到,无论研究范畴如何变化,现代诗学所要探讨和揭示的,都是其对象的"程式"或"原理"。[1]在文学艺术中,诗学所关注的已不仅仅是诗歌艺术的基本属性,而是所有构成文学事实的抽象特性,即我们通常意义所说的"文学性"。这种"文学性"是所有文学作品特有的、区别于其他任何作品的内在属性。尽管这些特性迄今为止仍众说纷纭,无从统一,但它作为一个宏观性和开放性的概念,均指涉文学特有的内在属性,即它是通过特定的语言形式和表达策略,展示创作主体对人类生活及其可能性状态的审美感知与思考。这一认知,几乎从未改变。

既然文学关注的是人类生活及其可能性状态,那么人类的所有生活

---

[1] [美]乔纳森·卡勒:《文学理论》,第91页,李平译,牛津大学出版社,1998年。

（包括可能性的生活）都应该是文学表达的重要问题。事实上，我们在谈论文学艺术时，无论是摹仿论、再现论还是表现论，都不曾离开人们的生活，包括各种可能性或幻想性的生活。即使是像《西游记》之类的神魔小说，上到天庭，下到海底，所叙述的故事似乎与现实生活并无多少关系，但它在处理人物关系时，无论是神界还是魔界，都明确呈现了现实生活中的等级秩序及权力秩序；人妖之间，同样有着尘世间的爱恨情仇，七情六欲。可以说，它只是现实生活经验与秩序的神魔化处理罢了。卡夫卡的《变形记》除了第一句话，其他叙述都是客观的、写实性的审美表达，几乎每一句都是严格按照现实生活中的甲虫行为和格里高尔心理所进行的，它既反映了卡夫卡对现实生活伦理的独到理解，也体现了卡夫卡对现实生存处境的深刻呈现。因此，人们常说：生活是文学的重要源泉。生活是一切艺术灵感的策源地。生活总是大于作家的想象。通过这类判断，我们其实已经明确了生活对于文学创作的内在支撑作用。

回到日常生活。日常生活无疑是人类生活中最基础和最核心的部分，也是人类生活中最具原生态的部分。即使是那些看似非凡的人物，他们的大部分经历也仍置身于日常生活之中，既离不开油盐茶米，喜怒哀乐，也脱不了亲朋好友，生老病死。在中外文化哲学家们看来，人类的全部生活其实就包括了日常生活与非日常生活这两个部分，或者说是两个层次，"日常生活世界是人类社会（人的世界）的原生态，而非日常生活世界则是人类社会的次生态；换言之，人的世界的历史建构途径是从日常到非日常，而当非日常生活世界真正建构起来并日渐丰富发达，日常生活世界则逐渐作为人类社会和历史的潜基础结构嵌入背景世界"。[1] 在日常生活和非日常生活中，非日常生活是从日常生活延伸出来并高于日常生活的生活形态，也是人类生活从"实然"发展到"应然"的状态。就人类生活而言，"最基础的层次是以个体的衣食住行、

---

[1] 衣俊卿：《回归生活世界的文化哲学》，第307页，黑龙江人民出版社，2000年。

婚丧娶嫁、饮食男女为主要内涵的日常生活领域,中间层次是政治、经济、技术操作、经营管理、公共事务等非日常的社会活动领域,而最高层次则是科学、艺术、哲学等非日常的自觉的精神生产和人类知识领域"。[1] 从这种层次划分中,我们可以得出两个结论:一是日常生活是人类所有生活的出发地,没有日常生活就不可以有非日常生活;二是日常生活作为最基础的、原生态的生活,体现了人类最基本的生活样态和人性面貌,具有本质性的特征。正因如此,我们提出"日常生活诗学",就是为了表明日常生活是文学创作之不可或缺的对象,甚至是它的本质性内涵;只有深切地把握了日常生活,文学才有可能实现对人类生活及其可能性状态的审美探索与表达。

从主体的角度来看,日常生活之所以有别于那些整体性、组织化和专业化的非日常生活,就在于它是每天重复、琐屑而平凡、具有个人化特点的生存活动。也就是说,个体的人是日常生活的主体,"日常生活是与每一个人息息相关的生存领域和生活领域,是一个不同于人类社会经济活动和政治活动的独立的个体生存平面,表现在多种个人化的活动领域和生活关系当中,其具体的表现形式有劳动、消费方式、娱乐活动方式、婚姻、家庭、两性关系、人际交往等"。[2] 个体的生存与再生产(繁衍),是日常生活的核心组成部分,也是其主要活动形态,"日常生活是以个人的家庭、天然共同体等直接环境为基本寓所,旨在维持个体生存和再生产的日常消费活动、日常交往活动和日常观念活动的总称,它以传统习俗、经验、常识等经验主义因素为基本活动图式,以生存本能、血缘关系、天然情感等自然主义关系为立根基础,以家庭、道德、宗教为自发的调控者和组织者,以重复性思维和重复性实践为本质的存在方式的自在的类本质对象化领域"。[3] 因此,不同个体的生存图景及

---

[1] 衣俊卿:《回归生活世界的文化哲学》,第306—307页,黑龙江人民出版社,2000年。
[2] 吴宁:《日常生活批判——列斐伏尔哲学思想研究》,第173页,人民出版社,2007年。
[3] 衣俊卿:《现代化与日常生活批判》,第31页,人民出版社,2005年。

其人性原貌在日常生活中常常有着不自觉的体现。

文学作为"人学",它所关注的永远是人的全部生活,包括各种可能性的生活。既然不同个体的人在日常生活中占有重要地位,那么日常生活理所当然是文学所要关注的核心领域。在一切文学艺术中,若要揭示人性深处的各种奥秘,若要发掘生命内部的各种矛盾性及其可能性,就无法忽略日常生活特有的价值。任何一位优秀的作家,在关注一切社会历史重大问题的同时,都必须放低自己的精神姿态,沉入各种日常生活的微观领域,体察与捕捉不同生命特有的生存镜像。只有这样,他才有可能在更为深广的视野与丰沛的情感中,真正地揭示人性的微妙与生活的丰饶,并有效传达创作主体对人类生存及其可能性状态的探索与思考。因此,从这个意义上说,建构"日常生活诗学",不仅体现了文学与生活、文学与"人学"之间的内在关联,而且表明了日常生活对文学创作具有某种内在的规定性。

其次,日常生活诗学的主要内涵是什么?

既然"日常生活诗学"体现了文学艺术的某些内在规定性,那么我们有必要从文学艺术的角度梳理它的主要内涵。毫无疑问,"日常生活诗学"不同于日常生活本身的某些特质,而是这些特质与文学实践发生紧密共振之后,所凸现出来的一些重要的、具体普遍性和规律性的审美范式。它既是诗学在创造性层面上对于日常生活的重新激活和审美呈现,也是丰富复杂且永不枯竭的日常生活对于文学发展的坚强支撑。它是日常生活与文学艺术之间的紧密互动与互构。具体而言,这一诗学的主要内涵包括:文学对"人学"空间的深度拓展,文学对人的"完整生活"的有效建构,文学对日常文化伦理的深度质询,以及文学艺术与日常生活审美化之间的互动互构等。

一是拓展"文学是人学"的深层内涵。文学是人学,这是一个常识。但是,这个常识背后所隐含的主要难题,则是如何让文学真正地成为"人学"。什么是"人学"?简单地说,它"是关于人的学问和科学"。或者说,它是"指研究人的一切科学"。这种定义看起来没有问题,但它的外延却是无限的，因为人不仅是一种生物性的存在，还是一种社会性的类的存在，"所有的社会科学都是研究人的，研究人的生活，研究人和人的关系的。甚至于心理学、生理学乃至医学也都是研究人的"。[1] 因此，当我们说"文学是人学"时，难题之一便是如何确立文学所指涉的"人学"范畴。有人就认为："文学和其他与'人学'有关联的科学一样，也曾涉足过人学领域的具体内容，诸如书写人对生命的体悟，书写人自身的发展历程，书写人的情感体验，书写人与人的社会关系，……书写人的生理状况，书写人的生老病死等，但人学的关于人的知识并没有全部进入文学的视野，也无须全部进入文学的视野，在文学的范围之外也还游离着有关'人学'部分的信息和学问。"[2] 更大的难题还在于，"在中外文学史上，'人'也仿佛是一个任人打扮的小姑娘：阶级论者说他是阶级的人，人性论者说他是有着共同人性的人；社会论者说他是社会的人，个人主义者说他是个体的人；政治论者说他是政治的人，无政府主义者说他是自我的人；理性论者说他是理性的人，非理性论者说他是非理性的人……真有点印度民间故事中'盲人摸象'的意味。从不同的角度阐释人的存在，有利于将对人的认识引向深入，但文学对人的表现仅仅停留在某一角度或某一层面，也容易使文学走上歧途。……文学所要表现的人应该是一个具体的、完整的、与自然和社会和睦相处的人，只有体现着活性的人的品格的人，才是文学所要表现的真正对象"。[3] 在这段论述中，尽管作者提出了一个完美的设想，即文学应该书写"体现着活性的人的品格的人"，但事实上，这只是一种理论上的预设，不同作家笔下的"人"，可能永远只是"人"的某个部分的存在。因为，有个显在的事实我们必须要注意，人不仅是一种历史的存在，文化的存在，同时还是一种社会的存在——尤其是在飞速变化的社会现实中，人的价值观念、思维方式和生存方式，都在不断地变

---

[1] 刘保端：《关于"文学是人学"问题》，《文学评论》，1982年第3期。
[2] 刘为钦：《"文学是人学"命题之反思》，《中国社会科学》，2010年第1期。
[3] 刘为钦：《"文学是人学"命题之反思》，《中国社会科学》，2010年第1期。

化。如果深而究之,人还是一种具体而特殊的生命存在,他既拥有可以认知的理性特质,又潜藏着大量难以判明的非理性成分。这也意味着,"人学"是一个既有定量又有变量、既有相对稳定的内涵又有变动不居之外延的复杂命题。可以说,"人学"是个极其复杂、广袤而深邃的领域,所以文学才拥有开拓不尽的审美空间。

日常生活诗学之所以对拓展"文学是人学"的内涵有着重要作用,是因为日常生活是确保每个人成为一个"完整的人"的重要组成部分。马克思在《1844年经济学哲学手稿》中曾提出了"完整的人"这一重要概念,并认为"人是一个特殊的个体,并且正是他的特殊性使他成为一个个体,成为一个现实的、单个的社会存在物,同样地他也是总体,观念的总体,被思考和被感知的社会的自为的主体存在,正如他在现实中既作为对社会存在的直观和现实享受而存在,又作为人的生命表现的总体而存在一样"。[1] 在马克思看来,人首先是一个特殊的个体,只有成为一个不可复制的、特殊性的生物个体,我们才能确认人是类的社会存在,才能认为人是"自为的主体存在"。为了说明人的生物性个体之重要,马克思还明确地强调:"人直接地是自然存在物。人作为自然存在物,而且作为有生命的自然存在物,一方面具有自然力、生命力,是能动的自然存在物;这些力量作为天赋和才能、作为欲望存在于人身上;另一方面,人作为自然的、肉体的、感性的、对象性的存在物,和动植物一样,是受动的、受制约的和受限制的存在物,也就是说,他的欲望的对象是作为不依赖于他的对象而存在于他之外的;但这些对象是他的需要的对象;是表现和确证他的本质力量所不可缺少的、重要的对象。说人是肉体的、有自然力的、有生命的、现实的、感性的、对象性的存在物,这就等于说,人有现实的、感性的对象作为自己的本质即自己的生命表现的对象;或者说,人只有凭借现实的、感性的对象才能表现自己的生命。"[2] 在这段话中,马克思反复强调"人是肉体的、有自然力

---

[1] [德]马克思:《1844年经济学哲学手稿》,第80页,人民出版社,1985年。
[2] [德]马克思:《1844年经济学哲学手稿》,第124页,人民出版社,1985年。

的、有生命的、现实的、感性的、对象性的存在物",是因为要科学地理解"完整的人",就必须正确地认识人的生物属性,只有这样,我们才能更全面的理解人"是自为地存在着的存在物,因而是类存在物。他必须既在自己的存在中也在自己的知识中确证并表现自身"。[1] 人的日常生活看似千篇一律,且又杂乱无序,关键在于其包容性使得每个不同的个体都能够通过感性经验或理性手段,拥有自身独特的生存空间,并能够利用其特定的空间获得再生产的方式,从而使生命保持某种实然的原初状态,展示了人之为人的自由、愉悦和多样性之生命情态,呈现了人生特有的感性、丰饶与深邃,也鲜活地体现了"人是肉体的、有自然力的、有生命的、现实的、感性的、对象性的存在物"。日常生活具有"生动的态度和诗意的气氛",是人作为特殊个体的重要生存形态,"当其被线性的时间所控制时,又被自然中循环的节奏所更新和弥补;当人无法忍受其单调性和平常性时,又是节庆、愉悦和嬉戏的;当其被技术理性和资本逻辑所控制时,又具有僭越的能力;当其传达出一种稳定性和永恒性的意象时,又是短暂的和不确定的"。[2] 所以,人们由衷地慨叹:"正是男女欢娱、天伦之乐、至深情谊给平淡、枯燥、艰辛、单调的日常生活带来丰富和缤纷的色彩与耐人回味的情调;正是悲欢离合、恩恩怨怨、缠绵的爱恨情仇把日常生活由一首无激情、机械单调的慢板变成一首为历代文人骚客千古咏唱的变奏曲,变成跌宕起伏的生命咏叹调;正是这种天然情感中所表现出的那种无条件的、非理性的、持久的爱的情感,使人在艰辛的日常生活世界中的生存变得有理由、有意义、有价值。"[3]

在文学艺术中,直面这些日常生活的丰富性、包容性和鲜活性,既可以打开生命原初的各种生活形态,尤其是人性在最为庸常状态下的本

---

[1] [德]马克思:《1844年经济学哲学手稿》,第126页,人民出版社,1985年。
[2] 吴宁:《日常生活批判——列斐伏尔哲学思想研究》,第174页,人民出版社,2007年。
[3] 吴宁:《日常生活批判——列斐伏尔哲学思想研究》,第184页,人民出版社,2007年。

来面目,也可以揭示不同个体的人在消费欲求、交往行动以及日常观念活动中的特殊镜像,发现并审视人类生存的某些内在本质及其困境。事实上,只要看看那些中外经典性的作品,从曹雪芹的《红楼梦》到爱丽丝·门罗的一些短篇,从张爱玲的《传奇》到菲利普·罗斯的《人性的污秽》,我们都可以发现,在那些看似平庸的日常生活内部,人性的丰饶与乖张总是相互依存,生命的包容与奇丽总是互动互构,命运的无奈与奇谲也常常交织在一起。也就是说,作家们选择了各自特有的视域深入到日常生活之中,以敏锐的洞察力和丰沛的生活经验,展示了日常生活内部各种鲜活而幽深的生命景观。这些作品或许说不上是什么宏大叙事,但它们却在"人学"探索的路途上,为人们提供了耐人寻味的审美意蕴。

更为重要的是,在工业革命以来的现代社会中,深受工具理性、资本逻辑以及各种社会组织等非日常生活的控制和挤压之后,个人化的日常生活空间和形式,都在发生微妙的变化,用列斐伏尔的话来说,它使人出现了前所未有的"异化"。这种异化,无疑是人类社会发展的基本趋势。它既是现代人焦虑的重要原因,也是文学艺术倾力探讨的重要目标。可以说,自现代主义以来,大量文学创作都聚焦于人的异化问题,并从反抗异化的审美冲动中,折射了现代人对自由与愉悦的日常生活之尊重。像加缪的《局外人》就是这方面的经典之作。在这部作品中,主人公莫尔索是一个渴望自由自在、我行我素的人,骨子里蔑视任何世俗意义的社会规矩,包括儿子、情人、朋友之类角色所应承担的伦理职责。他自由散漫,随心所欲,渴望在日常生活里做一个真正的、不受任何束缚的自我,结果却在不自觉的冲动中成为杀人凶手。耐人寻味的是,在漫长的法庭审判过程中,无论是证人证词,还是法官调查,指向他的,并非是他的犯罪过程,而是他的动机和原因。也就是说,法律只是一个外壳,人们要审判他的,其实是他对所有现实伦理的蔑视和否定,是他对"异化"所进行的徒劳的反抗。这种反抗异化的审美表达,在20世纪80年代中期以后的中国文坛也普遍存在,其中以"反英雄主义"为主要目标的第三代诗歌就是如此。在李亚伟的《中文系》、韩东的《有关大雁塔》等代表性诗作中，我们都可以清楚地看到，诗人们以极端的方式标榜日常生活，明确地拆解历史赋予人的集体价值，拒绝任何社会性的历史文化担当，并在"人学"的意义上，彰显了个体存在的自足性和自在性。

二是对人的"完整生活"的建构。人的"完整生活"包括日常生活和非日常生活两个部分。尽管这两部分经常交织在一起，并非泾渭分明，但彼此之间的差别还是非常明显的。特别是非日常生活，"总是同社会整体或人的类存在相关，它是旨在维持社会再生产或类的再生产的各种活动的总称"。[1] 非日常生活强调的是理性自觉，具有高度的组织性、计划性、专业性和目的性等特点，自启蒙运动以来，它就一直被人类不断加以强调，以至于日常生活的空间越来越小，也越来越被人们所忽略。但是，众所周知，非日常生活源于日常生活，没有日常生活便不可能有非日常生活，对日常生活和非日常生活给予同等的关注，既体现了人类对于自身完整生活的需求，也展示了人类对于"完整的人"的追求，即马克思所说的"占有自己的全面的本质"的"完整的人"的建构。[2] 在列斐伏尔看来，这种完整的人，或者说"总体的人"，"不能先验地在理论上存在，这个'本质'人，人性化的人，是通过行动和在实践中，即在日常生活中形成的"。[3] 它应该"是多维度而不是单面的存在物，是多种属性和活动达到有机统一的主体，既是自然、感性、生物的，也是精神、社会、意向性的；既是理性的也是非理性的；既是经济、社会、政治的，也是文化动物的；既是工具的制造者，也是符号、象征的创造者。'总体的人'是本质和现存、实然和应然、能动和受动、自由与责任的统一，是永远具有开放性的存在物。'总体的人'是多维

---

[1] 衣俊卿：《回归生活世界的文化哲学》，第191页，黑龙江人民出版社，2000年。
[2] [德] 马克思：《1844年经济学哲学手稿》，第80页，人民出版社，1985年。
[3] [法] 亨利·列斐伏尔：《日常生活批判》（第一卷），第146页，叶齐茂、倪晓晖译，社会科学文献出版社，2018年。

需要和多重价值的统一体,既有物质、生理的需要,也有精神、社会、文化和自我创造的需要"。[1]只有全面了解作为"完整的人"的各种内在需求,并对这些需要有着相对清晰和深入的思考,我们才有可能从文学实践中更好地把握日常生活的价值。

要关注"完整的人",当然就必须关注人的"完整生活"。无论是日常生活和非日常生活,都是人类生活不可或缺的组成部分,都具有重要的实践意义。但是,一个不可否认的事实是,在不断强调理性意义的世界里,文学艺术也一直在追求片面的、非日常生活中的人的生存,试图突出其中所蕴藏的形而上的意义。在20世纪80年代之前的中国当代文学中,这一点尤为突出,各种宏大而典型的非日常生活,始终是作家们津津乐道的书写目标。所以,强调对日常生活诗学的重构,并不是要否定或回避重大的社会或历史生活,也不是刻意排斥或颠覆一切非日常生活书写,而是在尊重它们的同时,更加自觉地立足于普通个体的生存经验和存在境遇,注重物质性、身体性和体验性的审美表达,突出那些看似琐碎、惯常的世俗生活对于个体生存的重要意义,揭示日常经验内部所蕴藏的各种微妙繁富的生命镜像。它的主要目标,是强调文学对于日常生活的审美关注,发掘并展示日常生活中极为丰盈的生命质感和人生意绪,以便重构人类在身与心、人与物上的统一性,并进而突出人们对于"人的完整生活"的审美吁求。

与此同时,我们还必须认识到,日常生活并不是作为非日常生活的补充而存在的,它的内部同样蕴藏着社会变革的各种元素,甚至隐含了人的"完整生活"的诸多基本图谱——从日常消费、日常交往到日常观念的各种活动,包括人的出生、生日、婚礼、葬礼,人们的闲聊闲谈、情感交流、礼尚往来、游戏娱乐,以及与四季相伴的各种节日仪式或庆典,如中国的春节、清明节、端午节、中秋节、重阳节等等,都是人类生活的重要图谱。对此,列斐伏尔就曾毫不含糊地说道:"认识日常生

---

[1] 吴宁:《日常生活批判——列斐伏尔哲学思想研究》,第169—170页,人民出版社,2007年。

活是必要的，但不是充分的或自足的。认识日常生活的目标和意义不是确认现存事物的状态，而是寻找向前行进的可能方向。因为日常生活在朝着它的目标前进的过程中，不断改造着日常生活自己，所以，日常生活的认识不是积累的，与所谓社会科学的常规模式和计划不相符"。[1]因此，"日常生活显示出来的不是日常生活匮乏的一面，而是日常生活丰富多彩的一面。……日常生活这个最不起眼的对象（依然）与艺术、'文化'、文明有着直接或间接的联系"。[2]所以，让文学艺术重返日常生活，既体现了人们对于文学创作过度倚重非日常生活之宏大命题的纠偏，也表明了人们对于人的完整生活的审美重构。

三是对日常文化伦理的深度质询。日常生活虽然显得杂乱无章，漫无头绪，但也并非无序可寻，难以梳理。根据有关学者的辨析，日常生活世界大致上可以划分出三种基本的活动类型："（1）衣食住行、饮食男女等以个体的肉体生命延续为宗旨的日常生活资料的获取与消费活动。这是日常生活世界最基本的层面，在这种意义上，可以把日常生活世界称之为消费世界。（2）婚丧嫁娶、礼尚往来等以日常语言为媒介，以血缘和天然情感为基础的日常交往活动。随着科学技术的发展和物质财富匮乏问题的缓解，交往的地位将日渐突出，占据日常生活的重要地位。（3）伴随着日常消费活动、日常交往活动和其他各种日常活动的日常观念活动，这是一种非创造性的、前科学的、前逻辑的、以重复性为本质特征的思维活动，它与原始思维在本质上是一致的。"[3]应该说，这种分类是比较科学的，扣住了日常生活的几个关键问题，也体现了日常生活的类本质特征。

无论是日常消费活动、交往活动还是观念活动，从这种分类中，我

---

[1] [法]亨利·列斐伏尔：《日常生活批判》（第三卷），第548页，叶齐茂、倪晓晖译，社会科学文献出版社，2018年。
[2] [法]亨利·列斐伏尔：《日常生活批判》（第三卷），第557页，叶齐茂、倪晓晖译，社会科学文献出版社，2018年。
[3] 衣俊卿：《回归生活世界的文化哲学》，第303—304页，黑龙江人民出版社，2000年。

们可以看到，个体的人在日常生活中的各种活动，都必须依赖于日常社会的相关群体才能实现。没有社会群体的参与，个体的人既无法完成相关活动，也无法维持自我的生存和再生产。人毕竟是一切社会关系的总和。这同样意味着，任何个体的人在日常生活中都必须服从于日常社会里最基本的秩序，必须遵守日常现实的基本准则，尤其是伦理准则。可以说，在日常生活中，伦理是第一要义，也是维持整个人类日常生活运转的重要纽带。但伦理问题又不是一种单纯的道德问题或观念问题，不仅其本身充满了各种内在的冲突（如"忠孝不能两全"），而且还会随着社会的发展不断演变，尤其是在节庆仪式、风俗礼仪等方面，常常与个体的生命欲求产生矛盾，也对个体的自我发展形成障碍。

无论是不同伦理之间的冲突，还是伦理与个体生存之间的矛盾，它们既反映了日常生活内在的芜杂和多元，也折射了不同个体的人在日常生存中的特殊困境，是考察人性原始真相的重要载体。因此，几乎所有的文学创作，都无法绕过这些冲突和矛盾。大到家国伦理、族群伦理、侠义伦理、职业伦理，小到家庭伦理、性别伦理、血缘伦理，在一般的日常生活书写中，我们都可以清晰地看到这种冲突的各种形态。当然，不同的作家受制于不同的审美思考，对日常生活伦理的表达也会呈现出不同的态度，像路遥的《平凡的世界》和余华的《活着》，就对日常生活中的亲情伦理特别是血缘伦理，表达出强烈的尊崇倾向，从而使主人公应对历史或现实的苦难时，获得了巨大的情感支撑。而绝大多数文学作品，则常常通过人性的合理诉求，对各种传统伦理进行别有意味的质询和批判。这一点，在20世纪以来的中外文学中可谓俯拾皆是。特别是随着社会的不断发展，人们对人性欲求的理解，对各种伦理价值的辨析，也同样处在不断变化的过程中，所以我们看到，无论是作家还是诗人，常常会自觉地站在生命或人性的立场上，揭示或质询一些传统伦理的陈腐与吊诡。像毕飞宇的《哺乳期的女人》中，七岁的旺旺啥了一口邻居惠嫂正在哺乳的乳房，这原本是孩子恋母情结驱动下的本能行为，但在众人眼里却逐渐发酵，并将养育旺旺的爷爷卷入其中，变成一种家教观念上的伦理事件，由此传达了作家对世俗伦理的某种质询。客观地看，在日常生活的书写中，绝大多数作家都会以这样或那样的方式，在表达人类日常生活及其可能性状态时，将伦理问题放在一种被质询和被审视的位置上。这种审美意愿，不是为了彰显创作主体的批判勇气，而是试图重构一种更为自由和理想的日常生活形态。

四是促进文学艺术和日常生活审美化的互动与互构。我们在考察日常生活的概念时，曾从它的变革性、包容性和消融性等几个方面，触及了日常生活与社会整体变革之间的关系。特别是随着非日常生活的不断扩容，包括技术主义的进步和社会消费市场的扩张，日常生活本身也处在快速变化之中。这种变化的一个重要结果，便是日常生活本身也逐渐成为审美的对象，并且审美活动的主体也不再局限于少数精英主义，而是向普通大众倾斜。无论是城市还是乡村，随着经济的发展和物质的丰富，平民百姓们都开始自觉地追求生活的审美化问题了。小到日常饮食、衣帽服装、居住环境以及其他生活用品，大到日常娱乐、生态休闲以及文化产品消费，都呈现出审美化的诉求。虽然这种审美只是表现为一种生活要求，尚未达到理性的思想高度，但它无疑体现了日常生活审美化的倾向。用刘悦笛的话说："所谓'日常生活审美化'，就是直接将审美的态度引进现实生活，大众的日常生活被越来越多的艺术品质所充满。……'日常生活审美化'更多关注'美向生活播撒'、关注美学问题在日常现实领域的延伸。"[1]

日常生活审美化是物质化生产相对发达的产物。它表明了日常生活对于包括文学在内的所有艺术有了普遍性的需求，也是文学艺术与日常生活审美之间互动甚至互构的重要载体。迈克·费瑟斯通认为，我们可以从三个方面来讨论日常生活的审美呈现问题。首先，日常生活的审美呈现是指那些艺术的亚文化，他们追求的是消解艺术与日常生活之间的界限。第二，日常生活的审美呈现是指将生活转化为艺术作品的谋划，

---

[1] 刘悦笛：《日常生活审美化与审美日常生活化——试论"生活美学"何以可能》，《哲学研究》，2005第1期。

必须与一般意义上的大众消费、对新品味与新感觉的追求、对标新立异的生活方式的建构联系起来。第三，是指充斥于当代社会日常生活之经纬的迅捷的符号与影像之流，日常生活以审美的方式呈现了出来。[1]从这三个方面来看，现代人的衣食住行等日常生活，确实已经通过独特的方式，融合了艺术的诸多元素，并使艺术本身不再局限于原有的自律性范畴，而是呈现出一种审美泛化现象。对此，陶东风也从文艺学的发展出发，认为文艺学的边界应该不断扩大，只有这样，文艺学才能与现代社会保持同步发展。"就文艺学专业而言，审美化的意义在于打破了艺术（审美）与日常生活的界限：审美活动已经超出所谓纯艺术/文学的范围而渗透到大众的日常生活中……艺术活动的场所也已经远远溢出与大众的日常生活严重隔离的高雅艺术场馆，深入到大众的日常生活空间。"[2]

我们无意在此深究日常生活审美化是否真的消解了艺术与日常生活之间的界限，也无意考察它是否引发了艺术的自律性出现动态性的变化，或者说艺术逐渐迎合商业化的日常消费，而只想说明，作为一种审美趋向，日常生活审美化在本质上撬动了日常生活内部的个性化生命欲求，折射了不同个体对自我生存的内在质量与生活情趣的风格化追求，也呈现了日常生活的多元性和包容性。从某种意义上说，它也回应了"美即生活"的哲学理念，就像韦尔施所说的那样："毫无疑问，我们正经历着美学的勃兴。它从个人风格、都市规划和经济一直延伸到理论。现实中，越来越多地重要因素正被披上美学的外衣，现实作为一个整体，也愈益被我们视为一种美学的建构。"[3]如果认真的辨析一下，韦氏所说的现实与美学之关系，其实就是日常生活现实与现代美学发展之关系，它源于消费文化的兴起，也可能会带来审美泛化的隐忧，但它真

---

[1] [英]迈克·费瑟斯通：《消费文化与后现代主义》，第95—98页，刘精明译，译林出版社，2000年。
[2] 陶东风：《日常生活审美化与文艺社会学的重建》，《文艺研究》，2004年第1期。
[3] [德]沃尔夫冈·韦尔施：《重构美学》，第3—4页，陆扬、张岩冰译，上海译文出版社，2002年。

切地反映了当下的日常生活与美学的紧密同构。

这种同构在文学艺术中同样存在,并且发展态势日显突出。早在20世纪80年代中期兴起的"第三代诗歌"创作,以及随后出现的口语化诗歌写作,就明确强调诗歌对日常生活情趣的发掘,突出对生活本体的诗意呈现,并以贴近生活的口语化方式,消解诗歌语言的过度象征与隐喻,像韩东的《雨衣、烟盒、自行车》、于坚的《尚义街六号》、王小龙的《真实的生活》、丁当的《回忆》等等,都是将琐屑的日常碎片融入抒情之中,努力呈现日常生活的原生态韵致,看似平淡无奇,却又耐人咀嚼,诚如徐敬亚所言:"他们不以为生活欠了他们什么,他们也没有什么乱七八糟的使命感,他们是一群小人物,是一群凡人,喝酒、抽烟、跳迪斯科、性爱,甚至有时候还酗酒、打架——他们顶顶重要的是要生活。"[1] 20世纪90年代一度盛行的"小女人散文",也同样立足于日常生活中的小感受、小情趣、小波折、小新奇等,在感性化的书写中,体现了人们对日常生活的多维度审美感知。新世纪以来,随着"70后""80后"作家群的崛起,微观化的日常生活及其隐秘化的个体生命体验,更是成为文学的主要表现对象。同时,我们还应该看到,越来越多的现实题材网络小说,包括一些历史生活题材的作品,也在不断地形成各种类型化的日常生活写作潮流。这种审美追求,一方面驱动了审美观念的日常生活化,另一方面也使我们看到,大量文学作品正在向日常生活渗透,甚至成为影视等大众文化消费的母本。可以说,文学艺术与日常生活之间不仅仅是互动,已出现了"互构"的特征。建构日常生活诗学,对于现代日常生活和文学艺术的发展而言,就是要深入探究两者之间互动与互构的倾向,揭示文学艺术发展的某些更具前瞻性的规律。

任何一种文学理论都处在历史化、动态化的建构之中,都是对文学实践的有效总结和文学发展规律的提炼。从日常生活何以成为诗学,到日常生活诗学的主要内涵,我们借助相关的文学创作进行了实证性的辨

---

[1] 徐敬亚:《圭臬之死》,《鸭绿江》,1988年第7期。

析之后，可以看到，在日常生活日趋丰富和文学艺术不断多元的背景下，倡导日常生活诗学的建构，既顺应了文学发展的趋势，也具有历史的前瞻性。尽管我们很难对日常生活诗学作出一个科学严谨的定义，但是，作为一种理论化的努力，日常生活诗学旨在探讨文学艺术与日常生活之间的内在肌理与基本规律，从创作主体、创作实践和审美接受等维度，梳理并寻求文学艺术对日常生活情境中个体之人的生存状态及其可能性之审美表达特征，并努力建构一种现代意味的普遍性诗学。

第一章
日常生活诗学的传统流变

　　日常生活诗学并非中国当代文学中才出现的一种文学特质，而是自古就有的、具有普遍性的文学实践，只不过人们并没有将之提升到现代诗学层面进行系统性的探析和理论归纳。早在《诗经》之中，大量的"国风"就是立足于日常的社会现实，不仅呈现了人们在日常生活里的男欢女爱、生存忧乐，而且展示了不同地域的风俗民情、社会风貌。这一文学传统，尽管在不同时期出现了不同的表现形态，但一直延续至今，几乎从未中断。

　　这一方面说明，日常生活诗学是一种历时性和普遍性的文学规律，并非我们的标新立异；另一方面也折射了传统实用理性主义思想对中国文学的深层渗透，体现了"饥者歌其食，劳者歌其事"的审美观念。为了从发生学意义上辨析日常生活诗学的内在变迁，本章将从中国文学史发展的角度，简要梳理日常生活诗学的演进形态，以便给新世纪中国文学的日常生活诗学阐释提供某些背景意义上的审美参照。

第一节　"言志"文学的精神流变

　　皮亚杰曾说："每一件事情，包括现代科学最新理论的建立在内，都有一个起源问题,或者必须说这样一些起源是无限地往回延伸的,因为一些最原始的阶段本身也总是以多少属于机体发生的一些阶段为其先导的,如此等等。所以,坚持需要一个发生学的探讨,并不意味我们给予这个或那个被认为是绝对起点的阶段以一种特权地位:这倒不如说是注意到存在着一个未经清楚界定的建构,并强调我们要了解这种建构的原因和机制就必须了解它的所有的或至少是尽可能多的阶段。"[1]如果从发生学的意义进行考察,我们会看到,中国传统文学大体上是沿着"言志"与"载道"这两条路径来发展的。即使在同一个时代,"言志"文学与"载道"文学也常常并行不悖。很多时候,在同一个诗人或作家的创作实践中,"言志"与"载道"的作品亦相得益彰,如苏东坡、陆游等人,便是如此。因此,"言志"与"载道"并不是完全对立的两种文学传统——尽管在中国传统文论中,它们常常以对立性的理念被表述,但在具体的文学实践中,很难进行非常清晰的区分,就像日常生活和非日常生活一样,很多时候都是交织在一起,由此构成了人类生活的整体。

作为中国传统文论中最重要的两块基石,"言志"与"载道"无疑是推动中国传统文学发展的重要理论依据。这一点,周作人在《中国新文学的源流》中曾有详细的阐述。"载道"力举文学承载人生之道、经世之道、社会之道等等,倡导文学的教化功能,是一种有着明确理性目标的审美追求。它在本质上强调文学创作必须对各种合理性的"意义"负责,体现了整体性、组织性和目标性都很明确的非日常生活逻辑形态,因此,它更多地侧重于对人类非日常生活的审美关注。而"言志"则标举文学对于生命情志的表达,侧重于日常生活中的生存感受和人生体验,突出创作主体对人的日常化情感意绪的精妙呈现,体现了感性化和无序化的日常生命自然特征,可视为一种立足于日常生活的审美表达。尽管日常生活诗学并不能与"言志"完全画上等号,但它们在核心

---

[1] [瑞士] 让·皮亚杰:《发生认识论原理》,第18—19页,王宪钿等译,商务印书馆,1997年。

的艺术理念上是一致的。我们甚至可以说,"言志"理论是中国传统文学建构日常生活诗学的初级形态;日常生活诗学的内在审美特点,在很大程度上就是承袭了中国传统文论中的"言志"精髓。

在中国传统文论中,"诗言志"曾被朱自清称为"开山的纲领",[1]几千年来,一直处在不断变化之中,也因此存在着各种不同的阐释。从文献学角度看,"诗言志"出自《尚书·尧典》:"帝曰:夔,命汝典乐,教胄子,直而温,宽而栗,刚而无虐,简而无傲,诗言志,歌永言,声依永,律和声。八音克谐,无相夺伦,神人以和。夔曰:於!予击石拊石。百兽率舞。"[2]由于上古时期,歌、诗、舞常常不分,且与"礼"交织在一起,故人们多将"诗言志"理解为"诗言怀抱"。这种怀抱,是与政教、人伦紧密关联的怀抱。到汉代,诗开始从歌、舞中分离,成为一种独立的文学范式,人们对"诗言志"的理解,也开始明确地向"诗是抒发人的思想感情的,是人的心灵世界的呈现"这一本质特征过渡。《毛诗序》中就说:"诗者,志之所之也。在心为志,发言为诗。情动于中而形于言,言之不足,故嗟叹之;嗟叹之不足,故永歌之;永歌之不足,不知手之舞之、足之蹈之也。"[3]这种"情志并提"、两者相融的观念,逐渐被大多数人所认同。但在细究之余,人们也发现这两者也并非完全一致,而是各有所重。"'志'的情意指向中必然含有理性的成分,并对其整个情意活动起着重要的指导与规范作用。但'志'又是'心之所止',是情意在内心的蕴积,其中自然包含大量的感性因素。内心蕴积的情意因素经外物的诱导,发而为有指向的情意活动,这便是'志'的发动,其指向虽不能不受理性规范的制约,而作为情意活动本身则仍具有感性的质素。"[4]从这种阐释中,我们仍然可以看出,人们在理解"志"时,其实已预设了"诗即教化"的理性条件。

---

[1] 朱自清:《诗言志辨·序》,第4页,凤凰出版社,2008年。
[2] 尤韶华编纂:《归善斋〈尚书〉二典章句集解》(下卷),第1437页,社会科学文献出版社,2014年。
[3] 任继愈主编:《中华传世文选·昭明文选》,第768页,吉林人民出版社,2007年。
[4] 陈伯海:《释"诗言志"》,《文学遗产》,2005年第3期。

尽管人们依据文学的教化理念，不断强调"志"受控于人的理性预设，具有理性意义上的合目的性，但也无法排斥"志"的核心乃是指向感性化的"情意活动"。或许正因如此，朱自清将"诗言志"与"诗缘情"定为古代诗学中前后兴起的两个新老传统，并认为"'言志'跟'缘情'到底两样，是不能混为一谈的"。[1] 这一判断又引发了学界对"言志"与"缘情"的二元讨论，至今仍无定论。有些学者就认为，"言志"与"缘情"尽管都立足于日常生活感受的表达，但两者存在较大差别，体现了不同的艺术理念和审美范式。"言志"强调人的志向、怀抱，体现了主体内在的理想与情怀，"它所标示的情意指向，依然同带有普遍性的人生理念密切相联系，甚至大多数情况下仍与社会政教息息相关（超世之'志'的产生往往由对时世的失望而导致，故可看作为现实社会政治的一种反拨），这就使'言志'和纯属私人化的情意表现有了分界"。[2] 而"缘情"更多地突出个体生命的各种丰富情感和感受。

其实，早在唐代，孔颖达就曾明确提出"情志合一"的观点，认为情志实为一体。郭绍虞也指出："所谓'诗者志之所之也'的志和'情动于中而形于言'的情，是二而一的东西。"[3] 朱光潜在《诗论》中也说道："所谓'志'与'意'就含有近代语所谓'情感'（就心理学观点看，意志与情感原来不易分开），所谓'言'与'达'就是近代语所谓'表现'。"[4] 闻一多在《歌与诗》中也说道："志与诗原来是一个字。志有三个意义：一记忆，二记录，三怀抱，这三个意义正代表诗的发展途径上三个主要阶段。"[5] 这里，闻一多所讲的"怀抱"，即泛指诗人内心蕴藏着的各种情意，"言志"即为言情。无论人们对"诗言志"的阐释存在怎样的分歧，有一个基本倾向是，它更加强调创作主体的内心

---

[1] 朱自清：《朱自清古典文学论文集》，第271页，上海古籍出版社，1981年。
[2] 陈伯海：《释"诗言志"》，《文学遗产》，2005年第3期。
[3] 郭绍虞主编：《中国历代文论选》（1卷本），第34页，上海古籍出版社，1979年。
[4] 朱光潜：《朱光潜全集》（第3卷），第11页，安徽教育出版社，1987年。
[5] 闻一多：《闻一多全集》（第1卷），第185页，生活·读书·新知三联书店，1982年。

世界，主张文学创作应该膺服于主体的内在情感和意愿，膺服于主体的心灵律动与意绪表达。这一点并没有太多的疑义。

我们无意在此辨析"言志"与"缘情"的差异性问题。从历时性角度看，"'言志'的诗论在发育之初代表的是阅读《诗》的理论，故孔子只讲学诗、用诗和评诗。'缘情'的诗论在发育之初代表的是创作'诗'的理论，'欲丽'、'绮靡'则先后相续由创作诗论进而表述为文体诗论。只有在《诗》转换为'诗'以后，阅读诗论才有可能转换为创作诗论，文体诗论才有可能得到关注"。[1] 这一论断，似乎更具有合理性。它既体现了文学自律性发展的特点，也表明了"志情合一"的历史必然性。更重要的是，将"缘情"视为诗歌创作走向自觉之后的"言志"之内涵，这也清晰地呈现了文学与日常生活的内在关系，特别是将日常生活中人的情感、意绪、体验、语言、情趣等诸多内涵，融入到文学艺术之中。

不可否认，传统的"言志"理论主要是针对诗歌艺术而言的，包括阅读诗、创作诗与品评诗等，但在中国传统文学中，其影响又并非仅仅局限于诗歌领域，还同样渗透到词赋、散文等其他文学领域，用周作人的话来说，它实际上在整个中国传统文学中形成了一种"言志派"，只不过没有清晰的流派宣言罢了。在周作人看来，"新文学的基本观念是'言志'"，"言志派的文学，可以换一名称，叫做'即兴的文学'，载道派的文学，也可以换一名称叫做'赋得的文学'，古今来有名的文学作品，通是即兴文学"。[2] 这话虽然有些偏激，但也不无道理。因为，作为一种诗学意义上的"言志"，它立足于日常生活的"即兴"特点，既从本质论上体现了文学即人学的观念，又从实践角度表明了文学对人类心志与性情的皈依。我们所说的日常生活诗学，从精神内核上看，无疑承袭了"言志"的某些理论精髓。这主要体现在以下几个方面。

一是对不同个体情感价值的认同。

---

[1] 戴伟华：《论五言诗的起源》，《中国社会科学》，2005年第6期。
[2] 周作人：《中国新文学的源流》，第48、38页，江苏文艺出版社，2007年。

传统的"言志"理论带有"即兴"的特点,在某种程度上突出了创作主体的个体日常生存感受之价值。无论是心志还是情感,主体的心性才是文学创作的重要发端,也是文学审美追求的重要目标。世上没有两片完全相同的树叶,不同的个体无疑拥有不同的心性和气质,对日常生活有着不同的"即兴"感受,自然也会展现不同的审美趣味和情感取向。因此,强调"言志",在本质上既隐含了诗人个体精神自由的特质,又折射了灵活多元的情感形态。有学者就认为,"既然诗是为了达意的,确切地说,是表达外在客体触及诗人(歌者)主体而激发的强烈思想感情的,那么诗的特质的构成则在于感受,在于具有现实性的情化思想,而不是纯抽象的理念,更不是为人们不断重复的已经定型的理念。当然,诗表达的感受,……它有内省的过程,要经过经验的自律和筛析,但它是个性化的,是鲜活生动的,是热情未消的。总而言之,这个特殊的感受反映,既不是无情之思,也不是无思之情,而是蕴意充实的且情愫绚烂的生动表象。这便是'诗言志'的应有含义"。[1]诗歌因日常生活情境之不同,个体体验之不同,情感体现之不同,便出现绚烂丰富之作品,"志"也因此呈现了人间多姿多态的生命情状。

从另一角度说,虽然"言志"也会在一定程度上受制于理性思想的规约,并非个人情感的无节制宣泄,但对于不同个体在日常生活中的价值认同,却是比较明显的。一方面,"言志"传统的非阶层化、非社会身份化的主体认同,为日常生活的书写和日常情感的表达提供了强有力的支撑;另一方面,就创作主体的个性而言,它认同主体的多元性,膺服于个体的独特性。否则,"志"就变成了人间统一的情感标配,失去了应有的意义。这也促使后来的人们在面对人物情感或内心意绪时,不断追求其丰富性和复杂性,突出人物形象的多样化和个性的独特化。可以说,这种观念,为日常生活诗学提供了广阔的表达空间。

二是推崇人性内在的繁复性。

---

[1] 郝树亮:《关于诗言志的再认识》,《清华大学学报》(哲学社会科学版),1995年第2期。

传统的"言志"理论强调人类情感与文学之间的紧密关系，尤其是突出了文学对人类情感的表征作用。它隐含了一种重要的审美逻辑，即人类的情感拥有多少丰富的表征，文学也应该拥有多少表达的空间。不同个体的独特情感，构成了文学表达的潜在目标。朱光潜在论及"诗言志"时曾说："人生本就有情感，情感天然需要表现，而表现情感最适当的方式是诗歌。"[1] 傅庚生也说："'言志'为文学上感情元素之表现。"[2] 情感作为现实生活与人的内心相互作用后所产生的主观感受，既是人适应社会生存的心理工具，是能够激发自我心理活动和行为的动机，同时也是人的整个心理活动的组织者，并在日常交往中发挥重要作用。从心理学上来看，情感是人内心的各种感觉、思想和行为的一种综合性的心理和生理状态，是人对外界刺激所产生的心理反应和生理反应，包括喜、怒、哀、乐、愁等等。这也意味着，作为人的主观体验、主观态度或主观反映，情感不仅具有即时性、非理性等特征，还体现了个人的价值趣味。当某些事象合乎某个人的价值趣味，他就会表现出一些或喜或乐的情感，反之，则表现出或忧或怒的情感。因此，人的情感，实质上也是人性在日常生活状态中的一种自觉或不自觉的反映。我们强调文学对人类情感的表达，就是从心理和生理层面，使文学切实潜入生命的内在层面，包括非理性层面，彰显人性的各种实然状态与丰饶景观。所以，周作人说："我们写文章是想将我们的思想，感情表达出来的。能够将思想和感情多写出一分，文章的艺术分子即加增一分，写出得愈多便愈好。"[3]

人类的情感不仅丰富复杂，而且微妙幽深。特别是受制于日常生活相关伦理和观念的制约，不同的人在特定的日常生活情境中，总会通过各种手段控制自然情感的直接表露，甚至会因为特定的利益关系而做出情感的反向表演，不可能都像未经世事的孩童般，无所顾忌地表达自己

---

[1] 朱光潜：《朱光潜全集》（第5卷），第12页，中华书局，2012年。
[2] 傅庚生：《中国文学批评通论》，第247页，文化艺术出版社，2018年。
[3] 周作人：《中国新文学的源流》，第59页，江苏文艺出版社，2007年。

的喜怒哀乐。这是日常生活中观念活动的重要表征之一。因此，当文学在直面人的情感世界时，必须将之纳入特定的生活情境之中，借助观念活动的相关经验，揭示各种情感表达的吊诡之处。这些吊诡之处，通常也是丰富人性的重要体现。同时，人类情感之中还包含了诸多非理性的潜在特征，而且在人类日常生活中表现得更为复杂，它们同样也是文学的一种重要表现领域。因此，当"言志"真正聚焦于人类情感时，其实也是聚焦于无限复杂的人性。在日常生活诗学中，无论诗人还是作家，都非常注重隐藏在各种情感表象之下的人性"皱褶"，强调从那些被日常经验遮蔽的地方入手，凸现人性的微妙与繁复。

三是强调表达形式的自由开放。

传统的"言志"理论非常注重文学表达的内在自由。周作人就曾盛赞袁宏道的"信腕信口，皆成律度"之创作方法，认为"这八个字可说是诗言志派一向的主张"，[1] 具体地理解，就是忠于自我的性情，独抒灵性，"写文章时不摆架子，当可写得十分自然。好像一般官僚，在外边总是摆着官僚架子，在家里则有时讲笑话，自然也就是很真诚了。所以，宋朝也有好文章，却都是在作者忘记摆架子的时候所写的"。[2] 他甚至认为，"古今来有名的文学作品"，多源于此。因为在周作人看来，真正的文学"只有感情没有目的。若必谓为是有目的的，那么也单是以'说出'为目的"。[3] 这种"无用之用"的艺术立场，使他从骨子里就拒斥文学的"意义"，崇尚文学的"意味"。所以，他对文学的定义是，"文学是用美妙的形式，将作者独特的思想和感情传达出来，使看的人能因而得到愉快的一种东西"。[4]

周作人的观点当然有些偏颇，但也并非信口雌黄。人们常言"为文无法""法即自然"，其在骨子里就是要强调"信腕信口"，也即公安派

---

[1] 周作人：《中国新文学的源流》，第24页，江苏文艺出版社，2007年。
[2] 周作人：《中国新文学的源流》，第21页，江苏文艺出版社，2007年。
[3] 周作人：《中国新文学的源流》，第12页，江苏文艺出版社，2007年。
[4] 周作人：《中国新文学的源流》，第2页，江苏文艺出版社，2007年。

恪守的"独抒性灵,不拘格套"。问题当然不在于不拘格套的自由表达,而在于"腕""口""性灵"之类,又是源自何处?无疑,它们都源自创作主体的个人身上,但也绝非天生就有且独一无二的。根据日常生活的相关理论来说,人类的任何一种言语和行动,都会受制于特定文化的制约,其"腕""口"也罢,"性灵"也罢,虽属个体之身,但它们同样承载了特定的文化信息,而这些文化信息恰恰是文学所要表达的意味。日常生活诗学在重建人类完整生活的过程中,同样也极力推崇自由的表达形式,以便在"有意味的形式"中,传达创作主体对日常生活本质的隐喻。所以,"言志"在彰显一种自由自在的表达策略中,也体现了日常生活诗学所追求的审美形式。

在简要考察了"言志"传统的流变及其内在特质之后,我们可以看出,它的核心内涵与日常生活诗学的精神存在着明显的同构倾向。我们甚至可以认为,"言志"传统其实是日常生活诗学的早期理论形态。"言志"传统之所以没有被提升到日常生活诗学的层面上,主要在于包括"言志"在内的各种古代文论,在后来的不断阐释过程中,存在着巨大的反差,有时甚至是相互矛盾,导致其理论指向的不确定性。而当我们从现代观念上来重新梳理这一传统,特别是从其主要内涵上来细细辨析,便可以看出"言志"理论在日常生活诗学中具有发生学的意义。

第二节 启蒙语境中的日常生活书写

在考察"言志"传统的文学流变时,我们曾反复指出,"言志"理论不仅突出了文学与人类情感的内在联系,使文学触及到人类在非理性状态下的一些人性状态,而且在日常观念活动的参与下,又让文学呈现出某些理性化的倾向,展现了十分开阔的文学表达空间。尽管中国的传统文学尚未形成一种人的整体生活观,但"言志"理论或多或少已传达了这种艺术上的努力。正因如此,周作人才做出"新文学的基本观念是

'言志'"的判断。[1]

但中国新文学的发展主流是启蒙，直到20世纪30年代后期开始，又变成了启蒙与救亡的双重变奏，这是学界的基本共识。按理，无论是启蒙还是救亡，都是带着明确的组织性、整体性和集体性的文学实践，应该更加注重对人的非日常生活领域的审美表达，至于平庸琐碎的日常生活，几乎可以忽略不计。但事实却并非如此。在创造社、语丝社、新月派、沉钟社、湖畔诗社、鸳鸯蝴蝶派等众多文学社团或流派中，诗人和作家们都自觉地强调文学对日常生活的审美表达，推崇文学作品的内在审美价值。即使是文学研究会、太阳社等文学社团，其成员也同样强调对日常生活中的平民生活及其情感状态的书写。这说明周作人的判断有着一定的事实依据，同时也表明了人类日常生活与文学艺术有着难以剥离的内在关联。

这种内在的关联，既体现了文学艺术特有的审美策略，也是日常生活诗学所要关注的重点。有学者就认为，中国社会在本质上就是一个巨大的日常生活世界："第一，农业文明条件下，绝大多数人终身作为纯粹的日常生活主体，被闭锁在封闭的和自在的日常生活世界之中"；"第二，在农业文明条件下，不发达的非日常社会结构也是按照日常的自然主义和经验主义原则组织运作的"；"第三，中国传统自觉的文化对自在的文化的认同与强化导致了自在的文化，即日常生活图式和结构对人的行为模式的专制统治，使人很难由自在自发的日常生存状态进入到自由自觉的非日常生存状态"。[2] 深受自在文化的内在影响，无论我们怎样处理那些自觉的文化，都不可能脱离日常生活的内在规约。同时，我们也曾不断强调，日常生活诗学并非完全拒绝历史或现实的宏大命题，也不排斥对人类理性生活的深度反思，只不过它更加自觉地立足于日常生活内部，从这种最基础、最核心的人类生活出发，通过不同的表达策略和文本形态，展示创作主体对于人类生活完整的理解，突出人与物、身

---

[1] 周作人：《中国新文学的源流》，第48页，江苏文艺出版社，2007年。
[2] 衣俊卿：《现代化与日常生活批判》，第341—343页，人民出版社，2005年。

与心相统一的"人学"观念。这一方面是人类生活本身所决定的，因为人类的完整生活包括了日常生活和非日常生活两个部分，两者之间彼此渗透，并且常常处于互动与互构状态；另一方面，日常生活本身就蕴藏着各种重大社会变革的内在因素，日常生活中人的"异化"倾向，已表明了人对自我生存境遇的真切感受及反抗意愿。

纵观中国新文学百余年的发展历程，启蒙思潮占据相当突出地位的，主要是两个时段：一是五四时期到20世纪30年代，一是新时期之后的20世纪80年代。这两个时段的主要文学实践，都带着明确的启蒙主义意愿，可视为启蒙语境驱动下的文学创作。如果从主体思想的角度看，这两个时段的启蒙对象和目标各有不同，但在具体的文学实践中，均突出了对"人的文学"的理想建构，只不过后一时段的文学创作对文学主体性的探讨要更为全面也更为深入一些。如果从审美的角度看，这两个时段的文学创作其实都试图回避单纯的、宏大性的非日常生活书写，努力让文学回到日常生活的具体情境之中，回到日常生活语言之中，通过普通个体生命在日常生存中的自我解放与人性诉求，传达相关的启蒙主义思想。也就是说，它们是以人本主义为依托的文学启蒙，本质上仍然体现了文学对日常生活的自觉关注。

西方启蒙思想自近代进入中国之后，虽然潜行了很长一段历史时期，但一直像地火般未曾熄灭。新文化运动明确倡导启蒙主义思想，高举"德先生"和"赛先生"之大旗，发起了一场声势浩大的"反传统、反孔教、反文言"的文化革新运动，并将"文学革命"视为重要的突破口。在这场"文学革命"运动中，胡适的《文学改良刍议》作为宣言性质的文章，明确倡导新文学将使用白话文作为书面语言，在文体上追求自由不拘一格，并且毫不含糊地提出"八不主义"的创作主张："一曰，须言之有物。二曰，不摹仿古人。三曰，须讲求文法。四曰，不做无病之呻吟。五曰，务去烂调套语。六曰，不用典。七曰，不讲对仗。八曰，不避俗字俗语。"[1] 细细辨析这"八不主义"，从创作内容到文体形式，几乎每条都在强调文学与现实生活特别是日常生活的关系，连"不避俗字俗语"这类使用日常生活口语的语言要求都作了鼓动。

与《文学改良刍议》相呼应的理论文章，此时也如雨后春笋般涌现。其中，不少文章同样强调文学必须对平民化日常生活的审美表达，标举那些通俗易懂的、普遍性的日常生活书写。如陈独秀在《文学革命论》中就高举三大主义："曰，推倒雕琢的阿谀的贵族文学，建设平易的抒情的国民文学；曰，推倒陈腐的铺张的古典文学，建设新鲜的立诚的写实文学；曰，推倒迂晦的艰涩的山林文学，建设明了的通俗的社会文学。"[2] 随后，周作人也发表了《人的文学》《平民的文学》等文章，立足于人性的解放，极力推崇西方人道主义价值观，认为"以人道主义为本，对于人生诸问题，加以记录研究的文字，便谓之人的文学"，中国新文学就是努力建构"人的文学"，所以应该关注那些"非人的生活"，充分表现"灵肉一致"的人生，使文学实现"利己而又利他，利他即是利己"的"理想生活"。[3] 在《平民的文学》中，周作人进一步阐述了"人的文学"之观念，认为文学应当作用于人生上，并提出了"普遍"与"真挚"的写作原则，倡导"以真为主，以美即在其中"的审美观。这些文章作为文学启蒙的旗帜性思想，对中国新文学的发展产生了巨大的影响，也使人们从艺术观念到创作实践上逐渐形成了明确的变革目标。从中国新文学的具体创作实践看，这一时段的文学创作，主要是立足于普通人的日常生活境遇，通过他们的各种生存困惑及内心诉求，传达创作主体对于现代启蒙精神的有关思考。从日常生活书写的角度来看，主要体现在以下几个方面。

一是极力倡导个性解放的人本思想。

---

[1] 洪治纲主编：《胡适经典文存》，第99页，上海大学出版社，2004年。
[2] 林文光选编：《陈独秀文选》，第177页，四川文艺出版社，2009年。
[3] 钟叔河编订：《周作人散文全集》（第2卷），第87—88页，广西师范大学出版社，2009年。

从西方启蒙理念出发，中国新文学最主要的思想诉求，首先就是人的解放，即反抗封建传统的各种伦理压制，质疑传统秩序中各种"非人的生活"，重建自由而健康的人性。用鲁迅的话说，就是通过呐喊的方式，唤醒那些长期沉睡在铁屋子里的民众，使他们麻木的灵魂获得苏醒，并为自我的解放去抗争。所以，我们看到了《阿Q正传》《孔乙己》《祝福》《故乡》等作品中一批被禁锢已久的麻木的底层灵魂，也看到了郭沫若《女神》中的呼告，以及新月派诗人们对自由的歌吟，还看到了冰心《斯人独憔悴》、汪敬熙《谁使为之？》、罗家伦《是爱情还是苦痛？》、叶绍钧《这也是一个人？》等一大批"现实问题小说"，用周作人的话说："问题小说，是近代平民文学的出产物。这种著作，照名目所表示，就是论及人生诸问题的小说。"[1] 这些创作所涉及的主题都较尖锐，直指灵魂的麻木、人性的禁锢和情感的困局，但它们在创作方式上，都是着眼于普通人的生活与情感，通过日常性的经验，传达人性解放所面临的各种问题。

这方面最突出的就是女性解放问题。毫无疑问，女性解放也是人性解放中最重要的组成部分。从胡适推崇易卜生的话剧而创作《终身大事》开始，女性解放的启蒙思想在中国新文学中就十分活跃，"娜拉出走"几乎成为那个时代的重要呼声。在文坛上，不仅涌现了凌叔华、陈衡哲、庐隐、冯沅君、林徽因、丁玲等一大批自觉关注女性自我命运的女性作家，推出了《酒后》《海滨故人》《春痕》《莎菲女士的日记》等鼓动女性情感自由选择的作品，还出现了鲁迅的《伤逝》《祝福》之类对女性解放提出深度思考的作品。特别是在《伤逝》中，鲁迅借助子君与涓生的悲剧性爱情，提出了"娜拉出走后怎样"的问题，将女性解放引向更为复杂的社会深层。

二是确立了平民生活价值的重要性。

在新文学的启蒙思想中，建构"平民的文学"一直是一个重要的文

---

[1] 钟叔河编订：《周作人散文全集》（第2卷），第106页，广西师范大学出版社，2009年。

艺目标。这个目标主要指向两个方面：一是书写普通平民的生存境况，特别是他们所处的"非人的生活"，以唤醒大众对自我生存现状的变革。二是消解贵族化、山林化、阶层化的文学，使文学真正成为人民大众能够欣赏的艺术。在秉承陈独秀《文学革命论》的基础上，周作人提出了《平民的文学》之主张，并在此文中明确指出，"平民文学"首先是书写大众在日常生活中普遍具有的思想与情感，即普通男女的悲欢，而且道德上应该体现出人人平等的姿态；同时，"平民文学"应倡导真挚的、平易近人的文体，不能推崇英雄豪杰、才子佳人式的传奇，更不要追求通俗文学的格调，"只须以真为主，美即在其中"。此外，周作人还强调，"平民文学"不是慈善主义文学，因为慈善带有一种自我标榜的道德行为，是贵族对贫贱之人彰显自身道义的方式，不符合人人平等、自立与互助的新道德观念。[1]

中国新文学的这种平民文学观，固然是基于启蒙普罗大众的内在需求，但在本质上也确立了平民大众的命运及其日常生活的文学价值，赋予了文学广阔的现实生活图景。事实上，像鲁迅的大量小说都涉及普通农民、乡村妇女、城里车夫的日常生活，即使是《在酒楼上》看似在书写启蒙之后的知识分子命运，同样也写到了顺姑等乡村妇女的生活及命运。郁达夫的《迟桂花》更是倾其笔力，呈现了乡野女性的内心之美之纯。徐志摩的《翡冷翠的一夜》《沙扬娜拉》，以及湖畔诗社的大量诗歌，也都抒写了日常生活里普通男女之间的情感。如果我们再看看语丝社中周作人、林语堂等人的散文，也都是立足于日常生活，"任意而谈，无所顾及"，展示了日常生活内部各种耐人寻味的人生意趣。

三是全面确立了白话文的审美地位。

中国新文学之初，胡适就充当了一位身体力行的文学变革先驱者，他不仅在理论上极力倡导白话文写作，还自觉尝试白话文诗歌创作，并出版了让人耳目一新的白话诗集《尝试集》。随着沈尹默、钱玄同、刘

---

[1] 钟叔河编订：《周作人散文全集》（第2卷），第102—105页，广西师范大学出版社，2009年。

半农等众多新文学干将的加盟,白话文写作的潮流不断扩大,期间虽然也受到学衡派、甲寅派等成员们的攻击和嘲讽,但白话文写作的风尚仍然深受广大青年的热捧,并逐渐确立了自身的文学表达地位。

白话文作为一种新型的语体文,是以现代汉语口语为基础,经过加工的书面语。它不同于文言文的艰涩难懂、受众面小,而是承袭了日常口语的诸多优势,使其在表达上更加灵活自由、通俗易懂。白话文在古代有着较长的历史,从宋代的话本、明清的部分白话小说,包括《金瓶梅》《水浒传》《西游记》《红楼梦》等,均为古代的白话文学作品。但这类白话作品毕竟只是少数,文言文一直是古代文学的主流。所以,新文学所倡导的白话文写作,一方面是顺应了通俗的、平民的文学之理念,使文学创作和欣赏有效突破贵族化的阶层限制,回到真正的平民生活之中,成为平民能够广泛参与的艺术实践;另一方面也有效推动了文学向日常口语以及日常生活的倾斜。语言的背后就是生活,当"俗字俗语"可以进入文学,意味着俗世性的日常生活将成为文学正当的表达对象,也意味着文学的表达形式可以更为自由,与丰富多元的日常生活构成了紧密的呼应。

文学毕竟是语言的艺术。语言的变革对于文学的发展有着本质性的影响,因为语言意味着思维,意味着它所置身的生活形态,意味着作品最终的基本美学形态,也意味着某种艺术价值观。当中国新文学确立了白话文的写作地位,这也表明了从表达对象、艺术思维到文本形态、审美趣味,都发生了重要改变,即向普通大众的日常生活逼近,使文学语言在日常生活中获得其应有的生命力。

四是推动了各种文体的自律性发展。

中国新文学的启蒙语境,不仅促动了文学向平民大众和日常生活方面迈进,确立了一系列重要的现代文学艺术观念和理想目标,还在文学自身的体裁方面也走向了全面的自觉。从文艺理论、话剧、诗歌,到小说、散文以及杂文,都获得了异常丰富的发展。特别是众多文学社团和流派在理论上的各种探索,包括对西方现代文学的引鉴,形成了众声喧哗的文学创作景观。在这种多元化的文学格局中,各种文体的自律性探索也日趋深入。特别是到了20世纪30年代初期,各个文体中都出现了一系列典范之作,也产生了一大批杰出的诗人和作家,形成了中国现代文学的高峰。

这些不同文体的快速发展,在有效驱动文学自身繁荣的同时,也促使中国新文学以不同方式共同聚焦平民大众的日常生活,为确立"人的文学""平民的文学"提供了坚实的实践基础,也为日常生活诗学的形成打下了重要的基础。

与五四时期的启蒙思想稍有不同,20世纪80年代的文学启蒙是在改革开放、思想解放的大背景下展开的。它主要突出文学对一元化思维及观念的突破,张扬文学的内在审美价值,重建个人的主体意识和自由精神。因此,这一时段的文学虽然也带着明确的启蒙主义特征,但在日常生活书写上,则呈现出另外一些审美动向。这主要体现在以下两个方面。

首先是重返普通人的正常生活秩序,展现个体生命的内心正当诉求。这主要是针对以往的集体化生活所导致的个人日常生活空间极度萎缩、个人正常生活欲求被集体意志不断限制、非日常生活成为主要生活形态的情况。因此,当新时期初期的"朦胧诗"在不断张扬历史英雄主义精神和高迈的集体主义价值时,以"PASS北岛"为口号的"第三代诗人"便迅速揭竿而起。他们以民间性的生长方式,在"反英雄主义"的写作中,不断消解一些献身式的殉道主义价值观,标举普通人的世俗生存之乐。在胡冬的《我想乘上一艘慢船到巴黎去》、李亚伟的《毕业分配》、邓翔的《一个汉子》、于坚的《尚义街六号》等代表性诗作中,我们可以清楚地看到,诗人们都旗帜鲜明地拆解历史赋予人的非世俗性价值,拒绝任何社会性的历史文化担当,追求"回到诗歌本身""回到个人",不断强调诗歌对个体生命形式和日常生活情态的表达,并将个人与现实生活所建立的真实联系作为写作的前提,包括对于"日常语言"的袭用等,充分彰显了世俗个体存在的自足性和自在性。

与此同时,一股强大的新历史小说潮也随之崛起。几乎在很短的时间内,文坛便涌现了莫言的"红高粱"系列,乔良的《灵旗》,权延赤的《狼毒花》,格非的《敌人》《迷舟》,苏童的《妻妾成群》《红粉》,周梅森的"战争与人"系列,叶兆言的"夜泊秦淮"系列等一大批书写历史的小说。与传统的历史小说相比,这些小说中的"历史",都只是一种无法勘证的历史故事,其中的人物也都是一些无从考证的庸常百姓或底层军人。也就是说,这些小说,只是作家们借助了特定的历史时空,自由地表达了创作主体对人的存在和命运的思考。它以民间化立场,将传统的"大历史"还原为日常生活的"小历史"。

这种民间化、微观化的叙事立场,是新历史小说的一个重要特征。相对于权威历史话语所建构的大规模、全景式的宏大历史叙事,展示"历史的潮流,浩浩荡荡,顺之者昌,逆之者亡"的历史走向,这些作品中的历史叙事,更多的是以一个现代人的独特体验,在创作视点下沉的过程中,着眼于民间的逸闻轶事、个人命运、家族沉浮,在个人化和碎片化的历史镜像中,探查无处不在的历史宿命和悲剧人生。"历史叙事不再被用于追述权威历史话语,相反,它正被用于廓清被'史传传统'所遮蔽的个人体验。历史从'舞台'转向了'后台',人物从'角色'转向了'自我'。"[1] 于是,一种带有人间烟火味的、属于普通人的历史镜像慢慢浮出历史的地表。譬如莫言的《红高粱》中,对高粱地里那种野性十足的原始生命激情的激赏,对"藏污纳垢"而又汪洋恣肆的民间世界的描摹,构成了小说的审美内核;叶兆言的"夜泊秦淮"系列中,对普通人的喜怒哀乐,以及那种独特而迷离的历史风情的展示,成为历史的主要景象;苏童的《米》、刘恒的《伏羲伏羲》等小说,对食、色之类自然人性、原始欲望的集中考察,成为作品的内核;格非的《大年》、李晓的《相会在K市》对不可捉摸的命运的呈现,成为作家探究历史的主旨。这些小说都是在书写微观的、日常生活化的"小历史",

---

[1] 王侃:《新历史主义:小说及其范本》,《浙江师范大学学报》(社会科学版),2009年第5期。

体现了当代作家对历史的别样探视。即便是在《家族》《笨花》《圣天门口》这样带有"史诗性"追求的新历史小说中,也同样是在关注家族命运和个体命运的基础上,展现出历史的宏阔与复杂。

其次是以文化寻根的方式,重审中国传统文化在日常生活中的表现形态,辨析这些传统文化的优劣,探讨它们在现代化进程中的价值与局限。在"寻根小说"之前,江河、杨炼等一批诗人便开始对中国传统文化进行现代质询。随后,颇有影响的民间诗歌社团"整体主义""新传统主义"等,也继续承袭"文化寻根"的创作途径,不断向本土文化的内部挺进。"整体主义"的主要成员石光华、宋渠、宋炜等人,曾深受江河、杨炼"文化史诗"探索的影响,从日常生活表象中,寻找传统文化的史诗气息,再现中国现代诗歌的阳刚之美。在"寻根小说"中,作家们所要寻找的"根",也是那些在民间延续着顽强生命的传统文化,如楚文化、吴越文化、庄禅文化,以及其他少数民族文化,等等。"乡土中所凝结的传统文化,更多属于不规范之列。俚语、野史、传说、笑料、民歌、神怪故事、奇风异俗等,其中大部分鲜见于经典,不入正统。"[1]因为这些散落在民间的文化,相对于"僵化的、腐朽的、衰败的、已经死去的文化"来说,是新鲜的、自然的、自由而活泼的。因此,"规范之外的,才是我们需要的'根',因为它们分布在广阔的大地,深植于民间的沃土"。[2]在他们看来,文学创作只有将"根"深植于这样的鲜活文化的岩层中,才有可能创作出根深叶茂,既具有"民族自我"又能与"世界对话"的全新文学。

毫无疑问,在现代性诉求中,"寻根文学"的倡导者们有着坚实的理性思考,渗透了非常明确的现代理性精神。如李杭育就曾清醒地说道:"总而言之,由表及里,由衣食住行深入到观念意识乃至智能的结构、模式,我们都排列进世界性的规格系列里去了。在你我的身上已经没有很多中国的气味、中国的素质。我们的民族个性在一天天的削弱,

---

[1] 韩少功:《文学的"根"》,《作家》,1985年第4期。
[2] 李杭育:《理一理我们的"根"》,《作家》,1985年第9期。

民族意识是愈来愈淡薄了。"但是,"世界上那些大作家,中国的也在内,没有哪一个是缺乏他的民族意识和天赋个性的,也没有哪一个对他的民族的文化只是一知半解的。大作家全都是他那个民族的精神上的代表"。[1]韩少功则从民族与世界的关系中,毫不含糊地指出:"这里正在出现轰轰烈烈的改革和建设,在向西方'拿来'一切我们可用的科学和技术、思想和制度,正在走向现代化的生活。但阴阳相生,得失相成,新旧相因。万端变化中,中国还是中国,尤其是在文学艺术方面,在民族的深层精神和文化物质方面,我们仍有民族的自我。我们的责任也许就是释放现代观念的热能,来重铸和镀亮这种自我。"[2]但在具体的创作实践中,"寻根文学"主要还是立足于平民百姓的日常生活,从日常生活的风俗、仪式、生存行为、文化活动等形式中,审视传统文化的内在特质,像《诺日朗》《半坡》《悬棺》《大佛》等诗歌作品,《爸爸爸》《小鲍庄》《棋王》《最后一个渔佬儿》《合坟》等小说,都是如此。

无论是五四时期还是20世纪80年代,在启蒙主义的语境之下,中国文学都呈现出一种对社会生活的金字塔式表达,"(1)处于金字塔底部的最基础的层次是由衣食住行、饮食男女、婚丧葬娶等日常消费活动、日常交往活动和日常观念活动构成的日常生活世界。它曾是人类社会的原生态,是日常生活世界得以生成并赖以存在的基础。(2)处于金字塔中部的是非日常的社会活动领域,如社会化生产、经济、政治、技术操作、经营管理、各种公共事务,等等。(3)处于金字塔顶部的是科学、艺术和哲学等自觉的人类精神生产领域或人类知识领域。这样一个金字塔结构不但包含着人们熟知的经济基础与上层建筑构成的发达形态的人类社会结构,而且揭示了它的潜基础结构,即被人们习以为常,熟视无睹地置于背景世界之中的日常生活领域,因而更能形成关于人类社会的总体图样"。[3]其中,处于底层的日常生活不仅没有被中国文学实

---

[1] 李杭育:《"文化"的尴尬》,《文学评论》,1986年第2期。
[2] 韩少功:《文学的"根"》,《作家》,1985年第4期。
[3] 衣俊卿:《现代化与日常生活批判》,第18页,人民出版社,2005年。

践所剥离，还因为启蒙思想的内在诉求，在审美内涵上获得了更加突出的表达。这种表达，一方面是为了从不同维度、不同层面，以不同方式建构起"人的文学"，还原人作为一种文化的、历史的、现实的生命存在，使中国文学走向个体自我觉醒之审美理想；另一方面也将人的主体意识和理性思考真正融入世俗生活之中，从而揭示了各种非日常生活与日常生活互动互构的基本形态。它既丰富了"言志"传统的文学表达空间，也拓展了日常生活背后所负载的各种社会历史意志。

第三节 集体意志中的日常生活表达

如果说启蒙思潮是一种现代性的内在需求，体现了中国历史发展的某种必然性进程，那么在这种必然性的进程中，我们还应该看到，历史的发展仍然存在着诸多的不确定性。譬如抗日战争和解放战争；譬如新时期之前的各种社会化运动。这些非日常生活领域中的重大历史变动，不仅深刻地影响了政治活动、经济活动、公共事务等组织化的社会活动领域，也同样极大地影响了科学、文学、艺术、哲学等人们自觉的精神生产领域。因为"非日常对象世界主要呈现为一个自为的和属人的对象世界"，具有自觉和自为的特征，非日常世界由有组织的社会活动和自觉的精神生产两大领域组成……在各个领域中，人都与对象世界建立起某种特定的关系，即不同的把握对象的方式，其中最重要的有如下几种：(1) 在社会化大生产中，人与对象的之间建立起有目的、有计划的改塑或建构的关系。(2) 在经济流通活动中，人同对象之间建立起以科学信息为基础的严密计算的关系。(3) 在政治等社会组织活动中，人同对象之间建立起自觉的、有目的的组织建构关系。(4) 在实证科学领域，人与对象之间建立起理性思考、分析推理、试验计算的关系。(5) 在文学艺术创作活动中，人与对象之间建立起一种审美关系。(6) 在哲学沉思中,人与对象之间建立起深刻的理性反思关系。[1]我们无意在此分析非日常生活的内在逻辑,只是想借此说明,当一些重大的非日常活动成为社会统一组织的集体行动时,它就会凭借明确的社会集体意志,包括社会制度、思想要求与资源配置,以一元化的价值观念作为标尺,在社会动员机制中,对文学艺术实践形成内在的制约与规范。

应该说,这种制约与规范在中国当代文学中一直到新时期之初,都表现得比较突出。它体现了社会集体意志在非日常生活领域中的统领地位。这种集体意志,主要是通过社会动员机制,在全民参与的集体化行动中来实现的。其中的社会动员是一种社会组织化的重要方式,它表现为现代化进程中意识形态对于个人思想方式和行为方式转变的引导,"社会动员被视为一种社会影响。在社会生活中,社会对个体的影响是广泛、复杂的,贸易、法律、教育、媒体、道德等等都是社会对个体产生影响的渠道。同时,社会动员也是一种对个体思想和行为产生持久影响的社会因素,社会成员在某些经常、持久的因素影响下,其态度、价值观会逐渐发生变化,并表现、落实在具体的行动上"。[2]事实上,这种社会动员机制,是任何一个国家的意识形态领域都会动用的管理策略,其目的就是要在全社会的非日常生活领域形成合力,实现相关的历史任务和发展目标。

在新中国成立之初,无论是社会内部的思想还是外部的观念,都充满了各种潜在的矛盾和冲突,尚未形成高度的一致性。面对这种复杂的形势,国家运用社会动员机制几乎不可避免。因此,"新中国成立后的一段时间,通过大规模的群众动员来巩固政权和建立秩序,也获得了显著成果。这一时期的社会动员强调舆论宣传和思想改造在社会动员中的作用,实际操作上大致有三种方式:加强对领袖的个人宣传,建立全社会一致的政治信仰;大力灌输阶级教育和革命英雄主义教育,树立榜样和目标,统一社会行为方式;发动形形色色的批判运动,在思想改造过

---

[1] 衣俊卿:《现代化与日常生活批判》,第117—118页,人民出版社,2005年。
[2] 董惠敏:《关于社会动员的扩展性评述》,《国家治理》,2015年第32期。

程中区分界限。包括抗美援朝、'三反五反''大跃进''文化大革命'等,群众动员在20世纪五六十年代达到了高潮,社会动员几乎涉及到所有领域"。[1]这三种社会动员方式,均以不同方式延伸到文艺创作领域,并产生了一系列重要影响。其中的标志性事件,当属新中国成立前夕的全国第一次文代会。经过一系列精心安排和社会动员,从文艺方针、组织机构到报刊阵地,第一次文代会基本上完成了新中国文学制度和文学秩序的建构。用郭沫若的话说,"工作纲领将更加集中,工作内容将更加丰富,工作步骤将更加整齐了";[2]周扬则更为明确地说道:"毛主席的《文艺座谈会讲话》规定了新中国的文艺的方向,解放区文艺工作者自觉地坚决地实践了这个方向,并以自己的全部经验证明了这个方向的完全正确,深信除此之外再没有第二个方向了,如果有,那就是错误的方向"。[3]全力倡导社会主义文学"为工农兵服务",由此成为新中国文学发展的基本方向。这也意味着,新中国文学开始逐渐形成社会主义现实主义一元化的内在格局。

作为一种全新的社会主义文艺发展范式,这种现实主义一元化审美观念,固然对中国作家个体的文学实践形成了一定的制约,但它并没有回避文学对日常生活的书写,而是相反,要求广大文艺工作者倾心创作"人民的文艺",使文艺创作真正与广大人民、与工农兵相结合。"它要求作家从现实的革命发展中动态地去描写现实生活,要求作家要站在进步的立场上'去熟悉人民的新生活,表现人民的先进人物,表现人民的新的思想和感情',写光明、写正面人物成为作家的首要任务,以这些人物表现新的思想,进而教育人民、打击敌人,为社会主义建设服务。"[4]不可否认,这种一元化的创作要求使文学过于突出了"载道"

---

[1] 董惠敏:《关于社会动员的扩展性评述》,《国家治理》,2015年第32期。
[2] 中华全国文学艺术工作者代表大会宣传处编:《中华全国文学艺术工作者代表大会纪念文集》,第137页,新华书店,1950年。
[3] 中华全国文学艺术工作者代表大会宣传处编:《中华全国文学艺术工作者代表大会纪念文集》,第70页,新华书店,1950年。
[4] 李扬:《中国当代文学思潮史》,第6页,上海社会科学院出版社,2005年。

功能，甚至出现了文学工具化倾向，但同时，围绕着现实主义和大众化等重要原则，中国文学依然保持着对日常生活的审美书写。

　　这种日常生活的审美表达，首先体现在革命战争记忆的历史书写上。新中国成立之初，大量战争题材的作品都洋溢着革命英雄主义和理想主义的气质，饱含了各种革命浪漫主义的审美特质，这是一个不争的事实。但是，在各种颂歌式的史诗性书写中，也不乏一些耐人寻味的日常生活和日常情感的审美表达。即使是像胡风《时间开始了》这类交响乐般的史诗，其中也有不少章节（如《光荣赞》《青春曲》中的一些章节）同样立足于一些英雄人物的平凡生活，从日常情感中抒写他们的不平凡。在"红色经典"《红日》《红岩》《红旗谱》中，都是以日常生活的叙事作为依托，从人的日常情感和伦理关系中不断演绎人性与理想的冲突、个体命运与革命信仰的纠葛。如《红日》中有关军长沈振新的家庭、婚姻、爱情生活叙事，就生动地呈现了他的喜怒哀乐和兴趣爱好，再现了英雄人物的世俗情怀；《红岩》中的江姐与小萝卜头的母子般情感书写，很好地呈现了血缘亲情式的情感形态；《红旗谱》中大量乡村生活的叙述，也都带着浓郁的日常生活气息。当然，出于革命英雄主义的主题需要，这些作品中的日常生活情节或细节表达，更多的是为了烘托和完善人物的非凡品质，尚未形成日常生活特有的审美趣味。

　　在这些革命战争记忆的书写中，也有一些作品将革命斗争或战争作为背景，让故事倾注于日常生活中人性与人情的表达，并由此获得了较高的艺术评价。像茹志鹃的《百合花》就极力避开了淮海大战的残酷炮火，仅选择战场前沿包扎所里发生的一个小插曲，以淡淡的抒情笔调叙述了一位腼腆而天真的小通讯员为掩护担架队员牺牲了，而一位羞涩纯洁的农村新媳妇，一针针地缝着死者衣肩上的破洞，含泪将自己新婚用的百合花被盖在死者身上。这种近乎本能的日常举动，鲜活地呈现了普通人群之间真挚、纯洁、深厚的情意。刘真的《我和小荣》《好大娘》等均以敌占区为故事背景，倾力演绎了平民百姓的日常生活，尤其是军民之间充满伦理关爱的质朴情感，像小王、小荣、大娘等人物形象，可谓如闻其声、如见其形，体现了日常生活的本真形态。杨沫的《青春之歌》则将充满理想情怀的林道静安置在风云变幻的革命斗争旋涡之中，让她带着少女般的情感和浪漫的生命本色，不断穿梭于不同人物之间，袒露自我内心的矛盾与纠葛，使人物性格的变化与命运的变化形成了密切的共振。林道静之所以显得血肉丰满并且真实感人，关键在于作家没有回避人物的文化身份及其特有的日常生活追求，让情爱、虚荣、浪漫和特殊的现实交织在一起，使她从一个日常性的知识少女逐渐成长为革命战士，体现了颇为坚实的叙事说服力。

这种日常生活的审美表达，同样体现在乡村生活的日常经验书写上。在平民化和大众化的艺术感召下，新中国成立后的大量作家都凭借自身丰富的乡村日常生活经验，围绕新中国成立后的一系列社会主义改造运动，生动地演绎了中国乡土社会中日常生活的变革图景，涌现了一大批较为重要的作品，如柳青的《创业史》，孙犁的《铁木前传》，赵树理的《三里湾》《"锻炼锻炼"》，周立波的《山乡巨变》，李准的《李双双小传》，王汶石的《新结识的伙伴》，以及浩然的《艳阳天》，等等。无疑，这些作品都明确体现了社会主义建设的集体性目标，带有鲜明的意识形态化观念，但它们对乡村日常生活的叙述，都充满了中国乡土文化结构的基本生存形态，特别是对一些保守、落后的农民形象及其内心世界的描摹，非常生动地呈现了日常生活中极为丰饶的生命景象。像《创业史》，就是通过渭河平原下堡乡蛤蟆滩互助组的建立、巩固和发展以及第五村村民在合作化运动中思想、心理和行动的叙述，表明了在当时农村贫富两极分化的严重矛盾状况下，开展互助合作运动所面临的诸多尖锐问题。小说不仅细腻地展现了陕北农村的自然风貌和生活习俗，饱含浓郁的地域色彩和乡土气息，还塑造了梁三老汉、梁生宝等一批乡村农民的生命本色。像梁三老汉，作为一个勤劳、务实、耿直而又思想守旧的老式农民，其内心固有的私有制观念和小农经济的生产方式、生存方式，使他因循守旧，对梁生宝走合作化道路顾虑重重；但同时，其自身社会地位的变化以及乡村现实的变迁，又使他对新时代充满了期待。小说最后叙述梁三老汉穿上了他的养子梁生宝孝敬他的一套新棉衣棉裤，觉得光鲜舒坦，便颇感欣慰地说："人活在世界上最贵重的是什么呢？还不是人的尊严吗？"将日常生活中的衣食住行，上升到人的尊严程度，可以看出梁三老汉纯朴的内心世界。这一形象，生动体现了从传统重复性和经验性的日常生活中，逐渐走向现代变革社会的农民最真实的内心困境。

孙犁的《铁木前传》也是一部立足于日常生活伦理的耐人寻味之作。小说通过铁匠傅老刚和木匠黎老东之间的情感变化，巧妙地折射了乡村日常伦理与世俗的功利主义之间的纠葛。在生活极端穷困之时，傅、黎两家相互扶持、患难与共，建立了深厚友情，但到20世纪50年代后，富裕起来的黎老东成为人们奉迎的人物，内心的膨胀和傲慢使他不再像以前那样对待仍然贫困的傅老刚了，两家相约的儿女亲缘成为泡影，两人兄弟般的情谊也在世俗的利益中被肢解殆尽。赵树理的《三里湾》以农村合作化运动为背景，让家庭内部的观念之争，乡村伦理的道德之争，与党内的思想斗争交织在一起，构成了乡村日常生活在社会变革过程中所形成的种种冲突，并进而体现了合作化运动的艰难与曲折。其中，既有一心想走个人发家致富道路的马多寿，他以"刀把地"为要挟，抵制扩社和开渠；又有利用职权谋私利的村长范登高，他雇工跑买卖，被称为"翻得高"，且拒不入社；还有老党员袁天成"脚踏两只船"，在外听从党的领导，在家接受老婆"能不够"的指挥，变相多留自留地，竭力维护个人利益。这些人物虽然不是什么坏分子，但他们突出地体现了普通个体在日常生活中的生存方式和固有观念，折射了日常生活的自在性、自发性与传统文化的惰性、保守性之间的契合状态。

李准的《李双双小传》和王汶石的《新结识的伙伴》中的李双双与喜旺、张腊月与吴淑兰等乡村人物也塑造得非常成功。这些血肉丰满的形象，不是通过"大跃进""办食堂""劳动竞赛"来展现的，而是通过乡村日常生活中那些原生态场景和细节表现出来的。这些细节，包括心理描写、个性化语言和行为描写，都带着浓郁的世俗化、经验化的日常生活气息。浩然的《艳阳天》、陈登科的《风雷》虽然是表现农村阶级斗争的政治化主题，但是由于作者长期生活在农村，对农村日常生活及其不同身份的人物关系非常熟悉，因此，作品在细节处理过程中，仍然呈现出乡土社会特有的日常伦理、日常观念之间的内在纠葛。这种纠葛，不是简单的人与事的冲突，而是固有的、稳定的日常生活秩序面临新的变革时，所导致的人们之间关系及心态的变化，它折射出来的是乡土社会中，非日常生活对日常生活强制性渗透所带来的普遍性问题。

  这种日常生活的审美表达，当然还体现在男女情感和家庭日常生活的冲突书写上。众所周知，衣食住行、饮食男女、婚丧嫁娶、家庭关系等，都是日常生活中原生态的生存图景，也是每个个体得以生存与发展的基本生活模态。特别是男女情感，几乎是人类接近本能的天然情感，也是文学难以回避的表达对象。因此，尽管新中国成立后的主流意识形态并不强调这类日常情感的书写，但很多诗人和作家还是将这类日常生活作为载体，展示各种集体倡导的主题。如闻捷的诗集《天山牧歌》、宗璞的《红豆》、邓友梅的《在悬崖上》、陆文夫的《小巷深处》、丰村的《美丽》等小说，都是这方面的代表之作。《天山牧歌》不仅抒写了祖国西部美丽的草原风光和独特的边疆风情，还展现了少数民族纯真的爱情与欢乐的生活，使边疆的日常生活充满了浪漫和诗意。《红豆》通过不同思想立场的青年男女之间的爱情，真实地表现出青春期男女之间复杂的性爱心理，如江玫明知跟齐虹在政治见解上有很多地方"永远也不会一致"，但她还是爱得那么缠绵，这爱"像鸦片烟一样，使人不幸，而又断绝不了"，导致她和齐虹都陷入无法解脱的矛盾纠葛之中，"这种爱情就像碎玻璃一样割着人"。这种近乎本能式的男女之情，是人类日常生活中难以割舍的非理性生存状态，体现了个体生命的实然性特征。《小巷深处》以曾沦为娼妓的纺织女工徐文霞的情感为主线，叙述了她与技术员之间的相爱过程。徐文霞虽然在社会中获得了新生，也靠自己的诚实劳动与积极进取赢得了人们的尊重，但是面对自己喜欢的异性，她的内心依然充满了自卑和怯懦，畏惧于日常伦理，又渴望心有所属。

这种自我纠结的心理，其实也是人们在日常交往尤其是男女情感交往中，常常遭遇的真实境况。

与男女恋情不同，家庭婚姻则承载了日常生活中的伦理问题。这种伦理，既是日常生活秩序得以维系的基本准则，又涉及个体在群体交往中的道德品质和价值观念，因此往往是文学艺术探究生存困境与复杂人性的重要切口。萧也牧的《我们夫妇之间》、方纪的《来访者》、邓友梅的《在悬崖上》等小说，都在这方面进行了别有意味的探索。其中，《我们夫妇之间》中李克与妻子张英之间的婚姻生活矛盾，从主题上看，是批判知识分子出身的李克过于强调城市生活的浪漫情调，与底层劳动人民出身的妻子在生活观念上产生了差异，但从叙事上说，李克对于新时代的个人趣味与夫妻生活情调的吁求，恰恰反映了日常生活的基本形态。日常生活并不是一成不变的，每个个体都需要通过不同的形式，丰富自己的日常交往活动，包括家庭内部的情感生活。《来访者》则以大学生康敏夫与唱大鼓书的女演员之间的爱情和婚姻生活为主线，揭示了爱情与占有的日常情感之悖论。康敏夫深爱自己的妻子，却将她视为个人的私有财产，逼迫她抛开自己的艺术事业，最后导致妻子离他而去。这种非理性的畸形情感，既隐含了传统男权文化的强权特征，又折射了日常生活中人们对于"戏子"身份的蔑视观念。《在悬崖上》则以婚外恋作为故事主线，传达了日常伦理与个体爱欲之间的冲突。尽管最后伦理战胜了人欲，但作家对婚外恋情的描绘，却是生气勃勃，充满了生命的自然本色。

无论我们怎样评判新时期之前的中国当代文学，在社会主义现实主义一元化审美原则的驱动之下，文学发展难免会存在这样或那样的局限，甚至导致一些文学创作滑入工具化的境遇，这是一个不争的事实。这也是新时期以来，人们不断反思和总结的经验与教训。但是，如果我们从日常生活书写的角度来看，在服务于工农兵的集体召唤中，在大众化和现实性的集体要求下，中国当代文学对日常生活的表达并未中断，只是很多作品中的日常生活未能从本质上回到诗学的核心地位。在一些作品中,作家所呈现的不同个体在日常生活中的正当诉求,也因为与当时观念不合而被置于质疑和批判的立场上,但这种日常生活书写,也从另一种角度证明了文学与日常生活内在的必然性的关联。

第四节 重塑日常生活的生命本色

通过对中国古代文学的"言志"传统、现当代文学启蒙语境以及当代文学集体意志中的日常生活书写的简要梳理,我们可以粗略地看到,中国文学的审美表达与日常生活之间一直存在着较为密切的关联;即使是受到特定思想观念的制约,文学也没有彻底放弃对人的日常生活形态的关注。特别是那些具有较高艺术价值或文学史意义的作品,都是以这样或那样的方式,与我们的日常生活保持着紧密的共振状态。这一方面说明了文学在表现人的生存及其可能性状态时,无法绕过人与物、身与心的统一性问题;另一方面也揭示了日常生活内部所承载的人性、文化、伦理等,对于具体的文学实践确实有着内在的规定性。同时,这一历时性的文学发展,也充分证明了"日常生活诗学"是个值得系统考察的文学特质。

尽管新中国成立之后的文学艺术在集体意志的驱动下,不断突出了其载道功能,但在载道过程中,依然呈现了不同历史时期普通大众的日常生活及其丰富的生命形态。这是一个基本的文学事实。到了20世纪80年代初期,受惠于改革开放和思想解放的社会思潮,当代文学逐渐发生了重要转变,不少创作开始真正触及日常生活诗学这一本质问题。当时,汪曾祺、孙犁、林斤澜等少数创作经验丰富的作家,开始在《受戒》《大淖记事》《芸斋小说》《矮凳桥风情》等短篇小说中,自觉捕捉普通百姓在日常生活细微之处所呈现出来的各种微妙的生命情态,努力发掘日常生活本身所蕴含的各种富有深意的"滋味",展示各种小人物在世态民情、伦理风俗中的命运变化,对日常生活诗学体现出较为明确的自觉意识。但是,当代作家在整体上自觉形成日常生活的诗学观念,应该是从20世纪80年代中后期开始，并且大致经历了萌芽期和发展期这两个阶段。

在新时期文学初期，作家们主要是沿着"拨乱反正"和"解放思想"这两个维度来展开创作的。无论是"朦胧诗""伤痕文学""反思文学"，还是"改革文学"，都表达了人们终结过去、开创未来的强烈意愿，并与整个社会的集体意志形成了紧密的共振。当然，其中也有不少作品展示了人们对个体尊严、个人情感的强烈呼求，并透露出某种人本主义的启蒙倾向，如舒婷的《神女峰》等诗歌，张贤亮的《绿化树》等小说。随着改革开放和思想解放的全面实施，中国社会的发展进入快车道，人们的日常生活开始变得日趋丰富，个人的生活空间在不断扩大，人们对不同生活方式的选择也变得自由、宽松而从容。"南方生活流"诗歌适时而生，其代表诗人有于坚、韩东、柯平、伊甸、王小龙、傅天琳、李钢、筱敏等等。尽管这个群体十分松散，不存在任何组织和宣言，但他们一反"朦胧诗"的理性化和象征化，注重对日常生活情趣的发掘，强调对生活本体的诗意呈现，并以贴近生活的口语化方式，消解诗歌语言的过度象征与隐喻。"他们无意教训人们什么，或者开导人们什么，只是作为一个目击者、亲身参与者，把自己在日常生活中所经验的平民感受，拿来和你交谈交谈，信不信由你，听不听由你。"[1]像韩东的《你见过大海》《一切安排就绪》《温柔的部分》，于坚的《感谢父亲》《避雨的树》，柯平的《中国农村纪事：1985》，等等，都是将情节化的叙事融入抒情之中，努力呈现日常生活的原生态韵致，看似平淡无奇，却又耐人咀嚼。所以，有学者认为，"从'今天'派到'生活流'，给人的感觉似乎从一个辉煌的理性高度一下子直坠平地，揪人心肺的悲剧美被稀释成了日常的悲欢离合、柴米油盐、恩恩怨怨，遇罗克式的悲壮的殉身，被无穷无尽的日常烦恼所置换，温情脉脉的优雅诗意被更加实在、更难对付的世俗人情所取代，人的价值不是在生死抉择的片刻之

---

[1] 沈泽宜：《论"南方生活流"诗（上）》，《诗探索》，1987年第3期。

间受到考验,而是在千头万绪的外界周旋和内部耗损中受到检验"。[1]的确,盘旋于日常生存感受的"南方生活流"诗歌,多少有些琐碎、平实,个体性的感受远大于理性的思考,但它无疑较早地体现了创作主体对日常生活诗学的建构意愿。可以说,这一群体,明确超越了"朦胧诗"的理性启蒙与英雄主义理想,自觉返回到日常生活之中,努力展示那些富于生机的日常生存状态,寻找生命的自然体验和人生意绪。

比"南方生活流"诗歌稍晚兴起的"新写实"小说,则进一步确立了日常生活的诗学价值。以池莉、刘震云、刘恒等代表的新写实作家,面对异常繁驳的现实生活,主动放弃集体化的审视眼光,而以极具亲和力的、平等的叙事姿态,捕捉日常生活中各种"毛茸茸"的生存状态,还原普通平民鲜活而灵动的生命质感。这些作品所体现出来的情感态度和价值取向,是创作主体对世俗生活和正常欲求的认同,折射了作家们对日常生活诗学观念的寻求。池莉就曾说道:"我希望我具备世俗的感受能力和世俗的眼光,还有世俗的语言,以便我与人们进入毫无障碍的交流,以便我找到一个比较好的观察生命的视点。"[2]世俗性,是日常生活的基本标志,它隐含了作家对人的某些自然属性的认同,也凸现了日常生活诗学中必不可少的世俗情怀。正是在这个意义上,陈思和强调:"新写实小说的革新意义,首先就在于使生活现象本身成为写作对象,作品不再去刻意追问生活究竟有什么意义,而关注人的生存处境和生存方式,及生存中感性和生理层次上更为基本的人性内容,其中强烈体现出一种中国文学过去少有的生存意识。"[3]尽管"新写实"小说大多表现的是底层百姓无序而又无奈的生活境况,呈现出日常生活的灰色调,但它从缭乱的日常内部揭示了生命在感性层面上的丰茂与芜杂,也突出了日常生活对于个体生存的绝对意义。因此,从"南方生活流"诗歌到"新写实"小说,有关日常生活诗学的审美理念,已在中国当代文

---

[1] 沈泽宜:《论"南方生活流"诗(下)》,《探索》,1987年第4期。
[2] 池莉:《我》,《花城》,1997年第5期。
[3] 陈思和主编:《中国当代文学史教程》,第307页,复旦大学出版社,1999年。

学中初步形成。我们可以称之为日常生活诗学审美观念的萌芽时期。

进入20世纪90年代之后，随着改革开放政策的进一步推进，中国社会经济结构形态逐渐由计划经济向市场经济转型，人的日常生活在商品经济的驱动下变得日趋多元。无论是生活方式、日常交往还是日常观念，都在发生改变。特别是1993年，深圳首次举行了文稿拍卖，文人下海风行一时，"人文精神大讨论"随之终结，世俗化的日常生活在市场经济的推动下，日益显现出巨大的社会生机和无比的鲜活性，也由此成为作家们关注的重心。这一年，文坛出现了三部别有意味的长篇：张炜的《九月寓言》、陈忠实的《白鹿原》和贾平凹的《废都》。这三部小说的思想内涵颇有意味，《九月寓言》明确地质疑了现代文明对人性的伤害和对自然生命的阉割，似乎体现了张炜对启蒙现代性的某种批判意味。《白鹿原》则重返传统文化，为儒家文化的重要作用树碑立传。《废都》则通过知识分子的虚无与放纵，回应了精英化的启蒙主体自身的溃败。无论是渴望回到农耕文明时代的质朴生活，还是重返民族文化的儒家精魂，似乎都没有办法看到应对现实的有效出路，出路只有庄之蝶式的游离与放逐。它是世俗欲望的胜利，是"世俗的人"对"启蒙的人"的一种无情的碾压，体现了人对日常生中个体世俗欲望的强烈吁求。而这，也在某种程度上印证了王国维的判断："生活之本质何？欲而已矣。欲之为性无厌，而其原生于不足。不足之状态，苦痛是也……而生活之性质，又不外乎苦痛，故欲与生活与苦痛，三者一而已矣。"[1]

这种对个体世俗欲望的吁求，一方面是源于改革开放有效推动了日常生活的丰富和多元，另一方面也是因为市场经济的发展特别是消费文化的兴起，激活了个体生命对物质生活的重新认识。当然，这一审美理念获得真正的发展，主要体现在20世纪90年代的"个人化写作"思潮之中。这一思潮的迅速崛起，极大地推动了当代作家对个体生存价值的深入思考，也使他们对个体性的日常生活价值有了更为清醒的认识。表

---

[1] 王国维：《中国现代美学名家文丛·王国维卷》，第115页，浙江大学出版社，2009年。

面上看,"个人化写作"确实是在自觉规避公众经验和集体意识,规避各种共识性的价值观念,专注于创作主体自身的个体经验,特别是被社会公共的道德规范与普遍的伦理法则所拒斥、抑制的意识和无意识,带有某种"日常生活诗性消解"的意味。但是,作家们在着力表现个体生命存在感受的同时,尤为注重个体的自我感受与体验,强调日常生活中的物质性、欲望化、时尚化与个体生存意识之间的紧密关系,并带着对个人生活价值空间的重构意愿。如陈染就曾毫不含糊地说:"没有个人,妄谈'人民'。没有个人,所有的高调都是空的。而所谓代表着'群体'的'大我'的脸谱,或者过度强调普遍意义的所谓'典型性',这个陈旧的格式其实除了千人一面、雷同复制之外,什么也没有。"[1] 林白也说道:"个人化写作建立在个人体验与个人记忆的基础上,通过个人化的写作,将那些曾经被集体叙事视为禁忌的个人性经历从受压抑的记忆中释放出来,我看到它们来回飞翔,它们的身影在民族、国家、政治的集体话语中显得边缘而陌生,正是这种陌生确立了它的独特性。"[2] 由诗歌转向小说创作的韩东也谈道:"我们对尘世生活中的小恩小惠、小快小乐、小财小色充满了依恋,无法真正摒弃,并不虚无。"[3] 从这些代表性作家的言辞中,我们可以看到,"个人化写作"主要是为了证明,任何普通卑微的个体,其存在都具有不可替代性,任何个人在日常生活中的"小恩小惠、小快小乐、小财小色",都是生命的重要组成部分,也是生命存在的丰富性之所在。因此,从本质上说,"个人化写作"思潮是试图通过探究个人世俗生活的欲求、建构个人日常生活空间的方式,突出人们对个体日常生活的关注,隐含了作家对人类身与心、人与物相统一的精神诉求。

纵观20世纪90年代的"个人化写作"思潮,我们可以看到,各种世俗的人呈现出山花般四处开放的烂漫景象,成为文学的主要人物,以

---

[1] 陈染:《陈染自述》,《小说评论》,2005年第5期。
[2] 林白:《记忆与个人化写作》,《花城》,1996年第5期。
[3] 林舟:《生命的摆渡——中国当代作家访谈录》,第54页,海天出版社,1998年。

至于有学者认为,新时期文学进入了"无名"的时代、民间化写作的时代。当然,在这一历史时段,启蒙式的精英书写并没有完全消失,它依然与市场化的欲望书写沿着各自的轨道发展着。所不同的是,随着"60后"和"70后"作家的陆续登场,世俗的人开始沿着两个方向迅速挺进。其一,是欲望化和时尚化的方向,最终出现了韩东的《障碍》、朱文的《弟弟的演奏》、卫慧的《上海宝贝》、棉棉的《糖》,以及诗坛上的"下半身写作",等等。"这是一种主体的放纵,是因为他们沉湎于现代都市文明极端物质化的现实之中,对各种新异的、充满个性的时尚生活方式具有一种天然的'亲和力';他们常常乐于以一种惊世骇俗的方式来对抗传统的价值秩序和市侩文化,追求极端的个性自由;在具体的创作中,他们极力抵制理性旨意的支配,让所有的书写只对自己的情绪、欲念和感官说话,义无反顾地遵循着想象的最初冲动,强调肉体与灵魂的彻底袒露。"[1] 其二,是民间化和私人化的方向,涌现了陈染的《私人生活》、林白的《一个人的战争》、海男的《我的情人们》,以及杨争光、何顿、述平、李洱、东西、鬼子等一大批"新生代"作家的作品。这些作品或着眼于个人的私密性体验,或立足于普通人的日常生活情感,或倾心于感官化的非理性生存,揭示日常表象背后的各种生命景观。因此可以说,90年代之后的新时期文学,已基本上确立了世俗生活的审美价值,也形成了由"启蒙的人"向"世俗的人"的美学过渡。

与此同时,我们还可以看到,在"个人化写作"思潮的驱动下,一些新历史小说也越来越注重对历史时空中日常生活诗学价值的发掘。像苏童、叶兆言、格非、李锐、杨争光、王安忆等很多作家都将眼光投向民间化的稗史,自觉抛弃历史的可勘证性,将原本由史料建立起来的真实性,全部由个人想象的艺术真实所取代。他们不再将历史的反思作为主要目标,而是沉迷于历史的皱褶之中,着眼于民间化的逸闻轶事、个人命运、家族沉浮,在个人化和碎片化的历史镜像中,饶有意味地书写

---

[1] 洪治纲:《多元文学的律动 1992—2009》,第134页,广东教育出版社,2009年。

那些普通人的命运走向与人性景观。在这类小说中，宏大的英雄史完全被日常情态下普通人的苦难经历和心绪所取代，即使帝王将相，也都在日常生活语境中脱下了"伟大"的外衣，呈现出普通人的生命质色，洋溢着原初、随意、自由、平凡的生存意趣，与精英文化格格不入。如苏童的《米》《我的帝王生涯》，格非的《敌人》、杨争光的《棺材铺》、李锐的《银城故事》、王安忆的《长恨歌》等，都是如此。这些微观化、碎片化和平民化的叙事，将日常生活视野延伸到历史记忆之中，进一步拓展了日常生活诗学的审美空间。

此外，在20世纪90年代后期兴起的"底层写作"，从某种意义上说，也同样张扬了日常生活的诗学价值。不错，"底层写作"无疑体现了作家对社会弱势群体生存境况和内心困顿的关注，带着创作主体非常明确的道德感和责任感，隐含了宏大生活的微观化处理策略，也体现了文学的"载道功能"。但是，日常生活并非只是指吃喝拉撒、柴米油盐等生物性的生存要素，它还包括普通人的爱恨情仇、生命的自然欲求和自我发展的正当需求等。"底层写作"中的大量作品（像铁凝、王祥夫、刘庆邦、王安忆的一些短篇，郑小琼的诗歌等）所体现出来的对日常生活的焦虑性表达，既揭示了市场经济驱动下的现代日常生活之无序性、混杂性和欲望化倾向，也呈现出很多底层民众尤其是进城务工人群对于这种现代日常生活的无奈和无助。无论是其表达策略还是审美情趣，都体现出作家对日常生活自身的内在发掘，也展示了日常生活诗学所应有的美学向度。

这种日常生活中的世俗之人在当代文学中开始大面积出现，反拨了以往被集体观念所钳制了的欲望化或非理性的日常生存状态，彰显了那些膺服于自我内心欲望的真实个体，使感官摆脱理性的纠缠，恢复其特有的生命质色。虽然很多人都认为，这些鲜活丰富的"世俗之人"，挣脱了以往的集体话语和意识形态化的艺术实践，使文学回到个人的内心之中，但我们认为，问题可能并不那么简单。因为这种反抗一元化的审美思想，在20世纪80年代中后期就已经获得了文坛的普遍认同。90年代以后的作家们对个人世俗性生活的高扬,实质上带有某种日常生活诗学重建的意味——无论是女性躯体的"私语",还是性本能和金钱欲的彰显,其内部都隐含了个体日常生活欲求与非日常社会生活之间的断裂,也折射了个体对群体秩序的自觉反抗。就创作主体而言,作家们非常清楚,中国当代文学呼唤了多年的主体意识,其实仍然存在着太多的思想迷津,仍然在各种潜在的公共伦理中抱残守缺。真正的、具有世俗活力的个体并没有获得全面的彰显。

无论是"个人化写作"对个体日常生活空间的恪守,还是新历史小说对日常生活叙事空间的历史化拓展,抑或"底层写作"对日常生活适应性的焦虑性表达,都体现了当代作家对日常生活诗学的多方位探索,表明了当代文学已经逐渐倚重日常生活审美化的现代观念。因此,就日常生活诗学的重构而言,20世纪90年代的文学已从多方位对它进行了较为全面的推进。我们可以称之为日常生活诗学审美观念的发展时期。正是这种快速发展,迎来了新世纪中国文学在日常生活诗学上的全面复兴。

第二章
新世纪作家的日常生活观

从20世纪90年代开始,随着市场经济的不断深化,消费主义日趋盛行,中国社会结构形态逐步向市场化转型,并进入高速发展的历史轨道。新世纪之后,受到信息技术和经济全球化的强力驱动,中国社会一直保持着市场化的高速发展状态。这种高速发展带来的结果,便是人们的物质生活获得了极大的提高,日常消费异常活跃,日常交往日趋频繁,交往空间也不断扩大,膺服于不同个体的各种生活观念也变得层出不穷,人们的日常生活由此显得五彩缤纷、摇曳多姿,个体欲望也随之出现不同程度的膨胀。

面对这种生机勃勃、异常喧嚣的日常生活,在经历了"个人化写作"思潮淘洗之后,新世纪文学也变得更加专注于个人化的日常生活审美表达。越来越多的诗人、作家们与现实之间,形成了一种类似于阿甘本所说的"同时代性":"同时代性就是指一种与自己时代的奇特关系,这种关系既依附于时代,同时又与它保持距离。更确切而言,这种与时代的关系是通过脱节或时代错误而依附于时代的那种关系。过于契合时代的人,在所有方面与时代完全联系在一起的人,并非同时代人,之所以如此，确切的原因在于，他们无法审视它；他们不能死死地凝视它。"[1] 正是这种既有依附又有疏离的姿态，使他们自觉地聚焦于那些繁富驳杂的日常生活，努力扩张文学在感性生活上的表现力。特别是随着"70后""80后"等青年作家不断涌入文坛，这一情形显得尤为突出，甚至在某种程度上已成为新世纪文学发展的主要特征。这种特征，无疑折射了创作主体对人与物、身与心相统一的内在追求，也体现了日常生活诗学的核心理念。为此，本章将先从创作主体入手，以相关的创作实践作为印证，探讨新世纪作家和诗人对于日常生活的理解，以便为后续的日常生活诗学分析提供审美观念上的内在依据。

第一节 辩证而多元的价值观

我们曾反复强调，日常生活的主要内涵包括日常消费活动、日常交往活动和日常观念活动等几个基本组成部分。其中的日常观念活动，是伴随着日常习俗、经验、常识、情感、道德乃至宗教活动而形成的一种具有价值导向性的思维活动，体现出较为明确的价值判断和伦理准则。它一方面受制于传统秩序，表现为某种"非创造性的、前科学的、前逻辑的、以重复性为本质特征的思维活动"，[2] 但另一方面也会因为日常生活的变革而呈现出动态性的调整与变迁。在物质生产不够丰富、日常消费较为沉寂的时代，人们的日常观念活动就会趋于保守，其价值判断和伦理准则变化不大；而当物质生活极为丰富、消费活动异常活跃、人的欲望不断膨胀之时，人们的日常观念活动就会出现不断更新，其价值判断和伦理准则也会发生悄悄地改变。这种改变，反过来又会驱动日常消费活动和日常交往活动的变化，由此构成一个相互激荡、彼此共振的状态，共同构筑了日常生活的多姿多彩。

---

[1] [意]吉奥乔·阿甘本：《论友爱》，第63—64页，刘耀辉、尉光吉译，北京大学出版社，2017年。
[2] 衣俊卿：《回归生活世界的文化哲学》，第304页，黑龙江人民出版社，2000年。

随着改革开放的深入和市场化经济结构的转型，在新世纪以来的中国社会中，无论是城市还是乡村，其日常生活形态都已变得丰富而多元，日常生活本身不仅远远超出了油盐柴米之类的简单事象，而且呈现出巨大的扩容状态和吞吐能力。这种充满活力的日常生活，必然促使人们的日常观念不断发生变化，并在价值判断上拥有更多的自主性和多变性。譬如，在消费匮乏、日常交往有限的年代，人们的价值观念基本上遵循传统定规，包括对金钱欲望、个体特殊的生存方式等，都有着严格的道德规训。而在市场经济时代，人们不仅对物质、金钱和人性欲望有了新的认识，而且对不同个体的特殊生存方式也给予了更多的尊重和认同。这也意味着作家们在书写日常生活时，特别是呈现人们的日常观念活动时，必然体现出多元化的价值取向。事实也是如此。新世纪以来，各种不同价值观乃至审美观的文学创作不断涌现，彼此之间甚至出现了一些直接的、尖锐的思想交锋。像诗歌中"知识分子写作"和"民间写作"的延续性交锋；散文中历史文化散文、新乡土写作、在场主义散文等等，相互激荡；小说中不同代际的作家更是各有所求，代际差异日趋明显，代际冲突也时有发生。这种多元并举的文学格局，从本质上说，隐含了创作主体各不相同的价值观，也体现了新世纪文学正在步入一个价值多元的时代。

这种丰富多元的价值观，首先体现在作家们对物质生活的自觉维护上。

在新世纪以前的文学创作中，当代作家在书写物质生活时，经常带着批判性或否定性的价值倾向，只有少数青年作家对物质和金钱抱有一定的热情。在大多数作家的主体观念中，仍然秉持物质与精神的二元对立思维，通常认为物质生活的突显，暗含了精神生活的匮乏，心灵质量的退化，甚至是道德的沦丧和人性的溃败，会导致社会进入一种失序状态。但新世纪之后，中国社会的物质生产日趋丰富，人们的日常消费活动也变得极为活跃，物质生活不仅成为人们日常生活中极为重要的组成部分，而且是个体生存价值的重要表征，也是自我生活质量的核心保障。物质生活，变成了一个具有丰富层次性的内涵，对于个体生命的存在具有不可或缺的意义。这也意味着，金钱并不是绝对邪恶的，物质追求也不全部是庸俗的，很多人的生活观念已发生了根本性的改变。

这种物质生活观的改变，渗透在作家的具体创作中，便会出现一些极富意味的变化。越来越多的作品开始彰显物质生活的正当性和必要性，有些作品甚至将物质生活作为现代性的重要符号，隐喻特殊的时代精神和文化气息。譬如，有评论家就从诗歌中的"广场"意象出发，分析了以前诗歌中的"广场"意象，总是承担着历史记忆中的"荣光、伟大、献身"等宏大的理想主义精神，而在如今的"70后"诗人笔下，"广场"却常常成为商业主义的隐喻，是都市现代性的一种文化载体，"无限膨胀的现代化进程则成为这些1970年代人生存的一个全新的广场。金钱和欲望成为这个广场上的旗帜或新的纪念碑，广场也遭到了前所未有的质疑，但它们依然以新的寓言形式存留。革命的、政治的、运动的集体性的广场尽管已经成为遥远的过去，但是那广场和纪念碑高大的阴影却难以抹掉。而更为令人尴尬的还在于在无限膨胀、无限加速的现代化进程中一个新的后工业时代的广场正在建成……当空旷的广场、黄昏、象征时间的割草机和褪色的生活一起呈现的时候，广场更多是沾染上一种空前寂寞的霉味。这种霉味则是实实在在的个体生活略显冰冷的体味"。[1]从英雄主义和集体主义表征的"广场"，到现代商业中心的"广场"，这种符号诗学的变迁，不仅体现了时代观念的变化，也展示了人们日常生活观念的变化，并折射了当代诗人对物质生活的自觉关注和重新审视。

日常生活的首要任务当然是围绕吃喝拉撒的日常消费。物质生活的丰富性，与日常消费的活跃程度具有密切的关联性。在现代社会中，物质生活既体现了人们对生活质量的内在诉求，也推动了日常交往活动的活跃和丰富。从城乡之间的人员频繁流动，到每个人生存空间的不断扩

---

[1] 霍俊明：《新世纪诗歌精神考察》，第96—97页，河北大学出版社，2014年。

大，现代人的所有交往活动，在本质上越来越依赖于物质生产。这种物质生产的发展，不仅带动了人们日常交往空间的不断扩容，而且渗透到日常生活的各个方面，并成为人们日常生活内在体验的一个重要组成部分。如祝勇的长篇散文《木质的京都》就从木屐入手，细腻地呈现了物质与身体之间的亲密关系："作为身体上与大地关系最为密切的器物，木屐提供的是一种可靠的生活。它及时地传达着大地的旨意，不会以虚假的谎言将行者引入歧途。木屐本身就具有生命，能够以它的嗅觉或者触觉感受四时的变化。一个人若站得久了，那木屐会生出根须，并最终把人变成一棵树。至少，木屐是人与大地的中介者，既令行者免受大地的伤害，又随时把大地的气息引进人的体内。脚是木屐的盟友，它坚定厚实，却比面孔更加敏感，有的僧人甚至从来不穿袜子，即使在寒冬也不例外，他们是苦修者，不仅借此使他们的身体具有耐力，而且获得异常机敏的能力。"冯骥才的短篇小说《木佛》，则通过一尊宋代文物木佛的曲折命运，呈现了当今现实中人们对于某些物质的利益化认知过程。小说以木佛作为视角，通过木佛的亲历性复述，展示了一件文物在"扫四旧"时被扔到了一间破房子的床底下，一直到当下才被主人重新发现，然后卖给了文物贩子，文物贩子又通过地下文物走私，让木佛最后出现在德国的某个博物馆中，成为一件镇馆之宝。不错，这件木佛虽然是一种特殊的物质，但是它却重新照亮了我们异常繁复的现代日常生活，也使普通人都能够从中发掘它的特殊价值，并成为一些人在日常商业活动中的获利手段。朱辉的短篇《吞吐记》，也同样展示了物质生活在当下都市青年婚姻中的重要性。小说主人公徐岛身为大学讲师，职称上不去，挣钱不多，老家常来人，租房而住，导致妻子孟佳常有怨言。即使徐岛使出浑身解数，依然危机四伏。是他们不相爱？是彼此的个性太强？都不是。是世俗的物质需求，是房子、职称、收入……这些常态的物质欲求，已牢固地盘踞在人们心中，并剥夺了人们相爱的能力，也动摇了人们相爱的信心。在世俗生活里左冲右突的徐岛，渴望做一根口腔里的"舌头"，以期在婚姻的碰撞中保存自己，然而可以想见的是，夜正长，路也正长。

这种对物质生活重要性的强调，在很多作家笔下都有着极为丰富的表达。像郭敬明的"小时代三部曲"中，就充满了各种世界名牌的表述，几乎每个青年男女身穿手拿的东西，作者都要指出其品牌名称，品牌符号成为人物身份的重要表征，物质欲望直接转化为人物对时尚品牌和奢侈品的炫耀。张怡微的小说中，人物之间的亲情关系，也常常与物质金钱交织在一起，似乎金钱远比亲情伦理显得更重要。小到压岁钱（《我真的不想来》）、车费（《最慢的是追忆》），大到父亲给儿子结婚时的欠条（《婚事》），作者常常在细节中用金钱消解亲情，突出物质生活在日常伦理中的重要地位。当然，比较典型的，可能还是阿来的《三只虫草》《蘑菇圈》《河上柏影》。这三部中篇小说之所以被称为"山珍三部曲"，是因为它们所讲述的虫草、松茸和岷江柏这三种产于川西藏地的物种，在现代日常生活中都变成了身价不菲的珍贵之物。阿来也正是通过这种物质符号的变化，揭示了日常生活中世道人心的诡异表现。在《三只虫草》中，以少年桑吉为代表的藏民们，一直认为小小的虫草代表了上天对人间的宝贵恩赐，也代表着人与自然之间的彼此友善，但是在调研员为代表的城市人心目中，虫草却是一种珍贵的补品，一种珍稀的利益交换符号。于是，调研员以一套百科全书作为诱饵，巧妙地顺走了桑吉的虫草。藏在桑吉笔盒里的那三只长得饱满的虫草，承载了桑吉对家人的关爱和对老师的敬意。桑吉曾经想用虫草换钱为奶奶治病，让奶奶身体得到康复；或者给在省城读书的姐姐买一件新衣服，让姐姐装扮漂亮；或者给多布杰老师买剃须泡，给娜姆老师买洗发水，表达对老师的敬意。然而，这一切美好的愿望，最终被调研员巧妙地化为泡影。《蘑菇圈》以"文革"时期的日常生活为背景，讲述了"蘑菇"与"松茸"的符号变迁对于斯炯等藏民们生活的巨大影响。在少女时期，斯炯便在工作组里负责采蘑菇烹蘑菇；未婚先孕之后回到机村，她又通过蘑菇圈养活了一家人并帮助整个机村百姓度过了饥荒的年代；当蘑菇被世人冠以"松茸"之名而商业价值大涨时，她仍守护着这一方小小的蘑菇圈，不为外人所掠夺与破坏。无论是面对伤害她的工作组组长、迫害她的领导，还是怒其不争的兄长，斯炯都以特有的宽容和仁慈，化解了各种时代的恩怨，但面对她守护一生的"蘑菇"，却显得越来越力不从心。在《河上柏影》中，王泽周的父亲是一位寡言木讷却手艺精湛的汉族木匠，母亲依娜是在"文革"中被打倒的土司之女。由于父母特殊的族群身份，王泽周从小就因血统问题饱受歧视，即使后来赴外地学习，也始终身处汉藏文化矛盾的漩涡之中。然而王泽周一直在默默承受着这一切，并始终将父亲用岷江柏为他打造的大木箱带在身边。幼时记忆中的母亲拾起岷江柏叶时的虔诚目光，在他心中依然鲜活；父亲送给他的柏木箱子，始终伴随在他的身边，这是王泽周作为藏人天性中一直奉行的对自然敬畏和珍视的信仰。学成归来之后，王泽周以自己所学的专业知识，顽强守护家乡残存的五棵岷江柏，不料却受到昔日对手贡布丹增的不断挑战。贡布丹增想通过旅游业的发展，攫取更多的商业利益，开始对岷江柏的生存环境进行大肆破坏；而村民们在认识到岷江柏的巨大商业价值之后，也开始大肆砍伐岷江柏，导致曾经葱葱郁郁的山林满是伤疤。伐完柏树之后，村民们又因为乡村旅游的经济梦想，继续各种对环境的破坏，致使王泽周的努力变得更为艰难。可以说，小说中的岷江柏，既见证了王泽周内心里最纯洁的故土感情，也见证了藏民们在市场化时代的日常生活风貌。通过这三部中篇，阿来揭示了物质生活对于边地藏民日常生活的重要性，同时也反思了物欲化现实对人的内心所造成的异化。

这种丰富多元的价值观，还体现在作家对普通民众内心诗意情怀的倾力发掘上。

在张扬物质生活之重要性的同时，有些作家则倾力彰显普通民众的生命理想和诗性情怀，突出他们在日常生活中的精神自足性。如迟子建的很多小说都是如此。她在直面日常生活时，虽然也写贫穷、苦难以及人性之诡异，但她很少书写那些为物欲而奔波的人群，而是努力发掘被日常生活表象所遮蔽的各种诗性情怀，呈现人们在精神深处的自足之乐。像《起舞》《一坛猪油》《鬼魅丹青》《额尔古纳河右岸》等等，都是如此。在《起舞》里，丢丢宁愿放弃一切物质化的生活，也要守着那幢象征浪漫情爱的半月楼，并精心保存着那条舞裙。在《鬼魅丹青》里，卓霞对服装剪裁的专注和执着，始终洋溢着一种浪漫、唯美和自由的理想气息。在长篇《额尔古纳河右岸》中，鄂温克人对于自然的崇拜，远大于现代人对于物质的崇拜。对于鄂温克人来说，自然不是客体，而是神灵的存在，是他们的精神得以安宁的寓所。他们穿梭在丛林深处，虽然活着不易，但他们懂得自然和神灵一样也活得不易。他们让驯鹿晚出早归，向自然索取应该属于自己的猎物。如果猎到了熊等重要的野兽，他们会通过仪式送走它们的灵魂，因为灵魂不能被玷辱，不能被消费。在神和灵魂的庇护下生活，他们安详，充实，坦然，无所畏惧。尽管他们不是一个乌托邦的社会，彼此之间同样拥有爱恨情仇，但他们永远都会将权力供奉给神，以及代表着神的意志的萨满。遗憾的是，现代文明正在改变这种生存方式。他们要让驯鹿远离丛林，远离新鲜的苔藓，远离自由无束的岁月；他们还要让山民们过上"舒适"的现代生活。然而，没有了自由的圈住生活，驯鹿迅速陷入了焦虑，完全失去了在森林中曾拥有的健康生命；而看不见星星的夜晚，鄂温克人再也找不到香甜的梦境。迟子建以她温婉的叙述方式，展示了鄂温克人的困苦、迷茫和感伤，也质询了现代人远离诗意的自然之后所面临的生存尴尬。

  在这方面，比较典型的还有一些散文创作。新世纪以来，很多散文作家都在直面日常生活的过程中，不断发掘世俗生存中所隐含的各种诗意和理想，并藉此向物欲现实所造成的心灵溃散发出抗争，对人们的精神慵懒和麻木提出质疑。如王开岭的《精神明亮的人》就不无深情地写道："无论何时何地，我们只有恢复孩子般的好奇与纯真，只有像儿童一样精神明亮、目光清澈，才能对这世界有所发现，才能比平日里看到更多，才能从最平凡的事物中注视到神奇与美丽……成人世界里，几乎已没有真正生动的自然，只剩下了桌子和墙壁，只剩下了人的游戏规则，只剩下了同人打交道的经验和逻辑……"只有让精神明亮起来，我们才有可能发现日常生活的美妙；也只有让精神明亮起来，我们才有可能激活生命的诗意情怀。朱鸿的《一次没有表白的爱》通过一种清幽温婉的语调，真切地叙述了记忆中的纯洁之爱，虽然它只是没有任何结果的单相思，却充满了心灵深处的芳香与温暖："这件事情就以自己特殊的方式像一滴水似的渗透到岁月之中了。我呢，也再没有给她写信，打电话，进行联络，也再没有获悉姚伶的消息，我当然也尽量避免知道她的婚姻与家庭。我不会嫉妒她的情况很好，只害怕她的情况不好。但渗透到岁月之中的水却并没有为岁月所蒸溶，恰恰相反，它蓄于我的心底，清澈，晶莹，没有污染，它一直在滋润着我的灵魂。"爱一个人就让她成为生命里最珍贵的记忆，并真诚地祝福她，这是一种伤痛，但也是一种情怀。作者以回忆的方式，对市场经济时代的爱欲之情提供了一种别样的眷恋。杨永康的《走着走着花就开了》写道："是的，四月。到处都是野菜的四月，到处都是丁香的四月。我们在花下等啊等，一会就是一大群。我们在风里叽叽喳喳像饥饿的麻雀一样散开。我们找呀找，都希望找到一棵大点再大点的野菜，找着找着，就剩下风了，四月的风。麦田开始泛青。找着找着，就剩下我一个了。别剩下我，我喊呀喊，无济于事。我想他们走了。他们走了，还有风呢。风走了，还有花呢。花走了，还有香。香走了，还有四月呢。四月走了，那才是真正的一个啊……多少年来我一直守着这个最残酷的月份。就像用一张脸去面对另一张脸。"在作者笔下，人们年复一年所经历的四月，却成为如此妖娆的花事，给人以心醉之感。在《你的身体是个仙境》中，周晓枫也不无深情地写道："多美的大雪天，让我觉得整个世界都被摇晃，上帝为我施放了一场洁白的爱情礼花。我就在礼花的中心，被抬升到天堂的高度。"读这些散文，我们会发现，一切看似庸常琐碎的生活，一切熟视无睹的景象，因为有了诗意的眼睛和温润的情感，都开始变得熠熠生辉，闪耀着脱俗的气质。

诗意并不仅仅意味着浪漫，它还包含了超越世俗的精神追求。譬如，徐则臣的《居延》里，少女居延只身来到茫茫的京城，历经了无数的屈辱和磨难，最终只是为了给爱情找到一个明确的答案。在居延的骨子里，潜藏着一种超凡脱俗的生命冲动，洋溢着物质之外的诗性气质和执着的精神信念。哲贵的《柯巴芽上山放羊去了》中，衣食无忧的柯巴芽读大学，谈恋爱，在父亲公司工作，考公务员，赴青海支教，不断地进行自我折腾，却始终无法让自己投入全部的生命热情。繁闹而鲜活的现实之中，她却找不到自己心灵的皈依之地。由是，她选择了远离都市的茶园，以羊群为伴，展示了现代人对自由无拘的生活的执着追求。熊亮的散文《万物如果开口说话》从树神、宝塔神、家具精灵、水地精灵、山民、菌人、堕雨儿、蛾人、雨燕精灵、海瓜子精、牛神一路写来，让这些日常生活中的各种事物与人们构成一种神灵意义上的对话，并达成了精神上的各种交流。譬如写到牛时，作家说道："牛是非常神秘的，在草原上、在山坡上、在阳光雨雾或雪天映衬下，他们的庞大形影巍巍然就像在高高天上移步，他们对命运有种洞悉般的沉默，埋头咀嚼汁液浓香的草叶，偶尔晃摇一下铃铛。喋喋不休是出于有限的所知障，通常你见到沉默者，不得不猜想他们所领会的世界比我们深广得多。"这种对事物的神话般演绎，既表达了作者对日常生活的敬畏之情，也呈现了作者超越世俗的生命情怀。

这种丰富多元的价值观，同样体现在作家对一些传统伦理的质疑与重构上。

随着日常生活的日趋丰富和多元，人们的内在人性欲求也在不断扩张，并与一些传统的世俗伦理形成了尖锐的对抗。很多作家在直面这一日常生活困境时，常常从人性的合理欲求出发，对那些制约人性的伦理进行了质疑和重构。如魏微的《大老郑的女人》《姊妹》等，就借助男女之间错位的情感生活，极力彰显了中国女性宽厚善良的内心品质与相互抚慰的体恤之情，并由此消解了传统伦理的诡异与虚弱。格非的《望春风》里，在那个叫"儒里赵"的临江小村中，无论现实多么动荡，人物身份多么复杂，村民们依然保持着质朴的情感。即使是在特殊的历史风云中，人们也同样保持着应有的体面和尊严，如民国遗老赵孟舒，因为写诗被抓到公社去批斗，结果村里竟然派人用独轮车把他送到批斗现场，还派人抱着绿豆汤在边上照顾。妓女出身的王曼卿不仅没受到任何歧视，还因为身体柔弱享受清闲的活计。自幼丧母的"我"，在相依为命的父亲自缢身亡之后，则由村里乡亲照顾长大。田耳的《一个人张灯结彩》通过一个警匪相斗的故事框架，将民警老黄、哑巴小于、钢渣和皮绊之间的关系紧密地糅合在一种市民伦理之中。在那里，既有善与恶、法与情的冲撞，又有狡黠与宽厚、刁蛮与体恤的纠缠，可是善良而豁达的老黄，却以特有的伦理智慧将这些尴尬一一化解。

虽然人性与伦理的冲突一直是文学关注的重要主题，但在新世纪以来的文学中，这一主题常常与物欲化的生存纠葛在一起，形成了各种极为复杂的内在张力。如笛安的《南方有令秧》，就在历史的情境中叙述了令秧被丈夫家族作为贞节牌坊严加管束的抗争史。虽然令秧的反抗是静默的，偷偷摸摸的，但她是执着的，无怨无悔的；她以自我的本色追求，颠覆了牌坊在传统道德上的虚伪与廉价。张欣的《浮华城市》通过对大都市中各种欲望与诱惑的书写，展示了各色男女在欲望与理智、冲突与压抑、突围与困守、寂寞与追寻中的情感挣扎，也使人们看到脆弱的人性与强大的伦理之间无穷无尽的博弈。鲁敏的《取景器》通过女摄影师唐冠的镜头，展示了摄影师与现实人群的复杂关系。唐冠关注的目标非常特别，迷恋于那些与众不同的对象，那些隐藏着的缺陷、人物克制的情绪，以及光与影之间的比例和分寸，所以她拍摄的作品常常是屋檐、流浪猫、背影、畸形人等等。当她将取景器对准自己的情人，以及情人一家时，她的情人终于看到了诸多陌生的影像，自己的，妻子和女儿的。从这些影像中，他似乎意识到了摄影师与自己的错位关系，也意识到了这种错位的情感在伦理意义上所隐藏的诸多人性，因为每一帧照片的背后，都有着唐冠的一双眼睛。她在审视他的家庭，也在审视他与自己的关系。

这种丰富多元的价值观，还体现在一些作家对边缘个体独特生存方式的维护上。

在新世纪以来的文学中,很多作家特别是青年作家都极力推崇一种边缘化的生存价值。他们在直面日常生活时,不太喜欢书写一般的市井生活常态,而是倾心于现代都市中那些扑面而来的时尚气息,以及各种前沿性的生存方式。像孔亚雷、金仁顺、戴来、鲁敏、孙频、甫跃辉的很多小说中,人物都自觉地生活在都市的边缘地带。虽然这些人物都置身于各种变动不居的快节奏生活中,但对都市的群体性生活环境表现漠然,极为回避各种喧嚣的生存场景,只关注个体之间的精神交流,捍卫个人特殊的生活方式。如金仁顺的《水边的阿狄丽雅》、戴来的《亮了一下》、洁尘的《你什么时候搬出去》、孔亚雷的《礼物》等等,都是侧重于表现青年人在变幻不定的现代都市中的心内感受,其中的人物很少关注外在的生存环境,终日沉迷于自我的生活空间里。不错,这些人物不乏精神上的分裂与错位,以及情感上的漂泊状态,但他们对都市生活又难舍难离。这些作品其实折射了都市在现代化进程中体现出来的另一种日常景象——独立而幽闭,却拥有我行我素的自由。

这种情形,在戴来、鲁敏、孔亚雷等作家的笔下尤为突出。他们笔下的人物大多是都市青年男女,但给人的总体印象是,多多少少都患有精神幽闭症。如戴来的《亮了一下》《白眼》等,都只是着眼于日常生活中某些隐秘事件的片段,让人物一直聚焦于这些片段,在冒犯与被冒犯的内心纠缠中,细致地呈现了都市青年对于自主化生存方式的强烈吁求。孔亚雷的《小而温暖的死》以"我"和以前的编辑女同事的生活轨迹为主线,展示了现代人有限的反抗能力、手段和最终的无奈。"我"离婚,辞职,交友,在困顿的生活里不断盘旋,最后消失在朋友圈里。作为一个孤独的个体,"我"平静得令人倍觉冷漠,现实中一个小小的温暖或爱意,就可以让自己泪水滂沱。他们没有生活激情,没有爱的能力,也没有反抗的目标和能力,所以,他们最迷恋的生活就是独来独往,偶尔找一个异性满足自己的生理需求。这些人物的共同特点是,工作没兴趣,金钱没兴趣,理想没兴趣,唯一有兴趣的,就像《我》中的

K那样,逃离现实,或者幻想安宁的净土。从本质上说,这就是现代人的精神镜像,也折射了一些作家对现代日常生活的焦虑性表达。鲁敏的《致邮差的情书》中,充满小资幻想的女人M突然来了兴致,给邮递员罗林写了一封情意绵绵的情书,希望给庸常不变的生活增添一次小小的惊奇,甚至燃放一次小小的焰火。然而,罗林收到这封情书后,首先想到的是它肯定寄错人了,继而置之不理。罗林是一个生活在世俗世界里的男人,而M女士则是沉迷于幻想中的女人,这两个不同频道上的男女,注定不可能碰撞出任何情感的火花,尽管M女士是如此地一厢情愿。所以,面对这个实利化的现实,M女士只能继续徘徊在自己的世界里,用幻想打发无聊的时光。

在散文等非虚构写作中,同样有不少作家极力推崇这种个人化、边缘性的生存观念,他们常常借助某些底层化、自然性的日常生活,在一种诗意的叙述中,展示创作主体对于前现代农耕般自由生活的迷恋。像黑陶的散文集《泥与焰》,就是以烈焰般的文字,精细地再现了记忆中的乡村、农舍、窑场、成长等一个个片段化的生存场景,也构筑了一个意象纷呈的江南。它清贫却不枯寂,单调却很坚韧;既有泥土般的温软,又有火焰般的热烈;各种庸常的生活事象之中,却不时地闪耀着生命特有的绚烂,宛如一部民间记忆中的江南日常生活史。冯杰的散文集《九片之瓦》则穿行于乡间地头,盘旋于各类事象,驻足于芬芳记忆,感怀于生命伦理,在充满灵性的文字中,展示了创作主体对于乡村日常生活的独特理解,也传达了作家自身对生活内在韵致的深切体察。东珠的《知是花魂》以花写人,让人与花在精神上保持着密切的共振,传达了作家对抗尘世的理想意愿。梁晓阳的《吉尔尕朗河两岸》则在物欲喧嚣的现实背景中,倾力呈现了西部遥远之地的幻美之境,纯净、安宁、质朴、祥和。充实的劳作,温馨的人伦,美妙的星空,悠然的生活,共同搭建成一处世外桃源般的世界。这些作品,都是以真切的情感,呈现了作家内心里各种反现代性的精神自足感,并以此对现代文明进行了另一种维度上的审视。

赫勒认为，"日常生活是个体再生产的要素集合和过程，个体的再生产是各自在其'直接环境'中的自我的再生产，而自我的再生产只有'通过履行其社会功能'和对其所处的'具体的社会条件'的'习得'过程才能现实地实现出来。这里从日常到个体、从个体到自我、从自我到具体个人的逻辑演进，揭示了人在日常生活中从'自在的'存在到'自为的'存在现实的和历史的本质关系"。[1] 无论是强调物质生活还是彰显诗意生存，无论是重审世俗伦理还是维护个人独特的生存理念，从本质上说，新世纪以来的中国作家们在面对异质纷呈的日常生活时，都进行了多维度、多层面的探索与表达。这些探索与表达，不仅仅是基于作家观察日常生活的不同维度，还包含了创作主体不同的审美理念，并最终体现为不同的价值观。因此，在上述这些创作中，我们可以清晰地看到，新世纪文学在书写日常生活的过程中，已呈现出丰富多元的价值观。

第二节 平等而质朴的生命观

迟子建曾说："在我眼里一个好的写作者，就像个杂货店主，无需大店面，无需高档货品，无需占据繁华街市，只管开在寻常百姓家，烟火稠密处。消费者跨进小店门槛，可以两腿泥，可以醉醺醺，可以哭啼啼，可以骂咧咧；可以抽着劣质烟，可以剔牙，可以嚼着最后一口饭，可以大声和谁打着电话；可以用他们粗糙的手，随意触摸你货架上的东西，对着油盐酱醋、烟酒糖茶、肥皂毛巾、碗盘杯盏、牙膏牙刷、鞋垫手套等等，嘟嘟囔囔，挑挑拣拣。他们拎走的是生计，留到你店里的是泥、烟蒂、酒气甚至臭屁。货架的东西可以被他们翻乱，一瓶酱油可以留有五六个人的指纹；而你摆在门口的花盆，也许会被顾客领来的冒失的狗给打翻；你柜台上的秤盘，也许会匍匐着顾客的衣袖携来的一

---

[1] 王民康：《日常生活和个人——赫勒"日常生活"哲学评述》，《毛泽东思想研究》，1998年第1期。

条毛毛虫。所以生意好的杂货店,每天都要重新归置一下货架,补充货品,然后在熄灯时分,倾情打扫一遍店面,等待迎接另一个苦辣酸甜的日子。"[1] 表面上看,这段话似乎强调作家要具备丰富的日常生活经验,拥有寻常百姓都能感同身受的叙事能力,但骨子里也透露了作家对于生命的尊重。因为在这个"杂货店"里,她希望所有的顾客都能找到属于自己的生计,也获得自己应有的尊重,不会由于自己的穿着打扮或卫生习惯而被店主呵斥,也不会由于留下了不雅或粗俗的烟蒂之类而受到侮辱。这种众生平等的生命意识,既表现了作家对于笔下生灵的敬畏,也折射了作家极为质朴的生命观。在《人的文学》中,周作人就反复强调,所谓"人的文学",就是要充分认识到人的生命特性,并反抗一切非人的生活。而人的特性就是"从动物进化的人类",他既具有所有动物的基本属性,"他的生活现象与别的动物并无不同,所以我们相信人的一切生活本能,都是美的善的,应得完全满足",但人又是进化了的高级动物,"他的内面生活,比别的动物更为复杂高深,而且逐渐向上,有能够改造生活的力量"。[2] 为此,周作人强调,真正的"人的文学"应该秉持人道主义,这种人道主义不是悲天悯人的慈善主义,"乃是一种个人主义的人间本位主义",[3] 换言之,是一种遵循人人平等之观念、彼此相互尊重而不是廉价同情的人道主义。他还举例说道:"譬如两性的爱,我们对于这事,有两个主张:(一)是男女两本位的平等,(二)是恋爱的结婚。世间著作,有发挥这意思的,便是绝好的人的文学。"[4] 从这些阐述中,我们可以看到,周作人所强调的"人的文学",在本质上已体现出一种平等而质朴的生命观。

---

[1] 迟子建:《失去了"热血",作家还剩下了什么》,《扬子江文学评论》,2020年第3期。
[2] 钟叔河编订:《周作人散文全集》(第2卷),第86—87页,广西师范大学出版社,2009年。
[3] 钟叔河编订:《周作人散文全集》(第2卷),第88页,广西师范大学出版社,2009年。
[4] 钟叔河编订:《周作人散文全集》(第2卷),第90页,广西师范大学出版社,2009年。

这种平等而质朴的生命观，既包含了人作为动物的一些合理欲求，也包括了人们对不同生活观念、不同生存方式甚至不同族群之人的理解和尊重。但是，受阶级论、集体主义等价值观念的影响，在很长一段时间内，我们的文学对于平等的生命观始终缺乏高度的自觉，直到20世纪80年代之后，才有所改观。尤其是"南方生活流"诗歌和"新写实"小说的相继出现，我们逐渐看到，中国当代作家开始明确选择民间化的表达立场，以平视的眼光和平等的心态，着力书写一个个普通人的日常生活，甚至是一些被忽略的生存群体的生命情态，包括进城务工群体、普通市民、个体户等等，可谓芸芸众生，包罗万象。如池莉的"人生三部曲"和刘震云的《单位》《一地鸡毛》等，就完全以平实的语调和人物自身的心绪，呈现了城市职工在日常生活中的各种烦恼，包括对于柴米油盐、礼仪风俗、人情往来之类的力不从心。

新世纪以来，这种平等而质朴的生命观，在文学创作中获得了较为全面的体现。很多作家不仅自觉择取世俗化的民间性叙事立场，不断关注那些被忽略的生存群体，而且努力回到庸常琐屑的生活之中，抒写那些浸润着梦想与哀荣的平凡生命。特别是在大量小说作品中，人物形象不再被简单地赋予某些价值标签，而是一个个活生生的、丰富的生命实体，一个个可以自主呼吸的生命存在；无论成功或者失败，无论悲苦还是欢乐，他们都渴望活出生命应有的尊严。这种书写姿态，体现了创作主体对生命应有的敬畏和尊重，也展示了作家们在生命意识上的渐趋自觉。

首先，这种平等而质朴的生命观，表现为作家和诗人们对生命流失的高度关注。

死亡是生命的最终形式，关注死亡就是关注生命本身。在以往的文学作品中，死亡常常被赋予了某些特定的社会意义，作家对于死亡的书写，主要是基于人物生前的社会身份及其历史使命，并由此突出创作主体的某种价值观念。当然，也有少量的作品（如先锋小说）在书写死亡时，不断质询生命本体的意义。但在新世纪以来的创作中，死亡常常成为作家对生命本身自觉关注的目标，逝者生前的社会角色和地位，不再是主要的价值判断依据。或者说，作家们在直面死亡时，着重关心的是生命本身的流失之痛，传达的是作家对生命特有的敬畏，而不是该生命所承载的某些社会价值。其中最具代表性的，就是朵渔那首悼念汶川大地震受难者的《今夜，写诗是轻浮的……》。在这首诗中，诗人满怀深情地写道："今夜，我必定也是/轻浮的，当我写下/悲伤、眼泪、尸体、血，却写不出/巨石、大地、团结和暴怒！/当我写下语言，却写不出深深的沉默。"从这种无语凝噎般的诗句中，我们可以感受到，诗人对于那些失去的生命的深切悲痛，也看到了诗人巨大的悲悯之情。当一个个埋葬在废墟里的逝者，随着电视镜头的滚动播出，诗人不断地告白，在已逝的生命面前，一切都是轻浮的，一切都不值得赞颂，沉默或许是最好的悼念，也是对生命最大的尊重。

在非虚构写作中，孙惠芬的《生死十日谈》、薛舒的《远去的人》以及方格子的《一百年的暗与光》等作品，都以不同方式，书写了一些普通人的生死问题，并传达了创作主体对生命的重大关切。在《生死十日谈》中，作者跟随某个医学小组成员深入辽南乡村，记录了一个个农民自杀事件，然后细致观察自杀者家庭成员的情感状态及命运变化，并试图分析和揭示当下农民所面临的生存现状和伦理困境。《远去的人》通过对患有老年痴呆症父亲的叙述，呈现了生命在流逝过程中的种种艰辛。特别是随着父亲遗忘症状的不断加剧，生命开始向失智失觉等方面急速滑行，素来体面的父亲变得毫无尊严可言，亲人们在情感上也承受着各种难以言说的痛楚。作家看似在讲述父亲，实际上是在喟叹生命的脆弱与沧桑。《一百年的暗与光》以麻风病村的采访为主线，虽然呈现了麻风病人与世隔绝的生命景象，但同时也倾力展示了一代代医疗工作者对麻风病患者坚持不懈的救治过程。他们有来自英国的梅藤更夫妇和马雅各布医生，来自美国的马海德医生，当然更多是中国医生，正是他们对生命的执着维护和疗救，才揭开了中国麻风防治事业的新历史。在这些非虚构写作中，作家均以现场探访者和记录者的身份，通过直面死亡，表达了她们对那些平凡生命的敬畏。

在这方面，别有意味的长篇小说是潘军的《死刑报告》。这部小说围绕着一系列有关死刑的案件，揭示了死刑背后所隐藏的大量社会伦理以及人性情感方面的冲突。作者或以交叉式的往返叙述、或以追溯式的跟踪报道、或以案件推理式的侦破方式前后交代了六个死刑故事：辛普森杀死前妻案、江旭初杀死情人魏环案、张华涛强奸杀人案、安小文盗窃文物案、吴长春杀妻案、沈蓉姐弟杀人案。围绕这六个案件的前后调查、刑事侦破以及最终审判结果，作者为每一个作案者都提供了一个更深更远的历史注脚。这种历史注脚包括了两种价值参照系统：一是在没有绝对可靠证据的前提下，无罪判决比有罪判决更重要，也更能尊重生命。作者之所以将辛普森案从开始贯穿到结束，就是试图通过这个案件在全世界人的眼球底下滚动了数年之后的无罪判决，证明这样一个理念：无论他真的杀人还是没有杀人，"在这两种情况下，我宁可他是杀了人而被放掉了，也不愿看到他是有可能被冤枉的，送上电椅或者终身待在牢里"。同时，作者又以吴长春长达十三年的冤案，为这种价值理念作了进一步的现实补充。二是在很多死刑案例中，其背后都往往存在着一个更为真实的凶手，只不过他们的手法更高超、更隐秘，所以法律无法追究。如江旭初案背后的魏如柏，安小文背后的路一达，沈蓉背后的郁之光，张华涛背后的副团长和王工程师……他们以种种不光彩的手段，直接或间接地迫使这些人走上了死刑的道路。正是在这两种价值参照系中，作家通过京城《说法》的特约记者陈晖、洛城的刑侦技术员柳青和律师李志扬，让他们围绕着一个个死刑案的侦破、调查、辩护以及最后的执刑，不断陷入各种情与理、罪与罚、正义与邪恶、生与死的反复拷问和永恒悖论之中，并由此对死刑问题提出了诸多颇有意义的思考，明确地表达了作者对生命的尊重意愿。

其次，这种平等而质朴的生命观，体现在作家们对普通人内在尊严的极力维护上。

所谓平等的生命观，在很多时候无疑体现在生命应有的尊严上，即让每个平凡的生命都活出自身的尊严,尤其是对于那些处于社会边缘地带的生存群体。在新世纪以来的文学创作中,这一点显得尤为突出。譬如,在"底层写作"中,从诗歌到小说,大量作品都在彰显底层民众对生存尊严的强烈吁求,也折射了创作主体对生命平等的自觉关注。如郑小琼、谢湘南的"打工诗歌"中,虽然也展示了大量进城务工人员的辛酸和劳顿,但他们的代表性诗作,都是对打工一族的生存尊严给予了极大的关注。如谢湘南的《吃甘蔗》:"那些女孩子总爱站在那里/用一块钱买一根一尺长的甘蔗/她们看着卖甘蔗的人将甘蔗皮削掉/(那动作麻利得很)/她们将一枚镍币或两张皱巴巴的伍角/递过去//她们接过甘蔗嚼起来/她们就站在那里/说起闲话/将嚼过的甘蔗渣吐在身边/她们说燕子昨天辞工了/'她爸给她找了个对象,叫她回呢。'/'才不是,燕子说她在一家发廊找到一份/轻松活。'/'不会的,燕子才不会呢!'//在南方/可爱的打工妹像甘蔗一样/遍地生长/她们咀嚼自己/品尝一点甜味/然后将自己随意地/吐在路边。"在这首诗中,诗人将打工女孩与路边的甘蔗进行互喻,讲述她们品尝一点生活的甜味,便被生活视为甘蔗渣而抛弃的命运,表达了诗人对于这些卑微生命的深切体恤。同样,郑小琼在《流水线》一诗中也写道:"在流动的人与流动的产品间穿行着/她们是鱼,不分昼夜地拉动着/订单,利润,GDP,青春,眺望,美梦/拉动着工业时代的繁荣/流水线的响声中,从此她们更为孤单地活着/她们,或者他们,互相流动,却彼此陌生/在水中,她们的生活不断呛水,剩下手中的螺纹,塑料片/铁钉,胶水,咳嗽的肺,辛劳的躯体,在打工的河流中/流动……在它小小的流动间/我看见流动的命运/在南方的城市低头写下工业时代的绝句或者乐府。"流动的生活,流动的命运,最终奏响了工业时代的响亮乐章,但旋律中却没有他们生命的位置。郑小琼以她独有的视角,将一个个普通打工者的生命注入到宏大时代应有的地位中,让我们再度明白,一切历史都是平民大众的艰辛奋斗史。任何一个平凡的生命,都以其独有的方式,建构了时代的乐章。

在小说创作中,这种情形更为普遍。如路内的长篇《天使坠落在哪里》就叙述了一群边缘青年在领养了一位小女婴之后的精神成长过程。对于路小路们来说，戴黛虽然是一名弃婴，但和他们有着相同的人生命运，永远无法进入社会的主流，总是游走在社会的边缘地带，茫茫夜路，唯其提携前行，方能共同迎接未来的曙光，丢掉一个人，无疑意味着丢失一份勇气，丢失一份安全感。于是，路小路们伸出双手，敞开胸襟，全然接纳了孤儿戴黛，这一水到渠成的相知相认，却饱含了作家路内关乎人文关怀的深层次思考。与其说孤儿戴黛是单个的孤儿，倒不如说她是一个抽象化了的符号，她是一面镜子，倒映了我们每个人的身心。生而为人，我们都是孤儿，不知从哪儿来，不知到哪儿去，不知哪儿可停留，这就是无可抗拒的宿命。我们都是"三无"人员，和初到福利院"她什么都没有，便条也没有"的戴黛一般无二，却注定要在这世上走一遭，注定要去追寻些什么。从这层意义出发，三个漂泊的年轻人与一个幼小的孤儿所组成的抗拒孤独的"旅行团"，努力去寻找属于自己的生命尊严。刘庆邦、王祥夫、范小青、徐则臣等人的一些小说，则常常从人物的心理意绪出发，呈现了形形色色的农民工在城市里的尴尬与困顿；这些人物生活在城市的边缘地带，常常与城市秩序发生各种意想不到的冲突，但他们依然带着自己的梦想，努力创造自己的生活空间，追寻自己的幸福和尊严，尽管他们的尊严常常被击得粉碎。罗伟章的《大嫂谣》、范小青的《城乡简史》、徐则臣的《跑步穿过中关村》、刘庆邦的《工地上的女人》等等，都是如此。毕飞宇《推拿》和东西《没有语言的生活》等作品，将叙事对准了残疾人的日常生活，让这些生活在底层的残障者，努力通过自身独特的交流方式，追求自己的人生理想，包括爱、家庭和尊严。如《推拿》就书写了近十位盲人的生活，虽然他们处于社会的底层，备受实利性社会的践踏，但他们都有一套独特的处世方式和个性气质。像王大夫带着小孔回到南京之后，面对家庭的潜在冲突，急切地要去找工作。于是他决定给老同学沙复明打电话时，他与沙复明的通话既含蓄又明了，既求人相助又不失尊严，而沙复明的回复也同样滴水不漏。沙复明虽然是推拿中心的老板，但他与张宗琪的内向完全不同,且热衷于日常管理,"沙复明是打工出身,知道打工生活里头的 ABC,回过头来再做管理,他的手段肯定就不一样。他知道员工们的软肋在哪里。所谓管理,嗨,说白了就是抓软肋"。沙复明不仅明白日常的管理,还更清楚与健全人打交道的方式。在他们看来,"盲人和健全人打交道始终是胆怯的,道理很简单,他们在明处,健全人却藏在暗处。这就是为什么盲人一般不和健全人打交道的根本缘由。在盲人的心目中,健全人是另外的一种动物,是更高一级的动物,是有眼睛的动物,是无所不知的动物,具有神灵的意味。他们对待健全人的态度完全等同于健全人对待鬼神的态度:敬鬼神而远之。"在这些看似纠结的叙述中,我们可以看到,作者虽然关注于盲人内心世界的活动,但在本质上,是在揭示盲人对于自我尊严的强力维护。

活着是为了尊严。即使是最卑微的生活,也不能失去生命应有的尊严,这是新世纪作家普遍呈现出来的创作观念,也是大量作品所体现出来的一种平等的生命观。在潘向黎、金仁顺、盛可以、张楚、朱辉、鲁敏等作家的大量小说中,虽然叙述的都是各种男女之间的情感纠葛,有的唯美而浪漫,有的恶俗而粗鄙,但更多的是观念与性格的错位,是欲望与尊严的对抗。如潘向黎的《白水青菜》中,那道费用心智、回味无穷的白水青菜,看似击败了丈夫的情人,实则是赢回了女人的尊严。盛可以的《北妹》中,钱小红虽然只是欲望社会中的一叶浮萍,但她同样有自己的做人尊严和准则。她可以和不同的男人上床,而当某个高官递过来五十元小费时,她却一件件脱掉高官的衣服,看着他丑陋的肚子,然后丢回那五十元,"这是小费,请你自己再一件件穿上"。不错,她渴望能够在这个繁华的都市中站稳脚跟,渴望能够在现代都市中把握自己的命运,而当院长将那双欲望之手伸向自己的胸口时,她还是果断地予以拒绝,尽管这种拒绝意味着阻断了她此后的命运,她也在所不惜,因为生命的尊严比都市中的苟活更重要。

再次,这种平等而质朴的生命观,体现在对不同生存方式和生命欲求的合理维护上。

不同的生存方式隐含了不同的生活价值观,即便是那些看似"另类"的生存,同样也表明了人们对自我生命的最大尊重。同样,不同生存方式的存在,也体现了现代社会的多维度发展,因为不同的人都可以根据自我的需要选择适合自己的生存空间。我们所说的平等而质朴的生命观,在一定程度上也反映了作家们对于不同个体在其独特生存方式上的尊重。这种尊重,并不是对日常生活的猎奇,而是对日常人生的探究和抚慰。在新世纪以来,我们经常会读到大量作品,它们不仅展示了各种常态化的日常人生,还着力呈现了一些特殊的生存群体,并在生存方式上给予了普遍的尊重。如谢湘南的诗歌《那些依偎的人影 那些被吹拂的相爱》就写道:"在深圳湾公园,入夜的海风/吹拂每一个人/行走的、站立的、静卧的、遛狗的、逗孩子的/钓鱼的、摸虾的/我看见一条长椅上/相依偎的人影/以为是热恋的青年男女/走近了才看清/是一对老人/老太太躺着,头枕在老头的大腿上/老头的手还抚着老太太的脸/他们穿着类似保洁员的工服/他们静静相视,吹着海风/用不语,为海风保洁/他们那么老,那么贫贱/又那么相爱。"不错,他们是年迈的城市清洁工,他们没有实力穿梭在灯红酒绿的场所,但他们拥有相濡以沫的情感,也拥有在公共场所相抚相爱的权利,没有人可以剥夺它,也没有人可以蔑视它。诗人正是通过这种片段化的生活场景,表达了卑微者的浪漫之心和生存之愿。郑小琼的《木棉》也写道:"我像一颗废弃的螺母,被磨损,不再啮咬住/转动的机台,躲在某个角落打量,沉思/路灯下的木棉浓郁的阴影,它柔软的枝条。"即便"我"已成为社会的零余者,只能在角落里缅想,也不能剥夺"我"内心的柔软。这一点,在那位"摇摇晃晃"的"农民诗人"余秀华的笔下,也同样获得了淋漓尽致的表达。通过《穿过大半个中国去睡你》《我爱你》《我养的狗,叫小巫》等诗作,余秀华不仅明确地表达了一个农妇、一个残疾人的正常情感和内心吁求,还在人本主义的角度,将人性欲求从道德化的层面剥离出来,提升到生命的身心统一之中。

文学当然不能抛弃道德准则,但作家在书写人们的内在生命景观时，首先要尊重生命自身的完整性，而不是以主观化的道德来随意操控叙事。一个有着纯正道德感的作家，会渗透到人物内心深处，巧妙地呈现各色人等的生存方式与人性之欲，并从困境层面上折射创作主体的思考。譬如徐则臣的《轮子是圆的》中，咸明亮虽然没有什么生活本领，但也是一个安于庸常的随和之人。因为一次醉酒驾车撞人，没想到受伤者让他给个痛快，结果他真的让对方"痛快"了，自己却因此入狱。出狱之后，妻子早已另攀他枝，他也心平气和地离婚，并跑到北京成为京漂一族。在世俗的生活面前，他总是选择妥协与和解，既不为难别人，也不为难自己。他唯一的爱好就是修车，并在修车过程中拼装了一辆看似很酷的"野马"。这辆颇为拉风的小车，给他带来了无限的荣光，但也为他埋下了祸根。一位胖老板看中了他的这辆"野马"，愿意出高价购买，遭到了咸明亮的拒绝，结果他也不断被胖老板下套，引出诸多的麻烦。最后，咸明亮借着给胖老板驾车的机会，制造了一起交通事故，让胖老板死于非命，而自己也受了重伤。徐则臣试图通过咸明亮的人生际遇，揭示欲望化的现实伦理中，金钱拥有巨大的威力，即使是像咸明亮这样安于生活的随和之人，也逃脱不了它的规训。吴玄的《发廊》中，"我"虽然考上大学当了教师，可是面对妹妹的堕落也只是发出"我这么没用，能帮方圆什么忙"的叹息，他甚至认为她们出卖自己的身体，"纯属个人行为，跟道德有什么关系"，再说老家"什么资源也没有，除了出卖身体，还有什么可卖"？艾伟的《小姐们》围绕着一位乡村老太太的葬礼，呈现了当下乡村风俗仪式的微妙变化，以及这种变化所带来的特殊商机。为了让老太太的葬礼能够热热闹闹，久居县城的女儿兆曼请来了四个"小姐"为母亲送葬。作为欲望化社会的时尚符号，这些小姐从进入小山村的那一刻起，便成为一种聚焦式的文化景观。她们花枝招展，鲜活放纵，像一团团烈焰，既照亮了闭塞的山村又灼伤了纯朴的心灵。在这一景观的扫荡下，我们看到，葬礼本身的悲伤氛围大打折扣，而在伦理体系长期压抑下的欲望本能却变得生机勃勃。别有意味的是，小说以少年红作为叙事视角，通过少年自身隐秘而又奇特的眼光,不仅在若即若离中揭开了这一群体的生存方式,也使他的人性启蒙迈出了重要的一步。

如果我们再看看毕飞宇的《相爱的日子》,作家看似漫不经心地写了一对都市边缘男女的情感际遇——偶然的相遇,做爱,然后彼此交流,像恋爱又不是恋爱,最后友爱地分道扬镳。他们彼此温暖着自己也温暖着对方,甚至有点相濡以沫的真诚。但是,他们却一直小心翼翼地回避那个沉重的"爱"字。是他们不想相爱?不,是不敢。世俗的欲求、生存的压力、飘忽的命运、无望的未来……这一切,都不允许他们正常地相爱。他们以独特的生存方式,呈现了都市底层人群在爱与欲之间的分裂,也表达了他们对这个物质时代的近乎绝望的抗争方式。他的《家事》则煞有介事地叙述了一群中学生之间的"家事"。他们以家庭角色彼此相称,在校内校外进行各自的职能表演,把青春寄寓在成熟后的世俗幸福中,非常鲜活地展示了青春期少年的内心躁动——他们渴望长大,渴望成为世俗生活中的一员,并不断地体验着这种世俗生活所带来的温情。这种怀想性的叙事,反映的并不是那种通常意义上的早熟,而是这种早熟背后的某些世俗性的生存观和经验性的预演冲动。朱山坡的《陪夜的女人》同样叙述了一种独特的生存境况。那个没有名字的女人,受邀去给一个临终的老人陪夜,虽然她为小镇的人们带来了无数安稳的夜晚,却又不时地遭受小镇女人们流言的伤害。她忍着丈夫和儿子生病的艰难,在世俗伦理与家庭重负之间无声无息地抗争,并以顽强的韧性将老人送到了人生的终点,而她自己却笨拙地驾着那条小船,消失在茫茫的江面上,继续去面对艰难的生存。这些人物的生存方式各不相同,他们的生命欲求也各有差异,但在创作主体的观念中,他们都获得了应有的理解和尊重。

我们说,日常生活诗学的内在基础是人本主义的思想,它体现了个体生存的不可取代,以及对个体尊严的自觉维护。在上述这些作品中,我们可以看到,创作主体对人物生存及其命运的处理,不再过度强调其中社会历史的意义建构,而是采用平等的姿态,更多地逼近琐碎的日常生活，逼近庸常而又混沌的生存意绪，呈现日益缭乱、无序又丰富、蓬勃的生存景象，展示尖锐、率性又丰盈、鲜活的生命情状。

第三节　丰富而自足的消费观

　　以衣食住行为主要内容的日常消费活动，一直是日常生活的重要组成部分。它以满足个体生存的必备条件为前提，维持着人类再生产的物质基础。在人类的日常消费活动中，物质性商品，以及由这些商品所承载的文化信息，是消费的核心内涵。因此，日常生活诗学在关注人们的日常消费活动时，并不只是针对衣食住行所产生的各种消费行为，包括消费方式和消费感受，还涉及人们对物质生活的再认识，包括在物质生活基础上形成的交往活动与观念活动，从而多维度地展示人们的生存方式和生活情态。

　　由衣食住行所构成的物质生活，既是人类日常生活的基本形态之一，也是人类消费观形成的重要基础。所谓消费观，就是指人们对消费水平、消费方式等问题的基本态度和总体看法。它是社会经济现实在人们头脑中所形成的日常生活观念，这种观念又会反作用于社会经济的发展，并对其产生重要而深刻的影响。在人类的日常消费活动中，人们通常将消费观分为节俭消费观、奢靡消费观和适度消费观等等。其中，实用的节俭消费观和炫富的奢靡消费观既具有一定的积极作用，也存在不可忽视的消极影响。理性的适度消费观在汲取了前两种消费观合理营养的基础上，摒弃了其中的某些不合理因素，成为大家普遍倡导的消费观。事实上，由于日常消费活动是人类充满惯性和感性的日常生活形式之一，过度理性的适度消费观虽然广获认同，但很难成为一种主导性的消费观。

　　必须明确的是，消费观的形成，并不仅仅是基于人们对物质财富的占有量，还基于人们对于物质生活的认知。作为一种观念的存在，它体现了不同个体对物质生活的独特理解，尤其是人们对于物质生活与个人情趣之间关系的理解。不错,在物质性商品并不丰富的年代,人们的日常消费更多的是强调实用主义,即满足于日常生存的基本需求为主要目的,体现出非常明确的节俭消费观。但是,随着物质产品的不断丰富,围绕衣食住行的物质生产不再是单纯的实用商品,而是逐渐走向多样化、符号化,商品的实用性功能开始减弱,其内在的符号化功能被无限扩张,诚如有人所言:"商品的过度充裕使得商品的使用功能退居次位,人们更关注的是商品的直观形象。人们不但消费实在的物品,更是消费广告,消费品牌,消费欲望,消费符号。"[1] 这种情形,既从客观上改变了人类的日常消费活动,也从根本上改变了人们的消费观,并由此导致各种不同的消费观逐渐形成,并反作用于社会经济的发展,使物质生产与消费观念进入一种多元的内在循环之中。这是现代社会发展的重要形态,也使人们的日常生活消费进入多元的空间。

面对丰富多样的物质生活,"为何消费"和"如何消费"都成为日常生活中的问题。它似乎只是人类日常生活的表象,实则隐含了人们的生存观念、生命情趣以及个体意识的复杂纠缠,而这,正是新世纪文学不断触及的本质问题。众所周知,在新世纪以来的文学创作中,宏大叙事不断减弱,个体性的日常叙事大面积扩张,从某种程度上看,就是因为以消费为中心的日常生活,隐藏了太多的个体生命意趣。有学者就说道:"新世纪文学的婚恋叙事在某种程度上所遵循的是消费文化语境下的大众文化产品的生产逻辑和规则,它对于日常生活逻辑的投射和妥协、对身体及欲望的释放和宣泄,尽管在某种程度上可以视为'文学'本身对以往文学传统的反拨、对人性的尊重和满足,但更多的是体现了消费时代的文化逻辑。"[2] 的确,相较于 20 世纪 90 年代的物欲性和金钱梦的大量书写,新世纪以来的文学中,肉欲化的形象越来越少,金钱与欲望的互动也不再是本能式的肉体宣泄,而是逐渐转向以物质生活为

---

[1] 陈中权:《论日常生活的审美泛化》,《中共浙江省委党校学报》,2005 年第 1 期。
[2] 徐杨、王确:《生活、身体以及文学消费——"新世纪文学"的婚恋叙事》,《文艺争鸣》,2010 年第 10 期。

中心的消费性展示。于是我们看到，从时尚化写作的崛起，到所谓的"小清新""小确幸""小资趣味""佛系生活"和"中产阶级趣味"等个体生命情形态的张扬，这些审美趣味在新世纪文学创作中不仅表现在纯文学领域，同样渗透到网络文学之中。

先谈时尚化写作。时尚生活无非就是一种前沿、新潮的生活，受人追捧，但不一定会大面积的流行。它的重要特征，是极度张扬日常生活消费中的符号性，即推崇物质消费的品牌意识、场所消费的小众性质，以及生活观念的非类型化。在本质上，它仍然是以金钱作为内在支撑的生活模式。时尚化无疑体现了日常生活内在的扩张性，是物质丰裕时代的产物，表明了人们对于日常生活多样性的追求。因此，真正意义上的时尚化写作，并不是一种简单的媚俗性审美，而是体现了特定消费观念的一种前沿性写作姿态。它折射了人们对庸常化、程式化日常生活的反抗，突出了个体生活的独特性和难以复制性，在某种程度上也传达了日常生活内在的变革性诉求。在新世纪的文学创作中，时尚化写作的主要群体是"80后"作家。作为在消费时代成长起来的一代，除了少数成长于底层的作家，他们大多数对于日常生活中的节俭性消费观并没有太多的认同，而是更多地追捧那些符号化的新潮消费观，迷恋日常生活中的品牌效应。

比较典型的，应该是郭敬明的《小时代》系列小说。在这些小说中，故事里到处都充斥了各种时尚化的品牌信息，从服装、鞋帽、腰带、手包，到各种生活配饰，乃至出入场所。在作者的笔下，上海的摩登气息迎面扑来，它既是时尚之都，又是欲望之都，宛如让人醉生梦死的"东方巴黎"："它可以在步行一百二十秒距离的弹丸之地内，密集地砸下恒隆Ⅰ、恒隆Ⅱ、金鹰广场、中信泰富、梅龙镇广场，以及刚刚封顶的浦西地标华敏帝豪六座摩天大楼；它也可以大笔一挥，在市中心最寸土寸金的位置，开辟出一个开放式的140000平方米的人民广场……这就是上海，它这样微妙地维持着所有人的白日梦，它在浩渺辽阔的天空上悬浮着一架巨大的天平，让这座城市维持着一种永不倾斜、永远公平的不公平。"正是在这座充满浮华的现代都市里,每个青年人都被物欲所劫持,每个青年的内心都骚动无比。"我走出黑暗的展厅,窗外是南京西路逼人的奢华气息。无数高级轿车从面前开过去。那些从橱窗里发射出来的物质光芒,几乎要刺瞎人的眼睛。这是上海最顶级的地段,也是上海最冷漠的区域。这里的人们内心都怀着剧烈的嫉妒和仇恨,这些浓烈而扎实的恨,是上帝扔给这个上海顶级区域里的一枚枚炸弹,没有人能够幸免,所有人都在持续不断的轰隆声里,血肉横飞,魂飞魄散。"这就是郭敬明笔下的上海,也是一个对时尚有着近乎畸形迷恋的作家内心深处的审美感受。所以,他笔下的那群青春生命穿行于其中,几乎每时每刻不为时尚性的生活所奔波。譬如,作为小说的核心人物,美丽冷酷的富家女顾里,就是一位既挥金如土又精于算计的时尚女性,她迷恋金钱,追逐财富,始终坚守趋利避害的生存原则,在欲望都市中游刃有余。与顾里齐头共进、相映生辉的人物则是宫洺,他同样也是一位沉醉于符号化物质生活里的现代青年,精致利己,乐此不疲。而郭敬明"在描写出色人物的时候,从不会放弃对其所使用品牌的关注。小说中的成功人物,大众偶像宫洺,他的每次出场作者都会细致地描绘他身上物品的由来,总而言之,都属于名牌。如他手上的提包是摆在 LV 橱窗的新款非卖品柜台里,连领带的打法都是当年最时尚的打法。对顾里和他表弟 Neil 的描写,无时不和品牌联系在一起。他们对这些物品的占有暗示了其身份和地位。从符号消费和意义消费的角度来理解,也就是这些顶级奢侈品建构了他们的社会身份和地位"。[1]

当然,作为一种对庸常化、模式化日常生活的反抗,时尚化写作也体现出某些青年亚文化的特质。这一点,在郭敬明的《小时代》系列中也不例外。有人就认为,"在全球化浪潮下,一些西方亚文化表现形式也成为中国青年亚文化的表现,如性开放和毒品。《小时代》中也无不呈现相关情节与内容,同性恋、三角恋、吸毒、阴谋、死亡无处不在。

---

[1] 邱艳:《边缘诱惑中的话语狂欢——论消费文化视域中郭敬明小说〈小时代〉的亚文化抒写》,《西昌学院学报》(社会科学版),2014年第1期。

塑造的绝世美女南湘，在令人作呕的入学新生面前，她能毫不羞涩地说出'我怀孕了'，发展到后面成了神秘的'蛇蝎'女人，南湘的男朋友席城，在家庭遭受变故后'从最开始的逃课，到后来的打架，和流氓混在一起，偷店里的CD，和所有不三不四的女孩子上床、乱搞'。他们用这样的自我毁灭的方式对抗主流文化"。[1] 这种亚文化精神特质，在很多"80后"作家笔下，都获得了尽情的表达，像韩寒的《他的国》、孙睿的《草样年华》，都是集时尚与叛逆于一体，在一些前沿性的生活领域，展示了创作主体对现实秩序的解构意愿。

再谈"清贵式写作"。与迷恋符号化物质生活的时尚化写作不同，"清贵式写作"体现出一种反物质中心主义的消费观，追求更符合内心自由意愿的日常生活形态。用费瑟斯通的话说，时尚化写作体现的是某种狂放不羁的波希米亚精神，而"清贵式写作"则体现了讲究节制的布尔乔亚两种精神。它拒斥物质生活的庸众性，崇尚个体的自由和精神的归附感，呈现了"清贵群体"的日常消费观。当然，所谓"清贵群体"并不是陶渊明式的逃避主义者，他们同样是物质丰裕时代所形成的特殊生存群体，其主要特征是具有一定的经济基础和文化教养，能够自觉排斥物质主义生活，拒绝及时行乐的放纵生活，追求个体内心崇尚的精神信念。也有人将之视为"小资写作"，体现了所谓的中产阶级的某些文化趣味，即不做人云亦云的跟随者，不做精致的利己主义者，拥有理智与道德的自主性，犹如流行歌曲所唱的，"生活不止眼前的苟且，还有诗和远方的田野"。但从消费观而言，他们既没有节俭意识，也不存在奢靡意识，更不存在理性化的适度消费理念，只是更愿意在内心精神品质上投入所有非物质性的消费，包括远行、浪漫与自由等。

在这方面，最突出的代表作家就是安妮宝贝。在新世纪之初，安妮宝贝就以《彼岸花》引发了文坛的高度关注，并展示了消费时代里"纯情生活"的特殊魅力。随着小说《莲花》《春宴》以及散文集《素年锦

---

[1] 邱艳：《边缘诱惑中的话语狂欢——论消费文化视域中郭敬明小说〈小时代〉的亚文化抒写》，《西昌学院学报》（社会科学版），2014年第1期。

时》《且以永日》等问世,安妮宝贝对消费性的物质生活表现出更明确的拒绝,推崇远离喧嚣、自由舒朗的情感生活,并被称之为"小资写作"的代表人物。的确,在《莲花》里,主人公庆昭作为一位知名作家,她虽然生活于大城市之中,却几乎闭门不出,没有朋友恋人。因为身患重病,她开始选择独自远行西藏墨脱,希望在人烟稀少的旅行中找到生命的慰藉。而作为企业高管的男主人公善生,也同样厌倦了都市红尘的世俗生活,于是他果断结束追名逐利的市侩生活,为了完成朋友内河的允诺,只身前往西藏,并由此与庆昭演绎了一段既唯美又感伤的缠绵之情。《春宴》中的女主人公周庆长也同样如此。她几乎从不化妆,不抹香水,不看女性杂志,不戴饰物,也从未穿过高跟鞋,更无意于对男人做出取悦依赖的姿态。她的日常生活乐趣就在于工作、远行、香烟、烈酒、刺青、恋爱、阅读,表现了某种精神上的独立与时尚。她的个性气质,仿佛生长在4500米高山之上的野生鸢尾花,强壮而静谧,幽静而充沛。这些作品的特点在于,人物并非没有经历消费主义的洗礼,而是恰恰相反,他们都曾深入到消费社会的核心地带,饱尝了各种消费与欲望的恶性循环,所以才毅然决然地抽身而出,为了追求自我精神的独特性而倾其所有。它的"小资"属性在于,作家乐于营造某种小众化的、温情而忧伤的个人生活世界,展示现代都市消费主义中心的个体生命意识,体现了创作主体对"小资"的身份认同和个性彰显的心理需求。类似的写作,无论是在新世纪的诗歌还是在小说中,都比较普遍。如巫昂、安琪、池凌云等人的诗歌,潘向黎、丁捷、孔亚雷等作家的小说,都体现出这种审美趣味。

再谈"佛系写作"。所谓"佛系写作",所呈现的是现代人低欲望的日常生活情态。这种生命形态,同样也是物质丰裕时代的产物。在衣食住行都得到一定的保障之后,面对日趋激烈的竞争性生存环境,一些人特别是青年人越来越厌烦物欲生活所带来的生存之累,对物质性的消费缺乏兴趣,像冈察洛夫笔下的奥勃洛莫夫,不愿介入生活,只想作为生活的旁观者,在社会的边缘地带打发光阴。这些人没有太多的欲望、没有清晰的梦想、更没有生活的干劲，体现了反欲望的生存特征。他们没有炒房的欲望、没有炒股的欲望、没有结婚的欲望、没有购物的欲望，乐于以"宅男宅女"自居，谈恋爱觉得麻烦，上超市认为多余，甚至依靠一部手机便实现日常生活的自给自足。为此，社会学领域的专家将之称为"佛系生活"，即逃避物质消费主义的一种特殊生活。"大体上说，佛系是：一切都行，看淡一切、安静自然、随遇而安，一切随缘的人生观；有也行，没有也行，不争不抢，不求输赢的得失观；兴趣第一，做事有自己喜欢的方式和节奏的生活方式；做什么无所谓，把本职工作做好，不揽事、不贪功也不卸责的职业观。"[1] 这些写作在新世纪以来的文学中，也呈现出较快的发展势头，甚至在网络文学中，"佛系小说"已成为一种颇为流行的类型化写作模式。

如果从传统纯文学的层面上看，这种反物质、低欲望的佛系精神也一直存在于不少作品之中。如叶弥的《明月寺》《拈花桥》《桃花渡》《香炉山》等短篇小说，就是以自觉的逃避方式，让人物不断挣脱世俗欲望的羁绊。这些小说中的主人公，常常穿行于人烟稀少的偏僻之地，展示各种与世无争的生存姿态。尽管在这种游走的过程中，他们也经常会遭遇各种现实的矛盾或人性的幽暗，但人物本身总是保持着远离尘嚣的无欲之姿。当然，最具有代表性的，还是吴玄在新世纪以来所创作的一些小说。像长篇《陌生人》里的何开来和文如其，包括他的一系列中篇《像我一样没用》《虚构的时代》《同居》里的主要人物，都是一个个没理想、没有目标、没有奋斗意愿的青年。他们像多余人或局外人，不是被社会抛弃，也不是满怀救世的绝望和徒劳，而是自觉地逃避理想的追问，终日游荡在社会的边缘。他们当然也有一些所谓的"人生爱好"，像上网、下棋、听课、喝酒等等，但都不是人物真正的内心爱好，因为它们从来就没有与人物的灵魂形成共振关系，只是他们打发光阴的一种方式。这些人没有生存的动力，也没有任何追求，甚至对家庭亲情

---

[1] 汪行福：《佛系是一种消极的善》，《探索与争鸣》，2018年第4期。

显得十分冷漠、游离甚至厌烦。如《陌生人》里，何开来几乎从来不考虑自己的所作所为对父母的影响，而是一以贯之地奉行我行我素的原则。父亲不断地教育他引导他，希望他能回到正常的生存轨道上来，母亲希望他好好地娶妻生子，做一个体面的人，但这一切都事与愿违。何开来与自己的两个妹妹亦是若即若离，甚至鼓动他们放纵自我。《像我一样没用》里的丁小可与妻子胡未雨、女儿丁丁，《虚构的时代》里的章豪与诺言，无论是情感还是责任，都变得十分模糊。读这些作品，我们很难看到主人公对血缘亲情的本能性维护，也很难体会到他们内心里的某些情感冲动，相反，他们总是试图冲破家庭的束缚，颠覆一切正常的家庭伦理。

  不仅仅是厌烦家庭的亲情和义务，他们对爱情和性都没有多少兴趣。在《虚构的时代》里，主人公章豪曾给自己取了一个有趣的网名："失恋的柏拉图"，似乎隐含了人物对爱情的某种冲动。在经历了漫长的网聊之后，"冬天里最冷的雪"终于向他发出了爱情信号。第一次收到网上情书的章豪显得很激动，"但激动的反应已不像十八岁的少年，跑到无人的大自然里，手舞足蹈，以帮助消化爱情。章豪现在激动的反应是坐在电脑面前，放大瞳孔，好像要从屏幕里面看见冬天里最冷的雪，而且也只激动一会儿，便恢复正常了"。这种细节叙述颇有隐喻的意味，凸现了人物对爱情的一种分裂性倾向：一方面，他向往爱情，但他向往的是一种乌托邦式的爱情，不需要承担具体的责任和义务；另一方面，他又畏惧于身体的彼此在场，厌恶爱情本身所包含的各种伦理化成分，尤其是恐惧相互厮守、白头偕老之类的价值承诺。事实上，这是吴玄笔下的人物对爱情的共同态度，《谁的身体》里的傅生与"一条浮在空中的鱼"、《陌生人》里的何开来与李少白、《同居》里的何开来和柳岸等等，都是如此。他们所追求的爱情，只是纯粹的乌托邦式的幻景，从肉体到心灵，其实都不需要真实地来到现场。这种爱情与其说是一种理想，还不如说是一种空虚时代的精神幻象，其目的并不是为了慰藉灵魂，而只是人物为了打发无聊的光阴。从某种角度上说，吴玄的这些作品无疑体现了一种反意义中心的后现代主义精神趣味,但是,如果立足于消费主义的时代,我们也有理由认为,它们在本质上表达了一种反物欲主义的佛系精神,体现出某种"消极的善"。

在消费主义时代,人们的所有消费观念,在本质上都表现为面对物质生活的"爱恨情仇"。而文学所要表达的,并非只是人们在日常生活中的消费行为和消费方式,而是这些行为和方式背后所隐含的种种主观态度。无论是拥抱、缱绻,还是决绝,正是这些复杂而又暧昧的态度,构成了作家们探讨人类内心生活的各种依据和思考。这种多元化的消费观,已经远离了物质生产的贫穷,成为欲望消费与生命本真之间的内在博弈。

第四节　鲜活而琐碎的现实观

如果说消费观所体现出来的,只是作家们在日常生活书写中面对物质生活的态度,呈现了人们物质丰裕时代的各种生存意愿和生命景观,那么,现实规则直接体现作家们对待现实的基本态度和把握方式,包括在创作实践中如何理解现实、表达现实,传达创作主体对现实的思考。日常生活诗学的核心追求,当然是突显日常生活对于个体生存的重要意义,揭示日常生活内部所蕴藏的各种生命景观及其人性面貌。不错,从表面上看,日常生活都是平庸不堪的、烦琐无奇的、微不足道的、零乱感性的,具有琐碎性、表象化和天然性。所以,列斐伏尔认为,哲学等人文科学研究者们就经常从一种纯粹的思想高度,同日常生活中的混乱一团的、异想天开的现象一刀两断;对日常生活中的凡人琐事经常是不屑一顾乃至于嗤之以鼻。这种纯粹思想与日常生活感性世界的截然分割,其实就是一种日常生活的异化现象。[1] 针对这种割裂式的日常生活异化问题,日常生活诗学的努力,就是要质询理性知识化的同时,重

---

[1] 吴宁:《日常生活批判——列斐伏尔哲学思想研究》,第165页,人民出版社,2007年。

构日常生活内在的精神特质，在丰富的生存现实中，展示琐碎性本身的意义，体现感性化美学的特殊价值，犹如张未民所言，"为生活立心"。

有道是，天地本无心，但天地生生不息，生化万物，此即天地之心意。同理，琐屑而日常的生活并无心意，但日复一日地孕育众生，让人类生命得以代代相传，此亦是生活之心。为生活立心，从某种意义上说，就是对日常生活倾尽应有的敬畏之心，在感性化、琐碎化的日常生活中，发掘不同个体鲜活而又充满质感的生命景象。它对作家的主体精神有着特定的要求，即作家在直面现实时，必须保持清醒的主体意识，成为阿甘本所说的与现实保持审视姿态的"同时代人"，"过于契合时代的人，在所有方面与时代完全联系在一起的人，并非同时代人，之所以如此，确切的原因在于，他们无法审视它；他们不能死死地凝视它"。[1]而要成为这样的"同时代人"，作家就必须带着自己的理性眼光，扮演"紧紧凝视自己时代的人，以便感知时代的黑暗而不是其光芒的人。对于那些经历过同时代性的人来说，所有的时代都是黯淡的。同时代人就是那些知道如何观察这种黯淡的人，他能够用笔探究当下的晦暗，从而进行书写"。[2]当然，这里所谓的感知"时代黑暗"，并不是说让人们仅仅盯着现实的幽暗之处或时代的不足，而是更好地感知、捕捉并理解时代之光，从芜杂的日常现实中发现这种光芒的特殊价值。对此，阿甘本强调道："感知这种黑暗并不是一种惰性或消极性，而是意味着一种行动和一种独特能力。对我们而言，这种能力意味着中和时代之光，以便发现它的黯淡、它那特殊的黑暗，这些与那些光是密不可分的。"因为"与任何光相比，黑暗更是直接而异乎寻常地指向他的某种事物。同时代人是那些双眸被源自他们生活时代的黑暗光束所吸引的

---

[1]［意］吉奥乔·阿甘本：《论友爱》，第64页，刘耀辉、尉光吉译，北京大学出版社，2017年。
[2]［意］吉奥乔·阿甘本：《论友爱》，第68页，刘耀辉、尉光吉译，北京大学出版社，2017年。

人"。[1]这是一种很有意味的阐述,它道出了光在黑暗之间的隐秘关系,即黑暗也是另一种光,是试图抵达我们的内心却又从未抵到的特殊之光。"我们感知黑暗,在某种意义上,也是去感知光,感知无法进入我们眼帘中的光。时代的晦暗深处,还是有光的临近,即使是遥遥无期的临近。感知和意识到这一点的人,或许就是当代人。作为一个当代人,就是要调动自己的全部敏锐去感知,感知时代的黑暗,感知那些无法感知到的光,也就是说,感知那些注定要错过的光,感知注定要被黑暗所吞噬的光,感知注定会被隐没之光。"[2]但是,我们也必须承认,拥有这种能力的作家并不是很多。有学者就不无感慨地说道:"当代审美不再是瞬间超越性的静观默照,不再是灵感瞬间涌现的一气呵成、圆润一片,它被打碎成无数的审美碎片融入日常生活之中,跟政治、经济、文化等因素相整合。原先在圣坛上的高雅的传统美学被低俗化和平面化,被改造成为大众的日常消费品。"[3]导致这一趋势的,固然有日常生活急速扩容的原因,同样也体现了当代作家对于日常生活本身的高度关注。

一方面是日常生活的急速扩容,另一方面又是人们对日常生活过于密切的、无距离的拥抱,围绕着日常生活诗学的重构,文学一直在努力寻找其特有的实践之途。新世纪以来,在中国当代文学创作中,有不少作家都开始自觉择取一种"凝视"的姿态,审慎地面对日常生活中光怪陆离的流俗经验,并致力于将那些感官化、碎片化、庸常化的生存经验,赋予特定的审美形式,借此来突破理性包裹下的日常生活观念,重塑日常生活美学观。在这方面,最具代表性的作品,是刘震云的长篇《一句顶一万句》和金宇澄的长篇《繁花》。这两部作品均以碎片化的结

---

[1] [意]吉奥乔·阿甘本:《论友爱》,第68—69页,刘耀辉、尉光吉译,北京大学出版社,2017年。
[2] [意]吉奥乔·阿甘本:《论友爱》,第107页,刘耀辉、尉光吉译,北京大学出版社,2017年。
[3] 陈中权:《论日常生活的审美泛化》,《中共浙江省委党校学报》,2005年第1期。

构形态，或围绕都市市井，或紧贴乡村大地，生动地呈现了近半个世纪里中国普通平民的日常生活状态及其命运际遇，且先后获得了茅盾文学奖，充分体现了新世纪以来的文学创作在日常生活诗学追求上所取得的实绩。

金宇澄的《繁花》采用双线交织的结构形式，分别叙述了20世纪社会运动频繁的六七十年代与市场经济扩张的八九十年代的上海市井生活，还原了一幕幕都市平民的日常生活史。小说以奇数章节，讲述了20世纪六七十年代物质匮乏、历史动荡的时代背景下，阿宝、沪生、小毛等市井青年的爱情、友情和亲情，呈现了上海弄堂里特有的日常生活景象。出身于资本家家庭的阿宝、军人干部家庭的沪生以及工人家庭的小毛，因为电影彼此相识，并在日后的交往中逐渐成为好友。在社会运动发生之前，阿宝、沪生分别居住在皋兰路和茂名路的现代公寓，过着较为优裕的生活，看电影、集邮、聚会、交友是他们的日常生活重心。然而，当社会运动骤然而至，因为家庭问题，他们不得不搬到曹杨新村的底层生活区，开始为一日三餐四处奔波。而作为工人子弟的小毛，虽然生活没有发生什么大的变故，但因为社会运动侥幸成了国营钟表厂的工人。这种特殊的生活变化，同样也带来了他们在情感上的变故。阿宝与蓓蒂、小珍、雪芝之间的感情，最终就因为各种社会因素而破裂。同样，沪生与姝华、兰兰的恋情也无果而终。小毛与银凤之间的畸形之恋，最终也酿成了命运的悲剧。在小说的偶数章节中，时间回到了改革开放之后，因为日常生活的急速扩容，作为现代都市的上海开始成为浮华、喧嚣、时尚的前沿城市。无论是阿宝、沪生，还是陶陶，他们开始沉溺于花天酒地之中，流连于一个个饭局酒会，穿梭于一个个约会场所，四处涌动着欲望的气息。表象看来，他们活得流光溢彩，异常亢奋，但骨子里仍然脱不去内心的寂寥与怅惘，就像阿宝所说："'文革'最难得的镜头，真不是吵吵闹闹，是静，是真正的静雅。"的确，对于普通平民的日常生活来说，以前的社会运动是自上而下的，它搅乱了生活秩序，影响了常态生活方式，但未必会颠覆平民百姓的心境。而改革开放后的生活,带来的却是自下而上的冲击,它在激活人们内心欲望的同时,也推动了人们内心深处生活观念的变化,使人们的日常生活变得浮躁不安,充满骚动。值得注意的是,《繁花》在叙事上看起来异常芜杂和密实,是因为它不是突出叙事的故事性和传奇性,而是强调细节性和日常性,试图通过日常生活的现场性细节,还原都市中市井生活的丰盈与鲜活。而这,正是《繁花》的魅力所在。

刘震云的《一句顶一万句》也分为上下两部:《出延津记》和《回延津记》。贯穿小说主线的人物是吴摩西和牛爱国,这祖孙两人在跨越六七十年的岁月长河里东奔西突,虽然没有经历什么惊天动地的大事,但在一个个日常生活的细节拼接中,却也大体呈现了中原大地上普通百姓的日常生活形态。小说的上部"出延津记"是一个有关寻找的故事。孤寡无助的吴摩西先是寻找与人私奔的老婆,继而又寻找养女,为此他不得不走出延津,游荡在广袤的中原大地上。作者正是借助吴摩西的视角,鲜活地呈现了中原乡村中各色人物的庸常人生,其中既有父母官和东家,又有出身卑微的普通农民,包括卖醋的、卖豆腐的、打更的、打铁的、剃头的、教书的、杀猪的、染布的、算命的、喊丧的、劈竹的、弹棉花的、赶大车的、打银器的、烧锅炉的等等。这些人物像一个个过客,以各不相同的方式进入吴摩西的视野,与他不断地"说话",但最终都以失败告终。吴摩西的寻找,无非是想在人世间找到能够说上"心里话"的人,遗憾的是,这个愿望在他漫长的游荡过程中始终未能实现。在下部"回延津记"中,吴摩西养女巧玲的儿子牛爱国出场了。他同样为了寻找与人私奔的老婆,开始踏上迈向延津的漫漫路途。而他的寻找,同样也是为了一个可以"过心"的人,一个可以说得着话的人,一个可以掏心窝的人。当然,在牛爱国漫长的寻找过程中,尽管时代变了,风俗民情也变了,但是人与人之间"说话"的空间并没有变,或者说,寻找能够"说话"的人变得更为艰难。很多学者都认为,《一句顶一万句》在某种程度上就是为了讲述孤独,讲述人与人之间内心交流的艰难,即使是最底层的平民,这种遭遇也不例外。但从笔者个人的阅读来看，刘震云更想突出的，可能还是"说话"本身的困顿与尴尬，是个体言语与内心之间的差异性，乃至错位性。

如果说《繁花》的"不响"，精妙地揭示了日常生活交流中所隐藏的人物情感与微妙心态，那么《一句顶一万句》中的"说话"，则鲜活地呈现了日常生活交流中人们的情感诉求与生存本相。尽管这两部小说在故事主线之下的叙事都是碎片化的、日常的，甚至是无逻辑的，但它们却生动而又鲜活地呈现了从都市到乡村的日常生活形态，展示了日常生活诗学的特殊魅力。更重要的是，茅盾文学奖向来强调宏大叙事，突出具有重大意义的社会历史文化内涵，但从新世纪开始，却颁给了《一句顶一万句》《繁花》以及《秦腔》等一些微观叙事的作品，这似乎也说明了人们对于日常生活诗学有了进一步认知，并自觉关注当代文学对于日常生活的重构问题。

当然并不只是《一句顶一万句》和《繁花》等作品在倡导一种鲜活而琐碎的现实观，事实上，还有大量的小说特别是长篇小说，都在突破以往的结构形式，借助各种片段化的叙事，与无序的日常生活形态形成呼应。像路内的《少年巴比伦》《追随她的旅程》《花街往事》等长篇，都是在极为琐碎的现实观中，呈现了一群小城人漫无头绪的日常生活镜像。如《花街往事》就是以南方某座小城市作为现实背景，围绕着这座三线小城中的一条蔷薇街，叙述了两代人极为琐碎的日常生活史，尤其是青春成长史。以穆天顺、顾大宏为代表的第一代青年人，在热血奔涌的年龄便碰上了"文革"时期的文攻武斗。于是，方屠户、顾大宏、李苏华、李红霞、顾艾兰、穆天顺、胖姑、爷爷等这些有着亲缘关系的人们，围绕着"保派"与"战派"的不同立场，卷入了各种思想纷争之中。火热的革命理想与躁动不安的青春融汇在一起，使他们迅速卷入伤害与被伤害的漩涡之中，最终将身体或命运弄得支离破碎，就像具有隐喻意味的姑父穆天顺那样，刚开始还颇为自豪地向别人炫耀自己头上的弹孔："你们看，这像不像一朵花?"当"文革"成为过去的历史，一切青春的荣耀转换成苦难的控诉之后，穆天顺自然而然地疯了，所以他只能指着头上的弹孔逢人便问:"你们看,这像不像一个屁眼?"面对那个疯狂的时代,路内在情节处理上以蒙太奇拼接为主,所有的死亡都是大刀阔斧的,而到了歪头男孩顾小出出生之后,"文革"结束了,但母亲、小姨和外公都陆续在车祸中丧生。童年时代,由于身体的特殊原因,顾小出总是饱受欺辱。他和聋哑的方小兵"就像两个刚从地里拔出来的土豆,呆头呆脑脏兮兮地扔在某个角落里但也在平庸而无聊的蔷薇街环境里逐渐长大"。随着改革开放的迅速推进,时代在变,人心也在变化。"个体户风行于神州,以劳改释放分子为先锋队的摆摊大军如雨后春笋般出现在城市里,场面极其热闹。那些有公职的人幸灾乐祸地看着穷光蛋和二流子出来现眼,随即惊讶地发现他们在短短数月之内成了有钱人。"它同样刺激了蔷薇街,使这条小街开始变得躁动不安。当然,对于顾小出来说,他还必须穿梭于校园与街道之间,虽然读书不太用功,最终他还是进了一所化工中专技校,结果又因为在学校打架闹事而遭到开除。游走于社会之后,顾小出无法找到理想的工作,只能去一家婚纱店打工,但他心里依然无法忘却童年时期的同桌罗佳。

日常生活是琐碎的,因为蔷薇街上的每个人都被时代的洪流推来搡去,四处寻找自己的理想生活方式。在《花街往事》中,顾大宏开了一家小小的照相馆,顺便利用一场又一场的舞会,以一种炫技式的生活彰显自我的存在,同时也不忘享受着胖姑的暗恋。他英俊潇洒,舞技了得,率领蔷薇街的中年男女们,在20世纪80年代进入了自我狂欢的"跳舞时代"。对于顾大宏这一代人来说,他们迷恋于跳舞,在男男女女的拥抱中重新体会生命的活力,从私人舞会,到斗舞比赛,在各种舞台上尽情领略身体与音乐的美妙共振。对待跳舞,顾大宏的要求近乎苛刻,没有合适的舞伴宁愿选择不跳,遇到不守道德的舞场对手老克拉,也不屑与其为伍,"跳舞就是这样的,舞场就是人生,你可以和垃圾活在同一个世界,但不要和他们一起跳舞"。当时髦的迪斯科舞曲开始流行,顾大宏们便开始自觉退出舞台,将他们的尊严打包带走。顾小出的姐姐顾小妍年轻漂亮,聪明伶俐,但终究敌不过时代的变化,以至于在情感的路途中跌跌撞撞。爱她的小勉为了给她一个美好的未来，拼命赚钱、开店，结果却因受骗而砍人入狱。另一个男友却是多年流窜在外的逃犯，终究逃不过被缉捕的命运。

无论是顾大宏、顾小妍、顾小出，还是方屠户、胖姑、乌青眼、顾巽，作为时代洪流中的边缘群体，他们虽无大志却并不苟且，虽不富足但也不乏温情。在这个极为平常的小城街道上，他们就像无数的芸芸众生，奔波在活着的路上，带着他们的过去、现在和未来，呈现了蔷薇街上的爱恨情仇和恩怨悲欢，也承载了时代的种种变迁和世道人心的烙印，充分彰显了日常生活的烟火气息。《花街往事》之所以给人异常温馨的审美质感，就在于路内压根儿就没有打算写一个传奇性的故事，也没有打算让人物与时代进行正面较量。在叙述上，路内特意选择了第一人称和第三人称叙事视角，让两种叙事视角自由转换。天生歪头的顾小出作为第一人称叙事者，以一种明确的参与者身份，打量了这座小城这条街道的人们在世俗生活里颠荡沉浮，同时又体察到每个人心中小小的希望。而作为第三人称的叙事，则在一种距离感中，讲述了时代的变迁对于两代人的精神影响，也使蔷薇街的往事变成了一个日常生活不断变化的缩影。

如果我们再看看诗歌，也同样如此。在新世纪以来的大量诗歌作品中，理性的、形而上的思辨似乎都在淡化，而直面繁杂、鲜活、无序的日常生活景观的抒写，则得到了无以复加的增长。譬如，诗人杨克就常常将触须探入日常生活的角角落落，带着参与者和旁观者的双重身份，不断复原各种独特的生存感受，审视那些看似庸常却又无奈的日常存在状态。在那里，"汽车蝗虫般漫过大街／我的身体像只大跳蚤在城市的皮肤蹦跶／'忙'这条疯狗／一再追咬我的脚跟／这个年头／有谁不整月像一只野兔？"（《"缓慢的感觉"》）"在没有黑夜的南方／目睹金钱和不相识的女孩虚构爱情／他的内心有一半已经陈腐。"（《杨克的当下状态》）"想象点钞机翻动大额钞票的声响／这个年代最美妙动听的音乐，总有人能听到／总有人的欲望可以万紫千红地开花／走向珠江三角洲，无数的人就这样消失/一场暴雨被土地吸收。"(《广州》) 欲望、梦想、冒险、惊奇……在奢侈淫靡的都市内部，人们总是以感官享受为第一原则，将消费时代的无深度生活打造得"万紫千红"。诗人杨克，便是以各种自嘲的方式，将自我不断地纳入纷乱的都市之中，体验着那份内心深处的孤苦和无奈。其实，不只是杨克，很多诗人都在自觉地抒写那些看似庸常的日常生活，传达创作主体对于生活的微观思考。在此，我们不妨再征引几首短诗：

> 有时下班早，我跳下人肉罐头/7点的公共汽车，从公路的这边过往/那边。我走上一座/人行天桥。小贩们在售卖季节/吃的、穿的、用的、住的、学习的、娱乐的/室内的、室外的、床上的、床下的/这一切，在喧闹的暗影中/闪亮起来。如果城管不来，这3米宽，10多米长的/天桥，就是哈着热气的彩虹/自由的车流有相对的方向/它们在男男女女的胯下/将急速运送//有时下班晚，12点钟，我跳下/拥挤的瞌睡，从公路的这边过往/那边。天桥上只有寒风在吹荡，桥下/穿行的汽车比寒风快。我走着，脚步也/加快了些。小贩们都不见了/热气腾腾的、半明半暗的面孔/都不见了。臭豆腐、水果、手机贴膜、充电器、衣服/皮包、鞋子、头饰、枕头、玩具、碟片……/这些魔箱中的话语，混杂着的潮润气味/都不见了。有汽车在桥下通过/装载着一个城市的颤抖/穿过我的脑海，那是颗巨大而渺小的子弹/它射向我，不可触及的/光亮处、黑暗处、柔软处（谢湘南《再现》）
>
> 五个女人在家里进进出出/阿姨更换，交接活计/母亲又来/加上俩孩子与我/是九个女人/在屋檐下//每人跟我说完一桩事/就是九桩/就快要夕阳西下/此时无论亲人，还是陌路/个体的生命/皆在流转/说悲哀的事/定汇成大江/可我们都维持笑容/这是一个值得愉快度过的人世（尹丽川《今天》）
>
> 我歌颂穷人的酒杯，用黄土、红土/黑土抟成，盛米酒、黄酒、

高粱酒/宴大舅、二舅、姑父、姨夫、表叔/杀鸡、挖笋、抓鱼、蒸馍、煮肉/过午始饮，酒过三巡，开始商议/表姐的婚事、姑妈的病、二舅的腰/日近黄昏，大舅已醉，套上马车/发动摩托、登上三轮，众人散去/星光、大地，安谧的乡村，榆木桌上/散落着鱼骨、猪耳、鸡头、羊尾/几只酒杯歪斜着，那么热烈、谦卑（朵渔《我歌颂穷人的酒杯》）

与以往的诗歌相比，这些诗作或许缺少精致的意象，缺少巧妙的言辞，缺少形而上的深邃之思，只是一句句口语化的表达，甚至是一种与日常生活近乎相等的复述，但它们同样拥有内在的情感张力，传达了诗人对于生活的特殊理解。像谢湘南《再现》，通过对各种喧闹、凌乱而又拥挤不堪的日常景象的堆砌式表达，既呈现了都市的勃勃生机，又体现了诗人对于这尘世的柔软之感。尹丽川的《今天》则以家庭琐事的记录，再现了一天里的日常生活。它由九个女人的无序交流来完成，或触及心里，或如耳边之风，无论悲哀与否，都以微笑的方式呈现，表达了日常生活里生命特有的存在景象。而朵渔的《我歌颂穷人的酒杯》，以一次亲人的相聚作为中心，从土制的酒杯开始，到席散人尽结束，既呈现了各家生活的不易，也展示了诗人对于平庸的日常生活中所包含的谦卑之情的感佩。

无论是质询，还是感恩，当作家和诗人们选择了无序的形式来表达琐屑的日常生活，这种努力本身就体现了创作主体对于日常生活的某种理解或认同。也许有人认为，这是一种典型的反统一、反中心的后现代式写作，作家们试图通过一种碎片化的呈现，解构理性中心主义的特定价值。这种说法虽然也不无道理，但从整体上看，中国当代作家还没有进入一种明确的反中心、反意义的审美领域，他们更多的还是在强调日常生活本身的审美价值，尤其是那些被人们的日常经验所遮蔽的生活镜像。而且，这种创作趋势越来越明显，也越来越突出，像贾平凹的《秦腔》《山本》，迟子建的《群山之巅》、李洱的《应物兄》等长篇小说，都在不同程度上采用了碎片化的叙事策略,以彰显创作主体对日常生活无序性、琐屑化的认同,在某种意义上,也折射了作家们"为生活立心"的现实审美观。所谓为"为生活立心",就是强调日常生活本身所体现出来的个体生命之内在生机,用张未民的话说:"日常生活总是受到物役的,是庸俗、非人的,需要批判、改造和超越的。这固然是有道理的、有积极性的,然而其局限也是明显的,假如'人'的生活总被宣布为'非人'的、需要超越和解脱的,这样的逻辑有时就使我们不能很好地理解生活、解释生活,同情和宽容就时常会被淡漠,真实的生态性或常态性的生活内容或许也被格格不入、被遮蔽掉,也不是不可能的,而改造和完善生活的实践有时也会受一定程度的阻碍。"[1] 日常生活本无心,但日常生活日复一日,恒久惯常,哺育了人类一代代的生命,实乃有生生之心。

第五节 自由而精细的文本观

我们不妨先从几部书写故乡日常生活的散文谈起。它们是扎西才让的《我的杨庄》、黑陶的《泥与焰》、冯杰的《九片之瓦》、傅菲的《故物永生》、冯秋子的《冻土的家园》以及鲍尔吉·原野的《我们为什么热爱自己的故乡》。在新世纪以来的散文创作中,这些散文或许在思想内涵的开拓上并没有多少特别之处,有时我们甚至还能隐约地看到刘亮程散文格调的某些影响,但在表达上却十分精细,诗性的语言、诚挚的情思、精巧的构架与内在的修辞融为一体,体现了耐人寻味且又各具特色的审美格调。

扎西才让的《我的杨庄》是一篇充满了生命情趣的乡村人物志式的散文。作者将目光投向故乡之时,并没有回避那里的贫穷和落寞,而是通过成长记忆的不断调节,在诗性的语言和温婉的语调中,呈现了一个

---

[1] 张未民:《想起一些与"生活"有关的短语和诗句》,《文艺争鸣》,2010年第5期。

个乡村人物的生命形态，展示了西部乡村原生态式的日常生活图景。在那里，男女之间的情感，总是交织在伦理和幻象之中；各式人物的传奇，也都熔铸在传统智慧的晶体之内；乡村社会的秩序，不时地体现了城乡之间的差异。但它是个体生命的自由载体，是无数日常经验和日常交往的情感舞台。它是作者的杨庄，浸润着作者全部的生命感受，也是我们的杨庄，中国的杨庄，在各种微观的生活细节里，折射了中国人特有的精神风貌。黑陶的《泥与焰》则极力追求作家的主体情感与笔端文字的交融效果，使整部散文集犹如一部浸透了生命血浆的记忆之书。乡村、农舍、窑场、成长……在一篇篇短章之中，作者以烈焰般的文字，再现了一个个片段化的生存场景，也构筑了一个意象纷呈的江南。它清贫却不枯寂，单调却很坚韧；既有泥土般的温软，又有火焰般的热烈；各种庸常的生活事象之中，却不时地跃动着生命特有的绚烂，宛如一部民间记忆中的江南日常生活史。

冯杰的《九片之瓦》同样是一部情趣盎然的怀乡之作。作者不再拘泥于记忆中的生活，也不太关注左邻右舍的人群，而是带着一个农民式的眼光，自由地穿行于乡间地头，盘旋于各类事象之中，不时地打捞温馨的记忆，感怀于生命伦理，在细腻、灵动而又充满感性的文字中，呈现了创作主体对于乡村日常生活的微妙感受，也传达了作家自身对生活内在情致的体悟。读这类散文，我们深切地体悟到：格物致知，穷心尽理；刚柔兼济，曼妙传神；小调低吟，举轻若重；择现实片段之精华，昭别样人生之意趣。傅菲的《故物永生》同样也是驻足于故乡的人与物，但他更多地专注于历史的穿透和个体的现代之思。因此，在他的笔端，故物的芳香是生命的芳香，故物的温暖是情感的温暖，故物的坚实是命运的坚实。在《故物永生》里，几乎每一件故物都承载了生命里挥不去的故人，每一件故物都浓缩了血脉里流不尽的乡情，每一件故物都镌刻了故土中磨不掉的荣耀与伤痛。作者在深情的回首中，道出了物与人的统一，身与心的统一。故物永生，灵魂便也永生。

冯秋子的《冻土的家园》在书写故乡时，却别有一番情思。可以说，它是一部颇为典型的、有关故乡的挽歌式作品。作家在面对故乡的亲人、自然和日常生存形态时，常常让文字奔走在坚硬的大地与苍茫的草原之上，体现了作家面对故土亲人的凭吊之情。回首与遥望之间，那山那水那土地，处处袒露着生命的执着与坚韧，旷达与苍凉；追念与感怀之中，那人那事那情怀，时时散发出尘世的苦难与沧桑，纯朴与温馨；从容与舒缓之中，体现了作者深厚的艺术腕力。鲍尔吉·原野的《我们为什么热爱自己的故乡》虽然也将叙事的笔触伸向了辽阔宽广的大草原，但他更专注于蒙古人群的精神探究。在那里，既有万物和谐并存的大自然，又有充满神性追求的民族文化；既有埋葬着伟大祖先的广袤土地，又有从来不会想起却永远不会忘记的乡音。作家将融于血液中的蒙古精神，从日常生活的点点滴滴中，不断发掘和呈现出来，传达了创作主体对故乡的深切眷恋，以及对民族精神、民族文化的自觉膜拜。所以有人认为，正是作家骨子里对草原的热爱，使得他无时无刻不在表达自己的所见所闻、所思所感，也使他的散文既粗犷胆大又细腻柔情，在抒发感情的同时又记录着整个草原时代变化的横截面，让我们清楚地看到一个马背民族转化与前进的步伐。

笔者之所以在此集中谈论一些有关故乡的散文，是想说明两层意思。一是故乡是中国文学的重要主题，自古及今，概莫能外。在中国社会的城市化进程中，人群的迁徙变得极为频繁，故乡成为越来越多的中国人心中绕不过的梦境。新世纪以来的散文创作中，这一点显得尤为突出。然而，在新世纪作家的笔下，故乡不再是廉价的抒情对象，不再是亲人的眼泪和向晚的炊烟，而是创作主体情感和思想的一部分，是生命融入其里又游离于外的一个载体，成为作家对历史、现实和人生的审视对象。他们将故乡的每件事物、每个仪式、每位乡亲，都赋予了特有的生命情思，使它们成为作家灵魂跃动的一个舞台。二是在这些散文中，文本形态自由放达，虽然短章居多，但语言语调、结构组合、修辞运用，都非常精细，不矫饰，不做作，个性化的风格与叙述的练达相得益彰，显示出作家宁静而古朴的写作心态。它们与时尚相距甚远，但是将日常生活的烟火味发挥到了新的审美之妙境。

这种自由而精细的文本形态，绝不是散文创作中特有的现象，而是日常生活诗学追求中所体现出来的重要特征之一。由于日常生活的琐碎、随意，以及强烈的粗粝感，在具体的审美表达中，作家们普遍追求细节的微妙与灵动，并不过度强调文本结构的完整性，而是在自由随意的话语表达中呈现出一种开放的形态。像"民间写作"群体的许多诗歌，都常常盘旋于各种琐碎而具体的细节中，层层揭示日常生活的审美肌理。如于坚的《成都行》《只有大海苍茫如幕》《那就是大海》《土豆的故事》等诗作，都是从简单的日常场景或事件出发，从各种细微的日常生活现场中发掘诗意，并借助口语化的特殊语调和节奏，呈现生活自身的内在意味。生活便是此在，此在便是生命本身的意义之所在。朵渔的诗歌也常常将触须探入日常生活的角角落落，带着体验者和审视者的双重身份，不断地复原并回味各种独特的生命体验和人生感受。如他的《西风颂》就写道：

> 穿薄棉裤的小女儿，抱着一只/硕大的红薯。她美丽的双眼皮/跟不上车轮的速度，/两串小鼻涕 凝固/在午后的寂静中//穿薄棉裤的小女儿，还想像不出/这座城市有几颗心脏，就像/想像不出她日后的美丽/会让谁在咖啡馆/谈笑风生//站在西风里，这样/就已经很幸福，何况西风/将母亲的炉火吹得彤红。/烤红薯的/乡下母亲，她也没想到一场西风对女儿/意味着什么，这肯定不同于/一场风雪之于几株幼树。//没有什么值得诅咒，每一个/生命都找到了自己的/幸福。甚至逆行的西风，它/钻进了小女儿细小的脖颈，这样的做法恰如/脚手架上的民工将菜地里的女友轻抚……

在这首诗中，诗人立足于幼女在寒风中捧着烤红薯的幸福场景，让想象不断延伸到各种不同的生活情境之中，将幼女未来的美丽动人、母亲的日常劳作，乃至脚手架上民工的爱情组合在一起，传达了困境中永不放弃热望和怀想的人类生活。它是每个普通个体的生活，是凛冽的西风送来的生命之思，折射了诗人特有的感恩之情。

在谢湘南《歌谣》中，这种日常化的生活情形同样获得了细致的呈现："老式吊扇在铁皮屋顶下吟唱/一锅热茶端坐风中/西红柿挂在墙上/三个军帽等距离排列，灰尘满面/电线、钥匙、一把大黑锁、塑料/胶袋，菜刀……这是空间/日历撕至四月二十九日/这是生活，我刚吃完一盆热面条/剩下几个青辣椒，无须寻找/整个四月我仍然在寻找，除了工作/我想不到别的，面汤热着我的肚皮/手掌的汗珠沾着油，这是真实。"简陋的租居生活，无须费神管理的生存空间，除了工作需要寻找，什么都不需要寻找——日常生活已降低到能够勉强维持生命的地步，但工作没有着落，生活也将依然没有改变。在这首诗里，自由而又粗放的语言，与坚硬而又粗粝的生活，几乎是等量齐观，而它所体现出来的，却是抒情主体对于底层生存的顽强与不屈。

如果我们再看看一些女性诗人的诗作，也同样可以读到大量自由放达而又不乏生命况味的诗句。如曹疏影的《苦闷的瓜》中，就是通过炒苦瓜的过程，隐喻了日常生活的烦忧与愉悦，自嘲之中，不乏诗人对于日常生活的真切感受。在这首诗中，一对年轻的夫妇面对日常生活中各种繁杂而凌乱的琐事，终于渐渐地感受到，日子就像爆炒的苦瓜，"一片/贴着一片"，没有惊喜，也不存在太多的巨恸，所有的烦忧，无非是节节攀升的房价，以及每天都需要面对的"吃什么"之类。它是真实的，却又属于微波细澜，荡涤着生命的每一个刻度。路也的《抱着白菜回家》则形象地抒写了一位家庭妇女的日常生活。"我"穿着大棉袄，裹着长围巾，在下班途中匆匆地赶着回家："抱着一棵大白菜/……疾走在结冰的路面上/在暮色中往家赶"，同时，她还想象着"此时厨房里的炉火正旺/一块温热的北豆腐/在案板上等着它"。它没有什么波澜，所有的诗句就像平常的日子，流水账式地记录了一段时光，但它又是充实的、惯常的，映现了日常生活内在的平淡和包容。余秀华则善于放下所有关于身份的粉饰，以彻底的率真和日常生活进行面对面的交流，如她的《日记：我仅仅存在于此》中写道：

> 蛙鸣漫上来，我的鞋底还有没有磕出的幸福/这幸福是一个俗气的农妇怀抱的新麦的味道，忍冬花的味道/和睡衣上残留的阳光的味道//很久没有人来叩我的门啦，小径残红堆积/我悄无声息地落在世界上，也将悄无声息地/隐匿于万物间//但悲伤总是如此可贵：你确定我的存在/才肯给予慈悲，同情，爱恨和离别//而此刻，夜来香的味道穿过窗棂/门口的虫鸣高高低低。我曾经与多少人遇见过/在没有伴侣的人世里/我是如此丰盈，比一片麦子沉重/但是我只是低着头/接受月光的照耀

在这首诗中，诗人扮演着"俗气的农妇"的角色，在蛙鸣的春夜，回望日常生活的孤寂与哀怨，同时也幻想内心的充盈与丰沛。从这首诗中，你可以看到，诗人仿佛一位心细如针、感觉敏锐的侦探，总是能够从日常生活的缝隙中，打开内心的各种感受与情思。它如此日常，却又如此脱俗。

这种自由而精细的文本形态，在小说中体现得更为明显。在新世纪以来的小说创作中，特别是中短篇小说创作中，微观化的日常生活书写几乎占据了叙事的核心位置。大量的中青年作家都在直面日常生活的过程中，倾力展示了各种叙事上的艺术心智，带有先锋性的实验性叙事少了，强调故事情节大起大落的叙事也少了，突出人物非凡精神和英雄主题的叙事也少了，而是更多地专注于日常生活中的细枝末节，着力呈现庸常生活表象之下的生命景象。这种创作追求，首先在叙事形式上体现了鲜明的感性主义美学倾向，即它不追求深邃的理性意义，不突出作家对现实生活的某些深刻思考，而是从日常生活经验出发，展示普通生活内在的繁富与驳杂，呈现个体生命的自然律动，并以此传达现代人的精神镜像和生存境况。当然，它也并不意味着作家们主动放弃了意义的追寻，而是表明他们同样在打探各种生活的意义，乃至生命的意义。只不

过,这些意义的呈现,并不是来源于创作主体的理性思考,也没有体现作家对现代理性美学的尊崇,而是更多的依助于日常生活,尤其是那些被大众生活习俗所遮蔽的、感性的生存经验,甚至包括一些反经验、反逻辑的生存状态。也就是说,它们所折射出来的审美趣味,并不像黑格尔所说的"美是理念的感性呈现",而是一种"美是经验的感性呈现"——尽管作家们对这种经验的选择和处理带着明显的个人化印痕,但从本质上说,这无疑体现了一种感性主义美学的勃兴。

这种专注于日常生活感性状态的审美追求,在王安忆的小说创作中,就非常突出。新世纪以来,王安忆开始迷恋于从日常生活的细节中发现特殊的生存意味。她对庸常的生活琐事,对人物内心的细微感受,都有着十分敏捷的捕捉能力。所以,她的很多中短篇常常能轻松自如地渗透到惯常生活的隐秘部位,然后以极度舒缓的叙事语调,从容地叙述着人物在特定情境下的人性风貌。这使得她的很多作品虽无狂波巨澜,却也涟漪不断,呈现出独特的叙事魅力和罕见的写实功力。像《保姆们》《丧家犬》《舞伴》《闺中》《黑弄堂》等,均属难得的优秀之作。在《闺中》里,作家对一个老姑娘的心态和气质的准确把握,特别是那种从容之中所隐含的焦灼、优雅之中所潜藏的躁动、落寞之中所包裹的期待,都在人物一抬首一投足之间鲜活地映现出来。而《黑弄堂》则将笔触深入到城市弄堂的深处,极为密实地演绎了一群孩子略带放纵的成长生活。那段无人出入的黑弄堂,既是周边孩子们的冒险乐园,又是他们相互倾轧和谋合的纽带。在那里,渐渐地步入少年的"他",不仅与二阿哥形成了权力争夺的潜在焦点,还与更小的女孩"她"通过无声的动作产生了许多微妙的冲突。这是一群生活在特殊年代和特殊环境里的孩子,他们无人管束也反抗管束,由此所形成的权力真空,使他们纵情地享受着各种冒险的生活,甚至成为他们人生里难以割舍的一段"黑弄堂"。最后,当"他"带着更小的"她"成功地穿过黑弄堂之后,却发现一切平常如斯,而他们却已在不知不觉中开始长大。铁凝的《有客来兮》尽管存在着明显的戏剧化倾向,但作者还是有效地控制了叙事的内在节奏,让李曼金对表姐的嫉妒与不满,始终保持在引而不发的状态,并由此促成人物在内心中的自我煎熬,从而一步步拓示出敏感而又自尊、脆弱而又好强的李曼金,在漫长的记忆中饱受表姐伤害的心理过程。裘山山的《老树客死他乡》则将笔触探入乡村生活的底部,以乡民们集资通电作为核心事件,引出了中国乡土中种种极为复杂的文化观念,包括家族观念、生存资历、基层的权力意志以及利益分享原则等等,也有着相当丰厚的内在意蕴。盛可以的《缺乏经验的世界》以内心化的人物视角,讲述了一个成熟女人与不谙性事的男孩之间的欲望冲突。它源于一场邂逅,因此没有任何的危险;它引爆了女人长久冷落的躯体,因此又充满了野性的掠夺之势。在这种暧昧关系的叙述中,作者非常精确地把握了一个成熟女人的欲望心理和理性包裹的矜持,让一个遥不可及的阳光男孩,慢慢地撕开了女人隐秘却又无法言说的生存之痛——它看似生猛、果敢,带着猎豹般冲击目标的势头,实则虚弱、无奈,布满了无爱的苍凉与伤痛。如果要从理性的角度来探寻这些小说的深刻内涵,笔者以为不会有多少收获,但是它们却将特定情境下的人物心绪及其微妙的言行,演绎得异常鲜活。它们立足于日常生活的感性层面,呈现了两性之间难以言说的对峙与纠葛。

除了对感性美学的极力张扬,新世纪以来的小说在叙事策略上还非常注重盘旋式的表达手法。作家们总是能够非常准确地找到叙述对象的敏感部位,并以一种看似很"轻"的语调在那里反复游走,从而凸现了许多丰饶的生命质感和生存信息。这种盘旋式的叙事能力,或许是一个作家非常重要的叙述技能——它能够有效地揭开那些被日常生活所遮蔽的生存状态,揭开那些被我们的生存经验所忽略的幽暗区域,使叙事在人物的精神层面上进行深度的剖示和打探,促动人物向各种可能性的境域中奔跑。事实上,读新世纪以来的很多小说,我们总觉得其中的"意义"很难捕捉。它们遍布于各种饱满的细节之中,却又以不断"游走"的姿态,呈现出山峦叠嶂且又云遮雾绕的审美意味。譬如,曾经迷恋于后现代式反讽叙事的王手,在新世纪以来的《西门之死》《自备车之歌》

《上海之行》《本命年短信》等中短篇里，也是始终立足于普通人物之间的各种暧昧关系，以此传达人们在日常生活里的情感摩擦和内心诉求。《上海之行》里的风清扬原本是个安于生活的人，但是朋友龙海生之死所引发的种种绯闻，让他觉得自己多少也算是个"优秀的男人"，可"就是手中无女人"，于是，李慧珍的一个偶然性的、当然也带有暗示意味的电话，便迅速将他引上了一次情感的冒险之旅——上海之行。在这次冒险之旅中，风清扬一方面带着艳遇的梦想和激情，另一方面又带着潜在的道德威胁，一波三折地来到了上海，结果却因为李慧珍马上要上车而将情感中止于即将爆发的瞬间。"有些事，你没有做等于做了；有些事，你虽然做了，其实就跟没做差不多。"因此，风清扬和李慧珍之间有没有发生关系并没有意义，而他们在暧昧的交流中所催发出来的想象、激情、焦虑和失落，才是这篇小说在叙事上闪闪发光的审美品质。

比较典型的还有潘向黎的《白水青菜》《永远的谢秋娘》等系列短篇。它们都是利用情感的微妙冲突，于不动声色的细节之中，演绎了人物在日常生活中的处事智慧和达观的生存态度。金仁顺的《彼此》《云雀》等一些短篇，也是着力于男女之间隐秘的情感交流，但作者并不是为了展示爱情的神圣和纯洁，而只是张扬人物彼此之间的内心感受。戴来的《给我手纸》《向黄昏》等大量短篇，则更多地将人们置入现代都市的边缘地带，让他们不断地远离人群而自我折腾，至于为什么要折腾，连人物自己也不清楚。《给我手纸》中的岑晟所遭遇的是婚姻生活中极度荒谬的错位——没有了爱，恨却可以变成各种充满人生快意的折磨。无论是妻子刘逸梅还是情人汪菁，作为岑晟生活中的两个影子，终于将他牢牢地覆盖在无边的困顿之中，使他坐在"生活的马桶"上永远也别想得到"手纸"，永远也别想体面地站起来。这里，由爱情——婚姻——复仇——快感所构成的情感怪圈，几乎被赋予了某种隐形的权力。《向黄昏》则将一对老年夫妇之间的内心抵牾叙述得有声有色。一次偶然的夫妻生活被拒，使老童和陈菊花就像"两只拖鞋"一样，"一东一西互不买账地在房间里"。于是，老童开始向往外面的生活，试图以此排遣内心的积郁；陈菊花则在家里进行心理上的"历史盘点"，并决意出走。整个小说都是建立在内心叙事之中，将一对老年夫妻的情感危机演绎得淋漓尽致。须一瓜的《淡绿色的月亮》《灰鲸》，都是立足于日常生活中的小事件，在看似无冲突的情节演进中，利用人物彼此之间的扯扯拽拽，凸现当下现实中各色人等的内心际遇。类似的作品极多，且作家们都是为了突出各种微妙的生命体验，强调人物内心意绪的精妙拓展，全力展示那些被庸常经验所遮蔽的、极为丰盈的生命情态，减少各种共识性的思想价值意义的追问。

　　这种感性主义的美学追求，并不是后现代主义所强调的平面化写作或"反中心"写作，也不是对抗文本意义的深度建构，而是对抗传统写作对理性意义的过度推崇。理性是通往意义建构的必要途径，这是传统美学留下的经典律则。然而，当工具理性给人类带来了越来越多的困顿，当分析美学日益显得捉襟见肘，人们在蓦然回首之际，终于看到了日常生活经验中所蕴藏的某些艺术曙光。由是，越来越多的学者开始关注"日常生活的审美化"，并重新盘点杜威的经验主义美学遗产，倾力解析费瑟斯通、舒斯特曼等人的实用主义美学，试图从中找到对感性主义审美价值的科学阐释。"凡日常生活中能感觉到的用品及人物上几乎都有美。美，就是表面的感觉和技艺，它们里面的灵魂没有了，因为支持它们的不再是传统审美中的生命气韵和人生意境，而是金钱和物欲。美不再是超现实的、超功利的，而是现实的、功利的。失去了对现实距离化的审美观照，也就失去了美的深度和内蕴，一切都趋于平面化。"[1]尽管这种判断有些片面，但是，从日常生活审美化的发展来看，感性主义确实也体现了某种审美的特殊意义。事实上，这种自由而精细的文本形态，也突出地体现在各种感性而丰盈的话语表达中。无论是诗歌还是小说，这类作品很少追求理性的形而上意义，而是呈现出感性化的审美特征。它让我们重新认识到，艺术作品的价值并非只是建立

---

[1] 陈中权：《论日常生活的审美泛化》，《中共浙江省委党校学报》，2005年第1期。

在作家深邃的思想之上,同样也建立在他们对日常生活的敏锐把握与精妙传达之中。换言之,捕捉、品味并有效传达生活自身的内在肌理,展示感性生命的丰富性和可能性,亦是艺术的审美价值之所在。而这,也正是日常生活诗学的重要审美特征。

第三章
宏大理想的微观化呈现

日常生活诗学既不拒斥宏大理想，也不排斥重大的社会历史书写，因为日常生活内部就隐含了各种重大社会历史变革的基因，并凭借其巨大的吞吐能力，对各种非日常生活进行渗透。"一方面，在日常生活图式和结构十分强劲有力的传统社会中，有时日常生活的原则直接成为非日常社会活动领域的组织原则。""另一方面，过分受制于日常生活图式，没有从生存的日常态进入非日常态的主体，即使处在按照非日常的和理性的原则所组织的非日常活动领域中，也往往习惯于以日常的活动方式去从事非日常的活动。"[1] 与此同时，我们还应该看到，在技术不断发展的现代社会里，非日常生活也同样以强大的技术理性和人本精神，不断改造既定的日常生活形态，使日常生活和非日常生活之间的界线更为模糊，"以社会化大生产和商品经济为基本内涵、以技术理性和人本精神为主导性精神支柱的工业文明不仅使日常生活在社会生活中的比重急剧下降，而且使日常生活自身的结构和图式也真正受到了冲击和改造"[2]。这种冲击的具体表现在于，"第一，社会化大生产和商品经

---

[1] 衣俊卿：《现代化与日常生活批判》，第298—299页，人民出版社，2005年。
[2] 衣俊卿：《现代化与日常生活批判》，第286页，人民出版社，2005年。

济的发展打破了封闭保守的传统日常生活世界,为一切人进入非日常生活世界提供了均等的机会,使非日常活动成为每一主体生存中的重要组成部分。这极大地促使非日常生活世界的发达与膨胀";"第二,在工业文明条件下,人们打破了传统的封闭的日常交往阈限,非日常交往得以确立和发展,交往的自由与空间越来越大";"第三,支撑着工业文明的两大主导精神,即技术理性和人本精神,极大地改变了人的生存方式,把人从自在自发的生存状态提升到自由自觉和创造性的生存状态"。[1]因此,列斐伏尔说道:"日常生活不是一成不变的,日常生活可以没落,所以,日常生活在变。另外,唯一真正的、根本的人为变化是那些改变物质和留下人的印记的变化。"[2]这也意味着,我们只有站在"整体的人"的角度,才能科学地认识人类的日常生活,并在文学艺术中把握日常生活诗学的特质。事实上,新世纪以来的很多重要作品,也都是通过日常生活的书写,借助普通人的命运际遇,巧妙地凸现了宏大理想或重大社会历史的变迁,如金宇澄的《繁花》、何顿的《幸福街》、吕新的《下弦月》等等。

从另一方面说,文学面对的总是处在生活之中的人。这种生活既包括现实的既定生活,也包括各种可能性的生活;既包括世俗的日常生活,也包括人类特有的组织化、集体化的非日常生活。这是文学的基本属性。朱光潜曾说过,文学固然没有什么义务承担劝世训德的重任,充当修身弘道的高头讲章,但是,"如果释'道'为人生世相的道理,文学就决不能离开'道','道'就是文学的真实性。志为心之所之,也就要合乎'道',情感思想的真实本身就是'道'……文艺所谈的仍然是'道',所不同者哲学科学的道是抽象的,是从人生世相中抽绎出来的,好比从盐水中所提出来的盐;文艺的道是具体的,是含蕴在人生世相中的,好比盐溶于水,饮者知咸,却不辨何者为盐,何者为水。用另一个

---

[1] 衣俊卿:《现代化与日常生活批判》,第286—289页,人民出版社,2005年。
[2] [法]亨利·列斐伏尔:《日常生活批判》(第一卷),第210页,叶齐茂、倪晓晖译,社会科学文献出版社,2018年。

比喻来说,哲学科学的道是客观的、冷的、有精气而无血肉的;文艺的道是主观的、热的,通过作者的情感与人格的渗沥,精气与血肉凝成完整生命的。换句话说,文艺的'道'与作者的'志'融为一体"。[1] 朱光潜在这里所强调的"道",虽然未必都是宏大理想或重大社会历史之类的命题,但他通过盐与水的比喻,精妙地道出了"人生世相"中也可能承载的重大社会历史之"道"。所以,本章将立足于日常生活与宏大理想的关系,探讨新世纪以来的文学创作中所体现出来的日常生活诗学之表达策略。

第一节 个体生存中的历史叩问

日常生活表面看来千篇一律,平庸无奇,实则充满了异质性和变革性的内核,蕴藏着无数重大社会历史变革的潜在动因。在分析日常生活的异质性和变革性时,赫勒就说道:"日常生活本身毫无保留地是对象化。即是说,它是作为主体的个人在其中'客观化',同时人的客观化的潜能在其中开始脱离属人的根源而生活的过程;这些潜能像波浪一样,在其日常生活中和在他人的日常生活中,以这样的方式起伏前进,以至于只要是间接的,它们就熔进和混合进历史的潮流之中,并由此而具有客观的价值内涵。由于这个原因,我们可以断言,日常生活是历史潮流的基础。正是从日常生活的冲突之中产生出更大的总体性社会冲突,必须为在这些冲突中产生的问题寻找答案,而这些问题一旦得到解决,它们马上就会重新塑造和重新建构日常生活。"[2] 在赫勒看来,日常生活是在双重意义上被对象化的,一方面,它是主体持续的客观化过程;但另一方面,它又是个人借此被持续地再创造的过程。在周而复始、无穷无尽的客观化过程中,任何个体的人都是被塑造的和对象化

---

[1] 朱光潜:《朱光潜全集》(第4卷),第162页,安徽教育出版社,1988年。
[2] [匈]阿格妮丝·赫勒:《日常生活》,第45页,衣俊卿译,黑龙江大学出版社,2010年。

的。而当每个独特的个体都不断地卷入被塑造和对象化的境遇，那么日常生活的冲突就会酝酿出"更大的总体性社会冲突"，并最终导致社会历史的某种变革。

文学当然不是为了研究这种日常生活内在的异质性和变革性，而是为了从日常生活中的各种微观冲突入手，从冲突的缝隙里发现并展示社会历史的某些重要问题，重新审视我们重大的社会历史现象与普通个体命运的内在关系，并由此反观人们的日常生存处境。它立足于日常生活的个人性，最终却往往从个体的经历中延伸到社会历史之中。诚如南帆所说："由于关注日常生活，文学进入了我们周围的一丈之内。这意味着什么呢？这不是倡导鼠目寸光，仅仅关注我们身边的琐事而不考虑这个时代的各种重大事务；而是力图在这个领域发现，历史的种种大事件以及大观念怎样进入每一个人的寻常日子。"[1] 要从不同个体的日常生活中发现历史的种种大事件，不仅需要作家丰厚的文化积淀和宏阔的社会视野，还需要具备良好的表达能力，尤其是表达策略。

在此，我们不妨先看看赵柏田的散文集《南华录：晚明南方士人生活史》。《南华录：晚明南方士人生活史》是一部别有意味的历史文化散文集。作者以一种野史的笔调，借助小说家的想象，生动地再现了嘉靖中后期至崇祯结束百年来众多非主流士人的闲散生活，尤其是他们将专业爱好、生存情趣与生命体验融为一体的日常生活形态。在这些人物中，既有文化名流董其昌、文徵明、汤显祖、陈继儒、李渔、张岱等，又有收藏家项元汴、梦想家屠长卿，以及民间艺人计成、张南垣、苏昆生、罗龙文、柳敬亭、汪然明，同时还不乏商景兰、薛素素、钱宜、王荪、王微、杨云友、林天素、柳如是等命运各异的传奇女子。他们生活在那个近乎颓废的晚明时代，宏大理想匮乏，建功激情极弱，只能让生命终日沉迷于各种特殊事物或事情之中，并为之倾尽全部心力。应该说，这些人物中大部分都是社会的精英群体，但他们似乎从来不愿充当

---

[1] 南帆：《文学、现代性与日常生活》，《当代作家评论》，2012年第5期。

社会群体的代言人,他们似乎厌倦了世俗功名,或者说无望于那些显赫的功名,才将自己的身心安置在社会底层的各个角落,津津乐道于自己的日常生活,体现出对日常生活形态的极致性追求。

但是,这种反功利性的世俗追求,又隐含了这些文化名流对于现实的疏离与无奈,凸现了个体对于社会历史整体的怀疑和失望,以及重返内心自由的本然心性。从万历到崇祯,这些人常常游离于国家和世事之外,冷眼旁观家国在风雨中飘摇,犹如乱世中被遗弃的臣民。如《感官世界》一文中,作者就鲜活地叙述了冒襄、张岱、文震亨、袁宏道、袁小修对日常生活美学的潜心经营,他们终日沉醉于焚香、烹茗、营居、看戏、游山玩水等日常生活情趣,让感官纵情于形而下的世界,自我生活呈现出全方位开放的状态。而这,也恰恰折射了那个时代物质文明的畸形景观。事实上,他们正是借助由身体感官所建立起来的全部精神生活,在散淡、自由而又边缘化的自我放逐中,呼应着历史的腥风血雨,也改写了晚明近百年的文化艺术史。就像作者在跋文《我的南方想象》里所说的那样:"我不再纠缠于宫廷与官场的腥风血雨,不再拘泥于大人物的命运起落,我如果写,就要写那么一群人,他们不是时代所聚焦的激进主义者和道德英雄,他们隐退到了权力世界的背面,在另一个更为世俗、更为私密的方向上打开了一个生命空间。在那个空间,因为人不再成天想着算计别人,或防人算计,一草一木都带有了太初就有的情意,他们的心柔软了,时间也就慢了下来。他们把精神寄寓在器物里,把情意倾注在声音与色彩里,自得其乐地莳弄着自己的那块园地,逼仄的空间竟然也经营得风生水起。……在他们的身上,更多地呈现了一种属于南方气韵的东西,这种水墨般的潮湿、缓慢与内里的坚忍,与地理、气候相关,更与生活态度和价值取向相关。当然,我选择了这群人来达成梦想中的一部'南方之书'的写作,更基于我现世中的一份考量,人生应该滋养在艺术里,就像石头养在清水里。"[1]

----

[1] 赵柏田:《南华录:晚明南方士人生活史》,第416—417页,北京大学出版社,2015年。

在小说方面，陈谦的《特蕾莎的流氓犯》和王瑞芸的《姑父》就是非常典型的例证。这两部作品均出自海外新移民作家之手，却巧妙地凸现了个体的日常生活与重大历史之间的内在关联。陈谦的《特蕾莎的流氓犯》从异域文化背景出发，借助日常生活中的一个电视访谈节目，将故事慢慢渗透到历史的反思之中。小说以一个叫王旭东的人在电视访谈中的相关忏悔，打开了中国特殊历史时期的沉重记忆，引出了那个年代里人们在青春、情爱与性欲的压抑之中所做出的暴力冲动。这种冲动所构成的内心伤痛，使他们一生都无法逃离，更无法诀别，以至于在多年之后在异域他乡，特蕾莎与王旭东都还在为此纠缠。别有意味的是，当特蕾莎认定王旭东就是当年侵犯自己的"流氓犯"时，王旭东的叙述却表明他是另一个女孩的"流氓犯"，这说明了此类情形在那个年代并非个案。围绕着这样的"原罪"，特蕾莎和王旭东都进行了漫长的忏悔，这种忏悔既深入到历史与时代之中，还渗透到人性的自省与自救之中，充满了形而上的思考。而王瑞芸的《姑父》则通过一种旁观者的视角，再现了一位备受时代摧残的姑父形象。"我"来到姑妈家做客，和表姐们相处并无隔膜，然而，"我"总是在不经意间发现一个神出鬼没的影子，他有时半夜进入房间，更多的时候则待在屋后临时搭建的棚屋里。在幼时的记忆和姑妈的复述中，"我"才知道他就是姑父，如今已像一个寄人篱下的精神病患者。然而，随着真相的不断揭开，人们才发现，原来姑父年轻时是一个英俊潇洒、风度翩翩的精英人物，因为报馆老板逃到台湾前无意中给他留了一把枪，结果被判入狱二十年，从此沦为一个自私、懦弱、猥琐的老头。在漫长的晚年生活中，他不仅要饱受梦魇的折磨，还要备受亲情的伤害。他仿佛成为一个人鬼难分的幽灵，以罕见的悲剧命运，见证了时代的荒谬和人性的荒凉。

日常生活是幽深而曲折的。它在不同个体的生存际遇中，都会或多或少地刻录了重要的历史印痕。诚如有学者所言："日常生活复杂多变，各种浮游于日常生活之上的民族、国家、社会等大概念，经常或隐或显地以各种曲折隐蔽的方式进入了日常生活，并且有可能成为某段时期日常生活的主导意识形态,日常生活进入文学,同时也表明这些概念携带着他们自身的体温以种种复杂而曲折、隐蔽的方式进入了日常生活并且随着日常生活进入了文学。文学研究致力于发现、挖掘和阐释文学文本的意义,不仅需要在民族、国家和社会等层面上发现文学意义,而且也需要在日常生活的层面上,重新考察文学与日常生活、民族、国家和社会之间种种隐密的联系与互动。这样的文学,就不仅向民族、国家和社会敞开自己,同时也向充满了种种可能性的日常生活敞开了自己。"[1] 在日常生活诗学中,当文学真正地进入个体的命运史,进入个体生命的内在生活史,我们总会发现,无论怎样一个普通的个体生命,都会折射出历史风云的变化。像余华《兄弟》中的李光头,就是一个完全没有身份和地位的狂野少年,却能够借助一次不成功的偷窥事件,撕开了刘镇人们在特殊历史时期的精神镜像,尤其是他们被压抑得近乎扭曲的灵魂。也正是这种灵魂的高度扭曲,使李光头获得了一碗又一碗面条,把自己吃得油光满面,也使后来的暴力事件变得层出不穷。

日常生活不仅仅是通过个体的命运指向历史,它同样借助不同个体的日常生活方式,与历史形成内在的呼应,进而叩问历史的沉重与苍凉。在新世纪以来的文学创作中,很多作家都会自觉调动各种叙事策略,通过日常交往的伦理牵扯,揭示历史对不同个体的内在规约。像韩少功的《日夜书》就非常典型。它叙述了一群知青从下放到农场战天斗地开始,一直到回城后的晚年生活,包括他们子女的生活。无论是艺术青年大甲、"精神导师"马涛、永不安分的安子,还是农村"大哥"郭又军、安分守己的陶小布、小偷加天才贺亦民,即使他们已返城多年,散布在日常生活的角角落落,然而,他们却从来没有抛弃曾经的梦想与激情,也从来没有在日常交往中抛弃回忆。正是通过数十年的不断交往,才使我们看到,小说中那只叫"酒鬼"的猴子,似乎成了他们那一代人的绝妙隐喻:它始终无法抵抗"青春之酒"的诱惑,即使被历史抛

---

[1] 周红兵:《文学研究、反本质主义与日常生活》,《鲁东大学学报》(哲学社会科学版),2011年第4期。

弃的现实已经来临,即使内心的隐恐正在不断弥漫,它依然无法自持地买醉其中,最后成为人类记忆中的"失踪者"。因此,从本质上说,这部小说展示了特定的历史意志与个人命运之间隐秘而复杂的关系。

如果我们再看看池莉的《有了快感你就喊》,同样也可以从一种世俗性的日常生活中,尤其是从主人公卞容大的生存方式中,体察到时代变迁对于一些普通平民生存的巨大冲击。《有了快感你就喊》是一部有关男人生活的小说。卞容大是一个充满阳刚之气的男人,有内心的追求,也不乏生命的韧性,但从出生开始,他便一直活在压抑之中。幼年时母爱缺失,父爱严厉,使他逐渐养成了与沉默为伍的性格。年轻时,他的人生常常遭遇各种错位,尽管他在错位中选择忍受和退让,但内心总是觉得"窝得慌"。在婚姻爱情方面,他弄错了孪生姐妹,真心喜欢的是灵巧活泼、冰清玉洁的妹妹,结果娶的妻子却是绵里藏针、好强任性的姐姐。为了能够当上父亲,他与艰辛、压抑、焦灼整整抗争了七年,最终让不停流产的妻子生下了儿子,内心也开始拥有一个男人的自豪。然而在工作中,卞容大虽然颇有才情,能干实干,但因为思想上的单纯和性格上的率真,屡受领导的刁难和排挤,工作换来调去,才华无法得到充分的施展,致使他错过了一次又一次事业发展的大好时机。卞容大是一个日常生活中最典型的中国男人,他习惯于沉默,习惯于妥协,习惯于循规蹈矩,习惯于侍奉父母、养活妻儿,习惯于将所有挫折和痛苦埋在心里。面对社会转型过程中出现的各种压力,卞容大除了承受,只有逃离。所以,他最后选择了欧佳宝化妆品公司驻西藏办事处,试图以逃离的方式实现自我的坚守与救赎。吕新的长篇小说《下弦月》也是如此。在这部小说中,吕新立足于一个普通家庭的日常生活,着力叙述了这个家庭在20世纪70年代的特殊变化,并由此揭示了特殊历史对个体生存的巨大威慑。因为畏惧关押和审讯,丈夫林烈不顾一切地选择了逃离家庭,逃离小城,而妻子徐怀玉则把三个孩子托付给瘸腿的弟弟,在好朋友萧桂英的陪同下偷偷出门四处寻找。小说由此展开了多头并叙的结构:一是林烈孤独而绝望的逃亡历程,包括在柳八湾的艰难藏身;二是徐怀玉和萧桂英对他的苦苦追寻,以及在路途中的所见所闻;三是留守在家的妻舅和三个孩子,兼及同病相怜的邻居石觉的破败生活。它的日常性来源于从小城到乡村的各种生活本相,体现了计划经济时代的各种消费行为,也展示了特定历史情境中的无奈而无望的生存。在那里,每个家庭都有各自的不幸,每个家庭都无法把握日常生活应有的安静与自足。从邻居石觉,到闺蜜萧桂英,以及柳八湾的黄奇月,莫不如此。但他们都能够相濡以沫,彼此相扶,洋溢着世俗生活中特有的温情。他们的生活是清苦的,然而他们却拥有人性特有的温暖之光。与此同时,小说还加入了另一条具有反衬意味的主线:供销社岁月。在这条线索中,作者以尖蚂蚁公社的供销社主任万年青的自述为主,通过他对自己思想行为的详实剖析,呈现了写血书表决心的小牛、谨小慎微的老范、叶柏翠书记、一无所有的郭地主、因偷糖而自杀的胡木刀、成分不好被视为男人玩物的陈美琳等等人物的生存情状。这些人物在历史的胁迫中,既扭曲了自己,又试图来扭曲别人。他们与林烈夫妇等,共同构筑了无数普通个体与强悍历史之间的内在纠葛。

在这方面,须一瓜的长篇《致新年快乐》可能尤显突出。应该说,这是一篇充满了激情与理想、庄重与诙谐的小说。借助市场经济飞速发展的时代机缘,"九十年代初下海有了点钱的父亲,选址在芦塘镇青石水库边开办的。当时那里偏僻,租地便宜,几年后它才变成了劳动密集型的经济开发区,再后来,高新科技园区、软件园区等在青石水库西面陆续开发,芦塘的人气才渐渐转旺。父亲依照政府的扶持政策,小作坊入驻芦塘劳动密集型开发区,升级成了工艺厂"。这个名叫"新年快乐"的工艺厂,主要制作各种贺年卡片,"一般都是抄袭按样打货,贴个企业LOGO基本完事"。故事的真正发生,是在父亲将工厂交给了儿子成吉汉打理时。充满理想情怀的成吉汉接管工艺厂之后,不是想着如何拓展业务,开发新产品,而是将工厂作为自己激情与梦想的试验田。首先,他立即"升级全厂广播音响系统",很快就把工厂变成了一个集庄严与欢乐于一体的特殊场所:"当新广播系统启用后……一进大门,我们就像进入一个透明的、无形的音乐厅。我们一行不知道是走在夕阳浅金色的天地间,还是成吉汉布置的无可名状的奇异光辉中。在那音乐旋律里,在那小号引领的新年贺卡一样的根据地,被音乐描绘得如天国一样感人欲泪。"接着,他放下工厂的经营,全力训导并充实厂内的一群青年保安,除了原先父亲的司机兼保安队队长狳狲,还有双胞胎郑氏兄弟和边不亮陆续加入,保安队进入一种准军事化的管理:"厂里保安队开始每天拂晓要跑步五千米,不跑就扣奖金……必须参加健身活动打卡——其他岗位员工随意。健身房是在五楼顶加盖的——除了走不开,一律要完成至少一小时的健身。成吉汉自己都坚持参加。哦,还聘请过一个散打教练,据说,新年快乐的保安个个有身手不好惹……厂里的保安队走出来,一个个衬衫下都能看到结实的胸大肌,看起来真比警察还帅。"有了这支技能良好的保安队之后,工艺厂已经属于"英雄无用武之地",于是,在一个偶然的机缘中,成吉汉让这群保安开始活跃在整个小城的反扒领域,成为当地派出所颇为得力的助手。要知道,"春节假日,每个被排值班的警察都痛苦万状,恨不能在万家团圆的日子里,陪伴父母妻小。可是,这些反扒志愿者,龙腾虎跃拔剑四顾,就怕你不排上他的执勤时段,从来无须分文,个个无怨无悔"。派出所顺风推船,并最终在工艺厂的大门边挂上了"反扒志愿队"的牌子。

尽管须一瓜选择的是一个旁观者的回忆性视角,由成吉汉的姐姐来讲述这段不无传奇的历史,但在亦庄亦谐的叙述语调中,我们依然可以感受到,由成吉汉掌控的这群保安,始终洋溢着某种英雄主义和理想主义的激情。不错,在进保安队之前,这群人就有一些不光彩的行为,如郑氏兄弟曾冒充警察,"那个春夏,那些对于风化的专项整治,客观上改善了郑氏兄弟的经济生活。还有一次,出租车司机听说他们是警察,执意不肯收他们的车费;后来,遇上知道他们警察身份,还收他们车费的不懂事的哥,哥俩就非常生气;再后来,他们追求规范化,一起购买了三百多元的假警官证(黑皮套上警徽非常真实),并开始随身携带盖公安分局章的治安罚款簿"。进入保安队之后,这些人也时不时地违规使用警械,还"不止一次受贿,猫和老鼠已经进入一个双方默契的互助互益循环"。但是,从本质上说,他们依然是一群充满血性和理想的男儿,甚至涌现了"不惜用鲜血和生命,去维护另一些人的鲜血和生命的完整"的使命感。这种使命在那个世纪之交的特殊年代,尤其是在那个经济飞速发展、各种治安事件层出不穷的纷乱时期,显得尤为珍贵。所以,从派出所到各种媒体,都给了他们各种支持,连保险公司也不忘通过给这支队伍免费提供保险,获得一番正面的宣传,仿佛他们已成为这个小城里一道除暴安良、匡扶正义的风景。

我们很难说成吉汉手下的这群保安就是绝对正义的化身。他们都是一群卑微的人,处于社会的边缘,都有自己曲折的人生,或被父母压制了内心的理想,或因队友的失误被开除警察队伍,或因家庭矛盾而遭受了极度伤害……在日常生活中,他们永远也找不到自己的存在。但他们的内心都渴望正义,渴望被关注、被肯定、被礼赞。正是这种内在的崇高的道德律令,使他们舍身忘我地追逐人生的高光时刻。当他们大面积挂彩回到工厂之后,工厂门口瞬间灯光齐射,喷泉狂飙,喇叭里猛然响起《凯旋进行曲》;当他们以"警民共建"的名义去夕阳红敬老院搞慰问,在那个无须担心被证伪的时刻,他们终于确认了自我的价值。用作者的话说,他们是一群"愚蠢而高贵的人",尽管他们最后以不同的方式消失在这座小城,但他们还是用执着的青春和咆哮的热血,实现了一次理想主义的突围表演。《致新年快乐》,从某种意义上说,就是致正义的青春,致理想的岁月,致生命的激情,让它们以不合时宜的生存方式,在功利主义的世俗环境中,绽放出炫目的人生之光。

从文学角度来看,个体的日常生活之所以会不断向历史深处蔓延,是因为任何一个个体的日常生活都是纷杂无序、无限敞开的。这也是作家们迷恋日常生活诗学的一个重要原因。无论是日常消费,还是日常交往,并非只是与当下现实发生关系,它们都有无数条路径通向社会,也有无数种方法叩问历史。所以周红兵曾说:"一些学者尝试将文学定位在今天意义的日常生活之上,并非是要明确日常生活的确定性,实际上他们更看重的是日常生活的那种多样性、复杂性、游移性、边界敞开与不确定性。因为,正是在日常生活与生俱来的具体、感性和与每个单独个体经验相连的天然特征上,他们看到了日常生活与文学之间那种长久以来看似隐蔽实则显豁的联系,文学,从最为基本的意义上来说,不就是关乎每个独特个体的具体、感性和具体经验的吗?在具体、感性和经验之间,文学与日常生活之间实在是蕴含了无数的可能性。"[1] 日常生活所拥有的这种巨大的吞吐能力,为作家们书写不同个体日常生活时,提供了异常宽阔的历史空间。

但是,我们也必须承认,很多作家特别是青年作家在面对日常生活时,常常会忽略它的历时性,忽略个人的情感史与历史生活的内在关联,不注重个体的命运史与历史变迁的关系,使作品中的人物只对"当下"负责,从而导致缺乏富有深度的历史思考。就像有学者所言:"在本来意义上,日常生活渗透着文化传统的自发积淀,回归日常生活,就是意味着从启蒙的立场、从意识形态的虚幻中解放出来,从而回到历史中形成的文化世界。消费主义给中国人,特别是城市里的中国人带来了'日常生活'的感觉。日常生活压倒性地来临以后,它回避、掩盖或者遮盖了另外一个词,那就是'历史生活'。"[2] 无论从哪方面看,日常生活与历史生活本身并非是二元对立的,关键在于作家的精神视野与审美思考,即作家是否有能力穿透日常生活的表象,发现并传达那些表象背后的深层原委。

第二节 日常冲突中的现实质询

先从一首诗谈起。张子选的《想念江湖》。诗人以略显苍凉的笔触写道:

---

[1] 周红兵:《文学研究、反本质主义与日常生活》,《鲁东大学学报》(哲学社会科学版),2011年第4期。
[2] 王健:《日常生活叙事》,《长江师范学院学报》,2009年第2期。

>   大武侠时代，英雄们粗糙的额头/昭示着村野和城郭/我们习武，飨宴，寻仇，索命/以鹰击长空的孤绝威猛照料着自己/怀中的密帖和手上珍贵的青铜/以及终年疼在胸口的/一个柔柔的名字
>
>   无非又是天高云淡的季节/芦荻深处，我们追击苍老的高手/站在长城上，看灰色雁阵/飞掠过一生的输赢/偏就想不通，逍遥神君轻捻过的那朵桃花/因何为谁竟成了他鬓边的死穴/任秋悄悄在那里小坐
>
>   此间，适逢江湖上风声刮得正紧/适逢有人在声名远播之后/抚着自己将碎的心开始寂寞数落红/而江山依旧，壮志归隐/少女和爱情已然成病/即使追魂断肠散也很难治愈/弟兄们把头颅搁在桌案上/终日欢饮的陈年旧风景
>
>   而此前曾在内力相搏中受伤的我/后来也娶了仇人的女儿为妻/试着过一种"卖将旧斩楼兰剑/买得黄牛教子孙"的简单日子/有时也一纸空文，与山对饮/怀念一番昔日各路英雄豪侠的肝胆意气/顺便摸摸自己日渐塌陷的胸肌/或是默坐于松下慢慢变老/听鹤唳之声一如草木经年不绝

表面上看，这是一首追忆之诗，传达了抒情主人公壮志未酬般的怅惘和热血未凉的生命情怀。然而，倘若深而究之，我们又会发现，它所赞颂的青春、热血、江湖、豪迈之气，乃至一生的输赢，带来的无非是"江山依旧，壮士归隐"般的寂寥。日子还是平常的日子，暮年的日常生活，也无非是抚摸着日渐消瘦的胸肌，遥想梦中有过的鹤唳之声。至于这些鹤唳之声，是否真的曾在当年响起，犹如鹰击长空的威猛是否真的发生，都值得怀疑。也就是说，这首诗从某种意义上说，只是诗人立足于平庸的日常生活又不甘于生活如此平庸的情感反应。所以，他借助一位老者日渐枯萎的生命，回想着曾经纵横江湖的豪迈与激情，抒发一下自己曾有的梦想和难酬的人生壮志罢了。

这不奇怪。每个人都有这种理想难以实现的内心怅惘，它在本质上

体现了人们对于日常生活合法性的焦虑。当我们沉溺于日复一日的日常生活，每天奔走于油盐柴米、生老病死之间，我们的内心总会滋生出各种怅惘，为曾经有过的志向，为曾经咆哮的热血，为曾经豪迈的激情。所以，长期沉湎于日常生活的琐屑之中，几乎每个人都会透露出内心的不甘，甚至对平凡无奇的自我产生否定。这既是日常生活所拥有的强大统摄力，也是人们常常批判日常生活的重要理由之一，因为日常生活给人们提供了源源不断的生存惯性，不知不觉地消磨了人们的理想和斗志。正因如此，诗人张子选才由衷地发出了"想念江湖"的人生喟叹。至于那个"将头颅撂在桌案上"的江湖，是否真的发生过，已经不太重要。重要的是，我们都坐在平凡而庸常的世俗生活里，常常在遥想中打发光阴。

从《想念江湖》中，我们可以看到，文学对于日常生活的书写，并非只是一种单向度的认同式的表达，它同样可以从日常生活的缝隙中，展示不同个体对于日常生活的超越意愿和生命情怀，传达创作主体对于日常生活合法性的内在焦虑或者质询。这既是日常生活诗学的重要内涵，也是新世纪文学中越来越明显的一种审美追求。越来越多的诗人和作家，都开始立足于日常生活，从日常生活合法性的反思中，展示人们内心永不歇息的向往。或许这些人生的向往有大有小，有高有低，但是，都折射了普通个体对于日常生活的超越，也体现了日常生活特有的矛盾性，以及这种矛盾性给人们带来的焦虑感。如余秀华的《再见，2014》：

> 像在他乡的一次拥抱：再见，我的2014/像在他乡的最后告别：再见，我的2014//我迟钝，多情，总是被人群落在后面/他们挥手的时候，我以为还有可以浪费的时辰//我以为还有许多可以浪费的时辰/2014如一棵朴素的水杉，落满喜鹊和阳光//告别一棵树，告别许多人，我们再无法遇见/愿苍天保佑你平安//而我是否会回到故乡/——一个没有故乡的人，怀揣下一个春天//下一个春天啊，

为时不远/下一个春天，再没有可亲的姐姐遇见//但是我谢谢那些深深伤害我的人们/也谢谢我自己：为每一次遇见不变的纯真

作为诗人的余秀华颇受争议，但她的诗歌还是能够从容地抵达我们的内心，包括这首《再见，2014》。在这首告别岁月的诗中，2014年是如此地平常，"如一棵朴素的水杉，落满喜鹊和阳光"，没有任何惊艳之处，亦无任何骤变之机，只是生命长河里的一层波浪，无声无息地随风而去。在这一年里，抒情主人公依然落在人群的后面，依然觉得还有许多可以浪费的时光，仿佛日常生活本身，日复一日却又无始无终。只有当2014年走向终点，抒情主人公才明白要盘点一下自己，包括告别了很多人，失去了"可亲的姐姐"，留着永恒不变的"纯真"，以及永不舍弃的"下一个春天"。是的，"怀揣下一个春天"，怀揣明天的梦想和人生的憧憬，这既是抒情主人公的权利，也是每个平凡人的人生意愿。它体现了人们对日常生活合法性的焦虑，这种焦虑同样来自于创作主体对于平庸和惯性的不安，以及对于"下一个春天"的永不死心的期待。

日常生活的矛盾性，当然不只是体现在人们内心欲求与世俗生存所形成的落差之中，更多的时候，日常生活本身就是一团矛盾和冲突的存在。它在波澜不惊的表象之下，总是涌动着无穷无尽的生存冲突，体现出不同个体的各种困境。而这些困境，同样是日常生活诗学的表达重点，也是文学的重要审美价值之一。南帆就曾说道："文学关注日常生活的意义在于批判日常，并且从日常之中发掘出特殊的能量。如果把文学想象为埋头向下，满足于饮食起居，那肯定低估了文学的意义。如何集聚起日常生活之中最富于意义的那些部分，文学形式将产生重大作用。文学形式是凝聚，也是删除，分散的各种日常现象由于文学形式的作用，从而成为各种悲欢离合、恩怨情仇的故事。"[1] 直面日常生活的各种矛盾，并从这些矛盾中凸现某些社会重大问题，传达创作主体对于

---

[1] 南帆：《文学、现代性与日常生活》，《当代作家评论》，2012年第5期。

社会现实的独特思考,其实也是日常生活诗学的范畴之一。像杨争光的长篇《少年张冲六章》,就是以少年张冲的畸形成长过程,向中国当下的教育体制、伦理关系和人性启蒙,发出了一系列尖锐的质疑。须一瓜的长篇《太阳黑子》则以漫长的赎罪行为,为底层平民在日常生活中所体现出来的温暖人性,打上了极为耀眼的光斑。而潘向黎的长篇《穿心莲》则以一个都市现代女性的爱情生活为载体,于唯美而凄婉的语调中,道出了浪漫的自我与纷乱的世俗现实之间迷离而纠结的状态,并对现代日常生活内在的价值观念提出了别样的反思。

在这方面,北村的长篇《安慰书》尤其值得分析。《安慰书》完全立足于日常生活,以一场突如其来的凶杀案作为主线,塑造了陈先汉、刘种田、李江、刘智慧、李义、刘青山、唐松等一批人物在市场经济不断激荡中的精神镜像。应该说,小说中的很多人物都充满了世俗的人性之欲,但作家赋予了这些人物以强大的社会发展背景、传统伦理背景和经济利益背景,使他们的人性之欲更多地立足于当下的现实生活,立足于我们日常的生存经验。在小说中,每一个人物的人性欲求都具有一定的合理性,都有自身的说服力。如陈先汉命令施工队碾压他人的理由,就是拆迁必要要拔掉钉子户,城市化进程必须要付出某些代价,花乡集团之所以有今天的辉煌,就证明自己的决策是正确的。刘种田杀死刘青山的理由,则是企业必须要扩张,独裁式管理也是最合理的,否则就没有今天集团的成就。李江欲置陈瞳于死地的理由,就是为了复仇,"陈先汉如何毁了我,我也要如何毁了他"。所以,他对陈瞳说:"因为你爹把他的罪的后果加到我头上了!我已经没有人生了!我已经毁了!父债子还,你这叫作活该!"而刘智慧欲置陈瞳于死地的理由,也同样是为了复仇。她通过周详的计划,打算先杀死陈瞳,让陈先汉深切地体会到失子之痛,"我杀他的方法,不是杀他的身体,而是杀他的灵魂"。围绕着这些人物的人性之恶,其他人也都以各种不同的方式卷入其中,要么像李义、刘大志那样忍受内心的道德撕扯,要么像唐松、唐山、刘菊、杜秀丽那样,寻找其他理由或者自身利益的支持。

当然，人性欲求所导致的人性之恶从来不会明目张胆，它的滋生和发展，既受到日常生活本身观念变化的影响，也会受到日常生活伦理的内在约束。在《安慰书》中，北村就让人物不断地寻找道德化、法律化或社会化的强力支持，从而使人物各自的内心获得某种平衡。所以，小说中每个人在施恶过程中，似乎都拥有一个非常稳定的自我平衡系统。譬如，陈先汉在拆迁事件之后，介绍投资商到花乡投资，成功地实现了花乡的大发展，让当地百姓迅速走向了富裕生活，同时他还不忘适当安抚陈义等人。刘种田全身心的照顾刘智慧，让刘智慧的母亲活着，供奉刘青山的神位，同时他还在表面上过着高度自律、节俭的生活。李江表面上严格执法，依照法律依据，步步为营，同时引导社会舆论，不断煽动民意，用舆论和法律的两把利剑，合情合理地实现了自己的复仇目的。刘智慧则以情感为诱饵，以"天使"的形象，让陈瞳在做义工的生活中，失去与社会打交道的能力。"天使"的公众形象，对金钱的鄙视，使她的复仇充满了巨大的道德魅力。正是这些道德的、法律的或社会的价值评判，使小说中很多人物获得了内心的平衡而不至于精神分裂。所以，刘智慧最后说道："过去的敌人变成了朋友，过去的兄弟变成了敌人，但没有这么简单，现在朋友也不是纯粹的朋友，像我叔和陈瞳他爹，现在反目成仇的兄弟又并非真仇人，要不我爹就不会为了我叔去死……这是一本糊涂账！"糊涂账的背后，其实是人性之恶中融入了很多善良和正义的成分，增加了人们辨析的难度。

人性之恶的不断泛滥，最终带来的必然是无穷无尽的伤害与被伤害，每个人既是施害者，又是受害者。当陈瞳明白了这种恶恶相报的现实，便以绝望无助的死亡，让人们彻底明白了施恶的无意义。小说中的陈瞳，仿佛是一位真正的天使，他单纯、善良、疾恶如仇、充满同情之心，他以自己的死，满足了一些施恶者的人生快意。但是，在这部小说的故事情境中，他被赋予了杀人犯的罪名，包括十恶不赦、罪大恶极、令人发指等定性词语。李江和刘智慧成功掩盖了陈瞳杀人的原因和被杀之人的真实身份，使陈瞳以人间最恶的污名，承担了所有施恶者灵魂的阴暗。这是小说中最厉害的一笔。或许正是这沉重的一笔，让所有人都醒悟了，终于明白自己的恶行已经颠覆了人世间的道德底线，也预感到自己的恶行所带来的惩罚即将到来。所以陈先汉自杀了，李义病死前说真话了，刘种田放弃对了花乡集团的领导，做起了慈善基金的总管，刘智慧和李江也先后远走他乡。而作为小说叙述者的律师石原，则见证了两代人之间的施恶与觉醒，也辨析了救赎对于人生的重要意义。最后，律师石原对刘智慧说道："我纠正她，是他们先杀了你亲爹，你再杀的陈瞳，然后是陈瞳杀的陈先汉，但你放心，没人再能杀人了，所有的罪都要过去了，刘种田一定能平安回来的。刘智慧疑惑地看着我：你怎么知道。我回答，我就是知道，一切都结束了，到此为止，所有的过节，伤害，眼泪，疼痛，都过去了，接下来是平安，喜乐……"而这，也是《安慰书》最终让我们获得安慰的地方。它从日常生活出发，围绕世俗的欲求和人性之恶，揭示了生命中永不安宁的巨大冲突，并为灵魂的最终救赎提供了一种方向。

尹学芸的《我的叔叔李海》和《青霉素》同样也是立足于特殊的历史之中，从日常生活伦理出发，呈现了人们在日常困境中的诸多人性悲歌，并通过这种人性之悲反思了历史意志的诡异与荒谬。《我的叔叔李海》中的李海叔叔是一名知识分子，因被打成了"右派"，发配到窑厂进行改造，并与父亲结识相交，结拜为难兄难弟。表面上看，李海虽然是一个拥有公职的知识分子，但他的家却在承德市一个偏僻贫瘠的山沟里，是当地有名的"断头村"；"大姑娘把筛子当镜子照，草帽底下遮住一块地，全家人穷得盖一床被"。在这个极为贫穷的山村里，育有五个女子的李海一家，更是一贫如洗。所以，每年的大年初一，李海都会带上七八只布兜来"我"家拜年。拜年当然只是名义，实质上是想到父亲这里借些余粮。为了给李海叔叔准备好足够的粮食，"我"家从半年前就开始挪口粮，还要向人借十个熟鸡蛋以备他路上打尖。"叔叔走的时候，自行车就像全副武装一样。车把上，后座上，绑的绑，挂的挂，都是装满了货物的布兜和袋子。"每年从"我"家带回的粮食，是李海叔叔一家唯一的指望，可以说，李海叔叔的五个子女是靠"我"家的食粮救济长大的。随着平反政策的落实，多少年之后，李海叔叔一家终于走出贫困、踏上了小康生活，而此时的李海叔叔却极少联系父亲了，父亲也似乎看出了李海叔叔的不义，两家渐渐断了往来。然而，偶然之中，李海叔叔却是不顾冷眼再次上门，带着自我炫耀的表现，似乎要对两家状况比出一个高下。小说在这里陡然派生出一个令人深思的伦理问题：李海叔叔何至于此呢？对于父亲来说，当年省吃俭用，只是为了帮助李海度过困难，完全是基于兄弟情义和帮扶济困之伦理；而对于李海来说，这是一种重创自尊而又不得不为的屈辱，它不是一种单纯的帮扶，而是一种施舍，是他厚着脸皮连续二十多年的"打秋风"。不错，作为一个知识分子，李海叔叔的内心是敏感的，但他以炫耀的方式试图求得内心的平衡，似乎又失去了应有的道义。《我的叔叔李海》正是将个体置于这种特殊的伦理困境之中，展示了人性被扭曲之后的人生镜像。当然，导致李海人性扭曲的原因，无疑是强悍的历史意志。

与《我的叔叔李海》异曲同工的，是她的中篇《青霉素》。尹学芸同样以一种冷静而极具力度的叙述，讲述了赤脚医生刘正坤的扭曲人格给村民们带来的伤害。刘正坤是村里唯一的赤脚医生，他长得比唱样板戏的演员还好看，但是他有一个精明霸道的母亲赵兰香。由于父亲的懦弱，赵兰香把持了家中的一切，包括对儿女命运的安排。赵兰香利用自己与大队干部的关系，成功拿到了赤脚医生的名额，让正坤进城学医。同时，她也顺理成章地灭掉了正坤的初恋，使他与青梅竹马之间的情愫也被消灭于无形。后来，正坤虽然与学医的同学自由恋爱了，又被母亲强行拆散，最终受命于赵兰香的安排，娶了村支书的女儿。村支书的女儿虽然长得丑，但是对他倒真是爱敬有加，两个人平静地过了小半生。然而，在这种看似平静的背后，刘正坤却开始了他的反抗。他用身体的过敏作为攻击目标，让村里十多人不知不觉地死于青霉素针剂。而这一切，是他自己用了八支青霉素自杀身亡之后，他的家人从他的日记中才发现的线索。

刘正坤为什么要利用青霉素杀人，然后自杀？在那个特殊的年代里，作为全村唯一的赤脚医生，他有着十分风光的生活。他医术不错，为人谦和，外表帅气，几乎人见人爱，母亲赵兰香虽然霸道，用小说中的话说，"赵兰香是个大个子，人也长得漂亮，一张嘴见啥人说啥话，脸上总是浮着笑，大多时候不怎么由衷"，但对这个儿子也是宠爱有加。然而，他是一个崇尚自由、情感专注且又爱憎分明的人。高燕红因为他挤掉了自己学医的名额而自杀，纯洁的恋人因他而备受屈辱，母亲在村民心中的积怨，这一系列特殊的环境，都使他饱受了内心的压抑，也使他在看似风平浪静的日常生活中逐渐陷入人性的扭曲之中。这种扭曲的释放方式，就是他精心选择了利用青霉素进行谋杀。虽然他的谋杀同样也有选择，包括帮自己的父亲解脱痛苦，但从他的反社会性的行为来看，尹学芸试图通过这个表面风光的悲剧人物，探讨乡村伦理的权力关系、族群关系以及家庭情感关系等诸多问题。这些问题是日常生活中每天都会面对的，但又打上了特定时代的烙印，或者说，是作家通过乡村日常生活的书写，对时代的悲剧进行了别样的反思。

正视庸常生活的复杂性，直面日常生存的艰辛，为每一个普通生命的内心之痛而感伤，为每一个平凡人生的梦想而讴歌，这是很多中国作家的写作动力，也是日常生活诗学的重要审美内涵。平凡人的梦想，并不一定要胸怀家国天下，也并不一定是笑傲江湖，但我们既不能否定它对世俗困境的超越价值，也不能判定这种梦想只是一种作家对生活的简单处理。事实上，作家需要关注的宏大叙事，既包括普通个体生存的梦想，也包括直面所有重大的社会历史问题，而且，这些宏大叙事一定是深深地植根于日常生活之中。"宏大叙事不是单纯的理念宏大，而是建基于可靠的日常生活之上的；而日常叙事也不是什么工具、手段，而是具有自我独立性的叙事方式。二者的水乳交融则表现为宏大叙事中有日常生活性的丰沛与活跃，日常叙事中有生命意义的开掘和历史的建构。……宏大的根基在哪里？在充满了生命的原生力量的日常生活中。从社会现实角度而言，社会不是一个抽象共同体，而是一个由无数具有鲜活生命、欲求的具体个体组成的集合，宏大叙事唯有与日常叙事和解，注目普通的、日常的人间烟火，倾听冥冥众生的声音，才能真正触摸到社会的血脉，进而走进人性深处、反思文化积淀的根源。"[1] 在这方面，新世纪之初的"底层写作"就体现得尤为明显。尽管"底层写作"作为一种文学思潮还存在着这样或那样的局限，但是，从底层的日常生活出发，展示底层生存群体（特别是进城务工的农民群体）的各种困境，传达创作主体对于现实社会的某种质询和思考，仍具有重要的现实意义。从陈应松、王祥夫、曹征路、刘庆邦，到孙惠芬、范小青、迟子建、胡学文，很多作家的一些代表性作品，都以底层生存群体作为表达对象，通过书写他们在日常生活中所遭遇的各种生存困境，传达作家对现实社会的一些思考。

　　在这种底层写作群体中，来自贵州的肖勤无疑是一位具有代表性的作家。在《我叫玛丽莲》里，肖勤便以泣血般的文字，叙述了一个叫孟梅的山村少女到都市寻梦的经历。欲望与欺诈，总是一次次地剥夺了身为女人的尊严，并迫使孟梅通过不断撕裂自己屈辱的伤口来圆自己的梦，圆家人的梦。孟梅的"三陪女"经历无疑是一种堕落，但她的心却没有堕落，当她的身体不断沉入黑暗的深渊，她的心却始终不曾放弃"回家"的快乐和梦想。《棉絮堆里的心事》则通过单身汉得发的传奇性命运，凸现了乡村人勤劳致富的信念。29岁的"懒苕"得发，整天躺在棉絮堆里期待着妈妈所托的梦境变为现实，结果在组长苏华二的不断激励下，由"脱贫致富路上的新典型"，转而又得到了"极贫困户建房指标"。面对这一切，得发终于深切地体会到了，通过自己的勤劳，他同样可以抚摸所有的梦想。

　　《金宝》是肖勤的一篇短篇力作。小说中的郑老四历经艰难，终于喜得贵子金宝。人见人爱的金宝长到了19岁，"眉清目秀，画儿一样"，是整个县城都难觅的英俊青年，不料却得上了痴病。由于金宝意外地卷

---

[1] 解葳：《论宏大叙事如何重构》，《当代文坛》，2013年第2期。

入一场凶杀案,一时鬼迷心窍的父亲郑老四,便贪婪地讹上了小镇的派出所和政府,继而又被人教唆,迅速陷入一种欲罢不能的怪圈。在一次又一次讹诈成功之后,郑老四并没有洋洋得意。尤其是看到派出所所长李春因此调动成为泡影,不久又被调到更偏远的山区,郑老四的内心很痛苦,以至于"一看到李春就心里打怵","每个人心里都有杆秤,郑老四也有,而且这秤绝对半个星子的误差都没有——但郑老四只能在心头默认这结果,绝不能也不会说出来。"郑老四还想在那个怪圈里死拼硬撑,结果却导致儿子金宝旧病复发,他也终于意识到了自己的罪孽而一头栽倒在地。贪婪让他成为别人的黑手,贪婪也剥夺了他的所有希望。小说在一种因果报应的逻辑思维中,生动地再现了山村百姓狭隘、刁钻的心性,同时也对贪婪而无知的人性进行了戏谑性的鞭笞。《云上》也同样如此。因为失去了唯一的儿子,曾被权欲疯狂左右内心的乡村干部何秀枝,在一种近乎崩溃的精神状态下,接受了表弟的阴毒之计,将少女荞麦供奉给了自己的老情人王子尹,想以此获得转正的名额。随着镇长黄平的调查和了解,当荞麦明白了一切真相之后,结果却是死的死了,坐牢的坐牢。小说中,无论是何秀枝、王子尹最后所遭受的惩罚,还是黄平对自己行为的反思,其实都呈现出一种明确的道德律令,即一种因果报应式的命运结局。表面上看,这个故事只是一种简单的"多行不义必自毙"的伦理安排,但肖勤并没有在偶然性上进行过多的设计,而是以密实的叙述确保了一切情节发展的合理性。也恰恰是这种具有必然性的结局,传达了作者对人性恶的警策意图。

更重要的是,无论是《金宝》中的郑老四,还是《云上》里的何秀枝,作者都没有将他们脸谱化,而是在平实的叙述中,以一种抽丝剥茧的手段,凸现了他们内心无法排遣的伤痛。这种尖锐的伤痛,与尊严相关,与欲望相关,也与生活的贫困、命运的无奈相关。它体现了肖勤对乡村生活的精确把握,也折射出她对乡土人物精神困境的深切体恤。可以说,她的写作,完全超越了很多当代作家对中国乡土生存的某种想象性重构,以一种极为稔熟的生存经验,从容地展示了偏远乡村百姓真实的生存境况。

在新世纪文学的"底层写作"中,还有极为活跃的"打工文学"写作群体。在这个群体中,既有打工诗人郑小琼、柳冬妩、谢湘南,又有散文作家塞壬,还有小说家王十月、于怀岸、吴君、曾楚桥等,他们以自身的亲历性体验和思考,表达了当下日常生活中不太引人关注的打工群体生存境况,尤其是打工者在城市中的生存困惑与内在焦虑。在他们的眼中,日常生活总是隐藏着这样或那样的无奈:

>   一杆瘦弱的秤,走进小区/将俘虏一样的废纸,昨日的新闻、课本、杂志/收进他的袋子/更多的时候他在那里剥电线/他的老婆他的孩子/也在那里剥电线/将电线的包皮剥去/将铜丝盘成一坨面//在相邻小区的门口/同样坐着个剥电线的人/坐着个整理纸皮的人/坐着个拆卸家具的人/有时他变成她,或他/他们操着不同的口音/他们排成不规则的一队/守着各自的地盘,等着/废品的召唤(谢湘南《地盘》)
>
>   再一次说到打工这个词 泪水流下/它不再是居住在 干净的 诗意的大地/在这个词中生活 你必须承受失业 求救/奔波,驱逐,失眠 还有打着虚假幌子/进行掠夺的治安队员 查房了 查房了/三更的尖叫 和一些耻辱的疼痛/每天 有意或无意 我们的骨子里会灌满不幸/或者 有心无心 伤害着纯净的内心/让田园味的内心 生长着 可乐拉罐/塑料泡沫一样的欲望(郑小琼《打工,一个沧桑的词》)

从这些亲历性的写作中,我们可以看到,打工群体的日常生活绝非日复一日的单调,而是日复一日的期待、惶恐、焦虑,甚至伤悲。他们如此卑微,却又如此坚韧;他们常常显得十分无奈,却又时时地怀抱希望,这便是他们的日常生活,也是社会现实中一种特殊的生存景观。它从日常的困惑与冲突中,展示了中国社会在高速发展过程中的某些不平衡,也质询了现实内部的各种矛盾与纠葛。诚如有学者所说:"打工文学在主题上有其独特的内核,这个内核就是直面现实,追求理想,可以理解为通过写作消化生活,以达到自我的人生追求。打工者来自不同的生活环境,但是因为'打工'这种生活处境成为具有共同特征的群体,这个群体有一个共同的理想,那就是:依靠自己的努力改变命运。这种对命运的期待可能是多样性的,或者试图通过积累钱财改善自己和家人的生活,或者试图通过自我价值发掘而实现理想抱负。……通过大量的打工文学文本我们可以看到,绝大多数打工者创作的文学作品都与自己的打工身份有关,与自己或远或近的理想有关。……这不仅是个人的理想,也是一个民族的理想。"[1] 理想,不仅仅是为了个体生存的尊严,在很多时候,无论是打工者,还是其他底层的生存群体,他们之所以梦想不灭,是因为信念犹在,热血犹在,勇气犹在。

第三节 世俗生存中的形上反思

在《文化与日常生活》一书中,英国学者戴维·英格利斯曾明确指出,人类既是一种生物性的存在,又是一种文化的存在,在人类生存中,那些看似杂乱无序、日复一日的日常生活形态,本质上都是被各种文化所规训后的一种程序。更重要的是,这些对人类日常生活产生规训作用的文化,在现代性的驱动下,总是不断发生变化。"现代文化被视为是不同潜能和可能性以令人眩晕的方式排列组合而成,它永远变化并且变化无常,似乎所有的事物都只能在文化的万花筒再次变幻之前短暂地存在。这与'传统'社会的文化情境大相径庭,在传统社会的文化情境中,观念和态度变革的产生在整体上是缓慢而递进的。可以说,现代文化的独特之处在于其迅速改变的能力和该事件带来的不确定性。没有什么能让人感到完全确定的、可靠的或固定不变的。"[2] 如何理解文化

---

[1] 马季:《"打工文学"的价值取向与发展方向》,《创作评谭》,2011年第1期。
[2] [英]戴维·英格利斯:《文化与日常生活》,第70—71页,张秋月、周雷亚译,武桂杰、苑洁译校,中央编译出版社,2010年。

在现代境遇中的变化,虽然是一个较为复杂的命题,但是现代文化所体现出来的各种不确定性,以及令人眩晕的排列组合,是我们每个人都亲身感受的。最为显著的特征之一,就是"代沟"的不断加剧。在前现代社会里,人类常常仰仗于祖辈的经验,一代代承传前辈们的各种生活经验与技能,在社会结构相对稳定的体系中保持发展。然而,当人类进行现代社会,尤其是进入工业化社会之后,技术的进步不断更新人类的日常生活方式,上辈的经验和智慧在技术面前经常显得无所适从,这导致下一代人不再仰仗上一代的生活技能,代际之间的生存智慧、生活能力和文化视野开始呈现出断裂性的变化,由此导致"代沟"不断加剧,代际差别和代际冲突成为影响人们日常生活的重要文化表征之一。对此,戴维·英格利斯从日常生活的消费活动与货币关系角度,认为"现代社会中社会关系的本质是非人格化",即人类的日常交往活动,逐渐变成以货币为纽带的理性化、工具化活动,情感的作用不断减弱。

一方面,人类的日常生活深受各种文化的制约;另一方面,制约人类的各种现代文化又始终处在变化之中。当那些有着巨大制约作用的现代文化,以种种不确性、混杂性、技术性等方式影响着人类的日常生活时,人们在生存上的荒诞感几乎变得不可避免,特别是置身于那些变化较大的时代里,这种感受更为明显。这不是一个简单的现实问题,而是人类所遭遇的、具有形而上意味的生存困境,也是存在主义等现代哲学着重关注的核心问题。它的内部,隐含了韦伯所说的价值合理性与高度理性化的目标合理性之间的分裂和冲突。所以,当作家们探究日常生活的内在问题时,各种悖谬性的存在境况常常成为他们的审视目标。特别是新世纪以来的中国文学中,直面日常生活的荒诞感,凸现普通人所遭遇的生存错位,并由此对个体的日常生存发出形而上的追问,成为很多作家自觉表达的审美核心。

在此,我们不妨先看看格非的《月落荒寺》。这部小说围绕大学教授林宜生的家庭与情感生活,揭示了现代都市日常生活中所承载的诸多社会现象。这些社会现象中,既有官场人物的颠荡沉浮,又有商场人物的欲望翻飞；既有黑道人物的非凡身手，又有知识分子的文化游走。但在这些现象的背后，金钱、权势与暴力始终发挥着内在的驱动作用。在小说中，格非设置了三条彼此交织、相互作用的主要线索。第一条线索是哲学教授林宜生和他的朋友们之间的故事，包括大学同学周德坤夫妇、好友李绍基夫妇、赵蓉蓉夫妇等八人，他们形成了一个特殊的小型精英圈；第二条线索是林宜生和楚云的情感关系，呈现的是日常生活及其可能性状态之间的隐秘关系；第三条线索是林宜生和儿子伯远的父子关系，以及林宜生和前妻的关系，尤其是伯远和林宜生之间由抗拒、疏离到逐渐和解的过程。通过这三条相互交织的线索，格非以音乐作为潜在的精神纽带，呈现了人们对于日常生活之中各种境遇的不同理解，就像小说的开头所写到的那株植物，有人看到的是曼珠沙华，而有人看到的只是石蒜。

作为小说的主线，林宜生和楚云的关系贯穿了叙事的始终。林宜生是北京五道口某理工大学的哲学教授，前妻白薇出轨白人而远走高飞之后，留下他与儿子伯远相依为命。而作为英语补课教师的楚云，开始进入了他们的生活。说实在的，这原本是一个比较简单的情感主线，孤男寡女，两情相悦，精神相抚，趣味相投，并没有太多的障碍。唯一的障碍无非是伯远的存在，好在一个是伯远的父亲，一个是伯远的英语家教，沟通的渠道亦无大碍。但这条主线却在楚云的身世中，延伸出无数迷离不清的复杂关系。楚云既有良好的学养，又有深厚的音乐天赋，她曾留学于国外，又有着成熟的处事能力。天生丽质的她，无论从哪方面看，都可以成为一个驾驭自我命运的精英式人物，而不应该沦为北京城的家教。随着林宜生的不断了解，我们才发现，楚云却有着谜一般的人生。她是弃儿，被养父母收养后，得到了养父母和他们的儿子辉哥的精心呵护。然而，随着养父在矿难中突遭不幸，家庭逐渐衰落。养母临终嘱托辉哥，要以兄妹身份好好照顾楚云，不能同床。为了调查父亲的死因，也为了践行自己对母亲的承诺，辉哥沉入社会底层，一路拼杀，成为黑道高手，并在暗中给了楚云所有的人生保护。尽管我们并不清楚，辉哥是如何从白手起家做到了手眼通天,但他像一个巨大的魔咒,紧紧地箍住了楚云,使她彻底失去了人生的选择。面对这样的爱人,林宜生除了体恤,显然无计可施。

人是一种社会的存在。围绕这条情感主线,林宜生还拥有另一条重要的生活线,那就是他的朋友圈。这个圈子充满了各种世俗的情趣,也折射了日常生活的庸常形态。"林宜生与赵蓉蓉的暧昧及其债务关系,周德坤与赵蓉蓉及宋妈的狼狈纠葛,李绍基的仕途起伏以及精神状态的剧变,林宜生的儿子伯远与周边各种人物的往来,如此等等。这些情节分支无不按照外部世界提供的逻辑周转,经济实力、权势与暴力是具结各种烦恼的三个要素。赵蓉蓉试图抵赖林宜生的借款,辉哥以黑道社会的方式迅速迫使对方就范;为了摆脱宋妈一家的威胁,周德坤希望转手林宜生的介绍向辉哥求援,然而,即将升迁的李绍基径直给宋妈一家所在地的领导通了个电话,问题立即迎刃而解。更大的范围内,从补课、饭局、宠物、交际到出国留学以及海外生活,所有的故事均由经济实力叙述。总之,三大要素包揽大部分问题——无论多么粗鄙,生活的基本守则不再遭受怀疑与挑战。"[1] 的确,在市场经济左右人们生活的社会里,金钱、权势和暴力,总是会以这样或那样的方式纠结在一起,不断颠覆日常生活的惯性秩序,也不断肢解日常生活的交往方式,甚至不断改变人们的基本生活状态。如李绍基在遭受仕途挫折之后,便沉迷于茶道、书法和佛学;"老贺"的父亲身为著名的科学家,电脑里却收藏了大量的色情视频;周德坤虽是颇有才情的画家,但他更为醉心的事儿,却是贩售各种艺术品谋利;赵蓉蓉四处折腾房产,即使腰缠万贯,也不愿归还林宜生的欠款;当然,林宜生也不是清高之徒,他利用自己能够将深奥的哲学讲得深入浅出之能力,不断游走于各种文化讲座之间,获取不菲的额外收入……诸此种种,都让我们看到,他们戴着文化精英的帽子,可是面孔上依然脱不了世俗的气息。

---

[1] 南帆:《悬念:轻与重——谈格非〈月落荒寺〉》,《中国当代文学研究》,2020年第1期。

或许只有音乐是一个神奇的存在。尽管小说中也不乏一些靠奢华音响卖弄身份的伪发烧友，但在更多的人们心中，音乐依然有着特殊的力量帮助他们摆脱暂时的焦虑。由"骨灰级"古典音乐发烧友、《天籁》杂志总编辑兼乐评人杨庆棠精心组织的、充满了仪式感的正觉寺中秋音乐会，几乎让所有人都沉醉于神圣的艺术殿堂："不论是坐在前排的官员、商界精英和社会名流，还是散席上的那些普普通通的爱乐者，此刻都沉浸在同一个旋律中，恍如梦寐。不论这些人是有着精深音乐素养的专业人士，还是附庸风雅之辈，不论他们平日里是踌躇满志、左右逢源，还是挣扎在耻辱、失败和无望的泥潭中艰辛度日，所有的人都凝望着同一片月色溶溶的夜空，静默不语，若有所思。这一刻，时间像是停顿了下来，仿佛世界上所有的对立和障碍都消失了。唯有音乐在继续。许多人的眼中都噙着泪水。"这种无差别的自由、安宁与愉悦，无疑是人们摆脱世俗利益之后的至纯之境。它既体现了音乐的力量，也展示了人们内心潜藏的艺术需要。

这种需要当然不只是音乐，同样还有其他的艺术。在《月落荒寺》中，"老贺"的科学家曾向林宜生发问："长期以来，我始终有一个疑惑。作家也好，诗人也罢，本来他们有义务向我们提供正能量，告诉我们，什么样的生活是美好的，是值得过的。但他们似乎更愿意在作品中描写负面或阴暗的东西，这到底是为什么？人们阅读文学作品，是希望从中获得慰藉、真知、智慧和启迪，陶冶情操。或者说，我们自己有了烦恼，才会去书中寻求解答。而事实刚好相反，有时不读这些书还好，读了以后反而更加苦恼。"对此，林宜生诠释道："萨特于一九四五年十月在巴黎作过的一次著名演讲，并试图向科学家解释，为什么文学作品中所体认的绝望和虚无，作为自我觉醒的必要前提，不仅不是'悲观'，反而是一种真正意义上的'乐观'。因为生活从来都有两种。一种是自动化的、被话语或幻觉所改造的、安全的生活，另一种则是'真正的生活'，而文学所要面对的正是后者。"尽管这段对话带有作家格非的自我申辩意味，但它同样表明了在知识精英们的内心深处，并没有完全丧失对于艺术的敬重和需求。

有学者认为,《月落荒寺》在某种程度上表达了知识分子的精神溃败,似乎林宜生所服用的抗抑郁药物,便是一种群体精神症候的隐喻。笔者不太赞同这种判断。因为任何一个人都必须植根于日常生活之中,必须面对家庭、朋友、住房、爱好以及各种必要的生存问题,也必须面对日常消费和交往所需要的各种物质,它们是人的生存质量的重要保障。知识分子也不例外。从总体上看,"林宜生没有察觉外部世界的压迫,他的精神领域平衡有序。他的失眠症不过是各地奔波和演讲的副产品。林宜生演讲的哲学显然是一种安全的词语,他所出示的哲学话语不会撕裂日常世俗,深刻地展示一个遥远而诱人的思想彼岸;林宜生与自己的朋友圈子融洽相处,惺惺相惜;即使妻子的出轨也没有给他带来多大的精神危机,正如妻子的存在也没有给他带来多少内心的慰藉。作为知识分子,林宜生不再参与这个社会的精神建构,但是,这状况并不妨碍他愉快地生活。事实上,这是许多知识分子的真实状态"。[1] 南帆的这段评析无疑更有道理,也表明了一种最基本的生存现实:所有宏大的问题落到具体的个人身上,都会通过各种方式,消溶于日常生活之中。

如果说格非的《月落荒寺》试图通过日常生活来稀释和溶解形而上的生存,那么更多的作品则直接以现实的错位或荒诞来演绎各种形而上之思。如郭潜力的中篇小说《今夜去裸奔》就是如此。这是一部讲述精英人物在日常生活中精神处境的小说。作为职业经理人,主人公韦瑞是一位穿梭于国际大集团核心管理层的显赫人物,个人能力、工作业绩、社会地位以及物质收益,都使他处于现代社会的至高层面,拥有一般人无法企及的光华与荣耀。然而,这个"成功人士"的内心,却又饱受来自各种世俗秩序中的巨大压力——就像一个蓄满沼气的粪池,它随时等待爆发却又无处爆发。在经历了无数彻夜难眠的夜晚之后,一次午夜偶遇的抢劫,使他不得不赤身裸体地返回家中。而这次意外的"裸奔",

---

[1] 南帆:《悬念:轻与重——读格非〈月落荒寺〉》,《中国当代文学研究》,2020年第1期。

却让他"感受到了空气在皮肤上的摩擦,像汽车的刮雨器在挡风玻璃上的次次划过,曼妙而又清新"。于是,"我跑,我跑,我跑、跑、跑。那种离开束缚后无底下坠的空虚,负重垂吊的疲软都在这自由自在的摇摆中,舒张了麻木,变得生机而茁壮起来。一种轻飘展翅的充盈在丹田里诗意地聚集,像晨曦的烟岚,在周身异样地升腾、弥漫"。这种有违现实伦理的裸奔,最终让他在对自然的亲近中获得了巨大的精神安慰,也让他意外地赢得了灵魂的安宁。

在裸奔中释放自己,让身心穿越世俗的目光去寻找自然的慰藉,让精神摆脱所有功利的压迫去享受自由的飞翔,这是韦瑞对抗日常生活中巨大焦虑的唯一手段。同事段叙的权力角逐,情人梁琴的情感出卖,新锐公司的围追堵截……围绕着"竞争"所达成的"适者生存"的现实原则,使他一方面疯狂地工作,一方面还要笑脸相迎社会。生存意味着扭曲,由此他深深地感受到,"在企业不懂得鞠躬尽瘁真是无法出人头地"。正是在这种生存困境中,韦瑞整夜失眠,大把落发。线静的真爱、欲望的宣泄、物质的满足,都无法让他的灵魂重返正常的生活轨道。从此,裸奔,以及对裸奔的痴迷,像鸦片一样成为韦瑞的内心依恋。当他回到日常生活时,他只能以不可遏止的冲动,一次次地享受裸奔时身体飞翔、灵魂出窍的快意,以及裸奔结束后一夜无梦的安稳。在世俗的眼光中,韦瑞是成功的,拥有耀眼的事业,然而在日常生活中,韦瑞又是失败的,连睡觉都成为巨大的障碍,只能靠裸奔来解决。这无疑使他的"成功"充满了现代意义上的荒谬。

范小青的长篇《赤脚医生万泉和》则从特定的历史情境出发,呈现了日常生活中的世俗伦理与个人命运之间的吊诡关系。小说中那位傻不拉几却很可爱的赤脚医生万泉和,脑子总比别人慢一拍,想事情常比别人差一点。他还没什么文化,只是个初中生。他的父亲虽然行医几十年,但从来没打算让儿子当医生。结果他偏偏被选为后窑大队的赤脚医生,还跟他爹的死对头涂三江学医。涂三江没教给他多少医术,倒是看到他想起他爹,然后没完没了地痛诉他爹。有趣的是,万泉和不仅莫名其妙地当上了赤脚医生,而且一当就当了几十年。在漫长的行医生涯中,我们没看到他治好了多少病人,但是,将万小弟治死了,将万里梅差点治死,将裘二海治瘫在床,这些倒是千真万确的事实。当然,那个时代科学不发达,医术普遍不高,这也是一个事实。所以,下放干部马同志被治疗后,开始站在病床上不停地表演插秧动作。

问题不在于万泉和没有医术却莫名其妙地当上了医生,而在于没有多少医术的他,却深得群众的爱护,而且他不想当医生都不行。这里面虽然有历史的荒诞,但更多的是万泉和的人品。在乡村的日常文化伦理中,善良比医术更重要,甚至可以遮蔽医术的缺陷。除了善良,他还很软弱。连两个小孩都可以劫持他。但是,在小说的最后,我们发现,万泉和的软弱和善良开始爆发出巨大的力量:它不仅让大名鼎鼎的律师裘奋斗跪在自己面前,还让自己瘫痪多年的老爹重新站了起来,连两个不是自己亲生的小骗子也千里迢迢地奔回来,真诚地叫他"爹"。这是一种救赎的力量。一种穿越苦难之后唤醒人性的力量。当然,万泉和的荒谬人生,也从另一方面探入了我们乡村生活的苍凉:谁能真正地关心农民的生老病痛?涂三江来了又走了,马莉奋斗了一阵不辞而别,除了万泉和,谁愿意来扛起这份生命的沉重与悲凉?所以,万泉和就像是乡村人群心中的一颗安慰剂,让人们面对生死病痛时,不至于完全无所依傍。他那充满荒诞感的命运,从某种意义上说,折射了乡村平民对生命伦理的本能式维护。

这种对日常生活荒诞性的揭示,在范小青新世纪以来的短篇小说中体现得更为突出。在直面当下的日常生活时,她常常借助一些荒诞性情节的设置,通过各种具有反讽意味的错位性情节,揭示人们内心的隐秘之困,凸现不同身份的个体所遭受的尴尬。如《像鸟一样飞来飞去》里的郭大牙,因为身份证的错换,导致他在城市打工时惶惶不可终日,这种对身份的焦虑,其实隐含了"生存的合法性"这一重要问题。在经历了一系列的阴差阳错之后,他虽然身心疲惫,但毕竟安然无恙。《这鸟,像人一样说话》里,收旧货的老王好不容易等到年关时期的美好收获,却因为小区的治安问题而化为泡影，但作者并没有过多地叙述老王的无奈，而是通过紧靠大门口的一家居户里的八哥的叫声巧妙地传达出来。"收旧货啦，我惨啦"，随着八哥的声声叫唤，有关老王的辛酸也呼之欲出。《我就是我想象中的那个人》里的老胡总是无法相信自己，既担心被人当成小偷，又害怕被视为疑犯，但他总是不断地碰上这类事情，搞得他几乎精神崩溃。《城乡简史》里的农民王才为了见识一下昂贵的"香薰精油"，毅然举家迁徙，来到城市里艰苦谋生。《谁住在我们的墓地里》里的老包最喜欢买便宜货，被大家送了个绰号叫包一折。这次，老包又买了两块墓地，好说歹说，终于将其中的一块推销给了季友联。不久，这块墓地的价格就翻了几个跟斗，老包不无幽默地说："阳间的房地产我们炒不起，好歹还炒了一回阴地阴宅，这是改革开放的一个成果啊。"而季友联要给领导送钱，手头紧，于是想将墓地卖掉，意外地发现墓地又被人占了。这是一个类似于"蝴蝶效应"的故事，环环相扣，却又颇为荒诞……这些荒诞性的情节设置，一方面固然源于现实本身因价值紊乱和身份错位而充满了各种喜剧性的荒诞意味，另一方面也折射了范小青对日常生活形而上的思考。

在现代社会里，日常生活的荒诞与错位几乎无处不在。大到不同个体的命运，小到个人的情感体验。洁尘的短篇《你什么时候搬出去》就是通过男女之间的生活摩擦，呈现了人的内心情感与日常现实之间的错位。单身大龄女游波，意外地碰上了"桃花运"——那个曾经让她爱得魂牵梦绕，甚至让她的每一个毛孔都散发出幸福感的男人方舟，终于在离婚之后，了无牵挂地住到了她家。如同大多数小说一样，洁尘的这个短篇并没有在故事上花很多力气，更没有为情节的跌宕起伏制造各种意想不到的事端。作者立足于曾经的爱恋以及现在的梦境，让渴望被爱的游波面对突然而至的"梦中情人"，一方面积极幻想，耽于梦境，另一方面又心生失望，由此演绎了一位现代都市白领细腻而丰饶的精神意绪。它很轻盈，有点梦态抒情的意趣，尤其是那些梦境的叙述，缭乱不堪，却妙不可言。它重视关系，但人物之间并没有太多的直接交流，只有游波一个人的心绪在盘旋,在独舞。如果细细地品味一下游波的心绪,还是颇有意味的。从大学时代,她就一直喜欢方舟,喜欢他的天马行空、无拘无束,虽然方舟是自己闺中密友的男友、丈夫,然后变成前夫,但她对方舟的这份情感并没有消退,"方舟曾经是自己的梦想,或者说至少是梦想之一"。游波甚至不能肯定地认为,自己这么多年没有成家,或许跟方舟也有点关系。游波积极主动地收留方舟,当然也展开了另一种爱的期待,"那就是两人之间那种暧昧的关系能够往前走一点,明朗一点"。

  有趣的是,随着方舟的到来,这种愿望不仅没有向前一步,反而急剧的后退:方舟入住的第二天,游波就对着卫生间突然出现的脏毛巾、卷了毛的牙刷而发呆,继而又幻想方舟穿着登山靴在她香闺里四处游起的情形,差点哭了。后来,当她发现方舟常常将用过的餐巾纸随意扔在桌子,甚至将他自己住的房间弄成了"狗窝"一样,更是忍无可忍了。表面上看,游波对方舟的失望,都是源于一些微不足道的生活小事,或者说是源于一个男人粗糙的生活本性,它与游波近乎洁癖的生活规则构成了冲突,并进而消磨了她对方舟的好感。但是,如果说游波对方舟由喜而烦,正是因为两人之间生活方式的不同而造成的,一个细腻、整洁,一个粗放、随意,从而导致了游波情感的变化,这显然是不能成立的。因为真诚而深入的爱,不可能被这些琐事轻易地击败。这只能说明,游波对方舟的粗糙生活之所以忍无可忍,恰恰是作者在叙事上设置的一种迷障,或者说,是游波替自己的情感解脱寻找的一个理由——因为爱的本质,常常会表现出某种"乐于牺牲"的冲动,就像游波在梦里那样,方舟总是当甩手先生,而自己则大包小袋地拎着东西跟在后面,还一脸的高兴。

  遗憾的是,现实生活里的游波却无法做到这点,甚至对方舟的每一个生活细节都无法容忍。对此,我们固然可以理解,一个38岁女人因长期的独住,总会形成种种固执的个性特点,但是,当一个自己所爱的人出现在生活中,这些个性不应该成为情感发展的障碍,更不可能由此而迅速地产生厌烦。理由只有一个，游波并不是真正地爱着方舟；或者说，游波所爱的，只是那个理想中的方舟，一个性别上的情感符号，而当这个符号还原成真正具象的人，并出现在她的生活里，她就无法接受了。为什么幻想中的方舟可以栩栩如生，而真实中的方舟却如此地令人生厌？因为爱情在本质上就是一种乌托邦，它只可遐想，不可接近；它只可入梦，不可实践。事实上，这正是小说所要传达的审美意图。很多人世间的男欢女爱，放在心里，永远都是美好的，浪漫的，令人情思翩翩的，就像游波每逢节日所收到的方舟短信，总有着无穷的怀想空间。而一旦这种爱化成生活中的现实，这种乌托邦式的情感，便会在种种难以言说的世俗生活里消磨殆尽，甚至彼此厌烦。这既是爱的两难之境，亦是爱的美妙之处。它的诗性气质，只能存在于理想，却无法随意地转化为现实。

有关爱情的乌托邦特质，古今哲人已说得太多，我们没必要在这里进行"掉书袋式"的旁征博引了。但这篇小说还是以游波的心理叙事，展现了现代都市人的情感困境：缺乏爱的能力。游波自己也感觉到："生活、工作、情感都很浅淡，跟窗外那层薄薄的反光一样。而唯一的曾经以为可能是深刻的感情对象，却成为了当下最大的烦恼。游波眯起眼迎着光看出去，觉得一片空白，毫无意义。"而在她的眼里，方舟的身上也"有一股明显的失婚者的颓败无聊，打不起精神来"。这两个人都已失去了爱的激情和动力，所以，方舟不断地回避与游波的直接交流，把游波的家当作旅馆；而游波呢，同样因为对方的生活细节而耿耿于怀。富有隐喻意义的是，小说还设计了公交车上另一对男女的对话，同样的关系，同样的烦恼，折射了这种爱的能力在现代人群中的缺失已具有了某些普遍性。

类似的作品还有王手的中篇《本命年短信》。小说中的主人公乐蒙是当地一家医院的中医妇科专家，精于业务，关系纯粹。但是，一个叫柯依娜的美丽少妇频频前来就医，且每次就医都要求与他"独聊"，使他迅速卷入了一种和女病人的暧昧关系里。而此时，作为医院副院长的考察人选，乐蒙又被纳入了权力的聚焦点上。这是一种权力与性的双重暧昧——各种可能性随即在乐蒙的眼前徐徐展开。正当他在这种暧昧的可能性中左冲右突、迷离不清时，一条预示命运的短信成了他的内心指导。处在本命年里的他不仅预订了这种短信，而且根据短信的不断提示，就像一个束手就擒的歹徒，时刻等待着那些未知命运的安排。在这一过程中，乐蒙可谓饱受了暧昧所带来的折磨，也尝尽了暧昧所引发的屈辱。一方面，柯依娜像个欲望的幽灵，既在理性的妇科疾病研究中为他充当了一个奇特的病例，又在非理性的本能诱惑中使他意绪不定，甚至魂不守舍。更重要的是，由柯依娜所引起的医患之间的绯闻，就像一颗无法预测的地雷，随时会从道德的层面上炸毁他的未来前程。另一方面，副院长的位置又像一串挂在眼前的紫葡萄，似乎伸手即可摘下，而当他真正地伸出手来，它又摇摆不定，难以捕捉。为此，他不得不在一个个短信的暗示下，小心翼翼地左冲右突，由此导致的尴尬、错位和陷阱层出不穷。当一切雨过天晴之后，乐蒙有一天拿这些短信与一位做小生意的朋友马勃交流时，马勃帮他分析：这是不是他身边的朋友故意设置的一种机关？"是不是有人一直在暗中窥视着你？玩弄你，恶搞你，搞得你晕头转向，疲于招架。"这种推测让乐蒙大吃一惊。于是，围绕着谁是敌人，乐蒙"想得气喘吁吁，大汗淋淋"。

当然，就创作主体而言，谁是玩弄乐蒙的人已不重要，重要的是，乐蒙的的确确被一条条短信准确地击中了命运，甚至击中了自己隐秘的内心，而且，乐蒙在权力与性的双重暧昧中拼命掩饰的各种心绪，也被这一条条的短信从容地撕开，再撕开。这里，所谓的"本命年短信"，与其说是来自游移不定的"敌人"，来自无法捕捉的隐秘对手，还不如说是来自乐蒙自己的内心，来自他那潜在的虚荣、预想以及蠢蠢欲动的本能，因为他无法从容地退回一步。此所谓"人必自侮，然后人侮之；家必自毁，而后人毁之；国必自伐，而后人伐之"（《孟子·离娄上》）。这是乐蒙的悲剧根源之所在，也是人类普遍的劣根之所在。它构成了一种我们无法逃离的、荒诞性的存在本质。

对荒诞生存的不断追问和表达，不仅使暧昧获得了某种审美意义上的特殊价值，还让王手自觉地意识到了"游走"式叙事的特殊意味。这种"游走"式的叙事，就是在情节发展过程中打开人物的所有感受、体验、顾虑、意念、遐思等等，使人物在特定情境下不断地展露自我内心的复杂状态，呈现出生命潜在的各种纷繁意绪，并撕开其中所隐含的种种悖谬情形，从而传达某些生存的本质。《本命年短信》之所以在叙事上显得异常细腻和饱满，山峦叠嶂且又云遮雾绕，关键就在于作者十分娴熟地利用了暧昧作为叙事的内驱力，通过来回"游走"的叙述手段，使小说在凸现乐蒙内心深处的某些隐秘的精神状态时，既精细绵密又错位撕裂，既平静舒缓又暗含张力。乐蒙从接受第一条短信开始，便沉浸在某种好奇与惊愕之中。可是，随着短信的一次次准确预言，乐蒙也一步步地由惊愕转入隐恐，由隐恐又陷入无奈和无助，直到最后对失控的命运感到束手无策。正是在这种来来回回、不断盘旋的"游走"过程中，乐蒙内心深处的各种潜在的精神意绪被强制性地撕裂开来，他的个人意愿与现实之间的分裂和错位也被一一展现出来。因此，这种"游走"式的叙事，看起来轻松随意，舒缓从容，但它或抑或扬，盘旋再三，既生动地表现了小说应有的细微之妙，又为乐蒙命运的"错位"做好了精心的铺垫。这种"游走"的叙事能力，其实也是一个作家非常重要的叙述技能——它能够有效地揭开那些被日常生活所遮蔽的生存状态，揭开那些被我们的生存经验所忽略的幽暗区域，使叙事在人物的精神层面上进行深度的剖示和打探，促使人物向各种可能性的境域中奔跑。事实上，读《本命年短信》，我们或许会觉得其中的人物关系有些飘忽不定，小说的"意义"也是云遮雾罩。但是，在乐蒙不断被劫持的命运中，沿着他那疲惫不堪的心路历程，我们依然可以看到，生存的迷惘与荒诞仍然潜隐在我们的周遭，并随时会给我们致命的一击。

除了借助荒诞和错位来揭示日常生活内部的悖谬性存在，并对人们的生存提出形而上的思考，还有不少作家通过日常生活中所隐含的中国传统文化，对中国人的日常生活精神提出哲思。其中最典型的，是储福金的长篇小说《黑白》。在这部小说中，作家在书写普通人的日常生活时，将中国传统的围棋文化融入其中，揭示了中国人特殊的生存智慧。谁都明白，用小说来探讨某些传统文化，通常是不太讨好的事，原因有二：传统文化质色作用于人物的精神时，通常都不会激发人物性格的扩张，而只是收敛或遏止人物的冲动，这会直接影响小说的叙事推动；二是人物与传统文化的内质要达成心灵上的共振也并非易事。我们常常看到某些文化小说，其中人物与作家所要表现的文化之间是两层皮，并没有形成血肉相连的生命体。但《黑白》还是做到了人物与围棋之间的精神共振。至少，他不像当年的阿城写《棋王》，一旦叙述到了王一生的下棋，只是一个简单的"棋痴"形象，所谓的棋文化，只是让拾垃圾的老人以及最后的冠军老人来点拨或评说。也就是说，阿城是通过人物的"说"来表明棋文化的在场，而不是让人物在具体的下棋过程中演绎这种传统精神。储福金的优点就在于，他让陶羊子穿越了半个世纪的风雨，点点滴滴地悟到棋的精神和境界，所谓"人与棋都缘于气，人绵延着这一气，棋上争着这一气，看似无气，却又长出一气来。每一步型上之争连着气上的争"。

如果我们稍稍延伸一下思考，就会想到吴清源的自传《中的精神》。在这部书中，围棋大师吴清源清晰地阐述了中国围棋的精神取向，尤其是它所体现出来的处世原则、价值向度以及哲学意味。譬如，他说："围棋和易以及天文有着很深的关联。我从没有把围棋当成胜负去看待。当然，围棋是争胜负的竞技项目，但我觉得不能忘记围棋最开始是来自于阴阳思想的。……阴阳思想的最高境界是阴和阳的中和，所以围棋的目标也应该是中和。只能发挥出棋盘上所有棋子的效率的那一手才是最佳的一手，那就是中和的意思。每一手必须是考虑全盘整体的平衡去下——这就是'六合之棋'。"[1] 事实上，陶羊子也有如此类似的体悟："丢开战胜，自我完全融入棋，融入自然，融入一切，融入天地之间，

---

[1] 吴清源：《中的精神》，第197页，中信出版社，2010年。

物我两忘，我便是天，我便是地，我便是自然，我便是棋。慢慢地，陶羊子由空的境界升到了一片山峦之上。无数云在飘，在浮，在动。"从天才棋童到天才棋士进而上升到天才棋王，就境界而言，陶羊子多多少少也体现了这种围棋的哲学精神。

很多时候，世俗生存中所隐藏的各种形而上问题，看起来并不是什么特别宏大的问题，至少缺乏宏阔的社会历史视野。但是，它事关每个普通的个体，事关我们每天都必须面对的生存，因此就个体的生存意义来说，同样是非常重要的。

第四节　地域风情中的文化拼图

一方水土养一方人。从日常生活的基本形态来看，大多数人的出生和成长都拥有相对稳定的地域性空间。这种地域性空间，是每个人的日常生活得以运行的重要载体之一。"所谓日常空间，就是日常消费活动，日常交往活动和日常观念活动在其中得以展开的空间。一般来说，日常空间比非日常空间狭窄和固定。日常空间一般是个人的直接生活环境，即家庭和天然共同体。"[1] 日常空间之所以重要，是因为这种相对固定的空间里，形成了独特的地域风情，既包括了气候类型、山川风光等自然环境，又包含了风俗民情、生活习俗等文化习传。有学者认为，"传统是一个带有总括性质的术语，它往往同习惯相连用，系指世代相传、往往具有民族或地域特征的社会文化因素，如风俗、道德、思想、作风、制度等等；习惯往往指一个社会中通过长期历史积淀而形成的作为规范而存在的、为人们无意识地遵循和重复的行为规范倾向或社会风尚；风俗指历代相袭的风尚习俗，是流行于各民族的风尚、礼节、习惯的总称；习俗一般是风俗和习惯的简称民俗则指自发地形成于民间又传承于民间，世代相袭的传统文化现象，它体现于人的生活的各个方

---

[1] 衣俊卿：《现代化与日常生活批判》，第19页，人民出版社，2005年。

面"。[1]因此,作为自然与文化的混合体,地域风情常常以某种地域特有的文化生存形态,在不知不觉中规训着人们的日常生活乃至日常语言和思维,使生活在地域中的人们逐渐形成某些特定价值观念和文化心理。如生活在中国江南的人们和生活在东北大地上的人们,在很多生活习俗、文化观念乃至生存方式上,都会有一些微妙的区别;同样,生活在岭南的人与江南的人,在日常生活上也存在着诸多的差异。这种差异性,是由地域风情的特定内涵所造成的,体现了人类日常生活与地域文化之间漫长而又复杂的制约关系。

这种制约关系,在人类社会早期显得尤为突出。由于受到生产条件的限制,在以农耕为主的人类日常生活中,广泛的、跨地域的日常交流并不频繁,人们的生活主要局限于出生地,并深受出生地的所有自然环境与文化习俗的影响。同样,由于跨地域人群交流的限制,地域风情也常常保持着相对的独立和稳定,由此形成了某些完整的文化结构形态。这使得地域风情对人们的精神塑造和影响十分重要,也使得它与人们的生命关系更为密切。美国南方作家韦尔蒂就曾说过:"地方同情感紧密相连,情感同地方又有深刻的联系。历史上的地方总代表着一定的感情,而对历史的感情又总是和地方联系在一起的。"[2]正因如此,当作家们在书写人们的日常生活时,地域风情几乎成为一个非常重要的审美内涵。无论是狄更斯笔下的泰晤士河,马克·吐温笔下的密西西比河,还是果戈理笔下的彼得堡风情,它们不仅使人物的日常生活变得异常鲜活,充满了自身特有的喜怒哀乐,饱含了生命的世俗情怀,还承载了大量的文化积淀内涵,洋溢着丰厚的审美意蕴,甚至寄寓了创作主体的内在生命激情。

但是,随着现代社会的发展和文化交流的日趋频繁,特别是以信息为主的现代社会的到来,各种文化习俗开始突破那些地域性防御体系,

---

[1] 衣俊卿:《现代化与日常生活批判》,第43页,人民出版社,2005年。
[2] [美]斯通贝克选编:《福克纳中短篇小说选》,李文俊等译,第12页,中国文联出版公司,1985年。

新的外在观念和习俗与本土习俗相互渗透，地域风情也在逐步走向自我更新的同时，吸收了其他地域的文化习性，组建起适应时代发展需求的人文环境。在这种情形下，有些人认为，地域文化成了视野狭隘的代名词。其实，这是一种片面的认知。因为地域风情作为一种客观存在的文化产物，与其他一些艺术表现对象一样，虽然自身并不具备或深或浅的艺术价值和生命形态，然而一旦经过作家审美情感的观照和艺术心理结构的同化，也便成为一种具有生命形态的艺术实体。特别是当作家们沉入自己的心灵历程来反刍那一片熟悉的山川风景、俚语民俗、节庆仪式时，一种心理学意义上的恋土情结往往会不自觉地引发他们内心的各种亲情与美感，并促使地域风情与作家主体的这些感受和体验频频交流，从而让地域风情摆脱其纯粹物理意义上的地方性，成为传达作家审美理想的符号载体，即一种富有生命感的、有意味的审美形式。

在中国当代文学中，或许是受到沈从文的湘西风情、老舍的京味文化、艾芜的西南风情等一大批地域性写作风格的影响，地域风情也一直是不少作家自觉表达的审美对象。很多作家在书写人们的日常生活时，都会重新审视自我熟悉的地域风情，并将人物置于这种地域文化之中，用当代意识去观照那些历史长期积淀的自然或文化产物，通过人物的性格和命运去激活那些文化中所承载的特殊内涵。像陆文夫、范小青、苏童等作家笔下的苏州文化，虽然各不相同，却都有着南方小城的独特韵致。莫言笔下的高密东北乡，粗野，放达，血性，鬼魅，充满了奇谲的齐鲁气息。迟子建对东北黑土地的书写，尤其是对冻土上的人们日常生活的叙述，坚硬而又不乏温暖。王安忆对上海市井文化的精致临摹，可谓尽显海派风情。余华笔下的江南小镇，处处都是杭嘉湖平原的人文风貌。这些地域文化，与人物性格融会在一起，共同构筑了其作品内在的风格。如果只是用复古式的、僵化的笔调去表现这些地域文化，无疑只是为了展示一些风俗学上的世俗民情罢了。但是，通过这些优秀作家的创作，我们可以看到，当它作为作家审美情感传达的载体时，为他们表现自己的审美理想提供了相对熟稔和稳定的参照系统。

应该说，在文学创作中，地域风情不仅可凭自身的文化内蕴，激发作家的艺术想象力和诗性意识，成为作家生命情怀的一种折射，从而拓宽作品的审美意蕴，还可以为人物的性格和价值观念的塑成以及人物命运的发展提供切实可信的文化基因，并在此基础上完成一种社会性格或民族精神的凸现，成为一种人文精神的补充。本尼迪克就曾说过，每个人"从他出生之时起，他生于其中的风俗就在塑造着他的经验与行为"。[1] 如果从现代哲学来看，一切自然都是人化的自然，人的生存环境从来就是人的世界，这是一种基本的生态意识。因为一方面人属于自然，是构成世界的部分所在；另一方面人又在活动中逐步把自然的存在转化为自己的"有机身份"，使它成为人的存在之部分，从这一意义上说，又必须认为世界是属于人的。这说明地域绝非一种客观的外部条件，而是永远与人的生命存在着交织现象，并以各种潜在的形式规定着人的性格品性和道德价值观。如苏童的香椿树街上走出来的人物，与莫言高密东北乡走出来的，一个阴柔，一个阳刚。

然而，我们也必须注意到，受到现代化进程的冲击，无论是乡村还是城市，无论是自然风貌还是地域文化，都在发生巨大的变化，由此导致那些相对稳定的地域风情已逐渐走向解体。譬如，各种地域风情中特有的节庆仪式，要么成为一种吸引游客的符号，要么渐渐地淡出人们的日常生活；不同地域内部特有的各种伦理秩序，也遭遇不同程度的溃散，特别是那些亲缘伦理，被更多的实利所取代；求学、工作、婚嫁等等，不断驱动人们离开故土，进入各种陌生的地域中生活。不同地域人群的频繁流动，日常消费活动和交往活动的骤增，这一切，无疑导致了地域风情不断走向一种开放性和变革性之境，地域风情中原有的内在特征正在散失，成为一种文化的记忆。这种情形在新世纪以来的中国社会中变得越来越明显，也越来越突出。随着乡村人群大量涌入城市，以及不同地域中的人们频繁迁徙，地域风情的传统意蕴不断流失，各种地域

---

[1] [美]鲁思·本尼迪克：《文化模式》，张燕、傅铿译，第2页，浙江人民出版社，1987年。

文化都呈现出现代意义上的混杂特点。

面对这种特殊的历史境域,新世纪以来的作家并没有放弃对地域风情的发掘,相反,却开始进行别有意味的书写。这种书写,呈现出两个非常鲜明的审美取向。一是将传统的地域风情融入创作之中,使之成为一种有意味的生命形式,展示现代人对某种文化家园的精神渴求。二是立足于文化混杂性的角度,探讨地域风情在现代化进程中的融会与变异,揭示人们在日常生活中所承受的文化牵扯及其精神之困。虽然这两种审美追求差异较大,但它们都体现了新世纪作家对地域文化的缱绻之情,也折射了地域风情在人们日常生活中的重要地位。

首先,将地域风情视为一种有意味的生命形式,是很多作家越来越自觉的审美追求。它使我们看到,地域风情在一些优秀的文学作品中,不仅仅是一个时空背景或外在环境,还是某种文化本质因素的物质化和具象化。它不但显示了人类生命内在精神的当代性,积淀了历史纵深的文化原汁,还承载了作家个人的多元审美信息。譬如,在刘亮程的《风中的院门》中,作家不再单纯地呈现新疆地域的独特文化,而是不断将地域风情中的各种特殊事象,融入创作主体的现代思考之中,使我们看到,那个坐落在新疆古尔班通古特沙漠边缘沙湾县的小村庄,完全是属于他一人独有的世界,只有他能掌握随意出入的精神密钥。他仿佛一个行吟诗人,一个乡村漫游者,终日徘徊在自己的世界里。一只麦捆被风刮走,风能够把长歪的树刮直,一只鸟立在铁锹把上不住地叫着,被一根草绳拉直的胡杨……这些日常生活细节,这些渗透着地域特质的事象,与荒凉而又寂寥的边疆生活融会在一起,呈现了刘亮程对于时光流逝的喟叹,也折射了作家对于生命的内在体悟。可以说,正是这个伴随他成长的地域,构建了他与世界进行心灵交流的艺术世界。

与刘亮程的南疆风情不同,李娟的写作则更多地呈现了新疆北部的游牧生活。她的《冬牧场》《羊道》等散文,将北疆牧民最为质朴的日常生活鲜活地呈现出来,尽管那里有寒冷、有贫穷、有艰辛,但也不乏辽阔、坦率和慷慨,处处洋溢着阿勒泰地区独特的地域风情,以及这种地域风情怀孕育出来的、耐人寻味的生命情怀。换句话说，这种融入了作家主体情感的日常生活书写，使他们笔下的地域风情呈现出个性化的审美特征。这种个性化特征，当然是基于作家对这种日常生活长期积累而形成的，绝非是临时性刻意寻找而获得。只有长时间全身心地浸润其中，一切地域风情才能自然而然地成为小说中的有机整体而不至于牵强附会，也才能在作品意蕴的拓展中有一种深而远的境界，甚至拥有某种超验的性质。如福克纳对于他那"邮票大小"的故乡，马尔克斯对于加勒比，有时我们虽然未在小说表层看到地域风情的具体描绘，但深入作品的内部却发现，处处充满着本土文化的深层结构特征。这就是作家剔除对本土风情简单理性化图解后而以博大精深的艺术功力使之上升到了某种理想世界的结果，也是作家通过创作实践表现的关于物质、精神世界的个性化组合，甚至从中潜示了作家既稳定又发展的世界观以及作家的生活经历、文化修养、气质禀赋、情趣爱好等影响着作家艺术世界的独有面貌。实际上，一个真正倾心于地域风情的作家，未必知道置身于其中的地域环境到底有何价值，老舍在写《四世同堂》时就说："生在某一种文化中的人，未必知道那个文化是什么，像水中的鱼似的，他不能跳出水外去看清楚那是什么水。"作家只有进入这种"鱼非鱼"的境界，才能使地域风情真实而鲜活的情韵更加淋漓尽致地再现出来。在这方面，新世纪以来的作家们已表现出极为独特的审美追求。如王安忆、金宇澄对弄堂市井生活的精细临摹，夏商、任晓雯、滕肖澜、张怡微对上海市民生存趣味、精神气质与地域伦理关系的揭示，郭敬明对上海魔都的时尚性书写，都从不同的角度展示了上海都市文化的潜在特质，体现了作家情感、人物命运与作品审美个性之间的内在共振。

其次，从文化混杂性的角度，揭示地域风情在现代社会中的变化。在新世纪文学的日常生活书写中，一个非常突出的特点就是地域文化的混杂性日趋突显。像滕肖澜的《心居》《倾国倾城》，何顿的《幸福街》，王方晨的《老实街》等，都在不同程度上揭示了本土性地域风情在现代化进程中所面临的"他者"文化的冲击，以及这种冲击对于平民百姓日常生活的重要影响。这种情形，在一些都市文学中更为突出，因为新世纪以来的中国都市日趋开放，几乎每座都市都不可避免地要接受大量外来人员的进入，使都市本土的地域性文化特点，变得越来越混杂，甚至不乏文化之间的内在冲突。像书写深圳的诸多文学作品，包括邓一光的系列短篇、吴君的中短篇小说、盛可以的《北妹》，以及谢湘南等诗人的作品，都从不同角度、不同层面，呈现了深圳都市的日常生活中所体现出来的各种地域性文化所形成的冲突。这些冲突，既有城乡之间的生存矛盾，又有外地人与本地人在生存观念和习俗上的不融，还有情感与事业的内在纠葛。它们共同呈现了深圳作为现代都市在承纳不同生存群体的过程中，无法回避各种地域性文化的混杂。

这种地域文化的混杂性，体现在作家塑造人物性格发展时，也不可能不体现作家对它的主观评价。尽管这种评价有时不免在爱与恨的交织中难以有明晰的论断，但这也说明地域风情作为一种精神文化的复杂因素，一方面它常因历史长期的积淀而显现出某些痼疾，甚至与现代社会的抵牾，另一方面因其维系着某一地域的社会关系而又有着特别的亲和力，这种丰富的情感信念表明作家拥有辩证的思维原则，使作品主题在文化深层上能体现出某种思辨意味。斯通贝克说："归根结底，能听见宇宙歌唱的地方是你从时间、地点、家庭、历史等方面都已经扎根或决定扎根的某一条街、某一个社区。只有空间运动、广袤千里是不会产生具有独特风格的作品的。"[1]如果我们将这种立足点确定为某个生你养你的地域性文化，那么，我们就有理由相信，这种地域性的文化风情不只是一种作品风格的体现，还包含了现代人的身份认同，尤其是对于自我文化归属的认同。

这种地域身份的认同所带来的结果便是，愈是强调自我地域身份的作家，对于地域文化的混杂倾向，就会显得愈加敏感。在这方面，迟子建的创作就显得尤为明显。与以前创作相比，迟子建在新世纪以来的文

---

[1] [美]斯通贝克选编：《福克纳中短篇小说选》，李文俊等译，第11—12页，中国文联出版公司，1985年。

学创作中，虽然一如既往地保持着对于北方黑土地的书写，但她已非常明确地传达了作家对于地域文化日趋混杂倾向的反思。她自己曾毫不含糊地说过："在我的作品中，出现最多的除了故乡的亲人，就是那些从我的脑海中挥之不去的动物，这些事物在我的故事中是经久不衰的。比如《逝川》中会流泪的鱼；《雾月牛栏》中因为初次见到阳光、怕自己的蹄子把阳光给踩碎了而缩着身子走路的牛；《北极村童话》里的那条名叫'傻子'的狗；《鸭如花》中那些如花似玉的鸭子；等等。此外，我还对童年时所领略到的那种种奇异的风景情有独钟，譬如铺天盖地的大雪、轰轰烈烈的晚霞、波光荡漾的河水、开满了花朵的土豆地、被麻雀包围的旧窑厂、秋日雨后出现的像繁星一样多的蘑菇、在雪地上飞驰的雪橇、千年不遇的日全食，等等，我对它们是怀有热爱之情的，它们进入我的小说，会使我在写作时洋溢着一股充沛的激情。我甚至觉得，这些风景比人物更有感情和光彩，它们出现在我的笔端，仿佛不是一个个汉字的次第呈现，而是一群在大森林中歌唱的夜莺。它们本身就是艺术。"[1]的确，就迟子建的小说创作来说，地域风情无疑发挥了极为重要的支撑作用，也使她的作品迥异于其他作家的审美特点。在她看来，"没有大自然的滋养，没有我的故乡，也就不会有我的文学。我的文学启蒙于故乡漫长的冬夜里外祖母所讲述的神话故事和四季风云骤然变幻带给人的伤感。一个作家，心中最好是装有一片土地，这样不管你流浪到哪里，疲惫的心都会有一个可以休憩的地方。在众声喧哗的文坛，你也可以因为听了更多大自然的流水之音而不至于心浮气躁。有了故土，如同树有了根；而有了大自然，这树就会发芽了。只要你用心耕耘，生机一定会出现在眼前。如果没有对大自然深深的依恋，我也就不会对行将退出山林的鄂温克的这支部落有特别的同情，也不可能写出《额尔古纳河右岸》。对我而言，故乡和大自然是我文学世界的太阳和月亮，它

---

[1] 迟子建：《寒冷的高纬度——我的梦开始的地方》，《小说评论》，2002年第2期。

们照亮和温暖了我的写作和生活。"[1] 但是如果我们细看《额尔古纳河右岸》中鄂温克人群的生活迁徙，《白雪乌鸦》中有关瘟疫的域外专家医疗处理与本地人的观念冲突，《群山之巅》中由各路移民组建而成的当代小镇龙盏镇，以及小镇里辛家、安家、唐家三个家庭的变化，我们就可以发现，作家对于地域文化所遭受的冲击以及文化混杂性所引发的日常生活变化，有着难以言说的焦虑。

在地域文化的混杂性书写中，最具代表性的作品应该是迟子建的长篇《烟火漫卷》。这部长篇聚焦于北国冰城哈尔滨，试图借助众多平凡人物的日常生活书写，在市井的烟火气息中，呈现这座城市特有的精神画卷。小说的主线是一个有关寻找的故事。主人公刘建国当年回城探亲时，受到好友于大卫夫妇之托，把于的儿子铜锤带到哈尔滨，不料孩子在哈尔滨火车站下车时被人偷走。刘建国从此带着巨大的负罪心理，更换了一个又一个工作，几十年如一日地奔波在寻人途中。围绕刘建国的寻人线索，以及刘建国的家人亲朋等关系，作家不断将叙事铺陈出去，着力叙述了不同身份的人们在这座城市里的日常生活状态，试图为这座古老的北国冰城临摹出一幅色彩斑斓的精神风貌。

地域性是这部小说极为鲜明的文化标识。无论是这座城市春夏秋冬的更替景象，还是凌晨批发市场喧闹的交易、晨曦时分的鸟雀鸣叫、澡堂子里氤氲湿润的热气、旧货市场的老器物、老会堂音乐厅的演出、饭馆或礼堂的二人转，都展示了这座城市独特的文化景观，也洋溢着生生不息的烟火气息。为了强化作家对这座城市精神的传达，迟子建让很多人物的日常生活都以自身特有的方式，深深地嵌入这座城市的精神血脉之中。譬如，退休之后的刘光复，倾其所有，执着地要为这座城市的工业时代留下珍贵的影像，直到生命的最后时光，还依然念念不忘自己的纪录片。于大卫虽是西方混血的后代，但他同样迷恋于这座城市的气

---

[1] 迟子建、胡殷红：《人类文明进程的尴尬、悲哀与无奈——与迟子建谈长篇新作〈额尔古纳河右岸〉》，《艺术广角》，2006年第2期。

质，闲暇之余，总是带着相机穿行于大街小巷，为这座城市各具特色的建筑，留下一幅幅恒久的记忆。谢楚薇虽然一直饱受失子之痛的折磨，但也不忘时常赶赴各种音乐会，领略这座城市内在的文化脉动。外来的黄娥原本打算将儿子托付给四处寻人的刘建国，然后回到丈夫身边，以自杀来陪伴逝去的丈夫，结果却在榆樱院扎下了根，并最终收获了爱情。小秦和小米只是来城市寻找自由，最后也在榆樱院落下了根，甚至连小米前夫的母亲陈秀也来到了这座城市。我们很难说，这些人物的所作所为都有什么宏大的理想，但他们似乎都很自然地爱着这座城市，并与这座城市的精神保持着密切的共振关系。

　　这并不奇怪。经历了太多的历史创伤和繁杂的东西文化聚合，哈尔滨确实拥有其特别的城市气质。这种气质，首先体现在其日常生活方式的多元上。这里既有大众化的二人转，又有平民化的音乐厅；既有家常式的小饺子馆，又有装饰考究的西餐厅；既有风格独特的俄苏建筑，又有冰城本土的楼舍；既有深受百姓青睐的澡堂子，又有万众欢腾的啤酒节……这些多元的文化场景，虽然不一定是哈尔滨独有的城市符号，但它们却带着强大的亲和力，迎纳了每一位不同身份的人。无论是有钱的翁子安，还是榆樱院里没有钱的外来人群，他们都能够从容地融入这座城市的日常生活，并且最终无法舍离它。其次还表现在它特有的世俗伦理中。像哈尔滨的多元建筑那样，于大卫的混血生存，刘建国的日本血缘，都毫无隔膜地生活在市井之中。这些不同族群、不同信仰的人，几乎没有任何身份上的差异，从而在伦理上构筑了多元族群文化的自然交融。可以说，它们折射了哈尔滨历经沧桑后的大度、从容与宽广的精神气质。小说中的榆樱院，仿佛是一种文化的缩影。在这个充满烟火气息的小杂院里，虽也不乏一些小小的争吵，但邻里之间，并不冷漠，也不互相算计，而是彼此理解，甚至相互帮助。他们没有奢侈的理想，只是希望将日常生活过得有声有色，因此，这个小杂院里总是充满了市井内在的活力。

　　当然，更具有地域表征意义的，无疑是主人公刘建国。他坦率，真诚，执着，虽然于大卫夫妇早就劝他放弃寻找铜锤，但他仍然一根筋似的要坚持寻找铜锤。为此，他最后选择了开爱心救护车，在一次次面对疾病与死亡的客户中，寻求人生的最大慰藉。在漫长的寻人过程中，刘建国一次次陷入绝望，并在一次绝望之余，对一个小男孩进行了猥亵，从而使他的内心再添一重恶行。在双重赎罪的重压下，他又发现自己原本是日本开拓团的遗孤。每一个人都是人间的一部传奇，刘建国似乎承载了太多的传奇。为此，他倾力帮助所有需要帮助的人，从黄娥母子到其他认识或不认识的人，他都一如既往。他希望通过自己的努力，消解这些隐秘的传奇所带来的内心重负。尽管最后刘建国找到了丢失的铜锤就是翁子安，也找到了当年受伤害的男孩武鸣，但在这一生的自我救赎中，他似乎再也无法回到平静："罪恶一件不能沾，否则人生就没真正的晴朗。"除了刘建国执着于赎罪，其他人物也都有一种内在的执着，黄娥执着于抚养杂拌儿，刘光复执着于纪录片，谢楚薇执着于母性意识，于大卫执着于城市建筑，老李执着于考古，刘骄华执着于日常正义，甚至连陈秀与老郭的黄昏恋也变得异常执着……几乎每个人物的骨子里都有一种执着的精神，他们执着的目标有大有小，但生命里都有一种至死无悔的追求。或许正是这种表象的热情与内在的执着，构成了哈尔滨这座城市中"火与冰"的内在精神，也传达了迟子建对哈尔滨文化精神的重构意愿，体现了创作主体内心的世俗化生存理想。

当然，从总体上看，迟子建对哈尔滨城市特质的把握还是比较混杂模糊的，对城市文化精神的思考、对人性救赎的思考，可能还缺乏坚实的叙述力量。这部小说对她而言，其实是一个巨大的挑战。尽管在此之前，她已经以哈尔滨为背景，写过《黄鸡白酒》《起舞》《晚安玫瑰》等中篇，也写过《白雪乌鸦》等长篇，但这些作品都是以人物的命运和历史事件为主题，哈尔滨只是人物日常生活的空间。而在《烟火漫卷》中，哈尔滨几乎成为小说的主角，作家叙述的主体，所以迟子建动用了太多的传奇笔法，几乎每个人物都是一部怀揣秘密的传奇。这种传奇性的叙述策略，也使哈尔滨这座聚合了不同族群的北国冰城，在文化精神上略显平面。

　　无论是认同也罢,焦虑也罢,地域文化的混杂性倾向,其实是地域风情在现代进程中无法回避的境遇。它改变了人们对于日常生活的经验,使人们在日常生活中会显得难以把控自己的生活程式,甚至是无所适从。这种缺乏家园依赖的焦虑感将越来越明显。我们说,在核武器可以瞬间毁灭整个地球的今天,疯狂的信息日益突破所有时空的拘囿,使地球变成一个小小的村落,人类的灵魂也渐渐变得无所归依,一切固有的稳定而安全的地域性家园已被信息高度密集的现代文明所替代,重返家园成了现代人的共同呼声。这种呼声无疑体现了现代人对社会演进的焦虑,"充满焦虑的人从来不以确定的态度面对和审视他所感受到的东西;这种情感不仅自我显现,而且也震颤到它的对象上。在这里,与从主体自身充分引起(即使不是产生)生命及死亡焦虑的社会现实状况相关的否定内容,即客观上引起焦虑的东西被完全表达了出来。没有这个否定的内容,焦虑就根本不能构成"。[1] 而焦虑和绝望的极端,则是对安宁温馨的家园的渴望与追求。作家们总是力图破除一些与"无"相关的缥缈情绪,而在信心的视野中把一切对未来的祈求涵盖在"有"之中,以拯救的方式获得对现实困境的超越。如沈从文的湘西世界。今天,这些地域风情已逐渐为开放性的信息社会所冲击,但那种对家园的膜拜却促成了人们恋乡情结的滋生,使他们在重温往日的自然环境、经济生活条件、风俗和语言习俗的浓烈兴趣中,与现代社会实况构成了一个潜在的对比。换言之,他们在重温往日宁静的地域风情时,已开始有意将之作为对抗现代精神衰落现象的手段,并努力引导人们在狂躁不安中重整理想的社会秩序,抛却那些感性的生命愉悦,重建人类精神家园的意识形态,甚至使之替代宗教而担当起信仰向导的重任,力图唤起一种新的世界观和信仰体系,以更高级形式与现代世界对话。

---

[1] [德]古茨塔夫·勒内·豪克:《绝望与信心——论20世纪末的文学和艺术》,李永平译,第6页,中国社会科学出版社,1992年。

第四章
个体生存的自由体验

日常生活形态总是以不同个体的生存方式呈现出来的。所谓的日常消费活动、日常交往活动和日常观念活动，都是立足于不同个体的生存欲求所形成的一种现实生活形态。因此，在日常生活诗学中，文学首先面对的是不同个体的人，只有通过不同个体的人的倾力书写，我们才能打开日常生活内部的诸多生存镜像和文化内涵，呈现日常生活诗学的某些特质。这也是"文学即人学"的核心宗旨。但是，我们也必须承认，在20世纪90年代以前，中国当代文学在书写个体的日常生活时，更多地强调其日常生活中所承载的集体价值，突出个体的社会共性和群体意义。在经历了20世纪90年代的"个人化写作"思潮冲击之后，个体的日常生活书写，逐渐向人的自我生存欲求回归，向个体的生命自觉回归，呈现出个体自由的生存体验。

新世纪之后，随着青年作家群体的不断涌现，中国当代文学在日常生活诗学的追求中，更加关注个体自由的生存意愿，也更加自觉地探讨不同个体独特的日常生活方式。特别是在观念日趋多元、物质不断丰富的今天，人们的日常生活方式也更为丰富和自由，无论是消费活动、交往活动还是观念活动，都拥有较大的选择空间，这也为作家们在重构日常生活诗学中的个体生存方式时,提供了更加多元的审美选择。可以说,在我们今天的日常生活中,每个人都置身于各种矛盾、琐碎、狭小的生存境域之中,几乎无法把握一种整体性的生活,也很难确定不同个体的人到底想要什么,更难确定不同个体的选择和行动究竟谁对谁错,或者说究竟是应该的还是不应该的。面对这种复杂经验的探讨和表现,从个体对自我生活选择的可控性出发,一直是新世纪文学孜孜以求的生存区域。为此,本章将从个体的自由生存出发,探讨新世纪以来的文学创作对于日常生活诗学的重构特点。

第一节　边缘而独立的个体生存

我们不妨先从韩寒的两部长篇谈起。它们是《他的国》和《1988:我想和这个世界谈谈》。从叙事艺术上说,这两部长篇并不是特别成熟,结构相对松散,且人物形象的立体感欠佳,主人公的性格从开始到结局,大体处在同一条水平线上,缺少必要的起伏变化。但是,这两部小说的主人公都是极具个性、独立自由、充满"亚文化"叛逆气质的现代青年。无论是《他的国》中的左小龙,还是《1988:我想和这个世界谈谈》中的陆子野,他们都是充满了反叛精神的都市青年,崇尚自由,我行我素,甚至有些自我放逐,自觉地将自己安置在社会边缘地带,极其厌恶随波逐流、人云亦云的群体性生活。如左小龙就是一个独来独往、从不合群的都市青年。他喜欢飙车,迷恋摩托车的速度与激情,却又没有足够的经济实力满足自己的爱好。于是,他来到亭林镇,充当了一个废弃雕塑园的看守员,同时兼职做了无须任何技术要求的体温计厂检验员。他像一个幽灵,与现实格格不入,也从不打算融入任何群体;由于经济状况窘困,他只好接受"官二代"少女泥巴的不断资助;在自己喜欢的女孩面前,左小龙只能唯唯诺诺,毫无自信可言;为了提高所谓的工作效率,他将六根温度计分别插入嘴巴、腋下及肛门进行检测;暗夜是他的天堂,人群是他的地狱,每当夜深人静之时,他便驾驶着那辆摩托车，游走在这个江南小镇的边缘地带，注视着市场经济给这个社会带来的飞速发展，尤其是这种发展所引发的一些不良后果。左小龙很像本雅明笔下的"都市游荡者"，站在现实的边缘地带，以社会零余者的自由身份穿梭于都市人群之中，一步步见证了亭林镇的飞速发展所导致的环境巨变，尤其是生态灾难的一次次发生。

在《1988：我想和这个世界谈谈》中，主人公陆子野也是如此。陆子野从少年时代就热衷于飙车和冒险，成年后与社会现实更加格格不入，整日沉迷于自我的小天地里，独来独往，我行我素。一位远方朋友的偶然召唤，让他终于踏上了践行自己诺言的漫漫征途。于是，他开着那辆1988年出厂的小汽车，沿着318国道一路行走，同时偶遇了公路边小客栈里的暗娼娜娜，两人或分或合，一路漫游，共同见证了当时社会现实中的各种吊诡景象。农村出生的娜娜同样是社会边缘人群，没有专业特长，没有生存技能，只能混迹于路边野店勉强生活，她的经历从另一个角度打开了各种诡异的现实。他们同病相怜，又各有所需，并在漫长的旅途中完成了一段颇为曲折的生命之行。当然，这种行走并不是仅仅为了完成一次承诺，更重要的是，作家试图以陆子野的特殊视角和眼光，打开这个市场经济时代所隐藏的种种混乱秩序，并对失序的现实发出尖锐的质询。

从左小龙到陆子野，这种边缘而独立的个体形象，虽然也带着韩寒式的个人英雄主义气质，体现了创作主体对混乱现实秩序的批判性姿态，但是，他们也从另一方面体现了新世纪以来众多青年作家对日常生活中个体自由的自觉维护，仿佛本雅明笔下四处闲逛的都市游荡者。在《发达资本主义时代的抒情诗人》中，本雅明就曾描述了巴黎拱廊街上四处"闲逛"的"游手好闲者"，这些"游手好闲者"犹如波德莱尔笔下的"游荡者"，他们在"久已不是游手好闲者之家的大城市中游荡"，他们喜欢的是"稠人广座中的孤独"，"用茫然、野性的凝视看着一切东西"，他们跻身于拥挤的人群中，寻求那些让人陶醉的本质，"人群不仅是这些逍遥法外者的最新避难所，也是那些被遗弃者的最新的麻醉药"，同时，他们又如诗人般"享受着既保持个性又充当他认为最合适的另外一个人的特权"。[1]一方面，这些"游手好闲者"坚守自己的个性，沉湎于个体的自由之中，无视现代都市秩序的种种束缚；另一方面，他们又离不开都市中喧嚣的人群，并渴望在熙熙攘攘的人群中保持着旁观者的特权。事实上，在新世纪以来的文学创作中，大量青年作家的创作都在自觉规避复杂的社会现实，规避各种宏阔伟岸的人生书写，专注于一些社会边缘群体的日常生活，着力呈现各种小人物们对于个体自由的维护，以及他们对于千变万化的日常生活的凝视。像戴来、魏微、朱文颖、甫跃辉、金仁顺、乔叶的一些中短篇小说中，人物都是一些无足轻重的边缘群体，他们不需要对社会历史负责，也没有实现高大人生理想的激情，他们所追求的生活就是我行我素，社会生存面小而又小，行动空间也是十分有限。这些人物的日常生活，往往只与极少数人产生关系，而且这些关系多半是纯粹的情感等方面，并没有渗透到复杂的现实内部。如戴来的《别敲我的门，我不在》《把门关上》《白眼》等，呈现的均是些喜欢独来独往的青年人，他们没有什么志向，也没有什么热血，只是被生存的惯性所推动，对群体性的社会现实有着天然的拒斥，乐于在孤独情境中享受没有干扰的自由。一旦这种自由受到侵犯，他们便表现出特有的内心变化，像《白眼》中主人公对路上遭遇他人的白眼之后，一直耿耿于怀。朱文颖的《高跟鞋》《繁华》《浮生》《重瞳》中的主人公，也同样游走在社会边缘地带，与当下的现实显得格格不入，终日沉迷于自我预设的生活情境之中。这些人物大多是青年女性，有着敏锐的思维和纤细的情感，却从不愿意在社会潮流中成就自我，而是乐于徜徉在自恋式的生存空间里，自觉维护作为一个边缘者的独立与自由。

这种对边缘个体的自由书写，从本质上说，并不是作家为了突出另类的生存方式，而是创作主体对复杂现实和整体生活的一种自我规避。

---

[1] [德]本雅明：《发达资本主义时代的抒情诗人》，张旭东、魏文生译，第66—73页，生活·读书·新知三联书店，1989年。

它体现了新世纪以来的一些青年作家，不再积极融入社会群体、施展自我社会抱负的某些潜在心理，也折射了部分低欲望群体的精神面貌。不错，从整体上看，物质主义依然是当今较为突出的现实景象，但在相对丰裕的都市生活里，简约的、低欲望的生存群体却一直在蔓延。它在具体的日常生活中所体现出来的，便是消费活动、交往活动越来越少，"宅"成为其大多数日常生活的中心。如黄咏梅的《负一层》讲述了一个守车库的女孩在近乎封闭的环境中所凸现出来的内心际遇。什么都显得"慢一拍"的少女阿甘，虽然无法与那些大楼里的白领阶层构成有效的对话，但是她驻守在大楼的负一层里，能够在幽暗的车库里感受到那些小车们的窃窃私语，并由此建立起一个非常自足的生活领地。更重要的是，她依然有自己的美好遐想，有自己的情感追求。每天中午，她都会坐电梯来到大楼的顶层，看天空中飞翔的鸟群，看飞机在天空中定格，并想象着自我飞翔的情境。当张国荣跳楼自杀之后，"慢一拍"的她又在房间里贴满了张国荣的照片，并在日复一日的孤寂中与这位"哥哥"窃窃私语，以至于在邂逅了一位摩托仔之后，她毫不犹豫地将这位摩托仔当成了自己心目中的"哥哥"。遗憾的是，在强大的功利化现实面前，柔弱的阿甘是没有对抗能力的，她不仅失去了心中的"哥哥"——摩托仔，还失去了自己赖以生存的工作，最后，她只好选择楼顶上的天空作为自己的人生之路，在飞翔中告别了尘世的羁绊。这部小说基本上没有什么情节冲突，叙述也看似很随意，可是，有关阿甘的内心意绪，却被作者一层层地剥示出来，而且是丝丝入扣。

王小王的《我们何时能够醒来》以单纯而又别致的语言，巧妙地将人物的潜意识植入梦境之中，叙述了一个女孩对日常生活难以把控的巨大焦虑，尤其是对家庭严重缺乏安全感的隐忧心理。无论是父亲的逃离或背叛，还是母亲的绝望或抑郁，抑或"我"对父母的自虐式反抗，这些不断出现在梦境中的生活，无不折射了当今中国血肉亲情与家庭伦理的脆弱，并直指复杂的现实对人类日常生活的无情肢解。"我"只是一个边缘个体，希望能过着简单而自由的生活，"我们只需要吃饭、睡觉、喝水就能活着，只需要恋爱、结婚、生孩子就能有一个家，为什么这么简单的事情我们却总是做不好"。作者在小说中所提出的这个诘问，从某种意义上说，正是现代文明中所包含的巨大困境，它使复杂替代了简单，也解构了人类生存应有的单纯之美，并折射了边缘个体对自我日常生活掌控的艰难。

　　这方面表现颇为出色的青年作家，还有张惠雯、卢德坤和孔亚雷等。张惠雯的很多短篇都有一种异乎寻常的穿透力。她总是聚焦于那些边缘的个体，一个又一个男性或女性的小人物，既能精确地呈现凡俗生活中各种微妙的细节，又能不动声色地抵达生活背后的某些本质。如《沉默的母亲》就分别叙述了三位母亲对日常生活的艰难抗争及其不同命运。小说中的三位母亲，分别选择了忍耐、反抗和死亡这三种日常方式，从不同层面呈现了"母亲"这个献祭式的角色。本能的母性意识，使母亲们永远无法挣脱家庭的羁绊，然而自由与独立的生命怀想，又让她们难以忍受家庭的重负。她们在撕裂中走向毁灭，却没有人洞悉那份内在的绝望，日常生活伦理以其应然性轻易覆盖了这种抗争的惨烈。母亲是边缘的，沉默的，但沉默的内心里永远承受着熔岩般的煎熬。这就是现代伦理的诡异之处，也是世俗与不俗、日常与反日常之间永远的对抗。

　　卢德坤的《逛超市学》叙述了一位宅男与物质的奇特关系。"我"是一个整天待在家里的文字工作者，家里最多的就是书籍。弟弟夫妻俩搬走之后，"我"迅速让书籍占满了他们的房间。书籍虽然也是物质，但毕竟是特殊之物，或者说是激发精神活动的介质，而不是单纯的符号化商品。母亲偶尔来到他的住处，帮他搞一下卫生，觉得那里充满了"油气"。这种复杂而又特殊的气味，似乎隐喻了他那失序的生活——缺乏必要的社会群体交往，也没有细致的日常生活安排，俨然一位"佛系"的独行者。当他步入室外，涌入都市的车流之中，唯一想去的地方就是超市。有趣的是，每个超市都是一个有序的、严谨的物质世界："如他所愿，灯光明亮。四周镶嵌了不少玻璃、镜子、金属壁面。事物展现了在超市里应该有的样子。他穿过占据一楼两旁过道的连锁品牌服饰店以及中心区的金饰店,置身与大门相对立的光线黯淡的底部,搭上一架速度缓慢的斜面扶手梯,没什么人挡在前头,他走上去,给缓速再加一点缓速。"然而,在这个巨大的符号商品体系中,长期过着混沌生活的主人公,尽管也有着世俗之心,但每每感到在超市的物质丛林中无所适从。物与人,他不知道孰轻孰重,也不知道是物更有意义,还是人更有主体性。当然,这不妨碍他在物质丛林中寻找自己的感受。从一座物品摆放严谨的超市,逛到另一座物品摆放同样严谨的超市,他试图寻找其中的某些物与人的逻辑关系,但最终只感受到一排排具体的、耀眼的物质,或者叫符号化的商品。在这些炫目的商品中,个体的人不自觉地处于迷失状态。

孔亚雷的小说更加擅长对边缘人群内心世界的精确书写。他笔下的人物同样是一些青年男女,但给读者的总体印象是,他们多多少少都患有某种精神幽闭症,对自我独立的生存有着异乎寻常的敏感。这些人物没有生活激情,没有相爱的能力,也没有反抗的目标和勇气,所以,他们最迷恋的生活就是独来独往,我行我素,间或找一个异性满足自己的生理需求。工作没兴趣,金钱没兴趣,理想没兴趣,唯一有兴趣的,就像《我》中的K那样,逃离纷乱的现实,或者寻找幻想的净土。在《留在大象岛的探险队员与沙克尔顿告别》中,那位被现代观念和生存秩序严格规训的青年人,虽然对各种自由而又无序的生活保持着极度的敏感,但又无力掌控,更无力反抗。他偶尔也会去嫖娼,但这只是对既定现实的小小破坏,而且已经形成了某种程序化生存方式,失去了最初的冒险和破坏的激情。为此,他渴望远赴大象岛去探险,远离这种无法挣脱的现实羁绊,但这种冒险也只是他意识深处的一种幻象,最后必然以失败告终。小说似乎提示我们,即使是最边缘的个体,面对被规训的现实生活,反抗也是绝望的,我们所能做的,只能是小小的破坏?他的《小而温暖的死》也叙述了边缘人物反抗的绝望和失败。小说以"我"和以前女同事的生活轨迹为主线,展示了现代人有限的反抗能力、手段和最终的无奈。"我"离婚,辞职,偶尔交友,在困顿而又虚空的生活里盘旋、打转。前同事也同样如此,除了不断约会,然后辞职,最后消失在朋友圈里。他们是孤独的个体,渴望自由,渴望舒心,渴望过着异常平静的日常生活,令人觉得有些冷漠,但现实中一个小小的温暖或爱意,就可以让他们泪水滂沱。

对于身处社会边缘的个体来说,面向群体的反抗常常是徒劳的,因为日常生活秩序总是无时不在、无处不在地制约着每个人的生存,特别是对于那些无法搏击现实的小人物来说,他们唯一能做的,或许就是逃离,从精神到肉体的不断逃离,尽管这种逃离通常也是以失败告终。因此,在孔亚雷的小说中,很多小人物也常常选择逃离世俗生活,以寻求自由独立的生存空间。如《UFL》中的男青年,就在自己家中遇见了一位"外星人",并和他产生了特殊的情感。对于小说中的主人公来说,这个人是不是外星人不重要,重要的是它不是人类,没有性别,不用睡觉和吃饭,同时也不能有爱的情感。但它在与人的交往中,还是产生了爱的情感,并导致了最终的自我毁灭。这恰恰呼应了乌纳穆诺的话:爱是死亡的兄弟。《如果我在即将坠机的航班上睡着了》也是一篇别有意味的小说。大龄空姐"我"意外发现自己拥有灾难预知能力,但她对各种即将到来的灾难,却没有能力排除,也无法找到可以排除灾难的力量。她对生活没有什么宏大要求,只是希望情感有所归属,有一个相对宁静的家,为此她曾爱过机长,爱过"富二代",甚至遭受过宫外孕,但都无法排遣她对生活的失望,最后她选择登上了自己预知到的灾难航班而自杀。在《我》中,孔亚雷再次让人物选择了逃离世俗,不过不是真实的逃离,而是一次梦游般的逃离。K 在梦境中发现,他所居住的整幢楼房被移到了海边。在经过了漫长的自我确认之后,K 开始想办法适应这种无人的海滨生活。但是,当 K 沉浸在一种自由而又孤寂的生活之中,却无法确认自我的真实存在,因为他失去了人群作为自我活着的必要参照。这导致了 K 最终无法确认自己是处于幽灵状态还是活着的状态。这种逃离群体性现实生活后所形成的悖论,其实是每个边缘个体都一直纠结于心的生存状态，从本质上说，也是现代人的精神镜像，体现了现代性所强调的内心焦虑症。

北北的《寻找妻子古菜花》和鲁敏的《奔月》也讲述了普通女性的逃离故事。其中，《寻找妻子古菜花》叙述了古菜花和奈月两位乡村女性的逃离故事。她们都是乡村里平常的女性，一个有着漂亮的容颜，一个有些知识和文化，但她们对于勤劳能干的农民李富贵，都义无反顾地选择了逃离。作为李富贵妻子的古菜花，在世俗的日常生活中，可以说是非常舒适的。在李富贵的百般呵护之下，她住着全村最好的房子，物质上相当富足，几乎不用做任何农活，整天过着悠闲而舒朗的日子。然而，她的内心总是觉得缺些东西，面对沉默的丈夫，她越来越觉得自己只是一个"白丸子"，虽有丈夫的万般宠爱，终究不过是一个满足对方欲望的工具，无法获得灵肉交融的体验。所以，当丈夫从镇上请来一位木匠，为古菜花制作衣橱时，古菜花却跟着木匠私奔了。李富贵在漫长的等待中，始终没有明白妻子为何要离家出走？失望之后，他便与暗恋他已久的奈月建立了恋情。奈月虽然没有古菜花漂亮，但毕竟是有些文化的女性，而且曾为他放弃了考大学和结婚，一直处于暗恋状态。遗憾的是，当他们真的生活在一起，面对李富贵粗俗而又功利的生活方式，以及裸身后难看的肉体，奈月同样陷入失望之中。最终，奈月也无可奈何地选择了逃离。

从古菜花和奈月的逃离中，我们看到当今的现实生活中，即便是普通的乡村女性，她们对于日常生活的诉求也并非仅仅是物质性，也并非免除了身体劳作之苦，还需要精神上的慰藉和心灵上的沟通。在《寻找妻子古菜花》中，北北试图呈现日常生活表象之下，维系普通男女之间情感的纽带，绝不是一般意义上的物质生活，而是内心的彼此召唤，精神的相互抚慰。换言之，人们在日常生活中看重的，并非只是物质生活，同样还有精神生活的质量。

鲁敏的《奔月》同样讲述了一个女性逃离的故事。主人公小六逃离原有的生活，抛下年迈的母亲、家庭和情人，从她熟悉的日常关系中彻底地消失，看起来有些偶然和荒诞，其实隐含了小六对既定日常生活的反抗冲动，也体现了她对自我意识的明确维护。小六既拥有相对幸福的家庭，也拥有比较稳定的工作，甚至还有一个知心的情人，日子过得虽然算不上活色生香，但比上不足，比下有余，多少还是有些滋味的。可是小六并不这么想。在一次大巴发生翻车事故中，她侥幸存活下来，便捡了别人的身份证，冒充完全陌生的新人，开始到一个叫乌鹊的小城尝试着全新的生活。小六的失踪，自然引发了诸多的问题，丈夫贺西南在寻找过程中，不仅发现了妻子的情人张灯，还通过张灯和餐馆服务员绿茵的各自叙述，呈现出一位让自己觉得异常陌生的妻子。张灯利用小六的电脑，通过她的网络购物收藏夹、观影记录等线索，同样也感到小六多少有些陌生。至于小六的母亲，因为当年小六父亲的不告而别，更是让小六的生活笼罩在巨大的阴影中。

一方面，是身边的每位亲人和朋友都不理解小六，也从来没有真正地走进小六的内心世界；另一方面，是小六同样很难走进身边人的内心，她的所有努力，总是无法改变他们的观念或言行，他们和她相关的日常生活似乎各取所需。所以，小六虽然在日常生活中并没有什么外在的缺憾，但从来未能获得心灵的慰藉。她试图在乌鹊开始自己全新的生活，从清洁工做到超市助理，同样让她充满了各种无奈的心绪，甚至是小林的求婚，也让她看不到灵肉交融的愿景，使她彻底地明白了自己的顽强反抗，换来的只不过是人生的再一次重蹈覆辙。这也让我们有理由相信，《奔月》固然是一部有关女性追求自我的小说，同时也是一部对个体的日常交往进行质询的作品。它体现了个人、社会与伦理之间永难挣脱的关系。当小六试图摆脱所有伦理的制约，开始全新的生活时，各种社会伦理又迅速将她纳入自身的规训系统。这便是日常生活中的人的真实处境，也是鲁敏极力探究的一种生存悖论。

除了逃离之外，摆脱日常焦虑的另一种出路，或许是无视这种群体现实的压迫，以"大隐隐于市"的心态置身于红尘之中，安于现状，一切随缘，消极被动，但不舍真诚。这种生存状态，其实就是新世纪以来逐渐流行的一种青年生活——"佛系生活"。这是由"宅男宅女"群体亚文化扩张出来的日常生活形态，也折射了低欲望社会的某些潜流，体现了随遇而安的佛性特征。有专家就认为："佛系青年并非没有欲望，并非不要任何消费，只是相对于其他人他们的消费更自主，更重视消费的品质和个性化。更为重要的是，低欲望不完全是消极的，低欲望也带来低对抗。……我们的现代化还比较粗糙，不仅表现为外在方面求新求大，以满足自己的虚荣心，而且在于人的内心绷得太紧，社会竞争太激烈，社会节奏太快，缺少淡定从容的文化气象。我们不能说佛系青年对这些问题有明确的自觉，但他们的行为方式有助于克服这种紧张状态，有助于缓解社会的资源紧张和人际关系的紧张。"[1]应该说，这种佛系生活在一些青年作家的笔下都有所体现，像赵挺的《上海动物园》、东君的《听洪素手弹琴》、斯继东的《禁指》，以及一些网络文学中的佛系小说，包括定离的《从善》、一只柠檬虾的《今天蜜糖有点甜》、温昶的《养性》等。在这些作品中，喧嚣的现实、世俗的功名、物质的占有等，都无法侵占个人的日常生活空间，他们坚持活在自己的世界中，只取自己日常所需，只求自己内心所愿。他们体现出来的日常生活观念，就是"兴趣第一，我的生活我做主，对克服盲目攀比和物质主义拜物教来说有积极意义。其实，佛系的价值清单：自我克制、安分守己、与世无争、一切随缘，遇到不顺心之事就自嘲一下，遇事多想想别人的感受，以不冲突不对抗为原则，这些不仅对当前盛行的功利至上、权力至上的俗文化，对一言不合就恶言相向的戾文化，对表里不一、装腔作势的假文化来说，都不失其纠偏作用"[2]。应该说，这种佛系的日常生活，已在越来越多的青年人内心占据了重要位置，既反映了部分群体的低欲望生存形态，也折射了部分群体无力反抗现实的内心诉求。

---

[1] 汪行福：《佛系是一种消极的善》，《探索与争鸣》，2018年第4期。
[2] 汪行福：《佛系是一种消极的善》，《探索与争鸣》，2018年第4期。

第二节　敏感而丰饶的内心景观

每个人在日常生活中的消费活动和交往活动，在一定程度上都受制于其观念活动。一方面，持有什么样的生活观念，以及这种观念如何作用于日常生活形态，通常都是要通过各种消费活动和交往活动来体现；另一方面，日常消费活动和交往活动，最终又会影响甚至改变日常观念活动，使日常观念活动成为人们最基本的精神镜像。那么，日常观念活动究竟是一种怎样的活动？有学者认为，日常观念活动主要是指"伴随着日常消费活动、日常交往活动和其他日常活动的日常观念活动，是一种非创造性的、以重复性为本质特征的自在的思维活动"。[1] 这里的日常思维，主要体现为两个特征，"其一，日常思维一般不具备非日常思维的创造性，它本质上是一种非创造性的重复性思维，是一种以给定的和自在的图式自发地应付日常生活问题的模式化思维；其二，日常思维一般不具备非日常思维的自觉性和自为性，它本质上是一种自在的、带有无意识性质的思维，按其具体活动图式，日常思维常常表现为常识思维和经验思维。因此，日常观念世界是一个凭借原始集体意象、传统习俗、经验、常识等自在的文化因素而加以维系的未分化的和自在的领域"。[2] 但这两个特征并非是一个恒定不变的、封闭性的世界，"一方面，从历时态的角度来看，日常思维的历史原型是原始思维，因而对原始初民思维活动的研究有助于对日常思维的结构和活动图式的把握；另一方面，从共时态的角度看，日常思维或日常观念活动不是一个封闭的体系，而是向非日常思维的人的其他活动开放，这样，非日常思维的模式化、自在化或通俗化就构成日常的常识思维，而经验和活动的积淀与模式化就构成了日常的经验思维，这是日常思维现实生成的两条基本途

---

[1] 衣俊卿：《现代化与日常生活批判》，第15页，人民出版社，2005年。
[2] 衣俊卿：《现代化与日常生活批判》，第168页，人民出版社，2005年。

径"。[1]这也就是说，日常观念活动看似一种重复性的、自在的思维活动，但在时代的变迁中，同样拥有其开放性和包容性。如何有效表达这种日常观念活动所体现出来的精神特质，并进而揭示人的各种生存本相，不仅是现代主义文学重点关注的目标，也是日常生活诗学的重要追求。在现代主义文学中，人物的内心化叙事始终是一种非常重要的表达策略，甚至涌现了意识流等叙事方式，但它的根本旨归，还是传达创作主体的理性思考与价值意愿。而在日常生活诗学中，内心化的叙事主要是为了呈现人们对日常生活的微妙感受，尤其是日常交往活动或消费活动中所引发的心理意绪，揭示某些被日常经验遮蔽的生命本相。在新世纪以来的文学发展中，我们可以看到，越来越多的作家都自觉地专注于微观化、内心化的叙事表达，尤其是对人们在日常生活中内心意绪的精妙书写。的确，无论外在的现实如何千变万化，社会矛盾如何层出不穷，日常交往如何复杂无序，最终都会转化为人们内在的生存感受。着眼于人的内心世界或主观情感，通过特定情境或特定故事的演绎，从中凸现尘世间的各种纷繁人性，乃至现实的浩波巨澜，这既是日常生活诗学的一种表达策略，也是新世纪文学所拥有的某种审美特质。

在具体的文学实践中，不同文体拥有不同的表达范式，这也使它们在表现人们在日常生活中的内心景象时，呈现出不同的特点。譬如诗歌和散文创作，就可以借助自然的抒情有效地传达人们的某些内心意绪。特别是新世纪以来日趋盛行的口语诗，绝大多数都是以抒情主人公的内心意绪作为表达对象，细腻地呈现了创作主体对于日常生活的独特感受。如韩东的诗作《母亲的房子》：

> 这是我母亲生前住过的房子/我仍然每天待在那里/一切都没有改变。/空调坏了我没有修/热水器坏了也有两年。/衣橱里挂着母亲的衣服/她睡午觉的床上已经没有被子了。/母亲囤积的肥皂已经

---

[1] 衣俊卿：《现代化与日常生活批判》，第169页，人民出版社，2005年。

皱缩/收集的塑料袋也已经老化/不能再用了。/镜子里再也照不见她亲切的脸/但母亲的照片仍然在,并且/不是加黑框的那种。/母亲喂养的狗还活着/照顾母亲的小王每天都来。/也没有多少活儿可干,只是/把这个简单的地方收拾干净。/一切都没有改变。/我每天烧香并且抽烟/不免香烟袅袅。三个房间/一间堆放书刊,一间如母亲生前/(那是她的房间)/我在最小的房间里写作/桌子也是最小的。其实那是/妈妈当年用过的缝纫机。/真的,一切都没有改变。

这是一首纪念母亲的诗。与一般的纪念性诗歌不同,韩东并没有追忆母亲的一生,对母亲的命运进行必要的呈现,也没有通过自己的成长和生活,与母亲的人生达成一种心灵上的交流。诗人只是着重展示母亲去世之后的内心意绪。表面上看,一件件事物,一个个场景,全诗只是记录了诗人在母亲房子里的日常所见,所有的事物都很熟悉,似乎什么都没有改变,犹如母亲并没有真正地离开。但是,它的每一句都是诗人内心感受的呈现,从肥皂的皱缩到塑料袋的老化,从母亲的床上没有了睡午觉的被子到母亲的照片没有加黑框,一切都让诗人的内心明白,母亲已离他而去,再也不会回来。尽管如此,诗人依然让房间不做任何改变,从小狗到钟点工,都保持着母亲生前的状态,仿佛如此这般,就可以感受到母亲亲切的身影依然在自己的身边。诗人用了两句"一切都没有改变",而事实上,空调、热水器、被子、肥皂、塑料袋等等都已改变,真正没有改变的,其实只是诗人对母亲的内心感受。

作为一种抒情性的文体,诗歌对抒情主体的内心呈现无疑具有特殊的优势。它既可以精确地表达诗人对于现实的生存感受,也可以呈现诗人关于未来生活的想法。诗人内心的丰裕度和敏感度,决定了诗歌的内在意味和艺术品质。如尹丽川的《生活本该如此严肃》:

我随便看了他一眼/我随便嫁了/我们顺便乱来/总没有生下孩

子/我随便煮些汤水/我们顺便活着/有几个随便的朋友/时光顺便就溜走/我们也顺便老去/接下来病入膏肓/顺便还成为榜样/"好一对恩爱夫妻"/……祥和的生活/我们简单地断了气/太阳顺便照了一眼/空无一人的阳台

在这首诗中,诗人用"严肃"的诗题反切抒情主体对于日常生活的设想,这种设想就是"随便"和"顺便",似乎是为了保持个体的自由和率性,不去与所谓的现实和理想进行任何抗争,平安相处,碌碌无为,却散漫自在,从容舒缓。但是透过诗句,我们又可以看到诗人对于嘈杂现实的厌烦和无奈的心理,也可以感受到诗人对于日常生活中某种极简生活的深切感悟。佛系也罢,通达也罢,得过且过也罢,坦然面对也罢,诗人体现出来的内心意绪就是退到焦虑之外,退到世俗欲求之外,从容地看待我们的日常生活和人生命运。它没有体现出多少积极的生活意愿,但展示了一种超然的人生态度。

与诗歌、散文等创作不同,新世纪的很多小说在面对庸常而琐碎的日常生活时,很少对人物关系的来龙去脉进行详实的叙述,作家们更多地着眼于"关系"本身,并通过这种"关系"直击人物的内心感受,从而呈现那些微妙而又复杂的人性面貌或精神镜像。他们常常采用人物的限知视角,从人物的内心感受出发,步步推衍人物的生存境遇、命运变化乃至人性真相,如莫言近年来的短篇《天下太平》《故乡人事》(《地主的眼神》《斗士》《左镰》),毕飞宇《两瓶酒》,铁凝的《海姆立克急救》《告别语》,等等,都是如此。如铁凝的《海姆立克急救》就是通过一个婚外恋的故事,让叙事不断挺进人物的内心,展示了某种"罪与罚"式的救赎意愿。面对丈夫郭砚的出轨,妻子艾理一次次将锐利的疼痛埋藏在心里,并不断寻找自我排遣的方式。当一切努力失败之后,艾理渴望与丈夫坦诚地交流情感问题,不料因郭砚的推诿而情绪失控,在怒极而狂笑中被食物卡住喉咙窒息而亡。艾理是绝望的,她的死与其说是源于偶然,不如说是因为心碎。郭砚由此背上了沉重的道德包袱,并开始研究食物卡喉的急救方式,尤其是海姆立克急救法。这个"马后炮式"的急救法耐人寻味,它折射了郭砚内心挥之不去的负罪感和救赎意愿。于是,他反复演练这种急救法,甚至在与情人马端端的一次约会中,通过急救法实施了一场自虐性的惩戒,同时也让彼此回到了严肃的生活面前,反省自身的欲望与生命角色之间的错位。她的另一个短篇《告别语》,同样也是一篇直指人物内心感受的小说。朱丽从逃婚开始,就面临着个人意愿与社会伦理的巨大冲突。她知道,在巨大的、理性的、合乎逻辑秩序的社会现实面前,她的逃婚理由是说不清楚的,没有说服力的,也是苍白的。它只是一种潜藏在自己内心的感受,永远也找不到清晰的表述。所以,她逃到了远在京城的舅舅家。有意思的是,朱丽在不经意之间,迅速捕捉到小宝的感受与她自己的内心意愿十分相似。它们共同指向现实伦理与个人真情实感之间的距离。当小宝最后对着小伙伴露露喊着"再见"时,这种告别语或许原本还有几分真情,但渐渐地在大人的表扬声中,又展示了几分无奈。尤其是小宝最后一次次扯着嗓子的重复,已经是一种反抗。他以迎合世俗的方式,努力消解了世俗伦理的虚弱。朱丽从中领悟到了什么?是个人对现实伦理的妥协?还是一种率真的反抗?随着朱丽要给手机充电,朱丽将重新面对现实生活时,她将会面向巨大的社会伦理打开什么?

在《风度》中,铁凝借助人物社会身份的差异,再度演绎了人们在日常生活过程中的命运感受。小说以一场三十多年后的聚会作为契机,缓缓地打开了退休职工程秀蕊的内心世界。有趣的是,程秀蕊虽然是小说的主人公,却不是这场聚会的中心人物,无论是过去还是现在,她都是一个彻头彻尾的旁观者——三十多年前,她见证了一群知青下放到自己生活的黑石头村,在那里读书、干农活、拉粪;三十多年后,她又见证了这群已功成名就的人物,在本市最豪华的丽景酒店里春风得意,高谈阔论。这种微妙的身份,构成了小说潜在的张力:作为见证者,她是一个可靠的叙述视角;但是作为聚会者,她又无法真正地融入这个群体,因为她并不是一个"成功者",而只是一个普通的退休职工。尽管相互比较并没有意义,但是特定的距离感,不仅使程秀蕊自觉地变成了一个谦卑的倾听者,而且加剧了她的敏感心理,使她变得处处小心,时时在意。作者也正是通过人物的这种敏感心理,巧妙而又细腻地传达了宋大刚、胡晓南等人的复杂心理,其中既有几分自足,又有些许的失落,就像他们选择"法兰西"包房为从法国回来的李博接风一样,奢华的热情之中,又隐含了本土性的自我彰显。

但是,《风度》最让人寻思的,还是程秀蕊内心深处那种"要和他们相像的愿望"。三十多年前,她就觉得他们是一群"不俗的文明的人",为此她既渴望与他们紧密相处,又深恐父亲时常脱鞋追打母亲的粗鄙场景被他们看到;三十多年后,她依然觉得他们是一群"不俗的人","虽然大家的衣服都随便,可到底,他们的随便显出了那么一种不一般"。用尽了一生的期许,最终的距离感依然清晰地盘踞在程秀蕊的心中,它关乎人生的输赢,似乎又超越了这种输赢的较量。同时,作者还精心安排了李博这个最让程秀蕊心仪的人物在两个重要场景中的缺席:一是乒乓球赛的缺席,一是聚会的缺席。前者让她看见了一个翩翩少年非凡的风度,以至于这种风度构成了她生命里最为华丽的风景,而后者随着李博的即将出现,又将会出现怎样一种风度?当烘云托月的众人都涌向门口的时候,程秀蕊却本能地后退了一步。这一细微的动作,又隐含了她那内心深处多少难以言说的感受?

朱日亮的《还等什么》写了一个没有激情、责任和理想的青年苏群的内心生活。这是一个颇为棘手的故事,因为它缺乏必要的叙事推动,全靠人物内心的冲突推动故事发展。为此,朱日亮将人物安置在一种极度无聊的情境中,让苏群在爱与不爱、同居与分手都很随便的彻底的"无意义"状态中,完全被动地接受由周小湖、苏老太太、小学教师和他的父母所构成的"意义"系统的诱导,并最后迫使他等待"意义"、接受"意义",回到责任、理想等等所谓"正常生活"的规范之中。钟求是的《给我一个借口》里,吴起与崔小忆也同样生活在一种无意义的秩序之中,当然,他们也不想赋予生活更多的意义。上班、吃饭、做爱……两个人通过机械的生活程式和变动不居的感官刺激打发时光，倒也将生命搞得平静安稳。问题在于，旁人的不断暗示终于激起了他们对"意义"的重视，于是，吴起基于男人的尊严考虑要个孩子，结果却偏偏患上了弱精症，于是"吴起说，我不愉快，凭什么这种事摊在我身上。崔小忆说，你这话跟上帝去说吧。吴起说，上帝是什么呀，上帝是他妈黑哨"！在这种精妙的对话之后，吴起终于在荒诞的"意义之途"上越行越远，以致家庭最后分崩离析。意义，或者说由现实伦理所赋予的特定的生存价值，终于摧毁了吴起的全部生活勇气。这两个短篇都体现了日常伦理对每个个体生命在"生存意义"上的强制性规约，也展示了个人对这种意义逃避和承担的悖论性。它们暗设了很多"假如"——对一种反意义生活的冲动。但我更看重的，还是作者在繁琐而庸常的细节中回旋、"凝虑"的叙事能力，以及使那种"无意义"的生活生动、丰盈乃至饱含想象力的叙述姿态。

弋舟的《人类的算法》也都属于非常纯正的内心叙事。作者刻意将故事的核心置于一种潜在的紧张状态，不断驱动人物在这种紧张状态中游走，撕开被日常伦理严密封裹的精神真相。在《人类的算法》中，当女儿马琳穿上刘宁的鞋子和衣服后，刘宁的内心便开始涌动着某种不安。按理，一个正处在发育阶段的少女，喜欢找些母亲的衣服，装扮一下小大人的模样，这实属自然。但是，这些衣服和鞋子，曾经承载了刘宁的情感秘密，并被她一直小心翼翼地收藏在储物间，现在被女儿翻捡出来，一种紧张感便悄然逼近。是隐私被暴露，还是伤口被揭开？尽管作者将人类交往的可能性上升到某种精确的技术层面，试图诠释人在本质上是孤独的个体，真正的群体心灵交流非常有限，但就这篇小说的审美质感而言，其精妙之处，还是作者对人物内心紧张感以及由此引发的回忆性经历的还原。朱辉的《求阴影面积》也是一篇有关内心叙事的精巧之作。它立足于生活的物质性，轻松地将人物引入无边无际的生活泥淖之中，呈现了现实生活中无法把控的生存境况。大学教师杜若因祸得福，成为有房有车的富裕人群。然而，车子和情人就像两根金光闪闪的项链，最终将他拖入各种难以挣脱的陷阱之中。因为车子，他不得不应付很难终结的交通事故赔偿问题，还要承受小舅子的无度索取；因为情人，他遭遇了一场车祸，接着又碰上情人怀孕，更大更漫长的索取接踵而至。我们当然可以说，这一切是因为杜若有钱。没有钱，杜若或许不会碰上这么多的困顿。因钱而蔓延出来的生活阴影，呈现的不是生活本身，而是人的内心世界。他的《小跑的黑白》也同样巧妙地叙述了少年小跑的心路成长。艾伟的《最后一天和另外的某一天》讲述了俞佩华即将出狱时以及出狱后的生活，故事的外壳非常简单，叙事也像俞佩华一样的平静。但是，作家利用一场话剧，将俞佩华的杀人过程以及内心状况巧妙地再现出来。这台话剧虽是一种艺术的加工，似乎又有着无比的精确，生动地演绎了俞佩华犯案的心理动机以及犯案后的内心撕扯，以至俞佩华在观剧过程中提前离席。在小说中，作者好像在进行一场人物内心的自我博弈，所以他让俞佩华将真实的自我封裹得异常严密，然后通过监狱的哑巴童童、陈和平的话剧，不断敲打俞佩华的坚硬外壳，顽强地撕开某些精神裂缝，让人们窥探到这位女性柔软的本质。

这种内心化的叙事，既是日常的，又是敏感的，它呈现了普通平民在日常生活中遭遇各种困境之后的心理意绪，也传达了作家对日常生活内部观念活动的敏锐关注。在这方面，新世纪以来的很多作家创作都非常突出，像薛忆沩、孙频、张惠雯的一些中短篇小说，基本上都是选择一种内心化的叙事，用人物的心理变化来结构小说，通过人物的心理活动传达作家对现实生存的思考。如薛忆沩的《同居者》，就是以一种冷静的笔触，叙述了一对青年男女的内心生活。对生命本质的质询，给了他们主宰自身命运的强劲动力，也使他们渴望将内心中的"亚世界"还原为真实的生活，但最终，作为社会的存在和文化的存在，他们还是免不了被现实伦理所吞噬。他的《剧作家》看起来是在叙述一场无法补救的爱，一次有关自我的拯救，然而，在剧作家的漫长等待中，我们又分明地看到，其中显然还藏着剧作家对自我灵魂的伦理化修筑。读这些小说，让我们深切地感受到，作为维系公共生活秩序的纽带，日常伦理有时就像空气,看不见摸不着,却无时不在地包裹着每个人,让我们永难挣脱。这是生命的自然之境,也是文学无法挣脱的一种精神境况。在《母亲》中,薛忆沩则动用了一种极为别致的视角,叙述了一位中年女性隐秘而又无助的情感危机。常年在外地工作的丈夫,像时钟般每周回来一次,随着家里铁门的金属撞击声响起,团聚与分别都成了机械性的生活循环。而在一次偶然的小区活动中,"我"却看到一对父女异常甜美的场景,尤其是那位温文尔雅的年轻父亲,不仅让"我"心中已消失多年的"羞涩"再度泛起,而且"那种绝望的羞涩令我疲惫的胸脯鼓胀起来,令我窒息"。在这种无法遏止的幻觉冲动下,"我"一次次窥探那位"父亲",渴望与他擦肩而过,犹如经历了"另一个星球的传奇"。作者以极为细腻的笔触,缓缓呈现了女主人内心深处的情感煎熬,它源于欲望,耽于幻想,止于理智,既是"我"对青春的一次凭吊,也是"我"对幸福的另一种感悟。

鲁敏的《惹尘埃》也是一部非常用力的心理叙事之作。该小说试图揭示当下的日常生活中,个体生存与社会之间难以沟通和信任的关系,用小说中的话说,就是"对目下现行的一套社交话语、是非标准、价值体系等等的高度质疑、高度不合作,不论何事、何人,她都会敏感地联想到欺骗、圈套、背叛之类,统统投以不信任票"。因为两年前,肖黎的丈夫非常意外地死于城郊接合部的一座突然塌陷的高架桥下。他似乎是这座即将完工的大桥垮塌事件中唯一的遇难者。然而,在处理丈夫后事的过程中,肖黎却发现这绝对不是一个纯粹的意外事件,因为施工方无论是对塌桥事件的消息发布,还是对自己排查工作的自我解释和陈述,都带有某种谎言意味。施工单位发布消息称,经过周密排查,塌桥事件"零死亡"。当他们发现肖黎丈夫死亡之后,便动用种种胁迫等手段,试图让肖黎封口。他们先是借抚慰之名反复解释,"这事情得层层上报,现场是要封锁的,不能随便动的,但那些记者们又一直催着,要统一口径、要通稿,我们一直是确认没有伤亡的";接着又强调,"您的丈夫'不该'死在这个地方,当然,他不该死在任何地方,他还这么年轻,请节哀顺变……我们的意思是,他的死跟这个桥不该有关系、不能有关系";然后是"建议","你丈夫已经去了,这是悲哀的、也不可更改了,但我们可以把事情尽可能往好的方向去发展……可不可以进行另一种假设?如果您丈夫的死亡跟这座高架桥无关,那么,他会因为其他的什么原因死在其他的什么地点吗?比如,因为工作需要、他外出调查某单位的税务情况、途中不幸发病身亡?我们想与你沟通一下,他是否可能患有心脏病、脑血栓、眩晕症、癫痫病……不管哪一条,这都是因公死亡……"面对施工方的这种脱责套路和"甩锅"花招,肖黎当然气愤不已,但是又无计可施,只能忍受内心的伤痛。但从此之后,肖黎便开始对现实充满了"不信任"。

  肖黎当然不是一个先天的"怀疑论者"。如果说丈夫的意外死亡,让她对社会的集体话语不再信任,那么在整理丈夫的随身物品后,她连自己的亲人也无法信任了。因为在丈夫的手机里有一条信息和几个未接的同一个电话,那条信息的署名是"午间之马"。谁是"午间之马"?"肖黎被'午间之马'击中了,满面是血,疼得不敢当真。这伪造的名字涵盖并揭示了一切可能性的鬼魅与欺骗。"正是这来自于社会和丈夫的两方面欺骗,使肖黎从此患上了"不信任症"。这是一种耐人寻味的心理隐疾。它折射了个体与他人、社会之间的隔膜。造成这种隔膜的原因当然很多,但在本质上体现了非日常生活对日常生活的拆解与重组,因为"以衣食住行、饮食男女、婚丧嫁娶、礼尚往来等日常消费活动、交往活动和观念构成的日常生活世界,是一个凭借给定的归类模式和重复性思维以及血缘、天然情感、经验常识、传统习俗等加以维系的自在的、未分化的、近乎于自然的领域,它直接塑造了自在自发的活动主体"。[1]肖黎作为一个自在自发的主体,在失去了日常生活应有的稳定感、安全感和依赖性之后,意味着日常生活的自在模式已受到瓦解,她必须接受不确定的现实给自己带来的各种潜在危险。她的不信任,既是

---

[1] 衣俊卿:《回归生活世界的文化哲学》,第495页,黑龙江人民出版社,2000年。

一种自我保护的需要，也是一种对待生活的方式。所以，作者巧妙地立足于肖黎的内心感受和判断，通过细腻的内心化叙事，不断强化了这种不信任引出的种种问题，包括她对医生徐老太太心理开导的拒绝，对推销保健品的韦荣的不断刁难，都表明了她对这个世界已无法建立信任关系。人毕竟是一种社会的存在，肖黎纵使拒绝所有的信任，她还是需要与社会群体建立联系，以确保自己的日常生活能够正常运转。也就是说，她必须学会与虚假握手，与真诚拥抱，才能过上正常的生活。小说的最后肖黎似乎明白了这些东西，"对伤逝的纠缠，对真实与道德的信仰，对人情世故的偏见，皆就此别过了，她将会就此踏入那虚实相间、富有弹性的灰色地带，与虚伪合作，与他人友爱，与世界交好，并欣然承认谎言的不可或缺"。这里面既有无奈，也有坦然。它道出了这个价值缭乱的时代真实的人生困境。

孙频是新世纪以来创作势头颇为强劲的青年女作家。她极其善于让一些女性人物处于某些隐秘的情感地带，让叙事围绕人物的内心反复盘旋，在挚爱与背叛的煎熬中，不断呈现她们飞蛾扑火般的内心剧痛和绝望。如《不速之客》就是以异常冷静的话语，叙述了一对底层男女的情感纠葛。一位是三陪女，一位是追债的打手，他们从同情和体恤开始，试图完成一场有关命运的彼此拯救。在这个漫长的拯救过程中，曾经的三陪女纪米萍几乎放弃了所有的自尊，希望赢得一场体面的爱情。然而，爱情又是何等的复杂。纪米萍愈是放弃自我，却愈是无法获得"我"的爱意，反而遭受无尽的屈辱。当绝望的纪米萍最终离"我"而去，她似乎摆脱了某种沉重的精神重负。有趣的是，当"我"因追债沦为残疾之后，无依无靠的"我"似乎又真正理解了纪米萍的爱情。从叙述上看，这篇小说显得有些惨烈，作者在技术层面上也控制得非常精确，尤其是在"我"的冷漠、失落、烦闷之中，不时地涌动着感伤和无奈，而纪米萍的谦卑和执着之中，又处处裸露出尖锐的疼痛和命运的撕裂，包括她那恣意横流的泪水，分明是爱与痛相煎而成。它的不足，或许在于结尾有些草率。《松林夜宴图》中的每个人仿佛都是深渊。李佳音对外公、罗梵、常安等等人物的理解，都是通过短暂交往中的相关记忆，依靠自己内心的不断推演所获得的。李佳音受祖父影响，在南方读美术，后来回家乡学院教书，因引诱男生而被开除，漂泊北京宋庄寻找当年的罗梵（老九），做自由画家。她没有太大的追求，只想做一个率真的自己，为内心而活。然而，在她的内心深处，我们却发现，她无法找到任何一个可以对话的心灵，也无法求得可以相互抚慰的灵魂。在《光辉岁月》里，孙频让小说中的人物反复强调，"我们都不是什么好人，也不是什么坏人"，只是为了自己而活着的一群自由的灵魂。然而，世俗的日常生活并没有提供这样的空间，即便是身为女博士的梁珊珊主动选择中学老师作为职业，同样也无法获得自由。梁珊珊回家乡县城中学任教，因为弟弟聚众吸毒被关，她不得不找到了文化局局长陈天东，由此发生了不伦之恋。在频繁的约会过程中，梁珊珊始终觉得，在他们两人之间，性与情都是若即若离。《万兽之夜》中的女青年李成静因为男友赵同的疏离，决定远赴赵同所在的城市，对这份情感进行最后一次的拯救。然而，当她到达这所城市，却意外遭遇了少女小秦一家的困境。小秦的父亲秦建强四处躲债，终日不敢回家；弟弟被讨债人严惩，失去两根手指和一只眼睛，腿也瘸了；小年夜里，小秦再次被讨债的逼上门来。生活总有无法逾越的障碍，让各种小人物难以应对。李成静也一样，她希望以被绑架的方式，逼迫赵同出现在自己的身边，然而一番自虐之后，却没有产生任何作用。也就是说，李成静的所有努力，只是为自己的内心增添了一些生命的无奈。它是日常的，又是尖锐的，只有应对，无法回避。

张惠雯的小说也一直擅长人物的内心化叙事。她常常会不自觉地选择某个人物的内心化视角展开叙事，且尤为专注对人物内心意绪的精临细摹。她的很多短篇小说，都贯穿着某些忧伤的情绪，时而无助，时而无奈，时而孤寂，时而苍凉，但它们皆因人物的内心感受而起，最终又常常化为作者对命运的诘问。在《梦中的夏天》中，张惠雯以"我"为视角，叙述了少年时代的邻家姐姐辗转到美国之后，却沦为破落农场里贫穷主妇的故事。而这只是小说的外壳。小说的核心在于"我"拜访这位邻家姐姐时彼此的内心感受,他们小心翼翼地沿着自尊的边缘行走,一举一动之间,无不展示了欲望时代里的命运错位。作为"我"心中曾经的女神,如今的邻家姐姐无疑是孤苦的、窘迫的、无助的,这种人物关系的颠覆性变化,给彼此的内心都带来了难以言说的感伤。然而,面对偶像的坍塌,"我"又分明感受到欲望现实的吊诡,以及命运的无常。她的《十年》就是一篇心理分析式的小说。小说通过一种忏悔式的心理叙事,探讨了婚姻伦理中的两性问题,并展示了主人公"痛失我爱"的心路历程,有反思,有自责,有惶恐,有赎罪,当然也有祝福。所有这些心理意愿都不太明朗,但在他的长途跋涉和随后的两次见面中,都若隐若现地流淌出来。或许,作为自尊而又自卑的孤儿,他在年轻时并不懂得真爱;或许,受传统伦理观念约束的他,无法排遣内心的耻辱感;或许,全球化生活的历练,终于让他领悟了生命的真谛。张惠雯的魅力在于,她让一个男人通过十年刻骨铭心的思念,揭示了贞洁伦理对男人自尊的伤害,也呈现了人间之爱的微妙、复杂与宽广。她的《爱》则显得庄重而又不乏轻逸之美。年轻俊朗的牧区医生艾山来到草原深处,在一次牧民的宴会中,发现了一位娇小的少女,彼此互生好感。思恋从此盘踞在艾山心里,甜蜜而忧伤,温馨而孤独,迷乱而惶恐。作者以一种细致入微的笔触,缓缓地凸现了作为男人的艾山对爱的感受能力,并借助人物的意绪,演绎了爱与生命的纠缠,"因为爱带来的欢愉和折磨在一些夜晚难以入眠,在白日里却又昏沉恍惚,这种美好的东西从不曾从世间消失过"。这种微妙的情感体验,被作者描绘得异常生动。在《醉意》中,女主人公因无法排遣内心深处对婚姻的不满,只能借助一次醉酒宣泄心中的失意;尽管这只是一次非理性的冲撞,但它同样昭示了伦理与情感之间的裂痕。

迟子建的《最短的白日》则着眼于一位肛肠科医生的内心感受,也鲜活地呈现了物质生活背后的虚空与心灵无依的苍凉。小说虽然只是叙述了主人公在外诊途中的一段乘车经历,但是,随着人物心绪的流动,我们渐渐地看到他那无奈的生存处境：母亲怨怼，儿子吸毒，妻子迷恋物质，情人忙于生意，自己的"外快"虽然捞了不少，但生活还是处处都不那么"走心"。在返程的车厢里，他无意中与一位青年技工进行了交流，并从中看到了这位年轻人"走心"的一面。无奈的是，那是别人的生活。在冬至这天，在一年里最短的白日，对他来说，所有的亲人都已将他遗忘，只有外诊医院的紧急电话催促他重返旅途。与迟子建的短篇颇为相似的，还有南飞雁的《皮婚》。小说主要以穆成泽的内心感受展开叙事。它精妙地呈现了人们对现实婚姻乃至机关生活的疲惫之态。无论是穆成泽，还是付晓冉、王雅琳，他们似乎都是被各种秩序牢牢掌控的人；为了反抗这种被掌控的情境，每个人都或明或暗地辗转于几个不同角色之间，穿梭于无序与无奈之中，为利益，也为情感。然而，在经历了各种无序的挣扎，我们发现，他们彼此之间的交流或碰撞，既谈不上有多少浪漫和激情，也说不上有多少功利和欲望，他们所做的一切努力，似乎只是对疲惫生活的小小反抗。

从人物的内心感受出发，发掘那些日常生活中的诡异之处，揭示这个时代的小人物们所面临的种种尴尬与困惑、无助与无奈，呈现他们身心俱疲的各种生存镜像，既是新世纪以来的文学创作中所体现出来的突出特点，也是当代作家们较为集中的思考领域。因为一个显在的事实是，无论是精神生活和物质生活、上层生活和底层生活、精英生活和大众生活，还是出世生活和入世生活、族群生活和家庭生活，最终都要落实到具体的、活生生的个体生活之中，通过不同身份、不同性别、具体可感的人的生存面貌，才能呈现出来。青年作家班宇曾由衷地说道："当我们面对那些琐碎的日常经验时，实际上是在拆解一个繁芜的世界；当我们描摹那些细微的情感变化时，实际上是严苛的自我剖析与反思；那些冒失或迟钝的举措，犹疑与反复，不成问题的问题，凝聚在情感的缝隙里，如一束光，穿透时代的全部遗憾。而最为关键的，其诉说的语调将这一切引领至更远处，那是蕴藏着无数过往的精神场所，曾经烟消云散的又重新在此聚拢，于大地之上形成一道屏障，隔绝声响和未来，像一幕正在上演的戏剧，温暾、凌乱、荒唐、挣扎，词不达意，不知所措，时而热烈，时而枯索，直至有一天，我们忽然发现，自己也身处其中，在一场疲惫之梦的角落处，伴随着窗外低沉的雷声，悄然醒来。"[1] 的确，在日常而琐碎的微观生活中，要将不同个体的内心意绪表达得异常鲜活且又耐人寻味，也并非易事。为此，作家不仅要拥有摆脱既定经验的束缚、扒开各种生活皱褶的能力，还要洞悉人际之间种种交流所包含的复杂信息。

第三节 日常交往中的自我呈现

人是一种社会群体的存在，并深受各种文化伦理的制约。无论人们怎样寻求个体生存的自由，都必须正视自己是社会群体中的一员，并以社会群体所形成的现实秩序作为参照。因此，我们在前两节中所阐述的个体边缘化的自由或内心化表达，只是体现了新世纪作家对个体自由的相对维护，并没有从根本上表示个体与社会可以完全分野。从日常生活的角度来说，无论是消费活动、交往活动还是观念活动，都是在社会群体性语境中产生的个体基本活动。因此，日常生活诗学在书写个体生存的诸多困境时，群体永远是一个无法绕开的参照。这种群体既代表了整体性的社会现实，也代表了日常生活的普遍伦理，只有将不同个体置于一些特定的群体关系中，个体生存的困境才能够获得其内在的真实性。

当然，就具体的日常生活而言，个体与群体之间的关系，也包含了个体与无数其他个体之间的关系。这种关系，恰恰是文学关注的重要目标。无论诗歌、散文还是小说、戏剧，从其内部的情感抒发或叙事发展来说，都离不开人与他人或人与群体之间的扯扯拽拽，这是文学内在张力的要求使然。譬如余秀华的诗歌《我爱你》写道：

---

[1] 班宇：《唤醒疲惫之梦》，《福建文学》，2019年第7期。

巴巴地活着，每天打水，煮饭，按时吃药/阳光好的时候就把自己放进去，像放一块陈皮/茶叶轮换着喝：菊花，茉莉，玫瑰，柠檬/这些美好的事物仿佛把我往春天的路上带/所以我一次次按住内心的雪/它们过于洁白过于接近春天//在干净的院子里读你的诗歌。这人间情事/恍惚如突然飞过的麻雀儿/而光阴皎洁。我不适宜肝肠寸断/如果给你寄一本书，我不会寄给你诗歌/我要给你一本关于植物，关于庄稼的/告诉你稻子和稗子的区别//告诉你一棵稗子提心吊胆的/春天

尽管这首诗有点类似于情诗，通过内心絮语的方式，传达了抒情主体的自我生存感受，但在"我"那寂寞的厮守中，依然有着强烈的情感牵挂，以及对"你"的卑微而又圣洁的爱意。它是"我"和"你"的人间情事，又是"我"和这个世界无时无刻不在交流的内心之语。"你"是否存在并不重要，"你"身在何处也无关紧要，重要的是，"我"的内心永远怀抱着一个"你"，使"我"不至于游离在尘世之外，社会之外，而是真实地活在这热闹的人间。

无论是个体与他人的关系，还是个体与群体的关系，说到"关系"，它将必然涉及人际间极为繁富的交流规则（其实，人与物的关系，在很多作品中通常也体现为人与人的关系，像动物小说），这些规则总是隐藏着人类诸多的心理动机和复杂信息，折射出不同个体在日常生活中的人性特质。在《日常生活中的自我呈现》一书中，戈夫曼就曾指出，人类社会就像一个巨大的戏剧舞台，当一个人具备了充当某个特定角色的条件时，他就会在日常生活情境中尽力去扮演这个角色，并通过种种情境的自我设定，努力引导或控制别人，使别人对他形成某种特定角色的印象；为了在别人面前实现某些角色，有些人甚至还会采取一些特殊的心理策略。同样，对于处在接受角度的他人来说，也会通过各种交往信息以及特定的交流方式，对情境设定者的所属角色进行综合判断。不同个体在日常生活中的自我呈现，既体现了人际交流的社会规则，也反映

了人们交流的内在动机。用戈夫曼的话说，当某位女学生希望在寝室里提升自己的魅力指数时，她或许会利用不同的朋友频繁地给她的寝室打电话，从而在群体中形成自己被外界高度关注的角色形象。[1]这也意味着，在日常生活中，每个人都必须学会处理社会中的自我形象和私域中的自我角色。戈夫曼将之比喻为戏剧表演的"前台"和"后台"。在他看来，前台是一种制度化的社会存在，是由特定时空应有的历史环境提供的，"在行动者担当一种已确定的社会角色时，他通常发现一种特定的前台已经存在，所以前台是易选择，不易被创造的"，因而制约了表演者，要求他表演的是理想化、社会化的自我。后台则是与表演场所相隔离的、观众不能进入的场所，处于表演空间之外，表演者可以在此放松自我，脱下"理想化"的面具，宣泄情绪，同时继续为前台的表演做准备。[2]不过，对于作家而言，他们要关注的重点，未必只是后台人物的行为本身，而是这个后台和前台其他人员之间的心理变化。只有这些心理变化以及由此产生的角色变化，才是文学创作的重点，因为它触及了不同个体内在的生存感受，甚至形成了某种隐秘的张力。

这种情形在小说创作中尤为明显。因为小说家所关注的，往往不是前后台的差异或对抗，而是后台的真实形象对前台理想形象的颠覆与解构，因为后台的真实形象，更能有效地凸现人性的真谛。如周李立的《骨头》就是这样一篇小说。它在叙事的前台，呈现的是一个衣衫褴褛的跛子，不断跟踪一个其貌不扬的超市收银员。然而，随着两个人的隐秘交流，后台中迅速涌现出人性的狰狞：母亲彭秀丽因为私情的败露，不仅将丈夫韩大明送进监狱，还毁掉了女儿红燕的人生。多少年之后，出狱后的韩大明面对养女红燕，一直想让三个人把过去说清楚，可是，面对既定的命运，说清楚又有什么意义？在如此坚硬的现实面前，他们

---

[1] [美]欧文·戈夫曼：《日常生活中的自我呈现》，第3页，冯钢译，北京大学出版社，2008年。
[2] [美]欧文·戈夫曼：《日常生活中的自我呈现》，第19—24页，冯钢译，北京大学出版社，2008年。

每个人的内心都有一块咽不下却又吐不出的骨头,它是搬不动的屈辱,彻底击毁了这个原本就有些畸形的家庭。她的《爱情的头发》则从一种精神分析的视角,借助一些微妙的、甚至是略带下意识的情节,撕开了许小言难以言说的内心痛楚。从前台看,身为年轻的护士,拥有现代观念的她,不需要承诺,不需要结局,在与已婚的方卓的情感纠葛中,体现出常人难以企及的执着和从容。然而,这些外在的强悍和执着,终究抗不过内心的虚妄和迷惘,以至于她最后走向崩溃。是对爱情的失望,还是对承诺的期许?是受伦理的折磨,还是对情感的淡漠?似乎都有。"爱情让她饱满,也让她羞耻,她不说,说不出口,而她正好善于让身体承担后果,她现在对自己下手了。"这既是后台中真实的许小言,也是作家巧妙设置的内在张力。

与此相似的,还有毕飞宇的《睡觉》。这是一个有关二奶的故事。小说中那个叫小美的二奶,既温文尔雅,善解人意,又精明异常,弛张有度。在小说中,一方是位非常精明的商人,另一方则是同样精明的女人,当这两个人以一种奇特的"包养"方式组合在一起,博弈几乎成为不可避免的事。这是叙事的前台。但后台是小美总是能够以女性特有的温情,从容地化解了种种尖锐的对抗。就叙事而言,这篇小说几乎没有任何冲突结构的设置——小美与"先生",小美与泰迪,小美与初恋同学,小美与遛狗的小伙子,他们以这样或那样的方式相遇、交流,却没有摩擦和抵牾,一切静若止水,只是在人物的心际间漫溢,很有韵致。没有冲突也同样可以让故事发展,没有冲突也同样可以让人物丰富起来。当然,这需要作家具备很好的叙事耐力,要让主体的心智真正地渗透到人物的内心深处,将那些波澜不惊的感受鲜活地呈现出来,使细节获得灵性化的审美质感。《睡觉》就动用了两种方式,摒弃了一切可能性的外在冲突,使叙事彻底转化为人物内心的呈现:一是人物的视角。小说自始至终都是以小美作为叙事视点,以她的意识流动和内心感受作为线索。由于特定的二奶身份和皇家别墅苑的特殊环境,所以故事自然而然地剔除了一些人物外在的纠缠。二是慢的节奏。对于一个二奶来说，时间就是等待和守候，并没有多少特别的意义，因此，毕飞宇非常贴切地运用了"慢"的方式，为人物内心的延展创造了广阔的空间。

张楚的《水仙》也是一篇立足于后台的叙事。它以一个乡村少女的视角，叙述了特殊年代里的乡村生活和男女情感。它没有波澜，所有的波澜都在周桂花的心理。白衣男子作为少女内心的幻象，身份不明，角色不清，但他在夜晚的河边不断出现，一次次击打着周桂花的心魂，使她在革命化的伦理语境中，终于体会到纯真而浪漫的情感。雷默的《祖先与小丑》围绕着死亡与出生，以"我"的视角叙述了一个家庭的日常生活变化。在那里，父亲的死亡是短暂的，却又是漫长的，它构成了母亲、"我"和妻子的长久思念。当这种思念转化为儿子的出生，似乎完成了生命的延续，也实现了生命的轮回。尹学芸的《我所知道的马万春》也是如此。在这部中篇里，作者凭借长期执着于人物心理探析的叙事经验，以陈四宾的见证人视角，在漫长而又绵密的人物互动中，抽丝剥茧般地呈现了基层干部马万春隐秘而丰饶的内心世界。在情感的屈辱中爬起来的马万春，他的野心，他的情义，他的冷酷，他的欲望，他的精明，他的执着……总是浑然天成地交织在一起，让陈四宾永远也无法判断，究竟哪些是真实的善，哪些又是本质的恶？哪些是属于群体性的前台表演，哪些又是属于本质性的后台真相？当然，作家也并没有打算将马万春的复杂人性纳入某种道德评判的范畴，而是极力让他奔走于雄心、命运、伦理与欲望所构织的网络里，举重若轻的言行之中，处处突显意味深长的盘算。他是中国社会结构形态所注塑出来的、具有高度隐喻化的生命。"动机论"是这部小说的内驱力，也是尹学芸最擅长的叙事策略，通过特定视角的牵引和质疑，它让叙事非常轻松地进入人物驳杂的内心空间，为写实性小说提供了一种特别的审美趣味。

既然日常的群体社会是一个舞台，那么每个表演者都必须遵守剧班的内部逻辑，即不能轻易地将表演的秘密向观众随意公开。所以戈夫曼强调，对于每位表演者而言，一个重要问题就是对信息的控制，决不能让观众获得任何有关正在被定义的情境的破坏性信息，即剧班必须保守秘密。每一个剧班都会有他们自己的秘密,可以分为"隐秘"秘密、"战略"秘密、"内部"秘密。而事实上,这种秘密在剧班内部可以被轻松掌控,但是,在更大的现实情境中,错位也就在所难免。如晓苏《父亲的相好》和张翎的《都市猫语》就充分利用了这种剧班式的秘密,于尖锐的戏剧情境中展示了人性的某些温情。这种温情,不是基于外在的怜悯或同情,而是源于人物内心深处的理解和抚慰。其中,《父亲的相好》以一个晚辈的视角,叙述了父亲的婚外之情。从年轻时的轰轰烈烈,到后来的彼此牵挂,在"我"的视角中,父亲与李采之间的情感,早已超越了欲望,也超越了功利,仿佛有着亲情般勾连。作者的用力之处在于,他呈现了一位甘于隐忍、内心宽广的父亲,也展示了一位坦荡而善良的女性。张翎的《都市猫语》虽然叙述了一对打工男女的艰辛生活,但在两只流浪猫的彼此纠缠之间,两个人的内心也由潜在的抵触,开始变得逐渐柔软,直到最后,茂盛坦然地接纳了小芬。这篇小说的魅力在于,他们的交流很少,却总是能够在关键的时候读懂对方,这或许就是苦难所赋予他们的生命质色,并使他们理解到:抚慰比伤害更能维护人的尊严。

次仁罗布的《强盗酒馆》同样借助了剧班内部的秘密,展示了草原人豁达而又率真的性格。一座草原上的小酒馆,收纳了无数散漫的灵魂,也呈现了草原人的胸怀和信仰。随着一尊佛像的丢失,酒馆似乎出现了短暂的失衡,但最终仍然回归快乐的轨道。小说的视角虽然局限于"我"的所见所感,但"我"的眼光中所呈现的各种生命情态,仍洋溢着藏民们特有的生活情趣。龙仁青的《唐僧肉》是一篇充满童趣而又不乏感伤意绪的小说。它以童年的视角,叙述了姥姥夹杂在城市与草原、藏语与汉语之间的晚年生活,呈现了姥姥面对现代与传统、宗教与世俗之间不断错位的尴尬,当然也展示了姥姥对生命的豁达与超然。所有这些,都因为童年视角的天真和纯朴,被轻轻地披上了一层温馨的薄纱。王方晨的《花事了》继续营构着老实街的往事,仿佛奈保尔笔下的《米格尔大街》。所不同的是,王方晨更加迷恋于日常生活中的世俗人情,沉醉于街坊邻里之间的扯扯拽拽,不像奈保尔热衷于对小镇人物的传奇化表达。在《花事了》中,老实街已在城市改造中不复存在了,但在叙述者挽歌式的表达中,老实街的邻里生活依然活色生香。小说围绕编竹匠女儿的婚事,将老花头、老常、张小三等人的各自心事纳入市井之中,借助旁观者的观察和推测,叙述得有声有色。老花头为编竹匠女儿做媒失败了,编竹匠女儿作为老实街的中心人物也开始褪色,充满了烟火气的老实街,终于在高杰的运作之下成为记忆,只是这份记忆,依然让那些曾经生活于此的人们永远都无法真正地离开它。

张惠雯的《玫瑰,玫瑰》以"我"的眼光,展现了一对夫妻压抑而无奈的异域生活。表面上看,秀钰与丈夫拥有令人羡慕的生活,别墅、花园、树林,以及不菲的收入。但是,当"我"在她家小住几日之后,总是感受到一种难言的压抑,并进而发现这种压抑源自秀钰的郁郁寡欢。随着双方交流的步步推进,秀钰内心的苦涩终于打开:身体颓败的丈夫,无儿无女的空寂,使她宛如满园萎靡不振的玫瑰,始终无法绽放女性的魅力。只有深夜偶尔的独坐和哭泣,才让人们看到秀钰的内心之苦,但它像隐疾一样,被日常的光鲜生活遮掩得异常严密。高君的《小拜年》以"我"的视角,叙述了世俗伦理中纷繁复杂的亲情关系。它聚合了情感与责任、权利与义务,展示了作为伦理中的人所必须承担的社会角色。它是一种前台的叙事,却由亲情牢牢地控制着后台,与单纯的角色表演和情境引导并不一样。这或许就是中国式的日常生活,由家族伦理层层包裹起来的生存境况,使我们每个人在角色掌控上都需要东奔西突。武歆的《长命锁》叙述了一个底层青年的畸形情感生活。对于自我角色的引导和情境的控制,小利显然缺乏这种能力,所以他只能将生活搞得千疮百孔。田瑛的《尽头》是一个有关寻找的故事,支撑这个寻找过程的,其实是"他"的一种执念。尽管寻找的结果彻底颠覆了寻找的意义,但这份血缘亲情依然成为盘桓在人物心里的坚石。类似的小说还有毕飞宇的《两瓶酒》。它看似叙述了两个并无血缘关系的家庭之中数十年的友情,但在故事的缝隙之中,"大侄子"的无奈、尴尬而又困惑之生存心绪,一直萦绕在话语之中。周洁茹的《到广州去》,也在一种简洁的故事里,透示了欲望伦理中女性生存的错位与尴尬。

范小青的《你的位子在哪里》和朱辉的《然后果然》都是借助错位的戏剧情境,揭示人物角色定位遭受破产之后的尴尬和困顿。《你的位子在哪里》通过某单位职员顶替领导参会的故事,演绎了不同单位内部大同小异的机关生活。在上级要求之下,每次会议都需要有人顶替领导,以至于替会者最终被当成了领导。结果是,当替会者滑出了本单位(即"剧班")之后,就会不断被定义为真实的领导,他的角色因此发生了严重分裂,其生存处境也会变得十分尴尬。在《然后果然》中,朱辉从一次错位出发,展示了生活中一连串的错位。在妻女面前,王弘毅不愿以失败者的身份出现,他必须全力以赴地把握自己所定义的角色,掌控这个温暖而有序的家庭,为此,他只好以代人体验的方式打发自己的"上班"时光(当然也在谋求新的职位)。无奈的是,一个连自己的工作都掌控不了的人,对家庭又有多少掌控能力?结果,妻女都相继出现了问题——"剧班"内部的秘密被彻底颠覆了。它让我们看到,脆弱的家庭背后,其实是生活本身的脆弱,也是人们心理和精神的脆弱。

钟求是的《街上的耳朵》同样呈现了日常生活中的一种隐秘情绪。中年男子式其,生活从容优渥,处处宽厚得体,在小镇上可算是个有身份的人,虽然他早年也经历过打打杀杀的地痞生涯。但是,作家并没有去追踪式其的命运变化,而是从他的内心出发,让一位并不相识的女性,勾连了他的命运轨迹。青年时期的式其,因为小巷深处飘然而来的一位陌生女性而失去了一只耳朵,以至于他从此之后不得不留着长发;中年之后的式其,又因为一次饭局上偶得的信息,决意去参加那位小巷女性的葬礼。其实,式其贸然去参加这个陌生人的葬礼,并试图为她守夜,并不仅仅是怀念当年小巷深处的动人风景,而是想重新定义自己与对方丈夫的交流情境。这是一种心照不宣的挑战。由是,两个中年男人开始了饶有意味的心理搏击,它无关伦理,却直指尊严。王秀云的《我们不配和蚂蚁同归于尽》也是如此。作者选择了双重人物视角,强化了不同身份的人对于私欲化或利益化生存的无奈之感。"我"只是一个普通编辑，对那些无名作者的卑微神态早已漠然，然而，随着职业化阅读的延伸，"我"终于在一位陌生作者的作品中获得了强烈的共鸣。在这篇名为《蚂蚁不配和我们同归于尽》的作品中，"我"、周健和陈标贤所形成的职位竞争关系，远不像蚂蚁那样安然于环境。蚂蚁们在困境中不施诡计，不相互提防，更不会相害，在命运的纸箱里安然地活着。相比之下，"我"却对周健时时在意，步步小心，对部长更是近于献媚，从未活出自己的真实面貌。有趣的是，作为编辑的"我"，读完此作之后，果断将它改名为《我们不配和蚂蚁同归于尽》，是感同身受、同病相怜？还是人蚁相同、俯首认命？

  双雪涛的《宽吻》则以"我"作为叙述视角，别有意味地叙述了现代都市中人们的面具化生存景象。在日常生活的表象层面，大家都仿佛是一只只宽吻海豚，脸上永远保持着微笑的姿态，朝着看似清晰的目标行动。但是，夜深人静之时，譬如在深处的咖啡馆或居室中，他们则慢慢地袒露出自己的迷惘、虚空和无助。小说中的"我"意外地认识了阮灵，通过阮灵又认识了宽吻海豚，并从宽吻海豚中理解了自身的处境——他们都是一群失去了方向感的存在，只不过脸上拥有看似微笑的表情。斯继东的《逆位》看似叙述了一群热血青年面对生活时所遭受的各种猝不及防的错位，实则也同样在演绎自我角色对情境定义的失败。用戈夫曼的理论来说，小说中的"我"之所以不断走向失控，既有自我形象定位问题，也有情境引导和控制的问题。它几乎是所有不谙世事的青年都无法回避的遭遇，或者说，是我们在这个现实生活中成长所必须付出的代价。旧海棠的很多小说也是如此。她非常善于将那些沉重而尖锐的生存镜像推到叙事的后台，让处于前台的故事主体，常常呈现出某些诗意、温馨甚至欢快的主调。旧海棠的《天黑以后》，就是将一个个破碎不堪的婚姻隐藏在叙事的深处，而故事的前台却围绕着一场孩子的生日派对，让家长们尽情地表演着恩爱、优雅、幸福和欢乐。小说的巧妙之处在于，作者将家庭伦理置于破败的婚姻之中，让那些男人们看似在努力为孩子们的成长营构一种温情的表象,却不知道这些表演性的行为,是真正的爱,还是更大的伤害?从日常生活的个人表现来说,他们都完美地展示了自己作为好家长、好父母的角色,而在剧班之内,他们又成为永远无法合作的仇敌。

置身于特定的社会群体之中,每个人其实都具有自身的角色意识,即使是最庸常的人,也不例外。这是因为,"身份、地位、社会声誉这些东西,并不是可以拥有而后还可以将之展示出来的实体性事物;它是一种恰当的行为模式,具有内在的一致性,不断地被人加以修饰润色,并且具有很强的连贯性。不管人们的表演是轻松自如还是笨拙不堪、是有意识的还是无意识的、是狡诈的还是真诚的,它都必须展示和描述一些东西,并且让人们感知到这些东西"。[1] 我们每个人在日常生活中的所有言行,从根本上说,都是受制于自我所设定的角色的影响(无论这种自我设定的角色合理与否),并在这种角色的支配下,"展示和描述一些东西",从而与世界保持着特定的感知"关系"。当作家们直面日常生活时,不仅要对这种"关系"保持着特殊的敏感性,还要对这种"关系"的千变万化所催生的人物精神面貌有着微妙而精确的捕捉。

作为日常生活的重要方式之一,日常交往活动是文学创作得以生成的重要前提,因为它不仅促使不同的个体产生了行动,而且这种行动必然与他人发生关联,尽管这种关联常常以冲突的方式表现出来,并且在一些特定的情境中,成为自我角色的巧妙表达,但它最终还是折射了个体的生存镜像。在小说中,无论它是叙述一个完整的故事,还是呈现某个片段,甚至是一个故事的横截面,都是为了展示某种"关系"变化的内在效度——凸现那些繁复的人性或精神质地。在诗歌中,此类情形更不例外。譬如羽微微的《前往某地方》:

你希望我能到你那儿去/有船,有岸,有落日和黄昏/那儿的阳

---

[1] [美]欧文·戈夫曼:《日常生活中的自我呈现》,第61页,冯钢译,北京大学出版社,2008年。

光安静/那儿的星星在半夜/才会小声歌唱/那么多的好时光,仿佛刚刚开始/只等我来,笑得多么好看/你把我行囊里的往事/一一扔到窗外,你说:/让所有那些不爱你的/都统统消失吧//你还说:我的姑娘/你正站在,春天的正中央

应该说,这是一首非常简约的爱情诗,但诗人在设定的情感舞台上,借助恋人的视角,展示了"我"集万千宠爱于一身的形象——站在春天的正中央,如花朵般接受所有的赞美,如公主般享受所有的呵护。我们有理由相信,这也许是恋人为她设定的形象,但同样也是她在努力扮演的角色。这种角色是无限美好的,因为她在恋人的心中获得了一个女孩渴望得到的自我角色。

第四节 社会之外,人性之中

社会的飞速发展和观念的日趋多元,特别是网络技术所带来的虚拟与便捷,使人们的日常生活具备了相应的条件,可以选择那些容易保持自我独立的生存方式。同时,日益激烈的社会竞争,功利性的欲望膨胀,也让一些边缘群体难以适应这种群体性的社会,从而更愿意选择某种低欲望的"宅生活"。这是新世纪中国社会一个不容忽略的现象。特别是在物质生活相对充裕、网络信息较为发达的城市生活里,一些缺少拼搏斗志和专业特长的年轻人,更愿意选择"宅男宅女"式的日常生活方式。有学者就认为,"空间关系亦是一种社会关系。都市社会作为个体生存的空间背景,生产和再生产了'宅心理'和'宅现象'。并且在都市空间分异,公共空间的建设的形式化以及公共空间的营利化和虚拟化等多重空间动力之下,促成了'宅男宅女'在我国存在的普遍性"。[1] 针对这一现象,一些社会学学者就极力主张加强人性化的城市

---

[1] 蒋平:《也谈我国的"宅男宅女"现象——一个空间社会学的分析视角》,《中国青年研究》,2009年第9期。

规划，建设尺度适宜的公共空间，以便促进人们在日常生活中的积极沟通，努力缓解社会隔离和社会冷漠的蔓延。

这种日渐突出的社会现象，同样也引起了中国当代作家的高度关注，并形成了新世纪文学中有关日常生活诗学的重要特质之一。表面上看，在新世纪以来的日常生活书写中，越来越多的作家开始不断强调平民化的微观叙事，专注于小人物、小事件、小感受，努力规避一些宏大的社会性的叙事，突出日常生活中的个体自由、自主和独立。但在本质上，这也折射了现代社会发展所引发的人们日常生活的变化。这种变化，既是生活方式上的，也是生活观念上的，体现了人们对个人空间"佛系"化、"宅居"化的自觉维护。因此，在新世纪以来的文学创作中，无论是对边缘而独立的个体的强调，还是对人物内心叙事的微观化遵循，或者是推崇日常生活中的个人角色塑造，其实都暗含了这个时代极为复杂的生存境况。它体现了普通个体与喧嚣现实之间难以协调的生存冲突，也反映了现代日常生活变迁的某种趋向。当然，无论选择怎样的日常生活书写方式，无论作家们如何回避繁杂的现实社会，其作品最终还是为了揭示其中所隐含的各种人性问题，因为所有个体的人性面貌，即使是最边缘的小人物的人性，都是由社会现实秩序的变化所引发的，并折射了社会伦理的变化。此所谓"社会之外，人性之中"。

从整体上看，新世纪以来的文学创作，特别是青年作家的创作，无疑都是以书写边缘性小人物的日常生活为主。但是，值得注意的是，这种小人物的日常生活书写，与20世纪90年代的"底层写作"已有所不同，即它们不再过度推崇生活的惨烈和悲苦，也不再突出极端的人性之恶，而是洋溢着特有的自足性，使人性真正地回到日常之中。诚如有学者所说，日常生活的重要性，"并不在于怎样使日常生活脱离意义或怎样用意义控制日常生活，而在于怎样赋予日常生活以意义，这种意义不应高于日常生活之上，而是在日常生活之中，昭示出其无限可能性。……同样，关键问题并不在于怎样使日常生活告别现代性而进入后现代，或使日常生活受制于现代性目标，而在于怎样使现代性设计合乎日常生活。换言之，不是在日常生活之外寻找意义和价值，不是用日常生活之外的目标去控制日常生活，而是用生活之内的意义和价值去评判一切，去分清什么有益于生活，什么威胁生活，什么是幸福的生活，什么是不幸的生活，需要设立一个生活无罪的前提，这并不意味着要认同平庸，但平庸的生活不应该是人们的敌人，不应该是一种必须消灭的对象"。[1] 譬如班宇的《逍遥游》，就是从底层的世俗生活入手，从容地展现了一群社会边缘者和零余者的内心之光。"患有尿毒症的许玲玲，她下岗的父亲许福明，她的好朋友谭娜，还有她的老同学赵东阳，每个人都有自己的不如意之处。但作者没有把叙述的重心放在对于疾病给许玲玲带来的痛苦和心态的描述上，或者渲染疾病给这个不幸家庭带来的局促感与困窘，他叙述了一趟看似无关痛痒的短途旅行。"[2] 这些人物要么没有工作，要么从事底层的杂工，他们有理由怨天，更有理由尤人，但他们并没有在怨责与控诉中生活，而是利用各自的微弱之力，努力让日常生活变得温暖起来。许玲玲虽然遭遇了尿毒症，男朋友也因此离她而去，但她都能够理解，"其实我一点也不恨他，人之常情，可以理解。现在偶尔想起来，也都是些美好的记忆。我挺知足的，没白处一回"。面对搬回家照顾她的父亲许福明，她有些看不起，因为他的生活已变得如此窘迫，还会乐此不疲地去找"相好的"，女儿不在家就把"相好的"约到家里一起吃饭。但是，许玲玲对于父亲的态度也并非只有蔑视，同样还有一些微妙的同情和怜悯，"有时候我挺来气，有时候又挺同情许福明，这辈子过得，没少挨累，啥都折腾，但到头来啥也没成……（我）觉得也挺对不起他，拖累，但是一到家里，见他那副德行，今天搞破鞋明天偷蜂蜜的，又气不打一处来"。作者正是以许玲玲的生存际遇为主线，在一个相对狭小的空间里，揭示了这微茫的尘世里繁杂的人性与人情。无论是父亲还是朋友，他们都在无望中执着地寻找慰藉，在伤痛中艰辛地寻求快乐，在凉薄中体会爱与温暖。小说在一种

---

[1] 薛毅：《日常生活的命运》，《上海文学》，1995年第12期。
[2] 宫铭杉：《生存以上，生活以下》，《福建文学》，2019年第7期。

略带苍凉又不乏轻快的语调中，呈现了凡俗人物内心中罕见的柔软、体恤和友善，也使边缘人的苦涩生活变得熠熠生辉。

班宇的另一篇小说《夜莺湖》也是如此。在这篇小说中，作者延续了自己熟悉且又别有痛楚的铁西叙事，书写了一群当代青年无序而又迷茫的生存际遇。他们生活在一个看似生机勃勃、实际日趋荒凉的都市之中。长辈们不是忙着自己的黄昏恋，就是跟随有能力的子女奔走异乡；城市里到处是奔突的人群，却找不到发展的机会和潜能。他们没有专业特长，没有长辈的依靠，也没有所谓的宏大理想，只能在这种缭乱而又匮乏的都市环境中，折腾着生活，折腾着命运。靠卖二手车维持生活的"我"，夹杂在前女友吴小艺和现任女友苏丽之间，不是碰上吴小艺的疾病，就是面对苏丽弟弟的死亡，只能凭着自己的良知和血性，左冲右突，全力以赴。小说的叙事虽然颇为热闹，在人物关系的纠结中冲突不断，意外频生，但它依然直指人物的内心——荒凉、焦虑、迷惘与无望。应该说，《夜莺湖》里所体现出来的这种精神意绪，在双雪涛、郑执的笔下也非常突出。他们之所以被文坛称为"铁西三剑客"，并颇受学界的关注，主要是因为他们带着亲历性的体验，深入到"厂二代"的内心深处，呈现了这代人内心特有的迷惘和困顿。父辈们下岗后的卑琐生活，青年们学无所长的无望和焦虑，与大集体时代曾经体验过的荣耀与辉煌，构成了一种奇特的落差，使"铁西三剑客"的笔下常常出现各种特定的生存场域：家庭代际之间的互不信任和彼此疏离，同代朋友之间的各取所需或相互取暖，疾病和死亡的猝不及防与束手无策，以及责任和良知的无力承担与秉持……它们共同构成了"厂二代"的集体经验，也成为他们笔下人物的心魂里挥之不去的梦魇。

双雪涛的《跷跷板》通过李默的视角，在一种看似轻快的叙述语调中，饶有意味地剥开了刘叔内心深处的秘密——一件关涉人命的凶案往事，这秘密就像一块巨石，压在已患绝症的刘叔身上，使他无法坦然地面对死亡，甚至构成刘叔精神上的另一种"绝症"。这种"绝症"，折射了社会伦理与个体意志之间的反复纠葛与煎熬，也呈现了社会变革中的观念冲突。在刘叔的内心深处，似乎缠绕着这样一种隐秘的生存悖论：卸下秘密，说出真相，会危及自己的家庭；扛着这个秘密，又让自己死不瞑目。所以，既游离于局外又置身于局中的李默，成了刘叔最好的倾诉对象。但是，问题在于，刘叔临终前所说的秘密，看似有着合理性，而当李默进行实地调查时，真相却并非如此，因为他所说的被害者甘某不仅活着，还每月收到刘叔给他的救济之款。与此同时，刘叔的女儿刘一朵并没有因为父亲的绝症而陷入绝望，相反，她和李默依然保持着常态的恋爱生活。也就是说，刘一朵、刘一朵的母亲和李默，在共同面对刘叔的绝症过程中，既不是没心没肺，也不是悲天悯人，处处流淌着生活应有的暖意和人性的光泽。

从日常生活诗学的角度来看，这种"反悲惨"的边缘人书写，其实是消解了个人与社会现实之间的对抗性姿态，将人物还原到正常的日常生活状态之中，在真正的俗世意义上平静地审视我们的生活，而不是让人物始终面对强大的社会较智较力，甚至不断发出愤懑之情。青年批评家李壮曾说道："某种程度上，这种'小人物'书写已经构成了当下文学重要的方向潮流甚至美学惯性，有关于此，我们也常常听到正反两面的声音：许多人赞许这种书写充分实现了文学对普通人日常经验的价值关注、拓宽了文学在生活世界里的触须所及；但同时也有人指出，当下一些作家把'小人物'故事写成了自我复制的'套路'，有时在文本中陷于琐屑经验无法自拔，甚至会沦为'比惨''秀失败'以致显得'无情无义'……"[1] 尽管这两种声音的背后，都有一定的创作支撑，但从新世纪文学创作的主脉来看，所谓"秀失败"的苦难焦虑症已有所缓解，"无情无义"的人性之恶也受到一定的扼制，毕竟绝大多数人都是社会的边缘群体，都是时代洪流中的小人物，他们活在世俗的日常生活中，依然有着自己的喜怒哀乐，有着自己的爱恨情仇，有着自己辨别是非的眼光，也有着选择自我生活方式的手段。这让我们想起郜元宝评述

---

[1] 李壮等：《"当下文学中的'小人物'书写"三人谈》，《福建文学》，2019年第7期。

魏微小说创作时所言："你只有进一步把目光聚集在那些人物身上,才看出她的目的是以散淡的旁观者的身份记录纷乱而又有序、急切而又缓慢的时间在卑微的乡村或都市男女心里刻下怎样的印痕。而当你仔细辨认这些印痕时,又会发现它们其实既不深刻,也不悲壮,而是若浅若深,若明若暗,交织着得意和悲伤,虔诚和背叛,认真和荒谬,空虚和满足,善良和恶毒,斑斑驳驳,缺乏主调,琐碎难堪,暧昧不明。"[1]所谓的既不深刻、也不悲壮,其实正是普通人的日常生活状态。在这种状态中,人性的斑斑驳驳,才能得到更全面的显现。

在此,我们不妨以晓苏的短篇《海碗》和《我们应该感谢谁》为例,进一步分析这种审美追求。晓苏早期的小说过于追求故事本身的精巧与奇谲,但从新世纪以来,他开始极力让人物置身于日常生活的伦理内部,盘旋于人性、情感与伦理之间,东奔西突,左扯右拽,由此凸现人物潜在的心灵气质,叩问凡俗中的人性光泽。这两篇小说都属于晓苏的油菜坡叙事,但审美取向各有不同。《海碗》属于温暖人性的守护之作,乖张的人物性格和言行之中,饱含了某种至死难舍的情感记忆。它是一种立足于当下的历史遥望,也是一种内心深处的精神秉持。而《我们应该感谢谁》则从中国传统伦理出发,通过物质性的酬谢,撕开了乡村社会变迁中日趋诡异的人性景观,并对乡土中国的未来发出了质询。它们都是很热闹的小说,叙事跌宕起伏,人物之间的关系充满张力,或历史与现实纠缠,或伦理与人性冲突,让我们从油菜坡的小村庄里,看到中国乡村社会中复杂的生存景象。应该说,作为晓苏审视中国乡土社会生存形态的一个载体,小小的油菜坡,既蕴藏着中国传统文化的各种伦理基质,又打上了时代变迁过程中的精神烙印;既承载了血缘亲情的内在结构形态,又映现了世俗欲望驱动下的人性错位;既牵扯着遥远的城市化想象,又有着独立自足的生活空间。油菜坡里的中国乡村,似乎隐含了晓苏的某种叙事雄心,即以此岸世界的忧思,寻找并抵达彼岸世

---

[1] 郜元宝:《回乡者·亲情·暧昧年代——魏微小说读后》,《当代文坛》,2007年第5期。

界的缅想。这种叙事雄心,在《海碗》和《我们应该感谢谁》里,同样可以看到某种端倪。

从故事层面上看,《海碗》多少有些传奇的成分。九十多岁的外婆虽然老得不成样子,但越活越精神,每顿饭要吃一大海碗,还加半碗汤。这当然有些超常。所以连"我"的父母都担心自己死在外婆的前面。但在这个传奇的人物身上,还附着了更多的传奇。首先是那只破旧的海碗,几乎是外婆永不离身的宝物。外婆与父亲的几场冲突,都源于这只海碗,而且外婆以决绝的姿态,最终捍卫了海碗。当父亲忍无可忍地将海碗扔进了屋后的藕塘,居然也被外婆找到了,似乎海碗与外婆之间,有着神秘的心灵感应。其次是那个受伤的剿匪战士,他藏在苏家寨的山洞里长达两个月,由外婆调养并恢复健康。他们之间究竟发生了什么,根据油菜坡的各种传说,再加上外公的英年早逝,也成为无法解释的历史之谜。最后是乞丐的出现,让从不让人分享海碗中任何食物的外婆,竟以充满母性的情感,将食物给了这个可怜的乞丐,仅仅是因为他长得像当年的剿匪战士?外婆把自己活成了一个传奇,是由于她的内心藏着太深的记忆。它是情感的,也是人性的,忘不了,也舍不掉。或许它有违于我们传统的日常伦理,但它无疑支撑了外婆作为女人的漫长人生。

外婆的传奇是隐秘的。这同样与晓苏对叙述者的设定有关。作为孙辈的叙述者"我",当然无法清晰地了解外婆的人生。外公去世时,母亲也只有十岁,父亲作为外乡人,对此更是一无所知。这意味着,"我"要解开外婆充满谜团一样的漫长人生,只有通过一些必要的冲突去抽丝剥茧。为此,晓苏设计了三场颇有意味的冲突。第一次是搬家,父亲发财之后弃旧迎新,很自然地将矛头指向那只旧海碗,导致外婆决绝的抗争。这次抗争,表明了海碗是外婆生命里的重要信物。接着是在新居里,父亲将外婆海碗摔破,导致外婆直接绝食,直到海碗重新锔好,外婆才恢复常态,而且为了守住海碗,外婆宁愿每天在卧室吃饭。这次冲突,表明了海碗就是外婆的生命。海碗在,生命便在。第三次是父亲将海碗悄悄扔进了藕塘里，居然让外婆找回来了。这次冲突，将海碗上升到灵魂共振的层面，即海碗与外婆的灵魂彼此呼应，休戚与共。从信物到生命再到灵魂的相依，晓苏以不断蓄势式的叙述，完成了海碗在外婆心中的意义的构建，也使我们看到了海碗所承载的极为幽深的历史记忆。

读《海碗》，很容易让人想起晓苏的另一些短篇，如《吃苦桃子的人》《花被窝》等。它们都选择了看似日常却又不太引人注意的意象，并以此作为整个小说叙事的纽带，推衍人物内心中某些隐秘的情感。这种写法当然算不上新奇，但体现了晓苏对日常生活的观察能力，也体现了"小说从小处着眼"这一基本叙事原则，因为无论是海碗还是花被窝，都是乡村日常生活中每天相随的东西，也是最容易承载人物内在情感的物象。如果换成某些颇为稀罕的物件，可能会导致叙事在说服力上出现问题。在《吃苦桃子的人》中，单身汉憨宝，善良、羸弱、老实，没有致富的能力，所以不受村里人待见。为了赚点辛苦钱，他主动帮助一个长途汽车上的女人守夜。在这个过程中，憨宝不仅严守自己的身份，还治好了女人的感冒。在憨宝的心里，欲望与金钱，必须与日常伦理中的自我"身份"相一致，所以，面对女人的暧昧，憨宝最终还是护住了应有的尊严。

说到小说的说服力，最关键的，还是作家要建构坚实的逻辑依据。当作家在构筑小说的整个故事框架时，基石要结实可靠，情节转换要合乎情理。由于晓苏擅长传奇性的故事编撰，叙事的说服力就显得尤为重要。在《我们应该感谢谁》里，父亲中风后觉得自己来日无多，一定要返回油菜坡。油菜坡对他来说，是生活之根，也是生命之根，因为他的世界是建构在这块土地上的，即使他的孩子都不在身边，但他熟悉的生存经验、获得认同的群体关系以及世俗欲求的资源系统，都在油菜坡。所以，父亲死活都要回到油菜坡，即使子女无法回乡照顾。这是传统中国农民永远也无法舍弃的土地情结。小说正是在这种坚实的基础上建立起了故事。当父亲去世之后，他也顺理成章地实现了真正意义上的叶落归根。

当然，随着父亲葬礼的完成，摆在子女面前的伦理问题出来了：要感谢侍候父亲的乡亲们。首先当然是村长尤神，因为他最早主动提出来可以照顾好父亲，事实上，尤神也确实做到了，"尤神每次都说我们的父亲很好，有专人给他煮饭，有专人为他洗衣服，还有专人陪他睡觉，让我们不要牵挂，只管安心工作"。但是，当"我们"买来电视机等贵重物品感谢村长之后，钱春早却出现了，因为他的老婆每天都给父亲做饭。看到钱春早充满怨气的神色，"我们"只好再次买来电视机等，以示谢意。岂料三天之后，又出现了哑巴金斗，他可能是日夜陪着父亲的人，也似乎是"我们"最需要感谢的人。从正常的人伦出发，"我们"渐渐地发现，尽管照顾父亲确实是一个复杂的事儿，尽管村长和钱春早也未必说过谎，但是"我们"要感谢的核心目标，似乎在以击鼓传花的方式不断变换。这种变换，既凸现了油菜坡的世道人心，也使"我们"陷入某种伦理的怪圈，因为从村长到钱春早再到孤寡的哑巴金斗，身份愈渐卑微，却愈是具有道德的拷问之力。中国是礼仪之邦，乡村更是礼仪尤为讲究的社会。《我们应该感谢谁》从日常的人伦出发，意欲彰显"我们"对礼仪的尊崇，却不料陷入某种道德的困境。其中所隐含的世俗物欲、情义礼节、道德律令及人性景观，却让人寻思再三。

并非只有晓苏的创作如此。在新世纪以来的很多作家笔下，各种普通人的日常生存都呈现出这种特征，不同的只是他们在揭示人性复杂的程度，像徐则臣、张楚、李修文、弋舟、田耳、小白、斯继东、黄惊涛、刘汀、朱山坡、甫跃辉、刘玉栋、刘建东、金仁顺、乔叶、黄咏梅、周嘉宁、孙频、滕肖澜、王小王、戴来等等，都体现了这种美学追求。其中，晓苏就是一位非常典型的代表。黄咏梅的《多宝路的风》则将笔触深入到市井生活的内部，以小市民生活的繁琐性，烘托出一个少女情感生活的不幸。小说采用了与人物完全平等的叙事语调，以绝对性的市井话语来重述日常生活。无论是妈子的埋怨，还是豆子的死亡，无论是情人耿锵的来来去去，还是丈夫海员的跌宕命运，在作者的叙述中都显得波澜不惊，从从容容，很少有惊天动地、死去活来的折腾，犹如小市民卑微而又平静的生活一样。它使我们看到，"多宝路"作为一种奇特的生存环境，看似消解了任何诗性的理想、激荡的人生，其实却也同样能轻松地抹平人生的不幸和内心的疼痛。它是一种巨大的包容性的存在，是制衡人生的一种重要的聚合体，但是，却很少有人能对它有着高度自觉的省察。苏童的《玛多娜生意》以一个旁观者"我"作为叙事视角，叙述了有关庞德复杂而又混乱的日常生活。在"我"的眼中，庞德无疑是个最善于定义并掌控交流情境的人；然而，简玛丽显然比他更有能力引导交流情境。所以，在巨星玛多娜的光环之下，面对简玛丽和桃子，庞德一次次被剥夺了掌控交流情境的权力。如果用戈夫曼的话说，在日常生活的舞台上，他们都渴望扮演巨大的成功者角色，引导并控制着周围人群的交流。有趣的是，现实秩序并不是那么容易被控制的，穿梭于控制和逃离之间的庞德，最终还是在浮华的梦想和喧嚣的时代里不断走向迷失，只有"我"见证了这一切。

王手的小说《斧头剁了自己的柄》同样是一篇非常典型的小人物之日常叙事。它讲述的是一个有关"讨债"的故事，也是人们在日常生活中经常碰到的难题，特别是在经济比较活跃的地区，欠债和讨债几乎是日常生活中的一个常态之事。众所周知，在中国传统的人生信条里，"欠债"无疑是件关乎尊严和诚信的大事，所以古人有"人不死，债不烂""父债子还"之类的庄重承诺。它所体现的，是中国人对于自我操守的强力维护。如今，随着经济活动的不断扩张，时代之手左挥右舞，移风易俗，却将"欠债"问题颠而覆之：欠债的人常常成了"大爷"，站在高高的台阶上，而讨债的人则成了"小人"，不得不站在台阶下端，对欠债人仰承鼻息。这种有违正常伦理的现实逻辑，扰乱的不只是健康的社会经济秩序，还有内在的人性观念。王手的这篇小说，探讨的就是这种逻辑背后的人性观念。从故事层面上看，王手精心设计了一个类似于跟踪和绑架的案件。因为龙海生欠债不还，无计可施的陈胜，只好找来曾在自己厂里打过工的老实人张国粮，以巨额利益为诱饵，让张国粮跟踪并"绑架"了龙海生一家。结果在漫长的对峙过程中,张国粮不仅没有讨到债款,还被警察认作"绑匪"而击毙。应该说,这是一个很好看的故事,不乏惊心动魄或跌宕起伏的情节,类似于都市报上的花边新闻。事实上,作者也没有回避这一点。在情节的高潮阶段,陈胜就是混迹在各路新闻大军和看客里,试图了解张国粮的状态。

但是,在这个看似魔道相争的故事中,却一直存在着某种潜在的价值分裂,即谁是真正的魔?谁又是真正的道?老实巴交的张国粮,对这个世界的唯一理解就是信任。当年,他被警察误认为是小偷而吊了一夜,但他始终没有因此而痛恨或报复陈胜。陈胜千里迢迢来请他去帮忙讨债,并给他以金钱的许诺,他相信了。在绑架龙海生一家的过程中,他不仅没有使用任何暴力行为,还对这一家人充满了信任。他活在自己的信任中,直到被警察当成"绑匪"而击毙。这样一位骨子里充满诚信的人,最后却带着"恶魔"的标识完成了生命的总结。唯一能够证明张国粮真实人品的陈胜,却无法完成替他辩解的任务。陈胜在本质上也算是个善良的人。面对龙海生,无计可施的他,只好借助外力来解决问题。但他并不想让讨债之事变成以恶制恶的事件,更不想借此伤害龙海生的家人。所以,左思右想之后,他决定亲自去请自己非常熟悉的张国粮。他的朴素想法,就是打算通过某种佯装的"威胁"的手段,要回自己的钱款。从这场精心设计的"绑架"骗局来看,纵使在生意场上摸爬滚打了多年,陈胜的心地还是善良的。他并不想置龙海生的生命于险境,更不想让讨债事件变成纯粹的暴力威胁。所以他苦思冥想后选择了张国粮,因为只有他最清楚张国粮的为人品性——既不会发生伤害事件,又能讨回自己的钱款。

陈胜之所以讨债失败,并不在于他不聪明,而在于他错估了龙海生的人性品质。他试图以佯装的"小魔"降伏真魔,结果弄巧成拙,反被真魔打得一败涂地。如果陈胜心中真有所谓的"魔",他必然会毫不犹豫地请黑道人士或专业讨债人出手,而不会在长久的内心折磨中选择张国粮。看清这一点很重要。因为陈胜是这场魔道对抗的总导演。他苦心孤诣地安排了这出戏，原本希望既能讨回自己的钱款，又能隔山镇虎，降伏龙海生这只真正的魔。无奈的是，"假魔"毕竟是"假魔"，陈胜不仅永远也追不回自己的钱款，还又背上了巨大的道德之债。为此，他不得不抛妻别子，用余生来赎还这份伦理之债。在这场魔与道的争斗中，最大的赢家无疑是龙海生。原本就从小混混起家的他，信奉的人生哲学就是"我是无赖我怕谁"。对他来说，欠债人就是理直气壮的"大爷"，他可以站在高高的台阶上，用无数的理由和无数的方法对付讨债的人。所以，置身于各种债务，他照样神清气爽，住在别墅里悠然自得。面对张国粮的"绑架"，他游刃有余，并成功地利用这场争斗，将自己扮演成受害者，一个所谓的"道"的化身。表面上看，这是"老赖"哲学的一次意外胜利，但意外之中，又隐含了某种情理之中的必然性。至少，它展示了魔性在这个社会里所拥有的合法性空间，以及它对是与非的控制手段。

有必要进一步追问，无论是陈胜还是张国粮，无疑都是道义的代表，仅仅因为选择了一次"伪魔"的方式，便在社会伦理的视域中，彻底失去了道义的身份，沦为真魔的一个现实注脚，既成就了警察勇毙绑匪、智救人质的"壮举"，还洗刷了龙海生的债务和恶魔身份。这种魔道之间的错位，看起来匪夷所思，实质上折射了现实伦理的尴尬与分裂，恰如北岛的诗句所言："卑鄙是卑鄙者的通行证，高尚是高尚者的墓志铭。"卑鄙者可以通过各种手段，最终横行于世，而高尚者只能怀抱高尚的人性，早早地走向坟墓。当一切不可能的事变成了可能，当一切应该的事变得不应该，这说明不是我们的智商出现了问题，而是社会出了问题，或者说人性发生了畸变。原本击向恶魔的利斧，最终却"剁了自己的柄"。荒诞乎？当然荒诞！问题是，王手的用意，显然不仅仅是为了揭示这一现实的荒诞，而是在质询这种魔性成功的背后，究竟是什么发挥了作用。从某种意义上说，欠债不还无异于打家劫舍，当这种行为变得理直气壮、让人无计可施时，则说明我们的公正伦理已受到破坏。王手在小说中所要追溯的，就是这种由市场经济的活跃而衍生出来的人性变异，以及由人性畸变所导致的社会伦理之危机。

格非的《隐身衣》则刻意避开了熙熙攘攘的现实表象,将日常交往缩减到最简单的层面,叙述了几位具有表征意义的人物之日常生活。这些人物都经历了20世纪90年代异常喧闹的经济转型,并成功地完成了身份的转变,或成为商人,或成为教授,或混成了枪不离身的黑社会头目。新世纪到来之后,当一切重新回到秩序之中,回到稳定而庸常的生活之中,他们都陆续退到喧闹生活的背后,试图寻求更安稳的生活。然而,各种问题依然频频出现,纷乱而无序的生活暗潮依然四处涌动。作者以音乐爱好作为纽带,通过音乐器材的制作、维修和调试,让制作胆机的"我"穿梭于这些社会精英之间,一类主要是知识分子,"他们大多集中在海淀一带。这些人的优点是彬彬有礼,付钱爽快";另一类"自然就是那些大大小小的老板们了"。通过"我"与这两类人的不断接触,作者巧妙地揭示了人们对于这种重归新秩序的艰难和不适,也呈现了那些常人难以知晓的精英分子的人性面貌。

小说中以制作胆机为生的"我",是一个非常有意思的人物。他具备良好的音乐修养,也谙熟各种高级音响的装配,"在北京,靠干这个勾当为生的,加在一起不会超过二十个人。在目前的中国,这大概要算是最微不足道的行业了。奇怪的是,我的那些同行们,虽说都知道彼此的存在,却老死不相往来"。这些人物在本质上属于边缘群体,孤芳自赏,是一群被喧闹的世俗所遗忘的"隐身人",但他们又可以凭借精湛的技术和古典音乐的学养,游走于精英之中。一方面他们的工作就是爱好,另一方面他们的爱好却又难以获得普遍的共鸣。正是得益于这种旁门左道,"我"在20世纪90年代发了点小财,并娶回了娇妻。无奈新世纪之后,随着那些暴发户之类的音乐发烧友群体逐渐减少,"我"的生活渐入窘困,先是娇妻出轨离他而去,接着又是姐姐一家逼其还房,弄得自己无处安身。好友兼发小蒋颂平虽是曾发过财的商人,但也是今不如昔,除了偶尔喝酒吹牛,真实的家底可能也是朝不保夕,因为当"我"向他借钱买房时,两人几乎翻脸。姐夫一年前开车轧死了人,赔了一大笔钱,欠下一屁股债,车祸还导致了他的跛足,使他再也无法找到新的工作。"我"偶尔接到两单装配音响的业务,差不多也是饱受屈辱。"说实在的,多年来,我心里一直为此感到自豪。你知道,现如今,论起手艺人的地位,已经与乞丐没有多大区别。那些学问渊博的知识分子,对眼下这个社会的变化,也许能解释得头头是道,可依我粗浅的观点来看,这个社会的堕落,正是从蓄意践踏手艺人开始的。"这是"我"的真实感受,也是中国社会历经极度的喧嚣之后,人性的浮沫四处漂游的日常状态。

音乐是一种拯救。在《隐身衣》里,格非试图将最高级的音乐艺术置于最世俗的生活之中,检测音乐对于人的内心生活的微妙作用。于是我们看到,对于那些学问高深的大学教授们,最好的音响也只是听听流行歌曲,他们关心的永远是国内外大事,对于自我的心灵却并不在意。而作为黑社会的头目,丁采臣虽是一个乐盲,不仅能感受到音乐之中的雾气,还能在罗热演奏的《玄秘曲》中安静得像个婴儿。但他终究是一个隐身于红尘中的野蛮人。他甚至可以在不准吸烟的餐厅里掏出手枪,逼着服务员拿来烟灰缸。京城巨商牟其善可能是一位比较纯正的古典音乐发烧友,为人和善,且深谙音乐之道。他在登山遭遇雪崩而遇难之后,"我"才有机会购得他所珍藏的一对音响,使"我"日后能够靠它们解困。至于那些与音乐没有情感的人,包括蒋颂平和姐姐一家,更是一群欲望之徒,也是一群为了利益可以随时抛弃友情和亲情的恶俗之徒。音乐究竟能否拯救堕落的人性,格非并没有给出明确的答案,但在这些极具表征意义的人群中,我们还是可以看到音乐的特殊作用。

在《隐身衣》里,或许只有丁采臣别墅里的毁容女,才是从音乐中真正获得拯救和安宁的人。她从哪里来,又曾受到何种巨大的伤害,没有人知道。但是,当"我"走投无路时,她却伸出了援手,让"我"搬到了别墅与她共同生活。小说中的她,无疑是一位真正的古典音乐爱好者,与"我"有着相同的精神趣味,并同居生子。备受现实践踏的手艺人,"我"一直对这个喧嚣的社会愤愤不平,但毁容女却语重心长地说:"你要知道,这个世界上的一切,原本就是不明不白的啊。乱就让它乱吧!你要是爱钻牛角尖,想把一切都弄得清清楚楚、明明白白,你恐怕连一天都活不下去。事若求全何所乐?"毁容女的这番话,与其说是劝导"我"要隐身于现实之外,不如说是对世俗的现实生活进行了从容的概括。的确,日常生活总是混乱芜杂的,不可能按照人的理性规则去运行,所以它才成为一个"难题"。音乐或许能够让我们的内心暂时放弃这些难题,回到我们所需要的平静之中。

　　随着技术的飞速发展和物质生活的不断丰富,身处如今这个极为繁杂的时代,几乎每个人都显得忙乱而又无所适从。我们或许可以说是人的欲望过于泛滥,也可以责怪日常现实本身过于纷乱,但这是我们每个个体最真实的遭遇。无论是参与者,还是旁观者,都不可能绝对地置身局外。作家们正是基于这种生活认知,不断书写人们对繁杂社会的逃离之态。这些书写,演绎了人们在内心深处的疲惫与惊恐,也使我们看到,任何普通而卑微的个体,永远也无法把握这些无序而坚硬的现实。当我们讨论日常书写的时候,重要的不是讨论作家笔下的现实是否再现了我们的生活和经验,而是要关注它如何有效超越了现实,并对现实进行了更为独特的审美发现与思考,就像李健吾所说的那样:"我们接近一切凡俗,凡俗却不是我们最后的目的。"[1] 也就是说,我们在书写现实生活的时候,必须要有能力使"凡俗不俗,庸常不庸"。这一点,在文学创作中尤为重要,因为文学毕竟是一种审美的艺术,它在直面现实的过程中,必须要借助想象,对人类生活或人性特质进行独到的审美发现。

---

[1] 李健吾:《咀华集　咀华二集》,第187页,人民文学出版社,2007年。

第五章
物质时代的世俗情怀

日常生活从来都是世俗的,它与人类理性化、组织化的非日常生活,共同构成了一个完整的生活图谱。因此,当我们讨论日常生活诗学时,世俗性总是一个绕不开的重要命题。在经历了宗教与政治的分离之后,西方学者普遍认为,世俗化逐渐成为人类现代社会的重要特征,也是传统社会向现代社会转型的主要标志。在中国社会的现代化进程中,世俗化也始终是一个重要的标志。更重要的是,在这种日常生活世俗化中,物质生活占据着极为重要的中心位置。特别是随着科学技术的进步和生产力的大幅提高,物质生活越来越成为人们关注的日常生活目标。一些人甚至将物质生活与日常生活等同起来,还有一些人视物质生活作为社会身份辨识的基本符号,由此导致以物质生活为核心的世俗情怀不断扩张。

这种世俗情怀的日趋彰显,一方面体现了现代人对日常生活内在需要的急剧扩容,另一方面也折射了功利主义已成为日常生活的合法性准则。这种世俗情怀对文学创作的显著影响,便是作家们在日常生活书写中,自觉突出物质化生活的重要意义。特别是在新世纪以来的文学创作中,作家们在书写日常生活时,不仅大力彰显商品消费的符号价值,突出个体在物质生活中所获得的特殊幸福和快乐,还直接将某些物质作为作品的名称,如《应物兄》(李洱)、《两瓶酒》(毕飞宇)、《出走的女人:衣物语》(姚鄂梅)等等,借此突出物质在日常生活中的重要作用——尽管它们未必标榜物质主义的生活观。为此,本章将立足于新世纪文学中日常物质生活的书写特征,借助消费社会的某些理论,分析其中所蕴含的世俗情怀及其意义。

第一节 功利境遇中的生命欲求

从个体的生存意愿来说,每个人对于日常生活的最大期望,或许就是获得更多的幸福和快乐。无论是日常消费活动、日常交往活动,还是日常观念活动,这些人们每天都必须参与的日常活动,在很大程度上就是为了追求自身渴望获得的快乐和幸福。当然,这种尘世间的快乐和幸福,并非简单地等同于动物本能的满足,而是"更为重视智力层面的快乐、感情上的快乐、想象力赋予的快乐和道德情操方面的快乐",也就是说,它是一种超越了单纯感官满足的精神性愉悦,"一旦快乐的来源对人和猪而言是完全一致的,那么适用于其中一方的生活准则也就适用于另一方了。而事实上,将伊壁鸠鲁主义者的生活与牲畜相提并论总让人感到是件不光彩的事,原因就在于牲畜享受的快乐不可与人追求的幸福同日而语。比起动物的欲望,人有着更高一级的官能;当人意识到自己的这些官能后,就不会把什么东西都当作幸福,比如满足就不等同于幸福"。[1]在《功利主义》一书中,穆勒对人的快乐和幸福进行了颇为清楚的辨析,同时也指出,这种快乐和幸福就是伦理学意义上的功利主义,"从伊壁鸠鲁到边沁,每位倡导功利主义的思想家都认为功利并非是用来区别于快乐的某种东西,而就是快乐本身,同样是为了避免痛苦。他们并不把有用的东西与令人赏心悦目的东西或纯粹起装饰作用的

---

[1] [英]约翰·斯图亚特·穆勒:《功利主义》,第13页,第12页,叶建新译,中国社会科学出版社,2009年。

东西对立起来,相反,他们始终声明有用的东西就涵盖了后两种事物在内"。[1]的确,在我们的日常生活中,买一斤肉和买一幅画都是基于快乐的需要,虽然它们的使用价值完全不同,这也是日常消费日益走向符号化的缘由之一。

无论我们对快乐和幸福进行怎样的条分缕析,一个基本的事实是不会改变的,那就是心智、情感和道德上的自我实现。虽然这种实现对于大多数人来说都是短暂的、临时性的,但这种短暂性又会促动人们去追求更高更大的幸福和快乐。我们可以将这种情形理解为欲望,但它又不同于单纯的感官化欲求,而是一种功利主义的表征。穆勒就认为,"几乎没有人会为了能够尽情享受做牲畜的快乐而甘愿降为低等动物;没有一个聪明人会愿意变成傻瓜;没有一个受过教育的人会甘愿成为不学无术之徒;没有一个有感情有良心的人会情愿堕落为卑鄙自私的家伙——尽管他们应当相信:比起他们,傻瓜、无知之徒和无赖对命运更容易知足。诚然,他们和那些人有着共同的欲望,但为了最大程度地满足所有这些渴望,他们不应放弃比那些人拥有更多的东西"。[2]这也就是说,快乐和幸福不是一种生物性本能的满足,而是受到人的主体意识的潜在影响。人的心智、情感、文化水平和道德认知愈高,他们对快乐和幸福的需求就愈加丰富和复杂。这既是现代人越来越难以自我满足的原因之一,也是功利主义倾力探究的核心问题。

在穆勒看来,要维护功利主义的合理性和合法性,不仅要将个人幸福和人类的共同幸福联系起来,还必须要有道德规范等一系列约束力作为保障。但是,从人们的日常生活实践来看,这无疑只是一个理论上的假设,因为我们经常看到,日常生活中有着太多违反道德的、个人化的功利欲求,而且这种功利欲求,在本质上就是为了追求个体的快乐和幸

---

[1] [英]约翰·斯图亚特·穆勒:《功利主义》,第10页,叶建新译,中国社会科学出版社,2009年。
[2] [英]约翰·斯图亚特·穆勒:《功利主义》,第14—15页,叶建新译,中国社会科学出版社,2009年。

福，并没有惠及人类共同体的利益，有时甚至是以损害共同体利益作为手段。事实上，在功利主义和它的道德保障体系之间，始终存在着各种失衡甚至错位的情形。这种情形，恰恰是文学创作经常关注的人类生存境况之一。这一点，在新世纪的文学创作中表现得尤为明显。譬如，在很多职场小说中，作家们就不断演绎各种心术和诡术，着力彰显各类精英人物在自我利益最大化方面的"成功学"；在一些情感小说中，主人公也常常离不开"高富帅"和"小三"之间的情欲纠葛，作者试图借此替某些反伦理的人性进行辩护；即使是在一些"底层写作"中，也不乏为暗娼生活进行合法性辩护的书写。这种创作现象，通常被人们冠以人性探讨而匆匆论及，却鲜有人从功利主义与道德伦理的冲突层面深而究之。

根据穆勒对功利主义的阐述，我们有理由认为，功利主义当然有其合理性和合法性。我们也反复强调，日常生活本身就体现了人们对自身快乐和幸福的追求。换言之，没有功利的日常生活是不存在的。问题只是在于，每个个体的功利欲求，如何体现符合现实社会伦理的人性，如何与人类共同的功利欲求达到一致，这其中，隐含了无数潜在的纠葛与冲突。列斐伏尔就认为，这也是日常生活的一种异化特征。"在日常生活中，异化、拜物化、物化（派生于货币和商品），都有各种各样的影响。同时，当日常需要（在一个程度上）成为欲望时，欲望遇到物品，就会去占有这些物品。所以，日常生活的关键研究会揭示如下冲突：最大化的异化和相对的去异化。事物不是作为去占有的物品和对象，而是作为财产的对象，异化甚至物化了人的活动和生活的人。作为物品的对象和愉悦之间存在一种联系，但是，在这种联系中，由这些实在事物产生的物化倾向于终止。物化遭遇对立的力量。"[1] 可以说，正是这些欲望与满足之间的纠葛和冲突，构成了新世纪文学日常生活书写中的一道重要景观。这种景观，主要体现在两个方面：一是借助日常生活的功利

---

[1] ［法］亨利·列斐伏尔：《日常生活批判》（第二卷），第293—294页，叶齐茂、倪晓晖译，社会科学文献出版社，2018年。

性欲求，审视并消解那些非日常生活的专业化和理性化特质，进而对这种功利性生活进行批判性表达。二是在社会转型的现实背景中，着力展示普通民众在日常生活中的功利欲求，呈现人们在自我快乐和幸福的生存期待中不断折腾的生存境况。这两种日常生活书写，从本质上说，都触及了日常生活的功利主义特质，同时也对这种功利性的欲求提供了批判性的思考。

首先，从日常生活的功利性出发，在日常生活与非日常生活的复杂纠葛中，展示日常生活强大的吞吐能力，并进而消解非日常生活中诸多的伦理规则，是新世纪以来的作家常常关注的写作策略。这方面最为典型的，就是对大学教授等知识分子的功利性书写。从史生荣的《所谓教授》和《大学潜规则》、曹征路的《大学诗》、阎连科的《风雅颂》，到邱华栋的《教授》、李洱的《遗忘》、晓风的《回归》等等，很多小说都从不同角度揭示了大学知识分子在日常生活的功利性欲求，并以此解构他们在专业化和理性化领域的伦理操守。其中最具代表性的，或许就是张者的《桃花》《桃李》和《桃夭》等"校园三部曲"。在这些作品中，张者均以大学教授或研究生等知识分子作为主要人物，通过他们在市场经济时代日常生活中的所作所为，极力推衍了各种触目惊心的功利性生存欲求，从而对个人功利主义与社会道德律令之间的失范进行了别有意味的揭示。在张者笔下，大学校园已不再是追求知识和理性价值的象牙塔，而是一个充满了世俗气息的功利性舞台，其中的教授和学生，犹如江湖上的某些利益集团，凭借其特殊的专业优势和伦理关系，渗透到社会现实的不同领域，追名逐利，甚至自我放纵。他们将日常生活和非日常生活紧密交织在一起，以非日常性的理论知识和专业才能，不断获取日常生活的功利资本；又以日常生活的功利性收获，反过来谋求非日常生活中的小集团利益。如《桃李》中，大名鼎鼎的法学专家邵景文教授，似乎不是非日常生活意义上的学术导师，而是日常生活中世俗的老板。研究生们捧他为心中的偶像，不是因为他出身贫寒而奋发有为，也不是因为他曾作为校园诗人而心怀理想之情，当然更不是因为他已成为著名高校中的著名学者和法学专家，而是他拥有强悍的世俗生活能力，拥有获取个人功利的独特技能，拥有能够纵横诉讼界的大律师角色。他一边做学问一边办公司，一边教学一边揽生意打官司，一只脚站在高等学府里，另一脚则踏入日常生活内部，左旋右转，游刃有余。他的弟子们簇拥在他的身边，也不是为了研究法学，探讨现代社会公正秩序的保障体系，而是恰恰相反，精心谋划一个个如何逃避法律制裁的世俗欲求。《桃花》中的主人公虽然换成了著名的经济学教授方正，而且这位经济系的导师，一直是一位拒绝诱惑、一心向学的"完美导师"，他的人生信条是："市场经济发展到了一定的时候，人们吃饱了肚子就开始关心精神问题了。知识分子不应该仅仅是经济生活的参与者和推动者，是不是还应该是人文精神的坚守者？"应该说，他的这种理念完全符合理性化的知识精英的价值观念。然而，在异常繁杂的日常生活中，他最后还被各种世俗欲求褫夺得体无完肤。《桃夭》看起来挣脱了大学校园，但它的核心背景仍然是高等学府中理性化的非日常生活与日常生活之间的撕扯。作品主要叙述了一群从 20 世纪 80 年代走出高校的法律专业同学，在当下日常生活中的各种功利性欲求，包括情感欲求。作为曾经的天之骄子，他们有着风华正茂的大学记忆，有着纯真而又鲜活的情感经历，当然也有着激情四溢的理想情怀。在那个人才极度匮乏的年代，他们毕业之后，便作为社会精英进入政府各个职能部门，逐渐成为法律界呼风唤雨的法官、律师和法学教授，有些甚至成为企业家和作家，如邓冰和张健做了律师，赖武成为法官，喻言成为杂志主编兼作家，张媛媛后来也成为法学教授，而他们的导师梁石秋，则早已成为全国法学界的权威教授。但是，经历了数十年日常生活的历练，他们还是在个人化的功利欲求中，不断卷入各种有违伦理甚至法律规范的泥淖之中。

为什么这些拥有精深专业能力和显赫社会地位的人，在面对日常生活的功利性生存时，便会频频出现道德约束力的匮乏？这是因为每个个体的人，在个体快乐和普遍快乐之间，在个体功利欲求和普遍的功利主义之间，自觉或不自觉地首先选择了个人的快乐，包括小集团的快乐。

对此，穆勒曾寄希望于"有一天随着教育的提高，个体与同类心连心的情感深深地根植于我们的性格之中并完全融入我们自身意识中，成为我们的天性，如同大凡有教养的年轻人都对犯罪怀有恐惧感一样"。[1] 这种设想当然是美好的，至少在理论上是成立的，但在具体的日常生活中，世俗欲望拥有巨大的消融性和吞噬能力，可以随时侵蚀这种教育成果。譬如《桃花》中的方正，无论在经济理论研究上，还是具体经济实践中，都具有相当大的影响力，但他最终还是被一家谋求上市的公司盯上了，结果导致他的学生们纷纷陷入各种欲望陷阱，或被法律审判，或被开除学籍。《桃李》中的导师邵景文作为法学专家和律师，同样名声显赫，而他门下的研究生们，既像学生又像打工族，一方面跟着导师在课堂上学习知识和专业技能，在非日常生活中寻找自我的精英角色，另一方面追随导师出入各种酒池肉林，在日常生活的功利性欲求中寻求刺激，自我放纵，以至于最后疯的疯，跳楼的跳楼，包括著名法学专家和律师邵景文也被谋杀。《桃夭》中的邓冰作为身价不菲的著名律师，在一场又一场诉讼辩护中，逐渐看透了法律界不同派系之间为了名利而明争暗斗，也清醒地看到了庄严的法律不断沦为私人工具的失序现实，所以，他最后毅然通过自证有罪的行为，试图挽回作为律师的内在尊严与价值，并借此对法律的公正性和社会的正义性发出召唤。遗憾的是，在充满个人功利欲求的现实面前，普遍性的社会功利并不被人们所接受，真正的法律和社会正义依然要受到严峻的考验。更富有意味的是，大名鼎鼎的法学权威梁石秋教授，也同样不顾世俗伦理的约束，宁愿放弃大学教授的角色，带着"90后"美女胡丽远走他乡，并将自己身后的著作收入赠予胡丽；而胡丽也竟然乐于奉献自己的青春，陪着白发苍苍的老教授去寻找所谓的田园牧歌。在这个近乎疯癫的情感故事里，我们看到的，似乎只有欲望，没有情感，只有各自的功利欲求，却看不到彼此之间对社会普遍性功利以及现实伦理的必要承诺。张者试图通过对这些知

---

[1] [英] 约翰·斯图亚特·穆勒：《功利主义》，第44页，叶建新译，中国社会科学出版社，2009年。

识精英在日常生活中的欲望表演,传达了创作主体对个体功利不断膨胀的批判性思考,并以人物的悲剧性的结局对这种日常生存方式进行了否定。

　　类似的作品还有李洱的《应物兄》。不过,荣获第十届茅盾文学奖的《应物兄》,无疑比张者的作品更具艺术张力。这部小说共分四章,以济州大学"儒学研究院"的筹建过程作为叙事主线,多层次、多维度地揭示了日常生活的功利欲求对于非日常生活的学术研究的强行侵蚀。第一章中,济州大学校长葛道宏授意本校知名的儒学教授应物兄筹建儒学研究院,并拟引进出生于济州的海外儒学大师程济世来校,以彰显济州大学的人文底蕴,提升济州大学的学术声誉。应该说,这一章主要是立足于非日常生活,着力铺垫济州大学欲跻身一流大学的勃勃雄心。然而到了第二章,我们便发现,权力资本开始对这个尚未诞生的儒学院跃跃欲试了。趁着程济世来北京讲学,栾副省长、葛校长、应物兄一行人马奔赴北京拜会大师,双方洽谈成功,将儒学院更名为"太和研究院",院址就定在程济世儿时居住过的仁德路程家大院。但在这个主线之下,我们看到,所谓的"太和研究院"宛如一只巨大的馅饼,吸引了政商两界的人马。结果到了第三章,各种政商人马不断往返济州,被程大师称为子贡的美国 GC 集团老总奉程先生之命到济州查勘、投资,济大"寻访仁德路课题小组"确址,研究济哥(蝈蝈)的科研小组成立,拆迁、筹建等工程陆续上马,权力资本和商业资本通过各种手段,纷纷往研究院安插自己的代理人,真正从事儒学研究的专家应物兄教授开始不断走向边缘化,"太和研究院"的建设成了程济世荣归故里的文化符号。第四章中,"太和研究院"在轰轰烈烈的造势中终于落成,然而地址却并非当年的仁德路,程大师尚未回到故里,不过已没有多少人关心此事。人们关心的是,这个研究院将在济州扮演什么样的角色,对各路政商界的头头们发挥哪些作用?所以,完全边缘化的应物兄,在遭遇车祸之后也无人问津。世俗的功利性欲求,最终将一个单纯的学术研究机构中应有的学术内涵,消解得一干二净。

其次，立足于市场化转型的现实背景，在微观化的叙事中，着力展示普通民众在日常生活中因功利欲求而引发的各种纠葛，传达人们在追求自我快乐和幸福过程中东奔西突的生存景象，也是新世纪以来较为普遍的文学书写。这方面的作品，不见得有曲折的故事或跌宕起伏的人物命运，但它们在各种功利性的日常生活中，演绎出各种人性与命运的悲喜剧。其中，较为典型的有付秀莹的《陌上》和何顿的《幸福街》。付秀莹的长篇《陌上》是一部关于现代乡村生活的叙事，它远离了各种非日常生活的专业背景，将叙事直接安置在乡村的日常生活之中，生动地呈现了当前乡村农民在功利境遇中的生命欲求。小说以华北农村的"芳村"作为叙事空间，刻意避开了道德化的批判姿态，饶有意味地讲述了几个家庭近乎一地鸡毛式的日常生活。在那里，邻里之间的是是非非，无非是谁家的闺女出门挣了很多钱，谁家的男人格外有能耐，谁家的女人出轨偷情之类。但在这些是是非非的背后，却不断地呈现出个人功利性欲求的急速膨胀。我们看到，皮革厂老板大全，能够用金钱解决的事情绝不谈感情，他在工厂里增加工人劳动强度、延长工时、压低工资从而降低成本，以保证工厂利润的最大化。为了阻断儿子与望日莲的不正当关系，他用"三瓜两枣"从儿子学军身边勾引了望日莲，既避免了一个"不正经"的女人嫁进家门，又得到了一个年轻漂亮的小情人，根本不考虑事件本身的乱伦性质。而同样开皮革厂的团聚，则因为对工人、亲属和生意伙伴过于重情重义，讲究乡村血缘、亲缘和地缘关系，结果弟弟和小姨子合伙掏空了工厂，然后跑到城里买楼买车建厂，他给工人的工资最高，最后却濒临破产。更重要的是，大全与村支部书记建信还建立了密切的资本合作关系，让权力和金钱形成了巧妙的对接，使他们各自的功利化欲求进一步扩张，并在金钱和女人上获得了更多的满足。但是，这种个体功利的过度追求带来的结果是，芳村不再是原来那个宁静的芳村，而是四处都是污染、人心极度浮躁、下一代无心求学的芳村。芳村村北的开发区布满大大小小的皮革加工厂、皮具厂、养鸡场、养猪场，村里也开起了春米家的饭店、秋保家的超市。也就是说，一个被纳入市场经济体制内的商品化的芳村正在形成,由商品经济孕育出来的金钱本位价值观开始冲击自给自足的小农经济,摧毁了"差序格局"的乡村社会秩序和"伦理本位"的互惠价值。金钱观念渗入农民的精神世界,成为乡村价值判断的重要标准,因此身无所长的素台可以在翠台面前趾高气扬,从事色情行业的香罗在芳村可以呼风唤雨,大全可以只手遮天过着土皇帝般的生活,难看老两口甚至鼓励儿媳妇春米勾搭建信。这种情形,似乎印证了鲍德里亚对消费社会的基本判断:消费社会把一切都变成了被物所构成的丰盛现象,消费社会遵循的是一种消费理论,"这个在黄金时代由人的本质与人权幸福结合所形成的化石,是颇具形式理性原则的。这个原则就在于:1.毫不犹豫地寻求自身幸福;2.偏爱那些最使他感到满足的物"。[1] 由此而导致的结果,是乡村农民的道德自律和他律的严重缺席,最为直接的表现是家庭伦理关系的破败,贵山家二婶子被儿媳妇虐待睡尿窝,兰月娘和小猪他娘被儿媳妇随意呵斥,燕雪、小改、小疙瘩媳妇、老虎他爹、包子都被儿女赶出家门住小窝棚,老莲婶子被儿女舍弃喝药自杀。

何顿的《幸福街》直接将"幸福"作为一条小镇街道的名称,演绎了这条街道上几个家庭两代人的世俗生活。在幸福街上,老一辈人因为特殊的历史原因,或接受改造,或进入街道工厂,虽也遭受了不少坎坷和困苦,但终究还算平静与和睦。到了何勇、黄国辉、黄琳、张小山等新一代人成长起来之后,世界开始变了。"在懵懂的少年时期,他们曾经在时代的路标指引下向'幸福'迈进,却被汹涌而至的浪头击打得晕头转向,无所适从;在充满激情、血脉偾张的青年时代,他们也曾凭借一身闯劲、一种'湖南骡子'式的蛮力杀出一条血路,在积累财富和资本的浪潮里起起伏伏。他们的经历,是社会转型时期市民阶层生存状态的原生态写照,而他们用鲜血甚至生命换来的教训,则是几十年来中国人为寻求发展与突围之路而付出的高昂学费里微不足道的一笔。能够像

---

[1] [法]让·鲍德里亚:《消费社会》,第49页,刘成富、全志钢译,南京大学出版社,2008年。

《山河故人》里的张晋生那样大肆掠夺发展红利的'新贵'毕竟是凤毛麟角，更多的人是像身患绝症的煤矿工人梁建军一样被历史、被时代的大手轻轻抹去，或是像张小山、黄国辉们那样，心灵和理智被欲望攻陷，不惜如牛虻、马蝇一般地刺痛社会的肌体并吸饱血液，最终难免被正义之手拍成一摊令人作呕、为正人君子所不齿的烂泥。"[1]生活在幸福街上的，大多是普通平民，没有深厚的专业知识，也不见得有强大的理想抱负，他们的生活目标就是追求此在的安逸和幸福。在经历了20世纪80年代的改革开放之后，这群青年人在发财梦的刺激下，开始东奔西突，各显神通，张小山从贩卖盗版光碟到开歌舞厅，几起几落，最后被枪决；黄国辉没有什么主见，四处寻利，最后也成为张小山的帮兄；黄琳在两性情感上自我放纵，以感官满足作为快乐的标准；杨琼最后不得不做了暗娼以维持生计。很难说这些人有几个认为自己是快乐和幸福的，但他们一直都奔波在追求快乐和幸福的路上。类似的作品其实很多，像滕肖澜《倾国倾城》中的苏圆圆与蒋莹，表面上是以姐妹相称的同事，彼此视对方为闺中密友，但针对职位和利益，两人背后则互不信任，各怀鬼胎，甚至相互算计。潘向黎的《最后一次接触》《一路芬芳》等作品，也同样围绕职场上的各种功利目的，表面上一派和气，实则彼此提防，暗中相争，精明之中，又透露出各种小市民的市侩气息。

列斐伏尔曾将这种功利性的世俗欲求视为"粗俗"，并认为它是一种特殊的日常现实主义，"日常生活炫耀需要，炫耀那些需要的物体，炫耀需要的满足。这种炫耀是日常生活的'行为'，一种反映和自我满意的状态，一种行为方式，这种炫耀延伸到日常生活整体中，这种炫耀用日常生活的粗俗腐蚀日常生活"。这种炫耀在本质上，体现了"一种涉及钱、衣服、行为和欲望的'现实主义'——被示众和被利用的现实

---

[1] 宋嵩：《幸福街上，山河故人——读何顿〈幸福街〉》，《中国当代文学研究》，2019年第4期。

主义，这种'现实主义'形成了一部分'粗俗'"。[1] 我们说，正常的功利主义，无疑是人们在日常生活中的主要追求，因为每个人对于日常生活的期待就是获得快乐和幸福。这种快乐和幸福，有时虽然也体现出某种普遍性的意味，但更多的时候，个人的快乐和幸福总是具有优先选择权，同时也是人们在日常消费活动、日常交往活动和观念活动中的主要动机。正因如此，当我们理解穆勒所强调的功利主义时，必须要审慎地思考这种功利主义所面临的难以协调的内在矛盾。这也意味着，在日常生活诗学中，我们如何理解功利境遇中的生命欲求，同样是一个非常重要的问题。我们既不能站在理性的立场上，排斥功利化生存的合理性，也不能站在个人欲望的立场上，为那些有违道德的功利化生存摇旗呐喊。功利问题关乎日常生活秩序的正常运转，也关乎每个个体拥有自我发展的生活空间。

第二节　消费文化中的感官镜像

如果说功利主义的生命欲求所体现出来的，只是人们在日常生活中的某种内在生命景象，它反映的是个体功利与普遍功利、私利欲求与道德约束以及社会正义之间的复杂纠葛，体现了现代社会里私欲与公德之间的内在冲突，那么消费主义所展示出来的，则是日常生活中最为基本的外在形态，是人们对商品的占有和使用的特殊方式，折射了人们日益推崇感官化生存的特征。鲍德里亚就将日常生活直接定义为"消费地点"，[2] 认为只有日常生活才是人们的消费处所，因为要维护生命的再生产，日常生活的首要形式就是日常消费。不过，传统的日常消费活动主要是基于维持生命延续的需求，以商品的实用主义为主要原则，因为

---

[1] ［法］亨利·列斐伏尔：《日常生活批判》（第三卷），第603页，叶齐茂、倪晓晖译，社会科学文献出版社，2018年。
[2] ［法］让·鲍德里亚：《消费社会》，第11页，刘成富、全志钢译，南京大学出版社，2008年。

传统社会是以生产为中心的，消费只是应付生存需求的经济活动，并非主要的经济活动，其主要的经济活动是生产，而消费仅被视为生存的需求，并一直秉持节俭原则，能减少就要尽量减少，一切以"省吃俭用"为生活要旨。但是，当现代社会进入消费主义时代之后，生产的可持续和物品的丰盛让人们彻底抛弃了节俭，使现代消费不再是单纯的经济活动之附属因素。它已与经济以外的政治和文化因素关联起来，并彻底改变了"浪费"的内涵。"浪费"原本是指正当需求之外的多余消耗，并受到道德的严格监管，所以"道德家才与资源的浪费与侵吞展开了积极的斗争"。然而在消费社会中，传统的道德观念被消解，人们会发现，"所有社会都是在极为必需的范围内浪费、侵吞、花费与消费"。在以往时代，"君主贵族都是通过无益的浪费来证明他们的优越感的"，甚至包括他们对宝贵财富的竞相破坏，也是一种特殊的证明手段。而且，个人与社会一样，只有在浪费时，或者在必需物品之外还有剩余可供使用、消费或挥霍时，"才会感到不仅仅是生存而且是生活"。因此鲍德里亚认为，浪费远远不是非理性的残渣，不是疯狂的、精神错乱的行为，它具有积极的作用。"在高级社会的功用性中代替了理性用途，甚至能作为核心功能——支出的增加，以及仪式中多余的'白花钱'竟成了表现价值、差别和意义的地方——不仅出现在个人方面，而且出现在社会方面。"[1]我们平常所说的物品的丰盛，只有在浪费中才有实际的意义。

这种观念的变化，表明人们对日常生活中"物的功能"已经有了新的认知：物品的使用价值不再是满足人们生存需求的主要因素，取而代之的是物品所蕴含的某种情感或观念的符号。这种物品的符号功能，在扩充了物品内涵价值的同时，更好地满足了人们的心理需求——至于物品外在的使用价值，几乎被人们所忽略。这种物品功能的变化，表明了在现代社会发展过程中物品的符号意义被无限凸现，"无论是在符号逻辑里还是在象征逻辑里，物品都彻底地与某种明确的需求或功能失去了

---

[1] [法]让·鲍德里亚：《消费社会》，第22页，刘成富、全志钢译，南京大学出版社，2008年。

联系"。[1] 当我们购买一台洗衣机时，它的洗衣功能不再是人们关注的主要目标，而它所包含的舒适、享受和优越等人的心理期待，则成为人们消费的主要动因。因此鲍德里亚认为，"表面上以物品和享受为轴心和导向的消费行为实际上指向的是其他完全不同的目标：即对欲望进行曲折隐喻式表达的目标、通过区别符号来生产价值社会编码的目标。因此具有决定意义的，并不是透过物品法则的利益等个体功能，而是这种透过符号法则的交换、沟通、价值分配等即时社会性功能"。[2] 当然，物品的这种享受功能还不是消费的真相，消费的真相是生产功能，即由符号秩序和社会生产、沟通与交换结构共同构成的一种消费体系，它最终指向人的感官享受和欲望隐喻。

  在这种消费文化的驱动下，新世纪以来的文学创作在延续20世纪90年代的"个人化写作"思潮之后，一些作品开始向感官化和情绪化倾斜。表面上看，这种感官化书写，与物品的丰盛似乎没有太多的内在关联，但是它们恰恰体现了物质丰盛时代的日常生活镜像，即一种精神的虚空、怅惘、无所皈依，以及戏谑式的自我满足。因为消费时代在本质上已经剔除了作为生存需要的基本消费，成为感官欲望满足和身份炫耀的符号化消费，它所体现出来的个体日常满足，不再表现为简单的衣食无忧，不再表现为生存的焦虑，而是感性层面上的内在体验和情绪变化，是一种搁置理性意义和精神思考的生存状态。

  我们不妨先来看看几首诗歌。朵渔的《天气突然转暖》："天气突然转暖/早晨有点薄雾，鸟的叫声/突然变得清晰起来/是天气突然转暖了/光秃秃的树/泛着情欲的光泽。中午时分/我试着脱下了毛衣/天气是突然转暖的/直到下午三点/我还光着脚在屋里/走来走去，一点都不冷/天气预报说，今天/最高温度13度，五点多的时候/我打了第一个喷嚏/那

---

[1] [法]让·鲍德里亚：《消费社会》，第58页，刘成富、全志钢译，南京大学出版社，2008年。
[2] [法]让·鲍德里亚：《消费社会》，第59页，刘成富、全志钢译，南京大学出版社，2008年。

么,是最高温度过去了/太阳也开始下山/天气转暖得有点突然/天空暗下来的时候/风还不算凉,星星多起来/直到钻进被子里/我才跟妻子说:天气/转暖了!这是/我今天以来的第一句话/她翻了个身,说/是啊,是转暖了/但穿裙子还是/有点凉。"在这首类似于日常生活流的诗歌中,诗人所要表达的,只是对于天气转暖的感受和期待,包括从早到晚的自测式体验,妻子期待穿裙子的心理,除了这些日常性的感受之外,我们似乎很难读出更多的思考。又如默默的《懒死懒活》:"心懒得跳/脉懒得博/血懒得流//躺下懒得坐起来/坐下懒得站起来/站起来懒得走//闭着眼睛懒得看/张着嘴懒得说/吸一口气懒得再呼//冷得哆嗦懒得添衣/嗜酒如命懒得喝//终于见到梦中的情人/懒得说一声爱/浑身是伤懒得疼/已经是英雄懒得承认。"在这些诗句中,诗人所要表达的,无非是对所有日常生活意义的消解,虚空,慵懒,乏味,毫无激情和怀想可言。它或许是人们在某些日常生活中的真实感受,但只是一种外在的、情绪化、感官化的描述而已。再看伊沙的《结结巴巴》:"结结巴巴我的嘴/二二二等残废/咬不住我狂狂狂奔的思维/还有我的腿//你们四处流流流淌的口水/散着霉味/我我我的肺/多么劳累//我要突突突围/你们莫莫莫名其妙/的节奏/急待突围//我我我的/我的机枪点点点射般/的语言/充满快慰//结结巴巴我的命/我的命里没没没有鬼/你们瞧瞧瞧我/一脸无所谓。"这首诗除了戏仿结巴的说话方式,增强了诗歌的喜剧效果,也并没有多少理性的意义。它是日常生活交往情境的一种戏谑性表达,又是一种生活流式的记录。

新世纪文学中的感官化书写,当然不只是表达人们内心的虚空、无聊或颓废。它同样也会深入到日常生活的一些特定情境中,精确地呈现人们在各种无序状态下的生存感受,突出个人在琐屑的日常事务中所经受的情绪变化。应该说,这种写作并没有什么不好,因为日常生活本身是惯性化的、芜杂的、泼烦的,用列斐伏尔的话说,"日常生活是一个产生意义的地方，也是意义降至无意义的地方"。[1] 王占黑的短篇小说《去大润发》就非常精妙地呈现了这种日常生活给人带来的感受和情绪。小说中的"我"因为受到家长无端的指责，又被学校领导批评，内心蓄满了一团无法宣泄的积郁、愤懑和隐恐。当然，这里面也涉及"我"的工作、成长、情爱，以及无法把控的都市生存秩序，它们像绵延不绝的雨丝，弥漫在"我"的生活的每个角落。有意思的是，王占黑并没有直接叙述人物的这种内心感受，而是借助一次偶然搭乘的大润发超市免费班车和陌生的黑T恤男的交流，缓缓地呈现出来。所以，它的叙事表面仿佛是一种生活流式的记录，从学校教学受委屈，到盲目逛大润发超市，闲逛闲说，话题小到小区里的小卖店，大到美国的"9·11"事件，然而话里话外，都在着力传达"我"的内心意绪。文珍的《咪咪花生》叙述了一个京漂者的情感际遇，或者说是一个"废柴"的无序生活。因为喜欢爱猫的女孩井，单身的"他"便收养了一只流浪猫花生。在疫情严控的京城，他和花生之间，差不多有了相依为命的意味。通过花生，他渴望与井建立联系，无奈已有家室的井，只能偶尔和他交流一下养猫经验，直到一场暴雨让花生逃跑。井沿街寻找着花生，一声声亲切地叫着"咪咪"，听起来仿佛在说"秘密"，即一个属于都市孤独者的秘密，一个有关"废柴"的情感秘密，当然也是一个有关生命的秘密。葛亮的《猫生》也是一篇叙述猫咪生活的小说，不过，作者赋予了猫咪芒果以人格化的特征，并展现了"我"对芒果忠诚无畏、永不言败之品质的敬佩，以及生命由盛而衰的感伤。别有意味的，还有胡迁的短篇《大象席地而坐》。作品通篇都是讲述"我"的无所事事和随心所欲。小说中的他，总是以另类的方式表明自己的孤独或不合时宜，却又不断被各种无意义的虚空所袭击。为了一头席地而坐的大象牵肠挂肚，他仿佛看到了彼此的卓尔不群；他的内心经历了怎样的摧残和毁灭，以至于他最终发现了大象的断腿？在这篇小说中，席地而坐的大象，似乎隐含了"我"

---

[1] [法]亨利·列斐伏尔：《日常生活批判》（第二卷），第316页，叶齐茂、倪晓晖译，社会科学文献出版社，2018年。

内心深处的残缺或疼痛，但作家的叙述，却始终停留在人的内心情绪或感官体验中。

在这方面，杨映川的小说尤显突出。她喜欢让人物借助各种情感冒险经历，让他们雄心勃勃地踏上探险征程，与各种俗世中的欲望化生存本相进行着心灵游戏，然后在游戏的过程中去发现真情实感，去寻找自我的情感归宿。这些游戏虽然带着后现代式的无聊和空虚，有时甚至给人一种荒诞的感受，但是它却与高度利益化的现实构成了紧密的同构关系，并对之进行了尖锐而有效的讽喻。在《只爱陌生人》中，兰心原本是一个在爱情的温床中获得了充分满足的女孩。她没有幻想，自我囚闭，以此确保生命的完整和不被伤害。可是，那个自己为之倾出了整个生命作为赌注的恋人秦山，却在自己毫无思想戒备的情况下消失得一干二净。这种打击，不只是使她在情感上陷入了巨大的虚空，还使她在人生信念上受到了强烈的摧毁，人与人的信任和依恋变得脆弱不堪。正是这种突如其来的打击，驱动了兰心的生命开始走向自我失控的状态。于是，她穿梭于陌生人俱乐部，并邂逅了曾经相识的谢远。在经历了种种必要的设防与考验之后，她自认为从此可以再度回到从前的生活秩序中。可是，被欺骗与被伤害的真相还是如期而至——谢远是有妇之夫。兰心绞尽脑汁的冒险，到头来还是让自己再次受到伤害。在《逃跑的鞋子》中，作为夜总会里串场的歌女，贺兰珊无疑置身于欲望现实的最前沿部位，并理所当然地成为那些有钱阶层的猎艳对象。在这种充满了种种欲望陷阱的生存中，贺兰珊凭着自己的机智和手段似乎也显得游刃有余。然而，内心的情感需要、对爱情的真切渴望，又使她不得不选择冒险。于是她不惜牺牲自己的尊严，一次次地试探生活的陷阱，一次次地考验着对方的内心。她最终选择于中，是因为她觉得于中的一切都符合自己的心理。可事实是，她依然掉入了阴谋的陷阱。《做只鸟吧》里的果果和树子也同样如此。她们带着青春与理想不停地奔波与冒险，却总是在各种欲望的陷阱中碰得头破血流。即使是像《爱情侏罗纪》中的小婵，似乎早已饱尝了情感的磨砺，然而一封不期而至的粉红色信封，却照例将她一步步地引向冒险……冒险是她们选择生活的一种方式,也是她们试图了解人性本质、获取生活真相的手段,尽管她们也都知道,冒险对于一个女人往往会意味着牺牲和伤害,但是,在那种欲望横流的都市秩序中,她们要赢得自己合理的生存地位,要实现自我的人生理想,除了冒险,似乎已别无选择。杨映川的小说正是在这一点上,为我们展露了现实生存的冷漠与悲凉。

这种感官化的写作,同时还体现在作家对时尚符号的迷恋性表达上。列斐伏尔认为,在商品的世界里,性、劳动和信息具有特殊的地位,在交换系统中"近似于黄金",其中的信息又是一种最具特殊身份的商品。"交换已经征服了世界,或者说,交换改变了世界。同时,在交换中出现了一个非物质的产品,即信息,信息在交换中既是抽象的,也是具体的。信息堪称超级商品,商品的商品,信息不配冠以这样的称号吗?……一旦信息生产出来,信息就要买卖。当然,正是信息交换让所有的其他交换成为可能:日常生活沉浸在信息交换中。从一个意义上讲,过去一直都是这样,信息交换让一切成为可能。现在,这个奇怪的、非物质的实在竟然在光天化日之下被生产了出来。"[1] 信息之所以是商品中的商品,是因为它不仅提供了各种商品交换的消费导向,还使各种物质性的商品形成了其特有的符号价值。没有媒介、广告等各种信息的生产,商品永远只能停留在实用的层面上。正是信息的有效生产,使符号变成消费时代的重要表证。其中,时尚符号的生产,既是信息生产的主要对象,又是消费体系得以全速运行的重要枢纽,也是物品丰盛时代的重要标志。它有效剥离了物品的使用价值,使消费主要集中在物品的符号本身上。人们之所以迷恋时尚,是因为承载时尚的所有物品,可以让人们充分享受其符号所带来的特殊身份和角色,以及由此带来的感官愉悦。同样一杯咖啡,在家里品尝和酒吧里品尝所带来的感受并不一样,是因为酒吧环境具有社会群体性的身份认同。但是作为一种流行

---

[1] [法]亨利·列斐伏尔:《日常生活批判》(第三卷),第588—589页,叶齐茂、倪晓晖译,社会科学文献出版社,2018年。

性的文化符号，时尚从来都与短命不谋而合，而与经典背道而驰。凡是时尚的都是暂时的，因为它本身就没有深度追求，更谈不上具备某种恒久的文化品性。对时尚来说，避之唯恐不及的最大敌人就是"永恒"这两个字。这也注定了时尚化写作只能更多地强调一种审美表达的即时性和现场性，只能突出话语的时效特征和另类情趣。在这种背景下，创作必然催生出一些快餐式的作品，像麦当劳一样，必须趁热消费，一凉即扔。所以很多作品看似喧嚣一时，却毫无生命力可言。像郭敬明的《悲伤逆流成河》《小时代》，张嘉佳的《从你的全世界路过》，以及大量的网络言情小说等，都曾热闹一时，却又迅速地消失于人们的记忆之外。同时，这种短命化的写作，还加剧了作家在写作心态上的浮躁情绪，使他们对生活的认识更多地依赖于自己的感官，蛀蚀了一个心灵劳作者必须拥有的精神内在的丰厚性。

不可否认，时尚之中有时确实也会呈现一些纯正、高雅或明智的日常生活品位，但在更多的时候，时尚常常是以打击"恶俗"为幌子，将许多怪异的、有悖正常社会伦理的、毫无智慧和才情的、甚至是粗陋不堪的恶俗生活方式供奉为前卫性的、有品位的文化符号。它常常以消解那些既定的传统观念为目的，试图重建某种让人耳目一新的自由式生活理念。而实质上，它却是一种将无边的消解与无边的放纵集纳在一起的泛自由主义精神表象，并扰乱了人类正常的价值评断体系，如极度扭曲的网恋，两性间的随意背叛，用奢华的物质包装出来的优雅生活，情与欲的自觉分离……都已被视为前卫性的时尚生活，成为一些作家所津津乐道的表现对象。要么迷恋于一些时尚化的物质标签，放逐自我的感受，拒绝对消费本身进行深入的理性思考，在那里，我们很少看到尖锐的痛楚，很少看到生存的无奈和绝望，我们感受到的只是作家对这种生活情趣的自我沉迷，对感官享受的精致临摹，虽然有着鲜明的叛逆性和前沿性，可是透过这种反叛性，我们却发现创作主体的道德律令已逐渐消失，对现实生存的价值评断也已彻底缺席。质言之，这是作家们对时尚化盲目追求后所形成的一种审美价值体系的崩溃。

时尚的本质是消费时代所带来的物品符号价值的增值,它在激活人们日常生活中感官享受的同时,也使人们的日常生活观念逐渐趋向中产阶级的价值趣味。事实上,这种中产阶级的生活趣味,在我们的日常生活书写中也越来越突出。像安妮宝贝、潘向黎、张欣、张梅等人的很多小说,以及许多诗人的诗作,都呈现出非常典型的中产阶级生活的美学趣味。这种趣味,突出人物在日常生活中的心理感受,重视感性化生命体验的表达,突出物质符号对于人的生活品位的重要影响。在这些作品中,纷乱芜杂的日常生活、丰富多彩的感官世界与不确定性的感性表达交织在一起,体现了消费时代里人们的精神突围。如安妮宝贝的《莲花》、潘向黎的《穿心莲》、张欣的《谁可相依》等小说,就是在一种充满小资情调的叙事氛围中,彰显了白领阶层的中产阶级生活趣味。在物质方面,人物常常执着于某种特定的品牌符号,有不少颇为精致而优雅的物化景观,展示了浓厚的消费主义色彩;在精神方面,人物往往是叛逆不羁、寻求精神的独立和身心的自由;在情感方面,人物追捧自立自强的爱情观,在传统女性的价值观里,爱情与婚姻是非常重要的,而她们笔下的女性人物则更多是显得自立自强,即使找到合适的婚姻也依然保持自己的独立姿态。同时,这些作品中还充分呈现了人物丰富多彩的感官世界,包括对生存环境的感知。像安妮宝贝的《莲花》还将生活在大城市中的人和住在自然环境的人的精神状态做一个对比,自然环境的人显得快乐和悠闲,而城市里的人显得倍受压抑,折射了创作主体自恋式的自由主义理想。

费瑟斯通曾经指出:"遵循享乐主义、追逐眼前的快感、培养自我表现的生活方式、发展自恋和自私的人格类型,这一切都是消费文化所强调的内容。"[1] 正因如此,在消费主义的文化境域中,人在日常生活的感官享受和自我表达,都获得了颇为充分的审美表达,尤其是对物质符号的迷恋性书写。这种审美追求,无疑与恪守启蒙理想的知识精英形

---

[1] [英]迈克·费瑟斯通:《消费文化与后现代主义》,第30页,刘精明译,译林出版社,2000年。

成了对抗性姿态,也使启蒙精英对此产生了质疑和忧虑。如张清华就曾指出:"中产阶级趣味……所代表的是一种删除了精英知识分子的启蒙批评立场的、同时也隔绝了底层社会的利益代言角色的、与今天的商业文化达成了利益默契的、充满消费性与商业动机的、'假装附庸风雅'的或者'假装反对高雅'的艺术复制行为。"[1]尽管这种质询和批评体现了作为理性精英分子对物化世界的焦虑,但是作为消费社会的本然状态,尤其是在物质日趋丰盛的现代都市中,一些特定人群的日常生活即是如此,他们的日常消费活动、交往活动和观念活动都更多地膺服于生命感官,因此这种文学书写同样也具有特定的现实意义。

第三节 世俗欲望的合法性突围

在人类的日常生活中,欲望是确保人的生活不断运转的核心动力,只不过,这种欲望大多停留在其自然属性和社会属性层面,尚未具备某种精神属性。在通常意义上,人们认为欲望是人类得以产生、发展的一切内在动力:需求引发欲望,欲望推动创造,创造赢得满足,满足又催生新的欲望……在这个永无止境的循环中,欲望无疑发挥了最为核心的作用。所有人类的日常活动和非日常活动,无论是政治、战争、商业,还是文化、宗教、艺术、教育等,都是人类欲望驱动后的结果。根据马斯洛心理学的需求层次,学者们对人的欲望进行细究,认为它可以划分为自然属性、社会属性和精神属性等,如食色性之类欲望就属于自然属性,模仿欲、表现欲、控制欲等则属于社会属性,而求知欲、超越欲等属于精神属性。倘若我们认同这种划分,就可以看到,驱动人们日常生活日复一日不停运转的,主要是自然属性和社会属性范畴中的欲望形态,它是世俗的,感性化的,非组织化的。正是这些非理性的欲望在不同时间、不同地点、不同个体身上的尽情表演,才构成了多彩纷呈的日

---

[1] 张清华:《现今写作中的"中产阶级"趣味》,《星星诗刊》,2006年第2期。

常世界和千姿百态的世俗人生。

当然，这并不意味着日常生活中的世俗欲望就是一种绝对合理的存在。它无疑又是一把双刃剑。程文超就曾说道："欲望，不论物质的，还是精神的，其最大特性是永远追求满足。这就使欲望成为这样一个怪物：首先，它是对生命的肯定。没有欲望就没有生命，没有人的欲望就没有人的生命；没有了人的生命，世上的一切都将失去对人而言的价值和意义。不仅如此，欲望还与创造力、活力紧密相连。欲望寻求满足的过程，就是创造力产生的过程。于是，有了欲望，生命与社会就有了活力，欲望越强，活力越大。但是，欲望的寻求满足也会走向自己的反面。它会给生命带来痛苦，会破坏社会秩序。它会让心灵不知所归，让社会无法正常发展。那么，人类能扼杀欲望吗？不能。于是，问题来了，对欲望，一杀，人与社会就必然死，一放，人与社会可能乱。"[1]为了防止人的欲望过度放纵所带来的社会危害，人类又设计了一系列伦理体系与法制规范，借以钳制欲望的过度泛滥。所以，面对欲望，我们总是欲说还休，哲学家们甚至将欲望视为一切人生痛苦的根源。

我们无意在此讨论本体论意义上的欲望。文学是人学，它永远离不开对人的生命实体及其精神的内在关注，因此它也无法回避对欲望的深度体察。作为鲜活生命的具体表征，欲望总是贯穿于人类生活的每个领域，无论是日常生活还是非日常生活中，都离不开欲望的身影。但是，长期以来，受到特定历史意志和传统社会观念的影响，我们又总是在狭义的层面上理解人的欲望，将欲望仅仅视为物质欲望或肉体欲望的代名词，甚至干脆将之视为性欲本能，并且从道德理性主义的立场上对之加以批驳和否定。这无疑是一种片面化的思考。随着社会的不断发展和人们生活观念的变化，在新世纪以来的消费主义境域中，越来越多的人都已认识到，人类生活的完整性和生命的完整性，都取决于对人类欲望本身的合理认同。任何阉割、剔除欲望的工具理性，并不能保证社会的健

---

[1] 程文超等：《欲望的重新叙述》，第3页，广西师范大学出版社，2005年。

全和多元。文学更不例外。从20世纪90年代的"个人化写作"思潮开始，中国当代作家在日常生活诗学的追求中，就在不断强调个体欲望表达的合理性和重要性，并试图从各种非理性的欲望层面探讨隐秘而丰饶的人性。

这种审美追求在新世纪的日常生活书写中获得了全面强化。我们甚至可以说，新世纪以来的很多重要作品，都离不开对世俗欲望的体恤性书写。譬如金宇澄的长篇小说《繁花》在叙述20世纪90年代以来的上海都市日常生活时，就让人物随着物欲化的现实不断放逐两性之间的情感、道德、责任等，使两性情感交织在各种利益关系之中。在这部小说中，很多人物几乎无视婚姻家庭和社会伦理的内在约束，让伦理飞奔，与欲望共舞，成为那个年代上海红男绿女们情感关系的精神基底。然而，值得注意的是，小说中的男男女女们，虽然放纵自我，在欲海沉沦，但并不是毫无顾忌和约束地投入到各种非正常的男女关系中，而是经过反复地盘算和谋划。只不过，这种谋划不是出于一种道德伦理上的内在审视，而是在精打细算的心理博弈之后，所表现出来的一种欲语还休、欲拒还迎、欲擒故纵的暧昧姿态。像陶陶与潘静、小琴，梅瑞与沪生、阿宝、康总、小开，汪小姐与常熟徐总，阿宝与李李，这些男男女女们每每选择投入或者结束一段婚外情时，都会表现出十足的精明和周旋的智慧，彼此之间步步为营，相互试探，既体现了上海市井生活中精明、理性和狡黠的日常交往方式，又折射了世俗欲望中的某些功利主义特质。

为了更清楚地说明人的世俗欲望在日常生活中的功利主义表现，我们不妨以《繁花》中的陶陶作为个案进行细致的分析。小说开篇就通过陶陶与沪生的对话，点明陶陶在男女关系上的虚与委蛇和纵欲无度，家中红旗不倒，外面彩旗飘飘，是其日常生活的真实写照。随着小说情节的演进，陶陶先后又与潘静、小琴两个女人发生了暧昧关系。陶陶与潘静结识于成都路大碟黄牛孟先生处，潘静风姿绰约，性格主动，遂约陶陶于愚园路餐厅共进晚餐，风流成性的陶陶自然来者不拒。餐厅意外失火,让他们共历了生死,潘静伺机将自己公寓钥匙塞至陶陶手中,暗示私通。然而一向热衷于寻花问柳的陶陶却并未就此拜服,而是反复盘算,衡量其中得失。小说第十章写到陶陶的内心活动:"潘静的门钥匙,套进陶陶的钥匙圈,哒的一响,与其他钥匙并列,大大小小,并无特别。但陶陶看来,旧钥匙毕竟顺眼,新钥匙,即便调整次序,总归醒目。手里多一把钥匙,开门便利,但会不会开出十桩廿十桩,一百桩事体,陶陶心中无底。……这一次,钥匙固定在钥匙圈里,经历不同,分量就变重,钥匙与人的关系,陶陶完全明白,钥匙就是人。单把钥匙,并入其他钥匙圈里,状况就不一样,钥匙越多,摩擦就越多,声音响得多,事情就复杂,烦。另外,钥匙圈起了决定作用,钢制圆圈,过于牢固,也许只有飞机失事,圆圈高空落地,才会破裂,钥匙四散。想到此地,陶陶扳开钥匙圈,拿出钥匙,重新放回裤袋里。"在经过反复盘算之后,陶陶确认潘静并非一般上海女人,而且与自己不是一路人,为了避免多生事端,果断地拒绝了潘静的示爱,干脆利落,毫不拖泥带水。在这里,陶陶既非是出于对妻子芳妹的忠诚,也不是他对潘静毫无越轨之意,而是由于潘静作为一个北方女子的那种过于开放豁达,使得陶陶心生芥蒂,害怕产生无谓的麻烦,更不愿负责到底,遂果断分手。实际上,这种感觉从陶陶第一次见到潘静便已萌生,在他看来,"上海女人三字真经,作,嗲,精,陶陶全懂。上海女人细密务实精神,骨气,心向,陶陶熟门熟路,但关于潘静,以往所有应对,胡调方式,完全失效"。上海男人在处理情爱关系时的那种精明和理智在这里一览无余。实际上,表现被消费主义和工具理性所吞噬和形塑的情爱伦理,是这个时代许多作家们的共同旨归,但是《繁花》的独特之处在于,作者在书写两性情感关系时流露出特别的精明和世故。而这,正是上海城市文化的底色,也是上海市民日常生活伦理中超稳定的一面,或者说是上海都市长久以来高度发达的商业传统和理性主义的特殊产物。

艾伟的长篇《南方》在书写日常生活中的世俗欲望时,也同样洞穿了欲望与功利之间的复杂纠葛。作家通过罗忆苦死后的亡魂在七天里的游走与回忆,让叙事在不同时空中自由穿梭,鲜活地呈现了中国南方一个叫永城的城市里近半个世纪以来的日常生活画卷。小说以群像书写的手段,在复调式的叙事思维中,着力于日常生活的现场重构,并藉此追溯历史的本质和人性的吊诡。在故事层面上,小说主要围绕着一条街巷中的几个普通家庭来展开的:父亲突亡后傻子杜天宝的孤儿生活;寡妇杨美丽带着双胞胎女儿罗忆苦、罗思甜一家的生活;公安局政委肖长春和妻子周兰、儿子肖俊杰一家的生活;夏宗泽和儿子夏小恽的生活。除了肖长春一家,其他家庭都是残缺不全的,它似乎印证了新中国成立不久百姓生活的千疮百孔和中国社会的百废待兴。当然,作者的主要目标不是为了叙述这几个家庭的变化,而是立足于这些家庭中的下一代,以罗忆苦、罗思甜、肖俊杰、杜天宝以及须南国等人的成长史和情感史,展示中国社会的变迁对于普通个体生命日常生活的巨大影响。

通过群像书写来重构日常生活现场,营造世俗生活气息,展示世俗欲望的表现形态,并进而再现江南民间生活图谱和民情风貌,是《南方》的显著特点。它使我们看到,在永城这座江南小城里,既有旧时代舞女蕊萌,又有卖麦芽糖的寡妇杨美丽;既有赴台被劝回的夏泽宗,又有基层公安警察肖长春,他们都很认命,从容地应对生活的艰难,并在各自的生活轨道上养儿育女,精打细算地谋划着下一代的未来。而下一代们的成长,尤其是伴随着青春期的叛逆和历史意志的更替,总是不断地脱离长辈们的意愿,绽放出一朵又一朵的欲望之花,妖艳,鲁莽,斑驳陆离,野性四溢,将永城的平静生活演绎得杂乱无序、变幻无常,却也是风生水起、热热闹闹。在小说中,艾伟几乎调动了他所有记忆和经验,将一个个图画性的场景带入小说中。午后沉寂的西门街,走街串巷的三轮车,房边垒起的蜂窝煤,热闹的工厂食堂,穿城而过的河流……在这些景象的背后,这群永城的年轻人,以各自隐秘的方式,不断放纵青春的激情,上演欲望的华章。这种世俗性生活的客观呈现,其实类似于席勒所说的"素朴的诗",即"只要当人还处在纯粹的自然(我是说纯粹的自然,而不是说生糙的自然)的状态时,他整个的人活动着,有如一个素朴的感性统一体,有如一个和谐的整体"。[1] 这个和谐的整体,我们可以称之为日常生活美学形态。它不仅是诗人更是小说家需要密切关注的生存秩序,因为"小说本质上是图画性的文学虚构"。用帕慕克的话来说,一部小说要让读者产生真正的"拥有感"和"自豪感",就必须使虚构的叙述能够将读者带入真实的存在,使之成为一种"内容丰富且有感染力的档案","其保存风俗、立场和生活方式的能力对于记录不经意的日常语言尤为重要",[2] 从而让人们在阅读过程中体会到实存的感受。《南方》虽然没有明确地体现这种叙事冲动,但相较艾伟以前的长篇,却是极为突出的。

这种突出之处,主要体现在两个方面。首先是散点透视的叙述。日常生活总是立足于不同的个体,世俗欲望在不同个体的身体也会有着不同的表现形态。在《南方》中,艾伟运用了你、我、他三重视角,每个视角的人物都拥有自己独立的叙述空间,也呈现出自己独特的精神质地。在"你"的视角中,肖长春以特定的身份连接了历史与现实、权力与人性的内在纠葛;而"他"的视角则在全知的视域中呈现了永城的世俗生活;"我"以一个难以循规蹈矩的个性和变幻不定的游魂勾连出一系列隐秘的欲望。三重视角相互补充,组成了一种"清明上河图"式的生活画卷。其次是片段化、场景化的细节书写,它挣脱了情节发展的逻辑链和因果律,最大程度上呈现日常生活的芜杂和缭乱。这种叙事追求,类似于席勒所阐述的"素朴的诗"。席勒从诗人与自然的关系角度,认为古代的人是自然人,他与自然是一个统一、和谐的整体,所以古代诗人总是尽可能完美地模仿现实。为此,席勒将之定义为"素朴的诗",追求日常生活的感性存在,最大限度地保持日常生活的芜杂景象。《南方》的叙事基调,在很大程度上就体现了这种审美效果。

作为一位勤于思考且倚重主体观念的作家,艾伟的这种努力委实不

---

[1] 伍蠡甫等编:《西方文论选》(上卷),第489页,上海译文出版社,1979年。
[2] [土耳其]奥尔罕·帕慕克:《天真的和感伤的小说家》,第121页,彭发胜译,上海人民出版社,2012年。

易。当然,《南方》并没有放弃作家的主体思考,相反,在很多人物的个性和命运之中,依然折射了创作主体的理性思索。无论是历史、现实还是人性,其背后都蕴藏着作家的反思姿态。这种反思,最突出地体现在肖长春的身上。作为一个使命意识很强的警察,他真诚地挽留了即将赴台的夏泽宗,结果没想到夏泽宗在"文革"中却死在自己的手下;他兢兢业业地忙于工作,不料儿子偷了自己的手枪造成命案,最后不得不眼睁睁地让儿子偿命,并导致妻子变疯;他忍受着巨大的屈辱、悲愤和孤独,与缭乱的现实相抗争,却无法看穿命运背后强悍的历史意志。在这个有着强大理性且不乏刚正的人物身上,我们分明地感受到作家对历史的解构性思考。然而,小说中更显魅力的,还是杨美丽的双胞胎罗思甜和罗忆苦。罗思甜单纯而天真,充满了世俗幸福的怀想,而罗忆苦则自由而放纵,有着无穷的心计和野心。结果是,罗思甜飞蛾扑火般爱上了夏小恽,怀孕生子之后,母性意识全面觉醒,最终却为寻子而殒命;而罗忆苦自幼便乐于在两性之间长袖善舞,不仅害死了丈夫肖俊杰,弃杀了情人夏小恽,还欺骗了傻子杜天宝,最终也死于须南国的手中。单纯也罢,复杂也罢,这对永城的姊妹花,最后都逃脱不了悲剧的命运。在他们(包括肖俊杰、夏小恽等)的命运之中,隐含了放纵的青春、现实的伦理与时代的变迁之间的密切关联。这种关联,激活了人性的各种潜能,使他们无法拥有一颗安宁的灵魂,追逐、冒险和满足成了这一代人生命的共同底色。而他们最终都死于非命,恰恰凸现了创作主体对这种成长环境及欲望化生存的潜在抵抗。

别有意味的是傻子杜天宝,这个天真、质朴、热情而又孤独的透明人物,却成功地穿越了混乱的现实。当他与比自己更傻的碧玉结婚后,却生下聪明的女儿银杏,最后,他终于将银杏送到出嫁的路上。这个傻子,让人想起辛格笔下的吉姆佩尔,以绝对的真诚和无限的信任,完成了罗思甜们无法实现的自我救赎。从某种程度上说,他像一个寓言,承载了艾伟对于命运的理解。所有的欲望带来的都是灭顶之灾,所有的混乱收获的都是劫难,只有这个傻瓜,才拥有对未来的幸福充满遥望的资本。它显然寄托了艾伟对于世俗欲望的恐惧和不信任，甚至折射了作家对自由与规训的反思。如果按照席勒的说法，这无疑是一种"感伤的诗"。因为"感伤诗人沉思客观事物对他所产生的印象；只有在这一沉思的基础上，方才奠定了他的诗歌的力量"。[1] 没有沉思，没有作家主体对于人性的深刻辨析和思虑，事实上也就不可能成就现代艺术。所以席勒也认为，无论是"素朴的诗"还是"感伤的诗"，它们最终关注的焦点都是人性。帕慕克则进一步强化了这种论点，认为优秀的小说必然兼有素朴和感伤的双重品质。阅读《南方》时，我们非常突出地感受到艾伟对这一双重品质的追求。它激活了江南的日常生活记忆，呈现了南方的美学气质，同时又以一代人的曲折命运，质询了时代变迁过程中某些内在的症状。

事实上，这种世俗欲望的书写，在新世纪以来的很多重要作品中都有或多或少的表达。像毕飞宇的《推拿》，围绕"沙宗琪推拿中心"的一群盲人按摩师的日常生活，作者在巧妙地演绎盲人特殊生存方式的同时，生动地展示了欲望与尊严在他们内心的推拿过程。苏童的《黄雀记》围绕一桩强奸案，鲜活地呈现了青春欲望与现实伦理之间的左冲右突。格非的《春尽江南》则在20世纪90年代的市场化语境中，演绎了曾经充满理想激情的谭端午和庞家玉夫妇在世俗欲望中穷挣苦扎的日常生活状态。余华的《第七天》中，杨飞以一个亡灵的视角，不断审视一个个为了欲望而苟活的生命，也展示了一个个被欲望社会所摧毁的生命。不错，他们对日常生活中的欲望泛滥都提出了尖锐的质疑，但同时，他们也对一些生命欲望的合法性进行了辩护。这无疑体现了中国当代作家对欲望与生命的有效尊重。我们说，世俗欲望的意义并不在欲望本身，而在于它是指向精神、群体、未来。在以商品经济为主导的消费主义时代，世俗欲望已成了生命存在的自证方式，它并非是真正意义上纯属个体的事情，而是渗透在日常生活的方方面面。也就是说，它不仅

----

[1] 伍蠡甫等编：《西方文论选》（上卷），第491页，上海译文出版社，1979年。

涉及个体的隐秘和私人的快乐，以及生存的内在幻想，还意味着它逐渐被看作是个体生命的主要表征。当然，这种世俗欲望的泛滥，也导致人们在日常生活中的实有空间不断膨胀，心灵空间走向萎缩，感动下降为感觉，神圣与卑微同等，热情变成冷漠，性代替了爱。

　　新世纪以来的中国文学之所以对人的世俗欲望有着更为自觉的表达热情，主要是因为在消费主义的现实背景中，一大批人群（特别是城市平民）由于经济地位的改变而使他们的社会地位也相应地发生了改变。这种改变不仅表现在他们正力图把实利追逐的生存法则一步步推向合理化，还表现为他们已成为一个新的文化消费实体。这种文化消费实体由于其自身的生存经验和价值取向，决定了他们在消费文化中恒定地指向现时性、感官化的娱乐，而少有对心灵内在困苦的投入和关注。新兴的平民文化中一个显著的表征是：必须适应这个阶层的快乐原则，努力回避对精神作过多的形而上思考。在这种消费主义文化的制约下，中国当代作家的创作心绪无疑是复杂的。他们既爱都市便捷而丰盛的物质，又畏惧物质主义对于人性的异化；他们既看到了世俗欲望与物质丰盛之间的密切互动，又意识到这种现实生存的不可改变性，由此导致他们对人的世俗欲望越来越关注。这种欲望书写意味着某种文化的承诺。当精英文化在大众传播上成为被人们普遍拒绝接受的存在时，其内在的反叛性和前卫性以及不可重复性便遭受了平民意识形态的抵制，这种抵制的结果使作家们削弱了对精神内在的形而上追求，他们不得不在直面日常生活中承诺：表现欲望，认同现实，在新的实利现实中确立欲望化生存法则，以求最大面积地适应市民生活的快乐原则。同时，取消深度作为一个后现代的旗号，不仅迎合了物质化、符号化的生存秩序，还在最大限度上解除了现代人的内心焦灼和紧张，当代作家直面现代焦虑，操持着欲望化叙事法则也意味着一种承诺：这个世界日益积累的文明已经解放了那么多的事情，知识填塞了我们的头脑，占据了未知的空间，足够我们在平面上享用一生，因此深度建构已无关紧要，所以充斥在他们笔下的欲望总是交织着满足后的虚空或幻灭，欲望常常成为一种游荡于心灵之外的狂暴激情,或者是难以寻到意义的无根之性。

总之,消费文化的独特之处,就在于它在激活个体欲望的同时,又突出了身体的符号意义。有学者就认为,"只要我们不能消灭人的肉身而存在,就不得不正视我们的身体以及欲望。从一个侧面来说,人类文明史可以视为如何在'身体'与'精神'二者之间寻找平衡的历程,但所谓的'平衡'却如同海市蜃楼一般。传统中国文学即使偶尔大胆地呈现人的身体和欲望,也不得不'曲终奏雅',以示呈现欲望乃是为了'劝善惩恶';即便如此,它们也难免被扣上'诲淫诲盗'的帽子。而西方传统则表现为理性对身体的挤压,即使是被广泛称引的马斯洛的人类需求层理论,也将身体及欲望置于底层。从这种意义上看,新世纪文学婚恋叙事对于'身体'的关注、对于'欲望'的宣泄和释放,无疑具有潜在的合法性"。[1]鲍德里亚曾从日常生活的"生产-消费结构"中,发现了人们在身体上表现出来的、欲望化的双重实践,即作为资本的身体实践和作为偶像(或消费品)的身体实践。而在后一种实践中,身体不再是有某种固定的体积的对象,而是成为可以不断向外延伸,日益完美,功能更加齐备的对象,虽然其他物品依据同样的逻辑也能扮演这一角色,但是鲍德里亚强调,只有身体是心理所拥有的、操纵消费的那些物品中最美丽的一个。[2]所以我们看到,作为欲望载体的身体,在现代社会中不断被人类的日常消费活动所开发,几乎渗透到现实社会中的各个领域,包括观光、旅游和休闲,除了经济以外,都还包括文化的各种复杂因素。同时,观光、旅游和休闲事业不断发展的结果,不但反过来带动经济生产和交通运输的发展,改变了社会的城乡结构,也加速了经济与科学和文化间的相互渗透,同时还在很大程度上改变了人们的生活方式和生活风格,深深地影响着人们的日常生活方式和心理结

---

[1] 徐杨、王确:《生活、身体以及文学消费——"新世纪文学"的婚恋叙事》,《文艺争鸣》,2010年第10期。
[2] [法]让·鲍德里亚:《消费社会》,第143页,刘成富、全志钢译,南京大学出版社,2008年。

构。这种新的消费生活形态，与赌博结合，形成了一种别具特色的欲望景观。如果我们细读严歌苓的《妈阁是座城》，就可以深切地体会到这种身体消费与人的欲望之间的纠缠，它源于消费之欲，最终又成为被消费纳入自身体系的符号。

总之，无论是对消费时代的认同，还是对人性欲念的警思，新世纪以来的文学不断加强对日常生活中人性欲望的审美表达，表明了中国当代作家已开始全面理解人的完整生活，也体现了创作主体对生命完整性的尊重。更重要的是，还有不少作家自觉地超越了欲望放逐式的书写方式，而将审美思考探入人性内部，拷问着生命自身的多种生存可能及其精神动向，如李洱的《应物兄》、格非的《望春风》、王彪的《你里头的光》、迟子建的《群山之巅》等作品，都直面日常生活中的各种欲望，又不断穿透欲望的外壳，揭示出特定历史境域中复杂而幽暗的人性内涵。在一个欲望喧嚣的消费主义时代，我们当然不希望作家再去充当欲望加油站的伙计，而是企盼他们冷静地直面欲望化的现实，以自身独有的话语力量来嘲解、对抗种种狂舞之欲。

第四节　符号、仿真与身体修辞

列斐伏尔说："在平静如水的日常生活里，的确一直都有海市蜃楼、磷光涟漪。这些幻觉并非没有结果，因为实现结果是这些幻觉存在的理由。但是，在哪里可以找到真正的现实呢？何处发生着真正的变革呢？就在这个不神秘的日常生活之中！历史、心理学和人类学一定要研究日常生活。"[1] 日常生活之所以晦涩难懂，让人欲说还休，就在于它永远蕴藏着无数人类社会变革的因素。这些变革的因素，总是在人们习以为常的身边萌芽，以至于我们都不会留意它的作用，只有当它成为一棵苗壮的树苗，我们才会发现，一切都已进入不可逆转的变革轨道。消费社

---

[1]［法］亨利·列斐伏尔：《日常生活批判》（第一卷），第126页，叶齐茂、倪晓晖译，社会科学文献出版社，2018年。

会的到来就是如此。一个显而易见的事实便是，符号正在左右我们的日常生活。从一支牙膏、一件衬衫、一双皮鞋，到一部手机、一台汽车、一次旅行，我们在日常生活里的很多消费选择，几乎都交给了由庞大信息系统所建构起来的符号体系。我们不会轻易地选择那些从没听说过其品牌名称的商品，也绝不会随便购买那些未经公众确认其符号价值的商品。这也足以说明，在商品经济的社会里，我们在日常生活里的各种消费活动，都已不知不觉地认同了商品的品牌，使品牌所拥有的符号系统成为我们生活的主宰。我们甚至可以说，我们的日常生活中的消费，已远远超过满足物质需要的意义，而更倚重通过消费来建构自我的身份。在消费社会中人们通过商品符号来表明自己的文化身份，通过消费来维持、实现一种群体的认同感，人们对商品符号系统为其身份所提供的意义予以积极认同。所以很多人认为，一个体系化、程式化和神话化的符号世界，已越来越完整地控制着我们的日常生存方式，使我们的日常消费既不是为了单纯的生存，也不是为了纯粹的享受，而是为了更好地彰显自己的社会地位和阶层身份。

在物质生活不断丰富的现代社会里，人们的日常消费活动，确实已不再是单纯地获取物品的实用价值，而是极力追求它的符号价值，这正是消费主义的重要特征。用鲍德里亚的话说，"洗衣机、电冰箱、洗碗机等，除了各自作为器具之外，都含有另外一层意义。橱窗、广告、生产的商品和商标在这里起着主要作用，并强加着一种一致的集体观念，好似一条链子、一个几乎无法分离的整体，它们不再是一串简单的商品，而是一串意义，因为它们相互暗示着更复杂的高档商品，并使消费者产生一系列更为复杂的动机"。[1] 借助罗兰·巴特的符号学理论，鲍德里亚曾系统地阐述了消费社会的主要特质，那就是物质对人们日常生活的包围。这种包围，不是物质在人们生活中简单的增量式堆砌，而是各种相互关联的物质所构成的符号系统对人们日常生活的封裹。它所带

---

[1] [法]让·鲍德里亚：《消费社会》，第3页，刘成富、全志钢译，南京大学出版社，2008年。

来的根本性变化，是"富裕的人们不再像过去那样受到人的包围，而是受到物的包围"。但是，这里的"物"，已脱离了单纯的实用意义上的商品功能，而是呈现出系统性的符号价值，"今天，很少有物会在没有反映其背景的情况下单独地被提供出来。消费者与物的关系因而出现了变化：他不会再从特别用途上去看这个物，而是从它的全部意义上去看全套的物"。[1]这也就是说，消费者不会再从使用价值上去对待一些具体的商品，而是在符号化的体系中来判断它的全部意义。譬如，某位消费者购买了一件品牌上衣，他必须同时考虑这件上衣与他的裤子、皮鞋甚至腰带，是否在品牌符号的层面上形成合理的搭配。他绝不会上身穿着一件名牌西装，下身却穿着一件随意松散的休闲裤，也不会配之以拖鞋或布鞋。这种所谓的"搭配"，其实就是符号意义的系统性建构。这种符号的意义系统，不是根据个人的理性思考或论证形成的，也不是先在地预设好的，用鲍德里亚的话来说，它是在具体的、带有暗示的情境中生发出来的，并且契合了人们在日常生活中的心理连锁反应。"服装、器械以及化妆品就是这样构成商品的系列，并引起消费者对惰性的制约：他逻辑性地从一个商品走向另一个商品。他陷入了盘算商品的境地——这与产生于购买与占据丰富商品本身的眩昏根本不是一回事。"[2]

通过系统化符号意义的建构，将一个商品与另一个商品联系起来，并使之构成"商品的系列"，由此形成不断增值、无限繁复的商品符号体系，从而获得人们在日常生活中的默认，这是消费社会得以形成的内在基础。所以在消费主义时代，人们对于商品的占有永远觉得匮乏，这种匮乏当然不是真正的缺衣少粮，而是商品的符号系统永难满足。年长的人或许无法理解，为什么新一代人明明丰衣足食，却依然不断叫嚷自己的生活很匮乏，甚至觉得生活不易，备受压力，其真正原因就在于，

---

[1] [法]让·鲍德里亚：《消费社会》，第3页，刘成富、全志钢译，南京大学出版社，2008年。
[2] [法]让·鲍德里亚：《消费社会》，第3页，刘成富、全志钢译，南京大学出版社，2008年。

这套商品符号体系正在不断发展，并且在其意义链中不断扩张或更新，使人们很难安之若素地活在自己的世界里。如果人们想要在日常生活中有效维护或提升自己的社会地位，就必须熟知并进入这套符号体系，去获得这些消费符号的价值意义，紧跟符号扩张或更新的速度，否则就可能游离于社会群体之外。

对于新世纪以来的中国现实而言，这种系统化的符号生活，无疑已越来越明显，也越来越深入人心。从各种山寨名牌商品的不断出现，到全球奢侈品向中国市场的快速倾斜，在相对富裕的中国百姓日常生活中，商品的符号体系正在重构一些人的社会身份和生存价值。今天，如果一个人完全不接纳任何商品的基本符号体系，就很难被某些社会阶层所接纳。符号化的消费是我们唯一能够展现自我的方式，当我们走在大街上，打开手机或电脑，在电梯间里抬头的时候，属于现代社会的广告、传媒、信息流，都在无孔不入地提醒和诱导着我们。这种现代消费社会的到来，不仅从根本上改变了人们的生存观念，也引发了人们在日常生活中生存方式的变化，包括消费方式和交往方式的变化。它在文学创作上所带来的变化，便是作家们在面对日常生活书写时，开始自觉关注日常生活中的某种符号意义对于个体生存价值的彰显。

在这方面，我们可以看看潘向黎的小说《永远的谢秋娘》。这是一篇具有古典气质的小说，虽然也带有一点白先勇小说的影子，但是，作家对于谢秋娘的叙述，却很少直接演绎她与其他人之间的内在关系，即使是她的三次情感经历，在故事中也是若即若离。作者倾力叙述的重点，始终在于谢秋娘的外在装扮，以及"秋娘小厨"的内部陈设。无论春夏秋冬，秋娘都身着一袭旗袍，端庄典雅，从不流俗。她所开设的"秋娘小厨"，其内在景致同样与众不同，"整个店堂豁朗明亮，装饰得那叫精细，一色儿胡桃木的桌椅，带着几分明代家具的味道。桌布、椅垫都是香槟色的，上面密密绣着艳粉红的海棠花。菜单是羊皮面的，里面是毛笔宣纸写就的菜单，用塑料封套套着。灯具用了宫灯式样的，无边喜庆的气氛。餐具是细腻骨瓷，拿在手里轻巧，看着半透明，纹样是各处见不到的，拿起来还带着温热。四壁都凿了花窗，两面是假的，画了远远的山水，仿佛可以走进去似的，有一面是真的，推开是一片丝绒似的茵茵绿草，草地尽头有三棵百年香樟树，风过处送来几声鸟啼"。无论是身上的旗袍，还是饭馆内的摆设，其实都是一种相互呼应的符号系统，共同支撑了谢秋娘不流俗、不随众的个性品质，也展示了"秋娘小厨"的独特格调。也就是说，这篇小说通过秋娘的着装和她的饭馆陈设，从符号意义上巧妙地彰显了谢秋娘与众不同的精神气质。"秋娘小厨"的生意极好，在很大程度上取决于谢秋娘对餐馆符号的意义建构。

须一瓜的《提拉米酥》也是通过符号化的商品体系，演绎了巫商村和同事黎意悯之间的微妙关系。表面上看，黎意悯将巫商村当成自己的"大动脉"，他们频繁地相聚于查箸，最终使精美的提拉米酥和善解人意的巫商村，慢慢地走入黎意悯的情感深处。而实质上，随着大大咧咧的黎意悯在工作中的突出表现，巫商村终于在妻子的威胁和权利的自我平衡中，悄悄地扼制着黎意悯的事业发展。这种隐秘的情感对立，似乎是巫的妻子不断地围绕着误餐费问题大做文章而引起的，但在种种言行之中，又不时地闪烁着巫对黎的游离。它的叙述自始至终保持着敏感、朦胧、游离的状态，充满了不定性，而这种不定性，就像熟鸡蛋表面一层极具弹性的皮膜，让他们一直保持着某种特殊的柔韧度。这种柔韧度，与小说中的查箸、提拉米酥，以及由此构成的暧昧情调，形成了一种精英而又时尚的小资气息，也烘托了现代职场人物在利益与情感之间的游离状态。我们也可以说，正是查箸、提拉米酥等一系列充满了时尚和小资气息的符号意味，烘托了人物之间的情感气息。

有很多学者都认为，符号化的生活是非常典型的中产阶级日常生活趣味。事实上，符号的消费不仅仅是中产阶级的生活追求，同样也是很多平民的生活梦想。余华的《第七天》里，就叙述了鼠妹刘梅的跳楼事件。刘梅之所以跳楼，是因为男友伍超送给她的重要礼物是一只山寨的苹果手机，这让刘梅觉得情感受骗，小小的生活梦想破灭了，所以她要用跳楼的方式逼迫伍超现身。鼠妹刘梅生活在城市的底层，长期住在城市的地下室里，但她依然对苹果手机充满了渴望，这种渴望不是因为手机的先进功能，而是它的符号所体现出来的时尚价值。所以在《消费社会》里，鲍德里亚强调，当我们为了生存而消费，或者为了单纯的享受而消费时，我们都还没有成为消费的奴隶，不会被消费主义所剥削；但当我们越来越掌握了消费的符号，并进入这个系统中，利用这些符号来实现自身的社会地位时，我们就越来越被制度控制、异化和奴役。为了能够拥有与自己地位相匹配的消费，我们不得不去努力获得更多的资本，尽管这些消费可能实际上对我们毫无用处。符号崇拜的最终结果，便是"我们自己也变成了符号，变成我们购买的商品把我们塑造的那种东西"。[1]

尽管符号意义的生成是一个无限扩张和更新的系统，具有强大的整合能力，但是就符号的具体表现形式来说，主要还是借助影像化的仿真手段，以体现商品特定的价值指向。这包括各种商品必不可少的商标图案，商品独一无二的外在造型，以及反复宣传的价值理念等，它们的核心作用，都是为了诱导人们在日常消费中的选择欲望。譬如，我们在日常生活中经常接触的某些烟酒，就是通过其特殊的商标图案、造型和价格，使之远离一般的同类商品，成为"名烟名酒"，借此提升消费者的社会身份。我们相信，中华香烟、茅台酒或五粮液在品质上确有不同，但人们在消费它们的过程中，并非全部倚重它们的内在品质，而是更多地看重它们的符号价值。与此同时，我们还必须看到，在商品符号的意义建构体系中，现代信息媒介技术发挥了无与伦比的作用。它们是制造符号神话的核心基地。如今，任何一种商品要提升自己的符号价值，都必须利用现代媒介，通过各种仿真的影像手段，将该商品打造成特定社会身份的必备之需。表面上看，这种现代媒介技术所炮制的，只是各种形式的广告，但实质上，它凭借自身强大的虚拟技术和网络手段，已彻底改变了人类有关真实的信念。很多人都承认，信息技术是人类社会的

---

[1] [法] 让·鲍德里亚：《消费社会》，第51页，刘成富、全志钢译，南京大学出版社，2008年。

第三次革命，它逾越了机器时代的诸多时空局限，使人的能力获得了空前的延伸。无论是过去的，还是异域的，甚至是完全不存在的景象，通过信息技术的处理，都会形成高度仿真的"拟像化"现实。在现代社会里，借助多媒体技术的支撑，所有电子媒介都已逐渐成为一个巨大的仿真化机器：拟像、符号、复制、数字处理……几乎所有这些信息制造的手段，都是为了建构一种现代仿真文化。这种仿真文化，不仅改变了人类的生存方式和思维方式，而且动摇了人类诸多的生活信念，尤其是有关"真实"的信念。鲍德里亚就认为，这是人类自我导演的一场"完美的罪行"："大众传媒的'表现'就导致一种普遍的虚拟，这种虚拟以其不间断的升级使现实终止。这种虚拟的基本概念，就是高清晰度。影像的虚拟，还有时间的虚拟（实时），音乐的虚拟（高保真），性的虚拟（淫画），思维的虚拟（人工智能），语言的虚拟（数字语言），身体的虚拟（遗传基因码和染色体组）。""人工智能不经意落入了一个太高的清晰度、一个对数据和运算的狂热曲解之中，此现象仅仅证明这是已实现的对思维的空想。"[1] 在鲍德里亚看来，在虚拟的幻象中所建构起来的仿真文化，远远超出了人类对真实的理解，并形成了一种以符号为载体的"超真实"世界。在这里，人们所依赖的是现代电子媒介所营造的虚拟空间，所有的真实不再是客观化的、可实践的真实，也不再是人们可以不断确认和描述的真实，"真实本身也在'超真实'中沉默了。复制媒介巨细无遗地临摹，真实在从媒介到媒介的过程中被挥发了，成了一种死亡寓言，真实成了为真实而真实的真实（就像为了欲望而欲望的欲望），膜拜逝去的客体，但这客体已经不是再现的客体，而是狂喜的否定和对自己仪式的消除：成了'超真实'"。[2] 尽管鲍德里亚的说法有些夸大其词，但是，由虚拟技术而创造出来的仿真文化，无疑从符号体

---

[1] [法]让·鲍德里亚：《完美的罪行》，王为民译，第32—34页，商务印书馆，2000年。
[2] 连珩、李曦珍：《后现代大祭师的仿象、超真实、内爆——鲍德里亚电子媒介文化批评的三个关键词探要》，《科学经济社会》，2007年第3期。

系的建构中，极大地动摇了人类有关真实的信念。这一点，已渗透在我们当今生活的各个领域，并为各种符号神话的制造提供了合法性条件。

当真实不再具备客体意义上的实存，而成为人类"超真实"的仿真符号，商品符号的内在价值也就变得合理合法甚至名正言顺了。仿真文化所带来的审美趣味，便是造梦工厂的大面积涌现。它使人类文化的生产和消费，不再忠实于经验化的现实生存秩序，也不再追求具有理性意味的经典化趋向，而迅速转向时尚化、虚拟化和感官化，并使各种奇幻性的叙事变得越来越盛行。所以我们看到，在新世纪的网络文学创作中，从"盗墓""仙侠"到"穿越""玄幻"等戏拟化的类型文学，几乎成为普通大众的主要文学消费形式之一。人们越来越乐于接受这种由仿真文化催生出来的审美趣味，也越来越迷恋奇幻化、感官化和戏拟化的审美格调，像《大话西游》《诛仙》《盗墓笔记》《藏地密码》《幻城》《斗破苍穹》《后宫》《梦回大清》等，一波接一波。这种创作无疑是仿真文化在文学创作中的积极推手，并借助各种电子媒介的营销策略，成功地占有了巨大的消费市场；同时，它们又反过来推动仿真文化的合理化和合法化，不断动摇人们有关真实的信念。

面对信息化、虚拟化所形成的仿真文化，新世纪以来文学一直在试图重建一种日常生活中被遮蔽的真实信念。典型的表征之一，就是"非虚构写作"的全面兴起。它以对抗性的写作策略，将亲历性、在场性的真实作为写作的基本美学目标，抵抗仿真文化给人们带来的影响。我们可以看到，在非虚构写作中，几乎所有作家都会采取"元叙事"的策略，让创作主体带着天然的合法性身份，置身于叙事现场。他们一方面不停地张罗人物的进出、材料的调配、现场的呈现、叙事的连贯；另一方面还巧妙地传达叙事的主题、自我的价值立场，以及个人的感受与思考。这种让创作主体置身于现场的元叙事策略，当然不同于影视制作中仿真式的现场重建，而是新闻报道式的实况记录。它们要么让作家行走在每个事件的现场，主动参与事件中相关人物的互动，并直接呈现叙事对象的真实感受；要么通过史料发掘式的超时空对话，对一些历史既定观念进行重新辨析，或对史实加以重新归并和呈现。像薛海翔的《长河逐日》，就是以一个儿子多年后的四处寻访，不断重构父亲郭永绵和母亲薛联的成长经历和革命记忆。在"序言"中，作者就明确了自己的写作动机和调查方式，然后沿着父亲的早年生活，奔赴马来西亚的太平监狱，寻访父亲郭永绵的生活经历，甚至意外地发现了父亲作为养子的身份。接着，作者又辗转到江苏涟水县普安集镇，还原了母亲的早年生活和成长历程。在父母人生的每一个重要居住地，作家都进行了亲历性的实地考察、史料搜集，或将现场实景与父母的回忆进行对照，或通过史料记载再现当年的境况，然后以一种无可辩驳的真实性，呈现了父辈们坎坷而又曲折的人生经历，也传达了作者对父母内心世界的深度探秘。

就文学创作而言，元叙事的主要目的，就是让作家在叙事过程中明确告诉读者："我想写什么"和"我为什么这么写"。它以创作主体的坦诚和率真，不断传达作者渴望在叙事中实现的一些设想。在写作《中国在梁庄》和《出梁庄记》时，梁鸿就非常警惕那些被无数信息描摹起来的乡村，也高度戒备那些符号化了的"农民工"生活模态，所以她选择自己的故乡梁庄作为考察坐标，通过彼此亲密且无防备的真切的交流方式，记录梁庄的社会变化与人们生存的景象，同时奔赴全国各地，跟踪梁庄人在全国各地谋生的艰辛与尴尬。她曾直言不讳地说："如何能够真正呈现出'农民工'的生活和乡村的历史与现实形态，如何能够呈现出这一生活背后所蕴含的我们这一国度的制度逻辑、文明冲突和性格特征，却是一件非常困难的事情。并非因为没有人描述过或关注过他们，恰恰相反，而是因为被谈论过多。大量的新闻、图片和电视不断强化，要么是呼天抢地的悲剧、灰尘满面的麻木，要么是挣到钱的幸福、满意和感恩，还有那在中国历史中不断闪现的'下跪'风景，仿佛这便是他们存在形象的全部。"[1] 正是对那些被高度符号化的现实的怀疑，才使她有了还原真实的写作冲动，"我试图发现梁庄的哀痛，哀痛的自我。

---

[1] 梁鸿：《我的梁庄，我的忧伤》，《光明日报》，2013年8月6日。

说得更确切一些,我想知道,我的福伯、五奶奶,我的堂叔堂婶、堂哥堂弟和堂侄,我的吴镇老乡,那一家家人,一个个人,他们怎么生活?我想把他们眼睛的每一次跳动,他们表情的每一次变化,他们呼吸的每一次震颤,他们在城市的居住地、工作地和所度过的每一分一秒都记录下来,我想让他们说,让梁庄说。梁庄在说,那也将意味着我们每个人都在说"。[1] 同样,孙惠芬的《生死十日谈》通过对辽南乡村一些自杀个案的追踪采访,既记录了那些自杀者的家庭所背负的沉重的道德伦理,又反思了当今乡村里日趋增多的自杀现象,并指出巨大的医疗负担和尖锐的家庭关系,仍是威胁中国农民生存尊严的重要因素。尽管现代媒介每天都在以这样或那样的方式,不断传播上述这些现实问题,但在各种"符号化"的表述之中,真实的现实生活图景、生存观念及其伦理状态,却始终变得模糊不清。

与元叙事策略遥相呼应的,是非虚构写作对叙事对象的"揭秘式"处理。当然,这种揭秘式的处理策略,不是为了猎奇,而是为了还原作家所认定的事实真相。它和元叙事策略一样,都是为了最大限度地维护叙事的真实性。无论是书写现实还是寻访历史,非虚构写作都会表现出"揭秘性"的审美趣味,似乎真相只存在于作家的笔下,其他现象或事实都具有遮蔽性。这种追求,虽然也隐含了某些历史认知的局限,但就审美效果而言,却提供了一个非常有意味的价值参照。譬如,王月鹏的《拆迁笔记》就是以一个拆迁组织者的身份,置身于整个拆迁过程,不无感伤地叙述了一个拥有600年历史、920户人家的村子被夷为废墟的故事。在那个叫望庄的村子里,搬迁工作组已经进驻两个月了,居民大多数都同意搬迁,但是没有一户搬走。于是,综合协调组、入户动员组、丈量评估组、治安及信息组、机动策应组、拆迁清运组、选房安置组、补偿结算组等七个专项工作组开始紧密配合,各司其职,又环环相扣,巧妙地利用各种政策手段,或诱之以利,或威之以法,最终将钉子

---

[1] 梁鸿:《我的梁庄,我的忧伤》,《光明日报》,2013年8月6日。

户彻底拔除。它既揭示了那些训练有素、身经百战的拆迁干部极为娴熟的谈判手段，又展示了那些村民慌不择路却又精于盘算的心理。

在非虚构写作中，对揭秘式处理策略的普遍运用，一方面体现为作家对历史或事实真相的寻访与还原，另一方面则体现为作家对某些非理性生命状态的探讨。这方面，最具典型意义的，可能是那些有关精神类疾病的书写，像薛舒的《远去的人》和台湾作家钟文音的《舍不得不见你》等，都是如此。在技术主义一路高歌的今天，我们对人类的疾病似乎有了更多的理性认知，但在有些疾病面前，却又显得无所适从，像抑郁症、阿尔茨海默症等，它既是生理的，又是心理的，隐藏着诸多非理性的复杂信息。在这类疾病面前，除了漫长的陪伴和小心翼翼的呵护，我们别无选择。在《舍不得不见你》中，钟文音就以一种哀婉无助的语调，细述了母亲失智之后的各种生命情状。她有言语，却没有记忆；她有情感，却感受不到亲情；她能够行动，却无法控制自己的行为。很多时候，"母亲的语言像刀子，一丢过来就杀得你尸横遍野"。作为女儿，作者试图一次次唤醒母亲的内心记忆和母爱，也试图一次次揭开这种病症的内部肌理，但最后都无功而返。无论怎样精心的护理，无论寻求怎样的医术，都无法获得母爱的呼应，这种令人心碎的陪伴，既是作家内心亲情撕裂后的疼痛，也体现了人类面对这种深渊般疾病的绝望。

薛舒的《远去的人》也是如此。只不过她记录的对象是自己的父亲。在长达三年的陪伴中，她眼睁睁地看着患上阿尔茨海默症的父亲，一步步走向彻底的、不留余地的自我遗忘。从最初的出门办事却空手回家，到后来偶然找不到回家的路，再到公然妄断相濡以沫了数十年的老伴有生活作风问题，父亲渐渐地变得奇怪而又陌生，"大脑对外界的信息亦已不再接收，原本存在于记忆库的物事，如同一页满负着主人大半辈子的书写和涂鸦的纸张，正遭遇一块强悍的橡皮擦，纸上的字迹和画痕正被迅速擦去，很快，它将变成一张消退了每一丝痕迹的白纸，这张回归到如婴儿眼睛般纯洁和天真的白纸，却因岁月侵蚀而显浑身褶皱，并且支离破碎"。面对这个无奈的现实，作家开始了漫长的陪伴、救治和探秘。当然,所谓的揭秘,只是作家对这种特殊病相的呈现,即一种疾病档案史意义上的特别记录。它让我们想起多年前李兰妮的《旷野无人——一个抑郁症患者的精神档案》。在这部非虚构作品里,李兰妮无数次写到自己不可遏止的自杀冲动。譬如看到一把水果刀,作者就会产生强烈的自杀冲动,甚至情不自禁地拿起它在自己的身体上比画;切开自己的血脉后,她会冷静地看着血液从手臂上奔流的状态;见到高楼,她总是摆脱不了从楼顶纵身一跃的渴望。这类非虚构作品之所以拥有揭秘式的意味,就在于它们在面对各种不可逆的生命情状时,为人们提供了鲜活、丰富、怪异而又真实的生命档案。它们揭开了某些生命的内在秘密,却无法用理性和科学来解释这种人生的惨淡。

为了强化非虚构写作对"真实性"的张扬,作家们还同样会动用各种必要的虚构手段。应该说,局部性的虚构处理,是所有叙事都绕不过的,也不会对非虚构的整体构成挑战。但在非虚构写作中,其虚构的实质,是一种写实性的还原。它必须立足于人类共有的经验和常识,对历史记忆或某些现场进行合理的想象性重建。因为真实的现场感,是作家思想伸展的实证性依据。为此,非虚构写作在细节上充分发挥作家的想象,最大程度上体现现场感,确保作家的所有主观思考能够随现场而产生。如唐朝晖的《折扇——最后一位女书自然传人》,就是通过对湖南江永上江圩村最后一位女书自然传人何艳新老人的寻访,呈现了中国大地上极为罕见的女书文化。用作者的话说,"女书,一个美丽的梦,一条婉转、风流的河,暗暗地流落在树林最底部,随根流浪在大地深处。这里的女性,有自己的节日。每个村子里,有不错的女书学人,她是当地的女秀才,替女性们写信,传情达意,为不识女书字的妇女唱读姊妹写来的书信"。带着这种充满诗意的眼光,作者对女书所涉及的建筑、女书字、女书歌、《三朝书》、《结交书》、老庚、庙宇、女红等,均以想象性的笔触进行了细腻的描绘,仿佛作者在深情地抚摸与女书相关的每一个物件,鲜活地演绎了中国传统乡村女性生命的内在律动,也饱含着作者对底层女性命运的体恤之情。

这种虚构性的细部处理策略，无疑也是非虚构作品彰显审美意味的重要方式。可以说，没有这些细节化的虚构，没有必要的经验性想象和补充，叙事就很难实现艺术上的鲜活和生动，也很难击中读者的内在情感。像乔阳的《在雪山和雪山之间》之所以让人读来流连忘返，一方面因为她所叙述的是三江并流的西南横断山区，是洁白而苍茫的梅里雪山，是雪山之中的云天变幻与雷声轰鸣；但另一方面也在于作家超越了普通游客的观察姿态，是"看到花，后来看到树和灌丛，再后来看到苔藓地衣，看到森林、昆虫与飞鸟"的关联性想象。别人看到的只是风景，但乔阳看到的却是构成风景的石头、溪流、植物、牲畜、风、光、土等等。作家不断走近它们、细察它们、亲抚它们，并将它们融入自我的生命体悟之中，然后再现出它们灵性般的光泽。"大地上每一轮植物在重新开始的那一个春天死去，或者又重新站立好姿态，活泼泼地开始前行，我们一样。天地没有涯际，我要走在更广阔和更本质的方向。""风从峡谷里起来的时间，也是在两三点之后，早上峡谷吸取阳光的热量，一切逐渐升腾，上升的气流到了最高的极限，饱满和虚空同时存在，生成了风。风忙忙碌碌，它是喜欢平衡的事物。"这类遍布于作品中的叙述，并非修辞意义上的拟人，而是作家赋予了它们以生命的执着、玄秘和幽深，使它们变得独一无二，却又奇谲无常。

非虚构写作在细节上的虚构性处理，既是叙事艺术的基本要求，也是创作主体置身于现场叙事的重要体现。因为想象源于作家，融入了作家内心的情感取向与艺术感受，拥有突出的"共情"特征，所以它是强化叙事代入感的一种途径。如熊育群的《钟南山：苍生在上》在叙述那张钟南山深夜乘坐高铁奔赴武汉的照片时，就如此写道："大地震动，空气呼叫。老人在打盹时也无法放松，他的嘴角越弯越深，即使睡意蒙眬，他的心理也充满着忧伤，他感觉到前方低低压过来的乌云。"应该说，这是一张很常态化却又让人为之动容的照片，照片中的老人充满疲惫之态，却又异常坚定。作家正是借助必要的想象，将自己的情感融入其中，重现了钟南山临危受命的心绪。它是虚构的，却又是写实性的，并在"共情"的层面强化了叙事的代入感。

从符号的体系化到影像的仿真化，人们在消费社会中的日常生活，已经越来越清晰地聚集于一个中心，那就是：身体。身体既是消费的主要目标，也是消费的重要符号。从结构主义的消费逻辑出发，鲍德里亚直接将身体视为"最美的消费品"，"在消费的全套装备中，有一种比其他一切都更美丽、更珍贵、更光彩夺目的物品——它比负载了全部内涵的汽车还要负载了更沉重的内涵。这便是身体"。[1]的确，作为一种复杂的文化表征，身体充满了消费和被消费的双重特质。所以鲍德里亚强调，身体的地位是一种文化事实，无论在何种文化之中，身体关系的组织模式都反映了事物关系的组织模式及社会关系的组织模式。[2]鲍德里亚的独特之处，是敏锐地分析了消费社会的身体文化，他从生产与消费结构这一社会关系的彼此互构中，看到了人们在身体上所表现出来的双重实践，即作为资本的身体实践和作为偶像（或消费品）的身体的实践。特别是在偶像消费的实践中，身体不再是具有某种固定体积的对象，而是成为可以不断向外延伸、日益完美、功能更加齐备的对象，虽然其他物品依据同样的逻辑也能扮演这一角色，但是鲍德里亚认为，只有身体是心理所拥有的、操纵消费的那些物品中最美丽的一个。[3]

在很长一段时间里，文学中的"身体"书写，一直是作为反抗的武器被中国当代作家所袭用，包括反抗男权主义文化、反抗各种伦理沉疴、反抗不合理的现实秩序等等，其骨子里所彰显出来的，是身体的自我苏醒和人的主体意识的回归。但是，在经历了20世纪90年代的"个人化写作"之后，身体写作开始与消费主义逐渐结盟，因为"今天的历史，是身体处在消费主义中的历史，是身体被纳入到消费计划和消费目

---

[1] [法] 让·鲍德里亚《消费社会》，第120页，刘成富、全志钢译，南京大学出版社，2008年。
[2] [法] 让·鲍德里亚《消费社会》，第121页，刘成富、全志钢译，南京大学出版社，2008年。
[3] [法] 让·鲍德里亚《消费社会》，第121—123页，刘成富、全志钢译，南京大学出版社，2008年。

的中的历史,是权力让身体成为消费对象的历史,是身体受到赞美、欣赏和把玩的历史。身体从它的生产主义牢笼中解放出来,但是,今天,它不可自制地陷入了消费主义的陷阱"。[1] 身体的符号化是消费文化的主要特征之一,我们甚至可以说,消费文化在很大程度上正是通过身体的符号化将自己推向其巅峰的,因为消费文化不仅把身体作为消费对象,而且也作为被消费的重要目标。

早在新世纪之初,中国当代诗坛中就曾出现了"下半身写作"的口号,以伊沙、尹丽川、沈浩波等为代表的一批青年诗人,曾叫嚷着要回到身体,回到下半身,"所谓下半身写作,追求的是一种肉体的在场感。……因为我们的身体在很大程度上已经被传统、文化、知识等外在之物异化了,污染了,已经不纯粹了。……诗歌从肉体开始,到肉体为止"(沈浩波语)。这种喧嚣一时的口号,催发出来的结果当然是消费主义的,因为它的内在结构就是欲望、身体和消费的一体化。随后,"身体写作"也一直成为新世纪作家关注的中心。尽管人们在讨论这一问题时,主要强调这种写作是一种市场化的操作策略,并没有从身体消费的角度对文本进行细致解读,但人们已经注意到了身体写作的特殊性。事实上,从消费主义角度来说,身体写作同样触及了符号消费的核心体系,即作为资本的身体和作为偶像的身体,在日常生活中不断被消费或享受消费的情景。

先看作为资本的身体。余华在《兄弟》下部中叙述了一场极为喧闹的"处美人大赛"。作为市场鬼才的李光头,充分利用了女性的身体资本,使那些云集于刘镇的"处美人"宛如一枚枚威力巨大的钻地弹,从社会底层炸开了被现实伦理紧紧拥裹的人性欲望。从活动的一开始,李光头就并不在意参赛者的处女身份,他乐此不疲的,就是利用自己作为大赛发起人、赞助商的特殊身份,以游戏般的手段,通过女性的身体,在刘镇掀起一场规模空前的伦理闹剧,从而全面撕开那些被"道德"伪

---

[1] 汪民安、陈永国编:《后身体:文化、权力和生命政治学》,第20页,吉林人民出版社,2003年。

装起来的人们的真实面目。于是，我们看到，在笑纳了大量的性贿赂之后，"十个评委像是老弱病残似的被人扶上了车，十个全部肾虚肾亏，两个发了低烧，三个吃不下东西了，四个说自己的视力大幅度减退，只有一个还像个人样子，自己走上车的……"我们也看到，围绕着这场大赛而兴起的"赛场经济"，包括处女膜修补术，人造处女膜，各种丰乳产品，像水葫芦一样漂满了刘镇的大街小巷。我们还看到，从刘作家、赵诗人到童铁匠、关剪刀、王冰棍、张裁缝、余拔牙、苏妈等等，都以自己独特的方式，为金钱和美色而四处奔波。在这里，人性内部的疯癫与现实秩序的疯狂通过各种方式纠结在一起，相互激荡，推波助澜，从而颠覆了一切既定的伦理价值；而且，在这种颠覆的背后，又隐含了一种个人觉醒与社会发展之间彼此悖反的怪圈。宋阿曼的《午餐后航行》则从一位现代女性的情感入手，呈现了不同女性内心中的隐秘风景：空虚，隔膜，易变，虚荣。它让我们看到，很多现代都市女性在面对各种精神焦虑时，几乎本能地会动用身体符号去摆脱焦虑，并通过身体的充实获得精神上的自我慰藉。盛可以《北妹》里的钱小红，就是因为拥有一对漂亮得刺眼的乳房，不断陷入消费社会的泥淖之中。当她与姐夫的性事败露之后，不得不远走他乡来到 S 城。在这个充满欲望气息的都市里，她游走在一个个男性之间，依靠一双美丽的乳房不断地获取生活之需、情感之需，乃至生命之需。乳房是她的生存资本，也是男性消费其身体的重要符号，以至于最后她被无限膨胀的乳房压垮，陷入了人群的围观。类似的作品还有很多，像乔叶的《认罪书》、吴玄的《发廊》《谁的身体》，都呈现了身体在消费社会里的资本化倾向。它既是被消费的对象，又是享受消费的主体。

再看作为偶像的身体。身体的偶像化是让身体成为消费对象的主要方式，它与自我解放无关，与自恋无关，是身体自我修辞的一种体现。如何让身体成为一种符号意义上的高价值商品，偶像化是必不可少的一个过程。这种偶像化的过程非常复杂，绝非美容院、发廊、健身房之类就可以轻松解决，还需要动用信息传播意义上的文化造神手段，使身体具有特殊的文化内涵,因为偶像本身就体现了某种文化趣味,它是以粉丝群体作为衡量标准的。从歌星、影星到各种社会名流,都常常通过信息传播手段对身体进行偶像化处理,使其成为具有某种表征意义的重要符号。偶像化,在很多时候就是身体在符号价值上的最大化。在消费社会里,一位影星的符号价值要远远高于一位科学家的符号价值,这是一个基本的事实。不过,在大多数情况下,身体的偶像化过程,其实就是身体的欲望化过程,即让身体不断切近特定接受群体的内心期待,从而更好地满足人们的欲望消费。用鲍德里亚的观点来说,就是使身体获得"功用性美丽",而这种"美丽的命令,是通过自恋式重新投入的转向对身体进行赋值的命令,它包含了作为性赋值的色情"。[1]只不过,这种偶像化的身体,不是作为欲望交换符号载体的身体,而是作为幻觉及欲望栖息地的身体。

事实上,在新世纪以来的文学创作中,这种身体偶像化的写作同样非常普遍,尤其是在网络文学中更是四处风靡,从"霸道总裁""高富帅"到"小清新""白富美",都是非常典型的身体偶像化,即通过身体修辞使之成为大众消费心理中的欲望依托。为了获得偶像化的身体效果,人们常常乐此不疲地奔波于健身、美容和减肥的日常生活之中。譬如马小淘的《失重》,就叙述了一位都市白领对自己身体的折磨。当然,这种折磨是以自我的偶像化作为参照,在减肥与美食的不断挣扎中来完成的。丁鑫鑫工作稳定,生活优渥,夫妻情感尚可,只是在少女时期一直引以为傲的从不发胖的身材,现在开始发福了。虽然在结婚前,她的身材已经有了发胖的趋势,以至于身边人都说"新娘是不该胖的",并催促她减肥,此时的丁鑫鑫丝毫没有危机感,自信地反驳劝她减肥的人,仍毫无顾忌地吃喝。直到拍婚纱照的时候,她发现喜欢的衣服竟然都穿不上,这对她而言是一个打击,拿到用PS处理过的照片,她感叹"哪怕是虚假的照片,看起来也是令人欣喜的"。真正让她意识到少女时

---

[1] [法]让·鲍德里亚《消费社会》,第125页,刘成富、全志钢译,南京大学出版社,2008年。

代的身体偶像正在渐行渐远，是她在无数次折腾之后，发现依然无法完成内心的目标。"丁鑫鑫那无法被偏瘦的时尚衣装容纳下的'沉重的肉身'成为导致一系列生活混乱的发酵剂，她一直试图控制自己的体重，但却失察了一个更大的问题，那就是她对体重的焦虑并不单纯来自自控的失效，而是因为她的身体被更大层面的消费观念塑造并掌控着，早已与个体脱离，成为标示其社会身份的载体，更吊诡的是，这种实际上去个体化的身体又成为丁鑫鑫拼命追求的自我认同的核心……她没有在欲望和暧昧上用力，却让丁鑫鑫那'沉重的肉身'成为公开的社会焦虑的凝聚之地；她没有止于身体的肉身经验，而是不断用失控的'肉身'压榨丁鑫鑫的精神。在小说的结尾部分，马小淘告诉我们，丁鑫鑫的减肥宣告失败，她甚至比一开始要减肥时还要肥胖，这意味着她终于停止了对自我的约束，可是我们也知道，她的'灵'的部分已经受损了，甚至成为一个抑郁症患者，她在减肥中横生的恶意成为她对这个试图规训她的世界的报复，然而是多么异化的报复！"[1] 在符号化的消费语境中，身体已变成了自我价值的符号，因此，丁鑫鑫不顾一切地奔波在减肥的路上，甚至以丧失健康为代价，并不是为了实现某种具体的功利性目标，仅仅是为了通过必要的修饰，重新让身体获得增值的空间。

当然，我们也必须承认，即使是身处今天的消费主义时代，面对这种"身体写作"，我们也必须认识到它的潜在危机，就像余虹所分析的那样："在身体文学被资本所纳入的大批量生产、复制与消费的过程中，文学作品中的身体被进一步加工，成为一个既深入每个人身体内部的身体又成了一个公共的巨大的'身体'，一个大写的'身体'。这个既在我们之内又在我们之外的'身体'纠缠着我们就像我们过去被'灵魂'所纠缠，但身体对我们的纠缠远比灵魂对我们的纠缠高明得多和可怕得多，因为它常常以反叛灵魂奴役和反叛政治奴役的面貌出现，并让我们获得快感。但就像'启蒙的辩证法'一样残酷，'身体的辩证法'在今

---

[1] 马兵：《"沉重的肉身"——读马小淘〈失重〉》，《文学港》，2018年第1期。

天让我们得到了快感,又让我们失去了自由。"[1] 如果从辩证的角度来思考,这其实也是一种主体意识的失落,因为它在符号、仿真和身体的自我消费过程中,不仅模糊了人与物之间的重要界线,也使真实变成了一个日常生活的难题,让身体在日常生活中陷入符号消费的复杂体系之中,让我们的日常生活变得更加纷乱和芜杂。

---

[1] 余虹:《"身体"的大写,什么东西正在到来?——兼谈"身体写作"》,《中南大学学报》(社会科学版),2005年第5期。

第六章
日常生活中的伦理文化

在上一章里，我们集中讨论了消费社会对日常生活中个体欲望的影响，以及这种影响在新世纪文学中的一些具体表现形态。尽管这些表现形态因创作主体观念的不同，呈现出各不相同的价值取向，但是它们都表明了中国当代作家对这种日常生活的变化并非无动于衷，而是保持着密切关注的姿态。事实上，在人们的日常生活中，无论是日常消费活动、日常交往活动，还是日常观念活动，都离不开人与人之间的互动，离不开个体与群体的必要交流；只有通过不同方式的相互沟通，日常生活的诸多方式才能得以实现。这也是人作为一种社会存在的本质规定性之一。

既然日常生活中的一些基本活动都离不开人与人之间的互动，那么，从人的关系角度来看，这种互动就涉及一个绕不过的问题——伦理问题。梁漱溟在《中国文化要义》中就说到，所谓"伦理"，就是人与人之间所形成的种种"关系"，"人一生下来，便有与他相关系之人（父母、兄弟等），人生且将始终在与人相关系中而生活（不能离社会），如此则知，人生实存于各种关系之上。此种种关系，即是种种伦理。伦者，伦偶，正指人们彼此之相与。相与之间，关系逐生……是关系，皆是伦理；伦理始于家庭，而不止于家庭"。[1]他还进一步指出："所谓伦理者无他义，就是要认清楚人生相关系之理，而于彼此相关系中，互以对方为重而已。"[2]文学是人学，它在直面人的日常生活时，都必须通过人与人之间的种种关系来揭示人类生活及其可能性的状态，这种"关系"所承载的各种伦理问题，自然也成为文学绕不过的重要问题。

　　伦理的核心内涵，主要是指人们在处理人与人、人与社会之间关系时的行为规范和道德准则，它是人类文化最为重要的表征。小到家庭内部、两性婚姻，大到行业行为、社会关系、国家关系，在不同民族或不同国家中，都拥有一系列自身独特的、约定俗成的行为规范和道德准则。这些规范和准则，通常是以观念性的形态，让人们在心理上自觉地认同或接受，否则，人的个体行为就很难得到群体的认可，社会也难以保持常态化的运行。因此，伦理的核心问题，在本质上就是"关系"问题，人与人、人与社会、人与国家、人与自然……每个人在日常生活中总是要面对各种关系，并因此在潜移默化中接受各种伦理的潜在制约。当然，各种伦理也不是一成不变的，它总是会随着社会的发展而不断变革。所以，当我们阅读一些家族小说（如巴金的《家》、茅盾的《子夜》、张爱玲的《金锁记》、陈忠实的《白鹿原》等），都会看到，小说中的许多冲突都是代际伦理的冲突，它的起因皆是时代的变化导致了新一代人无法认同长辈们的生存观念，形成文化意义上的伦理代沟。

　　但是，从另一个角度说，社会快速发展带来的并非只是代际伦理上的冲突。尤其是在今天这种全球化的生存境域中，人在日常生活中的流动性已变得空前频繁，人的日常生活空间也变得愈来愈大，各种日常活动也不断增多，人与人之间的关系也因此变得尤为复杂，人们由此所面临的伦理问题也就愈加尖锐。周晓枫曾在一篇散文中写道："我们熬到中年，开始对年轻人口诛笔伐；看似活力充沛，头脑和内心却虚无；看似桀骜，其实也将以谄媚终老，一生磕着多米诺骨牌的头，向财富、地

---

[1] 梁漱溟：《中国文化要义》，第72页，上海人民出版社，2005年。
[2] 梁漱溟：《中国文化要义》，第81页，上海人民出版社，2005年。

位、制度和舆论。然而，无论我们直言还是腹诽，何曾被现在的年轻人关心？我们在隔阂中暗生猜度和鄙夷。断崖式的社会变迁，使我们之间，仿佛隔着星空那样隔着世界。"[1]这也恰恰是现代人普遍深感焦虑的原因之一。与此同时，社会快速发展带来的另一种趋势，就是物质的丰盛和消费主义的兴起，并由此激活了人的个体欲望之膨胀，导致个体欲求与现实伦理之间不断碰撞，形成了人性与伦理之间极为复杂的内在纠葛。这种纠葛，既是现代性的永恒悖论，也是人类日常生活永难解决的基本冲突。这种情形，伴随着新世纪文学的欲望书写，显得尤为突出。

第一节　性别之间的情感困境

我们先从孙频的中篇小说《松林夜宴图》谈起。孙频是一位新世纪之后崛起的实力派小说家，尤其是在探讨当代青年女性情感与欲望时，体现了很多独特的人性之思。像她的《万兽之夜》《光辉岁月》《乩身》等作品，都以一种极致化的叙事手法，呈现了当下青年女性在情感、欲望与命运之间的复杂纠缠。这种纠缠，既有非理性的欲望冲动，又有理性的伦理对抗；既隐含了个体自由的生命欲求，又凸现了社会伦理对个体生存的内在制约。其中，《松林夜宴图》是这方面最具代表性的一部中篇。在这部小说中，孙频塑造了一个率性、自由而又专注于艺术的知识青年李佳音，并以隐喻性的手法，设置了外公遗留给她的一幅画作《松林夜宴图》。当李佳音常常凝视这幅画作、试图打探画作里所隐藏的真实内涵时，她似乎看到了外公的内心世界：他看起来内心总是很渴，很饿，很空，无论扔进去多少东西都填不满，都能马上听见空荡荡的回声，好像患上了一种奇特的类似于饕餮的疾病。然而就在他刚刚吞下食物的瞬间，他仍然会哆哆嗦嗦地拉住她的手，催促她去看伦勃朗的画

---

[1]　周晓枫：《有如候鸟》，第97页，新星出版社，2017年。

册。他说，侬一定要去看他那些无与伦比的光线，伦勃朗光线，真正的艺术家啊。即使画不出来，侬也总可以去向往的。人其实就是活在那一点点向往之中。饥饿，看似轻描淡写，却道出了生命最为迫切的本真状态，它比饥渴更加致命。这种源于生命内在的"饥饿"，或许是外公生前欲望难以实现的历史隐喻，同时又体现了艺术作为人的心理补偿机制的心理学依据。在特定的历史境域中，受制于强大的社会伦理的钳制，外公只能在画作里表达自己内心的潜在欲望。

但是李佳音却不同了。当她进入艺术学院学习之后，许多社会现实的伦理都已发生变化。在读书期间，她就迅速爱上了自己的美术老师罗梵。罗梵仿佛一座孤傲的精神偶像，只能亲近，却无法占有。为了一份安稳的工作，李佳音只好放弃了这份无望的爱情，并在毕业离校之前，在偶像罗梵的屋外站了整整一夜。回到家乡教书的日子里，李佳音却彻底放飞了自己，先后引诱了五位男学生。她并不爱他们，只是为了让自己的身体回应遥远的思念；她和学生们做爱，以自我的放纵来惩罚别人解救自己；她"最终喜欢上了这种对他们轻而易举的控制，老师对学生的控制，艺术对世俗的控制，神对人的控制"。无论是转嫁自己对老师罗梵的崇拜和爱恋，还是寄托她对于艺术的痴迷，也无论是她对自由的一种追逐，还是对外公画作所隐藏的人性扭曲的补偿，李佳音的所作所为，无疑践踏了日常生活的基本伦理，体现了两性之间的情感伦理与师生伦理、教师职业伦理之间的冲突。也正因如此，她迅速失去了教职，并从此开始了漫长的京漂生活。

对于任何一个普通的个体来说，生命总有一些难以排遣的隐秘。它或许是欲望，或许是欲望的关联之物。对于《松林夜宴图》中的李佳音来说，她所挚爱的绘画艺术，不仅承载了外公无法解析的精神之谜，还寄寓了自己青春岁月的爱恋与欲望。遗憾的是，她所痴迷的艺术，最终却让她一无所获。艺术打开了她的身体，打开了她的欲望，打开了人性自由的天空，然而各种现实的伦理却又如影随行，并以威严冷酷的姿态站在她的面前，让她始终无路可走。在《松林夜宴图》中，如果外公的画作只是李佳音走上专业绘画之路的宿命性因素，那么她与罗梵之间的两性情感，则构成了她的命运劫难。而造成这种劫难的根本原因，并非是罗梵弃她而去，而是各种现实伦理对她的羁绊与惩戒。这种两性之间的情感与现实伦理的冲突，几乎成为很多文学作品在直面日常生活时无法回避的内核之一。

众所周知，两性之间的情感一直是文学表达的重要内容。中外文学，自古而然。一方面，男女之情实乃人类日常生活的情感常态，也是人类日常交往活动中颇为丰富的生命形态；另一方面，这种两性情感又承载了人类社会各种复杂的伦理内涵，是文学探究人性的重要途径之一。尤其是中国，这种情形更为突出，因为中国传统文化在本质上就是一种"伦理型文化"，即人们通常所说的"崇德型文化"。用梁漱溟的话说，中国传统文化的要义就是"伦理本位"。这种伦理文化，主要是建立在以血缘关系为纽带的宗法制度之上，并成为中国传统文化最重要的社会根基。所以从《诗经》一直到明清小说，两性情感与各种世间伦理的冲突几乎成为文学中一种表达不尽的主题。但是，在中国当代文学领域中，两性情感的书写在相当长的一段时间内被赋予了特定的阶级伦理，而且伦理的标准远高于两性情感，以至于有些正常的男女情爱也被某种特殊标准所控制，包括《青春之歌》之类的作品都曾受到批判。直到改革开放之后，这种情形才有所改观。20世纪90年代之后，经历了"个人化写作"思潮的冲击，两性情感逐渐成为作家对人性的辩护手段，甚至出现了诗歌中的"下半身写作"之类肉体放纵式的情形。不过，新世纪之后，这种审美观念获得了一定程度的纠偏，大多数作家不再将肉体欲望与男女情感混为一谈，人的本能欲望、两性情感与世俗伦理的关系，也越来越清晰地成为作家重点思考的目标。

伦理问题之所以是人类两性情感中无法绕过的重要问题，是因为人在本质上是一种社会的存在和文化的存在，而且这种社会和文化存在的基本表现，就贯穿于人的日常生活之中。表面上看，日常生活似乎一成不变，处处布满了经验和常识的鹅卵石，大同小异，无须细察，便了然于心。实则不然。从油盐柴米到吃喝拉撒，在看似千篇一律的日常生活中，其实蕴含了人类所有的信仰、观念、禁忌、情感和思维方式。按学者们的阐释，"文化性的力量不仅控制，而且塑造人类身体。一个人童年时成长于其中，成年时生活于其中的文化背景深刻地塑造他们运用其身体的方法——即如何行走、说话、跑步、投掷、举物和其他日复一日的生活琐事。这些事情并非完全是由生物性决定的，而是由此人生活其中的社会背景塑造和影响"。[1] 这也就是说，日常生活中每一种看似微不足道的言行，其实都折射了人类自身文化伦理的牵制与规约。这也意味着，中国作家在书写日常生活时，几乎无法绕开由中国传统文化所浇铸起来的各种伦理问题。或者说，在日常生活的书写过程中，无论作家具备怎样卓越的洞察能力和写作技能，都必须学会处理各种伦理与人性情感乃至命运的纠缠。这种纠缠，不仅仅是故事的现实背景与人物命运之间的关系，还包括作家渗透在作品中的内在价值立场和审美意味。——很多时候，读者正是将那些渗透在作品的文化伦理作为主要依据，才能对作品进行更为有效的价值分析和审美评判。

事实也是如此。在新世纪以来的文学创作中，作家们在书写日常生活中两性情感时，特别是在探讨人物隐秘的人性景观时，总是让其置身于各种文化伦理的统摄之下。譬如迟子建的《空色林澡屋》《世界上所有的夜晚》，毕飞宇的《睡觉》，苏童的《香草营》《玛多娜生意》，王安忆的《骄傲的皮匠》《向西，向西，向南》，等等。可以说，没有各种伦理的渗透或观照，这些小说的意味就会丧失很多，甚至会严重影响读者对作品在审美价值上的辨析。换言之，我们在阅读这些作品时，其实都会不自觉地进入作者所铺设好的文化伦理之中，在某种伦理氛围中审察人物的精神面貌，并确立自身评判的价值立场。譬如苏童的《香草营》以一个婚外情的故事作为依托，巧妙地演绎了两性情感与社会伦理的冲突。梁医生是一位颇有名气的主刀医生，又是市政协委员，显赫的社会

---

[1] [英] 戴维·英格利斯：《文化与日常生活》，第35页，张秋月、周雷亚译，武桂杰、苑洁译校，中央编译出版社，2010年。

身份使他和药剂师情人的约会成为一个巨大的难题。这个难题就是它违背了社会伦理。经过一番精心设计，梁医生租下了香草营的一套房子作为约会之地，不料却被住在鸽棚里的房东小马悉知全情。于是梁医生迅速退租房子，引起了小马的高度不满。小马的不满在于，梁医生说好租住一年，结果只租了两个多月，所有房租只够他更换了房内的热水器等设施，对方颇不讲信用，有违契约伦理；而梁医生的郁闷在于，小马根本没有说清自己会住在窗外的鸽棚里，不仅毁了他与情人的关系，还让自己的隐私落在了小马的手里。所以，当身患绝症的小马频频要求见梁医生时，梁医生以为小马的讹诈行动已经开始，其实小马只是希望梁医生帮助自己当上市里的信鸽协会秘书长。小说的精彩之处，并不是梁医生对小马的误解，而是误解里所包含的极为丰富的身份差异和伦理信息——它既使梁医生意识到底层人群的精神魅力，亦让他重审了自己在两性情感上所冒犯的世俗伦理，这种伦理既关乎家庭、职业，也关乎他的政治身份。

　　随着日常生活的不断丰富和生活观念的日趋开放，两性之间的情感同样也变得极为复杂。很多当代作家都是通过对社会伦理或家庭伦理（包括婚姻伦理）的巧妙铺设，使作品的内涵渗透到更为幽深的思考之中。张楚的《中年妇女恋爱史》以一系列社会重大的历史时间作为参照，呈现了一群普通女性从少女到中年的情感生活，无序无奈而又摇曳多姿，以斑斓的命运回应了时代的骤变。茉莉、甜甜、老甘、小五都是普普通通的女人，没有大志向、大情怀、大眼界，更没有大能力和大魄力，从学生时代开始，她们的人生志趣就是在俗世中寻求常人应有的欢乐，然而，一个又一个骤然而至的社会变化，最终将她们的命运折腾得起起伏伏，甚至是面目全非。的确，除了甜甜的早逝，她们在本质上没有太大的变化，但是，围绕情感所经受的爱恨情仇，却也是十分的鲜活和丰沛。金仁顺的《喷泉》则是一篇饱含道德拷问的小说。老安和张龙，都深爱着老安之妻吴爱云，丈夫老安之所以强忍屈辱而没有爆发，只因为他背负着沉重的伦理包袱，因为他的生命就是张龙救下的；而张龙同样不敢明目张胆地与吴爱云相爱，也是因为无法承担夺人之妻的道德压力。这种伦理，虽然仅仅纠缠于这三个人物之间，但它无法回避社会公众的检视。老安和张龙，实质上最终都是死于道德伦理的重压。小说叙事舒缓从容，内在冲突却惊心动魄。洁尘的《酒吧》却从另一个层面，生动地再现了一群中年女性对于情感的排遣方式。经历过海誓山盟，也经历过爱恨情仇，所谓的纯洁之爱，对于"我"、林朗和小夏来说，似乎已成为遥远的往事。于是，两性之间的游戏，成了她们打发情感生活的主要手段；于是，酒吧里的嬉闹，成了她们填充内心寂寞的暧昧之地。她们看起来没心没肺，无所顾忌，甚至带着些许的放纵。然而，当"我"的前男友汤力为"很有派头地"出现在面前，"我"还是涌起了许多难以言说的酸楚，有眷恋，有感伤，也有隐痛。或许，这就是当代都市人的情感状态，每一个都在拼命寻找"在路上"的新鲜和刺激，却很少顾及由此而带来的绵绵之痛。她们试图以欲望对抗真正的情感，并进而反抗世俗的伦理，结果她们像苍蝇一样飞了一圈，又回到了原地。

迟子建是一位书写日常生活的优秀作家。新世纪以来，她的大量作品都是从世俗伦理入手，立足于平凡人物在日常生活中的爱恨情仇，尤其是着力于两性之间的情感纠缠，揭示人性的苍凉或命运的无奈。在《五羊岭的万花筒》中，迟子建通过精密而又练达的裁剪，从容地讲述了一个异常繁复的故事。小豆与德顺的情感纠葛、小豆与小猫金霞的依恋、德顺家庭的重负、血缘关系的毁灭……所有这一切僭越伦理的人情世故，像宋翎手里的那只万花筒一样，都被作者轻松地控制在一个小小的饭馆里。从"德顺饭馆"到"小豆饭馆"再到"德翎饭馆"，从马马虎虎到顾客盈门再到日渐衰落，这个小饭馆的变迁，既是德顺命运的写照，也是小豆人生的隐喻。情感和意愿虽然抗不过强大的伦理和吊诡的命运，但终究让他们的生命绽放出一段超越世俗的华彩。迟子建的魅力就在于，她总是能够从那些最为庸常的人物内心深处，不断地析出他们超功利、反世俗的人性光泽。这种光泽，每每附着于尖锐的痛感之上，却又显得无怨无悔，令人敬慕。《空色林澡屋》中，无论是关长河的人生和皂娘的人生，还是皂娘身边三个男人的人生，以及林业勘察队员各自的情感故事，像一片隐秘的丛林，埋藏在乌玛山区，然后又通过不同的方式，被一一讲述出来。它们既辛酸苦涩，又饱含真情，既苍凉孤独，又不乏暖意，呈现了每个平凡生命背后所承载的沉重伦理。它是人而为人的底色，也是命运的沉重注释。《晚安玫瑰》中，迟子建用明净而温婉的语调，通过三个女性各自的生存境遇，探讨了有关女人的情感、伦理与命运的关系。它简单而又复杂，明晰而又混沌，布满世俗伦理的印痕却又不乏神性的救赎。无论是赵小娥还是黄薇娜，都是在复杂而又混沌的现实中左冲右突的女性，而吉莲娜却像一尊救赎之神，以一生的爱与执着，照亮了她们的心灵。她们在两性情感中疲惫地奔波，又常常被各种世俗伦理所伤害，最终她们只能膺服于命运。

张惠雯也是一位善于捕捉两性情感与伦理冲突的优秀作家。《旅途》虽然说的是一个陈旧的失恋故事，然而它却尽显生命的苦涩与苍凉。作者以人物的自我感受及内心意绪作为叙事的内驱力，通过极为细腻而又舒缓的笔触，在不断盘旋的过程中，凸现了现代女性因情爱而产生的种种难以逾越的沟坎。它隐藏在那些男性的沉默、疏离和遗忘中，却构成了女性人生中难以跨越的伤痛。尽管小说中的南希看似比"她"活得更为轻松和潇洒，但实质上，她们的生命际遇只不过是一个硬币的正反两面，并无本质性的不同。这篇小说的精妙之处在于，作者成功地将人物的情感旅途、人生旅途和自然旅途融为一体，并形成了相互映射的关系。在《醉意》中，"她"无法排遣内心深处对婚姻的不满，只能借助一次醉酒宣泄心中的失意；尽管这只是一次非理性的冲撞，但它同样昭示了伦理与情感之间的裂痕。在《岁暮》中，长期旅居海外的女主人公，失去了丈夫，儿子每年回来一次，有些私情的李医生也若即若离，所有这一切，终于在岁暮的家庭聚餐时，被慢慢引爆，而导火线则是她的侄女婷婷。当婷婷与李医生频递热情，女主人公的情感渐渐失衡，最后在送走所有客人之后，她与李医生不可避免地爆发了争论。我们有理由相信，这种"爆炸"既源于妒忌，又源于恐惧和孤独。然而，面对李医生的一连串责问，她终于意识到了多年来的内心纠葛与困顿——现实伦理、家庭职责、情感欲望、寄居生活，这一切无法言说的难题，犹如一杯鸡尾酒，需要她去精心调制，也需要她去努力平衡。可是，她不明白的是，一次小小的外力，便使这杯鸡尾酒四分五裂。

一些新世纪涌入文坛的青年作家，同样非常擅长书写两性情感与各种伦理的微妙冲突。他们常常以伦理作为张力背景，让男女人物的情感沿着人性发展，最后在伦理的审视中呈现生存的困顿或命运的真相，不少作品耐人寻味。像孙频的《不速之客》、鲁引弓的《隔壁，或者1991年你在干啥》、甫跃辉的《坼裂》、斯继东的《白牙》、于一爽的《每个混蛋都很悲伤》等，都是以两性之间的情事为故事主体，从各不相同的伦理角度，凸现了人性内在的诡异与芜杂，错位与苍凉。其中，霍艳的《无人之境》以十分绵密的叙事，呈现了知名作家楚源的情感际遇。年轻的楚源为了执着的文学梦，放弃了曾经相爱的诗人文珊，与他人结婚生子，并终日埋头写作，逐渐收获了一番名誉。然而，年过半百的他，在一次文学颁奖会上，却意外地遇到了年轻的女作家柴柴。玩世不恭的柴柴很快走进他的生活，成为一支小小的火把，不时地照亮他的生命，当然也使他陷入火中取栗的尴尬和隐恐。他渴望那支小小的、艳遇的火把，又时时担心它会灼伤自己的命运。应该说，作者非常善于捕捉这种"爆炸"给人物带来的"不平常"的人生体验，但遗憾的是，叙事对楚源内心困境的拓展，还不够丰沛和充分。盛可以的《手术》依托了一次无关紧要的乳房纤维瘤切除手术，通过唐晓南在手术台上的联想，对现代人的两性情感生活进行了一次别有意味的盘点。唐晓南在放纵了二十八年之后，忽然想有个稳定的家庭作为生活的港湾，于是她瞄准了收入不错且工作稳定、"婚姻出现极为严重的漏洞"的江北，并试图在"在废墟上建立自己的城堡"，结果两人因性爱问题不断冲突，最后分道扬镳。不久，她又巧遇年轻的李喊，并很快同居。在同居过程中，唐晓南努力将李喊拖入婚姻的轨道，因为"不结婚只同居，她觉得就像荒山野岭的孤魂野鬼似的"。然而，李喊并不愿意结婚，他需要的只是性爱，所以他总是编织无穷无尽的谎言,成功地将唐晓南拴在身边。就在此时,唐晓南发现自己的乳房患有良性纤维腺瘤,为此她不得不躺到手术台上,清醒地感受着医生的手术过程。这个手术过程漫长而又艰难,在医生寻找那只直径一厘米的纤维腺瘤的过程中,唐晓南"异常敏感"地回忆了自己放纵式的情感生活,当她发现自己的乳房几乎被医生掏空之后,她似乎感到,自己的两性情感生活也终于被彻底掏空了。

两性之间的情感,当然离不开身体本能的驱动。"一般说来,性本能在日常生活中的地位在于,一方面,它是人的感官快乐与享受的最重要的源泉之一,也是男女性爱的物质基础。真正的爱情是性本能的升华,而不可能与动物的性活动画等号。但是,高尚的爱情如果离开了本能的驱动与满足,也将变得苍白与空洞。另一方面,性本能也是人作为一个类能够生存和继续存在的重要物质基础和内在驱动力之一。如果没有性本能的驱动所导致的男女交合,就不会有生殖活动,从而就不会形成人的血缘关系和高层次的社会关系,人类的运动就会缺少物质载体。"[1]但是,性本能、情爱与伦理之间,既存在着诸多复杂的纠葛,又有着重要的区别,甚至是人们在日常生活中不断遭遇的基本生存困境。鲁引弓的《隔壁,或者1991年你在干啥》中,一对相邻而居的青年男女,虽有各自的职业,但总免不了彼此的好奇。他们从相识到相交,由偶然而必然,与真正的爱情并没有太多的关联,但明确凸现了彼此抚慰的精神欲求。孤独、落寞、迷惘……所有"闯世界"的生存际遇,所有"寻理想"的苦闷与焦虑,都需要寻找排遣的通道。因此,读这篇小说,尽管我们很难读到真诚、牺牲之类有关爱的品质,但是,从他们彼此慰藉的言行中,我们依然感受到情感、欲望与伤痛之间的复杂关系。甫跃辉的《坼裂》在叙述一对男女的婚外情时,则更多地突出了情与理的成分。顾零洲与易澋都有各自的家庭,他们的约会总是选择那些远离各自生活的城市,一方面是为了小心维护自己的家庭,一方面也

---

[1] 衣俊卿:《现代化与日常生活批判》,第60页,人民出版社,2005年。

是为了寻求放松的偷欢。这种偷欢，很多时候并非是为了单纯的欲望，而是为了偶尔逃离一下既定生活的枯燥和沉闷。它闪烁着一些小小的浪漫，却又没有抛弃各自的责任。所以，小说设计了一场有关湖面冰层坼裂的细节，隐喻了这种畸形情感中所承载的冲突，包括情与理、欲与爱、现在与未来等等。

斯继东的《白牙》以非常轻逸的语调，同样叙述了一段婚外情的故事。一个小妖般的女孩与一位大叔般的男人，过了一段不算太长但也不短的夫妻般生活，无拘无束，却又无所作为。所有的外出打算最后都成为纸上的计划，包括去医院洗牙。小说中的女孩阿檬希望"我"洗掉满牙的烟垢，于是从每天的刷牙开始，不断规范"我"的生活习惯，导致一贯懒散的"我"由抗拒走向逃离。"健康生活从牙齿开始"，小说中的这句话，无疑还有另一种含义，真正的爱情从妥协开始。如果两个人不能相互理解、相互妥协、相互包容，爱情终究缺乏延续的基石。阿檬如此执着地让"我"去洗牙，其实是对双方情感的一种检测，或者说是对自我情感的某种求证：如果这样的努力都不能让对方接受，那么所有的设想也不可能得到实现。阿檬是聪明的，她最终明白自己爱上了一个不值得爱的人，所以她设计了一个漂亮的分手方式，从而将爱情背后的疼痛与失望做了很好的处理。于一爽的《每个混蛋都很悲伤》也是叙述一段婚外情的故事。叙述语调轻快明朗，人物心态无拘无束，呈现出男女主人公明确的"去枷锁"式的内心意愿。他们希望这种情感尽可能地愉悦，尽可能地游离各种责任和承诺，然而，那种来自爱情和伦理的"枷锁"真能摒弃吗？无论是郭培看似轻松地问到"你会离婚吗"，还是"我"在郭培死后的"坦然"状态，其背后都分明折射了情感的深深印痕——或疼痛，或悲伤。

在两性情感与世俗伦理的纠葛中，最为普遍的冲突就是婚姻伦理与婚外情的对抗。它是我们这个时代最突出的问题，背后隐含了极为复杂的社会身份信息。成功男人背后的小三，世俗女性的生命欲求，残缺婚姻的人性反抗，无不体现了现代人在自我意识和人性诉求上的生命镜像。像迟子建《群山之巅》中的李素贞,一方面对丈夫要尽到婚姻伦理的义务,但情感上又忍不住爱上同病相怜的安平。晓苏的《松毛床》以一个老人60岁的生日作为契机,通过这位老人对自己过去情感生活的坦言,体现了乡村伦理中特有的一种宽容和温馨。在小说中,老人的艳事(或情感遭遇)并无太多的意义,重要的是,老人却能够如此从容而坦然地叙说着这些隐秘的往事,这才是耐人寻味之处。它使我们看到,在极为封闭的乡村社会里,婚姻伦理所要求的规矩虽然很多很严,但仍有其人性化的伸展空间。正是这些空间的存在,才使很多底层的人生显得活色生香。王手的《第三把手》中,年轻能干、思维清晰、独当一面的周节如,深得老板李金锁的欢心,由"小三"变成了厂里的第三把手。这个第三把手,不仅将李金锁的夫妻关系推入危境,也将工厂发展与世俗伦理置入冲突之中。尤其是当她成为整个工业区的重要人物,甚至比李金锁还能干的时候,人性、伦理和现实之间的各种纠葛,终于将每个人都推到了尴尬之中。范小青《李木的每一天》中的李木,看似遭遇的是一种文化的危机,来自江南的地域文化,通过一种吴侬软语,让李木在婚姻生活中常常显得无所适从,但实质上,他所承受的是婚姻伦理尤其是家庭伦理对自我预设的婚姻生活的肢解。李木的生活是无解的,他看上了自己心仪的女子,却并没有意识到文化习俗对一个人的规训能力,以至于他结婚之后不得不面对婚姻伦理和个体意愿而左冲右突。

朱辉的《要你好看》和周李立的《爱情的头发》讲述的都是有违家庭伦理的婚外情之事。在《要你好看》中,快捷酒店,快捷情欲,他和她,彼此并不了解,只有欲望本能的相互满足。然而,当他试图进入她的生活时,他才发现,成功的男人总是很忙,只有他很空闲,闲得可以随叫随到。因此,他最后的"复仇"式行动,与其说是为自己挽回做男人的尊严,还不如说是被她那位不在场的丈夫彻底击败了内心的自尊。这是一个男人的隐痛,也是一个失败者的又一个人生败笔。周李立的《爱情的头发》从一种精神分析的视角,借助一些微妙的、甚至是略带下意识的情节,撕开了许小言难以言说的内心痛楚。表面上看,身为年轻的护士,拥有现代观念的她,不需要承诺,不需要结局,在与已婚的方卓的情感纠葛中,体现出常人难以企及的执着和从容。然而,这些外在的强悍和执着,终究抗不过内心的虚妄和迷惘,以至于她最后走向崩溃。是对爱情的失望,还是对承诺的期许?是受伦理的折磨,还是对情感的淡漠?似乎都有。"爱情让她饱满,也让她羞耻,她不说,说不出口,而她正好擅于让身体承担后果,她现在对自己下手了。"此外,像周李立的《东海,东海》《回旋》等,同样也揭示了这种人物情感的内在困顿。

两性之间的情感,离不开生命的爱与欲。这种爱欲,虽大多属于非理性的生命本能,但在世俗的日常生活中,它又常常缠绕在各种利益、习俗与恩怨之中,承受着各种社会文化伦理的钳制。所以,列斐伏尔说:"性爱依恋符号、形象、习惯和礼仪等,即依恋外在于大自然的形式,以致性爱失去了它的本能和需要的特征。然而,依恋符号、形象、习惯和礼仪等的性爱从未与性本身分割开,甚至在柏拉图式(指不含性爱)精神恋爱的乌托邦里,性爱也没有与性本身分开,当然,这种依恋符号、形象、习惯和礼仪等的性爱巨大地干扰了性爱(而且,伤及了性爱),改变了性爱。这种性行为变成了一种社会行为,甚至成了最经典的社会行为,在这个社会行为中,整个社会认识了社会自己以及所有的秩序和禁忌、压力和需求、开放的可能性和封闭起来的可能性。同时,性行为不能被看成一个简单的、有条理的行为;性行为是一个小宇宙,有着成千上万个正在变化的方面。性行为横跨了不相衔接的区域:身体与灵魂、与生俱来的和文化的、系列的与博弈的、契约和挑战。"[1] 列斐伏尔的这段话,不仅指出了两性之间的爱欲是"最经典的社会行为",而且道出了其中所夹杂的极为复杂的社会文化伦理问题,甚至是一个生命的"小宇宙"。可以说,在两性的情感交往之中,总是蕴藏着太多复

---

[1] [法]亨利·列斐伏尔:《日常生活批判》(第二卷),第399—400页,叶齐茂、倪晓晖译,社会科学文献出版社,2018年。

杂的伦理内涵。新世纪以来的作家在日常生活的书写中,通过两性之间情感困境的多方面呈现,既审视了某些社会文化伦理对美好人性的压制,反思了传统伦理对现代生活的掣肘,又拓展了人们对"完整生活"的吁求,预示了某些伦理变化的可能。

第二节　亲情之间的代际纠葛

在人类的日常生活中,"代沟"作为一种特有的文化现象,几乎成为现代人经常要面对的一个难题。它主要表现为不同代际之间,常常存在着这样或那样的差别。这些差别,主要由日常生活的观念活动所引发,并直接作用于人们的日常生活方式和日常交往活动,使不同代际的群体之间形成隔膜,有时甚至会导致冲突,最终形成不同代际之间的精神鸿沟。从文化人类学的角度来说,代沟的形成,与时代的变化有着密切的关系。时代变化越快,观念更替就会越频繁,代沟问题也就越突出,代际冲突也会越频繁、越剧烈。

当然,如果从现代社会发展的实际情形来看,代沟产生的最大问题,应该在于年轻一代自主意识的加强。由于对现代社会的快速发展有着高度的适应性,年轻一代不仅能够迅速掌握各种新技术,还从中获得了强烈的自主意识;而长辈们则受到固有经验的束缚,常常显得无所适从。由是,年轻一代不断地向长辈们发起挑战,明确彰显自己的生活方式和价值观念,由此导致代际之间的鸿沟不断加剧。其中,价值观念的分化,是代际差别形成的核心因素。著名的代沟研究专家马格丽特·米德曾毫不讳言地强调:"现代世界的特征,就是接受代际之间的冲突,接受由于不断的技术化,新的一代的生活经历都将与他们的上一代有所不同的信念。"[1]其言外之意是,社会发展越快,人们的主体意识越强,代际冲突也就越突出。

---

[1] [美]玛格丽特·米德:《文化与承诺——一项有关代沟问题的研究》,第72页,周晓虹、周怡译,河北人民出版社,1987年。

围绕这个问题，笔者曾在《中国新时期作家代际差别研究》一书中，对不同代际的新时期作家群体进行过"代沟"探讨，主要是立足于创作主体的精神建构，并未广泛和系统地对具体文学作品中的代际差别书写进行过分析。实际上，作家的代际差别固然值得研究，但作品中的代沟书写也同样耐人寻味。譬如，在中国现代文学中，有很多家族叙事的小说，其冲突主线都是通过家庭内部的代际冲突来体现的，而且在冲突的发展过程中，年轻一代常常代表着革命、自由和时代的进步，像巴金的《家》、老舍的《四世同堂》、路翎的《财主底儿女们》以及赵树理的《小二黑结婚》等，都是如此。这种家庭内部的代沟书写，无疑包含了日常生活的一个重要内容，因为家庭是我们绝大多数人的日常生活得以维持的基本单位。新世纪以来的文学中，作家们在书写普通人的家庭日常生活时，也常常会自觉不自觉地触及家庭内部的代沟问题，这无疑体现了中国社会快速发展给人们日常生活所带来的影响。但同时，我们也注意到，在很多青年作家的笔下，这种代沟书写与以往的作家又存在着某些潜在的变化，如韩寒的《三重门》等，更加突出了某些"审父"的倾向。

首先，通过特定历史和现实的不同认知，展示不同代际的人们在日常生活中的观念变化，揭示年轻一代对于亲情伦理的淡漠和疏离，是新世纪以来代沟书写的一个显著特点。

由于长期受到宏大叙事的熏染，一些成熟的作家常常会围绕一些重要的社会历史问题，借助不同代际的不同认知，从亲情伦理的撕扯中，传达创作主体的某些现代思考。在这方面，比较典型的作品有艾伟的《风和日丽》、迟子建的《群山之巅》、北村的《安慰书》和王彪的《你里头的光》等长篇小说。像迟子建的《群山之巅》，就叙述了龙盏镇三代人各不相同的命运。第一代有辛开溜、安玉顺、绣娘，他们生于20世纪初期，曾饱受战争与饥饿的劫难；第二代有辛七杂、唐汉成、安平、李素贞、单四嫂、老魏等，是红旗下成长起来的一代人；第三代有辛欣来、唐眉、林大花、安雪儿、安大营、陈庆北等，生于改革开放初期，深受社会经济变革的影响。在小说中，随着20世纪末中国社会结构转型的不断深入，不同代际的生存观念也发生了裂变，龙盏镇从一个稳定自足的社会逐步迈向现代文明的冲突之中。辛开溜、安玉顺等第一代人毕竟是从炮火硝烟中走过来的，有着强烈的英雄主义情结。如安玉顺在战场上丢失了一条胳膊和一条腿，年纪轻轻的他，就以英雄的身份占据了长青烈士陵园最显赫的位置，一生都活在鲜花与特权体制之中。而辛开溜因为同大部队走散，被视为逃兵，从此过着灰溜溜的一生。面对殡葬改革，他们采取集体绝食等极端方式，试图在火葬来临前结束自己漫长的一生，以获得"入土为安"的机会。

在安平、辛七杂、唐汉成等第二代人的日常生活中，他们一方面承传了历史的英雄记忆，另一方面也感受着现代社会的召唤。辛七杂让媒婆给他找个不能生养的女人，唐汉成受母之命娶了丑女陈美珍，王庆山的老婆也是媒婆给领来的。从表面上看，这代人的婚姻在很大程度上还保持着"父母之命，媒妁之言"的传统，并且沿袭了传统婚姻伦理中"从一而终"的观念，但与上一代人相比，他们的婚姻呈现出更为开放的状态。安平在法庭作证时，毫不犹豫地说出"做爱"二字，从中我们可以看到社会的变革，已在悄悄改变这代人的价值观念。但他们毕竟受制于传统观念，个体的人性苏醒与既有的生存观念所构成的冲突，成为这一代人最为突出的生存表象。其中，李素贞就是一个典型的隐喻。她一面享受着婚外恋带给她的慰藉与温暖，一面又无法原谅自己过失杀夫的行为，这种精神上的自我撕扯，正是这一代人的生命履历。

以辛欣来、唐眉、林大花、安雪儿等为代表的第三代人，则在龙盏镇上呈现出强烈的个体意识，独立把握自己的婚姻、工作与未来。辛欣来不甘于待在小乡村里当一辈子的屠夫，多次到大城市中谋求更广阔的生存空间；唐眉拒绝母亲为她安排的工作，决定一辈子照顾因她变傻的陈媛，做一个不婚主义者；林大花也拒绝听从媒婆安排的亲事，用自己的初夜换得七万元，并准备拿这些钱开一家店。价值观的迥异，导致他们与上一辈之间冲突频发，甚至互不信任。如辛七杂根本不信辛欣来说的话，王秀满也不认为辛欣来能在大城市闯出什么名堂，陈美珍对唐眉的选择表示出深深的质疑与不理解。当然，随着物质生活的丰富和传统伦理的衰落，龙盏镇上的第三代人的精神世界开始变得日趋虚空，他们不再像祖辈父辈那样，对神灵心存敬畏。辛欣来不仅强暴了被小镇人视为精灵的安雪儿，在英雄安玉顺的墓碑上撒过尿，还在逃亡的过程中吃掉了被大家视为灵物的白蛇。对于这代人而言，世间没有什么是神圣不可侵犯的。对于养育自己多年的父母，辛欣来非但不感激，反而满心怨气，在弑母事件发生后，他竟能镇定地处理好案发现场，偷了钱，强奸了安雪儿，然后踏上逃亡之路。看似乖巧文静的唐眉因为妒忌之心，多次在陈媛食物中投毒，把原本聪明伶俐的姑娘变成了一个生活不能自理的傻子。这代人所表现出来的行为方式和价值取向，无疑体现了传统伦理道德在现代社会的崩落，也呈现了代际更替过程中必然形成的种种文化冲突。

艾伟的《风和日丽》以"寻根"为线索，讲述了革命将军的私生女杨小翼追寻自己的生父，希望得到血缘认同的故事。小说在六十年的时间跨度中，塑造了性格鲜明的三代人物——以将军为代表的年老一代、以杨小翼为代表的中间一代和以伍天安为代表的年轻一代，其中以年老一代和中间一代的纠葛为故事的主要内核。他们虽有血缘的维系，却在漫长的时空中饱受了各种隔膜和误解，将军甚至直到临终都未明确承认杨小翼的女儿身份。这一切，似乎都源于历史意志对个人命运的钳制，但究其根本，两代人在价值观念和思维方式等方面所引发的代际冲突，才是他们诸多矛盾的生发点。很多年后，杨小翼曾发现，"在革命意识形态的框架下，革命者的脑子里一直有一个原罪，这个原罪就是'私利'。'私利'和共产主义理想是冲突的，要靠近共产主义这个理想，必须把这私心祛除，于是革命的生涯转换成了把自己身上的原罪彻底祛除的过程。当'公'成为一条神圣不可侵犯的原则时，在革命队伍的内部，革命者的身体属于组织，思想属于组织，个人的所有一切都属于组织，私是不能公之于众的罪，这种罪甚至涉及到亲情和家庭之中"。表面上看，杨小翼似乎理解了父辈们的生活观念，但是，她和尹南方等人，显然无法认同这种观念。他们试图跨过代际鸿沟，努力脱去革命意识形态强加在将军身上的神圣外衣，使将军在他们面前回到了最本真的普通人状态，但这种努力最后以失败告终。

历经各种艰辛努力之后，杨小翼仍然无法获得生父的公开确认，这也使她逐渐摆脱了之前对于特殊历史的单纯而盲目的认识，领悟到了特殊历史的吊诡，感受到了革命话语裹挟下的无奈和身不由己。于是，重回校园后，她选择了近代史作为自己的专业，因专业之便她开始接触到大量有关革命的史料，也做了很多实地考察。亲身经历和史料记载的双重作用，使得她渐渐明白了革命与私利的冲突，意识到自己当年莽撞地要求将军承认自己是在挑战将军所信奉和坚守的整个意识形态。而随着将军年龄的增加，他用强大意志力禁锢的私情也逐渐露出了痕迹：动用关系将在外受苦的杨小翼调回北京，并将其送回了校园；虽然他仍然不愿意承认杨小翼是自己的女儿，但对外孙伍天安却是关怀备至。杨小翼注意到了将军流露出的温情，也慢慢理解了将军深藏在冷漠面庞下的苦楚：对他们那一代人来说，出于战争形势的特殊需求，他们也许曾经放弃小我，但那是他们甘愿为了心中的信念所放弃的。然而被架上神坛后，他们却是不得不将自己内心深处渴望和眷恋的私情全部摒弃。所以，杨小翼与生父之间的代沟，在本质上体现了不同代际的群体对自我的不同理解，它不仅涉及日常生活中的血缘伦理，还涉及不同个体的人生信念。

马小淘的《骨肉》同样涉及代际伦理的尖锐冲突。小说的第一句叙述就是："我十二岁那年，我妈妈和我亲生父亲私奔了。"于是，十二岁的少女张涵，只能与没有血缘的继父生活在一起。对于一个女孩子来说，十二岁是个异常敏感的年龄，有叛逆，有自尊，有猜疑，有恐惧。守自行车的老大爷一句关心之语，会引起她的巨大反感；同学的异样目光，更是让她饱受伤害。让这样一个年龄的人来面对血缘伦理和自我成长的错位，显然是非常困难的。一方面，她只能小心翼翼地巴结继父，并通过发奋学习,以优秀的成绩获得继父在生活上的庇护,所幸继父虽然不是什么绘画大师,但凭着自己的手艺,还是让家越变越丰实,她也没有多少生活之虞。另一方面,面对有着血缘牵连的亲生父母,她的心里已确认他们无疑是有着道德污点的人,拒绝相认。直到上大学前夕,张涵才勉强见了一面生父。当然多少年之后,当她有了一定的生活和人生阅历之后,似乎也慢慢理解了上一代人的畸形情感。在《骨肉》中,马小淘巧妙设置了两代人互不信任的伦理困境。一是亲生父母和继父之间的奇特伦理,当生父不负责地逃走之后,继父张老师不顾妈妈肚子里怀着别人的孩子而甘愿"接盘",虽然张老师和妈妈的结合,很大程度上是因为"可以合法地、近距离地欣赏她的美",出于收藏精致"艺术品"的某种本能,但终究给了她们母女一个相对稳定的家庭。二是张涵面对血缘伦理和亲情伦理的道德撕扯。虽然她从来没有打算与亲生父母建立某种亲情关系,但她的内心终究有一种血缘的牵挂。而她与继父之间,同样隐藏着各种难以诉说的对抗,然而多年的亲情无疑胜过了血缘,所以当张涵得知养父因心脏病去世时,她还是真切地体会到:"虽然那个提供精子、血浓于水的刘雨刚还依然安康,可是我心里空茫一片,切实地感到双亲死去溃不成军的悲恸。"王彪的《你里头的光》通过两代人的复仇故事,表达了罪的轮回与救赎的重大伦理问题,但若从日常生活入手,我们仍然可以看到,父辈们的仇怨延续到下一代时,却发生了许多耐人寻味的变化。在《你里头的光》中,父辈们在特殊年代里结下的仇怨,最终也转化为下一代人之间的相互伤害。小说针对陈米海的女儿陈小安被虐待并轮奸的事件,层层剥开了齐国耀、陈米海、刘建东、叶美丽等人漫长的情感或利益冲突。这些冲突是日常生活中难以避免的,尤其是处于飞速发展的社会现实中,更加显得频繁。但这些冲突却在潜移默化中,延伸到了一群青春期的孩子们身上,并导致了一场惊世骇俗的虐待与强奸事件,其中所隐含的代际之间复杂纠葛,令人深思。别有意味的是,陈小安看到了救赎之光,而严杰最后却杀了生父,这一代人用两种截然不同的方式,对代际冲突进行了各自的了结。这两部小说都让我们看到，面对复杂的历史记忆和物欲化的现实，日常生活中的代际纠葛或冲突，已开始转换成下一代际之间的冲突和伤害。

须一瓜的《灰鲸》和刘玉栋的《南山一夜》也都涉及家庭的亲情伦理问题，但它们更多地指向婚姻内部的困顿与疲乏。其中，《灰鲸》是一篇耐人寻味的小说。它将一对中年夫妻的平庸生活与珍稀的大灰鲸命运交织在一起，在一种隐喻式的叙事策略中，展示了当下普通人无序而又无奈的生存境况。这是一对极为平常的夫妻，在毫无波澜的日常生活里，过着最为平常的生活。没有期待，没有激情，没有动力，生活总是在最庸常的轨道上滑行。但是平淡也是一种重负，所有的乏味、慵懒、烦躁和疲惫，交织成一张巨大的看不见的网，让人随时感到窒息。丈夫偶尔还能在灰鲸研究中获得乐趣，包括与少年的交流，而妻子只能在这种乏味的网里苦苦挣扎。灰鲸的生活是波澜壮阔的，充满无数的悬念和悲壮，所以它变得越来越稀少；只有平庸的生命温床，才能滋生巨大的生存群体，像这对庸常的夫妻。只是悲壮也罢，平庸也罢，都有看不见的网在把守着自己的命运，或许这就是生活。刘玉栋的《南山一夜》讲述了一个"无用"男人的内心之困。物欲时代对艺术的拒绝，掏空了邱东来的生存价值。与妻子离婚后，儿子随前妻成长，邱东来好不容易带着儿子来乡村度假，向渐渐长大的儿子展示父亲的价值，儿子却又被夜蛇吓得住院。一切都看似平常，然而在平常的遭遇背后，邱东来的灰色人生尽显无遗。

有学者曾指出："改革开放以来中国社会价值观包括道德价值观的多元化，与价值观越来越明显的代际分化、代际差异甚至代际冲突有着密切的关系，价值观的多元分化越来越明显地向社会代际关系领域展开，或者说，价值观的代际分代、代际差异和代际冲突是改革开放以来中国社会价值观多元化的重要表征之一。"[1] 正因如此，我们认为，代沟问题将在未来很长一段时间内，依然是中国作家倾力关注的目标，也

---

[1] 廖小平：《伦理的代际之维——代际伦理研究》，第45页，人民出版社，2004年。

是学界必须给予更多关注的一个重要领域。应该说,上述这些作品中所体现出来的代际纠葛或冲突,虽然不是单纯地体现为日常生活观念或生存方式上的冲突,而是负载了创作主体对历史、现实或社会变迁的深切思考,但其中所隐含的亲情伦理,已逐渐走向疏离和撕裂。

其次,通过普通家庭内部的亲情关系,呈现日常生活中不同代际之间的内在纠葛,并以此揭示物欲现实冲击下世态人情的疏淡,传达创作主体对于世俗伦理变化的思考。

家庭是日常生活的核心。人类的日常交往主要体现在具有血缘关系的家人或亲属间的交往,如父母与子女、兄弟姐妹、各种亲属之间的交往。同时,我们也看到,由于情爱、友谊或地域关联而形成的夫妻、朋友和邻里之间的交往,也构成了日常交往的重要内容,但它们在大多数情况下仍然以家庭为前提。家庭之所以是人类日常生活的核心,是因为家庭维系了血缘纽带。这种纽带既是生物学的标识,又有伦理学的意义。"血缘关系构成日常生活世界中的最主要的人际关联,在典型的传统日常生活世界中,相当大比重的日常交往是在有血缘关联的诸主体之间展开的。"[1]血缘意味着亲情,也表明了不同个体所拥有的日常生活最核心的家庭场域,"一般说来,家庭是通过以下三个方面的基本因素来组织、调控家庭成员的衣食住行、饮食男女和礼尚往来等日常生活的。其一是人类世代自发地沿袭和积淀的经验。这些经验主要是自在自发地组织有关日常生活资料的获取与消费活动,以及婚丧嫁娶、生老病死等有关人类肉体存在和繁衍的活动","其二是各个家庭代代相传的家规、家法、家训、家戒、家礼以及家风等自在的行为规范。其中,家规、家法、家训、家戒等是同一含义的范畴,它们均指在社会习俗的影响下而逐步形成的,由家庭成员共同遵守并代代相传的不成文的法律、戒律、条例、行为规范。其作用和功能是规定和约束家庭成员的行为,调节家族内的人际关系"[2]。但是,在实际的日常生活中,家庭内部总

---

[1] 衣俊卿:《现代化与日常生活批判》,第62页,人民出版社,2005年。
[2] 衣俊卿:《现代化与日常生活批判》,第82页,人民出版社,2005年。

是存在着各种难以预测的代际纠葛。像孙惠芬的《寻找张展》就是这方面思考最为幽深的一部作品。作者以一种独特的长辈视角,探讨了当下日常生活中的代沟问题。小说中的张展是一位"90后"男孩,自幼便形成了一种叛逆的性格。这种叛逆,并不意味着心理上的邪恶或言行上的反社会性,而是不认同父辈的生活训导和价值观的灌输,并在言行上处处显得出格。从二年级开始,他就经常逃学,成了家长眼里的"问题孩子";进入初中,他对文化课没有兴趣,却痴迷于绘画,甚至还"把流浪女领回家";由于无法管教,高中时,母亲只好将他放到交换妈妈的家中,结果他却隔三岔五找发廊女。在母亲眼里,张展是个没法管教的"混账败类";在监护她的"交换妈妈"耿丽华心里,张展是个"乌了巴涂,一肚子熊水",是"一个社会渣滓";但在叙述者"我"的儿子、张展同学申一申的心目中,张展只不过是一个特立独行、有自己想法的青年,"自我、另类、不受任何人束缚和控制,也许并不是真实的他,是被迫成为的他"。随着"我"对张展周围人群的一步步了解,并找到张展毕业后的工作单位——特教学校之后,才从王主任的口中得知,张展是一位非常优秀的青年,对那些家长都不想看管的残疾孩子,他倾注了耐心和爱心;对自己的教学工作,他苦心钻研,总想谋得最佳教学效果;学习和工作之余,他每周都去医院做志愿者,为那些绝症患者送去爱心和温暖。这两种完全不同的评价,让"我"陷入巨大的困惑:"一个,叛逆、无情、滥情、不学无术,因为不善于表达而显得乌了巴涂,甚至有些冷漠;一个,体贴、温情、通情达理、有高超的绘画技艺,虽不善用语言表达,但他一直在寻求表达情感更宽敞的通道——学习教聋哑智障学生,请老师学生品尝他的厨艺,画他印象中的父亲。这个在耿丽华眼里无耻的混蛋,在烧伤女人嘴里,却是一个善良、正直、处处有亮点的正面形象。"叙述者正是从这种对抗性的评价入手,沿着张展生活的蛛丝马迹,饶有意味地探寻他的成长心路,包括造成如此尖锐的代际冲突的内在原因。

随着下半部"我"与张展的邮件互动,张展的内心世界才渐渐被打开。原来，作为家中的"小皇帝"，张展自幼便缺乏心灵上的关爱。身为官员的父母，每天都在为自己的职位算计，从来没有和小张展认真地交流过；从小寄居在姥姥家的张展，唯一的心灵玩伴就是表妹梦梅，结果梦梅却丧生于车祸，使他从此落入"生命的深渊"，以至于"没有人在乎一个成天哭哭啼啼的孩子在想什么"。行走在无伴的成长过程中，张展只能从流浪女月月、小吃店里的黑脸男孩、女同学吕梁身上等寻找慰藉，而这些又让他在父辈们的眼里更显怪异。因为想念月月，他开始迷恋上绘画，甚至得到发廊女蒙古族姑娘斯琴的支持，结果被长辈们认为完全是一种堕落和放纵。所幸的是，张展遇到的虽是些底层的卑微群体，但他们都正直、善良，使他最终完成了绘画学业，并成为一个善良和施爱的人，也是一个完全不同于父辈们生活方式和价值观念的人。当然，《寻找张展》的用意并非只是为了寻找张展成长的真相，也不是为了颠覆父辈们的某些观念，作家以"我"作为叙述人，本身就带着代际沟通的意愿，去探求当代社会的教育理念和教育方式究竟在哪里出现了错位。从小说的叙事意图来看，"立人"教育可能比任何一种功利性的目标更为重要。作为父辈们，他们总是渴望用世俗的价值观念来规训自己的孩子，用模式化的标准来评判孩子的成长，尽管他们都明白"因人施教"的道理，但在实际的日常生活中却又将这些道理弃之脑后。同时，代际沟通变成了代际驯服，这也是今天家庭教育的核心症结。表面上看，孩子们都是家庭中的小皇帝，实际上他们很少能够与父母进行平等的交流，也永远无法达到心灵上的沟通。这种代际隔阂与观念冲突，最终导致了代际之间的不信任，其结果就是彼此伤害。

以"80后"为主的青年作家，由于缺少相对沉重的成长记忆，对于宏大历史和现实也缺乏关注的热情，所以当他们立足于日常生活时，在这方面表现得更为明显。从代沟书写的整体情形来看，青年作家们侧重于不同代际群体在日常价值观念上的分野，着力捍卫青年一代的自由意志。代表性的作品有张悦然的《茧》、张怡微的《细民盛宴》、石一枫的《心灵外史》、焦冲的《无花果》、双雪涛的《跷跷板》等。在长篇小说

《茧》中,张悦然通过李佳栖、程恭两个年轻人的交叉叙述,试图从代沟中重建父辈们的精神履历。它使我们深切地体会到代与代之间难以逾越的文化差异——每一代人的内心似乎都结了一层厚厚的"茧"。这种"茧",不仅在不同代际群体的心中有着各自的内涵,而且相互抵牾,彼此冲突,形成了异常丰富而又微妙的内在张力。李佳栖之所以渴望打开父辈的历史,是因为父爱的长期缺席,导致她内心一直隐藏着某种病态般的恋父情结。在这种情结的驱使下,沉重的历史帷幕被层层掀开:医科大学教授程守义在批斗时被人趁机从太阳穴处嵌入一根两寸长的铁钉,从此成为植物人。同一所大学的教授李冀生虽为案件的"当事人",却在大众视线中轻易地洗脱嫌疑,还收获至高荣誉成为院士。另一个被舆论所判定的"凶手"——内科医生汪良成,虽力证自身清白,但终因不堪重负而自杀身亡。从表面看起来,张悦然像是要挖掘一个历史深处隐藏已久的秘密,但《茧》并不是一个揭露凶手的故事,而是在揭发时代恶行的同时,通过抽丝剥茧式的漫长追寻,将三个家庭三代人的现实际遇与心灵困境展现在读者面前,从祖辈、父辈到子辈,隐藏在不同代际群体背后的,是历史伤痕的代际传递。

正因如此,作为故事的两个主要叙述者,李佳栖和程恭分别承担着祖辈和父辈的爱与罪,在探寻历史真相的过程中,一个因过分贪恋父亲的人生轨迹而逐渐被掏空,一个因背负着家族的复仇使命而逐渐被腐蚀。虽然他们是距离历史真相最遥远的一代,却都活在家族秘密和历史阴影之中。就李佳栖而言,尽管爷爷李冀生在众人眼中是受人尊敬的伟大院士,但在她心里,却是深深的厌恶和抗拒。而父亲李牧原对她的爱自始至终都没有回应,更是激发了她想要挤入父辈历史一探究竟的欲望。对于程恭来说,他所熟知的只是那个躺在医院里的"植物人"爷爷程守义,以及那个身上背负着强烈复仇情绪的暴力父亲。阎晶明认为,张悦然的《茧》里虽然没有"茧",但是它"有一个更加坚硬的意象:一枚砸入人脑中的铁钉。这枚铁钉牢牢地、残忍地钉入到故事的核心,所有的人物躁动、挣脱、游走,都以这枚铁钉为圆心,在很小的半径范围内撕扯、挣扎。从故事层面上看,这枚铁钉是砸入一个人脑袋里、造成其终生植物人状态的刑事案件和残酷悲剧。在'文革'的混乱中,医科大学教授程守义遭批斗后,继而被人用一枚铁钉砸入脑袋,从此成为植物人。同一所大学的教授李冀生,隐约成为这一事件的'当事人',虽然另一个叫汪良成的人自杀身亡而被'确定'为行凶者,李冀生却是逐渐浮出水面、不被惩处的'凶手'。……在《茧》里,每个人物的命运、性格都与'铁钉+植物人'有关。程守义妻子性格的乖张是因丈夫成植物人引发的,在挽救无望后,她和一个普通工人有了往来并热切希望能够在一起生活,却被对方离弃,她在绝望中有过干脆将植物人丈夫置于死地的冲动,最终却不得不认命,过上了最不愿意又只能如此的不幸生活。程恭的父亲成为施虐式人物,性格的由来自然离不开程守义的遭遇。在李家,李冀生和程守义的命运正好相反,他成了'仁心仁术'的院士,成了新闻人物,成了学习典范。在程守义的植物人状态对比下,他的辉煌被添加了讽刺意味,更加上他实为'凶手'的身份,这一辉煌更具道德上的阴暗色彩。辉煌后面的黑幕才是故事的核心,尽管小说并没有深挖这一黑幕,因为小说要表达的是他们对后辈命运的影响。李佳栖的父亲李牧原,大学中文系的高材生,却同时是一个父亲形象的背叛者和父命的反抗者。他以自己的婚姻为杀手锏,一次次打击这个在外面风光无限的父亲。他娶农村妻子,离婚后又与汪良成女儿汪露寒共同生活,都是彻底反叛的举动。汪露寒作为汪良成的女儿,自幼背负着罪犯女儿的阴影,长期的压抑让她不得不逃离,她曾想过用呵护程守义来赎罪,却遭拒绝。和李佳栖的父亲李牧原共同生活也注定得不到应有的幸福,最终一无所得"。[1]

张怡微的《细民盛宴》同样为我们呈现了上海小市民家庭内部的代际纠葛,小说主要围绕着"我"与父亲、母亲、继父、继母之间由冲突到和解的伦理关系所展开。在袁佳乔与四位父母的关系中,既没有过分

---

[1] 阎晶明:《"抵达更深的生命层次"——张悦然长篇小说〈茧〉解读》,《扬子江评论》,2016年第6期。

热烈的爱怜，也没有极端狰狞的痛恨，有的只是互相之间小心翼翼地防御、盘算、猜忌和试探。这种代际意义上的攻与防，并不是生活上的外在对抗，而是心灵上的彼此疏离和厌弃。其中最突出的冲突，就是父女之间的心灵撕扯。审察袁佳乔的成长历程，便会发现，父亲并非从一开始就处于缺席的状态。袁佳乔关于异性的想象与认知统统都始于父亲，他那短暂的陪伴与爱护，曾让袁佳乔产生深深的依赖感与信任感。但这种和谐的父女关系并没有一直持续下去，父母婚姻的破裂给它带来了难以弥合的伤痕。袁佳乔对父亲的依恋，逐渐被另外一种强烈的审父意识所遮蔽。"父亲"从神坛跌落，展露出现实的落魄，他以卑琐的形象在家族的故事中登场，成为她不断批判、肆意嘲讽的对象。家族的大门有如一道难以跨越的鸿沟，袁佳乔站在门外，父亲站在门里，互不理解，两相遥望。血缘是父亲和女儿之间斩不断的羁绊，因而"我"无法效仿母亲的洒脱告别，只能学会独自面对世事的险恶与人心的无常。

在这种代际冲突中，生活于都市底层的父亲，早已习惯用"利"的眼光看待周遭的一切。他不但认为母亲当年的"下嫁"，是因为自己的那间老房子即将拆迁，而且后来那幢摇摇欲坠的房子又成为了他迎娶"梅娘"（上海话中的继母）的重要砝码。在与袁佳乔有限的几次交流中，他也总是无来由地指责道："倒是像个儿子……心里就知道钱钱钱。"在市场浪潮的巨大冲击下，父亲的处境变得更为艰难，不管是在家庭中，还是在社会中，他的"海员"身份都无法帮他支撑起稀薄的个体尊严。他一方面鄙夷那些"不义"的逐利行为，但另一方面又无法做到不被金钱至上的社会同化、腐蚀。他的身上也总是渗透了"细民"气息，而这种斤斤计较的小市民气质，恰恰是自小离开家族生活的袁佳乔最厌恶、最想摆脱的。从小跟随爱好文艺的母亲一起长大的袁佳乔，既不能坦然接受父亲得过且过的生活方式，也无法认同他粗俗不堪的金钱逻辑。尽管成长于社会飞速发展的转型时期，但是对待金钱，袁佳乔始终保持着较为理性的态度，并不像父亲所说的那样，陷入了对金钱、名利的狂热追逐中。对于袁佳乔而言，父亲是一名彻底的失败者。

滕肖澜的《美丽的日子》则为我们展现了一对准婆媳之间斗智斗法的上海家庭伦理故事。小说中卫老太想为自己的残疾儿子找到一个合适的对象，与其结婚生子，但是又对姚虹的"上饶人"身份心怀芥蒂，于是设置重重障碍，让一心想要成为"上海人"的姚虹处处碰壁，甚至因为假怀孕被赶出家门。上海人的精明世故，长于算计，自私狭隘，在卫老太身上得到了很好地呈现，与此同时，她也时常流露出内心柔软的一面，正是由于她潜存的恻隐之心，让姚虹得以继续留下来并且怀孕，两人最终为了拆迁房而一致对外。任晓雯的《换肾记》则围绕着男主人公的换肾问题，将母子、婆媳等由血缘和亲情所浇铸起来的伦理关系，放置在对生存的渴望与死亡的恐惧的矛盾纠葛中，展现了亲情伦理在生存和人性面前的不堪和脆弱。小说中的儿子一心求生，想要母亲捐出自己的一个肾来拯救自己的生命，然而母亲同样出于对死亡的恐惧和实际经济因素的考虑而不愿意捐肾，由此引发了一场婆媳之间、母子之间的激烈交锋。安庆的《手指》中，作者让一位纯朴的乡村老父亲在社会伦理与家族伦理的冲突中，忍受着巨大的精神重负。胆小怯懦的父亲，先是被侄儿利用，帮侄儿骗取工厂的工资和福利，随后又被当了支书的侄儿为维护个人利益而取消了低保，由此陷入隐恐与愤懑的泥淖而无法自拔，直到最后自残了那根按了手印的手指。父辈们视社会伦理和家族伦理如同生命，但侄儿的心中只有个人的利益，却没有伦理的约束。这是社会的不幸，更是时代的不幸。

石一枫的《心灵外史》也是立足于一个家庭的内部，通过"我"的视角，呈现了"我"与父母的巨大代沟，以及"我"与大姨妈之间的代际差别。不错，小说主要是叙述了大姨妈无序而沧桑的人生。在中国社会转型的几十年，大姨妈几乎赶上了每一个关口的变化，亲身体验了在每个重要变化发生之时生活的混沌、无序，这么说吧，她应该算得上是变化所付出的"代价"。从北京到河南，从国企职工到分享艰难，从陷入传销的泥沼到转信基督教，结婚，生不了孩子，离婚，这就是大姨妈一生的简史。在许许多多人通过变而变得更好的时候，她被远远甩在后面。每一次，她都努力想跟这个时代同步前进，但只能是一次又一次的失望，直到陷入绝望。大姨妈一直在行动着，但似乎她的每一个行动都无不让人扼腕叹息。她刚一出场就是气功大师的忠实信徒，当还是孩子的杨麦都明明白白表示"不信这一套"时，大姨妈仍然执迷不悟，杨麦的父母更是认为大姨妈脑子坏掉了。到传销阶段，杨麦历经千难万险，在传销团伙里卧底找到大姨妈，想要带她逃离这一切的时候，大姨妈却坚决不愿配合，甚至让杨麦差点丢了性命。为什么对于显而易见的事实，比如气功、传销，大姨妈这么个好人却执迷不悟呢？小说中，石一枫不时让大姨妈向杨麦，也向读者倾诉，以期让我们理解她："我的脑子是满的，但心是空的，我必须得相信什么东西才能把心填满。你说人跟人都一样，但为什么别人可以什么都不信，我却不能？我觉得心一空就会疼，就会孤单和害怕，我好像一分一秒也活不下去了，好像所有的日子全都白活了，好像自己压根儿就不配活着……我就想，信什么都无所谓了，关键得是先找个东西信了，别让心一直空着……"无论是脑子太清醒的父母，还是脑子空空的大姨妈，对"我"而言，都是父辈们真实的心灵镜像。这种镜像对于下一代人来说，只有伦理和情感的牵连，永远难以达到观念上的共识。

我们说，家庭伦理尤其是家庭中的婚姻伦理，总是贯穿于每个人的日常生活之中，并时刻考验着每个人的内心品质和人性面貌。焦冲的《无花果》里的果书仙在丈夫突然离世时，发现自己怀有身孕，年纪轻轻的她当然不想让孩子生下来，但是，在家族伦理和金钱的反复纠缠中，她无力反抗，只能让腹中的生命承续丈夫家的血脉。可是，当婆家通过医院检测发现果书仙的腹中是女孩时，他们又开始放弃这个血脉，不料却激活了果书仙强大的母性意识。小说正是在这种家族伦理与母性意识之间不断纠缠，并凸现了母性本能对家族伦理的蔑视。但在金钱的诱惑之下，母性本能又变得十分脆弱。当果书仙最后含着泪光将孩子交给公公婆婆时，她赢得了人生的自由，但她的母性本能却受到了深深的伤害。在强大的人性面前，血缘伦理是如此的冷漠和虚伪，甚至不时地闪耀着刀锋般的寒光。蒋峰的《手语者》则是一篇坚硬、粗粝却又不乏温情的小说。未曾见面的生父、疯子母亲、聋哑继父、曾经做过三陪的继母,在这种家庭中成长起来的许佳明,尽管考入了清华大学,但亲情伦理的严重缺位,注定他无法从容地面对这个世界。由是,无论是对待善良的继父、坦诚的女友,还是对待友好的警察、朋友,他都无法正常地传递自己的情感,并陷入某种爱恨交织的迷惘中。他试图通过极端的方式维护自尊,然而最终他发现自尊从未被人践踏过。张悦然的《大乔小乔》巧妙地将时代悲剧转换成大乔和小乔的个人成长史,使这对姐妹之间以及她们与父母之间,形成了诸多难以逾越的障碍。这些障碍并非代际意义上的隔阂,而是纠结了血缘亲情、历史意志与现实生存的各种矛盾,陪伴了这对姐妹漫长的心路成长。因为母亲患有严重的心脏病又意外怀孕,小乔在一连串打压中奇迹般来到人间,结果是父亲违反了计划生育政策而被取消教师公职,开始酗酒,直到精神崩溃,整个家庭陷入不断上访与不断失败的怪圈之中。在这种家庭环境里,二乔开始了自己的艰难成长,也逐渐产生了各种难以言说的精神秘史。小说正是通过一种内心化的叙事,让这对姐妹在回忆与长谈的过程中,缓缓打开了她们的心扉,让我们从中看到了历史意志的强大,现实伦理的吊诡,同时也体悟到任何个体成长的艰辛,以及血浓于水的亲情。无论是大乔的关爱与牺牲,还是小乔的幽怨与冷漠,表面上看都是时代给家庭造成的悲剧,但这种悲剧的背后,却呈现了我们日常生活的繁杂与沉重,隐晦与幽深。

当然,在日常的家庭伦理中,我们总是无法绕过生与死的问题。盛可以的《喜盈门》和田耳的《给灵魂穿白衣》都以轻松的语调,讲述了给祖辈送终的故事。在这两部小说中,死亡总是漫长的,因为作者不是为了展示死者的痛苦,而是为了演绎生者的生活逻辑及其伦理关系。《喜盈门》中姥儿的死亡,仿佛一场戏剧表演,让大伯、二伯、大姑、小姑等人来来去去,他们各怀心思,相聚似乎是为了欢乐,只有老实巴交的父亲不断照顾着临终的姥儿。《给灵魂穿白衣》里爷爷的死亡也是如此。孙子小丁、二伯、小叔、三姑等,终于在老人临终前,其乐融融地聚在了一起。他们看似在为老人送终尽孝,其实也是各怀它想。在这两篇小说中,孝道仪式远比亲人的死亡更重要,愉悦的相聚也远比亲人的逝世更真实,它隐含了传统伦理的时代变化,也让实利化的人性不时地露出狰狞的面目。蔡东的《朋霍费尔从五楼纵身一跃》从家庭伦理的制约中,呈现了人生的艰辛与尴尬。无论是脆弱也罢,厚实也罢,家庭伦理作为我们日常生活中每天必须遵循的一种习惯,它隐含了很多我们难以预料的职责和义务。当这些职责和义务超出了个体承受的能力时,人性便会露出一些狰狞的面貌。

毋庸讳言,并不是所有的亲情伦理都饱含着代际冲突。我们也看到一些作家试图重建代际意义上的亲情关系,并着力于书写代际间的温情。如钟求是的《星期二咖啡馆》和龙仁青的《转湖》都是讲述家庭伦理中的亲情故事,但构思各有异趣。《星期二咖啡馆》通过咖啡馆这个特殊的交流场景,既呈现了一对老年夫妻的丧子之痛,又折射了现代青年人的情感现状。生活总是无法把握,失去儿子的他,虽然找到了儿子眼角膜的受捐者徐娟,并慢慢建立了亲密的关系,不料一场婚变又毁掉了徐娟的人生,从而使这对夫妻仅有的心灵慰藉,从此化为虚妄。《转湖》叙述了一个亲情与信仰相互交融的故事。多杰和措果退休之后,便碰上了多杰的本命年,在妻子措果的强烈要求下,他们开始为"转湖"祈福做准备。然而,一次意外的体检,却查出了措果患上了绝症。面对灾难,小说缓缓地呈现了这个三口之家彼此相爱、相互体恤的伦理情怀,以及他们在心灵上的默契。同时,整篇小说又在宗教伦理的感召下,散发着温馨而又从容的光泽。

第三节 职场之中的伦理博弈

在新世纪以来的日常生活书写中,职场变成一个异常重要的表现领域。随着社会的发展和职业分工的不断细化,在人类的非日常生活中,各种根据专业化要求而形成的职业岗位,已成为人们谋求生存和发展的重要途径。虽然这种职业性的工作并不属于日常生活,但围绕着职业而形成的人与人之间的职场文化,却是我们日常生活的重要场域。因为职场文化不仅包含了我们日常生活中的世态人情,而且承载了诸多日常观念的交流,它们与职业伦理交织在一起,组成了现代人日常生活中最为坚实的一个部分。在现代社会,除了家庭等核心的共同体,职场中的诸多文化生态环境,也同样是人们非常重要的日常生活领域。用列斐伏尔的话说:"日常生活是那些'比较高级'活动的公约数、那些'比较高级'活动肥沃的或贫瘠的土壤、那些'比较高级'活动的源泉、那些'比较高级'活动的共有场地或基础。日常生活这个产物——剩余、结果和共同基础,无论如何不能归结为这些活动的代数和/或机械相加之和。相反,只有在包括那些'比较高级'活动的整体上去考虑各式各样的活动,我们才能理解日常生活,也就是说,只有在生产方式上去考虑各式各样的活动,我们才能理解日常生活。"[1] 唯因如此,在新世纪以来的文学中,越来越多的作家开始关注作为生产方式的职场问题,并倾力发掘职场中的日常人际伦理,从各种职场伦理的博弈中探讨人性的复杂。职场伦理的各种微妙博弈,既体现了人们对自我身份的高度自觉,还展示了日常生活中的消费活动、人际交往与观念活动对非日常生活的深度渗透,折射了日常生活领域极为强劲的吞吐能力。

职场伦理中的首要问题是身份认同问题。这种认同,是以同事等"他者"作为参照,确立起来的自我身份。而且,自我身份的认同,是人类日常生活中个体在社会群体中寻求自我角色认同的一个重要方式,也是日常消费活动和交往活动得以实现的基本保障。在本书第四章,我们曾围绕戈夫曼的《日常生活中的自我呈现》一书,对个体与群体的关系进行了讨论,并强调了个体意识在社会群体中的一些特殊表现方式。事实上,戈夫曼的《日常生活中的自我呈现》主要是立足于个体的人,

---

[1] [法] 亨利·列斐伏尔:《日常生活批判》(第三卷),第552页,叶齐茂、倪晓晖译,社会科学文献出版社,2018年。

根据舞台和剧班的情境逻辑，探讨了不同个体如何获得社会认同的角色身份及其方法或手段，并没有从社会群体的共识性立场，辨析不同个体的身份被社会群体接纳的内在逻辑。人是一种社会的存在。日常交往是人类生存的基本方式之一。日常交往从总体上属于自在的交往，是日常生活主体"凭借天然感情、文化习俗、传统习惯等等而自发地进行的交往，它往往呈现为一种缄默共存的交往关系"。[1] 在人类的日常交往活动中，不同的个体因为其出生、成长、学养等等客观因素制约，往往被社会群体自觉地进行了某种特定的角色认同，无论个体如何扮演其他角色，都未必能够成功，如下岗职工、进城务工的农民等。更重要的是，这种自我身份的认同，几乎是新世纪以来中国普通百姓面对的一个重大关切。因为它不仅涉及中国人在全球化进程中的身份确认，也涉及中国城乡壁垒逐渐解体后城乡身份的确认。特别是在城市化进程快速推进的今天，大量的城市新移民尤其是城市农民工群体，已经渗透到人们生活的方方面面。所以在新世纪以来的文学中，中国作家从日常生活出发，着力关注城市新移民的身份认同问题，尤其是城市外来务工人员的日常生活情形。

早在新世纪之初，当代文坛就涌现出"底层写作"的文学现象。这一写作现象，迄今仍在延续。所谓的"底层写作"，主要表达对象就是城市下岗工人和城市农民工群体，即生活于社会底层尤其是都市底层的群体，是对一些有关底层平民生活模态和生命情状的体恤性书写。张清华认为，"底层写作"应该包括双重的内涵："底层写"与"写底层"，前者指底层人的自我书写，或称"打工文学"；后者指由作家来"书写底层"。[2] 应该说，这两种写作虽不一样，但在本质上都体现了一种底层群体对自我身份的焦虑。其中最典型的，就是"打工文学"。这是新世纪之后出现的一个重要文学现象，同时也涌现了一批引人注目的作者队伍，像王十月、郑小琼、安子、塞壬、谢湘南、张伟明、林坚、周崇

---

[1] 衣俊卿：《现代化与日常生活批判》，第136页，人民出版社，2005年。
[2] 张清华：《"底层生存写作"与我们时代的写作伦理》，《文艺争鸣》，2005年第3期。

贤、于怀岸、柳冬妩、秦锦屏等。其中的一些代表性作品,小说方面如王十月的《寻根团》《出租屋里的磨刀声》,郭建勋的《天堂凹》,于怀岸的《台风之夜》,张伟明的《我是打工仔》《我们INT》,周崇贤的《我流浪,因为我悲伤》《打工妹咏叹调》,宋唯唯的《一城歌哭》,戴斌的《情爱原生态》,曾楚桥的《我爱西桥》《规矩》等颇有影响;诗歌方面有谢湘南的《一台收音机伴我入睡》《卖香蕉的人,卖苹果的人,卖甘蔗的人》,郑小琼的《钉》《抓住》《雨水》,柳冬妩的《试用》《流水线》《住在出租屋里的人》,安子的《仰望春天》《深圳农民工》,张守刚的《通宵录像》,白连春的《在我祖国的大地,每个打工者》等;散文方面有塞壬的《下落不明的生活》《匿名者》《奔跑者》等等。与此同时,一批打工文学期刊也陆续出现,如《佛山文艺》《外来工》《打工族》《打工妹》等。围绕"打工文学"现象,学界曾进行过讨论,还编辑出版有《打工文学备忘录》。该书不仅对"打工文学"的发生发展作了全面的资料收集,而且对"打工文学"的特点进行了多角度的探讨与归纳。从该书中的有关讨论内容来看,人们对于"打工文学"的理解,主要体现为作者对现实生活困境的描述,表达打工者的生存之痛,由此传达创作主体对生命尊严的强烈吁求,对艰辛的底层生活的无奈和幽怨。它以明确的亲历性,使文学与现实发生了强烈的共振关系,一定程度上显现了特殊时代的精神印痕。这些当然都没有错。但"打工文学"中普遍存在的一个核心问题并没有获得深入分析,即打工者的身份焦虑。这种焦虑,主要源于两个问题:一是户籍属地、市民待遇、子女教育等诸多条件限制,导致城市群体对打工群体另眼相看,使打工者始终处于不平等的角色中,无法在同一个职场中获得同等待遇,即同岗位不同身份。二是受制于地缘伦理、专业技能等因素,在职场的相关岗位竞争中,打工者常常处于不平等的底层位置,从事一些低技术含量的工作,很难获得自我发展的机会。由这两个核心问题延伸出来的身份认同,其实是"打工文学"的精神内核。

进城务工的农民,从某种程度上说,就是城市新移民中的一个巨大而特殊的群体。没有他们的存在，任何一个城市的运转和发展都会成为问题；而他们长期游走于城市之中，却始终无法获得一种合法性的城市身份。这种尴尬，与很多远渡异域的新移民颇为相似，都面临着身份认同上的困顿。面对这个巨大而特殊的新移民群体，我们可以分析两部小说，王安忆的《骄傲的皮匠》和王占黑的《光明的故事》。《骄傲的皮匠》叙述了上海都市的弄堂里一个外来民工的生活和情感。小说中的主人公小皮匠娶了师傅的女儿，继承了师傅的家业，把家留在乡下，独自在上海的弄堂里修鞋。乡下来的小皮匠如何在上海这个自我身份意识极为强烈的群体中赢得尊严，求得身份上的认同，这无疑是个难题。由是我们看到，他虽然地位卑微，却有着一些高贵的品质：手艺一流，极富专业精神，为人义理通达，会生活，爱干净，喜看书，有见识。这让弄堂里的中年女性银娣刮目相看，获得了银娣与银娣丈夫的友谊，也招来了许多风言风语。独居城市的小皮匠终于与惺惺相惜的银娣暗地里引发了一段情事，那些欲抑不止的火星儿，逐渐燃成了一场难以扑灭的情欲之火。当我们理解了他们"发乎情"的出轨行为时，小皮匠却主动刹车，接来了老婆孩子。或许，是那些时时召妓的外来工邻居"认同"的目光，唤起了小皮匠的骄傲。在这个欲望横流的时代，他选择了自尊、自持的生活。一方面，王安忆把叙述安置在小皮匠所在的上海弄堂，用条分缕析的细节，呈现了上海市井中的日常生活；另一方面，又不留痕迹地呈现了小皮匠的敬业、矜持，尤其是他的不卑不亢，以及对弄堂日常生活的积极参与。他和银娣的爱欲，并不是因为银娣帮他热午饭，而是弄堂老太制造的银娣和另一个男人的"绯闻"；他们之间关系的中止，也并非因为东窗事发，而是因为出租屋男人把银娣误认为"那种女人"。其实，这些都是日常市井生活特有的伦理形态。家长里短，男女情事，打情骂俏，乃至流言蜚语，既是弄堂生活的底色，也是日常生活的滋味。但小皮匠与银娣的情事，却隐含了一种外乡人被弄堂群体的身份认同，使小皮匠获得了与上海平民同等的尊严和地位，这才是他的骄傲。在获得了自我身份的平等确认之后，他果断中止了与银娣的情事，接来了老家的妻儿,以真正意义上的新移民身份开始了上海的弄堂生活。

王占黑的《光明的故事》里赵光明就不同了。作为一位外来的农民工,赵光明寄生于城市的某个小区之内,先是做送奶工,之后开始送水,在麦德龙的生鲜部切肉,在火车站周围送人拉活。他谋生的活计不断变化,同时与街道邻里的接触也多了起来。刚开始,城市居民对这个外乡人充满敌意,但发现他的善良之后,便放下了戒备心,请他帮忙做体力活、买快过期的肉和大米,敏芳等"母瓜子们"还热心地帮他寻找另一半。当赵光明带回来一个比他年轻很多、体面很多的女人的时候,她们便提醒赵光明千万不要被人骗了,不相信赵光明能有这样的魅力,甚至认为赵光明的钱可能已被那女人骗了去。在小说的开篇,赵光明第一次出现在读者的面前时,他在给嫁女儿的敏芳看杂货店,没有去参加婚礼。为什么没有参与这种市井里的欢乐聚会?因为身份不同,作为一个在城市里打工的外乡人,即使生活在同一个城市小区的空间中,赵光明也无法获得与城市平民同等的社会角色和身份,他只能是一个城市生活的旁观者,尽管他以自己的全部努力参与并完善了市民们的日常生活。

无论是小皮匠通过自己的努力成功融入了上海的弄堂日常生活,还是赵光明永远也无法获得这种平等的角色,作为中国当代城市新移民的独特群体,他们不仅数量巨大,对每座城市的现代化发展有着极为重要的意义,而且他们都有一个梦想——留在城市,成为城市中真正的市民,在职业选择、子女教育、医疗保障等方面获得同等待遇。但是,客观的户籍制度和既定的城乡观念,都决定了这些新移民很难实现自己的梦想。这种身份认同的危机,是由城市现代化进程中的职业分工所引起的。因为中国城市发展中的职业分工,主要将一些简单的体力劳动,逐渐转包给城市外来务工者。这些专业性要求不高的体力劳动,早已在职场伦理中被划入低端的、收入微薄的职业,因此,这个职业群体在城市中所遭遇的根本危机,仍然是一种职业伦理引发的身份危机。

如果说身份认同问题,凸现了社会群体以职场差异为依据的角色划分,以特殊的方式延续了城乡等级观念,是一种职业伦理在城市现代化进程中的特殊博弈，那么，在专业化的精英阶层中，同样也存在着职场内部的伦理博弈——这种博弈，不仅涉及个人功利、两性情感，还包含了职业伦理与人性的纠缠。譬如晓苏的短篇《除癣记》，就巧妙地演绎了职业伦理与自然人性的纠缠。小说中的谢去病，既是一位医术不错的乡村医生，又是一位调情高手。少妇谷珍因为患体癣找到了谢去病，由最初的高度戒备，却发展到最后主动去引诱对方，谷珍的这种心理变化，与其说是被谢去病的医术所征服，还不如说是被他的坦诚和率真所吸引。它有违社会伦理，也有损于谢去病的职业伦理，却又袒露了美好的人性和自然生命的情与欲。他的另一个短篇《花饭》，围绕高校的职业特点，以略带戏谑性的语调，演绎了两位教师的谋名求利的日常生活情态。小说的主题是明确的，但这种明确的背后，又隐含了创作主体对现实困境的不确定性表达。"我"依靠一笔通过关系弄来的课题经费，从一位电教员工转为助教，又从助教升为副教授、教授、博士生导师，靠的就是胁迫单位要走人，外加频繁宴请。而倪飞从副院长升到院长，同样也离不开疏通关系和胁迫单位要走人。这种软硬兼施的手段之所以屡试不爽，就在于它捏住了高校管理的软肋和弊端：项目、经费、奖项与人才之间的关系，以及人才与学校管理的关系。这种吊诡的关系既是高校发展的困局，也是优秀人才成长的死结，其结果便是当今的高等学府中依然存在一些滥竽充数者，四处招摇且又游刃有余。

徐则臣的《青城》以见证人的视角，通过日常生活中的交往活动，讲述了一个有关艺术理想与现实情感之间的曲折故事。老铁和青城因为绘画而成为伴侣，又因为绘画陷入生活的困境。合租房里的"我"恰好擅长写字，尤擅临摹赵熙的字，房东拿去做旧后，变成了一桩相当不错的买卖，所以"我"不时地临摹一些赵氏之字交给房东，抵用三人的房租。作为局外人的"我"，看重的当然不是这对情人的艺术理想，而是他们艰难却又不舍不弃的生活。生活不如意者十之八九，但是，在不如意的日常生活里，青城还是渴望看一看苍鹰翱翔，想一想心中的诗和远方，这无疑让"我"心生敬意。在"我"眼里，青城将青春和命运都投注在疾病缠身的老铁身上,在不食人间烟火般的生活中抗争,这种反世俗的率真活法,究竟能坚持多久,究竟能活出怎样的境界,都充满了无数的不确定性。这种不确定性,既融入了艺术家的职业情感,又折射了生命的自由理想,呈现出异常丰饶的生命伦理。弋舟的《出警》也同样在一种职业化的伦理语境中,通过片儿警的独特视角,呈现了两位空巢老人对抗"孤单"的凄凉与无奈。两位老人一实一虚,一位是底层的老奎,一位是退休校长,他们身份、修养截然不同,但遭受的人生困境却毫无二致:孤单。这是一种被世界遗忘的孤单,无人说话的凄清。所幸的是,底层的老奎碰上了片儿警老郭,尽管老郭得了绝症之后,老奎还没少折腾派出所,但他最终还是在老郭的相助下住进了养老院。"人活着就是在苦熬",小说最后发出了这样的喟叹。它直指现代社会在伦理关怀上的缺位,也在思索人生面对孤单的艰难和酸楚。张忌的《沉香》则以一个普通老板对自己工厂的顽固坚守,展示了他的职业理念与世俗伦理背道而驰的种种尴尬和困顿。老段当然会尴尬和痛苦,因为他不识时务,而那些所谓的"时务"与我们通常所说的"精明"融会在一起,形成一种特殊的社会伦理时,老段的行为就不仅仅是顽固或保守的问题了,而成为愚笨和傻的表征了。周李立的《酋长》通过一个艺术家的职业追求,呈现了自由生存与世俗伦理之间的巨大错位。酋长是落寞的,因为在世俗的社会伦理中,他是一个失败的象征,尽管他非常刻苦,与人为善,但在利益化的社会秩序中,他终究是一个边缘的存在。

阎真的《活着之上》同样是一部揭示职场文化伦理与人性纠缠的重要作品。作者直面当今高校教师在日常生活中的精神困境,努力追问当代知识分子的人生信念和学术追求。它充分利用了作家丰厚的生活资源,在深切的体察和有效的提炼中,以平实的话语,饱满的叙述,展示了不同人物面对功利化世俗伦理的生存镜像,揭示了各种制度尚待完善的高校环境中,一些知识分子在努力掌控自身命运时的纠结和错位。小说以聂、蒙两位同学兼同事作为潜在的冲突主线,在富有张力的结构设置中,让叙事反复盘旋于人物的内心,既呈现了聂志远潜心学术、恪守理想的执着与艰难，也展现了他们精神深处隐秘而丰饶的文化特质。作者笔力从容，心怀真诚，试图在这个文化多元、观念斑驳的时代里，为中国当代知识分子勾勒出一部心灵抗争史。苏童的《万用表》以颇为轻松的语调，在职场氛围的烘托下，讲述了一位质朴、木讷的乡村青年小康进城之后的人生变异。表面上看，小康的变化与大鬼的教唆脱不了干系，各种欲望言辞的熏陶和引诱，都在不动声色地蚕食着小康脆弱的道德伦理，尤其是大鬼下海经商后的"成功"，更是让小康从内心里认同了大鬼的价值取向。但从本质上说，小康的人生变异，已暗含了城乡差距所引发的人性扭曲。正是这种扭曲的人性，毁灭了他的家庭和人生。作者的巧妙之处在于，他始终将小康内心的挣扎和扭曲隐藏在叙事的背后，让大鬼以城市小混混的角色，不断地捶打小康，并最终将对方击得一败涂地。它展示了世俗伦理巨大的吞吐能力，也折射了个体生命在社会伦理蛀蚀下的脆弱与虚妄。杨怡芬的《有凤来仪》则是一篇有关"野心"小说。它以轻松舒缓的笔触，叙述了青年女子董小如从容地游走于情场与职场之间，将男友与"汪局"都照顾得妥妥帖帖，还让"我"从"千年老二"的位置上得到了提升。尽管这位"人中之凤"精明能干，可以轻松地践踏情感伦理与职业伦理，让"我"暗自惊心，但整个叙事却在不动声色中鞭笞了这种有违伦理的灵魂。

在这种职场伦理的暧昧性书写中，王手的小说可谓别具一格。他的《贴身人》以一种貌似轻松的语调，叙述了一个局长司机的复杂心境。他渴望拥有一个永久性的工作，为此，崔子节特别留意领导的"瑕疵"，希望藉此作为把柄，留住自己的工作。于是，司机崔子节发现，局长的"五十肩"，她的"不对称"，她的"偏头痛"，她的"闻香失态"，她的"酒后驾车"，她的"省城男朋友"……在信任的关系里，崔子节似乎正在摧毁人格的大厦。在《阿玛尼》中，王手则将社会伦理与国家法律置于一种两难的境地，饶有意味地讲述了一位底层母亲在特殊年代里艰难挣扎的生活经历。寡妇金龙妈为了养活病残的儿子金龙，照顾刚出狱的儿子银龙，不得不在破小的家中设了一个小小的赌桌，靠"抽头薪"维持生活。这是一个不被法律允许的行当,但又是一个寡妇能够操持的养家方式。谁知警方的一次突袭,不仅击碎了她的生活梦,还将银龙再次送进了监狱。她是"中国第一苦难大妈",承受着各种隐忍的苦、坚韧的苦、百折不挠的苦,让人刻骨铭心,是一位了不起的母亲,仿佛《奇袭》里的阿玛尼,但她终究无法获得阿玛尼的社会地位,因为在法律的惩戒性后果中,金龙妈无法获得社会伦理的认同。在《手工》中,王手依然从日常生活入手,饶有意味地复述了"我"这半辈子的"间谍"生涯与命运的关系。因为手工技术好且善用心计,小时候他就依靠这门技艺,通过对废弃电影票的精巧粘贴仿造,免费观看了无数场电影,并在自己的成绩单上仿签了无数次家长的名字;进工厂后又凭手工技艺和心计顺风顺水地发展,并娶到了心仪的妻子;步入管理层之后又用"间谍"般的手法勾搭了一位情人。从"我"的复述中,作者不仅揭示了中国普通百姓无奈而又吊诡的生存法则,也呈现了数十年来中国社会秩序的变迁。它与真正的间谍无关,却让我们看到,"工于心计,善于技艺",居然也可以过上游刃有余的生活,尽管这种生活每时每刻都充满了某种不确定性。

鲁敏的《六人晚餐》巧妙地设计了两个缺失家庭的情感关系,但这种情感无法维持的内在原因,就是世俗生活中的职业伦理所形成的观念障碍。下岗钳工丁伯刚死了妻子,带着儿子丁成功和女儿珍珍生活;企业会计苏琴丈夫病故,女儿晓蓝、儿子小白尚未成人。由于种种机缘巧合,苏琴每个周三的晚上都会去丁伯刚家中幽会。同时,为了掩饰两人之间的偷情行为,两家六口每周六晚上便会在丁家共进一顿丰盛的晚餐。对于丁伯刚来说,他当然希望两家组成一家,让大家都能过上正常的家庭生活。但是,在苏琴心中,丁伯刚只是一个钳工,而自己则是坐在办公室里的会计,职业伦理所形成的观念让她难以逾越世俗的鸿沟,所以她只能选择这种畸形的生活方式,维持着各自的生存需求。而这一切,却被晓蓝与丁成功之间的情感打破了。在苏琴眼里,丁成功虽然有着神童之称,但看不到多少光明的未来,而自己的女儿有理由追求更好的生活，于是围绕两家子女之间的情感纠葛，苏琴与丁伯刚之间终于产生了各种隔阂。有人就认为，这部小说表现了功利实用的婚恋伦理，无论是丁伯刚还是苏琴，他们所渴望的都是儿女将来过上富裕的生活。在艰难的生活面前，爱情和婚姻在他们的眼中高下立现。爱总是艰难和偶然的，是不可能改善生活本质的。与之相比，婚姻却可以合乎情理地利用。除此之外，小说展现了爱情的魅力。丁成功对晓蓝的爱超越凡尘，他事事以晓蓝的幸福为出发点，他深知晓蓝和他在一起只会陷入凡俗，因此，他鼓励晓蓝勇敢向前追求。在晓蓝决定回头和他建立新生活时，他为了维护她既有的物质生活，选择了在爆炸的混乱中结束生命。这种牺牲自我的爱情放射出魅力独具的形而上价值，闪烁着超越凡尘的爱情伦理之光。[1]

作为现代大都市的"魔都"上海，无疑是白领阶层最为活跃的城市之一，也是职场文化最为丰富的区域之一。新世纪以来，许多上海作家都将叙事的笔触伸向了都市白领阶层的职场生活，通过各色人等的日常交往方式，揭示了现代都市中职场文化所隐藏的各种伦理博弈。如潘向黎的《女上司》《最后一次接触》《我爱小丸子》，滕肖澜的《城中之城》《乘风》《倾国倾城》，任晓雯的《生活，如此而已》，周嘉宁的《密林中》，等等，都是极为出色的审美表达。

在这方面，潘向黎的很多上海都市职场小说最具代表性。她的小说主要以上海都市中产阶级知识女性为表现对象，而且多是在职场打拼的白领阶层，她们在职场的人际交往中常常是理性化的，充满矜持感的，她们十分注重拉开人与人之间的距离，既不过分亲近，也不过分迎合，带有强烈的自我保护意识。像《女上司》中的女上司钟可鸣和女职员韩笑言之间的关系就是如此。在与上司钟可鸣的交往过程中，韩笑言始终都能够拿捏得当，既能够揣摩上司的行为心理，顺遂其心，投其所好，又懂得上下层级，亲疏有别，保持距离，不越界，不逾矩，互不探听对

---

[1] 司真真:《疾病、伦理与宿命——论鲁敏的〈六人晚餐〉》，《扬子江评论》，2012年第6期。

方的私密，使得钟可鸣对其非常欣赏，两人相处十分和谐。然而就在两人同时陷入各自的情感泥淖之时，一个偶然的机会，让她们阴差阳错地走进同一家电影院，并且一同吃饭喝酒，互相倾吐了各自内心的秘密，彼此之间知道了本不应该知道的秘密，从而打破了原先平衡的上下级关系。就在钟可鸣还在思考对策之际，韩笑言主动辞职，离开了公司。即便如此，钟可鸣内心所想的依然是永远都不要再见到韩笑言。在这种职场关系中，保持必要的理性和适当的距离，要远比彼此之间的心灵交互更为重要，知晓各自内心的秘密，不仅不会使两个人的关系变得更为亲密，反而会增加彼此内心的芥蒂。就像小说中所言："两个距离太近的女人，终于知道了不该知道的秘密，就像手里握着一个冒烟的炸弹，正在嘶嘶作响，随时可以把自己炸得粉身碎骨或同归于尽。"[1]而这，未尝不是现代都市职场伦理的真实写照，尤其是在上海这样一个崇尚效率和高度理性的职场环境中，人与人之间保持必要的安全距离，成为他们职场交往中潜在的伦理规范。在《一路芬芳》中，潘向黎以上海一家顶级报刊媒体单位为背景，呈现了他们精明理性、若即若离的职场人际关系。在单位里，人们对"办公室恋情"讳莫如深，"不谈感情"似乎成为他们普遍接受的职场规则。小说中的姜礼扬在和李思锦传出恋爱绯闻后，毅然辞职离开，尽管他深爱着李思锦。对李思锦来说亦是如此，她对自己的上司罗毅非常倾心，甚至为了罗毅也可以从公司辞职。而在《最后一次接触》中，潘向黎更是将上海都市冷漠疏离的职场关系表达得淋漓尽致。小说讲述了一个初入职场的小女生，错把同事们的玩笑之言当真的尴尬故事，最终明白了职场中的人际关系就如同"许多名人的采访，或者明星的脱口秀，句句不是假的，合起来就是当不得真。反正说的和听的都只在那一时的嘴上的快乐，就像是一次即兴的集体创作"。[2]

实际上，这种若即若离、理性矜持的职场关系，在现代都市职场中

---

[1] 潘向黎：《中国好小说：潘向黎》，第258页，中国青年出版社，2016年。
[2] 潘向黎：《中国好小说：潘向黎》，第166页，中国青年出版社，2016年。

已经屡见不鲜，见怪不怪。它表明了列斐伏尔所说的日常生活之变异，并非是一种人性的沉沦或溃败，它同样在各种矛盾纠缠中孕育着希望和生机，"日常生活既不是本真的原始状态，也不全是单调与琐碎、异化与沉沦的无意识黑夜，而是永远保留着生命与希望的矛盾的异质性世界"。[1] 在现代性的冲击下，社会变革已将日常生活深度嵌入职业之中，导致职场如战场，对于一些在职场打拼的都市白领阶层来讲，职场就是没有硝烟的战场，在这里需要随时保持警惕，稍有不慎，就有可能沦为职场权力斗争的牺牲品。正因如此，他们不得不更为理性地经营和审视自己的职场人际交往，唯有如此，才能够更好地维护自身利益和实现自我保护。潘向黎笔下的都市职场伦理，无疑体现了上海都市职场中人冷漠疏离的处事态度背后强烈的自我保护意识。如果说这种高度理性意识统摄下的自我保护，还不失为一种相对健康的职场人际关系，那么滕肖澜笔下的职场更能见出上海都市职场人际关系的云谲波诡。在滕肖澜有关职场的小说中，表面上一片平和气象的职场，实际上暗藏着肃杀之气，人与人之间为了利益明争暗斗，玩弄诡术。在这里，上海人原本精明理性的职业伦理精神发生了变异，原本基于理性、公平、契约精神的职场，逐渐演化成为了利益不择手段、互相攻讦算计的诡术试炼场。

　　滕肖澜的中篇小说《倾国倾城》就十分生动地为我们展示了只有利益、没有情谊的职场伦理关系。小说中的职场生态就如同一场场假面舞会，人人都在戴着面具跳舞，表面上和谐共处，其乐融融，实际上尔虞我诈，暗流涌动。小说中的苏圆圆与蒋莹表面上以姐妹相称，视对方为闺中密友，内地里互不相信彼此，各自心怀鬼胎，相互算计。苏圆圆为了帮助丈夫当上银行副总，暗中挑拨蒋莹与崔海的夫妻关系，企图搞臭崔海，使其身败名裂，从而失去与丈夫竞争银行副总的资格。蒋莹自然没有上当，反而与丈夫一起谋划利用新员工庞鹰勾引佟承志，然而庞鹰却在紧要关头被情感冲昏头脑，关掉了事先准备好的偷拍设备，以至于

---

[1] 吴宁：《日常生活批判——列斐伏尔哲学思想研究》，第165页，人民出版社，2007年。

前功尽弃,并且葬送了自己的未来,成为这一职场权力斗争的唯一牺牲品。而在职场新人之间,同样是尔虞我诈,充满算计。与庞鹰一同进入银行的美女高丽华,初入职场便深谙职场生存之道,并且十分善于掩饰自己的实力,刻意给人留下"花瓶"的印象,使庞鹰对其完全放下戒备,二人逐渐成为"好朋友"。然而就在单位选拔优秀员工赴国外深造的关键时刻,高丽华却一股脑向人展示了各类荣誉和技能证书,令人刮目相看,脱颖而出,顺利进入复试。而在填写表格时,在庞鹰面前表现出需要依靠英汉字典才能顺利完成的高丽华,却在面试过程中全程用流利的英文交流,杀了庞鹰一个措手不及,最终顺利通过面试。而这,正体现了滕肖澜对于现代都市职场伦理的尖锐审视。此外,像她的长篇《乘风》和《城中之城》,则分别讲述了浦东机场和某大型国有银行中职场内部的人际关系的特殊形态。

当然也有例外。作为日常生活与非日常生活交织的场域,职场或多或少都会融入一些职业伦理。这种职业伦理,包含了职业操守、职业精神以及职业情怀,是职场文化的重要内涵。在新世纪文学的职场文化书写中,也有些作家从职业精神出发,使人物的职业伦理不自觉地贯穿于日常生活之中,从而展示人物内心独特的伦理情怀。像田耳的《天体悬浮》中的老警官,须一瓜的《会有一条叫王新大的鱼》中的冯管教,都在日常生活中处处恪守职业伦理。这方面,石一枫的长篇《借命而生》最具代表性。这部小说以北京郊县第二看守所狱警杜湘东与北京第六机械厂逃犯许文革二十多年明争暗斗的折磨与反折磨、要挟与反要挟为主线,通过漫长的追捕与逃匿,呈现了社会巨变之中,平凡人物在命运上的起起落落。物是人非,沧海桑田,他们内心的信念却都不曾流失。或许,这正是作家所要强调的彼岸性追求。他是一个"小人物",一个不走运的狱警。他是1985年的警校毕业生,是正儿八经的大学生。那年月,大学生还是很稀罕的人物,像同时代冬天里出产的嫩韭菜(大棚蔬菜当时才刚刚兴起)。杜湘东服从组织分配,虽然不情愿,还是到京城郊县的第二看守所报了到。他是外籍生留京,讲不得条件。因为在警校时有一番豪情壮志,而且考核成绩居于前列,擒拿格斗在省级比赛中得过名次,他总想着当一名刑警,破破大案、要案。但是在看守所当一名管教,他自觉使不出本事来,连当年在对越自卫反击战中立过战功的所长都说他"屈才了"。但所长让他干满三年再说。后来,他谈了一个对象,是与看守所有合作关系的一家冷库的管理员刘芬芳。刘芬芳是北京本地人,也是一个文学爱好者。她认为,郊县一间房,不如城里一张床。于是,杜湘东憋着屈,干满了三年,就找所长递交了调动报告。但所长食言了,没批,理由是爱惜高学历人才。走不成,杜湘东就有些情绪,第一次打了犯人,打了长得比较矮的、一只手包着厚厚的纱布的犯人姚斌彬一个耳光。姚斌彬和长得高的、也壮实得多的许文革是同案犯,罪名是盗窃工厂财物。就是这两个犯人,毁了杜湘东的前程。作为一名被良知、道义和卑微的生活折磨的从事乏味管教工作的狱警,杜湘东"当年考警校想的是立功,是破案,是风霜雪雨搏激流和少年壮志不言愁"。他未因警校毕业未能从事光鲜的刑警工作自暴自弃,他总是安慰自己"什么日子不是过,如果总能这样,人简单着,嘴新鲜着,心寂寞着,那其实也挺好"。他年轻时异于他人的是"别人是有了情绪就工作懈怠,他是越有情绪越玩儿命工作。都受情绪影响,影响的方向是反着的"。他这个好警察在被人夸时常常困惑"到底什么算'好',什么算'坏'呢?杜湘东意识到,在那些截然相反的概念之间,还存在着一个复杂的中间地带,而他和姚斌彬、许文革都被困在那里,似乎永远不能上岸了。这种处境几乎是令人绝望的"。但经历开矿厂,人到中年后,他从"奋发"逐步走向"堕落",不但纵容下岗的老婆刘芬芳摆摊谋生,涉嫌报复式虐待实际已"发迹"暴富的投案自首者许文革。他的激情消失了,理想幻灭了。

实际上,无论是职业选择上的身份焦虑,还是职场人际交往中的费心劳神,这些都体现了日常生活在现代化进程中不断异化的情形。按照列斐伏尔的观点,现代日常生活已经被全面异化,异化已蔓延于现代日常生活的各个领域。"人类世界的创造性活动不是理论的,而是实践的、一个永不停歇的、日常的活动,人类世界的创造性活动不是另一种活动,所以,异化也是永不停歇的和日常的。"[1]特别是在市场经济不断深化的现代都市里,这种情形更为突出。因为职场文化中的伦理观念,不只是强调人们的经济收益,还包括自由主义、功利主义、个人主义的微妙运行,使得职场中的人际关系开始变得愈发冷漠,个体之间因为利益的竞争,有时会缺乏基本的相互尊重和必要的相互认同,从而使日常生活中的交往活动呈现出一种异化状态。诚如有人所言:"人与人之间的关系并不仅仅是基于利益交换的契约关系,或者说契约关系更多地发生于职业与职业之间而非人与人之间,以公共生活为重要构成部分的市民社会应当是一个建基于真情实意的共同体。倘若置身于公共生活中的个人被自由主义异化,为个人主义所支配,那么,人便成了单纯用于利益计算的工具。"[2]正因如此,在新世纪以来的日常生活书写中,有关职场文化的伦理表达,已呈现出一种职场人际关系工具化的异化趋向。

第四节　异域他乡的文化碰撞

先看阿斐的诗歌《听首歌度周末》:

我离开我的故乡已有二十年/星辰离开天空的二十年/还将继续,不知终点/我在童年和少年时/只想尽快离开这贫瘠之地/现在想回去也不能够/妈妈,我在森林里行走满是艰辛/有时跌入陷阱有时滚入泥潭/被群狼追赶又被蛇群逼入死角/我一个人拿根树枝往前奔走/没有方向更没有目标/有的只是恐惧、迷茫和无力感/生命像只千疮百孔的小船/海浪一个哆嗦就可以让它秒翻/我终于活了下来,妈妈/你知不知道这有多么不容易/我终于有机会躺在森林里的

---

[1] [法]亨利·列斐伏尔:《日常生活批判》(第一卷),第153页,叶齐茂、倪晓晖译,社会科学文献出版社,2018年。
[2] 忻平等:《上海城市发展与市民精神》,第6页,社会科学文献出版社,2013年。

木屋/将恐慌和危险关在外面/听着《布列瑟农》和《离家500里》/在这个稀松平常的周末的清晨/有眼泪聚集在我的胸腔/却没有从我的眼睛里流出来/

这无疑是一首思乡的诗。诗人生活在遥远的异地,在一个日常的周末醒来后,疲惫地向远在故乡的母亲倾诉生活的不易。但是,它又不是一首单纯的思乡之曲。在倾诉了游子多年在外谋生的辛酸和孤苦之后,诗人又有一种"现在想回去也不能够"的尴尬和苦涩,因为诗人无法舍弃历经艰难获得的"小木屋"。可以说,这首诗仿佛一个寓言,很好地诠释了当代中国普通百姓的漂泊性生存处境。这种生存处境,一方面是由于中国城市化进程的加快,导致大量外乡人涌入城市;另一方面也是随着社会专业化程度的不断提升,产业集群化开始加剧,导致专业化人员不断涌入产业群所在地。这两种社会发展现状,决定了中国人在改革开放之后,进入了频繁迁徙的高峰时期。特别是新世纪以来,这种迁徙有增无减。在这种迁徙队伍中,既有进城的农民工,又有大学毕业后的专业人员;既有南北城市里人群的互迁,也有东西地域人群的彼此穿梭。他们构成了中国当代社会最显著的移民式生存群体。今天,即使像在北京、上海、广州这样的大都市里,外来人的数量可能都要高于原居民数量。与此同时,我们还要看到,在全球化的历史进程中,中国人出国求学经商或在异国婚恋成家的群体也越来越多,并由此催生了新世纪以来极为活跃的新移民作家群。

这种大规模的迁徙群体,固然体现了中国社会现代化和全球化发展速度,但也给迁徙者的日常生活带来了巨大的困顿。因为这些背井离乡的庞大群体,不仅要迎接新的生存空间的挑战,还要承受不同地域中不同文化的碰撞。人是一种文化的存在。在幅远辽阔的中国,存在着巨大的地域性文化差异。这种地域文化的差异,既包括生活习惯、气候特点,还涉及语言(方言)、饮食习惯、社会风俗等;如果考虑到海外移民群体,还涉及本土文化和族群的差异。这意味着,他们的日常生活将面临着经验意义上的"贫乏",用本雅明的话说:"战略经验被战术性的战斗摧毁,经济经验被通货膨胀摧毁,身体经验被饥饿摧毁,道德经验被当权者摧毁。当年乘坐马拉街车上学的一代人如今伫立在旷野的天穹之下,除了白云依旧,一切都已是沧海桑田;白云之下,天崩地裂的原野之上,是渺小、羸弱的人的身影。"[1] 的确,在以伦理为本位的中国社会结构中,这种远距离的迁徙,意味着人们业已习惯的日常生活之根已被拔起,他们必须全身心地适应居住地的文化生活。但这种适应是艰难的,也是漫长的,它会导致人们在相当长的历史时期,都将承受故土文化和异地文化的双重撕扯。也正因如此,在新世纪以来的日常生活书写中,很多作家都不断传达各种异域文化的撕扯和碰撞。这种碰撞主要体现在两个层面:一是国内迁徙中对新生活的异质性书写,二是海外新移民作家的东西文化反思性书写。

在国内的迁徙生活书写中,涌现了很多别有意味的作家作品。譬如塞壬的很多散文,都非常精妙地呈现了这种文化差异所带来的内心感受。在散文集《匿名者》中,塞壬就将《哭孩子》《消失》《匿名者》《羊》《在镇里飞》《悲迂》《托养所手记》《1985年的洛丽塔》等八篇散文安置在同一辑中,并标明为"两个故乡",即生她养她的故乡湖北黄石和工作后的第二故乡广州。李林荣曾对此评述道:"塞壬散文一举超越了把过去的岁月和远方的故乡一味牧歌化的大量庸常的忆旧怀乡之作。西塞山下的黄村和钢铁厂,从塞壬散文里登场亮相之初,就是美与丑、明与暗、纯净与芜杂、优雅与鄙俗结伴共存,甚至稀释调和为一体的。它们在塞壬散文的小小世界里之所以能绽放出一缕清新、恬静、不失亮丽的旧日芳华的光彩,完全是因为在它们周边旁侧,还同时有塞壬的声音在叙述、描摹着广东务工者阶层浮世绘般的众生相——利欲迷狂、得失纠葛、是非正邪的混淆,都来得更生猛、更直接,也更难有准谱儿或定数。……一是在文学世界里重述、重构西塞山前黄村的过去和

---

[1] [德]瓦尔特·本雅明:《写作与救赎——本雅明文选》,第32—33页,李茂增、苏仲乐译,东方出版中心,2009年。

现在，二是藉文学叙述为广东外来务工阶层的生存空间和人居状态，投射一层交汇着悲悯、同情和尊重的精神暖色。两个企图、两件事，在塞壬散文里始终合二为一，当成一件事来做。"[1]这种互补性的叙述，与其说是塞壬试图将两个故乡融合成一体，还不如说她渴望用文字来补偿这个异域性文化所带来的撕裂。就像她在《消失》中所叙述的那样："在郊区长大的孩子惯于等待和张望。在通往钢铁厂的煤屑路口，在面朝碧波荡漾的稻田的窗前。钢铁和水稻，潮湿的枕木，蜿蜒不知去向的铁轨，还有那忧郁的、一望无边的菜地。它们一下子就说出了工业和农业这两个词。这是两个大词，而此刻却异常具体：钢铁和水稻。这是贯穿着一个人成长的两个关键词，它像一道咒语，箍在我们非此即彼的命运里。这样的孩子就生长在它们中间，被它们追赶，驱逐，而我们对此更多的则是眷念的纠结和一种无法舍弃的——牵挂。"钢铁和水稻，工业和农业，城市和乡村，背后还有故土的风物人情，眼前的物是人非，它们隐喻了一种巨大的地域性文化落差，以及作者在日常生活中的内心感受。

  这种异域他乡的文化碰撞，是每个迁徙者每天都必须面对的，几乎渗透在他们日常生活的每个角落，并构成了人们一生难以回避的牵扯。如邓一光发表的一系列有关深圳生活的短篇小说，包括《宝贝，我们去北大》《深圳在北纬22°27′—22°52′》《在龙华跳舞的两个原则》《乘和谐号找牙》《罗湖游戏》等，都以略显轻松的笔触，书写了不同阶层的人们在深圳一带的生活，而且作者常常直取场景，不对人物进行来龙去脉的纠缠，借助横截面式的叙述，迅速凸现小说的内涵。但是，细细读来，却很难感受这个都市相对突出的地域性质感。徐则臣的《看不见的城市》里，天岫和贵州人都因为父亲的角色，以及这个角色所承载的伦理职责，艰难地走出了家门，但是，当他们步入现代都市，面对各种奇特的生存秩序，他们完全无法找到一种合适的生存方式，最后不得不走

---

[1]　李林荣：《塞壬散文的表情、腔调和姿态》，《文艺报》，2018年8月31日。

向失控的命运。

在这方面，吴君的一些小说颇具表征意义。作为深圳的移民群体，她自觉地立足于深圳这个开放性的城市，以女性作家特有的细腻和敏感，打开了一扇扇充满欲望与焦灼的人性之门，并使我们看到，深圳仿佛潘多拉的魔盒，吸引着全国无数的乡村平民，为之挥汗，为之洒泪，为之泣血，为之献上青春和命运。吴君的绝大多数小说，都是在不顾一切地探寻和演绎深圳的这种魅力，展示浮华的物质背后欲望的疯狂增殖和人性的荒凉。她不断地择取一些外来者的视角，以一个文化移民者的身份，将命运作为赌注，让人物穿行于深圳的角角落落，忍受着这个城市的诱惑，承受着这个城市的挤压，为现代欲望提供一个个鲜活的注释。譬如，在《亲爱的深圳》里，曾经温顺的妻子程小桂经过深圳生活的淘洗，开始变得冷漠和刻薄；无所适从的李水库被深圳生活碾压了几个月之后，也有些如鱼得水；农家出生的女子张曼丽，虚荣掩饰着自己的真实身世。在《深圳西北角》里，王海鸥历尽屈辱，才勉强成功；而老实巴交的刘先锋，却变得厚颜无耻；只有忠厚木讷的四舅，永远饱受各种冷眼和屈辱。《念奴娇》里，皮艳娟与嫂子杨亚梅一起，穿梭于各种夜总会里，卖笑求荣。她们虽然畏惧伦理，渴望尊严，但欲望的都市早已将这些剥夺殆尽。《地铁五号线》里的朱喜燕为了筹办自己的婚事，不仅花言巧语地骗取了施雨的信任，还勾引了施雨的丈夫。《亲爱的》里，郑歌儿在超市中所经受的屈辱和无助，使我们看到，在这个都市里，一些最基本的人道与信任都已丧失殆尽……在这些人物的心中，深圳就是金钱、财富和梦想，就是肉体的在场。它与道德伦理无关，与情感无关。

面对深圳，外乡人不仅要承受异质文化的冲突，还要承受因户籍制度而带来的身份冲突。本地居民所拥有的优越的保障制度和经济利益，使所有的外乡人成了二等公民。于是，围绕着"深圳人"这一理想的角色，无数"北妹"殚精竭虑，耗尽心血。在《当我转身时》里，率真而不拘小节的阿焕，即使为阿娣付出了惨重的代价，但在本地人苏卫红的眼里，依然不过是一个不值得信任和同情的"北妹"。《小桃》里的程小桃和《菊花香》里的王菊花，为了能够成为本地人，不惜出卖身体，穿行于一个个与自己极不相配的本地男人之间，但最终还是鸡飞蛋打。《樟木头》里的陈娟娟为了户口，在没有情感的婚姻里，承受着漫长的屈辱，结果也仍然是功亏一篑。即使是像《复方穿心莲》里的方立秋，虽然成了本地人的媳妇，也同样过着毫无尊严的生活。或许是对深圳怀有既爱又恨的复杂意绪，吴君的叙述并不显得坚硬、锐利和冷漠，相反，还常常拥裹着一层温暖的底色。她所展示的，都是特区生存中许多令人伤痛和无奈的底层生活，但又时时闪耀着一些诗性的梦想。像《陈俊生大道》里的陈俊生，虽然是个住无定所的打工仔，但他还是梦想着有一天将眼前的那条大道变成"陈俊生大道"，以个人的激情征服这个欲望的都市。在《二区到六区》里，吴君将人们非常熟悉的那些欲望化场景全部控制在话语的背后，而让叙述的表层保持着一种亢奋、激情、充满梦想的审美基调，使郭小改和徐森林在进入特区之后的命运变化充满了难以言说的戏剧性，也让爱情、友情等人类赖以生存的最基本的情感关系被无声无息地肢解。在《海上世界》里，诗坛精英张爱国虽然沦为欲望之徒，曾经写过诗的胡英利如今也"只爱美元和人民币"，但是，当他们在上演利益和欲望的双人舞时，还时时不忘当年那首浪漫的歌词。

上海与深圳类似，也有着极为庞大的迁徙群体。王占黑的《街道江湖》则以开放性的上海都市作为地域载体，讲述了上海街道中一系列小人物的故事。传统的街道社区虽然与现在的住宅小区相类似，但前者更像是一个区域的概念，邻居之间有一个充满互动行为的社交空间，这在现代化的住宅小区中是非常少见的。同时，街道有其后天自我生长的生态，而非先天规划设计而成，便捷性不是唯一的考虑因素。这一自我生长的生态避免居住于此的人们变成孤岛。当工业不再是城市经济发展的首要方式，城市的现代化建设逐渐被重视，像《街道江湖》中描写的原生态街道环境毫无疑问地受到了冲击。随着最早一批街道的居住者搬离单元楼，住到了高层、公寓等更为现代化的住宅，城市空间自动划分为两个截然不同的空间，街道社区就成了旧的存在，成了低收入外来务工者的落脚点，同时也聚集着无力搬离此地的老龄化群体。

在海外新移民作家的日常生活书写中，这种异域文化冲撞的情形更为普遍，也更为复杂。无论是散文、诗歌还是小说，都有大量的呈现。像少君的散文集《人生自白》，就是以自叙传的方式，展示了自己多年来的移民感受，尤其是在不同文化之间游走的尴尬、艰辛或愉悦。刘荒田的散文集《中年对海》《听雨密西西比》里的大量篇章，则着眼于移民的日常生活，从普通移民的生存细节里捕捉不同文化所带来的心态与情感的变化。北岛的《他乡的天空》，生动地讲述了自己所见到的美国社会的斑斓生活，其中也不乏一些坑蒙拐骗之事。朱琦的"重读千古英雄"系列散文，则在现代西方人文观念的参照下，重新梳理中国传统文化的伦理取向，评析中国历史上"千古英雄"的生命价值，试图彰显平等博爱的伦理精神和尊重个体的生命理念。张枣、远方、王性初、周正光、杨炼、李笠等诗人的诗作，同样也有类似的表达。小说则更为普遍，几乎每位新移民小说家都会涉及不同文化所造成的生存冲突。如刘慧琴的《被遗忘的角落》，以印第安原住民的生活为主线，展示了他们被歧视、被伤害却依然苦苦挣扎向上的过程，隐喻了少数族裔在主流文化中的生存镜像。沙石的《献上一盘咕咾肉》，通过一位黑人母亲，为已牺牲在中东战场上的儿子购买中国菜"咕咾肉"，既传达了中国文化的特殊魅力，又反思了战争给美国少数族裔所带来的巨大伤害。严歌苓的《少女小渔》《女房东》《花儿与少年》《海那边》《红罗裙》等作品，在摹写当下移民生活的过程中，常常深入到情感、伦理、理想、生存方式等各个层面，凸现了移民生存的复杂和吊诡，有时不免辛酸，但终究充满希望。林湄的《天望》，借助荣微云与弗来得的跨国婚姻，展示了不同种族在人生信仰、生存方式和价值观念上的分歧与冲突，并通过荣微云对丈夫所作所为的理解，从灵魂深处认同了博爱与拯救的意义。吕红的《美国情人》、曾晓文的《梦断得克萨斯》、融融的《早安，野熊先生》和《素素的美国恋情》、施雨的《刀锋下的盲点》、陈谦的《覆水》等，则以男女情感和婚姻生活为主线，展示了不同种群之间的情感伦理纠葛。即使是严力的《遭遇9·11》，虽然叙述的是一个美国商人的故事，但其中蕴含了极为复杂的种族文化冲突，展示了叙述者"我"对美国社会众生相的深度观察和思考。对于这种混杂性的审美表达，陈瑞林就评述道："几乎所有的新移民作家，其创作的首先冲动就是源自于'生命移植'的文化撞击。旅英作家虹影的'放弃'与'寻找'，旅加的张翎笔下的母亲河，网络名家少君的'百鸟林'，刘荒田散文里的'假洋鬼子'，苏炜小说中的'远行人'，宋晓亮迸发的凄厉呐喊，陈谦故事里的爱情寻梦，融融塑造人物的情欲挣扎，吕红在作品中寻找的'身份认同'，施雨、程宝林在诗文中苦苦探求的'原乡'与'彼岸'等，无不都是'生命移植'后的情感激荡，是他们在'异质文化'的强烈冲击下'边缘人生'的悲情体验。"[1] 可以说，新移民文学体现了某种新的汉语文学发展状态，具有明确的世界性和"混血性"。即使是对移民现实生活的展示，也非常注重不同族群在文化伦理、价值观念和思维方式上由冲突到融会的复杂过程，其审美目标直指全球化语境中的多元生存之理想。

更重要的是，这种多元文化的彼此碰撞与相互激荡，也给创作主体提供了不同的价值立场和思考维度。所以一些新移民作家，常常自觉地选择异域文化作为参照，反省本土日常生活中所隐含的历史问题，审视中国传统文化在走向现代化的过程中所出现的种种内在沉疴，呈现出明确的现代启蒙意味。如袁劲梅的《老康的哲学》《罗坎村》，陈谦的《望断南飞雁》，王瑞芸的《戈登医生》，沙石的《我的太阳》等，都是通过中外文化的冲突，反省了中国传统伦理中所存在的一些问题，也展示了各种超越沉疴的可能性。张翎的《雁过藻溪》《望月》《交错的彼岸》《邮购新娘》等作品，则让叙事往返于原乡与异乡之间，通过不同代际的冲突，对中国传统的家族伦理融入异域社会秩序的过程，进行了别有意味的反思。同样，也有些作家从中国文化的伦理角度，审视并质疑了

---

[1] 江少川、陈瑞琳：《海外新移民文学纵横谈——陈瑞琳访谈录》，《世界文学评论》，2006年第2期。

西方社会中的诡异人性。如沙石的《窗帘后边的考夫曼太太》中有关考夫曼太太的性变态，《汤姆大叔的剃刀》里汤姆大叔的乱伦冲动，《亡命岛》和《冰冷的太阳》里父子与情人之间的隐秘纠葛，等等，都是以一个外来移民的视角，揭示并反思了现代文化掩饰下的人性变异。无论是审视中国传统文化，还是质疑西方现代文明，在这种反思过程中，新移民作家都是立足于现代性的流动特质，更看重健康的人性伸展，强调个体心志的自由发展，折射了作家尊重个体、呵护人性的伦理信条。

陈河的《寒冬停电夜》《义乌之囚》《我是一只小小鸟》等小说，也同样涉及不同文化的内在冲突。作者凭借自己在海外生活的优势，在东西方文化相互碰撞的大背景下，从日常生活内部揭示了不同族群面对社会伦理的冲突。如《寒冬停电夜》中，华人邻居阿强在自家门口或花园里挖路砍树，为所欲为，这看起来似乎是他的自由，与别人无关，但是却激怒了白人邻居泰勒夫人，并由此导致了各种磕碰，直到最后阿强入狱。在小说中，阿强因何种原因入狱并不重要，重要的是，爱管闲事的泰勒夫人有着强烈的公民意识，并对社会伦理表现出自觉维护的坚定姿态，而阿强的行为恰恰有违于社会伦理，过于放纵自我，由此引发了不可避免的对抗。作为小说的叙述者和见证人，同样是华人的"我"试图提出这样一个问题：在全球化的时代，华人与其他族群相处时，如何从公共性的社会伦理层面上，赢得自己的生活尊严？

王德威曾经指出："在一个号称全球化的时代，文化、知识讯息急剧流转，空间的位移、记忆的重组、族群的迁徙以及网络世界的游荡，已经成为我们生活经验的重要面向。"[1]的确，这些动态性、开放性的日常生活经验，正在试图打破各种疆界内部固有的文化结构，并整合成当代作家必须面对的复杂经验。它也意味着新世纪文学发展将拥有极为开放性的日常生活诗学空间，当然也对中国当代作家提出了巨大的审美挑战，因为仅靠既有的经验已无法应对这种多元文化纠缠的现代日常生活。

---

[1] [美]王德威：《华语语系文学——边界想象与越界建构》，《中山大学学报》（社会科学版），2006年第5期。

第七章
微观与开放的审美策略

日常生活诗学的审美内涵极为复杂,它不仅涵盖了我们日常生存及观念活动的方方面面,还渗透在各种非日常生活的内部,制约着人类非日常生活的发展。在人类社会中,任何有组织的、技术化和规则化的非日常生活,都必须充分考虑到不同族群、不同地域、不同习俗中人们的日常生活因素,否则,很难取得令人满意的效果。即使是同等技术条件、同等工作环境、同等工作规则,如果某个工厂在中国、印度、非洲或欧洲同时开设分厂,效益都不会相同,因为各地工人的日常消费方式、日常交往伦理、日常观念活动都存在着巨大的差别,这种差别会直接影响他们在工作中的协调、合作以及管理的效度。人们经常会谈论,某个地区的工厂在发放工资的第二天,就找不到上班的工人了,等到工人们花完了工资,他们又陆续出现在工厂里。这就是日常生活对非日常生活的制约,而且这种制约存在着广泛的差异性。所以我们在讨论中国新世纪以来的日常生活诗学时,尽管花费了大量的笔墨,但是面对日常生活所拥有的巨大的吞吐能力,有时仍然感到力不从心。

正因如此,在探讨中国新世纪文学日常生活诗学的审美内涵时,我们试图采用提纲挈领的方式,力求能够相对全面地进行多方位辨析。在倾力辨析的过程中，我们也发现，日常生活诗学的建构，绝不仅仅体现在内涵方面，它同样体现在表达策略及审美形式之中，两者紧密相融，共同营构了这种诗学的审美特质。为此，从本章开始，我们将重点探讨新世纪以来的日常生活诗学在审美形式上的一些主要特征。

第一节 轻逸化的审美趣味

与有组织的、理性化的、科层化的非日常生活相比，日常生活显然更多地体现为形而下的具体生存，尽管它的内部也隐含了某些形而上的因素，但它在本质上还是体现了人类以物质性存在为前提的本来面貌。从自然形态上看，日常生活是散乱而无序的，有着情绪性的"泼烦"之特征，并非由严密的理性逻辑来安排的。在日常生活中，只有平均状态的"常人"，或者说芸芸众生，不存在高大全的英雄或卓越之才。但日常生活又隐藏着各种社会变革的动因，当这些因素逐步积累并形成一定的能量之后，就会通过各种导火线演变成社会的变革。所以列斐伏尔强调，日常生活是各种社会活动与社会制度结构的最深层次的连接处，是一切文化现象的共同基础，也是导致总体性革命的策源地。日常生活虽被现代性掠夺过，但仍是总体性革命的基础，是社会变革的核心。"总体的人"通过日常生活革命而达到，日常生活就是总体化，它使人成其为人。[1]在本书的第三章里，我们曾着重讨论了这一现象，并阐述了日常生活的这一特点在新世纪文学中的具体表现，同时也指出，当启蒙、革命与战斗都不再作为超越个体日常的总体性概念之后，作家们发现日常生活本身就是一个具有总体性特征的概念，因为它蕴藏了总体性的诸多要素。

一方面，人类的日常生活是"轻"的，世俗风情，柴米油盐，家长里短，庸常琐碎，离不开一地鸡毛式的生存镜像；另一方面，琐屑的日

---

[1] 吴宁：《日常生活批判——列斐伏尔哲学思想研究》，第169页，人民出版社，2007年。

常之中，又潜藏着各种历史变动的漩涡和暗流，它们细小却强大，总是悄无声息地推动着社会的变革，使历史的浩波巨澜若隐若现于每一个平常人家，这便是日常生活之"重"。针对这种日常生活的特殊形态，当代作家们也常常会采用相应的表达策略，即通过一种轻逸化的表达手法，使文本形态与日常生活形态形成某种同构关系，在审美形式上对表达内容构成呼应。即使是触及某些相对沉重的历史或现实问题，很多作家也会采用一种"以轻击重"的表达策略。在文本的表层，他们通常让人物沿着日常的、自由无束的事件奔跑，但又通过各种特定的情境设置，在一种看似轻盈、琐屑的叙事话语中，慢慢地坦露出深邃而凝重的思想内核，犹如海明威所说的"冰山原理"那样，含蓄地折射了日常背后所隐藏的生存之重。在这种表达策略的驱动下，一切重大的历史命题，深邃的人性思考，都被创作主体悄悄地推到叙事的背后，而呈现在读者面前的，常常是各种轻盈的、充满灵性的、有时甚至是饱含着喜剧意味的话语。但是，在这种看似并没有多少思想力度的话语中，又时时凸现了历史和人性中许多尖锐而又严肃的生存本质，就像米兰·昆德拉所说的那样："把极为严肃的问题与极为轻浮的形式结合在一起，从来就是我的雄心。而且，这不是一个纯粹艺术上的雄心。一个轻浮的形式与一个严肃的内容的结合把我们的悲剧（在我们的床上发生的和我们在历史大舞台上表演的）揭示在它们的可怕的无意义中。"[1] 米兰·昆德拉用了一个看似并不严肃的词语"轻浮"，而在叙事话语上，它其实就是轻逸，即"一种倾向致力于把语言变为一种像云朵一样，或者说得更好一点，像纤细的尘埃一样，或者说得再好一点，像磁场中的磁力线一样盘旋于物外的某种毫无重量的因素"。[2] 这种轻逸化的审美表达，从创作主体上看，是一种艺术表达策略，但从实际的艺术效果上看，则是

---

[1] [捷克]米兰·昆德拉：《小说的艺术》，第94—95页，孟湄译，生活·读书·新知三联书店，1992年。
[2] [意]卡尔维诺：《未来千年文学备忘录》，第11页，杨德友译，辽宁教育出版社，1997年。

一种审美趣味,即在一种轻逸的表达形态中,呈现生活和生命的丰茂与繁杂。从新世纪文学的日常生活书写来看,这种轻逸化的审美趣味主要体现在以下三个方面。

首先,这种轻逸化的审美趣味,体现在作家对日常生活的微观化处理上。

从普遍性意义上看,日常生活本身就是微观的、琐碎的,而且这种琐碎很多时候是机械式的重复,带有个体生存的惯性特征,很难体现个体生命的鲜活性和独特性,所以当代作家们在处理这种日常生活时,并非运用机械的写实主义,而是运用一种更微观的手法,沉入日常生活内部,穿透那些看似庸常的日常生活表象,发掘隐藏在表象之下的各种生存状态,捕捉那些富有生命质色的细枝末节,然后赋予其艺术想象,呈现为鲜活的文本形态。但是,如果我们立足于不同的个体生命来看,"日常作为价值和质"可能会产生完全不同的意义,"在这里,日常生活中的日常状态可能被经验为避难所,它既可以使人困惑不解,又可以使人欢欣雀跃,既可以让人喜出望外,又可以使人沮丧不堪。或者说,它那特殊的质也许就是它缺乏质"。[1] 面对同样的日常生活,不同的个体可能会产生完全相反的生存感受,这正是日常生活所拥有的特殊魅力。所以,英国学者本·海默尔认为,我们必须区别"日常生活"和"日常状态"这两种不同的概念,对日常生活内在的异质性和矛盾状态发起调查,不能总是盯着日常生活中的那些惊世骇俗和标新立异的东西,而是要认识到任何看似庸常的表象之下,都包裹着诸多个体意义上的神秘因素。为此,他倡导要像福尔摩斯那样专注于日常生活的细枝末节,"针对日常生活中的神秘,福尔摩斯引入了理性主义的祛魅。他的天'才',说到底,无非是把理性主义的和科学的原则推广到他所调查的那些表面上看来深不可测、无根无由的事情当中去。如果说他热爱日常中那些光怪陆离、玄而又玄的方面,那么他所热爱的,是通过理性主义来为它祛

---

[1] [英]本·海默尔:《日常生活与文化理论导论》,第5页,王志宏译,商务印书馆,2008年。

魅。正是这种理性主义把那些微不足道的和日常的事物转变成了光怪陆离之物的密码。福尔摩斯通往日常的途径既产生了神秘，同时又解除了它的神秘"。[1] 我们觉得，很多作家在面对日常生活时，也有些像福尔摩斯那样，借助必要的洞察力，总是能够在生活的细枝末节之处，发现各种饶有意味的蛛丝马迹。

譬如任晓雯的《浮生二十一章》，就是以生活在上海弄堂里的二十一位小市民作为小说主角，从一件件看起来稀松平常、毫不起眼的事件开始，在抽丝剥茧般的细节捕捉中，微观化地呈现了都市平民的日常生活和精神情状。在小说中，张忠心、高秋妹、姜为民、杨敏安……这二十一个人物，折射了二十一种不同的个性气质和人生风貌。这些人物个性明朗，境遇普遍，每一个人物的性格都是丰富且生动的。我们很难定义这些人物是"好人"或"坏人"，他们有时可爱有时可恨，世故精明却又不乏善良，即使命运难以捉摸，即使生活千疮百孔，每一个人都在自己的人生轨迹里忙碌着，乐观甚至势利地活着。任晓雯非常擅长在那些混沌的日常生活场景中，迅速捕捉到生活中最细小最本质的部分，并通过那些细小而持久的细节打破生活表面的平静，揭示日子底下世态人情的真相，继而袒露人性的复杂、摇曳和幽深。像《周彩凤》中："周彩凤逛了小菜场，归途碰到个新邻居，絮叨一路。邻居说：'你一歇上海话，一歇普通话，是北京来的高干吧。'周彩凤不答，进门顾自微笑。方沪生冷着脸过来，在小菜篮头里翻检，'买啥了，去那么久。记住，茄子别和肉炒在一道，番茄蛋汤放些洋山芋。我吃不惯你们安徽人烧法的。'周彩凤诺诺，想着邻居的话，又笑起来。"《江秀凤》中："一日，上门收废品，遇着个故人。对方瞩视良久，忽道：'三小姐，是你吧。'她报红了脸，跑下楼去，缩立于墙边，放任自己哭个够。俄而摇摇小铃，起车前行。"无论是作为安徽人的周彩凤面对上海市民的身份排外意识，还是命运败落后的江秀凤在遭遇熟人之后的尴尬，虽然他们的外

---

[1] [英]本·海默尔：《日常生活与文化理论导论》，第10页，王志宏译，商务印书馆，2008年。

在交流并没有出现异常，但内心的波澜可谓惊涛骇浪。正是从这些看似极不起眼的细节中，任晓雯巧妙地将人物在日常生活中微妙而复杂的内心镜像烘托出来，可以说准确精练，异常鲜活。就像任晓雯坦言自己写《浮生》时，甚至能感受到笔下人物"噼里啪啦说话时，咸酸的唾沫溅射而来"。

福尔摩斯对日常生活中最为平淡无奇的事物永远保持着情有独钟的姿态，并且能够凭借自身的非凡之才，从中发现各种异乎寻常的东西。这种发现的能力，其实就是作家需要具备的艺术禀赋。在福尔摩斯面前，华生似乎就是我们这些读者，经过他的跟踪、呈现和揭示，我们忽然明白日常之中所隐藏的各种奥秘。作家对日常生活的微观化处理，也是如此。像天津作家王松的长篇《烟火》，就是从日常生活的市井气息中，呈现了天津胡同里各色人等的生命情态。作者围绕着蜡头儿胡同，把天津古城里的市井文化，分解成无数碎片式的小人物、小角色、小故事，以漫无头绪的方式娓娓道来。这些人物总是在不经意的地方出现，或者独立成章，或者随着其他人物或事件引带出来，从来子、刘大头到杨灯罩儿、保三儿，从老瘪到王麻秆儿再到老疙瘩，每个人物都拥有独立的命运故事，但是又都适可而止。然而，在这种看似杂乱不清的丝团里，一幅相互交织、彼此牵扯的老天津胡同景象鲜活地呈现出来了。在作家的微观化处理中，我们可以看到，老瘪卖的烧煤球炉子用的拔火罐儿，拉胶皮仅靠身体的蛮力绝对不行，鸡毛掸子也有质量上的好坏之分，打帘子也存在着各种讲究。从人人熟知的狗不理，到鞋帽铺、棺材铺、水铺、嘎巴菜、豆腐丝儿，你有你的生活技巧，我有我的谋生门道。虽然这些民俗文化只是小说的附属功能，但它以特有的丰富和饱满，将蜡头儿胡同里人们的日常生活夯击得异常瓷实。在日常生活的微观之处，王松从不吝惜笔墨，如傻四儿去拉冰的细节，是否真实其实并不重要，但作者还是不遗余力地进行交代，使得傻四儿这个人物在十分有限的篇幅里迅速活了起来，也让来子与他在生活轨迹上的交错显得自然可信。不过，无论是傻四儿还是刘大头，无论是高掌柜还是老朱，他们的故事终归都回到以来子一家为主的命运漩涡里,在历史的颠荡沉浮中,呈现了蜡头儿胡同中千姿百态的日常生活,也映现了民间生活的繁杂与丰饶。类似的作品还有很多,像周华诚的《草木滋味》等一些散文,以及新世纪以来十分流行的口语诗,都是通过微观化的表达,专注于日常生活中各种细枝末节,体现了轻逸化的美学趣味。

其次,这种轻逸化的审美趣味,还体现在作家对重大问题的背景化处理上。

作家魏微曾说过:"我们的生活中,每天都有传奇发生,那些惊天动地的大事,或有一些小的欢乐和伤悲,都可以视为是我们时代的注脚。我喜欢'时代'这个词,也喜欢自己身处其中,就像一个观众,或是一个跑龙套演员,单是一旁看着,也自惊心动魄。某种程度上,我正在经历的生活——看到或听到的——确实像一部小说,它里头的悲欢,那一波三折,那出人意料的一转弯,简直超出凡人想象。而我们的小说则更像'生活',乏味、寡淡,有如日常。"[1] 的确,任何一种日常生活的背后,都挂着"时代"这个巨大的幕墙。我们如果转身去盯着幕墙,当然少不了惊心动魄的感受,尤其是面对新世纪以来飞速发展的中国现实,面对变动不居的生活方式和生存观念。同时,任何一个身处"时代"的个体,无论他的日常生活具有怎样的独立性,也都与时代存在着千丝万缕的联系。这种联系,大到人生命运的跌宕起伏,小到人性与伦理的扯扯拽拽,都是不可避免的。它意味着,日常生活内部总是存在着各种各样的异质性因素,用列斐伏尔的理论来说,就是日常生活中永远存在着各种异化特征。这些异质性因素,构成了日常生活的"重"。但在新世纪以来的文学中,很多作家在面对这种日常之"重"时,仍然选择一种日常化的叙事,将"重"的内涵放在背景之中,使作品继续保持轻逸的审美格调。像魏微的小说《沿河村纪事》,通过对中国边远乡村的日常生活叙述,在你争我吵、打打闹闹的细节之中,展示了中国乡

---

[1] 魏微:《"我们的生活是一场骇人的现实"》,《小说评论》,2007年第6期。

土社会结构形态向现代转型的艰难。她的《家道》讲述了一个小城里的父亲因罪入狱之后,一对母女面对强大的世俗伦理所遭遇的种种尴尬、困顿和伤痛。她们背负着贪官家属的耻辱,穿行在各种冷漠的目光之中,以敏感而又无奈的心情咀嚼着人世的沧桑,直到最后,不得不背井离乡。表面上看,它对父亲的罪并没有很好的反省,但实质上,它仍然是以母女内心里无法言说的疼痛来回应"罪"的深远惩罚,以及它在伦理层面上所辐射出来的巨大威力。雷默的《密码》叙述了一对大学生情侣毕业时的生活选择。大学毕业前的聚会,情侣间的情感纠缠,父母和故乡的隐秘勾连,使"我"和苏梅陷入恋情与亲情的撕扯之中。当苏梅跟随着"我"来到厦门,在"我"那位患有老年痴呆症的母亲身上,特别是她不断翻阅儿子照片的过程中,终于看到母子之间与生俱在的牵连。苏梅在顿悟之中,似乎也找到了某种生命的密码——那便是永远剪不断的血缘,所以她毅然返回了北国故乡。鲁敏的《奔月》从逃离的角度,探讨了命运的不可超越性。逃离是洒脱的,然而逃离之后,命运并不会选择更好的道路,因为在性别文化中,女性终究要受制于现实伦理的强力规训。在这些小说中,作家们都展示了日常生活的深不可测和异化的必然性,同时也表明日常生活看起来千篇一律,甚至不乏欢乐与温情,但是时代的惊涛巨浪,以及所有的人性、命运等等,都隐藏在日常生活之中。

在这方面,池莉的长篇《所以》可能更具有代表性。这部小说同样立足于日常生活,在一种看似轻松平常的叙事中,缓缓地呈现了当代女性成长的生命历程和屡战屡败的婚姻生活,通过女性视角传达了人们对于城市生存的感悟和痛楚。作家以叶紫漫长的生命历程作为主线,通过叶紫三次失败的婚姻,揭示了现代人的生存状况及其所遭遇的挫折与困惑。由于个性和在家庭中的被忽视,叶紫一次次轻率地处理自己的感情问题,让自己的婚姻生活不断卷入各种高手段、低情商、无耻小人的陷阱里,要么被利用,要么被暗算,要么被敲诈,最终走向败局。从幼稚到成熟,叶紫在历经了人生经验与教训的同时,始终恪守自己的个性,坚持自己的人生走向。毫无疑问，叶紫是一个想追寻自我生活的知识女性，她出生在哥哥与妹妹之间，在不该出生的年代降生，不招父母待见，一心想逃离没有温暖的家。一碗温热的鸡汤，一只肥美的鸡腿，就可以填满叶紫渴求爱的心灵。然而，甜蜜的闪电过后，真相大白，大学毕业待分配的关淳利用她留在武汉，而她却被分配到小城孝感。不愿屈服命运的叶紫，果断结束了这场短暂又滑稽的婚姻。在孝感文化馆，叶紫凭着聪明才智，编写多部话剧，在省文化系统声名鹊起。这一切让董馆长受益，调到省里。叶紫不服，一趟一趟往省里跑，揭穿董馆长，结果碰了一鼻子灰。哥哥叶祖辉开始帮助她，介绍她认识团级军人禹宏宽。叶紫屈于命运，学乖了，利用禹宏宽调回了武汉。此时导演华林走进叶紫的生活。叶紫似乎嗅到自己熟悉的气息，特别是那种久违的语言，以及落拓不羁的个性气质。她就像路边的无名小花，不由自主地，从泥土里仰望着华林，朝他开出自己卑微而灿烂的花朵。结果当然是叶紫被软禁，有妻室的华林因此入狱。但叶紫仍旧不顾一切地要嫁给华林，想用堂堂正正的婚姻，来证明他们纯真的爱情。十三年后，如别人预言的那样，华林再次背叛，拍了自己与别人的不雅照讹诈了叶紫一笔钱。叶紫庆幸与一个无耻小人离婚了，儿子还在，家还在，这就足够了。小说中的叶紫，只是芸芸众生中的一员，她的曲折情感，虽与个性有关，也与她遇人不淑有关，但这些终究与时代脱不了干系。

作家张欣曾说："时至今日，感觉写作中最大的难点竟然是最不起眼的日常。每每写到吃穿用度、衣食住行，就觉得深陷在重复、同质和一成不变的泥潭里动弹不得，喝的咖啡、进的饭馆、泡的酒吧写出特色来，难度是非常大的。由于所有的事件都是在生活中产生或发生，那种在竹尖上拼剑，与老虎同船的状况终究是极少的现象，并非一种常规表达。而对于日常，我们再熟悉不过，可是在日常中妙笔生花，却成为一件难事。《金瓶梅》和《红楼梦》里都写了许多日常，让人感到故事里面的真实与温度，以及深刻的敬畏与慈悲。那么琐碎的凡间烟火背后，是数不尽的江河日月烟波浩荡。"[1] 张欣的这段话，表明了作家在直面日常生活时的艰难，但事实上，新世纪以来的很多作家还是凭借自身的艺术智慧，自觉地立足于普通个体的生存经验和存在境遇，注重体验性、身体性和经验性的审美表达，突出那些看似琐碎、惯常的世俗生活对于个体生存的重要意义，揭示日常经验内部所蕴藏的各种微妙繁复的生命镜像。他们对一个人的最为完整的生活的理解，就是营构个体的人在日常生活中的丰富的、可能性的状态。它的主要目标，是强调文学对于日常生活的审美关注，发掘并展示日常生活中极为丰盈的生命质感和人生意绪，以便重构人类在身与心、人与物上的统一性。

再次，这种轻逸化的审美趣味，还表现在作家对日常生活的诗意化处理上。

任何个体的存在，即使是卑微的生存，他的内心都会怀有诗意的憧憬，所以日常生活虽在整体上较为平庸琐碎，但永远不乏诗意，关键在于作家如何来捕捉和呈现这种诗意的内涵。像铁凝的《春风夜》《火锅子》等短篇，就非常精妙地呈现了这种日常生活的诗意，并通过这种诗意的叙事，在轻逸化的审美格调中，凸显了人性的光泽。《春风夜》叙述了一对常年分居的夫妻短暂的一次晤面，从头至尾都弥漫着某种特殊的温馨。在叙事层面上，作者并没有着力书写俞小荷的生活之苦，而是将沉重的家庭负担分解成若干个信息碎片，有机地置入夫妻相会的过程中。常年开着货车奔波在外的王大学，患有严重的腰椎病；女儿在北京读书，费用不低；婆婆隔三岔五地来电话，要为七大姑八大姨"借钱"……这一切，都足以让当保姆的俞小荷不堪重负，但她并没有因此而心烦意躁，而是整个身心都沉浸在与丈夫相会的幸福感里。因为种种原因，尽管他们无法相拥而眠一夜，但是围绕着看病、吃饭等庸常事情的交流，那种以沫相濡的体恤和关爱，却始终回荡在人物的心里，也彰显了整个小说如沐春风般的叙事韵味。《火锅子》围绕着一顿简单的火

---

[1] 张欣：《千万与春住·序》，第1页，花城出版社，2019年。

锅午餐，精心地勾勒了一对年迈的夫妻相濡以沫的生活，也诠释了爱、宽容、牺牲、相扶相依等复杂的精神内涵，并使叙事在一种温馨的语调中，饱含了人生的沧桑与平静。迟子建的《他们的指甲》一如既往地承续了作家的诗意化叙事风格，在温馨而自然的人伦情怀中，演绎了一个有关苦难的故事。身为寡妇，漂亮的如雪是不幸的，然而，无论是曾经的丈夫还是候鸟般的采沙人，都在她善良的灵魂中投下了无数和煦的光影。张惠雯的《爱》显得庄重而又不乏轻逸之美。年轻俊朗的牧区医生艾山来到了草原深处，在一次牧民的宴会中，发现了一位娇小的少女，彼此互生好感。思恋从此盘踞在艾山心里，甜蜜而忧伤，温馨而孤独，迷乱而惶恐。作者以一种细致入微的笔触，缓缓地凸现了作为男人的艾山对爱的感受能力，并借助人物的意绪，演绎了爱与生命的纠缠，"因为爱带来的欢愉和折磨在一些夜晚难以入眠，在白日里却又昏沉恍惚，这种美好的东西从不曾从世间消失过"。这种微妙的情感体验，被作者描绘得异常生动。晓苏的《花被窝》也叙述了一个隐秘而又温馨的故事。留守女人秀水和李随有了暧昧关系，但她最怕的是婆婆那双无处不在的眼睛。如果这事被婆婆发现了，那就意味着远方打工的丈夫也会立即知晓，而她作为女人的名声也就彻底崩塌了。于是，她处处小心，时时留意，但在有意无意之间，婆婆的眼睛总会盯在那些偷情的"物证"上，包括她刚刚晒出来的那床花被窝上潮湿的印痕。这让秀水万分惊恐。而在随后的焦虑之中，她又意外地发现了婆婆年轻时的隐情。原来，身为女人，都会有一些难以言说的情感际遇。重要的是，婆婆替秀水守住了秘密，而秀水也渐渐懂得了女人应有的善良和宽宥。

这种诗意化的处理，在有些作家的笔下，还会呈现出某种非理性的飞翔状态，犹如纳博科夫所说的"兼备诗道的精微和科学的直觉"。在纳博科夫看来，小说家与魔法师都是一种自我为难的职业——人们都清楚他们所作所为的虚假性质，但他们又不得不为自己的虚假行为建立各种"真实"的理由和依据，以使人们在欣赏过程中获得特殊的审美体验。只不过，魔法师更注重表演的每一个过程，而小说家则更强调叙述的每一个细节。在小说中，细节是想象与说服力达成紧密联动的核心枢纽。它既要有"诗道的精微"，又要有"科学的直觉"。当然，这两者不可能同时出现在一个细节之中，而是各自出现在它们应该出现的位置上。也就是说，该灵动时就让它飞翔起来，该坚实时就让它坚实起来。畀愚的《春暖花开》中的边德丰作为城市里的打工一族，贫穷而卑微，却从未放弃人生的怀想。他有点文化，有点情怀，对边缘的生活有着特殊的韧性，同时还怀抱着某些浪漫的想象。在城市医院里做陪护的他，与打工女庞雪梅好上了，不料庞雪梅的前夫身患重病找上门来，而边德丰同样给了他们竭尽所能的帮助。庞雪梅当然不知道什么是诗意的生活，边德丰却以特有的方式，给她苦涩的人生带来一抹诗意。伍世云的《送伴》则借助民间特有的"送伴"风俗，讲述了中国人对待死亡的伦理观念和情感态度。它看似超然，达观，却又隐含了"渡人"积德的诗性伦理。正是在这种伦理的支撑下，属于火命的阿正和表弟，自幼就被康大端公安排给一些濒临死亡的人送伴，也由此留下了诸多难以弥合的内心阴影，包括对死亡气味的敏感，很难双人同床而眠等。带着这些内心的隐疾，阿正开始面对准岳父康大端公的濒死难题，进行了艰难而又无法言说的选择。小说的叙述非常从容，不过分冷漠，也没有太多的煽情，温婉地呈现了"生而艰难，死也不易"的生命境况。

曹征路的《天堂》运用一种充满生活质感的吴方言，讲述了一个叫天堂山的乡村里质朴却不乏浪漫的民情风俗。在那里，人们讲仁义，重人情，拜关公，"地方不大，讲究不小"，但是，他们同样也有浪漫的怀想，也有男男女女之间说不尽的私情和暗恋。他们以插花作为暗号，男女之间演绎了一个又一个鲜活灵动的故事。蝉儿因丈夫残废，自然也有人插花，但她坚守妇道，忍辱负重，甚至成为"三八红旗手"。尽管最后蝉儿还是与他人有了私情，尽管这个人又被人暴打而逃走，但蝉儿依然是蝉儿，依然守着自己的家庭，为生活而奔波，为命运而隐忍。其实，这些作品非常多。像鲍十的《秋水故事》中对乡村夫妻之间情感的质朴叙述；魏微的《姊妹》里对两个彼此仇恨了一生的女人之间关系的微妙化解；毕亮的《继续温暖》一对爷孙相依为命的乡村留守生活……它们都充满了尘世的日常温情，也传达了日常生活中最为动人的诗意。尽管在这些小说中，也都或多或少暴露了人性的坚硬和现实的无奈，但在叙事上，都充满了轻逸化的审美趣味。

作为一种日常生活诗学的表达策略，轻逸化的审美趣味并非是为了给现实或人性涂脂抹粉，而是创作主体对于日常生活及生命的内在理解。铁凝曾说："是不是一个作家写了一个温暖的故事就能带来暖意，是不是一个作家写了一些惨烈的东西就变得阴暗了呢？"的确，并不是因为写了悲苦，作品就一定是凄凉的悲剧，"你可能写的是一个失望的悲伤的故事，有忧愁，但文学的功能最终在哪里？我想还是有一种对世界和人类的巨大的理解"。铁凝所说的这种理解，其实就是作家在认清坚硬现实的同时，还能发现诗意的价值，因为"文学还应该有个巨大的功能就是有暖意，应该给人类带来温暖"。[1]

第二节 反自律的书写策略

作为启蒙之后的重要产物，文学的自律性其实是现代社会在科层化上不断探索的重要结果，也体现了某种本质主义的思维。它一方面帮助人们探索和总结了不同文体的属性和规律，使我们对不同作品的认知和理解有了相对稳定的理论参照，但另一方面又形成某些模式化的观念，甚至会导致文学创作局限在一些固定的程式之中。因此，在文艺学领域，一些学者通常对各种自律性的理论保持着建构主义的态度，认为它们在创作实践中具有动态性的变化特征。这也从另一个角度表明，反自律性在文学实践中仍然存在着一定的必要性和合理性。像先锋文学，就是通过反自律的探索和实验，不断开拓了文学表达的审美空间。散文诗则通过对散文和诗的有效整合，形成了一种特殊的文体范式。而非虚构

---

[1] 铁凝、王尧：《文学应当具有捍卫人类精神健康和内心真正高贵的能力》，《当代作家评论》，2003年第6期。

写作，则以强调事实、突出创作主体的思想与观念为主要目标，使文学创作进一步获得了开放性空间，给人以新的审美体验。这些反自律性的文学实践，表明文学史的发展，并非只是遵循文学自律性的结果，而是一直处在自律与反自律的相互博弈之中。

  从新世纪文学的发展来看，大量书写日常生活的作品，也都在文体形式上或多或少地呈现出某些反自律性倾向。有些作品以碎片化的文本形态，直接隐喻日常生活本身的琐碎和繁杂；有些作品融合多重文体元素，形成一种"跨文体"的表达形式；还有些作品干脆选择非虚构写作方式，让创作主体置身于日常生活现场，进行介入式的审美表达。这些表达形式的不断开拓，很多时候并非像先锋文学那样，是为了追求某种文本实验的效果，而是为了更好地呈现日常生活内在的审美特质。也就是说，从表达策略上看，日常生活书写中的一些反自律性的文学实践，在很大程度上体现了作家们建构日常生活诗学的艺术自觉。譬如林白的长篇《妇女闲聊录》，就是通过一种乡村妇女聊天的方式，记录了乡村妇女日常生活里的种种感受，包括家庭生活、情感纠葛、性别伦理，以及自我的生存与发展，等等。小说中的各种闲聊，看似日常生活中的普通交流，实则呈现了当今乡村女性的复杂生存情状，用林白自己的话说："我听到的和写下的，都是真人的声音，是口语，它们粗糙、拖沓、重复、单调，同时也生动朴素，眉飞色舞，是人的声音和神的声音交织在一起，没有受到文人更多的伤害。我是喜欢的，我愿意多向民间语言学习。更愿意多向生活学习。"[1] 这种自觉剔除书面化语言的叙事策略，无疑颠覆了小说的自律性要求，体现了作家对日常生活形态的最大迎合，虽然没有形成一种耐人寻味的文本形式，但确实再现了日常生活的鲜活性和人物微妙的个性特征。从整体上看，在新世纪以来的日常生活书写中，当代作家主要是沿着两个方向进行反自律性努力：一是不断突破小说、散文、诗歌的相关文体范式，寻求一些更为自由、灵活和开

---

[1] 林白：《妇女闲聊录·后记一》，第 226 页，新星出版社，2005 年。

放的形式表达；二是大力尝试非虚构写作，努力重构现场式的、原汁原味的日常生活生存图景和平民百姓的生命情态。

借助日常生活的本然状态，在各种不确定的叙事之中，体现日常生活的鲜活、丰茂和芜杂，避开过于明确的主题，是新世纪文学在日常生活诗学追求中的形式特点之一。很多作家在直面日常生活时，不再拘泥于既定文体的基本范式，使文本呈现出明确的反自律性倾向。在小说方面，像莫言的《蛙》、余华的《第七天》、付秀莹的《陌上》、韩少功的《日夜书》、孙惠芬的《上塘书》、吕新的《掩面》、刘恪的《城与市》、潘军的《独白与手势》三部曲等等，都是如此。这些小说要么采用跨文体方式，在叙事中融入其他文体类型，突破单一文体的自律规范；要么采用松散而自由的叙事，不拘于小说叙事的基本范式，使文本形态呈现出开放性的特征。譬如付秀莹的长篇《陌上》和韩少功的长篇《日夜书》，就是通过一种极其松散的细节拼接，不断更换人物和叙事场景，使众多人物既相互牵连，又彼此独立，由此形成一种众生群像的叙述效果。尽管在这两部小说中，也有相对主要的人物和主要的事件，但从文本形态上看，更像是多声部的共鸣。作家所追求的审美效果，从某种意义上说，也是为了呈现日常生活本身的无序性和繁杂性。没有什么人物是更为重要的，也没有什么事情是最具表征性的，在历史的巨大推力之下，每个人都是一个注脚，每个人的日常生活及其生存景象，都构成了时代的宏阔图景。这种"清明上河图式"的文本结构形态，虽然在一定程度上破坏了小说对于人物、故事情节等方面的自律性要求，但在还原日常生活本相和探寻日常生活诗学建构方面，却有着积极的意义。

莫言的长篇小说《蛙》在叙述村医姑姑漫长的数十年日常生活中，巧妙地融入了书信体、九幕戏剧剧本等其他文体，形成了一种奇特的"跨文体"形式，而且每种文体的表达都承担了不同的叙述功能。在小说的基本叙事中，作家呈现了姑姑的情感生活以及职业生涯中的各种困顿，包括在乡村邻里之中执行计划生育的种种纠葛，以及晚年的内心变化。在书信体的交流中，小说的叙述者回到知识分子的视角，通过与域外人的沟通，展示了"我"的内心在体制禁锢与人性发现之间的纠结和冲突。这种纠结和冲突，既包括对姑姑的职业伦理的人性反思，也包括对市场经济兴起之后社会乱象的批判，还包括对人道主义情怀的某种隐隐约约的呼应。而九幕剧本，则围绕小说内部的核心冲突，对姑姑的悲剧性人生和矛盾心理进行了一次别开生面的总结。正是这种跨文体的融合，使《蛙》在表达普通人在日常生活中的生存困境时，集合了伦理、人性和命运的多重难题，并为读者提供了多向度的解读空间。

如果我们再看看余华的长篇《第七天》和池莉的长篇《所以》，也会发现这些小说在叙述普通平民的日常生活中，不断加入各种现实中的新闻报道，或社会新闻热点事件本身，借此强化人物日常生存所面临的特殊的现实背景。如《第七天》中，杨飞虽然生活在继父、邻居李月珍的万般宠爱之中，他们贫苦穷困却彼此相爱，身份卑微却相濡以沫，遗憾的是，坚硬而无序的现实最终还是将他们过早地送进了阴间。围绕杨飞在阴间寻找继父的过程，余华加了大量新闻事件中的一些人物，让他们在阴间世界里不断与杨飞相遇，由此道出了各自在尘世里的特殊遭遇。尽管这部小说曾被有些人讥讽为"新闻串串烧"，但作家真实的意图是致力于还原各种社会新闻事件背后的生存真相，因为这些新闻事件中的主角都是普通的平民，在生前，他们没有话语权，没有表达真相的机会，只能在死后的阴间世界里，借与杨飞的交流，表达了各种尘世间的恩怨与纠葛。池莉的长篇《所以》在叙述普通女性叶紫的成长历程中，也通过不同的方式，将《人民日报》社论、中央人民广播电台新闻、电视连续剧以及标志性的历史事件等等，不断嵌入小说文本之中，使人物的成长与中国社会发展变化的大背景构成密切的呼应，借此印证叶紫的日常生活一直处于社会变革的历史境域之中。

在日常生活的记忆性表达中，孙惠芬的《上塘书》采用了一种地方志的史书写作模式，以"上塘村"作为叙述主体，而不是完全依赖于小说中的人物和故事冲突来结构叙事。在小说中，作家按照"地理""政治""交通""通讯""教育""贸易""文化""婚姻"和"历史"九个方面,对上塘村的历史发展和村民们的日常生活、风俗伦理以及生存方式的变迁,进行了别有意味的叙述。这种地方志的模式,突破了小说叙事对人物及故事的聚焦,将叙事扩展到更为丰富的现实层面,也使人们能够在一种全景式的细节呈现中,深切地体会到上塘村民们的日常生活变化。吕新的长篇《掩面》在叙述特殊历史时期普通人的生活际遇时,也同样采用了"跨文体"的叙事手段,融合了不同文体的表达形式。小说共计六章,但其中第五章"黑色笔记本"却引入了诗歌文体。通过几首诗歌,作家巧妙地转换了人物的视角,很好地呈现了少女的内心世界。这种小说与诗歌文体相嵌的形式,既打破了小说叙事的自律性要求,又改变了叙事对历史苦难的单一表达方式,"这样,在文本层面产生的话语效果就是:在诗歌外的五章内,被访者话语的密集和少女话语的稀少形成鲜明对比。少女的身份是被压制的,话语权是被剥夺的,心情是极度郁闷的。为了弥补叙述上的不均衡,为了给少女一个表达、纾解和反驳的机会,也为了彰显少女地位的重要,小说另辟第五章'黑色笔记本',以诗歌的体例呈现。根据前后文,不难发现,诗歌的作者正是少女,三首诗题……蕴含了少女对父母的思念、对家庭的渴望、对孤独的拒斥、对未来的恐惧、对革命的质疑、对现实的不满、对真相的揭示等多重复杂的内容"。[1]

在新世纪以来的散文创作中,也有很多作家在书写日常生活时,借助不同文体的糅合,在一种"跨文体写作"中,创作了很多非常优秀的散文。最典型的就是江西散文家傅菲。作为刘亮程之后非常重要的一位乡土散文作家,傅菲成功地开拓了中国乡土散文的表达方式,将中国乡土文化的沉重与日常生活的鲜活、作家主体的理性思考与乡土日常伦理的微妙、乡土文明的溃散与百姓生活的变迁,紧密而又巧妙地融会在一起,形成了《星空肖像》《南方的忧郁》和《饥饿的身体》等别具特色的散文集。在这些散文集中,作者在大量的篇章里都动用了类似于小说

---

[1] 周银银:《永不落幕的先锋——吕新〈掩面〉的"跨文体"叙事评议》,《宁夏大学学报》(人文社会科学版),2015年第3期。

的笔法，通过虚构性的细节还原，使乡村人物获得了一种栩栩如生的艺术形象。如《南方的忧郁》就是立足于从农业社会向工业社会过渡中的乡村——枫林村，通过叙述这个赣北小乡村的人物和日常事物，不仅将话剧、口述历史、志怪、诗歌、新闻、歌词等元素融入叙述之中，极大地拓宽乡土叙事散文的文化视野，还巧妙地动用小说笔法，强化人物形象的塑造。像《木构简史》中，作者在书写油麻与老拐在棺材里偷情时，完全是一种小说的笔法，让我们既看到这两个人纵情声色时的愉悦和放纵，又看到他们面对伦理禁忌时的内心纠结。在《棉花，棉花》里，作者则采用了一种操作说明书的表述方式作为散文的开篇："饼肥30公斤、磷肥25公斤、钾肥15公斤、碳铵10公斤、硼砂0.25公斤。父亲用木炭把每亩用肥的参考数，写在厕所土墙上，供母亲拌肥用。"通过这种说明书式的列示，作者巧妙地刻画了父亲对农活的专注与虔诚，也折射了现代乡村农业操作的技术化倾向。不过，最具特色的，还是他的散文集《饥饿的身体》。该散文集以人们的身体器官作为主要的叙述对象。我们都知道，人的肉身既是文化的载体，又是日常生活的实践对象，日常生活中所有人的具体奔波和忙碌，最终都落实在一个个身体的自我满足之中。傅菲正是抓住了身体的这个特质，从脸、手、眼睛、耳朵、鼻子、头发、脚、乳房等器官入手，大量吸纳了小说、诗歌、电影等体裁的形式元素，对身体的各种器官进行文化学、美学和社会学意义上的考察与分析。如《乳房》中，作家将舒婷的《祖国啊，我亲爱的祖国》《圣经》中的《旧约·雅歌·第四章》、2003年10月《时尚健康》杂志和雅诗兰黛集团联合举办的"粉红丝带乳腺癌防治运动"等有条不紊地引入叙事之中，然后借此对乳房的性别意义进行了饶有意味的叙述。在《伤口》中，作者围绕身体上的伤口，借助电影《宾虚》的片段和耶稣受难故事，精妙地叙述了伤口对于生命的特殊意义，"伤口，是生活和命运给我们的鞭刑，也是我们疼痛感绽放出来的花朵"。周晓枫的散文集《有如候鸟》中的诸多篇章也是如此。像《禽兽》《石头、剪子、布》《一只名叫的Snowy的狗》等散文中，作家就大量吸收了动物学知识其至某些童话故事，使故事完全超越了一种单纯的动物书写，而是融入到我们的日常生活之中，成为人性乃至人生命运的某些隐喻。

运用非虚构写作方式，突破文体在自律性的规范和约束，使创作主体能够更自由、更从容地参与到日常生活现场之中，也是新世纪文学在日常生活诗学中体现出来的特征之一。众所周知，非虚构写作并非一种特殊的文体，而是一种试图摆脱各种文体自律性规范的叙事姿态，或者说是一种追求"现场真实"的泛审美性叙事策略。这种叙事策略，并不是极力追求叙事自身的审美价值，而是推崇既有事实的有效性。不仅文学领域中的小说、散文、报告文学之类，常常冠之以"非虚构作品"，新闻报道、口述史写作、创意写作等，也都乐于套用"非虚构写作"的称谓。但这并不是说，这种写作就在绝对意义上剔除虚构性表达。因为一个显在的事实是，任何一种叙事文体，当它进入细节复述和情节还原的过程中，都必须仰仗作者的想象和虚构。譬如新闻报道、口述史写作中，随着事件的时过境迁，作者在重建现场时必须借助人们的经验和常识，对它们进行合情合理的虚构。文学创作更不例外，甚至成为新世纪以来的一道重要风景。

虽然非虚构写作对题材本身高度倚重，但并不意味着它对写作技巧、叙事艺术就有所忽略，在实际创作中，我们依然可以看到，非虚构作品在建构"有意味的形式"时，特别是在文本的结构、视角、语调、轻重处理等方面，显然缺乏各种富有独创意味的变化。有人甚至认为，非虚构写作的盛行，其实体现了文学"向外转"的发展趋势。这种写作，"从语言与形式的过度铺张中超越出来，走向新的自我表达。尤其面对当下新的生活方式和时代状貌，虚浮半空的写作已经越来越无法抓牢瞬息万变的网络时代与信息社会，也难以切身感受脚下这片热土的真实温度，文学面临着前所未有的挑战和危机。不仅如此，各种门类的艺术形式与文化形态给予当下新的启示，使后者也从跨越界限的文化实践中汲取养料和动力"。[1]笔者对这个判断多少有些存疑，因为新时期以来的文学创作一直处于"内转"和"外转"的复杂纠缠之中，不只是非虚构的出现才体现了某种"向外转"的反拨倾向，像新现实主义冲击波、底层写作、官场反腐写作等，都可以视为文学的"向外转"。但是，作者明确提到了非虚构写作带有某种"跨越界限的文化实践"，确实有些道理。事实上，只要认真阅读一些有关日常生活的非虚构作品，我们就可以清晰地看到非虚构写作确实是一种"跨界"的文化实践。这种实践，广涉社会学、历史学、新闻学、人类学、经济学、伦理学等诸多领域，使很多非虚构作品不再是一部单纯的文学作品，而是具有强大实证功能的田野调查性文本，是一种"写什么"远大于"怎么写"的认知性文本。因此，就文学本身而言，这些作品无疑体现出一种反自律性的倾向，即反抗并拆解有关文学自律性范式的开放性写作。这种反自律写作，主要体现在以下几个方面。

一是它明确地确立了作家主体在叙事中的中心位置。在非虚构写作中，叙事通常不是由独立的叙述者来执行，而是作家本人直接充当了叙述者进行现场叙事。作家的行动和观念，均以明确的在场方式，有效控制着叙事的组织和发展。所有的叙事，都是根据作家主体意愿的调遣而变化，作家不仅是叙事现场的记录者或揭秘者，还通过自己的议论、辨析和判断，对叙事进行意义归并。譬如黄灯的《大地上的亲人》，就是通过作者作为一位乡村儿媳的眼光，置身于丈夫的家族中，不断讲述了夫家公婆、两个姐姐的家庭的起起落落之过程，并传达了作者对当下乡村社会及农民日常生活的思考。李娟的《冬牧场》和《羊道》，也都是以作家亲身跟随牧民们游牧转场等经历和体验，呈现了阿尔泰地区少数民族独特、艰辛、自由而又坦荡的游牧生活。

在叙事性作品中，创作主体明确地穿梭于叙事之中，自由调遣和控制着叙事的节奏，从本质上说，会破坏叙事的独立性和自足性。这在长

---

[1] 曾攀：《物·知识·非虚构——当代中国文学的"向外转"》，《南方文坛》，2019年第3期。

篇叙事中尤为明显。因为长篇叙事往往需要内在的冲突主线、必要的故事发展和情节变化，包括人物性格及命运的变化等等，其叙事本身具有特定的自主性，通常由不同于作家本人的各种叙述者来进行掌控。但是，在非虚构写作中，作者是无处不在、无时不在的，他是叙事的君王，既可以随时中断叙事进行辨析和议论，还可以声东击西、由此及彼，形成广泛的联想和思考。如赵瑜的《寻找巴金的黛莉》中，从巴金书信的交易、书信内容的辨析，到确立收信人身份、寻找收信人，整个叙事由各种碎片交织而成，它们彼此穿插，形成了以作家为中心的叙事发展主轴。即使是像孙惠芬的《生死十日谈》、黄灯的《大地上的亲人》等，故事本身有着相对的完整性，但在具体的细节叙述中，同样也呈现出碎片化特征。在万方的《你和我》中，作者虽然记录了父母一生的命运轨迹，但是，所有重要的事件，都是通过大量的自我回忆、对好姨（即小姨）的求证、妹妹的回忆、父母亲的书信整理（包括情书）、父亲朋友的书信以及一些必要的史料拼缀而成，叙事呈现出日常生活的碎片化情形，宛如记忆中的光与影，构成了岁月长河里一曲令人叹惋的血缘之歌。这种碎片化的文本形态，主要是由于非虚构写作过于强调事实、以凸现事实为主的叙事策略所致。而这种碎片化之所以不会导致叙事的杂乱无章，关键在于作家主体在叙事现场的直接调控，叙事始终沿着"我"的行动路径或思考轨迹在发展，因此彼此不会缺乏关联，一盘散沙。但它在阅读上带来的问题也非常明显，远不如自律性文本给人带来的那种清晰与完整，很多时候需要我们跳出作家主观意愿，进行文本的重新梳理。

二是它导致了人物形象的剪影化倾向。很多有关日常生活书写的非虚构作品都是作为一种长篇形式存在的，按理，它们应该有一些贯穿性的人物，但是，由于文本的碎片化，直接导致非虚构写作中的人物形象无法走向立体或丰满。因此，在实际的阅读过程中，我们很少能够看到一些具有完整性格及命运发展的人物，绝大多数作品中，除了作家本人之外，其中的人物都是在叙事中一闪而过，呈现出剪影化特征。如梁鸿的《中国在梁庄》《出梁庄记》中，作者写到了大量的梁庄人物，这些人物都是随着作家的出现而出现，与作家进行必要的现场交流之后，又迅速退到叙事之外。万方的《你和我》叙述了父亲和母亲的沧桑人生，但作者的着力点也不在父亲和母亲形象的重塑上，而是围绕他们的内心困境和曲折命运，展示了一大批或具有亲缘关系、或志同道合、或具有工作关系的人物，这些人物不乏各领域的社会名流，但都随着作家的意愿随出随进，并没有贯穿始终，也难觅丰满的形象。依据自律性的相关原则，叙事类的文学作品，特别是小说、报告文学、纪实文学等长篇文体，都需要动用一定的叙事手段强化人物形象，特别是对人物内在精神和个性气质的立体化塑造。但在非虚构写作中，人物常常是在场景化的片段中出现，偶见个性，难觅丰实且耐人寻味的形象。作家的身影在叙事中无处不在、无时不在，作家的主体思考或观念也同样无处不在、无时不在，所有叙事自始至终都突显了作家主体的声音，尽管作家以现场性、真实性作为依据，有时也试图伪装自我的看法和判断，但是，其叙事本身就是为了表达作家自己的看法。这一点，从本质上说，恰是"载道式"写作的基本诉求。

一方面是作家在获取题材时的亲力亲为，甚至像赵瑜那样奔波于各种复杂的人事记忆之中；另一方面是作家在叙事中又要无处不在，这种全方位的亲历式写作，固然为叙事提供了不可撼动的事实和看法，但它难免有些顾此失彼，在叙事上未必能实现文本应有的审美价值。因此，它的反自律性，其实是为了彰显创作主体的事实和看法，而不是作家在审美意义上的艺术探索。这种写作策略，也隐含了当代文学在形式开拓上的萎缩之势，同时又折射了文学性的四处蔓延。

无论是"跨文体"的写作突破，还是非虚构的积极介入，在新世纪以来的日常生活书写中，已开始试图突破既有的文体规范，在一种反自律的书写策略驱动下，努力开拓文学表达的审美范式，使创作主体获得更为自由的艺术创造空间。

第三节　彰显生活内在的意味

先看马非的诗歌《两条毛巾》：

> 办公室墙角有一把椅子/上面放着时刻有水的脸盆/两条毛巾就搭在椅背上/一条颜色深一条颜色浅/深色毛巾供本人使用/浅色是专为客人准备的/深色毛巾已经脏得/比它的原色加深了一倍/而浅色毛巾依然散发着/它最初的洁白光泽/倒不是因为没有客人造访/而是因为尽管得到主人提醒/客人依旧我行我素/视主人的脏毛巾为己物/难道在他们的理解里/主人留给自己的/一定是干净的毛巾吗/无论如何深色越来越脏/浅色干净得有点过分/我倒不是没有想过改变一下/两条毛巾的主客位置/但从没有付诸到行动中去/一个来访的诗人对我说/"这多么像我们的人生啊"/至于像怎样的人生他没说/我也没有进一步追问

办公室的椅背上挂着两条毛巾，一条深色的自己用，一条浅色的供客人用。有趣的是，每次来客洗手之后，都会选择深色毛巾擦手，结果浅色毛巾一直光洁如初。诗人从这种司空见惯的日常细节入手，蜻蜓点水地指出"这多么像我们的人生啊"，然而它究竟像什么样的人生，却需要我们去回味和寻思。的确，在大多数人的人生之中，我们都是跟着日常经验的惯性去行动，却很少去思考这些惯性是否合理，即使有人提醒这种惯性的危害，但大多数人还是会我行我素。在这首诗里，马非不仅揭示了日常经验的错位或荒诞，而且呈现了日常生活中无数具有人生隐喻意味的情形。更重要的是，这首诗还从审美策略上提供了一种别样的抒情方式——充分利用碎片化的日常生活细节，揭示某些生命内在的意味。这些意味未必能够说得清楚，但它明确地存在着，而且引人玩味。

马非的《两条毛巾》当然不是个案。从某种意义上说，这首诗也体现了日常生活诗学的一种建构策略，即作家立足于那些微不足道的日常生活，并不一定要从中展示历史的浩波巨澜，也不一定要挖掘人性的深邃，只要能够捕捉到某些人生的况味，或揭示某些让人寻思的现状，同样也具有重要的审美价值。也就是说，文学作品的"意义"固然重要，"意味"也同样价值非凡。众所周知，日常生活在表面上确实散乱无章，琐碎枯燥，千篇一律，了然无趣。实则不然。只要人们用心体察，总会有这样或那样的发现。对于作家们来说，这种体察既涉及艺术洞察力，又涉及主体自身的审美眼界和艺术心智。池莉就曾说道："生活本身就是有诗意的。生命的本质就是诗意的。无论他是一个什么人；作为社会的人，无论他的外壳是什么，无论是丑还是美，是贫还是富，是达官贵人还是平民百姓，都不妨碍诗意的存在。诗意是不局限于任何具体事物的，像罗丹雕塑的老年妓女，你不能说她很丑，也不能说她没有诗意。任何物质碎片，哪怕是垃圾也可以含有诗意。"[1]这段话的言外之意是，日常生活并非没有"意味"，只是我们缺乏发现"意味"的眼光和心智。事实也是如此。如果我们回首一些颇具经典意味的作品，譬如张岱的《陶庵梦忆》《西湖梦寻》，李渔的《闲情偶寄》，沈复的《浮生六记》，周作人的《雨天的书》，汪曾祺的《晚饭花集》等，可能会觉得它们并没有什么深刻的思想，也没有什么宏大的意义，但是它们却能够深入到日常生活的肌理之中，呈现出诸多耐人寻味的生命意趣。

这些耐人寻味的生命意趣，同样是文学的核心内涵之所在。文学作品的审美价值，并非仅仅靠宏大而深刻的"意义"来建构的。有深远的意义固然很好，没有高深的意义同样也能成为人间佳构。像《闲情偶寄》中的"饮馔部""居室部""种植部"，多番品咂之后，你会觉得李渔差不多就是一位行为艺术家，他将日常生活中的吃喝拉撒，完全上升到了艺术的高度。其实，在日常生活书写中，我们常常会读到很多作

---

[1] 赵艳、池莉：《敬畏个体生命的存在状态——池莉访谈录》，《小说评论》，2003年第1期。

品,它们并没有什么宏大高深的现实意义,也没有多少艰深玄奥的人性探索,只是一些日常生活经验和内心体验的细细玩味和复述,却能够让读者玩味再三,犹若甘醴。这里面,无疑隐含了文学的"意义"与"意味"之别。"意义"和"意味"虽只有一字之差,但内在的区别却是耐人寻味的。"意义"是文学作品所呈现出来的主旨或思想,即作品所载之"道"。它包含了创作主体对历史、社会、自然、人性等诸多方面的思考,在接受层面上侧重于理性认知的交流。而"意味"则是作品中所蕴藏的某种情调、意境和趣味,即作品所言之"志",在审美接受过程中偏重于感性经验和伦理情感的呼应。徐复观曾解释道:"'意义'的'意',是以某种明确的意识为其内容;而'意味'的'意',则并不包含某种明确意识,而只是流动着一片感情的朦胧缥缈的情调。"[1] 这也就是说,"意义"是比较明确的,可以说清楚的;而"意味"则是相对含混的,难以言说的。

　　文学作品的"意义"与"意味"尽管存在着各种微妙的差别,但并不存在绝对的冲突,只是受制于作家个人风格和审美趣味等因素,各有侧重罢了。有些作家特别注重文学的"载道"功能,突出作品中的"意义";有些作家则迷恋于"言志",强调作品内在的"意味"。最典型的,或许就是周作人和鲁迅。尽管这两兄弟的生活经历与教育背景都差不多,但鲁迅的创作显然更自觉地追求"意义",有着明确的"立人"思想与启蒙意愿,而周作人的创作则更多地徜徉于"意味",倡导文学是人类精神的"体操",并不刻意追求作品的深刻"意义"。所以,读鲁迅的小说或杂文,少不了脑力激荡或思想交锋,无论是阿Q的辫子里,还是蘸着人血的馒头中,都隐藏着深邃的意义。虽然周作人也写过一些"金刚怒目"式的文章,但他的大多数散文都是"悠然见南山"式的,像《雨天的书》中,谈苍蝇,谈"跛脚骨",谈茶食,谈初恋,谈苦雨……旁征博引之处,皆是知识的拼接;由人及己之说,均为生活的感

---

[1] 徐复观:《中国文学论集》,第106页,九州出版社,2014年。

受,没有多少明确的"意义",字里行间却"意味"深长。

但是,在很长一段历史时期,中国当代文学一直过度强调那些宏大"意义",导致很多作家沉迷于各种"史诗"性作品的建构,并形成了对某些特定"意义"的固定化的表达范式——全力聚集高大上的思想主题,突出宏大的社会或历史意义,展示个体生命的非凡性和献身精神。这些宏大的意义固然可以振奋人心,激发人们的崇高理想,但是毕竟远离了日常生活经验,远离了正常人的情感体验,难以形成广泛的情感共鸣。譬如,很多小说,动辄全景式叙述,多卷本书写,在时空上尽可能囊括更多的历史事件,呈现出各种复杂的社会风云,气势看似恢宏,结构看似繁富,但读者却少有问津。而且,这种创作思维逐渐将文学的"所载之道"引入极为逼仄的精神范畴,使"意义"片面地集中在意识形态化的"大生活"之中,拒绝正视个体平民的日常生活形态,特别是日常伦理情感和人性面貌。

新世纪以来,随着日常生活书写成为文学的主流,不少作家开始有意识地追求日常生活诗学,并致力于日常生活的微观化书写,努力彰显日常生活的内在"意味"。在谈及长篇小说《所以》时,池莉就曾道:"一个作家能够客观、真实地剥去所有的大话,剥去遮蔽在我们真实生活上的泡沫,把真实的生活反映出来,和自己的读者分享,我觉得这是很好的做法,我非常乐意。文学不是教科书。文学的功能不是说教,而是审美,通过我虚构的生活和人物,在你的内心深处唤起了你的意识,当你的情感被震荡以后,你自己激活了自己,是你们自己通过阅读激活了自己。我作品最佳的效果就是在这里。你进一步会用这种经验去你自己的生活当中摸索。"[1] 这里,池莉明确地意识到文学的重要价值在于它的审美功能,而非它的教科书功能。同样,魏微也表达过类似的看法:"我的理解,小说就是要从小处说起,细节和日常对于小说的重要性怎么夸大都不过分,因为人世的一切全在里头了。我愿意多写一些小

---

[1] 金涛:《一半写女人一半写男人——池莉谈新作〈所以〉》,《中国艺术报》,2007年4月13日。

题材，因为没什么野心，很心平气和。野心可能每个作家都有，但是我想，这个东西最好还是要藏一下，急功近利会败坏了小说。再宏大的叙事也须藏在最不起眼的日常里，化成血肉与字句连在一起。"[1]正是在这种观念的驱动下，当代作家们开始在新世纪以来的创作中，不断追寻那些在日常生活里"最不起眼的"意味。如赵挺的短篇小说《上海动物园》，从"我"的西藏自驾游奇想开始，就让叙事不断滑出预设的目标，最终呈现出现代人茫然无序的日常生活。"我"是一个没有什么人生追求的文学写作者，混迹于一个没啥效益的文案策划公司，有一个若即若离的女友和一个网游搭档老马，还有一个试图导入全球所有文学作品、能够让写作病毒式变异扩散的操作员朋友老虎，当然还有一辆老旧的小车。每次"我"都想做点什么，譬如游西藏、与女友吃顿饭、完成一份像样的文案策划，但最终都不了了之，最后连写作也被老虎那狂热的虚无主义给消解了。对于日常生活来说，虚无不是低欲望，而是无所谓，当一切都变得无所谓时，"我"似乎成了一个真正的虚无符号，所以西藏去不去也并不重要了。

次仁罗布的很多短篇都精心剔除了某些故事的外在冲突，并以宗教生活作为人物的精神依托，倾心于日常生活"意味"的发掘与呈现。像《红尘慈悲》，仿佛一篇散文，沉郁，辽阔，朴素，端庄，像高原上的微风，吹拂着尘世间所有的爱与死亡，苦难与麻木。小说通过觉如·云丹的视角，讲述了一个普通藏族家庭的生活。在这个家庭里，每个人都很善良、勤劳、宽宥、体恤，与贫穷默默地相伴，从不抱怨命运的不公。当父母为哥哥和云丹娶回同一个妻子阿姆之后，受过教育的云丹内心里终于发生了变化，于是他选择了逃离。小说最动人之处，在于阿姆内心的渴望与隐忍，善良与忧怨，慈悲与落寂，它们浑然聚为一体，跃动着圣母般的光泽。阿姆与云丹的母亲、妹妹，共同构成了藏族女性心灵深处的宽广与慈悲。阿姆不幸逝世之后，成为唐卡画师的云丹，在老师的

---

[1] 阙兴韵：《那时太幼稚，现在很平和——著名青年作家魏微访谈录》，《温州晚报》，2009年3月14日。

帮助下决意要为她塑铸一个观音菩萨像。这与其说是云丹为了赎罪或超度阿姆的灵魂，还不如说是为了展示藏族女性的伟岸与不凡。在《那片白云处是你的故乡》中，作家通过对现代城市生活的反省，怀想着天人合一、人神共居的草原简单生活。它隐含了城市文明与游牧生活的内在悖论，体现了现代文明"累心"，而自然生活"累身"。在累心与累身之间，作家写出了那些迁移群体内心的不同挣扎。无奈的是，身边的一个个人都在拥抱城市，满足于城市生活，故乡成为再也不想回去的远方，只有一些年迈的老人、不合时宜的"我"以及把生命献给草原的表弟，依然保持着对贫瘠、简单却能尽享万物生灵的自然生活。

张惠雯的《双份儿》通过对人物内心的探秘，呈现了人的情感世界中诸多难以言说的滋味。中年律师男人衣食无忧，生活优渥，但内心总是有一些缺憾，当他与红颜知己每周一次或两周一次约会时，他总是会担心彼此间存在心灵上的距离。律师当然不惧口才，只是这口才再好，也未必能走进别人的内心深处。为了获得对方的愉悦，律师男终于向心仪的红颜叙述了自己的一段往事——它充满了复杂的"中国经验"，纠集了无数宏观或微观的权利游戏，同时也夹杂着人情伦理。人性是经不起考验的，每个人的人性中都存在着诸多的幽暗之处，都或明或暗地渴望"双份儿"。小说中那位美艳的妓女，与精英人士之间，并不存在本质上的差别，所谓的差别，只是体现在不同的人以各不相同的方式谋求自己的"双份儿"。修新羽的《城北急救中》一方面体现了人们对自我认知的不确定性，另一方面又体现了现实生活本身的不确定性。这种不确定性，宛如男女主人公租住的房子对面的"城北急救中心"——这个每晚闪烁的霓虹灯招牌，居然坏掉了一个"心"字，变成了"城北急救中"。现实中的霓虹灯招牌坏掉了一个"心"字，而大学刚毕业的主人公和恋人陈焯的生活似乎也缺少了一个核心，他们租住在廉价的城北地带，做着不称心的工作，拿着不体面的薪酬，维持着似是而非的情侣关系，几乎没有什么是可以确定的，更没有什么是坚定而清晰的。从现实到前途和命运，他们似乎都是跟着惯性在滑行，就像整夜闪亮的那块残缺不全的霓虹招牌。汤成难的《奔跑的稻田》虽然有点像巴西作家若昂·吉马朗埃斯·罗萨的《河的第三条岸》，但作者笔下的父亲不是追求形而上的河上生活，而是寻找实实在在的物质性生活。他渴望找到完美的土地，并种出心中理想的水稻，尽管这种水稻同样充满了形而上的象征意味。一方面，父亲越走越远，越来越执着于种植新的水稻，并将收获的新稻子寄回家里；另一方面则是家人对父亲长久的思念，以及年复一年的漫长等待。执着于理想的父亲和充满亲情的等待，就这样构成了小说内部的张力，耐人寻味。这些小说都是立足于日常生活，远离了各种宏大的历史或现实，但它们总是能够沉入日常的各种缝隙之中，传达出种种耐人寻思的意味，或人生，或生命，或情感。

在散文方面，这种追求"意味"的作品也很多。譬如，冯杰的散文集《泥花散帖》和郭文斌的散文集《寻找安详》等，都是通过对日常生活各种事象的精妙叙述，呈现生命的情趣和况味。冯杰的散文集《泥花散帖》中，作者常常动用方言口语讲述一些传统风俗，勾勒诸多民间旧事，虽然大多三言两语，但细腻处尽显世态风情，白描处又鲜活异常。无论"惹草""啖瓜"还是"采蔬""解馋""拈花"，细观花草，回忆美食，咀嚼乡土，回望亲情，一切看似庸常琐屑的事物，在他的笔下，总是包含了各种耐人寻味的生活意趣，也凝聚了作者对于故土的深深眷恋。与此同时，作者还配上各种简洁的画作，让文与画相映生辉，意味深长。在傅菲的散文集《故物永生》中，我们看到，故物的芳香是生命的芳香，故物的温暖是情感的温暖，故物的坚实是命运的坚实。在《寻找安详》里，郭文斌面对当今功利主义的现实，尤其是面对人们日趋浮躁、焦虑的生活意绪，提出了"安详主义"的日常生活理想。在他看来，各种欲望化的生存所带来的痼疾，犹如人们精神上的艾滋病和癌症："烈火沸水一般的焦虑将会成为远比艾滋病和癌症更让人们束手无策的集体疾患。"如何摆脱这种现实困境，必须提升自我的主体意识，倡导一种现代意义上的"安详主义"，因为它"既是一条回家的路，又是家本身"。"要说安详主义其实很简单，安详主义不是别的，安详主义就是回到我们'自身',回到当下,回到细节;坦然地活着,健康地活着,唯美地活着,低成本甚至零成本地活着;喜悦着,快乐着,幸福着,满足着。"虽然作家还没有办法说清楚"安详主义"的内涵,但他给我们提出了一种追求生活自足之味的理想。它是属于自我的,心灵的,需要个体的生命和生活彼此相融才能完成的一种生存状态。

这便是"意味"的魅力。它犹如空气,看不见,摸不着,但弥漫在作品之中。如果深而究之,我们认为,文学作品的"意味",首先是一种高度综合、主客合一的审美体验,可以意会、感知、察悟,却很难准确地言传、阐释,更难从理论上对它进行系统性的建构。"意味"集纳了文学作品的各种要素,从情感姿态到生活趣味,从表达形式到语言运用,同时,它还会在不同的读者心中产生不同的体验。最典型的,应该是一些诗歌作品。特别是新世纪以来,受到"口语化"写作的影响,很多诗人都非常善于从日常生活出发,在微妙的日常体验和生存感受中,捕捉各种难以言说的人生况味。如阿斐的《情人节团结湖观雪》:"我看见/雪已经被踩成这样/还白得这么顽强//雪看见/我已经被生活踩成这样/还活得这么快乐坦荡//灵犀相通的情侣/不必都是人类/山与水,我与雪。"雪的顽强,"我"的快乐坦荡,人与物或者物与物之间的情侣般相知,这几种生命感受融会在一起,使我们很难说清楚这首诗的核心意图,但可以深切地感悟到其中传达出来的柔韧、坦荡和洒脱的人性情怀。在《病中观雨》中,阿斐写道:"哪有什么雨天/所有的雨天都是晴天/哪有什么阴云/所有的阴云都是云彩/我的胃痛也不是疾病一种/肚子里照样装得下扁舟和江湖/窗里,躺在床上的诗人/窗外,诗人眼里的风景/雨下一会停一会/像跳舞的姑娘跳一会看我一会/万物我都好奇,都关心/万物都是我胸中美人,而非块垒。"在这首诗中,我们或许可以用乐观主义来概括它的内涵,但我们又分明地感受到这种乐观主义的背后,又弥漫着诗人无奈而又无助的悲凉意绪。

对于这种文学中的"意味",海外学者欧阳桢曾做过颇有意思的分析。他认为,中西诗学的差别在于,西方诗学是对应诗学,追求意义,而中国诗学乃共鸣诗学，讲究意味。"我们不妨假定在一方是生存真理（对应诗学），在另一方是存在之'道'（共鸣诗学）。这样，我们便可看到两种不同的模式：一个是模仿的，一个是内在性的。按照模仿模式，未知同已知成对应关系，而且由于这种关系的建立并得到不断地重申，未知便也显得越发地实在与合理。按照第二种内在性模式，则一切内在的，一切此时，现在，如此这般的才是唯一的实在。在第一种模式里，真理尽管不易把握，但还可援引为例，是可以企及的；在第二种模式里，道虽无时不在，但却不可具指引称。"[1] 这段话读起来有些拗口，但意思还是非常明白的，即对应诗学是一种通向意义的诗学，在一部作品中，意义虽难确定，但终究可以企及；而共鸣诗学是不追求意义的诗学，它讲究内在的、此情此景的体悟，呈现的是一种非确定性的意味。所以，欧阳桢嘲笑西方人读中国诗歌，尤其是阅读翻译之后的中国古典诗歌，总是想弄明白其中的意义，"结果常常是徒劳一场"。

其次，作为一种综合性的审美体验，"意味"常常集纳了创作主体的生活感受、情感姿态和伦理趣味。这些创作主体的主观感受和体验，有时并不是特别明晰，只是一种"毛茸茸"的混沌状态，渗透在作品之中，形成某种特别的氛围、情调或趣味，需要不同的读者在共鸣性阅读中细细琢磨和体会。如鲍尔吉·原野的散文集《梨花与我共白头》《草言草语》等，都是以诗性的笔触，叙述了草原上一花一木、人伦中美好亲情等各种日常生存，强调自我的生命体验与感悟，追求语言表达的灵性气质，颇有些"性灵派"的神韵。也就是说，它们让人最迷恋的，并不是直面沉重历史或尖锐现实的某些重大"意义"，而是借助于日常事物，准确地传达了自我在日常生活中所感受到的各种生存"意味"——人与自然的心灵呼应，北国草原的日常生活气质，微小的花木与作者性灵的无缝对接，以及语言中不断涌现的唯美意绪。对于普通的个体来说，日常生活的魅力离不开"滋味"二字，这种"滋味"既隐含了生命

---

[1] 乐黛云、陈珏编选：《北美中国古典文学研究名家十年文选》，第619页，江苏人民出版社，1996年。

的自足性,又折射了人与世间万物之间的心智交流。

金宇澄的长篇小说《繁花》也是如此。尽管作家在小说中设置了两段特殊的历史背景,但随着各种上海市井人物的登场,我们看到的,主要还是阿宝、沪生、小毛三个童年好友在上海弄堂里的数十年日常生活。无论历史怎样的沧海桑田,无论社会如何的风云变幻,他们依然在各自的环境中,过着各自的生活,或繁琐,或不安,或骚动,或迷茫,但永远都不会改变那种恒定的、琐碎的、精细的、世俗的市民传统。作家正是以日常叙事的传统,以普通市民群体作为对象,鲜活地重构了世俗生活原有的空间,并在日常的琐碎和精细中,展现了最真实的生活本相。因此,沈善增曾由衷地说道:"小说写了一群上海人从20世纪60年代到前不久的日常生活,每个人都在追求使自己的生活更有味道。这也反映了上海人的一个共性,对过好日子的定义,其实比之物质更重精神,但精神追求的目标纷繁杂乱,这就有戏有味了。要把日常生活写出味道来,首先要作者对此有体味,有同情的理解,要有进得去出得来的智慧。如小说中写了许多饭局,饭局很难写,尤其是非鸿门宴的饭局。《红楼梦》在这方面堪称一绝。我觉得《繁花》中写的饭局同样让人叫绝,不仅在刻画人物,更在展示时代的社会心理。"[1]可以说,《繁花》的重要价值,就在于作家动用了特有的世俗化语言,精妙地呈现了上海市井中的日常生活味道。

王安忆曾说:"我刚开始写小说时是不大讲究趣味的,我觉得趣味是小道,是雕虫小技,我写了许多没有趣味的小说。但是我也不后悔。趣味是个很危险的东西,弄不好你可能就会掉入陷阱里去,而永远在这个陷阱里,我年轻的时候是很不讲究趣味的,这个偏见使我保有了更大的野心。但是你完全摒弃趣味的时候,那么小说的血肉又到底在哪里呢?我们刚才不是说小说是讲人间常态吗?那么人间常态是什么?我想,小说家其实都是乐观主义者,对人世是有热望的,否则不会去做小

---

[1] 沈善增:《活出味道来——读金宇澄长篇小说〈繁花〉》,《文汇读书周报》,2012年12月10日。

说,所以,人间常态在我们看来,是风趣盎然的。从某种方面来说,写小说真是一件很奢侈的事情,现实这么发生,历史这么进步,哲学它在考虑人的世界是怎么回事,那么多重大的事情,小说却只是小人小事,古人说是'稗史',但是和人、生活贴得很近,在正统看来,就只是些情趣而已。因此,趣味在于小说几乎称得上是世界观了。"[1] 这里,王安忆虽然说的是"趣味",但这种"趣味"在小说叙事中,很多时候就是一种"意味",一种渗透在日常生活中的"意味"。像王方晨的《老实街》就试图呈现这种审美意味。这篇小说以济南作为空间背景,设计了一系列具有市井表征意味的生活场所,包括旧军门巷、狮子口街、宽厚所、高都司巷、七忠祠、八卦楼、九华楼等等。在这些济南老街区里,我们可以看到各种店铺的营生,以及围绕这些店铺忙碌的市民们在日常生活中的各种生命形态,如苗家生药铺、吴家纸扎店、无敌照相馆、杜福胡琴店、竹器店、制笙店里的各类人物,他们操持着庸常的职业,怀着朴素的世俗之心,在家长里短、人伦牵扯中,演绎着各自的情感生活。无论是华灯初上时"跟家人围坐一起,安享一罐朴素的合锦菜"的老实街,还是《元亨利贞》中"三老一起坐,不过是在等候李明知的一盏茶"的奥街,那里的日常生活自成一体,那里的人们自得其乐。应该说,这部小说在叙事上有些芜杂,也缺少贯穿性的人物和冲突主线,但是,作家却通过一个个短小的故事,汇聚成济南市井化的生存形态,以很好的代入感,让读者沉浸在这些日常生活的世态人情之中。

有诗云:"素手掸红尘,静心观世俗。"有意味的文字,追求的往往不一定是豪言壮语,而是赤子的心志与情怀。尽管作家们常常沉浸在那些微不足道的日常生活里,但他们都能够从这些日常生活的皱褶里,发现各种意想不到的"意味",甚至让生活本身也成为一种审美的存在。或许,这也是周作人不断推崇"言志"传统的内在原因。由于长期饱受"载道"伦理的熏陶,我们对文学的"意义"几乎有着本能的迷恋,但

---

[1] 王安忆:《小说的创作》,《东吴学术》,2010年第2期。

这并不意味着"意味"就不受人们的关注。在中国传统诗学中,它其实一直占有重要的地位,并延伸出诸多的美学概念。如刘勰就认为,天下真正的好文章,应该"深文隐蔚,余味曲包","使玩之者无穷,味之者不厌",既要有"意义",更要有"意味"。钟嵘在《诗品》中也强调,优秀的诗歌当属"文已尽而意有余",按徐复观的解释,"意有余之'意',绝不是'意义'的'意',而只是'意味'的'意'。……一切艺术文学的最高境界,乃是在有限的具体事物之中,敞开一种若有若无、可意会而不可以言传的主客合一的无限境界"。[1] 在一首优秀的诗歌中,"意味"有时比"意义"更重要,因为"意味"可以让读者的审美体验和情感融入作品之中,使其反复品尝,长久玩味,仍得各种妙悟。在新世纪以来的中国文学中,很多作家开始自觉探寻日常生活中的"意味",这对于日常生活诗学的重构,无疑是非常重要的。

---

[1] 徐复观:《中国文学论集》,第106页,九州出版社,2014年。

第八章
丰实而斑驳的文本追求

在建构日常生活诗学的过程中,新世纪文学的种种艺术追求,最终都转化成各种丰富而具体的文本形态。它的微观化书写立场,既是日常生活自身表达的需要,也同样折射了重大社会历史变革的风云。它的轻逸化美学趣味、反自律性的形式开拓以及对文学"意味"的推崇,不仅使作品走向更为多元、开放和自由的审美空间,也让很多作品的文本形态犹如日常生活本身,呈现出耐人寻味的斑斓之姿。因此,本章将立足于一些具体的文本,进一步细究日常生活诗学在文本审美形态上所呈现出来的主要特征。

第一节 多元混杂的文本形态

从文本形态上看,新世纪文学对于日常生活的书写,明确地体现了作家对文本开拓的自觉意识,大量作品都不再严格遵循一些体裁的自律范式,而是动用一系列跨文体的表现手法,使文本呈现出多元混杂的审美形态。这种混杂性的文本形态,并非只是单纯地呈现日常生活的繁芜与驳杂,而是承载了创作主体自身多元的审美追求,表明了创作主体试图探寻各种特殊方式，最大程度上贴近表达对象。所以，我们经常看到的一些文本，总是游离于我们对于特定文体的审美期待，叙事与抒情相交织，说理与叙事彼此混合，主观性话语与客观性叙述交替出现，等等。很多诗歌不太像诗歌，常常以口语化方式记录日常生活片段或事件；有些小说中大量掺入其他非叙事类内容，无故事主线或找不到主要人物；很多散文也是在日常叙事中，极力融入一些理性思辨的内容，或是对庞杂的历史材料进行小说式的演绎，已不太像人们早已谙熟的散文。

我们不妨先看看李洱的长篇小说《应物兄》。表面上看，这部长篇无疑触及了一个宏大的主题，即揭示了学术领域被官场和商场逐渐侵袭的过程。但在本质上，它依然是一部非常典型的日常生活叙事，只不过它书写的是一群特殊人物的日常生活，尤其是他们在光鲜身份背后所隐藏的各种争名逐利之本真状态。这群人物之所以特殊，是因为他们要么是手握重权的官员，要么是腰缠万贯的商人，要么是名声显赫的教授，最不起眼的人，也至少是媒体主播、出版社编辑之类的白领精英，或者是一些"富二代"之类的青年。这些特殊的人群带着各自的目标聚合在一起，当然是想做些"宏大"的事情，譬如通过创办济州大学的儒学院，推动"文化强省"的建设。但从小说的文本形态上看，这部小说又是一部非常典型的混杂性文本。作家在书写这些特定人群的日常生活过程中，总是带着某种专业性的知识趣味，频繁征用大量的冷僻知识，大到儒释道文化的日常生活表征，小到动植物内部的细微差别。譬如，海外儒学大师程济世接受济州大学的专程之邀，欲回故里济州重振故土的儒学，但他最关心的，似乎并非如何振兴儒学，而是希望找到少年时代的生活记忆，包括"仁德丸子"和一种叫做"济哥"的蝈蝈，"从正门出去叫仁德路，东门出去叫帽儿胡同。帽儿胡同有一家做丸子的，老字号了，叫'仁德丸子'，济州的仁德丸子，天下第一"。也就是说，程济世重返故里，最挂念的，并不是什么传统儒学的当代振兴，而是当年自己曾住过的那条大街、那个院子，吃过的那些丸子，玩过的那些蝈蝈，如此而已。为此，他要求"太和院"最好建在他记忆中的仁德路上程家大院，只有这样才有"意义"。程大师这番无厘头的要求，忙坏了济州的一帮政客，于是围绕着程大师的这些诉求，各路筹建人马倾巢而出，花费了大量的人力物力，在济州城里四处寻找早已消失得无影无踪的仁德路、仁德丸子以及叫做"济哥"的蝈蝈。一次振兴儒学的文化行动，变成了日常生活的怀旧式考察与还原。就作者的创作意图来说，除了反讽文化振兴的吊诡之行，李洱或许还试图借此重现济州的微观化日常生活传统形态，并从程大师魂牵梦绕的故里生活中，展示中原百姓日常生活的历史变迁。

当然，《应物兄》并非只是讲述中原人的衣食住行等日常生活文化，它在文本上呈现出异常混杂的美学形态，主要在于作者对各类知识的迷恋性叙述。有人就做过粗略的统计，"这部作品细致地描写和提到了数十种植物，如松树、茶树、荇菜、玉米须、野兰花、菖蒲、楷木、猫薄荷、烟叶、皂荚、苜蓿、猕猴桃；近百种动物，有猫、狗、蝈蝈、驴、白马、鹦鹉、渡鸦、寒鸦、杜鹃、林蛙、土蜂、鸡、鱼；还有器物和玩具，如鼎、觚、爵、钟、鼓、伊斯拉莫羊肠琴弦、玳瑁高蒙心葫芦、铃铛、拨浪鼓；食物方面，则对仁德丸子、套五宝、鱼咬羊、羊腰子、羊双肠、羊杂碎、烤全羊等，给予了不厌其详的生动叙述"。与此同时，"不算作者自己编造的假书、假报刊和一本正经的伪注，《应物兄》借对话、讲演、讨论、著述、回忆、联想，所引用和谈及的中外古今文献高达数百篇（种）。通过《诗经》《易经》《道德经》《论语》《礼记》《尔雅》《孟子》《墨子》《史记》《尚书》《华严经》《托拉》《十戒》等经史元典，《理想国》（柏拉图）、《诗学》（亚里士多德）、《五灯会元》（普济）、《梦溪笔谈》（沈括）、《周易本义》（朱熹）、《国富论》（亚当·斯密）、《哲学史讲演录》（黑格尔）、《共产党宣言》（马克思，恩格斯）、《仁学》（谭嗣同）、《朝霞》（尼采）、《释梦》（弗洛伊德）、《鲁迅全集》（鲁迅）、《人道主义书信》（海德格尔）、《江村经济》（费孝通）、《偶然、反讽与团结》（理查德·罗蒂）等中外名著，大致可看出作者的思考背景和阅读范围。至于书中或展示、或引用、或杜撰、或调侃的诗、词、曲、对联、书法、篆刻、绘画、音乐、戏剧、小说、影视、民谣、段子、避孕套广告、奥普拉式的综艺节目，以及巴士底狱病毒、X连锁隐性遗传病、性瘾症、艾滋、脂肪肝等，兹不一一枚举。从这种百科全书式的追求中，读者可以感受到，作者在生物学、历史学、古典学、语言学、艺术学、医学，乃至堪舆风水、流行文化等领域，做了大量案头工作，其所积累和触碰到的知识量堪称浩瀚"。[1] 我们姑且不去深究小说中所讲述的这些知识是否准确，也不必考察它们是否带有百度百科的嫌疑，仅从小说的文本形式上看，多元化的混杂性美学特征就体现得十分鲜明。客观上，李洱对各种知识性的叙事有着强劲的整合能力，同时对一些细节叙事也拥有灵活的选择能力——当别人以客观化的眼光叙述故事时，他会选择各种反讽性或喜剧性的语调，庄谐并举地呈现人物言行。这使《应物兄》的叙事形式显得繁复而杂糅，具有某种颠覆性的特质。古今中外、现代传统、诗词歌曲、文献传说、动植物学，都被他通过各种方式，整合在叙事之中，且不加节制，形成一种泥沙俱下的审美效果，并直接导致了其小说精神意蕴和文化意识的混杂性。

不只是《应物兄》如此。在日常生活书写中，很多小说都呈现出某种混杂的文本形态，像余华的《第七天》、吕新的《下弦月》、王安忆的《天香》、林白的《妇女闲聊录》、徐则臣的《王城如海》、田耳的《天体悬浮》、阎连科的《受活》、莫言的《蛙》等等，都以不同的叙事方式营造出各种混杂性的文本形态。在《第七天》中，余华就动用了两种完全不同的叙述方式，交替叙述了杨飞在尘世间的艰辛生活和阴间世界里的诗意生活，同时还将大量的新闻热点事件融入叙事之中，使文本呈现出多种审美品格的聚合。吕新的《下弦月》在讲述特定历史时期普通人的遭遇时，围绕"逃"与"找"的主线，以写实性的话语讲述了林烈的出逃和妻子的寻找过程，包括妻舅在家看守孩子的情况。但在第三、六、

---

[1] 王鸿生：《临界叙述及风及门及物事心事之关系》，《收获·长篇小说》，2018年冬卷。

九章中,作者又加入了"供销社岁月",以万年青的自白性叙述,突出了叙事的革命浪漫主义色彩,以及各种荒诞性的日常生存。从叙事上看,小说整合了自白式交代、革命性抒情和纪实性叙述的不同方式,形成了特殊历史时期普通百姓极为芜杂的生活镜像。王安忆的《天香》通过一种家族式的历史叙述,讲述了所谓"申绣"在上海的传奇式发展历程。从绣艺颇精的苏州织工之女闵氏进入申家,与小绸共同创建"天香园绣",到柯海侄媳希昭以书画入绣,遂成天下一绝;从申家家道中落,侄女蕙兰嫁入平常人家并最后寡居,到希昭、蕙兰等以绣艺支撑家庭生活,蕙兰设幔授艺,使"天香园绣"光大天下……小说围绕晚明时期的一座上海院子——天香园,在清明上河图式的描绘中,呈现了历史记忆中上海市民的日常生活。所以,在这部小说中,王安忆并不是集中精力讲述天香园的传奇,而是迷恋于各种微观化的事象描绘,以及历史文化沿革的讲述。譬如小说中的第15节,作者叙述希昭到杭州时,便从杭州城的历史革沿娓娓道来,仿佛有关杭州城的人文历史之讲解。实际上,《天香》在文本形态上确实混合了大量的有关人文历史知识的介绍,诚如有评论家所言:"《天香》远远超出了描写几代女人的天香园绣的世界,小说笔触所及几乎是全景式的明朝:政治、经济、历史、文化……社会的动乱、局变、大事件、大人物等,都有条不紊地穿插其中,历史大人物徐光启、利玛窦、董其昌、海瑞等,在与申家或远或近的渊源中一一过场,修建明长城,抵抗倭寇,阿昉参加东林党,都像家常一样随着日子流过。而对于俗情的部分,则采用了字典式的写作方式,无论是诗词歌赋、民俗文化、书画刺绣,还是园林建筑、纺织、木、石、服饰、美食等等,必然要交代一个子丑寅卯出来。于是,在天香园绣的世界之外,这个世界无限膨胀,顾绣这个技术物质能不能挂住小说,就成为小说叙述中的一个难题,所以我们看到了小说叙述速度的延宕和迟滞。"[1] 尽管这些背景性的文字是伴随着人物的行动而产生的,但它在

---

[1] 项静:《陌生化的上海与物质生活的形式——读王安忆〈天香〉》,《南方文坛》,2012年第1期。

文本上所形成的审美效果却是一种人文知识与家族传奇的混杂。

林白在新世纪以来的很多长篇（如《万物花开》《妇女闲聊录》《北去来辞》）都不太专注于讲述故事，而是着力于营造各种混杂性的文本。像《北去来辞》中的银禾，利用自己到史家做保姆的机会，不断讲述乡土生活中的各种风俗礼俗，让叙事在都市生活中，别开生面地掺入了诸多乡村日常生活的情致，形成了一种城乡日常生活的比照性审美效果。最具有表征意味的，还是《妇女闲聊录》。在这部小说中，林白采用了片段式的叙述，共用了218段文字，记录了一个叫木珍的乡村妇女所讲述的各种见闻。木珍在京城打工两年，有了一定的文化视野，同时她又是一个醉心于家长里短的聒噪之妇，所以她的讲述自然是零乱无序、随心所欲的。小说的叙述者始终处在幕后，仿佛跟随木珍左右的秘书，记录着她所说的点点滴滴，从乡村里的男女关系、日常习俗，到家庭伦理、人性变化等，当然也少不了城市生活的参照，形成了一种碎片性的文本。同时，林白又以"另卷"方式，加入了若干其他湖北乡村妇女的自述，构成了一部有着乡村妇女对当下日常生活乃至社会变化的微观化心理记录。它没有故事冲突主线，没有典型情节，也没有什么复杂的象征和隐喻，差不多就是一堆聊天记录，混杂着各种不清不明的日常生活信息，但这些信息却巧妙地再现了处于市场变革中的乡村伦理的变化。徐则臣的《王城如海》中，同样也融入了多种不同的文本，包括每一章前面的戏剧剧本式的对话，诸多书信体的自我表白，它们与罗冬雨的京城日常生活故事不时地交织在一起，最终构成了不同声音、不同视角和不同话语混合而成的文本。田耳的长篇《天体悬浮》既动用了极写实的日常性叙述，又不时地融入了一些充满幻想和诗意的精神性叙述，而且这两种叙述都源自基层小辅警符启明和丁一腾的身上。他们在一起抓嫖、抓赌、抓粉客搞罚款，但又乐此不疲地找大学生妹子谈恋爱，甚至非常奢侈地买来天文望远镜，观测遥远的星空。这种凡俗的叙事与幻想性叙事的结合，使这两个小辅警的日子过得平淡但很充实，也为他们后来的人生变化提供了潜在的基质。莫言的《蛙》从整体上看是喜剧性的、充满反讽意味和奔放无束的。但在具体的叙事过程中，他又不断融合其他叙事手法，用瑞典文学院的话说，莫言的创作"将魔幻现实主义与民间故事、历史与当代社会融合在一起"。魔幻即是一种反经验的存在，也是一种非理性的存在。它与小说的虚构性常常不期而遇，并能帮助作家在处理复杂的现实生活时，巧妙地实现某种诗性的飞跃。莫言的很多代表性作品，都充分依助于这种叙事策略，传达了创作主体内心中某些言说不清的东西。这些言说不清的生存境况，很多时候属于作家的直觉体验，具有鲜明的感性特征，但在莫言的笔下，常常能够转换为异彩纷呈的审美世界。这是莫言的独异之处，也是莫言对中国文学的一种开拓性的贡献。纵观莫言的叙事策略，其混杂性特征主要体现在传统与现代的杂糅、隐喻性事象的爆炸式运用，以及叙述视角的频繁更替等方面。这种混杂性的文本形态不仅体现在传统文学中，也同样存在于网络小说中。邵燕君就认为，网络小说是一种披着大字体规模的"微文本"，"这里的超长篇幅与任何宏大叙事无关，而是无数'微文本'的模块聚合。'微文本'之'微'不是微型小说的具体而微，不是短篇小说的横断面，它背后没有一个不在场的整体构架，而可能只是一个场景，一场决斗，一次对话，一段心绪，零散、破碎，未必符合整体逻辑，但却单元自足"。[1] 像江南的《龙族》等风靡一时的网络架空小说，都是非常典型的例证。

在散文方面，很多优秀的作品也同样颠覆了传统散文的自律性规范，呈现了各种文体相互交织的混杂性文本形态。像周晓枫的散文集《有如候鸟》里，几乎每一篇都不太像纯粹的散文，而是融入了多重文体样态的文本。有心理分析小说式的文本，如《布偶猫》，小怜面对男友一次次的暴力伤害，总是带着虐恋式的心理承受着，从来不曾有反抗的意愿。即使被男友打得伤情极重，已送往医院抢救，她还不忘偷偷给男友发信息，嘱咐他躲藏好，以免被警方抓获。围绕这种受虐式的心

---

[1] 邵燕君：《新世纪文学脉象》，第27页，安徽教育出版社，2011年。

理，作者从心理、人性以及情感等层面不断剖析，试图寻找一种非理性的精神症候。有虚构式的知识性文本，如《禽兽》《石头、剪子、布》等篇章，既渗透了一些动物学知识，又有大量的主观性想象，带着动物小说式的文本形态。而《离歌》则集中了作家的理性辨析、城乡伦理反思、精神心理分析等多种表达方式，作者犹如一个有经验丰富的刑警，不断穿梭于现场，层层拨开岁月的迷雾，从一个朋友的猝死事件开始，将一个男人和他的家庭呈现得纤毫毕现。作家试图找到朋友之死的确定性答案，但她一路侦察的结果，却让她看到了人性、命运以及情感的匪夷所思，也使这篇散文呈现出一种异常斑驳的形态特征。周晓枫自己也说道："有种文字，像灰，在白与黑的交集地带。我希望把戏剧元素、小说情节、诗歌语言和哲学思考都带入散文之中，尝试自觉性的跨界，甚至让人难以轻易判断到底是小说还是散文。《石头、剪子、布》写食物链，其中镶嵌入室杀人的段落，属于小说笔法，我想实现文体内部的跳轨和翻转。《有如候鸟》两万多字，写迁徙，露出水面的冰山是散文，隐藏其下作为支撑的是小说——我想增强散文的消化能力，让散文不仅散发抒情的气息，还可以用叙事的牙把整个故事嚼碎了吃进肚子里。"[1]

其实，有着类似审美追求的散文作家非常多。特别是一些青年散文家，他们无论面对现实还是历史，都乐于选择从日常生活出发，并致力于各种微观化的生存景象，借助小说的叙事、哲理的思辨和诗性的想象，增强文本的混杂形态。如梁晓阳的长篇散文《吉尔尕朗河两岸》，就是以一条静静流淌在天山腹地伊犁大草原的吉尔尕朗河为背景，在作者的亲历性体验中，以细腻浪漫的笔调和田园牧歌式的行吟，全景式地描绘了吉尔尕朗河两岸广阔的牧场、田园、林区、山脉等四季变换的迷人风景，并对生活在此的游牧民族的独特文化、风俗、节庆、民歌等做了深入详实的了解与记录。它洋溢了作者对那片远离都市喧嚣的原生态

---

[1] 周晓枫：《有如候鸟》，第4页，新星出版社，2017年。

土地上山川风物的热爱与眷恋，对现代工业文明弊端的清醒与对重返健康田园生活的提倡，以及对生态文明的现状和现代人精神生活的关注与反思，可以说，完全是一部集合了小说、诗歌和纪实的综合性文本。如果我们再看看张宏杰的历史散文《大明王朝的七张面孔》，透过那些名声显赫的历史人物在日常生活中的诸多表现，同样也可以感受到，作者似乎不是在维护散文的真实，而是在还原历史人物的生命情趣，以及生存智慧，是一种融合了各种小说技法的微观化历史重构的文本。

诗歌方面更不例外。很多学者都不太满意于新世纪以来的诗歌创作，认为诗坛的喧嚣远大于创作的进步，从"下半身写作""身体写作"到"打工诗歌"，从"梨花体""羊羔体"到"口水诗"，以及"地震诗歌"，等等，低层次的游戏性写作居多，留下来的经典作品稀少。有学者甚至认为，"日常生活审美创作的异化还表现在以'非非崇原、下半身崇下、垃圾派崇低、看见写作崇现场'的一系列崇拜之中，这些诗歌在日常生活中寻找创作激情的时候，唯独没有对诗歌原有艺术审美的崇尚追求，而是走向形而下的'肉体'狂欢。'诗歌从肉体开始，到肉体为止'成为下半身写作的标尺，理论宣言与创作实践的错位、矛盾和失衡，构成世俗挑战高雅、民间颠覆精英的极端狂欢，使诗歌已然失去了缪斯女神那庄重、典雅的光辉"。[1] 但从客观上说，同样也有不少优秀的诗人在持之以恒地进行艺术探索。比较突出的一点，就是在口语诗的审美观念驱动下，很多诗人重新回到了日常生活的书写，并极力主张穿透日常生活的世俗表象，重建"日常生活的神性"（于坚）。这种日常生活书写，在诗歌文本上的突出特征，就是对各种耐人寻味的日常生活细节的还原，并由此突出了诗歌的叙事性成分。所以，我们在阅读当下那些反映日常生活的诗歌时，通常都会看到各种生活场景性的叙事，最后闪出少许富有哲理的语句，作为全诗的点睛之笔。可以说，它是一种类似于"咏物"思维的"咏事诗"。如王小妮的《剥豆之夜》："和婆婆们

---

[1] 王巨川：《论新世纪诗歌日常生活审美化倾向》，《艺术评论》，2012年第6期。

坐在路边剥蚕豆/四周还有些亮/月亮浅浅，显在天上。//蚕豆在手里，没一点温度/顽强的不肯软掉的一大颗/有棱有角好坚韧。//渐渐，谁也看不见谁了。/月亮正在生长，光芒鼓起/绷紧的豆皮紧跟着透亮/绿眼珠够尖锐。//提小半袋夜明珠/走在回家路上/衣裳在发白。"在这首诗里，场景性的叙事，以及置身于这种场景中的个人感受，是诗歌的主要形态，但在这种形态之中，又隐含了抒情主体对于这种日常劳作的充实和感恩，以至于剥好的蚕豆，仿佛"小半袋夜明珠"，全诗的诗意也正是从这里渗透出来。

在日常生活的书写中，新世纪诗歌一直高度依赖叙事性元素，注重对日常生活的细节、场景和过程的甄别，选择各种具有表征意义的片段或过程，从而使很多诗歌都呈现出散文化的文本形态，或者说是一种诗歌与散文的混杂形态。在此，我们不妨再看看玉上烟的《乳房之诗》：

> 窗外，树叶在轻轻飘落。现在。我想抽支烟，
> 或者，听点音乐。我孤独是因为今天我们四姐妹
> 谈到了乳房。
>
> 张玲，乳腺癌。宽大的衣服并没有出卖她。但她的一只乳房空了，另一只，孤单地睡在腋窝下。
> 高慧芳身材高挑，秀峰是重量级的。飞蛾扑火躺在了另一个男人的手臂里。一年后乳房被那人老婆用刀捅伤。
> 黄金的酒杯已在生命中破碎。
> 刘秀丽，两只胳膊垂下来能遮住肚脐，人称飞机场。男人去外地打工，至今爱归不归。
> 张玲小声说她儿子小时候捧着乳房吃奶的时候真可爱，就像在吹喇叭。
> 高慧芳幽幽地说她乳房上的伤疤自己都不敢看，哪个鸟男人还会喜欢呢？

  刘秀丽说我都生锈了，连剃头的老三都说我不像女人。他妈的，这世界没有女人只有乳房了。
  说着说着，她们开始羡慕我，说我能写会说，长得又好，追我的男人一定一火车。
  说着说着，她们开始轮番抓捏我的乳房，狠狠地，恨恨地：
"骚货，你说是不是，你说是不是？"
仿佛我的乳房是淫荡的。
仿佛我抛弃了她们。
仿佛我抢走了她们的男人。
仿佛我毁了她们的生活。
仿佛这样，就可以治疗她们的伤痛。
后来，她们走了。没人再和我说一句话。
我回到自己房间躺下。
我抓住自己的乳房，哭了起来。

  窗外，树叶在轻轻飘落。现在。我想抽支烟，
或者，听点音乐。我悲伤是因为我在等待一个永远不会到来的人。
  尽管，我有美好的乳房。

  如果从严格的自律性角度来审视这首诗，我们可能无法认同它是一首绝对意义上的诗歌，因为我们完全可以将它视为分行的散文，甚至是一个富有戏剧性的小小说，只不过其中融入了一些跳跃性的情绪罢了，而这种情绪的跳跃，在散文中也同样广泛地存在着。
  通过以上简要的考察，我们大体上可以看出，新世纪文学的日常生活书写在文本形态上所呈现出来的混杂性特征。这种混杂性，不同于韩少功的《马桥词典》《暗示》，史铁生的《务虚笔记》《我的丁一之旅》等文体的实验性，也不同于那些纯粹为了戏谑效果的游戏性文本，而是

源于日常生活本身的辽阔、芜杂和多元，源于不同个体对日常生活的感知、理解和体验，源于创作主体对于日常生活的多维度思考。所以，这种混杂性的文本形态，已逐渐成为日常生活诗学的一种审美趋向，我们无法从文学自律性上对其进行简单的否定。

第二节 碎片化的隐喻性结构

日常生活是平庸而琐屑的，重复的，碎片化的，且在大多数情况下是混乱无序的，这一点毋庸置疑。但同时，日常生活又拥有巨大的包容性和消融性，它是所有非日常生活的基本载体，这也是一个不争的事实。更重要的是，随着社会的快速发展，日常生活自身也在不断扩容，变得越来越庞杂、琐碎和无序。譬如，随着消费主义的到来，日常生活中迅速出现了一系列由消费活动拓展出来的新领域，包括观光、旅游和休闲等等。在这些新的日常生活领域中，人们并非只是进行经济活动，同时还在进行文化上的各种活动。随着观光、旅游和休闲领域的不断发展，我们会看到，它不仅带动了经济生产、交通运输和文化产业的提升，改变了现实社会的城乡结构，而且加速了经济、科学和文化间的相互渗透，并进而在很大程度上改变了人们的生活方式和生活风格，深切地影响着人们的日常生活方式和心理结构。这既是日常生活的特殊之处，也是日常生活诗学始终面对的核心问题。

在《日常生活与文化理论导论》一书中，本·海默尔曾将这种聚合了包容性和消融性的日常生活特征视为一种神秘性。一方面，它通过各种包容的方式，为自己提供了巨大的扩容能力，使日常生活的边界永远处在扩张之中，并为人类的非日常生活发展提供了新的空间；另一方面，它又蕴藏着无数隐秘而又强劲的社会变化因素，就像观光旅游业的发展，会引发经济、交通、文化乃至社会城乡结构的变化那样。针对这种日常生活的神秘特质，本·海默尔认为，人们必须学会用福尔摩斯式的眼光和思维来认识日常生活。因为福尔摩斯总是能够从那些司空见惯的日常生活中，动用自身的逻辑和经验，发现各种异质性的蛛丝马迹，并进行寻根溯源。"福尔摩斯对日常中最为平淡无奇的对象情有独钟，他似乎有某种超凡脱俗的才能，（像变戏法般）挖掘出与那些平淡无奇的对象有联系的种种故事。但是在这里，看起来异乎寻常的东西又一次被带回到普通的和日常的王国。在福尔摩斯解释他的推断过程时，它显得那么琐屑，乏味，简单易懂；看起来，它似乎只不过是对最不起眼的细枝末节多加注意而已。"[1] 本·海默尔的这个比喻非常生动、贴切。它不仅仅告诉我们如何认识日常生活，也准确击中了当代作家对于日常生活书写的基本方式。我们甚至可以说，对于日常生活诗学而言，福尔摩斯是一个非常重要的隐喻。

可以说，如果没有福尔摩斯的洞察力，没有福尔摩斯的理性主义精神，没有福尔摩斯的科学手段和专注之情，我们很难想象作家们如何能够穿透日常生活的种种表象，发现其中所隐藏的各种丰饶的生存本相。当然，福尔摩斯的卓越之处，还是在于他对微不足道的细节的专注和迷恋。"事实上，歇洛克·福尔摩斯的许多故事都是从一件件看起来稀松平常、毫不起眼的事件开始的，这些事件几乎没有理由证明它们值得引起这位大侦探家的注意。但是，在福尔摩斯看来，日常和它表面上看起来的样子可不是一回事。或者毋宁说，日常正是他在解决他正在对之进行调查的那个神秘时采纳的路线。"[2] 本·海默尔的这番话，与其说是在提醒人们如何更好地理解日常生活，还不如说是在告诉我们，文学中有关日常生活的书写同样也应该遵循这一路线，因为在所有日常生活书写中，作家们最终表达的审美意图都是"日常和它表面上看起来的样子可不是一回事"。这也意味着，在日常生活书写中，各种别有意味的细节，以及由细节组成的文本碎片，既是作家精心捕捉和选择的表达对

---

[1] [英]本·海默尔:《日常生活与文化理论导论》，第9页，王志宏译，商务印书馆，2008年。
[2] [英]本·海默尔:《日常生活与文化理论导论》，第8页，王志宏译，商务印书馆，2008年。

象，也是我们探究日常生活诗学内涵的重要途径。

事实上，在新世纪以来的日常生活书写中，大量作品都是立足于微观化的日常生活细节，着眼于日常生活中那些看似微不足道的碎片，以此揭示历史或现实的某些吊诡之处，并进而探究普通生命的人性景观和生存的内在真相。从文本形态上看，这些作品不仅呈现出某些多种文体的混杂性特征，而且体现出某种反结构主义的碎片化倾向。——当然，这种碎片化，并不是指文本内部的凌乱和无序，而是指文本内在的逻辑关系、因果关系以及必然性不再变得完整清晰，弥漫性、个体生命内在的体验性以及不确定性，成为文本的主要结构形态。譬如戴来的短篇小说《白眼》，就是着眼于人物的某种微不足道的内心意绪，叙述了一个很不成功且身处卑微的中年男人秦朗在火车上的一小段内心际遇。秦朗发现了妻子与厂长之间的暧昧关系，却又无法撕破脸皮，声讨妻子的不轨，只能忍受男人的屈辱继续卑微地生活。结果在一次出差途中，他遭遇了一位女士的几次白眼，这让他的内心很受伤害。——在此之前，他在生理上一直遭受着排便的困扰，甚至谈"屎"色变，可是，现在他又在精神上被认为"脑子里有屎"，这一进一出的冲突，终于构成了人物自我无法平衡的内心张力，以至于使他产生了某种心理上的变异，必须向那个给了他三个白眼的女士讨个说法。"虽然在这半辈子吃到的数不尽的白眼中，这三个白眼算不上什么，但它出现得过于频繁和无缘无故，它们已经伤害到了一个本就不自信的男人的自尊心。秦朗已经不打算再忍了，至少今天是这样。"而在漫长的等待中，秦朗不仅没有找到说法，还在包厢里被人再次确认"脑子里有屎"。一切卑微的存在并没有获得改变，秦朗所遭遇的经历，只是对自己的卑微处境有了一次更深的体察，也使他刚刚冒出来的所谓的抗争意识遭受了致命的一击。面对这种脆弱、卑微、随波逐流而又胸无大志的男人，戴来用她特有的漫不经心的叙事手段，划开他们的内心世界，鲜活地展示他们的生命质感和精神意绪，并以此来审视我们这个时代的伦理秩序和价值观念对常人的制约，为那些无奈而又无助的"边缘人"提供某种精神镜像。从文本结构上看，这篇小说几乎是一种心理化的叙事，随意、跳跃，各种片段性的日常细节，通过人物心绪的不断波动而自由拼接，形成了一种类似于"形散而神不散"的文本结构形态。

针对这种文本的结构形态，纳博科夫从小说创作的角度，曾说过一句非常有意味的话：如果一个人冲进大火之中救出了邻居的小孩，我们应该向他脱帽致敬，而如果这个人还冒险花了五秒钟寻找并连同小孩一起救出了他心爱的玩具，那我们就要紧握他的手了。因为在纳博科夫看来，一个优秀的小说家，不仅应该密切关注救小孩的过程，还更应该关注"花五秒钟顺便救出小孩玩具"这一细节。因为这种看似不可思议的细节，却恰恰表明了一个优秀作家对生活本质的诗性关怀，"这种为琐物而疑虑的才能——置即将来临的危险于不顾，这些灵魂的低喃，这些生命书册的脚注，是意识最高尚的形式，而且正是在这种与常识及其逻辑大相径庭、孩子气十足的思辨状态中，我们才能预想世界的美妙"。[1] 纳博科夫的这番话，其实与福尔摩斯的隐喻一样，都是强调对日常生活的发现和拓展能力。文学艺术之所以是人类精神生活的特殊产物，关键并不在于它们是如何客观地反映了人类生活的现实景象，而在于它们通过自身特有的形式，为生命存在的可能性以及人类精神活动的本质进行了不懈的审美表达。也就是说，一切文学艺术，只有发现并展示了那些被日常经验所遮蔽的生命状态，只有洞悉并呈现了那些被生活常识所规避的内心真相，它才有可能体现出一个作家独特的审美创造，也才有可能让我们于不知不觉中猛然看到"预想世界的美妙"。而这种"美妙"的获得，往往与人们所熟知的生活常识和客观逻辑"大相径庭"，甚至是对常识和逻辑的颠覆或破坏，就像那位"花五秒钟顺便救出小孩玩具"的英雄，他看似超越了生活的常理，却激起了我们对生命中"高尚意识"的敬畏，也激起了我们对各种可能性存在的神往。

无论是福尔摩斯发现日常生活的神秘，还是纳博科夫的"为琐物而

---

[1] [美]弗拉基米尔·纳博科夫：《文学讲稿》，第330页，申慧辉等译，上海三联书店，2005年。

疑虑",其实质都是强调如何关注日常生活的细节。这些细节,可能是微不足道的,习以为常的,甚至是一晃而过的,但它在特定的情境中却承载了诸多意想不到的审美价值,包含了异常复杂的生命信息。这正是日常生活书写的关键之处。很多作家在谈及这个问题时,都会对日常生活的细节给予高度的肯定。如池莉就曾说道:"我偏爱生活的细节。我觉得人类发展了这么多年,大的故事怎么也逃不脱兴衰存亡,生老病死,只有细节是崭新的,不同的时空,不同的人群,拥有绝对不同的细节。我对生活细节非常敏感。我喜欢用密集的细节构成小说,我不想自己在小说里面一唱三叹说废话,因为我觉得自己远没有生活本身高明。我不想教导别人,我怕自己好为人师,也很怕累。"[1]这种对日常生活细节的高度关注,并非只是体现在创作主体的审美意识中,同样呈现在各种具体的文本中,并使文本越来越多地趋向于结构的松散化和碎片化。像郭敬明的《小时代》系列、安妮宝贝的《莲花》、吴亮的《不存在的信札》、姚鄂梅的《衣物语》、金宇澄的《繁花》、苏童的《黄雀记》、迟子建的《群山之巅》、余华的《第七天》、刘震云的《一句顶一万句》等等,都是如此。它们可能会有一个大体上的故事主线,一种相对明晰的时空背景,而人物的行动及其命运变化,都是通过各种碎片化的细节映现出来。

这种碎片化的文本结构取向,在某种意义上就是一种"有意味的形式",它以看似自由、无序的结构形态,对日常生活的琐屑、混乱与偶然,构成了一种形式上的隐喻。当然,这种隐喻并非是修辞意义上的,而是一种审美意义上的。因为在修辞层面上,隐喻是指通过两个事物之间的相似性来进行间接暗示的比喻方法,它是相对于明喻而言的,隐喻是为了激发读者的想象力来获得意义。但在审美的层面上,隐喻通常是将"彼类"事物引入暗示之中,借助审美接受过程中的感知、体验、想象、理解、省悟,使之与"此类"事物形成一种密切的共振关系。譬

---

[1] 池莉:《创作,从生命中来》,《小说评论》,2003年第1期。

如,孙惠芬的《上塘书》,就是以地方志式的结构形态,对日常生活中的地域性山川风貌、世态人情、历史传统以及人们的日常生活方式进行了隐喻性的表达。金宇澄的《繁花》,虽然在时间上选择了两个不同历史时段的穿插,有着清晰的时空背景,但在具体的叙事中,都是依靠碎片化细节的拼缀,完成了作家对上海弄堂里市井生活的隐喻。如果我们再看看苏童的《黄雀记》,同样也会发现它并不是一个单纯的有关强奸、惩罚与复仇的故事,而是通过保润、柳生和白小姐的恩怨纠葛,不断插入各种日常生活碎片,有保润爷爷的错乱式生存,小仙女的扭曲生活,保润与柳生之间的各种内心冲突,等等,形成了一种拼图式的结构,并由此构成了对于混乱现实的隐喻。

碎片化的文本结构,虽然是后现代主义倡导的一种反中心主义的美学策略,但并非后现代主义的专利,而是文学创作中越来越普遍的一种审美表达,体现了创作主体"为琐物而疑虑"的基本诉求。对于文学创作来说,想象力是一种重要的保障。这一点,在虚构性的小说中更为重要,它甚至决定了小说家就应该是一个善于撒谎的人。"如果没有撒谎和夸大的本领,你就写不成小说",同时,菲茨杰拉德还提醒人们:"永远记着,你愈是编造夸大复杂因素,它就会变得愈加枝蔓节错;复杂因素愈是枝蔓节错,你的小说就写得愈好。"对此,普鲁斯特说得更为透彻。他强调,小说就是一种美妙的谎言,"这种谎言是世界上鲜见的几种可以为我们打开窗子、给我们引见什么是新的和未知的世界的东西,它可以唤醒我们对世界懵懂的沉思,否则,这些我们将永远都不会知道"。[1]通过必要的撒谎和夸大的手段,编织各种美妙的话语谎言,从而在各种"枝蔓节错"的复杂因素中揭示那些"新的和未知的世界",展示创作主体对这个世界的体察、发现和思考,这是一个小说家最基本的叙事技能。

倘若深而究之,这种叙事技能在具体的创作实践中,主要体现在各

---

[1] [美]狄克森、司麦斯合编:《短篇小说写作指南》,第139—140页,朱纯深译,辽宁教育出版社,1998年。

种意想不到而又妙不可言的细节之中。陆文夫曾说，小说小说，就是在小处多说说。一部小说，只有在细节处理上显得丰盈、充实、灵动、妖娆，具有耐人寻味的叙事质感，它才有可能超越于客观生活的表象经验，也才有可能展示作家独到的审美发现，体现创作主体的艺术创造潜力。也就是说，作家只有在那些看似很不经意的地方，发现并展示各种可能性的生活，延宕或拓展各种难以言说的人性状态，使那些看似庸常的"琐物"在叙事中变得熠熠生辉，才能使自己笔下的"谎言"揭开那些懵懂的世界。它在驱动小说走向丰盈、鲜活的同时，也使文本在碎片化的结构上达成了各种意想不到的隐喻效果。如余华的《第七天》，从外在结构上看，它主要由三个层面的故事构成。一是杨飞的个人成长史和命运史，包括他与养父杨金彪、亲生父母的关系，他与李青的婚姻生活等；二是"死无葬身之地"的阴间世界，那里简单，纯朴，和谐，平等，自由，充满了至善至美的人性理想，是一种乌托邦的建构，与诡异的阳间世界形成了绝妙的反衬；三是杨飞在阴间寻找养父亡灵过程中，碰到的一个个亡灵所倾诉的生前故事，主要是死亡过程的真相还原。但是，在这三个故事中，余华一直在演绎某种"寻找"式的场景：生者寻找死者，死者寻找生者；儿子寻找父亲，女孩寻找恋人；现实寻找记忆，事实寻找真相……可以说，"寻找"是各种故事相互交织的纽带，从寻找出发，余华让杨飞的亡灵不断穿梭于阴阳两界，一边复活自己的记忆，打量阴间的世界，一边倾听各种亡灵的遭遇，不断还原种种被现实遮蔽的真相。无论是创世神话也罢，还是中国传统的"头七"也罢，总之经过七天的奔波，杨飞终于打开了生与死的双重世界，并揭示了大量令人震惊、揪心、感伤、愤懑的现实景象。在这一结构中，余华精心营构了一种内在的叙事逻辑：杨飞必须要找到相依为命的养父。生前，他已卖掉了房子，关掉了小卖店，又四处打探商场火灾的死难者，甚至找到了他从未去过的养父家乡……在所有他能寻找的地方，他都不曾放弃。在濒临绝望之际，杨飞终于在饭店的爆炸事故中身亡，由此开始了在阴间对养父的寻找。这种"上穷碧落下黄泉"式的寻找，使整个叙事游弋在现实与阴间的各种碎片之间,以其强大的隐喻性结构形态,展示了创作主体对于失序现实的审视与思考。

从具体的内在结构上看,这种"为琐物而疑虑"的审美追求,主要体现在作家对叙事细节的拓展之上。一部作品就像一个人,它不仅仅是一个鲜活的生命实体,而且存在着许多敏感的部位。这些敏感的部位就是作品的关键性细节,是足以带动文本飞越现实的起点。如果一个作家能够清晰地把握这些叙事的敏感部位,并动用自身特有的叙事能力,生动地将它们逐一呈现出来,那么,作为一个艺术实体,它就会变得鲜活、生动而饱满。譬如林白的《致一九七五》书写了"文革"时期一群青年的成长经历,李飘扬、安凤美、雷红、雷朵、吕觉悟、邱丽香、罗明艳……这些身处偏远小城的少女们,她们在漫长的成长过程中,一方面经受着物质的困顿所带来的清贫生活,另一方面又尽情地享受着无拘无束的自由;一方面承受着革命理想主义价值启蒙,另一方面又为这种理想主义而热情地奔波;一方面自觉地膺服于权力意志所倡导的奉献目标,另一方面又为生命中的某种本能意欲而东奔西走。在那里,我们看到,孙向明与神秘的梅花党故事,朦胧而焦灼的暗恋情感,满足虚荣的文艺宣传队,游戏般的下乡支农,狂想式的科学实验,充满刺激的打靶,露天电影,语录歌……在整个上部的"时光"里,那些与革命时代紧密相关的生活场景,始终被李飘扬那新鲜、惊奇、刺激、满足的语调所追述出来。它是记忆的碎片,但又不是纯粹的记忆,因为我们看不出时间冲刷后的沉淀感,也看不出生命回望中的反刍和沉思,而是依然保持着某种原初状态的鲜嫩或轻盈。它不像有些成长类型的小说,总是尖锐有余而温暖不足,伤痛有余而欣慰不足,恰恰相反,它的叙述始终笼罩在明亮而又轻丽的色调中,甚至浸润在一种浪漫式的理想主义激情之中。正是这种欢快的碎片化细节,营构了一种革命浪漫主义的时代气息,也隐喻了那一代人的精神镜像。迟子建的《群山之巅》共有17章,每章几乎都有一个相对完整的故事,但它们彼此独立,又相互勾连,使我们无法确定小说的主人公和冲突主线。作者先后塑造了大大小小几十个人物，时间跨度也有数十年，完全是一幅"龙盏镇"平民百姓的日常生活变迁史。在这"爱与痛的命运交响曲，罪恶与赎罪的灵魂独白"中，每个事件似乎都是核心，但在整个故事中，它们又仿佛一个个插曲；每个人物似乎是主角，但在小说中又是不折不扣的配角，从辛七杂、辛欣来到安雪儿、安平，从绣娘、单四嫂到李素贞、唐眉……他们像一粒粒尘埃，在流逝的历史长河中不会留下一丝印痕，但正是这些小人物，最终撑起了这巍巍的"群山之巅"。在这里，迟子建通过一群世俗的小人物，一串平凡琐事的日常生活，展示了北国风情中的爱恨情仇，也通过他们几代人生存方式和价值观念的裂变，隐喻了中国社会的发展。它的文本结构是碎片化的，但通过这种碎片的拼接，我们可以在一种隐喻的层面上，感受到历史对于卑微个体的巨大影响。

当然，这种碎片化的结构并非只是体现在小说中，它还同样体现在一些非虚构的文本之中。在新世纪以来的很多非虚构作品中，其文本结构所呈现出来的，也往往都是碎片化的，或者说是场景化的，而且大量碎片化的场景，本质上仍然是一种想象性的细节重构。像金宇澄的《回望》中，从父亲的间谍工作、父亲的牢狱之灾，到各种信件的印证、母亲的回忆录整理，整个叙事由各种碎片交织而成，它们彼此穿插，形成了以作家为中心的叙事发展主轴，力图从不同角度、不同视域中，还原一个立体化的地下工作者之沧桑经历。在《中国在梁庄》和《出梁庄记》中，梁鸿从一开始就表明自己的写作意图，即面对中国城市化进程的飞速发展，重新审视中国乡土社会结构形态上的变化，观察乡村农民的生存方式和伦理变迁，探讨中国乡土社会的发展出路等。为此，她预先设计了一种由外而内的观察方式，通过"梁庄的老人、妇女、儿童，对梁庄的自然环境，对梁庄村庄的文化结构、伦理结构和道德结构，进行了考察，试图写出梁庄人的故事，并勾勒、描述出梁庄这将近半个世纪的历史命运、生存图景和精神图景"，[1]从而完成了《中国在梁庄》；

---

[1] 梁鸿：《出梁庄记·写在前面》，第1页，花城出版社，2013年。

随后，她再设计了一套由内到外的观察框架，奔赴广东、陕西、北京等地，采录来自梁庄的农民工在全国各地的生存状态、择业特点以及内心追求等，并形成了《出梁庄记》。在具体叙事中，梁鸿也自始至终将自己置于各种现场的核心位置，安排寻访路径，调动采访对象，细述自己的所见所闻。孙惠芬的《生死十日谈》也明确表示，自己主动请缨加入某个医学调研小组，就是为了调查和分析现代农民的生存现状及生命观的变化。于是，她跟随小组成员深入辽南乡村，记录一个个农民自杀事件，观察自杀者家庭成员的情感状态及命运变化，分析并揭示当下农民所面临的精神现状和真实的情感困境。李娟的非虚构"羊道"系列，则将审美视野投向了北疆游牧地区的哈萨克族牧民。他们可能是中国现代化进程中尚存不多的游牧民族，也是一个充满了奇特魅力和顽强坚韧的民族。作者以超越常人难以想象的困难，跟随扎克拜妈妈一家，在一年四季的不断转场之中，生动地记录了哈萨克族牧民自由、艰辛而又独特的游牧生活，同时也呈现出新疆阿勒泰山区粗粝暴烈且不乏壮丽的自然风貌。在作家笔下，哈萨克族自古以来的日常生活就是逐水草而居，既享受自然的恩赐，又承受了自然的蹂躏，并最终形成了这个游牧民族超然、坦荡、坚韧与放达的人生气质。在这部系列作品中，李娟紧紧围绕着扎克拜妈妈一家四处游牧的生活进行记录，线索看似比较明确集中，但是，游牧生活注定是永远"在路上"的，那种"三天一次转场、四天一次迁徙"的行走式记录，使得整部作品同样呈现出高度碎片化的结构特征。在这种碎片中，我们可以了解到阿勒泰、富蕴、阿克哈拉、吉尔阿特、喀吾图、额尔齐斯河、可可托海等北疆特有的河流，也可以看到拖依（舞会）、乃麻孜（祈祷）等饶有意味的民俗风情，并从这些日常习俗、节日聚会、宗教仪式中理解游牧文化的独特气质。不错，对于游牧民族来说，他们的日常生活似乎比现代都市日常生活要简单得多，至少在日常消费和日常交往方面要简单一些，但是日常生活毕竟是芜杂的、无序的，所以我们同样可以看到，他们在婴儿的抚养、牛羊的疾病、生活用品的购买、男女之间的情爱、羊群的交易等等方面的日常生活处理方式，包括在暴雪中转场惊心动魄的过程。有人认为，这种碎片化的结构，充分展示了李娟"让自然发言"的一种表达策略，"在追随哈萨克牧民的迁移转场中为我们描述了一种久违了的自然、自在的人性状态。与一般表现西部风情的散文有所不同的是：李娟为我们呈现出了她独特的观照视角及生态伦理观念，她笔下的自然景观丰富奇妙，酣畅淋漓，牧民平静、自足地生活，人与自然生息与共"。[1] 这种碎片化的结构，一方面对创作主体直接介入叙事现场，提供了很大的帮助，使他们能够自由穿梭于文本内外，另一方面也借助这些场景式的碎片现场，隐喻了日常生活和历史记忆的非完整性。但是，实事求是地说，这种碎片化的结构形态，也导致了很多长篇叙事作品在人物形象上的扁平化倾向，使很多非虚构写作中的人物形象无法走向立体或丰满。

第三节　感性丰盈的话语表达

黑格尔说："美就是理念的感性显现。"[2] 同时，黑格尔还进一步强调："艺术作品却不仅是作为感性的对象，只诉之于感性领会的，它一方面是感性的，另一方面却基本上是诉之于心灵的，心灵也受它感动，从它得到某种满足。"[3] 无论我们是否坚持理性和感性的二元对立观，我们都必须承认，文学艺术一直离不开人类的感性，它源于内心感受，又诉之于感性领悟，这是一个基本的事实。但文学艺术作为人类精神的一种特殊活动方式，同样也离不开理性的思考与创造，这也是一个不争的事实。"文学作为审美的活动，具有突出的感性特征，是不言自明的。许多文学作品具有非理性的心理因素，也是不应该否定的。但是这并不等于说，文学就只是感性活动，只是非理性心理的表现。文学是

---

[1] 齐红：《让自然发言：李娟散文的生态伦理观及其意义》，《齐鲁学刊》，2013年第4期。
[2] 朱光潜：《西方美学史》（下卷），第477页，人民文学出版社，1979年。
[3] 朱光潜：《西方美学史》（下卷），第479页，人民文学出版社，1979年。

人类的理性活动的产物,不过它是一种特殊的理性活动,不同于哲学、社会学、经济学等应用逻辑方式来构成文化文本的理性活动。这一点大家都是了解的。"[1]应该说,这是我们认识文学艺术的一个基本前提。尽管其中也隐含了理性和感性的融合方式问题,但应该不存在哪个更为重要或更有价值。加登纳就曾说过,艺术"是对直接感觉到的生活现象的再现","艺术形式倾向于在感觉媒介中展示出来,即是说,它倾向于隐含在一种直接而有力的作用于感觉器官的模式之中"。"一切艺术基本上都要作用于感官,而且艺术目标,当用文字进行表达时,也须使之通过感官而起作用"。唯因如此,艺术作品通常具有"不可通约性",即不可转述性;艺术和科学"有着截然不同的目标。科学家力图获得对世界的解释,建立起能描述和解释自然现象的范例。艺术家试图重建、评论世界的面貌或主观经验的某些方面,或者对其作出反应。为了欣赏者,他并非把这些都概括为基本法则,而是使之生动起来。那些对于科学家来说似乎是不可解释的或不可言喻的生活的方面,支配着艺术的领域。"[2]加登纳的言外之意是,凡能够搞明白说清楚的,基本上属于科学,而那些说不清楚的、属于直觉经验的,多半属于艺术。当然,我们无意于在此辨析文学艺术的属性,只是想说明文学肯定离不开人的感性,包括对于感性生活的表现,作家的感性化表达方式,以及审美接受过程中的感性领悟等。人类的感性,几乎在文学中产生了全程性的作用。

再看日常生活。毫无疑问,日常生活本身就是一种充满了感性特征的现实存在,它的混乱、无序、繁琐且日复一日的重复,都表明了它是一种感性生存的本然状态,尽管其中也不乏某些理性的应然状态。"人首先要吃喝穿住,满足基本的生理需求,还有性的欲求,要生儿育女,

---

[1] 冯宪光:《理性的文学要直面感性的生活》,《福建论坛》(人文社会科学版),2006年第7期。
[2] [美]H·加登纳:《艺术与人的发展》,第97页,兰金仁译,光明日报出版社,1988年。

在这些生存的最基本的需要得到满足或者基本满足之后,人类又必然产生新的需要,这些层出不穷的需要也是人的生活的感性特征的表现。"[1] 日常生活书写,当然绕不过这些感性化的生活特征。事实上,我们在讨论文本的混杂性、结构的碎片化时,都在试图阐述创作主体在形式选择过程中,如何解决作家对日常生活的有效表达,特别是针对日常生活中那些微不足道的生存细节和看似无序的生存本相。有学者就直言不讳地说道:"只要我们直面现实的感性生活,就会发现今天的生活所直接呈现出来的感性因素,比以往任何一个时代都更为丰富。行走在中国的任何一个城市,街市上餐馆林立,菜品色香味俱全,商场购物,人潮如涌,楼宇豪宅,流光溢彩,媒体广告每天都少不了丰胸、美体、变性、选美的号召,满足身体各方面的感性欲求,成为感性生活旋律的一种有力音符。面对这样的生活,你会首先感觉到它的确是感性的。许多报刊图文、影视节目都围绕着饮食男女大做文章,使生活变得更加五光十色,绚丽多彩,欲海翻腾,性感淋漓。现代生活的感性流溢的特征,使人们过去被压抑的身体的感性需求得到了认同,人们的物质生活的需要不断扩张,享受到前所未有的感性满足的幸福感。这是社会的一个方面的进步。忽视和否认今天现实生活的感性色彩丰富的特征,不去体验和表现这种现代生活形态,肯定不是有抱负的作家所采取的态度。现在许多作品隐没了英雄的引吭高歌,失却了展示历史规律的宏大叙事,描写当下人们的感性生活样态,写了许多性爱的欢乐与苦闷,情感的愉悦与危机,这是理性的文学正视当下感性生活的一种表现,当然这也不是唯一的模式。"[2] 这段话,既道出了我们当下的日常生活之丰富性和感性化,也说明了文学对于日常生活书写的必要性。

既然文学艺术本身就是一种充满了感性特征的审美存在,同时日常

---

[1] 冯宪光:《理性的文学要直面感性的生活》,《福建论坛》(人文社会科学版),2006年第7期。

[2] 冯宪光:《理性的文学要直面感性的生活》,《福建论坛》(人文社会科学版),2006年第7期。

生活也是一种充满了感性特征的人类生存,那么,文学在书写我们的日常生活时,从诗学意义上考虑,应该选择怎样一种理想的话语方式？表面上看,这是一个不言自明的问题,但实质上,它又隐含了一个符号哲学的基本问题,即我们如何在作家个人化的表达风格中,确立一种相对有效的话语方式,而不是单纯的感性化写作。因为单纯的感性化写作,主要是满足于日常生活表象的临摹,热衷于一些时尚生活的猎奇,或对欲望化生命进行自然主义式的表达。实际上,在新世纪文学的日常生活书写中,这类作品也确实不少,但从整体上看,大多数作家们都能够自觉规避感性化写作,致力于强化创作在感性生活上的表现力,彰显生活内部那些难以用理性言语清晰表达的审美质感。王安忆就曾说道:"小说这东西,难就难在它是现实生活的艺术,所以必须在现实中找寻它的审美性质,也就是寻找生活的形式。"为此,她坦言道:"我写农村,并不是出于怀旧,也不是为祭奠插队的日子,而是因为,农村生活的方式,在我眼里日渐呈现出审美的性质,上升为形式。这取决于它是一种缓慢的,曲折的,委婉的生活,边缘比较模糊,伸着一些触角,有着漫流的自由的形态。"[1]这种"伸着一些触角,有着漫流的自由的形态"的生活,可以凭借生活自身的天然形态,筑起叙事的内在纹理,展现生命的丰富和妖娆,并使话语的表达体现出一种感性的、丰盈且不乏灵性的特征。

应该说,这种充满感性丰盈的话语表达,在新世纪以来的日常生活书写中,几乎呈现出一种方兴未艾之势。很多实力派的中青年作家,都自觉地加强叙事与日常经验之间的内在联系,不断将叙事渗透到普通生活的肌理之中,在各种微细的生活内部辗转反侧,推衍人物之间扯扯拽拽的纠葛与冲突,并以此捕捉和展示各种丰沛的生命情状。像王安忆在新世纪以来创作的很多中短篇小说,都一直倾心于世俗生活的感性表达,精细临摹乡村或市井之中普通百姓的生活情趣,如《民工刘建华》

---

[1] 王安忆:《生活的形式》,《当代作家评论》,2005年第1期。

《骄傲的皮匠》《月色撩人》《花园的小红》《黑弄堂》等。我们很难从这些小说中看到作家幽深的理性思考，也很难从这些作品中读出深刻而独到的思想内涵，但是，它们却在种种微妙的人际纠葛中，使那些难以厘清的人性四处跃动，让世态人情于千变万化之中尽显艺术的韵致，呈现了异常丰富的审美信息。一方面，王安忆对庸常的日常生活琐事，对人物内心的细微感受，都有着十分敏捷的捕捉能力；另一方面，她又能够选择一种舒缓轻松且充满感性气质的话语，从容地探入日常生活的隐秘部位，叙述着人物在特定情境下的人性风貌。这使得她的很多作品虽无狂波巨澜，却也涟漪不断，呈现出独特的叙事魅力和罕见的写实功力。像短篇《闺中》，就体现了作家对一个都市里老姑娘心态和气质的准确把握，特别是那种从容之中所隐含的焦灼、优雅之中所潜藏的躁动、落寞之中所包裹的期待，都在人物一抬首一投足之间鲜活地映现出来。在《小新娘》中，小新娘对即将到来的婚姻生活的兴奋与热望、激动与不安，同样也被王安忆演绎得轻盈亮丽，充满了某种梦幻般的气息。在这种战栗般的兴奋中，王安忆又不时地将旁观者的复杂心绪和人世间的嫉妒情绪夹带出来，故意为小新娘的出嫁蒙上一些淡淡的阴影，但小新娘依然保持着她那特有的幸福姿态，处处彰显着青春年华的诗意怀想。

在《额尔古纳河右岸》和《白雪乌鸦》等长篇小说中，迟子建曾明确地传达了创作主体的宏大思考，包括对人与历史、自然的内在冲突的现代反思等。但是，在《踏着月光的行板》《起舞》《微风入林》《一坛猪油》《花瓣饭》《最短的白日》等新世纪以来的中短篇里，迟子建却更多地专注于普通人物的日常生存状态，包括他们的喜怒哀乐、爱恨情仇。它们没有太多的理性追问，也没有尖锐的生存反思，叙事话语仿佛从日常生活之中自然地流淌而出，我们所感受到的，只是各种难以言说的情感在缓缓释放过程中所遭受的种种际遇，叙事始终洋溢着浓郁的世俗情怀。像《一坛猪油》，作者通过一种从容不迫的叙述，演绎了数个人物绵延数十年的内心波折，其中既有物质匮乏时代的辛酸和无奈，又有底层家庭的自足和温暖；既有屠夫对"我"的关心和好感，又有崔大林的贪念和自责。它将传统的道德伦理埋藏在人物的内心深处,借助漫长的时光一步步地淘洗出来。在那里,一枚戒指是一颗真诚的心,也是一种道德的符号,它曲曲折折地勾连了"我"和几个家庭的关系,使叙述的枝蔓四通八达并且漫不经心。《最短的白日》则着眼于一位肛肠科医生的内心感受,呈现了物质生活背后的虚空与心灵无依的苍凉。小说虽然只是叙述了主人公在外诊途中的一段乘车经历,但是,随着人物心绪的流动,我们渐渐地看到他那无奈的生存处境:母亲怨怒,儿子吸毒,妻子迷恋物质,情人忙于生意,自己的"外快"虽然捞了不少,但生活还是处处都不那么"走心"。在返程的车厢里,他无意中与一位青年技工进行了交流,并从中看到了这位年轻人"走心"的一面。无奈的是,那是别人的生活。在冬至这天,在一年里最短的白日,对他来说,所有的亲人都已将他遗忘,只有外诊医院的紧急电话催促他重返旅途。不错,这些作品未必以深刻见长,但它们精准地呈现了普通个体在日常情境的特殊心绪,既有绵长的温情和深厚的人性,也有无奈而又无序的怅惘。

在这方面,林白可能是最为典型的作家之一。她的很多小说不断引起人们的高度关注,主要在于她的创作十分依赖自身的直觉感受,依赖自己的生存体验和灵性的想象,回避理性对文本结构的控制,也拒绝理性思考在叙事中的深入渗透。所以从叙事上看,她极为擅长动用各种感性的话语,让叙事呈现出灵动、丰盈而又妖娆的审美景观。在新世纪之初的长篇《万物花开》里,她明确地拆解了故事的整体性,而专攻细节拼接,使叙事显得繁花似锦,一派妖娆。随后的《妇女闲聊录》改以"口述实录"的方式来叙事,彻底放弃了作家的主体意识,通过木珍漫无头绪的闲谈来折射现实的生存镜像。木珍是一个并没有受到多少逻辑训练的乡村妇女,她的闲聊自然是散漫而凌乱的,由此形成的叙事话语,当然也是鲜活、感性而又异彩纷呈。在长篇《致一九七五》里,林白重新回到了创作主体自身,以一个叫李飘扬的女作家作为主人公进行自我叙述。在叙事上,作家同样体现出对理性的不自觉的排斥,并将女性作家的感性话语推向了极致。加拿大著名的女作家阿特伍德就认为,男人是一种理性的动物,"在他们自己封闭的公寓里,这里是空间,那里是时间,音乐和算术。右脑不知道左脑在干什么。但擅长有目的地做事。擅长在你扣动扳机的时候射中目标"。而女人的头脑则显得感性,直接,变动不居,不可预料,"刺激一下它你就会得到意想不到的结果"。所以,"女人通常不写男人喜欢的那种小说,但男人是以写女人喜欢的小说而闻名的"。她甚至还对"女人的小说"进行了探讨,并坦言:"我喜欢读这样的小说:女主角的服装在她的乳房上面谨慎地沙沙响着;或者谨慎的乳房在她的服装下面沙沙地响着——总之必须有一套服装,一些乳房,一些沙沙响,还有就是要处处谨慎。要处处谨慎,像一片雾,一片只能隐约看到事物轮廓的毒气。幽暗中闪现的情影,呼吸的声音,滑到地板上的缎子,露出了什么?我认为无关紧要。一点也无关紧要。"[1] 阿特伍德的这些话看起来有点片面,但确实道出了大多数女性作家重直觉轻理性、重细节轻结构的性别化特征。林白的优势在于,她拥有极为敏捷的艺术直觉,拥有丰沛的情感张力,拥有阿特伍德所说的迷醉于衣服在身体上"沙沙"作响的精密体验,所以,即使理性的统一结构并不存在,但在局部的叙述场景中,她依然能够借助不同的时间作为触点,一次次地再现生活的内在质感,包括女生们对孙向明老师的恋慕,操场上飞舞的排球,学校的文艺宣传队,厕所旁的腐殖酸铵试验,学农插秧的场景,学军打靶的情形,吃田螺、石螺、鱼块、桂林米粉时的特殊感受……这些少年时代的生活细节,看似凌乱无序,其实也呼应了那个本身并没有多少理性可言的年代,呈现出狂热的理想主义气息。因此,它的片段化,与其说是记忆本身的碎片拼接,还不如说是纷乱而破碎的历史启蒙所带来的直接感受。它是生活的,又是历史的,是疯癫的历史对个人成长的某种非理性的隐喻。当然,林白可能并没有这种形式上的自觉,但她那非理性的叙事习惯,与历史本身恰恰达成了某种形

---

[1] [美] 布罗茨基等:《见证与愉悦》,第300—302页,黄灿然编译,百花文艺出版社,1999年。

式上的默契。

事实上,《致一九七五》最让人怦然心动的,就是这种轻盈而又具有弥漫性的感性话语。它们相互缠绕,"多汁而蓬勃",同时聚合了青春成长的某些激情和冒险、想象和自由,在一个个看似庸常的场景中呈现出奇异的光泽,使那些微不足道的事象迅速升腾为极富灵性的生命之舞。它像一场直觉的盛宴,作者的所有感受、想象和激情,被轻松地调配成色泽丰富的鸡尾酒,一杯杯地展现在人们的面前。譬如,面对安凤美"吹牛的剑术",李飘扬始终以虔诚的姿态,极力想象和推演"水泼不进"的剑术状态。在漫长的夜晚,李飘扬想象着自己和安凤美分别骑着一匹红马和一匹白马去杀富济贫。在回忆那只永远也不长膘的"猪精刁德一"时,作者又赋予它一种自由、狂放和特立独行的精神品格,仿佛它就是那个年代里一位永不屈服的斗士。还有那些革命口号和语录歌、样板戏唱词,都带着理想主义的激情浸润在人物的意绪里,成为他们内心精神的准确映射。这些集灵性与诗性于一体的语言,使这部小说在空寂的历史中,不断地爆发出一团团礼花般的光焰。在此,我们不妨择取几节:

> 空心菜叶子细长,生长在水里。它脾气古怪,不能用刀切,它伤刀,伤得厉害,用刀切了空心菜就会变得很难吃,必须用手摘。手摘空心菜有一种特殊的快感,即使看别人摘,也有快感,摘成一段一段的,手上握一把,一捏,一种柔软的暴力使空心的菜茎破裂并发出'嚯嚯'的声音,既像撒娇又像欢呼。
> ——《致一九七五》第57页

> 我常常在幕侧目睹这样的时刻,以幕侧为界,那是张大梅的天堂,她一步跨过去,整个人就会飞升,她身体里的物质会在瞬间变化,肌肉、骨头、血液,无声地重新组合,身体的比例仿佛也发生了变化,她的精神更是如此。她的肉身化成了舞蹈的精神,舞蹈又

飞升了她的肉身,她在舞台上光芒四射,成为无数人黑暗的青春期中无比耀眼的光影。

——《致一九七五》第 66 页

就这样,鸡血和胎盘在我的身体里相遇,发出了"砰"的一声,我清楚地听见了这奇怪的声音,它震着了我的内脏,并在那里微微发热。……我会有特异功能么?我会力大无穷么?在一堆乱七八糟的想入非非中我兴奋异常,我翻来覆去地睡不着,身上像着了火,头脑里的筋也像灼着了,一阵热辣,一阵抽搐。脸是烫的,口干,我起来喝水尿尿,从镜子里看到自己的脸红得像一朵木棉花。

——《致一九七五》第 172 页

我应该跟它谈心,嘈嘈切切,大珠小珠。我将对它讲故事,董存瑞罗盛教江姐许云峰,然后,我将一边摸它的毛,一边唱歌,"夜半三更哟,盼天明,寒冬腊月哟,盼春风",抒情,柔软,狗听得舒服。白纸花扎在狗的身上,它在黑暗中奔跑,跟脚,这几朵白花就在黑天里飞动,诗意是次要的,好看更是其次,重要的是,我就不会踩着它,它也不会一着急就咬我一口了。

——《致一九七五》第 267 页

这些精妙而又鲜活的细节叙述,是如此的日常,又是如此的细腻,不仅洋溢着丰富的生命质感,也充满了独特的个人体验。我们可以从中发现林白对瞬间状态的感知方式和拓展能力。它是灵动的想象,又是情感的蔓延;它以反庸常的眼光和心境,激活了现实镜像中所潜藏的某些艺术质感,使一把空心菜都能捏出"撒娇"或"欢呼"的声响。说实在,即使套用那句"化腐朽为神奇"的老话来评价,也许都不算太过分。不错,在理性的批判意义上,《致一九七五》可能并没有给我们提供更尖锐、更独到的思考,但是它却将革命理想主义的激情与普通个体的生命成长不露痕迹地融合在一起，使文本在一种感性化的话语表达中呈现出诗意飞翔的状态。

在日常生活书写中突出感性话语，展示丰盈、细腻而灵动的表达效果，其实在新世纪以来的文学创作中非常普遍。譬如，铁凝的短篇《伊琳娜的礼帽》，只是叙述了一次飞机上的短暂旅程，颇有些猎艳的意味，但在那种近似于摄像机般的精确描写中，男女主人公的一举一动，都被赋予了丰富的内在情愫，人物彼此之间的隐秘冲动和艳遇心理也都昭然若揭，而且充满了某种浪漫的诗意，毫无鄙俗之感。夏商的《东岸纪事》以上海浦东的底层社会作为叙事空间，叙述了老浦东人在20世纪70年代至80年代末的民间日常生活，其中既有计划经济时代的各种生活景象，又有改革开放后的骚动与混乱。从20世纪80年代大学校园中的异常热闹的文学社团、陆家嘴码头踩踏死人事件、对越自卫反击战，到甲肝大流行、于双戈杀人案件等社会重大事件，都在背景中若隐若现地传达出来，但是小说的主体仍然是一群平民的微观史，是乔乔、崴崴、柳道海、刀美香等市井人物的日常生活史。作家发挥了自身特有的生活经验，沿着各种熟悉的生存环境，展示了这群平民的爱恨情仇，包括他们的灵肉冲突，以及命运的颠荡沉浮，并由此勾画了上海浦东的风俗长卷。从叙事上看，这部小说的最大魅力在于，作家充分调动了各种感性化叙事的手段，包括沪语方言的运用，人物之间的日常情感纠葛和偷情行为，彼此之间精刮的利益算计，各种家长里短的相互搬弄，从小混混到小老板的混世方式，构成了一种"清明上河图式"的日常生存图景。枝枝蔓蔓之中，都是一些感性话语的自然弥漫，纷乱，芜杂，粗粝，泥沙俱下之中，却有着原生态的鲜活和饱满。金仁顺的《爱情诗》《秋千椅》等一些短篇，同样着力于男女之间隐秘的情感交流，但作者并不是为了展示爱情的神圣和纯洁，而只是张扬人物彼此之间的内心感受。戴来的《向黄昏》《亮了一下》等短篇，则更多地将人物置于现代都市的边缘地带，让他们不断远离人群而自我折腾，至于为什么要折腾，连人物自己也不清楚。徐则臣一方面通过一些成长叙事，表达创作主体对历史的理性追问，但另一方面，他又通过《跑步穿过中关村》等一些"京漂小说"，展示现代青年在都市里的日常生活状态，很难看到叙事背后更为深刻的意义建构。如果要从理性的角度来探寻这些小说的深刻内涵，笔者以为不会有多少收获，但是它们却将特定情境下的人物心绪及其微妙的言行，演绎得异常鲜活。它们立足于日常生活的感性层面，呈现了普通人在日常生活中难以言说的牵扯与纠葛。

如果再看看一些散文和诗歌的创作，我们会发现，情形也大抵如此。像鲍尔吉·原野的散文集《草木精神》《河在河的远方》《流水似的走马》，周华诚的散文集《一饭一世界》《草木滋味》《造物之美》，东珠的散文集《知是花魂》，冯杰的散文集《说食画》，傅菲的散文集《故物永生》，赵荔红的散文集《情未央》，等等，都是通过一种优雅而又感性的语言，片段式的细节描绘，以及简洁的文本结构，直接呈现与创作主体日常生活经验密切相关的各种情境。在话语表达上，它们充分依赖于创作主体的感官体验，将日常生活中的各种琐碎事象转化为个体的独特感受，或从身体的文化修辞上，或从自我感官的体验上，或从生命记忆的联想上，不断拓展所叙对象的情与境，呈现现代日常生活中的个体生存与万物之间相融相连的生命意趣。诗歌中，于坚、朵渔、余秀华的诗，以及大量口语派的诗歌创作，也都是从日常生活经验出发，展示普通生活内在的繁富与驳杂，呈现个体生命的自然律动，并以此传达现代人的精神镜像和生存境况。

这种感性的话语追求，并不意味着作家们主动放弃了意义的追寻，而是表明他们同样在打探各种生活的意义，乃至生命的意义。只不过，这些意义的呈现，并不是来源于创作主体的理性思考，也没有体现作家对现代理性美学的尊崇，而是更多的依助于日常生活，尤其是那些被大众生活习俗所遮蔽的、感性的生存经验，甚至包括一些反经验、反逻辑的生存状态。也就是说，它们所折射出来的审美趣味，是一种"美是经验的感性呈现"——尽管作家们对这种经验的选择和处理带着明显的个人化印痕，但从本质上说，这无疑体现了一种感性主义美学的勃兴。诚如王德胜所说:"对于人的日常生活来说,感性问题并不局限于认识论范畴;在更大意义上,日常生活的感性存在、感性利益及其感性满足是一个生存论的意义问题。尤其是,对于日常生活美学趣味的价值判断而言,人的日常生活的感性权利之于人的现实生存需要和行动,更具有一种存在论的特性——人的感性、感性活动不仅与人的理性权利一样具有自主自足的价值,而且往往更加生动、更加具体。"[1]

在日常生活诗学的追求中,新世纪文学在文本上所彰显出来的感性话语,虽然也受到了后现代式的消费主义、大众文化的崛起以及现代生活节奏加快等因素的影响,使人们在一定程度上抗拒坚硬的理性美学,转而推崇所谓的"日常生活审美化",但在本质上说,它还是体现了当代作家对于人的生活完整性的自觉呵护。"在今天作为人类理性活动的文学,也应当首先面对感性的生活和生活的感性,正视和表现人的感性欲望,包括个人对人生前途、发家致富、娶妻生子、消费理想、身体体验等的感性欲望和欲望实现行为。贴近生活,就是贴近当下感性生活。失去对当下感性生活的直接接触,放弃对现实生活感性形态的直接体验,就不能真实地理解和表达当今生活的具体存在形态和发展态势。"[2]所有感性的话语表达,其实都是为了更好地体现日常生活的感性价值,展示人的各种感官对于日常生活的细微而丰富的体验,并由此传达芸芸众生的生存镜像和内心情致。

---

[1] 王德胜:《回归感性意义:日常生活美学论纲之一》,《文艺争鸣》,2010年第5期。
[2] 冯宪光:《理性的文学要直面感性的生活》,《福建论坛》(人文社会科学版),2006年第7期。

第九章
回到个体，回到生活

新世纪以来，消费主义四处蔓延，全球化趋势不断加快，信息技术飞速发展，大众文化全面崛起，无论是城市还是乡村，在中国的大地上，所有既定的日常生活（包括日常消费、日常交往和日常观念）都已发生了复杂而深刻的变化。这种变化，虽然给我们有效认识和把握日常生活带来了诸多的挑战，但是也为中国当代作家关注日常生活提供了巨大的契机，并为中国当代文学建构日常生活诗学提供了重要的支撑。新世纪以来的中国作家，之所以对微观化的日常生活书写保持着巨大的热情，从本质上说，是他们对"人的文学"有了更全面和更清醒的认知，即一个健全的人，应该是一个拥有"完整生活"的人，应该追求身与心的统一，人与物的统一，在真正的人本主义立场上，重塑日常生活诗学的重要价值。在对新世纪文学的日常生活书写进行了相对系统的考察之后，本章将回到日常生活诗学的核心问题上，对中国新世纪文学在日常生活书写中的主要特点进行归纳和总结，以便确立新世纪文学日常生活诗学的内在精神。

第一节 身体与心灵的内在统一

在很长一段时间里，中国当代文学对于身体的关注都是单一的，或者说是平面化的，主要突出身体之外的精神内涵，强调身体的社会群体价值，为个体的利他主义精神提供坚实的内在依据。这当然没有什么不对。但是，过于强调身体的非日常性功能，突出其对内心理想或宏大目标的重要作用，剔除身体特有的"利我"原则，使身体始终超越于个体的日常欲求之上，这又导致人们逐渐忽略了身体作为生命实体的丰富内涵，使身体负载了形而上的思想符号。直到20世纪80年代末的新写实小说盛行，大多数作家开始重新关注人们的日常生活，并由此触及身体作为血肉之躯的丰盈和充实。随后，在"个人化写作"思潮的影响下，身体叙事成为作家们聚焦的重要目标，大量作品要么将身体作为质询伦理的手段，要么将身体作为欲望表演的化身，要么将身体作为消费主义的符号，使身体开始在"苏醒"和"解放"的名义下，回到了形而下的原真状态，尽显各种妖娆之色。但这种对身体的嘉年华式书写，多少也忽视了身体的形而上意义，同样造成了身体与心灵的分裂，甚至还出现了"下半身写作"之类的诗歌现象。

  应该说，中国当代作家对于身体的这种两极化书写，既受制于特定的文化背景和历史原因，又受制于身体与心灵的二元对立观，因此我们必须正视这种身体书写的局限性。新世纪以来，随着作家对日常生活的倾力关注，特别是对普通个体在日常生活中的生存状态及内心精神的关注，这种身体书写的局限正在被不断超越。其中最为突出的表现，便是女性主义文学开始很少出现极端化的身体书写，至少没有了卫慧、棉棉等作家对身体原欲的迷恋性表达。曾以《一个人的战争》《致命的飞翔》而成为"个人化写作"代表人物的林白，在新世纪以来也完全回到对普通群体日常生活的书写之中，并创作了《万物花开》《妇女闲聊录》《致一九七五》《北去来辞》等一批长篇。这些长篇都不再突出以往那种私语化的身体体验，也不再强调个体与社会之间的疏离状态。新世纪之后活跃于文坛的"70后""80后"女作家，包括魏微、戴来、金仁顺、乔叶、鲁敏、黄咏梅、盛可以、滕肖澜、张悦然、笛安、张怡微等等，虽然都以书写女性的日常生活为主，且也不乏一些身体叙事（如盛可以的

《无爱一生轻》《道德颂》《息壤》），但并没有对身体进行单纯的形而下式的关注，而是更多地突出了女性身体在伦理约束、性别对抗以及物质消费方面的纠葛，体现了女性内心与身体的紧密互动。诗歌方面，尽管出现了余秀华的《穿过大半个中国去睡你》之类带有原欲挑逗意味的诗题，但就这首诗歌本身来说，还是传达了抒情主体对于爱情的渴望，以及面对苍茫尘世的长久喟叹，体现出此在的身体与内心希望之间的彼此呼应。

身体既是生命意识觉醒的前提，又是日常生活运转的基石。任何个体在生命意识上的自觉，首先就体现在身体的自觉上，即意识到身体作为生命的载体，应该膺服于自我理性意志的管理，不能盲目地屈从于他者的意愿；应该对人性的自然诉求保持合理的尊重，而不是以各种外在的伦理全盘压制和扭曲自我的人性。女性主义文学的发展，就是从身体的觉醒与独立开始，并从性别关怀的角度，全力争取"一间自己的房间"，安顿属于自己的身体和灵魂。身体之所以成为生命意识觉醒的首要前提，是因为身体是人类日常生活的核心和基石，从衣食住行到各种消费活动、交往活动，日常生活的主要目标就是维持肉体生命的生存与发展。它类似于马斯洛心理学意义的生理需求、安全需求和社交需求；至于尊重需求和自我实现的需求，可能更多地依赖于人的非日常生活来实现。有学者就明确地指出："日常生活世界是人类社会（人的世界）的原生态，而非日常生活世界则是人类社会的次生态；换言之，人的世界的历史建构途径是从日常到非日常，而当非日常生活世界真正建构起来并日渐丰富发达，日常生活世界则逐渐作为人类社会和历史的潜基础结构嵌入背景世界。"[1] 没有日常生活就不可能有非日常生活，因此，当我们考察日常生活诗学时，身体是一个绕不开的首要目标。

从新世纪以来的日常生活书写来看，作家们对身体的关注与探索是多维度的，也是多层面的，但大多都立足于人性关怀的层面，理解并尊

---

[1] 衣俊卿：《回归生活世界的文化哲学》，第307页，黑龙江人民出版社，2000年。

重身体的自然属性，探讨人之为人的肉身之中所隐藏的各种非理性特质及局限，使作品的内涵在身体与心灵上构成某种紧密的呼应关系。如玉上烟的《子宫之诗》《乳房之诗》《婚姻之诗》等，就是从身体入手，或通过演绎流产过程中的身体之痛，传达了"她分娩了这个世界但又无法自己处理掉多余的渣滓"的性别之殇；或借助女性乳房的不同遭遇，呈现了乳房对于女性生存的特殊意义；或通过不同年龄在身体特征上使用"频率最高的标签"，来表达不同阶段的夫妻情感关系。在这些诗歌中，我们既看到了女性身体之痛，体会到岁月对于身体的淘洗和摧残，也看到了身体之痛背后的生命之痛和心灵之殇。或者说，诗人就是以具象化的、可触可感的身体书写，揭示了我们在日常生活中诸多无奈的生存意绪。具体来说，新世纪以来的文学对这种身体的关注，主要体现在对传统伦理的质询与反抗、对欲望膨胀及危害的揭示、对身体消费的批判与反思等方面，虽然它们彼此之间相互交织，但从总体上看，这几个方面是新世纪以来中国作家重点关注的目标，也是日常生活中身体自觉的主要体现。

众所周知，身体的自觉通常是基于人性的觉醒，因为"身体就是日常生活的主体。它是行动的承担者，是属己世界的建筑师，是诗性的发源地。诗性与行动密切相关，存在于身体与世界的互动之中"。[1]没有在日常生活中与世界形成互动关系，身体就只是一具生物学意义上的躯体，无法实现生命意识的自觉。只有科学地、辩证地理解了基于身体自觉意义上的人性，正视人性的合理欲求，又严防人性的过度放纵，才能确保身体与世界之间的良性互动。这是人性觉醒的主要体现。当然，就人类的自我认知而言，人性的觉醒只能是一个渐进的过程，不可能在某个时刻抵达终点。人性觉醒的基本前提，或者说其具体实现，就是身体的自觉。人们既要意识到身体的诸多基本欲求对于生命价值的体现有着必要的合理性，同时又要明白身体的欲求也存在着很多不合理之处，并

---

[1] 王晓华：《身体诗学》，第44页，人民出版社，2018年。

能够给予其必要的限制。因为人的身体既是动物性的，又是文化性的，是构成人类社会的基本元素。事实上，在人类社会的发展过程中，基于各种社会秩序的要求而不断形成的文化伦理，从根本上就是为了规范和限制身体的某些欲求。随着社会的不断发展和观念的更新，有些伦理已经构成了对人性的某种伤害，这是一个不争的事实。所以，在日常生活的书写中，我们可以看到，很多作品都在触及这一问题。譬如艾伟的《小满》中，乡村少女小满为了金钱替人代孕生子，任务完成之后，小满的母性意识却猛然觉醒，导致她无法舍弃自己的孩子，但现实中的契约关系又让她不可能继续照看孩子，更不可能让她们母子相依，结果小满因此致疯。这里，作家一方面质询了女性身体作为生育工具的传统陋习，另一方面也让人类的母性意识以不可遏止的光泽，洞穿了某些幽暗的人性空间。毕飞宇的《哺乳期的女人》同样也是将人性置于伦理之中。留守儿童旺旺面对正在哺乳的惠嫂之乳房所表现出来的迷恋，其实只是孩子对母亲的依恋，是人性的一种正常体现，但是它对伦理却构成了一种挑战。七岁的小孩，怎么对别人的乳房产生迷恋？怎么能对别人的乳房产生迷恋？是谁教唆的？旺旺对惠嫂乳房所表现出来的亲昵之举，结果演绎成一场有关人性与伦理的冲突，甚至事关家教、家长脸面等等。尽管毕飞宇并没有在小说中明确传达对正常人性的捍卫，但他通过旺旺啃咬惠嫂乳房的事件，以及由此引发的群体心理效应，质询了传统伦理对于人性的潜在伤害。

这种人性对伦理的反抗，在新世纪以来的大量作品中都获得了巧妙的表达。像朱辉的短篇《午时三刻》中，作家以秦梦媞执着于整容为叙事主线，将一个现代女性的身体理想与生存形态演绎得别有意味。虚荣也罢，自卑也罢，在秦梦媞三十多年的人生中，大众化的脸蛋成了她的巨大心病。为此，她不惜一切代价地一次次整容，试图通过身体容貌的优化，实现改变命运的理想，却不料被命运不断地嘲解——工作越换越差，丈夫越变越黑，女儿越长越丑，最后连自己的母亲也不是生母……从"次品返修"到"基因改良"，朱辉一路轻松地叙述着，却将一个女性试图借助容颜来抗争现实的顽强毅力，击打得体无完肤。秦梦媞是爱美的，她希望通过身体之美，增强自己在日常生活中的自信心，获得自我更多的社会生存资本，所以她不惜一切代价，要通过各种美容手术改造自己的身体。任晓雯的《换肾记》则以丈夫的肾病作为焦点，围绕这一身体的重大问题，在生与死的内在张力中，从容地撕开了一个家庭内部脆弱的血缘伦理，也呈现了世俗生活里某些诡异的人情世态。肾是身体的重要器官，而身体又是维持家庭生活的重要载体，于是，围绕着丈夫的换肾问题，妻子与婆婆之间、丈夫与母亲之间、母亲与女儿之间，由亲情或血缘构筑在一起的各种伦理关系，被死亡的恐惧击打得面目全非。这篇小说以一种极端化的方式，让我们看到身体不仅仅是个人的生命之物，也是人性、亲情和各种日常伦理聚合的纽带，它可以揭开日常生活内部所隐藏的诸多苦涩和无奈。

范小青的《变脸》直面当下的科技生活，围绕人脸识别系统中存在的相关问题，质询了现代制度建设与技术依赖之间的关系。这种关系，仰仗的是"机器比人更可靠"的非人化管理理念，最终却导致了"我无法证明我自己"的尴尬与错位。它是现实的，是我们每天都需要面对的技术霸权主义，但它又是荒诞的，超越了一般人的个体经验和认知习惯，可谓平常之中的不平常。它提出了一个让我们无法回避的问题：在技术伦理面前，我们如何进行身体意义上的自证？我们得以维系生命的身体，在与世界互动之中如果不被确认，就意味着我们的生命也被否认。此外，迟子建的《鬼魅丹青》里的卓霞，王安忆的《发廊情话》帮客人洗头的女客，艾伟长篇《南方》里的寡妇和她的两个女儿，毕飞宇长篇《推拿》中的众多盲人按摩师，等等，或通过情感经历、或通过角色变化、或借助职业关系，凭借人物各自特殊的身体以及特殊的身份，在正常人性的艰难吁求中，对各种吊诡的现实伦理发出了尖锐的质疑。

所有的身体在某种意义上都是欲望的身体。没有欲望的存在，身体便不可能成为一个鲜活的生命实体，所以我们说，人性欲望的出发地和归宿地，都是身体。在日常生活中，这种因个体的欲望所引发的身体冲突，不仅与一些文化伦理造成冲突，还对生命自身的存在价值造成动摇。类似的作品，其实还有很多，如张者《桃李》《桃花》，盛可以的《水乳》《北妹》等，都是通过欲望的极力推演，呈现了身体在混乱的日常生活中的贪婪形态，同时也对这种欲望与心灵之间的失衡给予了尖锐的质疑。

与这种欲望表达相呼应的，还有日常消费活动对身体的侵袭。日常消费是人类日常生活的一个重要方式。但是，随着消费主义的盛行，日常消费活动早已超越了最初的实用主义原则，变成了以符号化商品为主的消费模式。这种消费模式，不仅体现了人们日常生活观念的变化，而且展示了人们生活方式的变迁。在本书的第五章中，我们已对此进行过较为详细的探讨。这里，我们要重点讨论的，是这种符号化商品消费与身体的关系，以及文学在表现这种日常消费时对于身体的书写与思考。有学者曾详细地论述道："对于今天的理性的文学而言要真正直面感性的生活，需要解决的是要注意到在身体写作中普遍存在着消费主义意识形态的偏见。现在解放人的感性欲求的意识形态手段，是传播消费主义文化。这是一把双刃剑。一方面它有解放人的感性欲求的作用，开拓了人的需要的疆土，另一方面在市场条件下，人的这些感性欲求一般只能通过金钱交易的方式获得满足，所以它又用煽情方式，刺激、扩张敛财购物欲望，容易使人受制于满足欲望所必需的金钱和商品。在后工业社会，商品的市场化程度已经扩展到整个社会，资本把整个自然界都当作它生产商品、最后盈利的原材料。非人类的自然界的资源已经开发得差不多了，而人类自身的身体资源、感性欲求的资源，则是目前的开发对象。人类需要感性地生活，人的身体的多方面的感性欲求可以在不断刺激中扩张，人要用新的感性活动来满足新的感性需求，这些本来是人类发展的正常目标，现在同时也都成为资本经营商品、实现盈利的目标。这是现阶段人类身体欲求、感性生活的悖论和怪圈。这也使得目前在全球范围出现商品全面审美化、感性化，而感性和审美则全面商品化的状况。这种状况由于文化的产业化、商品化，更为突出。"[1] 这段话非常清晰地阐释了身体欲望与消费主义彼此互动的循环关系，而且这种关系，在新世纪以来的文学创作中同样有着极为广泛的表达，像郭敬明的《小时代》系列，巨细无遗地讲述了各种世界名牌商品，在装饰人物身体的同时，彰显着人物的身份。余华《第七天》里的鼠妹，为了一只苹果手机，最终在大庭广众之下跳楼身亡。

但是，在消费主义的文化语境中，身体既是消费的载体，又是消费的对象。作为消费的载体，它意味着人们将身体视为面对他人的符号和个人身份品味的标识，强调身体与自我角色之间的关系，由此导致现代人对自我的身体保持着极度自恋和迷狂的姿态，甚至为了美化身体而倾其所有，从整形健身、美容化妆，到健康饮食、衣着装扮，人类日常生活的很多重要活动，都围绕着身体的修饰而展开。作为消费的对象，身体又是消费符号中一个不可或缺的组成部分，并有力地推动了广告、影视等各种现代文化产业的发展。费瑟斯通就认为，好莱坞电影对宣扬新的身体观起到举足轻重的作用，正是好莱坞电影创造了外表和身体展示的新标准，将"看起来漂亮"的重要性传递给大量观众，并使它在人群中生根发芽。影星们光彩夺目的生活方式使大众产生了无限向往之情，完美的身体形象使外表的内涵不断增加，大众逐渐无意识地在外表健康与享乐之间画上等号。[2] 如今，在我们的日常生活中，无论是作为明星代言的商品广告，还是各种影视剧中精心包装的偶像人物，其身体本身都是一种消费的符号，向人们诠释了什么是完美的生活。这种身体的符号化，在一定程度上也推动了身体的资本化。这一点，在很多作家的作品中也都有所体现，如韩寒的《1988：我想和这个世界谈谈》中的娜娜，曹征路《霓虹》中的倪红梅，何顿《幸福街》里的杨琼，都是以身

---

[1] 冯宪光：《理性的文学要直面感性的生活》，《福建论坛》（人文社会科学版），2006年第7期。
[2] ［英］迈克·费瑟斯通：《消费文化与后现代主义》，第111页，刘精明译，译林出版社，2000年。

体作为资本的普通百姓，但她们依然保持着内心的善良。阎连科的《受活》则以残疾身体的奇观化作为资本，演绎了一个村庄的致富梦。

身体在新世纪以来的日常生活书写中不断被关注，一方面体现了当代作家对于身体作为日常生活之重心的认识，显示了作家在完整的"人学"意义上重塑日常生命的审美意愿；另一方面也表明了人的身体并非是一种动物的身体，而是一种文化的、历史的身体，它总是通过这样或那样的方式，抵达人的内心之中，与人的心灵保持着各种微妙的共振状态。这种共振状态，在很多作品中虽然呈现出各种错位，但恰恰是这种错位，体现了作家们对于身体与心灵相统一的审美诉求。在《心灵与身体》中，杜威就曾通过复杂的神经系统中纤维与细胞的关系，在心理学的意义上阐释过身体与心灵的共振关系："心理与生理有着同质的关联。精神与神经系统有着怎样的关系，它就与神经系统的所有部分都有着相同形式的关系。大脑和脊髓都是精神器官，脊髓与神经纤维的外周末梢也都是精神器官。毫无疑问，大脑与精神生活有着最为密切、最有影响力的关联，但这个关联和'神经系统任意其他部分与精神的关联'是同质的。这使得我们只有以下唯一的取舍：要么身体与心灵没有任何关系，要么心灵通过神经系统出现在身体的每个部分。这意味着，精神根植于身体之内。"由于"精神在身体中的固有性"，"因而精神根植于身体，指导身体朝着某个特定目标前进。精神不仅是固有的，而且是目的论地固有的"。[1]我们无意于深究身体与心灵如何在生理或心理层面保持着密切的共振，但是，从新世纪文学的日常生活书写来看，身与心的统一，既是日常生活诗学的基本属性之一，也是作家们孜孜以求的审美理想。

---

[1] [美]杜威：《杜威全集：早期著作·第一卷（1882—1888）》，第77、79页，张国清等译，华东师范大学出版社，2010年。

第二节　物质与生命的相互支撑

如果说身体与心灵的统一，体现了人们对于人的肉身的重新认识，表明了中国当代作家对于身体合理欲求的积极维护，并展示了新世纪文学在日常生活诗学上的核心意旨，那么围绕身体之欲所衍生出来的物质需求，在日常生活诗学上也同样有着重要的意义。因为生活通常就包含了物质生活和精神生活两个部分。物质生活不仅是日常消费活动的主要目标，也是人的生命得以生存和延续的基本条件。胡适就曾说："不应视物质文明为一种找钱发财、'利用厚生'的手段，而应视之为解放人类心灵能力的有效工具，使人们不至于把精力心思全抛在仅仅奋斗日常生活问题之上，使他们有余力去满足他们精神上高尚的欲望，这样就提高了人类能力的价值。"[1] 合理的物质诉求，既是安顿肉体的重要保障，也是解放人类心灵、提升精神生活的基本前提。因此，如果抛开哲学上的概念界定，仅就日常生活本身来说，物质与生命的统一，不仅是人本主义的重要体现，也是日常生活诗学的一个重要特征。

但是，在中国当代文学的发展中，由于过度强调人的精神生活，推崇去物质化的、利他性的生命理想，在很长一段时间里，我们都将人的物质欲求控制在最低的生存层面。像高晓声的《李顺大造屋》中，李顺大毕其一生，渴望造一座属于自己的房子，只是为了解决一家人的基本生存。而那些希望通过物质赚取来提升生活品质的行为，通常被视为腐朽的资产阶级生活，并受到价值观上的批判。20世纪80年代之后，随着改革开放的深入和物质生产的不断丰富，人们对物质生活有了新的认识，像高晓声的《陈奂生上城》中的"漏斗户主"陈奂生，在感受了城市宾馆里的舒适设备之后，内心便生出别样的生活滋味，体现了优裕的物质生活给人的观念所带来的触动。随着市场经济的不断深入，以及物

---

[1] 胡适：《思想革命——胡适之先生在英讲演》，康选宜译，《中国现代文学研究丛刊》，2016年第3期。

质生产能力的迅猛提升，如今我们的日常生活已逐渐进入鲍德里亚所说的"物的丰盛"的时代，物质与生命的关系也因此变得更加暧昧和复杂。

这种暧昧与复杂，首先体现在人们对于物质生活有了更全面的认知。物质商品拥有的丰裕程度，不再是意识形态化的阶级区分标准，而是消费主义时代恋物癖的一个指征。也就是说，当物质满足了人们正当合理的生活需求之后，过度的物质追捧则由实用主义演变为符号化的商品，成为人们社会身份自我确证的一种外在手段，并导致商品拜物教的流行。其次，它还体现在人们对于物质生活与精神生活共振关系的理解上。以前，我们常说"人穷志不穷"，物质的贫乏并不影响人们的精神生活；如今人们常说"贫穷限制了我们的想象"，明确地意识到了物质匮乏对生活质量的严重制约。其实，从人类社会的历史进程上看，现代化在本质上就是不断借助技术的变革，提升人们物质生活的水平，并通过建构物质文明来推动精神文明的发展。只有物质生活有了充分的保障，人们才有可能回到理性和尊严的精神生活中。这方面，张贤亮的《绿化树》等作品已进行了生动的演绎。但是，物质生活的丰富，并不意味着人类精神生活会必然提高。事实上，在当今极为繁富的物质生产面前，越来越多的生命开始为物所役，成为物质主义的奴仆。这也就是说，没有丰富的物质生活，单纯地强调精神生活是非常困难的，而有了充裕的物质保障，精神生活也同样面临被奴役的危险。

理想的日常生活状态，当然是既不鄙视和排斥物质生活，也不迷恋和贪图物质享受，而是在个人的主体意识支配下，辩证地理解并恪守物质生活对于生命存在的重要意义，并致力于追求物质与生命相统一的内在关系。这也是日常生活诗学的重要内涵和本质属性之一。因为在日常生活中，人们的生存主要还是围绕衣食住行等物质需求而展开；无论是日常消费、日常交往还是日常观念的活动，人们总是离不开物质生活的谋划，其目的就是要让生命获得应有的舒适和体面。从物质文明的发展来说，所有的物质生产都是为了保障人类的生命活得更有质量，并在衣食住行方面，不断改变人类自身的某些身体局限，拓展人类生活的自由空间，驱动和提升人类的精神生活。譬如现代城市的发展，从商场到饭店，从公交到地铁，从弄堂到公寓，等等，都是为了建构一种更为舒适便捷、更具人性化的现代生活。

正是在这个意义上，我们不断梳理和分析了新世纪以来的日常生活书写。通过本书前面相关章节的分析，我们可以看到，中国新世纪文学中有关物质生活的书写，虽然不乏某些商品拜物教的物欲化倾向，但从总体上看，绝大多数作家都是积极维护物质生活对于生命存在的重要意义；很多作品都从人性的自然欲求上，对物质生活的合理性和必要性，给予了积极的关注；不少作家尤为强调特定的物质生活与人物精神之间的同构关系，包括酒吧、咖啡厅、西餐、洋酒等时尚生活，对于人物个体心性和生存观念的影响。当然，也有不少作品对商品拜物教式的生命进行了别有意味的质询和批判。这种对于物质生活的多元性表达，都在不断地突出一种日常生活的基本理念：对于任何一个个体的人来说，物质生活是日常生活中的重要组成部分，它虽然不能决定人们的非日常生活，却对那些包括人的精神生活在内的非日常生活有着重要的影响。它既满足了人们的生存需求，又通过需求的满足唤醒人们的欲望，并由此刺激人们去寻求更高层次的自我满足。列斐伏尔就认为，人是一种需要的存在，"需要唤起欲望。一旦需要变成了社会的，需要就会变成能力和权力。人为了满足人自己，能够这样或那样行动、创造或工作，至少试图这样或那样做。可能的大门开始打开。虽然人除了取舍没有选择，虽然社会全力控制他的取舍，但是，个人正是在可能的范围内做选择。另外，一旦需要变成个人的，我们的需要变为欲望，欲望通过控制、批准、限制和可能性展开。一方面获得了能力和权力，另一方面欲望具有不确定性，辩证运动出现了，辩证运动填充了日常生活"。[1] 这里，列斐伏尔道出了需要、欲望、权力与选择之间的隐秘关系，同时也说明了

---

[1]［法］亨利·列斐伏尔:《日常生活批判》（第二卷），第399页，叶齐茂、倪晓晖译，社会科学文献出版社，2018年。

物质需求与个体物欲之间的辩证关系。它事关每个人的生活质量，也事关每个人的生命欲望和个体行动能力。

在这方面，具有高度隐喻意味的作品，就是王安忆的中篇《向西，向西，向南》。这部小说叙述了20世纪90年代之后，两位中国女性游走异域的生活经历，从柏林到纽约，她们最后聚首于美国南部的小城圣迭戈。小说中的陈玉洁和徐美棠，一个是因为老公有了小三而导致婚姻名存实亡，一个是因为失去了此生最爱的伴侣而从此一蹶不振，为了改变自身的内心困境，她们开始了漫长的漂泊。但是，她们无论置身于哪个国度，最终的落脚点都是中餐馆，或者中国大厦。小说中的中国大厦，俨然是一个浓缩的物质化中国的标本，从东北到西南，中国大地上的各种方言都汇聚于此，各种人物游走其中，让人觉得"过日子的劲头一股脑冒出来，中国式的日子，乱哄哄，热腾腾，与使领馆的中国式不同，那是官派的，这里却是坊间社会"。我们当然有理由相信，在全球化的今天，"中国城"确实早已遍布各国，但是，王安忆却别有意味地将中国式的物质生活，几乎毫无差别地嫁接到异域，似乎对于徐美棠来说，只有这些物质性的、具象化的"中国大厦"，才能使她们获得内心的安宁。当她们看见中餐馆时，更是格外的亲切，听见服务员高声叫喊"老板娘，有中国人"就顿觉温馨，"陈玉洁在一股饭菜的气味中醒来，恍惚以为是在公司的食堂里——饭点到了，窗户板推上去，大锅，小炒，米饭，面食，热气蒸腾，汹涌澎湃"。而"中国大厦的餐厅，中午不开张，少数几个客人，就直接到后面厨房，锅灶边上，盛饭盛菜，倒有几分居家的气氛。这一日，大师傅的媳妇从山西老家来探亲，下厨帮忙，做的是家乡饭猫耳朵。揉得十分劲道的面，揪成手指头大小的薄片，下在汤里。黑木耳、胡萝卜、西红柿、青芦笋、紫茄子、白山药，切成片，上下翻滚。大海碗，灶台上一字排开，老陈醋胡椒面，任意添。这一餐饭呀，吃得汗泪交流，痛快，亲热"。可以说，正是这些充满了物质化的中国意象，才让这两位女性获得了某种身心上的安顿。无论是中餐馆，还是中国大厦，它们本身就构成了某种中国式日常生活的隐喻。只不过这种隐喻，是通过具体的物质生活来传达的，是借助日常饮食和日常交流的物质性情境来实现的。王安忆试图要表达的是，无论全球化多么迅猛，无论中国人走到何处，他们似乎永远也无法摆脱中国式的物质生活，因为这种物质生活已紧密地熔铸在他们的生命之中，成为他们血脉中无法剥离的一部分了。

滕肖澜的中篇《美丽的日子》和长篇《心居》则以城市住房作为叙事焦点，围绕房子这一安身之所，呈现了上海都市平民的日常生活。它使我们看到，在当今的日常生活中，吃喝拉撒已退到次要位置，而作为物质生活的标杆式物品——房子，则成为人们关心的首要问题。这既是新世纪以来中国人日常生活的焦点，也是中国社会走向市场化之后所形成的特殊现象。在《美丽的日子》中，作为外乡人的姚虹，要成功地立足于上海，成为上海市民中的一员，首先就必须要有住房和户口，但凭她自身的现有能力，显然无法实现。为此她押上了自己的全部资本，包括女性的身体、智慧和命运，通过坚持不懈的努力和精明过人的算计，最终咬定了卫兴国，尽管卫兴国是位没有主见且性格懦弱的残疾人，但他拥有上海的住房和户口，是正宗的上海人。面对卫老太太的不断刁难，姚虹几乎使出了全部的招数，从假怀孕开始，就一直没有放弃要嫁给卫兴国的念头。当她认为自己已经完全征服了卫兴国之后，她更加坚定了自己只要不放弃，卫老太太终究要接纳自己作为儿媳妇。姚虹之所以要嫁给身患残疾的卫兴国，并不是因为他们之间有着多么纯真的爱情，也不是因为姚虹找不到更理想的爱人，只不过对置身于上海的她，太需要有一个安身之所。她所看中的，既有卫兴国的住房和户口，还有他的怯懦性格——这种性格，可以确保她不会被随时抛弃。事实证明，姚虹的努力是正确的，她不仅获得了婚姻和住所，还成功地变成了上海人。婚后的姚虹凭借自身的生活智慧，又将卫兴国手工编织的工艺品放在网上售卖，并趁机将家中的经济大权牢牢握在手中，变成了卫家的核心人物。从房子到工艺品，姚虹以物质生活作为盾牌，不仅征服了卫老太，而且征服了上海这座城市，成为上海真正的主人。

在《心居》中，滕肖澜再一次放大了这种物质生活对于生命价值的自我认定，并将房子作为整部小说的中心事件。对于小说中的每个人来说，房子既是他们日常生活中谈论最多的话题，也是他们社会身份的重要标识，甚至是生命存在价值的体现，用小说中的话说，"房产证一堆拿在手里，扑克牌似的。房子是真金白银，跟它相比，银行里那些存款就不值一提了。别人辛苦一世挣下的肉里分，他买进卖出，一套的差价便抵得上十年工资。这是个捉摸不透的世界。房子是上海人绕不过去的话题。滋生出各种情绪，各种际遇。真正是命了"。所以，顾家的人每次团聚，话题总是离不开房子；无论外乡人还是上海人，他们最大的人生追求就是拥有一套像样的房子；有了小房子当然还想大房子，有了大房子还要追求世纪尊邸。像顾士宏这样的老上海人，虽然拥有自己的房子，但不满之情也是溢于言表："20年前造的半老小区，上海第一批商品房，放在当年是挺括的，但眼下豪宅一茬接一茬，两室一厅都要150平方米了。"但顾士宏毕竟拥有自己的房子，尽管如今的上海已是豪宅林立，但终究都是另一些人的天下了。所不同的是，以婚姻作为代价的外乡人冯晓琴，她虽然没有像《美丽的日子》中的姚虹那般艰难，但她同样也是押上了自己全部的青春家当，嫁给了残疾的顾磊，才终于获得了上海人的身份。顾家的房子并不宽敞，四世同堂挤在一起，但她坚持以此作为据点，让妹妹冯茜茜、弟弟也即私生的儿子冯大年都在上海有了落脚点。对于冯晓琴这样的外乡人来说，上海的房子既是高不可攀的物质，又是日常生活得以维系的必要条件。它与自我的生命交织在一起，共同支撑着她在都市里的日常生活。所以，冯茜茜曾由衷地感叹："我别的不求，就是盼着在上海买套房子，不靠别人，单靠自己。房产证上是我的名字，就够了。"这种朴素的愿望，虽是一个人正当的生活诉求，无奈的是，她既无冯晓琴的智慧，又无冯晓琴的能力，结局可想而知。

当房子成为现代都市人在日常生活中绕不过的障碍之后，作为一种坚硬而强大的物质意象，它对每个个体的生命都形成了强制性的规约。

因此,《心居》虽然叙述了顾家两代人的日常生活,但它通过房子将不同人物的社会身份进行了清晰的定位,从顾清俞、顾昕到顾磊,依据他们的购房能力以及住房环境,作者清晰地呈现了他们各不相同的社会身份和生命价值。它是如此的尖锐,又是如此的真实。如果我们从列斐伏尔的理论来看,这无疑体现了人类日常生活中的异化问题,但这种异化,又是市场经济时代的自然景象,无人能够战胜,也无人能够克服。就像滕肖澜自己所说的那样:"写上海,绕不开'房子'这块。这几乎是近十几年来与上海百姓生活最密切相关的一个词。错过或是侥幸,生出无数的悲欢离合。它已经不仅仅是现实意义上'一套房子'的概念,而更像是一双命运的手,重新洗牌,把贫富阶层重组。好好坏坏,哭哭笑笑,希望或是失望,各种正面和负面的情绪,俱是由此而来。可以说,房子牵动着无数老百姓的心,另外,多少也撼动了这一代上海人的价值观。"[1] 的确,对于现代都市人来说,住房已成为一种信念,一份希望,一种精神,它让每个个体深切地体会到,"虽然是小日子,过的却是大味道"。因此,《心居》的意义在于,住房已不是一般意义上人们安顿身体的物质场所,而是内在于人的精神深处的"心居"。它与人的生命已形成了紧密的支撑关系,也成为现代中国人在日常生活中奔波的重要寄托。

在乡村的日常生活书写中,很多作家也同样对物质生活给予了高度的关注。众所周知,与传统的中国乡村社会结构形态不同,如今的农民与土地之间的关系已发生了根本性的变化,他们不再恪守小生产者的生存方式,而是面对现代化、城市化的社会进程,逐渐形成一种全新的日常生活方式。诚如有人所说:"中国乡村内部面临着巨大的变化,比如传统家族文化的解体,人与土地关系的淡漠,新的生产方式的出现,等等;中国处于剧烈的城市化进程之中,这不仅对城市有着巨大的影响,也让乡村发生了巨大的变化,最主要的表现是青壮年劳动力大量进城,

---

[1] 滕肖澜:《虽然是小日子,过的却是大味道》,《收获·长篇专号》,2019年冬卷。

这不仅影响到乡村的社会经济秩序，也影响到了道德伦理秩序等不同层面；更重要的是，中国乡村置身于资本主义全球化的语境中，中国乡村所面临的问题便不仅仅是乡村的问题，也不仅仅是中国的问题，而是与世界紧密联系在一起。"[1] 所以，在新世纪以来的乡村日常生活书写中，很多作品都聚焦于两个基本领域：一是因家人进城务工，夫妻长期分居而导致乡村留守群体不断引发的各种伦理问题，像晓苏的《花被窝》、林白的《妇女闲聊录》、葛水平的《喊山》、阎连科的《黑猪毛，白猪毛》、陈应松的《野猫湖》、贾平凹的《带灯》、张惠雯的《垂老别》等，都是借助这样或那样的故事，引发了男女情感、代际伦理、权力伦理的各种冲突，呈现了中国乡村社会结构的复杂变化。二是在发家致富思想的驱动下，展示了乡村农民对于物质生活的追求，呈现了物质生活在人们日常生活中的重要作用。如朱辉的《七层宝塔》，就揭示了中国的城市化进程不仅带来了乡村农民生存方式、生存秩序、生存观念的变迁，还引发了社会伦理和个体精神的嬗变。阿虎平日里嬉皮笑脸，吊儿郎当，一副乡村小混混的模样，但他精于致富门道，从下手毒鸡到盗挖地宫，从囤积和贩卖焰火、炮仗之类，到贩售丧葬用品，虽然所做之事都上不了台面，但他毕竟把日子过得红红火火。唐老爹和阿虎之间的冲突，便是在这样的现实背景下被不断激化。在冲突激化的过程中，冲突双方的内心也在不断撕裂。这个撕裂的过程，明确地折射了物质生活在人们精神上的投影。

田耳的《长寿碑》讲述了一个有关长寿致富的造神故事。为了吸引八方游客，开拓村里的经济收入，长寿村打起了"长寿"的招牌。如何让村里那些并不长寿的人成为游客们眼中的长寿者？唯一有效的证据就是身份证上的年龄。于是，全村开始在年龄上进行造假，但没有想到的是，这种造假带来了巨大的伦理难题。譬如，如果让一位老人今年加了30岁变成100岁，假设他只有一个儿子今年40多岁，儿子如果不随之

---

[1] 李云雷：《如何开拓乡村叙述的新空间？——以世界视野考察当代中国文学》，《江苏社会科学》，2013年第4期。

更改年龄的话就会有漏洞。如果把母亲和儿子中间添加一代，那么原来的儿子就成了孙子，这无疑会引发辈分的混乱……长寿村由此陷入了各种意想不到的怪圈之中。应该说，这是一部荒诞小说，但它却是源于致富的梦想。陈应松的《马嘶岭血案》通过一桩骇人的血案，呈现了物质的极端困顿，导致了乡村农民在人性上的扭曲。付秀莹的《陌上》则让我们看到，市场化冲击下的芳村，已渐渐远离了田园诗般的农耕社会，代之而起的，自然是各种低端的工业和服务业。其中，皮革产业几乎成为芳村乃至大谷县的经济支柱，而作为辅助性经济的服务业开始兴盛，农业却沦为可有可无的副业。在芳村村北的开发区里，几乎布满了大大小小的皮革加工厂、皮具厂、养鸡场、养猪场，村里也开起了春米家的饭店、秋保家的超市，连小鸾的针线活也由义务转为收费。尽管这种市场化的物质追求，给芳村带来了天翻地覆的变化，但也引发了各种问题，从环境污染到人性扭曲，甚至出现了权力与资本的相互勾结。《陌上》似乎在告诉我们，物质生活就像一把双刃剑，既激活了芳村农民的日常生活，又使他们不断地陷入各种异化之境，但从本质上说，芳村人永远也无法回到最初的农耕生活。

与此同时，还有大量的作品都在精心描摹各种现代都市的时尚物质，借助特殊的物质情境，呈现都市白领人物的生命格调。这种现象，通常被人们认为是一种"小资情调"的写作。其实这种小资情调，也同样从某个侧面反映了物质生活与人们生命情趣的内在呼应，体现了都市人群正当的生命诉求。像潘向黎《轻触微温》中的秋子就是一个典型。秋子是一个受过高等教育的单身女白领，租住在一套名为白海棠的高级公寓套间里，在深夜里到高级的"轮回"酒吧点一杯甘洌的鸡尾酒，或者到一个名为"茹丝可丽"的清吧叫一杯"伤心地中海"，成为她日常生活里消磨闲暇的重要事项。她与众多的都市女白领一样，喜欢到固定的美容院里做头发、脸部护理、按摩，并且有着自己固定的服务员。对于秋子来说，这些日常的休闲活动，不仅代表着具体的某种物件和事实，而且代表着一种精英化的生活方式，对于自我生存的文化品位具有重要意义。正是通过这种生活方式，她实现了对平庸琐碎的日常生活的抗争，并且从中获得了个体生命的价值和尊严。就像董丽敏所言："'悠闲'在这种情形中不再代表了'中产阶级'家庭主妇的无所事事，而是指向了'尊严''个人'这样的层面。"[1] 唐颖的长篇小说《阿飞街女生》也是如此。即使是在"文革"时期，阿飞街的女性们也从来没有放弃对于"美丽"和精致生活的追求。作家通过大量服饰意象的描绘，生动细致地呈现了阿飞街的女性们在各个时期对于时尚和生活品质的强烈吁求。从20世纪70年代质朴宽松的藏蓝中式棉布单衣，经改制的窄臀宽腿草绿军裤，用宽皮带束在白衬衣外再配一双蓝棠皮鞋垫的黑色小丁字形皮鞋，到70年代中期的黑色条子毛料裤子，配黑蚌壳棉鞋以及黑色麦尔登呢海芙领子的中长大衣，再到70年代后期从香港舶来的白色开司米大衣配玫瑰红唇膏，及至20世纪90年代淮海路上一拥而入的各类世界名牌服饰，"皮尔·卡丹""伊都锦""Esprit""依思丹""Gucci""LV""CK"等等，层出不穷。通过对这些时尚精美的服饰意象的渲染与描绘，作者为我们呈现了上海女性们对于时尚的那种与生俱来的敏感，充分彰显了上海这座城市文化的前卫性、时尚性，以及女性化的城市气质。我们有理由质疑中国是否存在着中产阶级，但我们不能否定那些由特定物质所营构出来的小资情调，对于都市人群的日常生活的重要意义。

捍卫必要的物质生活，其实就是维护生命自身的完整性。在日常生活中，当人的身体也成为一种消费符号时，物质的丰富性和生命之间的关系，其实已经超越了物质和精神的二元对立关系，成为相互混杂和交融的现代伦理关系。我们既不能简单地认为这是精神对物质的妥协，或人类精神的退化，也不能粗暴地认定物质已露出某种霸权主义的嘴脸，扮演了人类精神的某些角色。事实上，在我们的日常生活中，特别是在日常消费和日常交往活动中，物质已通过它的特定符号，生动而又巧妙

---

[1] 董丽敏：《"上海想象"："中产阶级"＋"怀旧"政治？——对1990年代以来文学"上海"的一种反思》，《南方文坛》，2009年第6期。

地诠释了个体的生命情调及其价值立场。这一点，恰如姚鄂梅的《衣物语》所呈现的那样，对于每个实存的个体而言，我们都是生活在小时代里的普通群体，远离了群雄争霸的历史风云，也远离了波澜壮阔的社会变革，绝大多数只是希望怀抱一个属于自己的小天地，为自己的衣食住行等具体的生活理想而奔波。《衣物语》就是以一座小城作为背景，讲述了一男两女在日常生活中的情感纠葛。银行职员春曦恋上了理发师威廉，但威廉却爱上了晏秋并结婚生子，三人之间由此产生了各种隐秘的关系。但这部小说在叙述普通青年人的日常生活时，始终贯穿着一种单调而贫乏的色调，既没有多少光怪陆离的时尚生活，也没有多少群体性的文娱活动，而且威廉、晏秋和春曦也都是无钱无权的普通市民。但是晏秋和春曦作为闺蜜，在互相交往中，还是呈现了当代女性与物质之间的亲密关系。通过晏秋的视角，小说不断叙述了春曦对于衣物的迷恋，对身体的自我陶醉。在春曦看来，"身上穿的衣服并不只是衣服，而是一个人的美学"。因为衣服是身体的重要修辞符号，它通过款式裁剪和各种搭配，使肉身变得更加接近人们自我设定的形象或气质。这种身体与物质的同构性，强化了春曦的物欲化生存观念。春曦之所以喜欢威廉，也是因为他那身上一袭黑色衣服的打扮。衣服像一种风向标，引导她们对这个世界的认知。作为银行工作人员，春曦收入并不差，但春曦永远喊穷。"我的钱都变成衣服了，每个星期我都要买衣服，不买就觉得这个星期白过了。我妈也支持我买新衣服，她说这几年不打扮，一辈子都没机会打扮了，我觉得她的说法不一定对，但她的态度能让我买起衣服来更加心安理得。"所以她家里永远有着穿不完的衣服。服装对于她来说，早已失去了遮体保暖的实用价值，而是生命存在的重要表现方式，也是自我审美价值的载体。她迷恋服装，沉迷于物与人的配合效果，成为现代社会中物的仆役。连春曦自己也承认："我知道我有病，恋物癖。春曦难得地老实承认，我也想改掉，想自我治疗，但你知道吗？每当我看到那些男人驼背凸肚，裤子口袋里永远塞着香烟打火机和手机，皮鞋蒙满灰尘，毛料西装肩上铺一层油腻的头皮屑，每当我看到那些女人衣服上挂满毛球，裤子严重变形，红色内裤在薄裙子下若隐若现，我就恨不得一头碰死，恨不得立即找棵树爬上去，证明我跟他们不是一伙的。"这种偏执性的人格，也正是现代物欲生活对人性所造成的扭曲。

有意思的是，在经历了各种挫折之后，春曦最后开始了断舍离，变成了一位绣娘。于是，她将那些曾引以为傲的华服，全部寄给了晏秋，并在信中附上了自己的一首诗："看这些衣服／来自田野的纤维／它们谦虚低调／貌不惊人／它们扎起布匹之花／在尘世簇拥你，保护你／它们帮你取悦男人，却比男人更值得你依靠和宠爱。"曾几何时，这两位小城女性的交流，永远围绕着衣服，"我不再坚持黑色了，我已被它拖进了懒惰的深渊，我想要爬出来"；"如果我在春节前还穿不下S号，我就去死"；"我以前真幼稚，居然会排斥白色，白色才是色彩之王"；"尽管鞋跟超过三厘米，子宫后倾的可能性就提高百分之二十，但我还是需要再买一双高跟鞋"；"正装适合所有人，所以才没人喜欢正装"……服装永远是她们生活的中心，是她们的精神支柱，是她们日常生存中的最大乐趣，而现在，我们似乎明白，这种恋物癖，最终不过是为了"取悦男人"，同时又比男人更值得依赖。就像鲍德里亚所说的那样："从卫生保健到化妆，其间还包括晒黑皮肤、运动和多种对时尚的'解放'，身体的重新发现首先都要经过物品。看起来，唯一被真正解放了的冲动便是购物的冲动。"[1]而这种冲动的最终目标，只是强化身体的"功用性美丽"或"功用性色情"。这让我们深切地体会到，在今天这样一个"小时代"里，每个平民的物质梦想，都在以这样或那样的方式，不断重构物质与生命之间的支撑关系。

---

[1] [法]让·鲍德里亚：《消费社会》，第127页，刘成富、全志钢译，南京大学出版社，2008年。

第三节　人本主义的现代吁求

人本主义是一个相对复杂的概念，不仅东西方有着各自的思想传统，而且不同的历史时期也涌现出不同的理论。在中国传统的文化思想中，很早就有人倡导"以人为本"的观念。所谓"夫霸王之所始也，以人为本，本理则国固，本乱则国危"（《管子·霸言》），就是从治国理政的角度，指出了社会政治管理的基本原则。无论是"君轻民贵"的传统社会政治生活，人性与民生并重的道德伦理观念，还是实用理性主义的哲学思想，其实都隐含了人本主义的思想和文化传统。明代泰州学派哲学家王艮甚至还提出了"百姓日用即道"的著名命题。

在西方的文化里，人本主义更为明确，而且在不同的历史时期各有侧重。一般公认的看法是，现代人本主义肇始于欧洲文艺复兴运动，经历了反神本主义的世俗主义、非理性主义、理性主义等阶段，并在不同阶段出现了不同的理论体系。如叔本华和尼采的"唯意志论"、柏格森的"生命哲学"、萨特的"存在主义哲学"以及弗洛伊德的"精神分析学说"等，都属于现代非理性主义的人本主义重要思想。在《论人本主义》一文中，胡敏中曾对此做过简要的概括：

> 人本主义作为一种较系统的思想形态是和14—16世纪欧洲文艺复兴运动联系在一起的。人本主义（Humanism）这个词也是在欧洲文艺复兴时期才出现的。近代人本主义思想的形成主要是由欧洲文艺复兴时期的人文主义运动来完成的。人文主义运动凭借当时自然科学对"世界的发现"，有力地推动了对"人的发现"。人文主义运动是直接和基督教神学贬低人，鼓吹禁欲主义相对立的，人文主义者高举起人的旗帜，热情歌颂人的力量，向往世俗的幸福。他们用人性反对神性，用人权反对神权，用人的世俗幸福和欲望反对封建禁欲主义。人文主义者所崇扬的人，既具有无限创造力和渴求

科学知识的理性的人,又具有现实情感和意志,并追求尘世幸福和快乐的非理性的人。人文主义者埃拉斯谟在《愚人行》、薄伽丘在《十日谈》中都热情地歌颂了人的情欲。相对说来,人文主义者对人的非理性的颂扬要多于和高于对理性的颂扬。他们认为,在人的生活中,意志高于理智,伦理实践高于哲学思辨。在人文主义者看来,人的"自然"或人的天性,就是过世俗的生活,就是享受自然的愉快,就是对现实的物质和精神的享受。人不是一块石头,而是活生生的血肉之躯,是有感性和欲望的人。因此,人文主义者所颂扬的人是其非理性高于理性的世俗的人,据此,我们可以称近代人本主义思想为世俗人本主义,世俗人本主义是直接和基督教神学所宣扬的神道主义相对立的,它所主张的人文精神就是人的世俗幸福。[1]

自近代开始,西方的 humanism 进入中国,人们要么译之为"人文主义",要么译之为"人道主义",要么译之为"人本主义",说法虽然不同,但均指同一内涵。也有人认为,人文主义、人道主义、人本主义应该是三个不同的概念,是三个历史时期的不同产物。在此,我们无法详尽考察人本主义的中外流变情形,只是想通过这种极为粗略的梳理,表明"人本主义"是一个使用范畴极为宽广的概念,从政治学、伦理学、生物学,到哲学、心理学、文学,都从各自的领域对它进行了专业化的阐释和界定。当然,它的核心内涵其实没有太大的变化,关注人的生命的平等性,人的需求的多样性,人的价值追求的丰富性,以及人的多元化生存方式。如果从现代思想上看,这一切都必须统摄于人的主体性之中。所以现代人本主义思想,是基于生命主体意识之上的、有关人的生存与发展的思考。

在中国现当代文学领域,人本主义思想的一种通常表达,就是"文

---

[1] 胡敏中:《论人本主义》,《北京师范大学学报》(社会科学版),1995年第4期。

学即人学",即强调文学对人的全面关注和深入探索。这里的"人",既包括人的社会属性,也包括人的动物属性。从周作人的《人的文学》《平民的文学》,到钱谷融的《论文学是人学》等,都阐述了这一文学观念。但是,在当代文学的具体实践过程中,这种"文学与人学"的思想观念并未在作家中获得高度的自觉,直到20世纪80年代中后期,随着"第三代诗歌"和"新写实小说"思潮的兴起,人本主义思想才逐渐植根于文学创作之中。特别是到了新世纪之后,随着日常生活成为作家们的主要表达对象,这种人本主义思想体现得更为突出。它使我们看到,无论我们的日常生活多么繁杂、混乱和琐屑不堪,也无论我们的日常生活多么鲜活、喧嚣和生机勃勃,它们都是为了让人成为一个个活生生的人,让人类呈现出不同于其他生物的独特的生命景象。作家们之所以倾心倾力、乐此不疲地关注着日常生活,也正是因为其中隐含了无数丰富而又微妙的生命景观,承载了人之为人的复杂的历史文化信息。它体现了"文学即人学"的核心追求,也强化了"完整的人"之审美观念,并构成了日常生活诗学的重要内涵。具体来说,它主要体现在以下几个方面。

首先,这种人本主义思想,体现在世俗化的生命体验上。新世纪以来的日常生活书写,最突出的特点是对非英雄化的平常人的关注。作家们基本上游离于典型化创作理念之外,不再遵循典型环境与典型人物的营构,而是从各种不同的生存个体出发,围绕那些日常生活中具有表征意义的事件,呈现各种独特而复杂的生命体验。因此,在新世纪日常生活书写的作品中,我们极少看到叱咤风云的英雄式人物,也极少看到纵横捭阖的彪悍人格。即使是那些豪门总裁或职场精英,他们在日常生活中也同样是欲望之徒,热衷于各种世俗之乐。像张者的《桃李》《桃花》中的教授们,以及李洱《应物兄》中的海外儒学大师程济世,等等,表面上看他们都是时代的典范,社会的精英,但在日常生活中他们却热衷于吃喝玩乐,或沉迷于酒池肉林之中,或念念不忘童年时代玩过的蝈蝈、吃过的美食。这种反英雄化的解构性书写,一方面将人物还原到世俗的层面，最大程度上突显了个体生命的世俗欲求，另一方面也对消费时代的物欲现实进行了别样的质询。

善良而高尚的人物，在新世纪以来的作家们笔下也并非缺席。只不过，他们不再是社会精英阶层的代表，也不再是时代大潮中的中流砥柱，而是一个个卑微的底层生存者，甚至是被侮辱者和被伤害者。他们湮没在世俗的世界里，却坚守着各自内心的伦理底线。像艾伟的《爱人有罪》中的俞智丽、石一枫《借命而生》中的狱警杜湘东、《心灵外史》中的大姨妈王春娥、任晓雯《好人宋没用》中的宋没用、余华《第七天》里的继父，以及路内《慈悲》中的水生等，都是如此。表面上看，他们都是"一根筋"式的人物，固执，坚韧，不识时务，一条路走到底，像俞智丽将自己的一生都押在"赎罪"的信念中，饱受各种伤害却至死无悔；杜湘东为了追捕两个狱犯，不惜违反各种规定，甚至牺牲个人的前途和命运，可谓穷其一生；王春娥奔波了大半辈子，都是为了她的东家杨家，尤其是对于孤儿般的杨麦，更是倾尽了自己的所有心血；宋没用以一个外乡人在上海滩颠沛流离了一生，为家庭，为孩子，为东家，从未有过自己享乐的私念；水生虽然是一名工人，但他对待师傅一家，对待朋友根生，可谓倾其一切。他们之所以心甘情愿地活在奉献之中，活在"利他"的命运里，是因为在这些人物的内心深处，牢牢地竖着一根"善"的根桩，使他们总是以本能式的行动诠释了"高尚"的内涵。在纷乱喧嚣的尘世里，他们只是芸芸众生的一员，但他们却将世俗情怀中的那些善良与执着、柔韧与无悔呈现得淋漓尽致。

如果从人物塑造的丰富性来看，新世纪文学对于日常生活中的各种个体生命几乎都有着异乎寻常的表达，其全面性和多样性几乎超越了很多历史时期的作品。特别是大量的长篇小说，都不再突出主要人物，而是采用群像式的人物书写策略，多方位展示日常生活中的世俗群体。如金宇澄的《繁花》、林白的《万物花开》、迟子建的《群山之巅》、付秀莹的《陌上》、艾伟的《南方》、叶弥的《风流图卷》等，都是将众多人物有条不紊地穿梭于小说之中。非虚构类的作品也不例外，像梁鸿的

《中国在梁庄》《出梁庄记》,都属于典型的杂树生花式的写法,以群体人物来反映作家对现实的思考。这种人物形象的丰富性,可以从性别上看得更清楚。譬如,随着大量青年女作家的涌现,对于普通女性人物的书写已在新世纪文学中呈现井喷之势,从家庭主妇到白领丽人,从留守妇女到沧桑老太,从打工妹到站街女,从寡妇到小三,从同性恋到单身女性,在我们日常生活中经常出现的各色人等,几乎都在作家的笔下获得了艺术的再现。至于男性人物,更是丰富多彩。这种特点,充分体现了新世纪作家对于日常生活普通个体的广泛关注,也折射了创作主体对于个体生命的丰富性和独特性的自觉尊重。在世俗生活中,每个人都有他的独特之处,每个人都是一个鲜活的生命实体,每个人都是一种难以割舍的艺术形象。很难说他们具有某种类型的表征意义,但他们以自身的形象展现了个体的生命体验。

这种世俗化的生命体验,在本质上表明了作家们对于人的认识有了高度的自觉。平凡、充实、富有个性、饱含俗世情怀的人,都是值得书写的生命。这一点,我们可以从玉上烟的诗歌《与父书》中清晰地看到:

> 爸爸,见你之前/我在半山坡的槐树林走了很久/人生至此/一草一木,都让我珍惜。这些年/我不比一株植物更富有//现在,我是平常的妇人,值得信赖的母亲/我的言行使人放心。爸爸/再过几十年,我也会这样静静地躺下来/命运所赐的,都将一一归还//那时,除了几只起起落落的麻雀/或许/还有三两朵野花/淡淡地开

这是一首祭奠父亲的诗,也是女儿向已逝的父亲倾诉有关生命的怀想。它抛开了亲人的思念,抛开了诀别的伤痛,只是向父亲的亡灵表白一个女儿在尘世间做人的体会。它的核心旨意是:做一个平常的人,珍惜身边的一切,尽到自我的责任和义务,然后平淡地离开人世,与自然融为一体。它的感人之处在于,没有宏大的人生理想,没有动辄要与命

运对抗的雄心，只是渴望在世俗的意义上做一个没有遗憾的女人，完成生命的自然轮回。它所透露出来的，是一种朴素的人本主义思想，饱含了抒情主人公对生命的内在领悟。

其次，这种人本主义思想，体现在非理性的人性关怀上。"文学即人学"在创作上的核心内涵，就是指作家要超越一般的道德是非标准，对人之为人的种种本性给予积极的关注。既然是人之本性，就有其难以摆脱的内在规定性，或优或劣，都应给予合理的同情和关怀，这是人本主义的基本诉求。但人又是一种社会和文化的存在，必须遵守相应的道德伦理及法律秩序的制约，从而确保每个人都能够在和谐公平的现实中生活。这两者之间，总是会存在这样或那样的冲突，构成了人类日常生活内在的重要张力。尤其是面对一些传统陈旧的伦理观念或滞后性的法律制度时，这种冲突可能更引人深思。在本书的第六章中，我们曾从伦理角度对此进行了集中分析，同时还在其他相关章节中进行了讨论，从中可以看到，在新世纪以来的日常生活书写中，绝大多数作品都涉及到人性与伦理或法规之间的冲突，而且这些冲突最终都指向了伦理或法规的合理性。譬如毕飞宇的《推拿》中，就集中展示了人性与各种伦理的冲突，包括血缘伦理、两性情感伦理以及职业伦理等。石一枫的《借命而生》、张者的《桃花》等，就涉及了人性与法规之间的抵牾。

但是更复杂的，还是作家们对日常生活中各种非理性人性状态的探索。应该说，在中国现当代文学中，有关非理性的人性探讨，几乎从未间断。从现代文学中的鲁迅、郁达夫、郭沫若、李金发，上海的"新感觉派"作家，一直到当代文学中的莫言、残雪、余华、苏童等先锋作家，都发表过不少有关非理性探索的作品，虽然其中大多属于寓言式的写作，但也有一些反映日常生活中的非理性之人性状态。在新世纪以来的日常生活书写中，这种非理性的人性再次获得更为广泛的表达，而且遍布于很多作家的创作中。如夏商的《猫烟灰缸》中，少女米兰朵以绝决的姿态，似乎唤醒了老靳的情感，也唤醒了他的罪与忏悔。而身为精神病实习医生的第五永刚，在见证这个非凡之恋的同时，似乎也在不自觉地重蹈其中。薛舒的《相遇》则叙述了一种生死之间的心灵晤对。小说中的周若愚，收入不高，工作不体面，前途未见光明。作为沉默中的大多数，他处于社会的边缘，但并不意味着他就是一个彻头彻尾的世俗者，相反，他依然拥有自己的隐秘情怀和梦想。当然，在坚硬的现实面前，周若愚的这种奢望显然难以实现，他能够选择的，只有平庸而务实的婚姻。于是，他将安葬在墓园中的林若梅，奉为内心深处的红颜知己，并由此踏上了精神之恋与世俗婚姻的分裂之途。在世俗的红尘中，"我饿，但我找不到合适的食物"，这是很多人所遭遇的普遍困境，尤其是对于那些没有多少选择资本的边缘人来说，更是如此。因此，周若愚所需要的真正意义上的心灵之遇，只能在虚拟的想象之中得以实现。任晓雯的《别亦难》中的张博仁和陶小小，与其说是一对夫妻，还不如说是一对劲敌，陶小小以其惊人的韧性实现着自己的复仇意愿，而张博仁同样不忘以病残之躯进行着垂死的抗争。它以市井化的叙述，不动声色地呈现了市侩生活对人性果断而决绝的褫夺。如果我们再看看石一枫的《心灵外史》，须一瓜的《穿过欲望的洒水车》，孙频的《松林夜宴图》，林白的《致一九七五》《妇女闲聊录》，艾伟的《小满》《一起探望》，等等，我们就会看到各种非理性的人性景观。这种人性，不是源于简单的动物性，而是渗透了各种难以言说的欲望与本能，体现了人本主义的思想诉求，使我们很难从道德伦理或法规上对其进行明确的评判。

不错，从哲学思想上看，"现代西方人本主义对人的非理性因素作了深刻的揭示，多少涉及到了人类认识中理性和非理性的矛盾和方法。这些都是现代西方人本主义的合理之处。但现代西方人本主义否定理性，把人的非理性作了任意夸大的绝对化解释，不仅把非理性当作人的本质，而且把非理性作为世界的本体和社会的本质。这种把非理性本体论化，并试图以此来反对和取代传统本体论的做法是唯心的，同时也是错误的。因此，现代西方人本主义实质上是非理性化了的人本主义，是一种非理性的人本主义"。[1]但是从文学创作的实践来看,这种非理性的人本主义探索,不仅有助于我们打开人性的复杂空间,呈现人之为人的诸多奥秘,还对日常生活中个体生存的复杂性和微妙性有了更全面的了解。

再次,这种人本主义思想,还体现在人物的多元化生存方式上。日常生活的丰富性,不只是表现在衣食住行等物质消费的丰裕上,还体现在个人的多元化生存方式上——不同的个体生命,可以在相对合理的社会秩序中,自主选择适合自己的生存方式。事实上,随着现代化进程的加快,我们可以看到,在新世纪以来的日常生活中,中国人在个人生存方式上已拥有巨大的选择空间。从国内到域外,从北方到南方,从乡村到城市,可以说,只要个人拥有生存的基本能力,在空间上几乎没有选择生活的障碍。所以我们看到,大量新移民作家笔下的人物,其日常生活不再是单纯的国内现实,而是广泛涉及中外文化或情感的纠葛,像陈河的《我是一只小小鸟》,就讲述了中国小留学生在域外的无序生活;《义乌之囚》则揭示了外国人在中国义乌经商过程中的生存际遇。张惠雯的《梦中的夏天》《十年》等,也都叙述了中国人在海外的情感生活,折射了不同文化对于人物内心造成的巨大困扰。至于国内不同地域之间的迁徙式生活,更是众多作家笔下普遍存在的一种景象,包括各种"底层写作"中的进城务工群体,都市市井生活中的外来群体,尽管这些群体在城市化进程中都遭受了各种曲折和坎坷,但作家们通过这种迁徙式的生存方式,打开了各种丰富的生存景观,像贾平凹的《高兴》、孙惠芬的《吉宽的马车》、盛可以的《北妹》,以及大量的"打工诗歌""打工散文",构成了新世纪日常生活书写的独特现象。

从个体的生存方式来看,新世纪文学在日常生活书写上,大多坚持了反物本主义和神本主义的生存观念,积极推崇个体至上的自由生存方式。特别是在很多"70后""80后"作家的笔下,其主人公都生活在各

---

[1] 胡敏中:《论人本主义》,《北京师范大学学报》(社会科学版),1995年第4期。

种相对逼仄的空间里，而且是一些游走在都市边缘或底层的普通男女，他们虽然不乏血性和尊严，也不乏真诚和机智，但都没有什么宏大的志向，没有深厚的文化素养，没有显赫的社会地位，甚至没有厚实的经济基础，没有严谨的生活态度。这些人物所乐于接受的生活方式就是：独身而居，自由自在。他们在现实生活中所遵循的伦理准则是：逃离——既逃离于一切现存的伦理秩序，又逃离于人应有的道义职责，更逃离于一切等级化的社会阶层。表面上看，他们很像一群"零余人"，一群被社会从整体性中摈弃了的独立个体，没有奋斗的激情，没有人生的目标，只强调慵懒、闲适和相对封闭的生存状态。但是，这只是他们的生存表象，是他们被现行体制所规定了的社会角色。而在内心深处，他们又常常会不自觉地衍生出各种色彩斑斓的冲撞——有时是一种欲望的盲目折腾，有时是一种无意义的反抗，有时又是一种源于本能又超越本能的自我奔突。在这种冲撞过程中，他们总是自觉或不自觉地选择了某种无群体、无目的的"逃离"状态，在自我封闭的精神空间，散步，发呆，独坐，睡觉，藉此消解因冲撞所引起的内心失衡。像戴来的《对面有人》《折腾》《亮了一下》《别敲我的门，我不在》，孔亚雷的《如果我在即将坠机的航班上睡着了》《追击1999》《小而温暖的死》《我》，张悦然的《樱桃之远》《水仙已乘鲤鱼去》《红鞋》《是你来检阅我的忧伤了吗》《昼若夜房间》，以及孙频、甫跃辉的很多中短篇小说，都是如此。

日常生活是微观的，也是隐藏着无限可能性的，所以很多作家所关注的，常常是"生活中那些细微、微小的事物，像房屋，街道，楼顶上的鸽子，炒菜时的油烟味，下午的阳光……"，因为"我们每个人、每时每刻都处在'日常'中，就是说，处在这些琐碎的、微小的事物中，吃饭，穿衣，睡觉，这些都是日常小事，引申不出什么意义来，但同时它又是大事儿，是天大的事儿，是我们的本能"。[1] 很多新世纪以来的作家，都比较偏爱那些充满异质性的、微观化的生存方式，并努力将它

---

[1] 魏微：《日常经验：我们这代人写作的意义》，《文艺争鸣》，2010年第12期。

们叙述得"趣味盎然"。如汤成难的《鸿雁》，就非常巧妙地叙述了一对中年离异男女相遇后的生活。离异后的何小玉受到前夫刺激，决定尽快把自己嫁出去，所以遇到孟天成后，根本就没有考虑他将截肢，就答应两人结婚。孟天成截肢后，在贫穷的小屋里，何小玉却一次次感受了孟天成所构筑的各种浪漫怀想，乐观，放达，直到孟天成病逝前都没有悲观，洋溢着普通人特有的乐观主义情怀。田耳的《开屏术》借助一种权力资本的潜在驱动，呈现了一群现实社会中底层游民的日常生活。在一次聚会上，王局长随口说了一句"孔雀要是随时晓得开屏，又能当狗养又比狗漂亮，再多的钱我也要搞起"，虽然这只是一句荒诞的玩笑，但是长期依附于王局长的易老板，却将这种玩笑视为一次奉迎权力、展示能耐的绝佳机会，于是他开始派人火速实施"开屏术"。随后，隆介等一群酒鬼兼游民陆续登场。这些酒鬼带着骑士般的浪漫主义怀想，不断寻找各种孔雀的开屏之术，从养孔雀到驯孔雀，从刺激孔雀发情到给孔雀尾巴安装遥控装置，忙得不亦乐乎。稍有常识和理性的人都明白，这种有违科学的事情几乎不可以完成，但是在那些草根游民的心中，却成为可以发挥自我奇才的大好时机。所以我们看到，由酒鬼隆介到酒鬼徐师傅，再到各种民间游民，面对利益的"酒精"，迅速形成了一条散落于各地的"产业链"，引发了无数令人啼笑皆非的故事，甚至连交际花凌大花也开始向隆介投怀送抱。对于隆介来说，"有些事要多快好省，但有些事，必须铺张浪费。以前什么都想省着弄，就一再地错过了奇迹发生。现在不一样，我俩决定不惜一切代价驯出这样一只孔雀"！这种骑士精神，不只是隆介的心声，其实也是无数底层游民的渴望。田耳以一种诙谐而又欢乐的语调，使这群酒鬼游民的日常生活增添了诸多喜剧色彩。

有学者曾阐述道："人本主义认识到人的一切活动都是在追求和实现人的生存和发展，所以人本主义理论表达了人类生存的一种自觉的境界；人本主义是一种理想、信念和价值，它表达了人类对一种更加完美的现实生活、更为完善的人生状态的信仰、向往和不懈的追求；人本主义是一种原则：既然人本主义是人类现实生活的真理和价值，它就会在人类自觉自主的生命活动中成为一个根本原则，以对人类文化生活的各方面做出是非、善恶的评判；人本主义是一种传统：人类必须自觉地追求生存和发展，才能不断实现自己的生存和发展，所以人类自然地倾向于人本主义，人本主义对人类来说也是一种生存法则，人类的每个时代都有与其时代特征相应的人本主义的表达，人本主义的意识、观念和理论一直伴随着人类的生活，并已逐渐形成为一个传统，广泛而持续地影响着人类生活的各个方面。"[1] 无论是理想信念，还是生存原则或文化传统，人本主义在当代中国已逐渐渗透到人们的精神之中。新世纪文学在日常生活诗学建构中所体现出来的人本主义，表明了真正完整的人类生活，既包括这种共识性的"大生活"，也包括个人化、多元化甚至是非理性的"小生活"。

---

[1] 荆金祥、汪玉红：《彻底的人本主义——对人本主义的一种思考》，《社会科学论坛》，2011年第4期。

第十章
新世纪文学日常生活诗学的局限

新世纪以来的中国文学一直保持着强劲的发展势头。从"40后""50后""60后"到"70后""80后""90后",数代作家济济一堂,创作阵容相当庞大,作品数量蔚为壮观,热点现象也层出不穷。笔者曾将这种现状概括为:"传统作家与网络写手齐头并涌,严肃创作与市场写作各求其趣,文坛宿将与文学新秀争智斗力,本土作家与海外作家相互激励,已成为中国当代文坛的一种客观景象,也将成为新世纪中国文学发展的基本趋势。"[1] 面对这种繁芜驳杂的创作现状,我们也必须看到,尽管大多数作家特别是青年作家们的创作,都试图摆脱宏大主题的正面书写,努力让文学回归人的日常生活之中,从人的生活完整性的立场,建构一种日常生活诗学。但是,受制于市场经济、消费主义以及日常生活本身千变万化的影响,我们也不得不承认,在这种诗学的建构过程中,无论是创作主体的审美观念,还是具体的创作实践,都存在着诸多的局限和不足。这也导致了新世纪以来的文学,仍然难以克服数量与质量之间的巨大落差,无法摆脱产量极高却精品难觅的尴尬局面。

针对这一问题,本章将从世俗主义、过度感性化、审美同质化以及

---

[1] 洪治纲:《中国当代文学视域中的新移民文学》,《中国社会科学》,2012年第11期。

形而上的匮乏等方面，进一步探讨新世纪文学在日常生活诗学建构中存在的一些主要局限。当然，任何一个时代的文学都不可能没有局限，也不可能涌现很多杰出的作家和经典之作。重要的是，任何一种诗学体系的形成，都是漫长而复杂的，需要由一代代作家秉持共同的审美观念不断地进行努力。作为一种日渐占据文学主流的艺术追求，日常生活诗学从20世纪90年代开始兴起，并在新世纪以来获得了较大的发展，但它毕竟尚未形成一种具有广泛共识性的诗学理念。所以，在最近二十年的实践历程中，仍然有一些突出问题值得我们及时地盘点和总结。

第一节 世俗主义的过度张扬

日常生活在本质上就是世俗的，或者说，世俗性就是人类日常生活的基本特征。从吃喝拉撒、油盐酱醋，到婚丧嫁娶、节庆仪式，如果从日常生活的表象来看，我们每天面对的这些生存景象，确实都是世俗性的。但是，需要注意的是，世俗性并不等同于世俗主义，前者只是一种外在的基本生活属性，而后者隐含了人类主体的精神追求。因为"主义"作为一种特定的思想、宗旨或理论主张，不仅体现了人们对待客观世界、社会历史以及人类生活等所秉持的价值立场，还隐含了某些最高准则和核心理想。譬如霸权主义，就是将说一不二的强权逻辑视为最高的行事准则或重要理想；个人主义，则是将个人的利益和私欲视为最高的行事准则或终极目标。当然，我们在这里所说的"世俗主义"，并非西方政教分离中所指涉的世俗主义，而是指推崇现世快乐和感官满足的市侩精神。它是一种缺乏独立的理性精神和审视姿态的庸常化写作。作家当然可以写世俗的日常生活，但不是无距离、无发现、无思考的盲目式记录世俗生活，不能仅仅依赖于人类的共识性经验和生活常识作为审美依据，对日常生活的理解和认知只是借助于媒介中的各种信息，而是要摆脱庸常的现实表象的制约，在各种世俗生活中传达创作主体应有的质询精神、批判意识和现实超越能力。但是，新世纪以来的一些作家，很少追求那些超越世俗的梦想，也不再推崇宏阔的视野和丰沛的思想，不再追问人类灵魂的高贵与卓越。取而代之的，是他们对人性本能的感官化迷恋，对世俗欲望的迎合式书写，对日常生存的经验化展示。从本质上说，这就是一种无深度的世俗主义写作，是创作主体膺服于日常生活中各类表象化规则而进行的复制性创作，既影响作品的内在思想力度，也容易滑向各种世俗化恶趣的泥淖。

这种带有市侩趣味的世俗主义写作，在新世纪以来的日常生活书写中，确实显得颇为突出。其中最为显著的倾向，就是面对日趋繁杂、花样纷呈的日常生活，作家们失去了必要的鉴别能力和审视能力，将新奇化与另类化的日常生活模态奉为异质性的审美追求，从纸醉金迷的物质性生活，到下半身欲望的自我放任，都进行不加选择地写实性表达。其中所体现出来的，大多是作家对一些世俗的欲望满足保持着非反思性的认同姿态，甚至是某种迷恋的心态。从创作主体的精神意愿来看，这种写作就是对世俗主义的迎合，对大众消费心理的简单认同，也是对各种潜在欲望的变相张扬，隐含了将写作转化为谋求自身经济利益的手段。对此，丁帆曾一针见血地指出："创作无非沿着两条隐形'主题先行'路向：一是'得奖'（主流意识形态给出的巨大的无形社会资源的诱惑），导致创作的御用性；二是'得利'（消费文化的无形的市场之手给创作带来的诱惑更甚于前者）是直接导致作家在创作时存在于描写之中的'影视'潜意识情结。"[1] 尽管这个说法可能有些偏颇，但"得奖"与"得利"确实是新世纪以来某些作家的内心诉求，由此导致了文学创作开始向世俗主义滑行，并成为一个较为突出的问题。

这种世俗主义的局限，首先体现在作家对日常生活困顿的表象化和道德化处理上。

对于文学而言，日常生活的丰盈之处，在于其表象背后所隐藏的各种微妙的皱褶，也在于它所承载的文化冲突或伦理纠缠，因此日常生活

---

[1] 丁帆：《新世纪文学中价值立场的退却与乱象的形成》，《当代作家评论》，2010年第5期。

诗学的真正价值，就是要穿透种种世俗生活的表象，揭示人们在日常生活困顿中煎熬和挣扎的内心镜像，呈现生命中诸多耐人寻思的人生况味，而不是随处可见的新闻事件。但是，在一些日常生活书写中，我们会发现不少作家在表现城市底层各类弱势群体的日常生活困境时，常常停留在一些简单的道德化立场上，一方面倾力展示他们的各种悲苦生活，从劳资冲突到性苦闷，从被歧视、欺侮到暴力化的反抗，另一方面又让话语语调保持着某种廉价的道德关怀姿态，除了愤怒，就是无奈。像陈应松的《太平狗》、刘庆邦的《穿堂风》、曹征路的《霓虹》、于晓威的《厚墙》等等，都非常典型。以暴制暴，以恶抗恶，或者以彻底的堕落应对生活的绝望，是这些小说中人物的基本生存策略。在这类作品中，很多作家写到男性底层人物时，经常是杀人放火、暴力仇富，写到女性底层人物时，常常是卖身求荣、任人耍弄，不仅人物命运模式化，故事情节粗俗化，而且人物性格也是扁平化的，不见温暖，不见尊严，一律大苦大悲，凄迷绝望，鲜有十分丰饶的精神质感。如果将这些写作倾向视为一种"新人民性"的追求，我们认为，这显然是对底层平民生存状态理念化、片面化的图解，至少，它失去了"新人民"所拥有的丰富的精神内涵。因为作家们的主体精神里，非常明确地凸现出某种道德化的情感立场——同情大于体恤，怨愤大于省察，经验大于想象，简单的道德认同替代了丰富的生命思考。也就是说，这些作品看起来是在为底层平民的生存困境而呐喊，而呼告，但由于大多数作家并没有写出底层生活的丰富性，而往往借助于公众经验或大众传媒上的大量信息，极力演绎底层民众的悲苦辛酸，只不过是为了展示创作主体心中"铁肩担道义"的伦理姿态而已。

  不只是"底层写作"中存在这类情形，在其他的日常生活叙事中，作家们也经常习惯于动用一种极致性的手法来呈现人的生活困境。像任晓雯的《别亦难》和乔叶的《黄金时间》，都写到了中年夫妻之间的情感危机。这种危机虽然是日常性的，但最终都从冷漠转向仇视，由仇视转向伤害，导致夫妻双方互放阴招，人性之恶毒，可谓令人咋舌。读这些作品，除了人性恶的展示，我们很难发现人们反抗日常生活困境的途径，似乎只有你死我活，才是摆脱生活困顿的唯一出路。人性里当然存在着各种幽暗之处，面对不同的生存困境，人性的表现亦有复杂之处，如果都将困境与人性之恶进行循环式的推演，那么，困境只会越陷越深。应该说，这种叙事思维，表明创作主体对社会生活问题的思考，对弱势者内心梦想的体察，还停留在各种社会新闻所提供的信息层面上，写作只是充当了现实表象的传声筒。作为沉默的大多数，平民百姓永远是日常生活的庞大群体，作家们着力表现的这些生存群体，在本质上是属于现代社会组织结构中的边缘群体，有些甚至是被"文明社会"遮蔽了的生存群体。这是中国社会向现代性过渡中出现的一个特殊阶层，在相当长的一段时间内，这个阶层也许都不可能消失。作家们对这个阶层给予文学上的自觉关注，从客观上看，无疑体现了他们对当下生活积极参与的姿态，也体现了他们对社会弱势群体给予精神抚慰的道德意愿。多元的文化观念造就了多元的生活形态，作家的精神资源自然也因此变得繁富驳杂，而有一批作家倾心于表现底层民众的生活，其主体背后所隐含的道德情怀不容置疑，但在直面普通人的日常生活困境时，表象化、经验化或极端化的处理，其实都体现了创作主体的精神慵懒症。

其次，这种局限还体现在两性情感的感官化和欲望化表达上。

过度渲染身体的本能欲望，当然是世俗主义的恶趣之一。不过，在消费主义时代，两性之间的情感也会受到各种物欲现实的影响，形成一些欲望化的倾向，这也是日常生活中的自然现象。所以，新世纪以来的作家，特别是一些年轻作家，在书写日常生活中的两性情感时，常常将各种感官化和欲望化的表达放在突出位置，醉心于描摹人性本能的骚动和放纵，以及两性之间的欲望游戏，缺乏内在心灵的理性呼应。譬如，一些都市类题材的作品，表面看来似乎充满了对现实伦理的反抗精神，具有某种人性自由的理想冲动，但本质上都流露出意淫式的庸俗趣味。这方面，最为典型的就是"下半身写作"以及一些口语诗，像伊沙《一个雏妓的世界观》、李少君的《流水》、巫昂的《青年寡妇之歌》等等，都是以异性身体作为抒情对象，通过各种充满感官性的情色意象和暧昧性语言，渲染抒情主体的内在欲望。这些诗似乎很大胆，很率真，甚至带有某种自我灵魂的展示意味，但终究脱离不了低俗的情欲趣味。

这种两性情感的欲望化倾向，在不少爱情类的作品中也同样存在。我们有理由相信，在消费主义的冲击下，情感的物质化、功利化变得有些不可避免，因为人类的日常消费也开始步入多元之境。从纯粹的物质到符号化的身体，从外在的社会身份到内在的权力关系，都会以各自独特的方式进入人们的日常消费领域；同样，人与人之间日常交往，也不再局限于情感、伦理或职业要求，而是交织了各种或隐或显的利益诉求。这正是列斐伏尔所要批判的日常生活异化问题，当然也应该是作家和诗人保持警惕的现实问题。遗憾的是，在一些作家笔下，两性之间的日常情爱书写，不仅远离了异性间特有的情感牵挂，而且最终变成了利益交换的道具。像盛可以的《无爱一生轻》中，主人公朱砂无论碰到怎样的男人，也无论怎样付出真情，最终都逃脱不了被算计的命运。即使是像唐颖的《丽人公寓》之类针对普通市民生活的情感叙事，其中的爱情也只是物质和金钱的交换手段。的确，在一个物欲泛滥的社会里，两性之间的情感或许很难表现为心灵的彼此碰撞，也很难体现出生命的相互抚慰，相爱的过程中难免会夹杂着各种世俗的利益，但问题在于，面对这种世俗利益的纠葛，作家应该秉持怎样的观念和立场？是充当世俗欲望的加速器，还是充当感官欲望的批判者？作家当然不是圣人，但也绝不能对这种日常生活异常现象视而不见，甚至推波助澜。

再次，这种局限还体现在迷恋权谋化和黑幕化的低俗格调上。

无论是书写历史记忆中的日常生活，还是揭露现实官场权力的日常运作，我们常常看到的是，不少作品都袒露了将权术奉为"智慧"的价值观念。最典型的，莫过于易中天的《品三国》。历史常读常新，对于群雄争霸的三国时代，进行现代意义上的再解读，当然是一件有意义的事。事实上，读完《品三国》，我们确实也因其中某些篇章的精辟辨析而颇受启迪。但透过这本书，我们又深切地感到，作者最为迷恋的，仍然是三国中那些所谓"枭雄"人物的人生"智慧"——说穿了,就是"人玩人"的各种计谋。《品三国》还不算离谱,更让人讶异的,或许是《明朝的那些事儿》。这部影响甚巨的书,皇皇数卷,全都是津津乐道于明朝皇权内部的争争斗斗,你给我下套,我给你设陷,大明王朝那些活跃的官员,似乎都不太考虑本职工作,整天谋划官位和利益。即使是张居正,"整人"的手段也是无比精湛。这些作品甚至让我们想到,如果将中国历史上的每朝每代,都从这样的角度来进行一番"现代解读",中国数千年的历史,恐将成为一部与文明毫不沾边的人类诡术史。

视历史中的一些权谋为"智慧",可能还说不上是什么"黑幕"。但是,如果我们读读新世纪以来的一些所谓的"官场小说",就有些神似于黑幕式的作品了。这类作品通常又称为"反腐小说",有了"反腐"这顶帽子,演绎日常生活中的"黑幕"也就顺理成章了。倘若初读几部,我们确实会感到极度惊奇,各种官场权术的表演、腐败手段的创新、潜规则的流行,让"拍案惊奇"之类话本彻底失色。然而,多读几本之后,我们就会发现,在这些作品中,"暴露的充分性和文学的通俗性倾向,使之固然可以上接巴尔扎克式的批判现实主义传统,但更为明显的却是与上世纪初的谴责小说甚至是某些鸳蝴派小说的相类之处"。[1]这类小说所营构的环境,通常都是日常生活表象之外的隐秘现实,即被各种潜规则所左右的权力内部。所谓潜规则,当然是那些拿不上台面的、有违基本伦理和社会共识价值的交往规则,但又是某些人心照不宣、自觉遵从的行动准则。本质上说,它就是一种反文明的诡术。譬如,王晓方《驻京办主任》中的丁能通,就是一个精通潜规则的高手。他不仅从容地利用种种手段巴结权贵,排挤对手,还在建设驻京办公楼过程中,不露痕迹地谋取私利;他既能巧妙地掩盖领导的腐败,又能够在领导被双规之后,让自己顺利地金蝉脱壳。杨少衡的《党校同学》里,赵荣昌、叶家福、蔡波这三位党校同学,可谓用尽各种权术,

---

[1] 孔范今:《九十年代现实主义文学的两次冲刺》,《时代文学》,2000年第4期。

在宦海中相互"扶持"。其中的人物，或用包裹失踪案，巧妙抹黑对手；或精心胁迫富商，替市委书记的老家修路。官道与商道，道道皆通。周梅森的《绝对权力》，更是充分展示了官斗的黑幕。当市委书记齐全盛的妻子、女儿被"双规"时，组织上派来调查的关键人物，恰好是多年前因权力斗争而被弄得家破人亡的刘重天。于是，围绕着这场生死对决，各路官场人物开始极尽狡诈之能事，副市长赵芬芳为谋取上位，不断造谣生事，落井下石；齐全盛的女儿，竟然利用种种手段，在"双规"过程中成功逃脱；原本胜券在握的刘重天，不断陷入绝境。尽管小说的主题，仍然是正义与邪恶的抗争，但故事的内核之中，却遍布了斗智、斗心、斗权的生存观念，彰显着某些畸形的人生"智慧"。值得一提的是，这种大力推举人与人之间相互算计、彼此利用的诡术式创作，并不仅仅表现在官场小说中，它还同样体现在一些职场小说、谍战小说以及宫廷小说之中。而且，这些类型化的创作，俨然已成为新世纪以来的文学热潮。无论是《步步惊心》《潜伏》还是《后宫》，表面上，都是在彰显各种生存的"智慧"，或党派间的革命大义，然而，如果进一步深究，我们会发现，那些所谓的生存"智慧"，并不是基于正常的人性情感，也不是基于普遍的人道伦理，而是勾心斗角式的尔虞我诈、彼此利用，是利己主义的表里相背、精确盘算，说穿了，就是低俗的黑幕文学的另一种翻版。

　　必须说明，我们并不想完全否定这些写作的价值。在一个文化多元的时代，人们的审美趣味也日益多样，我们的文学在日常生活书写中，理应提供不同的审美范式，满足人们各不相同的文化消费。但是，话又说回来，文学毕竟是一种精神产物，不是世俗生活的催化剂，如果过度张扬各种俗世主义的生存趣味，无疑使文学丧失其应有的审美价值。曹文轩曾对这类文学现象批评道："中国当下文学在善与恶、美与丑、爱与恨之间严重失衡，只剩下了恶、丑与恨。诅咒人性、夸大人性之恶，世界别无其他，唯有怨毒。使坏、算计别人、偷窥、淫乱、暴露癖、贼眉鼠眼、蝇营狗苟、蒜臭味与吐向红地毯的浓痰……说到底，怨毒是一种小人的仇恨。"在曹文轩看来,这种"崇恶"趣味,并不是英雄主义的大恨,与作家所拥有的大爱没有丝毫关系,"中国当下的文学浸泡在一片怨毒之中。这就是我们对中国文学普遍感到格调不高的原因之所在"。[1] 曹文轩的话可能因激愤而有些片面,但是,如果我们细读上述那些迷恋诡术的小说,或许就不会认为有多少离谱。

对于这种世俗主义的写作倾向,陈众议曾将它定义为"下现实主义"写作,并认为它远离了文学应有的理想主义情怀。"所谓下现实主义,简而言之,是指现实主义如何自上而下走到了今天,以至于物质主义和下半身写作甚嚣尘上,不亦乐乎"。为此,他明确地强调,"对下现实主义的背叛不仅必要,而且紧迫。这也是由文学,尤其是文学经典的理想主义本质所决定的"。[2] 从世俗生活的书写到俗世主义追求,似乎并不存在什么明确的界线。如果存在,那就是作家主体意识的自觉与否,即在现实表象、世俗欲望和作家主体之间,是否存在着明确的距离感,是否体现了创作主体内心所拥有的反抗、反思和批判的精神姿态,是一个基本的界线。巴尔加斯·略萨曾将这种精神姿态定义为作家的"文学抱负":"凡是刻苦创作与现实生活不同生活的人们,就用这种间接的方式表示对这一现实生活的拒绝和批评,表示用这样的拒绝和批评以及自己的想象和希望制造出来的世界替代现实世界的愿望。"[3] 对巴尔加斯·略萨来说,无论对生活提出何种质疑都是不重要的,"重要的是,对现实生活的拒绝和批评应该坚决、彻底和深入,永远保持这样的行动热情——如同堂·吉诃德那样挺起长矛冲向风车,即用敏锐和短暂的虚构天地通过幻想的方式来代替这个经过生活体验的具体和客观的世界"。[4] 这里,巴尔加斯·略萨非常明确地道出了一个作家必须具备的

---

[1] 曹文轩:《混乱时代的文学选择》,《粤海风》,2006年第3期。
[2] 陈众议:《下现实主义与经典背反》,《东吴学术》,2010年创刊号。
[3] [秘鲁]马里奥·巴尔加斯·略萨:《给青年小说家的信》,第6页,赵德明译,上海译文出版社,2004年。
[4] [秘鲁]马里奥·巴尔加斯·略萨:《给青年小说家的信》,第6页,赵德明译,上海译文出版社,2004年。

价值立场和艺术观念，即创作主体必须与现实秩序及其表象经验保持必要的距离。所以我们说，真正的日常生活诗学，是强调作家对人的世俗生存的深层思考，突出作家对自我认定的理想价值的顽强恪守，就像鲁迅所说的那样："没有思索和悲哀的地方，就不会有文学"，文学家"对于社会是永不满足的，所感受的永远是痛苦，所看到的永远是缺点"。[1] 而世俗主义的写作却恰恰相反。它总是体现出作家对现实表象和世俗欲望的认同甚至推崇，对大众审美趣味的迎合，对世俗利益的津津乐道，既看不到作家独立自由的思想建构，也看不到人类理想的耀眼之光。

让文学保持对人类理想的关注，并不意味着作家必须背对日常生活，回避日常现实生存，而是要求作家恪守人类孜孜以求的人道立场，满怀悲悯之心和高尚的情怀，书写日常生存中的伤痛和不幸，重塑人之为人的尊严和骄傲，体现文学应有的精神力度。正是在这个意义上，马尔库塞强调："在其先进的位置上，艺术是大拒绝，即对现存事物的抗议。"[2] 这里的"抗议"，并不是一种后现代式的单纯的解构，而是立足于创作主体思考之后的质疑和批判。换言之，艺术之所以是"大拒绝"，是对现存事物的"抗议"，是因为现实生存并不符合作家内心的精神意愿，作家需要通过拒绝和抗议来展示自己心中的真实理想和独特思索。我们认为，这是文学必须拥有理想情怀的内在原因。

第二节 感官主义的喧嚣与泛滥

新世纪文学之所以对日常生活诗学有着明确的审美自觉，是因为很多作家都倾心于普通人群的日常生活书写，或者寻求极致化的叙事思

---

[1] 鲁迅研究室编：《谈鲁迅》，《鲁迅研究资料》（2），第185页，文物出版社，1977年。
[2] [美]赫伯特·马尔库塞：《单向度的人——发达工业社会意识形态研究》，第59页，刘继译，上海译文出版社，1989年。

维，展示某些超越个体生命局限的内在生命体验。这种褪去形而上的理性思考的写作，同样也是作家自由的审美选择，它并不是完全排斥文本意义的建构，而是试图扩张文学在感性生活上的表现力，彰显日常生活内部那些难以用理性言语清晰表达的审美质感。在本书第八章的最后一节里，我们曾从文本形态上分析过这种感性写作的审美特点，并认为它在呈现日常生活内在的生命肌理，展示普通生活的繁富与驳杂，呈现个体生命的自然律动等方面，有着重要的诗学价值。

但是，我们也必须看到，随着这种感性美学的不断扩张，越来越多的写作开始滑向感官主义的泥淖，即一种满足于生命感官欲求的审美趣味。这种感官主义写作，拒绝理性化的深度思考，以纯粹的大众感官娱乐为目标，甚至带有某种反智主义的游戏特征。它以日常生活的无聊、无序和无趣作为聚焦，体现出无厘头式的恶搞，以及庸俗化的生活情趣、反理性的话语戏讽。按理，这种低级趣味的感官写作并没有什么市场，但在新世纪以来的文学创作中，却常常引发文坛的热议，有些甚至成为文学事件乃至文学现象。它们与消费主义文化共谋，利用网络信息技术的大众化特点，与大量读者形成了各种奇特的互动。诚如有人所言："文学的感性化写作是指在大众文化语境中以人的身体感觉和生理欲求为基本叙事对象、拒绝以人文理性对人生根本问题展开诗性追问的通俗化写作方式。感性化写作将大众文化的平面性、通俗性、消费性、娱乐性、复制性等特征演绎得淋漓尽致，这注定感性化写作是大众文化的唯物形式。"[1] 这种写作，主要体现了快餐文化的一次性消费特点，满足于人的感官娱乐，很难看到创作主体向经典负责的意愿，但这些现象却是绕不过的，也是我们在讨论日常生活诗学时必须质询的陷阱。

这种感官主义的写作，在诗歌方面表现得尤为突出。其中，最典型的就是口语诗的四处泛滥。应该承认，口语诗本身是一种有价值的审美探索，尤其是它对日常生活中普通生命情状的表达，对人在日常表象之

---

[1] 孙长军：《大众文化语境与文学的感性化写作》，《江汉论坛》，2003年第4期。

下内在意绪的揭示，都有着不可或缺的价值。但有些口语诗却以网络为中心，带着纯粹的游戏姿态，在诗坛乃至文学界掀起一场又一场的语言狂欢，如"梨花体""羊羔体""乌青体"等等，却让人匪夷所思。近年来，不断有人提倡所谓的"后口语诗歌"口号，倡导日常生活与诗歌创作的密切关联，但从大量的诗歌作品来看，除了偶有一些小小的哲学思辨意味，很多作品都缺乏值得反复咀嚼的内涵，以至于有些评论家认为，"口语诗"的泛滥，在本质上为"口水诗"进入诗坛提供了借口。

我们不妨先看看"梨花体"诗歌。这是一种典型的"口水诗"，无理性思考，无语言技巧，无咀嚼空间，只是一种日常生活的感官化表演。早在2006年，就有网友将河北女诗人赵丽华的一些诗歌作品放到网络上供人阅读，包括网易、天涯社区、新华网、西祠胡同等众多网站，都发布了一些赵丽华的诗歌。这些诗歌大多以日常生活的表象感受为主，使用最常见的口语表达，其中主要的代表性诗作有《一个人来到田纳西》："毫无疑问/我做的馅饼/是全天下/最好吃的"；《我爱你的寂寞如同你爱我的孤独》："赵又霖和刘又源/一个是我侄子/七岁半/一个是我外甥/五岁/现在他们两个出去玩了"；《我发誓从现在开始不搭理你了》："我说到做到/再不反悔"；《傻瓜灯——我坚决不能容忍》："我坚决不能容忍/那些/在公共场所/的卫生间/大便后/不冲刷/便池/的人"；《撒哈拉沙漠上的三张纸牌》："一张是红桃K/另外两张/反扣在沙漠上/看不出是什么/三张纸牌都很新/它们的间隔并不算远/却永远保持着距离/猛然看见/像是很随便的/被丢在那里/但仔细观察/又像精心安排/一张近点/一张远点/另一张当然不近不远/另一张是红桃K/撒哈拉沙漠/空洞而又柔软/阳光是那样的刺人/那样发亮/三张纸牌在太阳下/静静地反射出/几圈小小的/光环"。从这些诗歌中，我们可以看到，诗人只是记录了日常生活中的某些场景，而且这些生活场景既无诗意，也无特殊的生命体验，所以当这些诗歌在网络上发布之后，曾被无数网友嘲笑，并迅速引发了各种表示讥讽和轻蔑的模仿热潮，即所谓的"梨花体"。别有意味的是，这种口水化的诗歌写作，居然还得到了一些诗人的褒扬。北京的一些先锋诗人甚至还组织了一场"保卫诗歌,声援赵丽华"的诗歌朗诵会,据说朗诵会以某位诗人的裸体朗诵而被保安制止,使声援变成一场冒着诗歌之名的闹剧。对此,《人民日报》记者李舫曾一针见血地指出:"诗歌的跌落和全民皆诗的时代都是不正常的,我相信很多诗人仍葆有面对寂寞的勇气。我也不认为诗歌的娱乐化是诗歌的必然趋势,诗歌可以热闹但不能喧嚣,今天,某些诗人和诗评家引导的'诗歌的面具式狂欢',对诗歌来说是不公平的。诗歌,它是一条自然的河,有平静,有漩涡,有暗礁,有险滩,也会遭遇干涸,我们应该真实、冷静、客观地面对它的流动。""但是,任何想扭曲这条河流,想将这条河流造就为他个人的'龙门'的人,他的下场可以想象。"[1]王士强也进一步指出:"新世纪以来,尤其是随着网络的发展,随意的、大白话的、日常口语的诗歌写作随处可见,成为当代诗歌发展的主流甚至渐有泛滥之势,这实际是当今时代诗歌标准缺失和自律精神缺乏的一种表现。正是在这样的前提下,'口语'变成了'口水','诗话'变成了'废话'。"[2]

当"梨花体"消散不久,诗坛又涌现了"乌青体"。它同样是一种口水式的废话写作,仅仅满足于日常生活场景的记录。作为70后的浙江诗人,乌青不断推出了自己的一些口语诗。其中,代表性诗作有《对白云的赞美》:"天上的白云真白啊/真的,很白很白/非常白/非常非常十分白/极其白/贼白/简直白死了/啊——";《一种梨》:"我吃了一种梨/然后在超市看到这种梨/我看见它就想说/这种梨很好吃/过了几天/超市里的这种梨打折了/我又看见它,我想说/这种梨很便宜";《买水果》:"我挑水果/就挑那些看上去舒服的/苹果要像苹果/梨要像梨";《简直不知道你在说什么》:"一个朋友问我/你邻居家的母狗/到底生了

---

[1] 李舫:《恶搞中沦为大众娱乐的噱头——谁在折断诗歌的翅膀》,《人民日报》,2006年10月26日。
[2] 王士强:《消费时代的诗意与自由:新世纪诗歌勘察》,第21页,广西师范大学出版社,2017年。

几只小狗/是八只/还是七只"。2012年3月,科普作家杨轶在自己的微博中质疑:"这是诗?这真的是诗吗?奇诗共欣赏,疑义相与析。"随后,某位资深出版人也在微博上晒出了乌青的诗集《天上的白云真白啊》,并嘲讽道:"这确定是一本书,诗集,而不是厕纸吗?厕纸都嫌脏。这样的东西也能出版,真是又神奇又悲哀。"但是,这种缺乏自律的口水式诗歌,居然引起了某些人的热捧,甚至在网络上极为喧嚣,模仿者甚众,由此形成了所谓的"乌青体"诗歌。

其实"梨花体""乌青体",都是大量诗歌都在推崇的所谓的"口语化"写作,它将日常生活中的各种无聊和恶趣,奉为诗意的重要内容。这些诗歌无疑是感性化的,日常生活的,但又是无挑战性的,无难度的,它们只是在自我确认为"诗歌",而在更多的人来看,只是一种解构主义式的恶搞游戏或娱乐行为。在此,我们不妨看看李伟的《章子怡漂亮不漂亮》:

> 章子怡漂亮不漂亮/有人说她漂亮/有人说她不漂亮/我们办公室的刘萍/就说她不漂亮/但张艺谋说她漂亮/李安说她漂亮/成龙说她漂亮/王家卫说她漂亮/霍英东的孙子说她漂亮/斯皮尔伯格说她漂亮/现在连冯小刚也说她漂亮/那么章子怡到底漂亮不漂亮/我的意见是/章子怡比张艺谋漂亮/比李安漂亮/比成龙漂亮/比王家卫漂亮/比霍英东的孙子漂亮/比斯皮尔伯格漂亮/甚至也比冯小刚漂亮/但没有/我们办公室的刘萍漂亮

被诗人徐江高度推崇的这首诗歌,除了表现办公室里同事间的日常八卦和同事关系的戏谑性表达,我们实在读不出更深的意义。有诗人认为,一首好的"口语诗"应该是篇幅短小,易于记忆;语言浅显、明白晓畅,便于理解,不论文化修养如何,一读就懂,一听就明白;节奏明快、顿歇明显,读来朗朗上口,便于传诵;抒情性强,直入人的心灵;概括性强,表现的内容、抒发的情感都有代表性,既是个人真情的流露,又表达了普遍的社会心理,具有广泛的意义。我们对这种"口语诗"的概括仍然持以质疑的态度,理由是:任何一首诗歌,如果能够让那些没有什么文化修养的人"一读就懂,一听就明白",没有任何回味的空间,不可能成为有意义的诗。对于这些感官主义的盛行,宋宝伟在《喧嚣诗坛下的隐忧——论新世纪诗歌的负面效应》就曾批评道:

> 新世纪以后,诗坛中"非诗"事件屡屡出现,"梨花体""羊羔体""裸体朗诵""诗歌污染城市""诗人假死"、韩寒与诗人们的"骂战"、杨黎的"极限写作"等等,极大地冲击着人们对诗歌的固有观念,也让无数人看到诗歌"复兴"的背后,是残酷而可怕的"非诗"真相。新世纪诗歌的升温某种程度上并非肇始于诗歌写作本身的质变,或是诗歌阅读接受环境的改善,而是连续不断的"非诗"事件的反向冲击造成人们不得不对其产生极大的关注,诗歌吸引人们"眼球"的能力不是依靠自身的艺术品质,而是一些诗外"功夫",炒作、恶搞等诗歌"行为艺术"招摇过市、大行其道。这其中最具代表性的当属"梨花体"事件。霎时间网络中出现一片烽火狂澜的热闹景象,恍如"全民皆诗"的"大跃进"时代。"梨花体"事件反映出当下读者对缺乏诗意、简陋的口语诗歌的厌弃心理,是一场带有普遍性意义的抗争活动。网民们在整个事件中是以一场"非诗"行为颠覆一种"非诗"形式,是对多年来诗歌积弊的集中"恶搞"。如果说"梨花体"事件是一场带有"全民"性的集体行为,其中不掺杂没有任何个人的名利因素的话,那么,其他诗歌事件则更多地表现为一种个人化的自我炒作,其"非诗"化色彩更加浓烈。"裸体朗诵""诗歌污染城市""诗人假死""极限写作""一吨诗"拍卖,以及各种诗学名义上的"论战"都更像是一场场"行为艺术",颇具当下时代的娱乐化特征。诗歌历史表明,一个时代或一种流派的兴旺发达,绝不是依靠某些"行为艺术",或是炒作才得以推进的,"在艺术的竞技场上最有说服力的永远是文本!"

（罗振亚语）唯有诗歌作品的从质到量的丰厚积累，才能积淀下一个诗歌时代。[1]

除了诗歌，小说中同样也存在着这种感官主义的倾向。譬如张嘉佳的小说《从你的全世界路过》，该书2013年出版后，发行量高达400多万册，并于2014年入选"第五届中国图书势力榜文学类十大好书"。这部小说由38个短小的故事组成，以类似于网络微博的形式，讲述了亲情、爱情和友情的故事。有痴情男为了帮移情别恋的前女友摆脱困境而不惜倾家荡产；有深情女明知自己永远是对方的备胎，仍在酒吧里以豁出性命的姿态跟人拼酒，只为了维护自己喜欢的男人的面子和尊严；有丧偶的男子回忆已逝妻子曾做过的黑暗料理，并不断尝试着将菜谱记录下来，只为思念过去两个人在一起的时光；有痴心不改的女生，围绕着暗恋男生的生活地点终日追随，即使最后被抛弃也坚持生下负心汉的孩子并勇敢地独自抚养；等等。从文本上说，这部小说很好读，有段子，有亲情，有奇趣，呈现了当下青年人浮泛而又茫然的日常生存，但它也仅仅是一种日常生活的感官化堆砌，缺乏文学作品应有的多重解读空间。

在网络文学中，这种情形更为突出。作为大众化写作的重要方式，网络文学追求的审美效果就是一个字："爽"，即让读者在阅读网络小说时获得一种爽快感和满足感。网络小说中的"爽文"，就是在这种读者本位模式下创作的网络小说，其中最好看、最有趣的高潮部分或某种固定套路被称为"爽点"。"爽"是网络小说的一个基本特征，因此也有人将网络小说统称为"爽文"。从《霸道总裁》《学霸的星辰大海》到《我的女友是恶女》《请勿洞察》，很多小说似乎立足于日常生活，又游离于生活的普通经验，借助各种偶然性因素或奇诡情节，以满足读者的感官期待。这些网络小说中的爽点，既包括相对低级的部分，如"打脸"和

---

[1] 宋宝伟：《喧嚣诗坛下的隐忧——论新世纪诗歌的负面效应》，《北方论丛》，2014年第1期。

"后宫";也包括比较高级的部分,如"知识"和"情怀",但无论是满足欲望还是传达意义,都需要给读者带来"爽"的阅读感受。不过"爽文"在最初被命名时带有贬义,专指以迎合"小白"读者基本欲望与低级趣味为主的网络小说,这类"爽文"用最简单粗暴的方式来满足读者在现实中被压抑的欲望。这一狭义上的"爽文"模式相对固定,有时也可以简单地等同于"小白文"。[1] 爽文写作,说到底就是为了迎合大众阅读的心理期待,满足大众对于日常生活的理想赋值,使读者获得审美意义上的感官满足。

这种感官主义的泛滥,还导致写作的平面化或"反中心",因为它不是对抗文本意义的深度建构,而是对抗传统写作对理性意义的过度推崇。理性是通往意义建构的必要途径,这是传统美学留下的经典律则。然而,当工具理性给人类带来了越来越多的困顿,当分析美学日益显得捉襟见肘,人们在蓦然回首之际,终于看到了日常生活经验中所蕴藏的某些艺术曙光。由是,越来越多的学者开始关注"日常生活的审美化",并重新盘点杜威的经验主义美学遗产,倾力解析费瑟斯通、舒斯特曼等人的实用主义美学,试图从中找到对感性主义审美价值的科学阐释。但是,创作中过度强调感官化,必然会带来很多问题。针对散文创作中的一些感官主义泛滥倾向,王兆胜就认为:"许多注重感觉、有着现代主义(包括后现代主义)气质的散文整体上还存在明显的局限,这主要表现在:过于相信感觉,沉溺于文字游戏,恃才而自恋,放任而自流,狭隘而狂妄,这必然影响其散文的广度、深度、厚度和境界,这也是为什么这类散文初看往往感到颇有新意,但看多了就给人以千篇一律、华而不实之感。还有,碎片化、表面化、技术化的写作必然是浮光掠影、走马观花,难有真正的精品产生,也难以经得起推敲琢磨。"[2]

---

[1] 邵燕君主编:《破壁书:网络文化关键词》,第227—228页,生活·读书·新知三联书店,2018年。
[2] 王兆胜:《归位·蓄势·创新——论新世纪的中国散文创作》,《文艺争鸣》,2010年第12期。

新世纪以来的文学发展呈现出感性主义的迅速勃兴的原因当然很多。后现代式的消费主义、大众文化的崛起以及现代生活节奏的加快，都促成人们在一定程度上抗拒坚硬的理性美学，而由信息时代带来的"拟像"现实，却巧妙地实现了这种"技术变容"："艺术与日常生活的区别，关键在于前者是审美理想可以渗透的虚拟领域，后者属于审美理想无法渗透的现实领域。现代技术将现实虚拟化之后，艺术与非艺术之间的区别就不再存在，日常生活从总体上变成了艺术作品。"[1] 这种"技术变容"的后果，不仅促成了日常生活的审美化，同样也改变了作家主体的艺术思维和审美情趣。但毫无疑问，感性主义的过度彰显，会削弱创作主体的必要思考，也会在某些情况下导致文学的恶俗和平庸——当然，我们也不能因此就完全否定感性表达的审美价值。

第三节　惯性经验驱动下的同质化倾向

在新世纪以来的日常生活书写中，"同质化"也是一种非常明显的局限。无论是实力派作家的某些新作，还是文学新人的潜心之作，大多有些小特点，有些小想法，却缺少内涵丰厚且又耐人咀嚼的审美特质。有不少作品，无论是审美内涵还是表现形式，常常给人以"似曾相识"之感。这种审美感受，其实折射了我们的文学创作中日趋明显的"同质化"倾向，凸现了作家们在艺术原创性和开拓性上的不足。所谓"同质化"，主要是指不同特点的个体事物，在其发展变化的过程中，彼此的本质特征逐渐趋于一致，形成相互融合或彼此替代的倾向。它是以消解独特性和异质性为标志的一种事物变化状态。"同质化"原本是用来表述商业产品的某些特点，如某些产品之间的差别不易分清，特色不明显；销售模式、服务形式基本一样；产品品质、技术含量和使用价值大同小异，类似功能的产品之间甚至可以相互替代。就市场发展来说，

---

[1] 彭锋：《日常生活的审美变容》，《文艺争鸣》，2010年第5期。

"同质化"无疑是商业发展的大敌，它严重阻遏了异质化所需要的创新思维和开拓能力，也使各种"山寨"产品广为流行。但是，由于信息技术的发展所带来的各种便利，"同质化"现象已经不再局限于一般的商品生产，从城市规划、产业布局到新闻出版、教育结构，都开始呈现出不同程度的"同质化"倾向。像如今的高等教育，从学科布局到专业设置，几乎每一所综合性大学都高度相似；所谓的学校"特色"，其实只是该校中少数学科具有一定的优势地位罢了。可以说，"同质化"现象，正在成为我们这个时代日益突出的现实问题，并严重阻碍了人们对现代创新型社会的建构。

这种"同质化"现象，也同样蔓延到文学创作领域。它所呈现出来的主要特征是，作家的个人创作，不断出现内在的自我重复；一些作家对某些现实热点现象，进行自觉或不自觉地群体追捧，形成模式化的经验书写；不少作家对文化消费的嗜好，进行不加甄别的迷恋式表达，导致类同化的审美表达；诸多作家对特殊生存群体的存在境域，进行单一化的经验处理；等等。这种"同质化"的创作潜流，在不同的审美范畴内不断循环，使得人们从整体上看，似乎并没有影响文学多元化的基本格局，但在文学的"每一元"之内，却又显得彼此似曾相识，趋同性远远大于差异性。譬如，在新世纪以来的网络小说中，其创作类型就极为丰富，从穿越、盗墓、玄幻、悬疑到后宫、仙侠、耽美、职场，不同类型的作品差异十分明显，其叙事理想和审美趣味也各不相同，共同建构了异常繁富的网络小说。但是，如果深入到某个类型内部，我们就会发现，很多作品不仅故事结构极为相似，连人物个性和命运走向的安排也相差无几。比如大量的穿越小说中，女主人公穿越到古代之后，不是成了公主（或格格），就是变为王后，在尽享奢华生活的同时，也玩尽各种权术甚至诡术，而男主人公穿越到古代，要么成为王爷或驸马，要么经过必要的磨炼最终成就了一番伟业。这类小说读多了，人物、情节常常发生相互混淆，极易张冠李戴，这说明作家们的思维方式、价值观念和审美趣味几乎没有变化。

从通常意义上说，文学是人类精神活动的特殊产物，也是作家个体审美思考和艺术实践的话语行为。不同个体的作家，由于成长经历、家庭背景、文化积淀和性格气质的不同，在创作中会形成自身独有的审美风格，也会展示自我独特的观察世界和理解生活的方式。世界上没有两片完全相同的树叶，当然也不存在完全相似的作家；即使存在，也是一个作家对另一个作家长期学习和摹仿的结果。很多人都曾以鲁迅和周作人为例，说明性格气质、思维方式、审美趣味等作家的个体因素对创作所造成的潜在规训。因此，倘若文学创作中出现大面积的"同质化"倾向，那无疑是一种极不正常的现象。谁都明白，一个作家的主体意识越明确，文化积淀越深厚，思考能力越强劲，创新意识越突出，其创作的异质性、独特性就越明显，不太可能出现趋同性的作品。

当然，我们也应该意识到，日常生活书写的"同质化"并非简单地等同于某些创作的共同特点。它与某些特定的审美共性之间，是有着本质区别的。比如，代际意义上的文化共性，就完全不同于创作的"同质化"。人毕竟是一种社会的存在，文化的存在。任何个体都是在一种群体性的文化环境中成长，从而形成一定的成长经验和集体记忆，产生代际意义上的文化共性，这是一个不争的事实。在对作家代际差别进行研究的过程中，笔者发现，共同的成长环境、教育启蒙和社会伦理，都会对同一代人的精神产生深刻的影响，并促使他们在后来的写作中出现某些共性特点。这种代际上的共性特征，并不影响作家个人风格的施展，但是会在历史认知或价值观念上让一代人达成相对的一致性。这种一致性，从文艺心理学上看，是受制于同代人共有的童年经验和集体记忆，隐含了极为复杂的主体精神建构成分，是文化人类学分析"代沟"的核心内涵，它与创作的"同质化"倾向有着本质上的区别。

与此同时，我们还要厘清文学流派或思潮与"同质化"之间的重要区别。表面上看，文学流派或思潮都是由不同作家在创作中所形成的诸多共同特点所构成的，其创作的群体性、审美的相似性，似乎体现了"同质化"的某些因素，但从其内核上说，两者之间并不相同。首先，最突出的差别在于，前者是以创作主体明确的建构性审美观念作为创作实践的指导思想，试图展示某种特定的文学理想，或者反映特定历史时期社会文化潮流动向的一种创作行为，它是具有共同审美观念和艺术思想的创作群体的组合，具有群体性、系统性和互动性等特征；而后者主要是不同作家无目的性的思维趋同、无自主性的观念趋同，既无系统性，也无互动性。其次，文学流派或思潮具有明确的主体意识，它是"在特定历史时期，文艺理论家或作家们于相同或相近的世界观、人生观、价值观、美学观指导下所形成的文学潮流。它灌注并体现于文学运动形态、文学理论形态和文学创作形态"。[1]也就是说，它是源于创作主体高度自觉的艺术实践，具有相对明确的理论谱系和相对完整的形态学特质，犹如韦勒克所说，文学思潮是"一种'包含某种规则的观念'，一套规范、程式和价值体系，和它之前之后的规范、程式和价值体系相比，有自己形成、发展和消亡的过程"。[2]但"同质化"的写作，既无理论化的意识，又无理论化的可能，完全是一种无程式、无规范的创作行为。

因此，文学创作的"同质化"，不是对具体创作中某些共性进行简单的归类并加以否定，而是对那些缺乏艺术创见、思维固化、过度依赖既定经验的彼此类同的写作的质疑。"同质化"的存在，表明了当代作家超越意识不强，开拓精神不足，思考能力不足，由此导致作品的异质性不明显，影响了精品力作的出现。

纵观新世纪以来的文学创作，虽然并没有出现大面积的、一元化式的审美趋同性，但"同质化"的潜流却越来越明显。这种"同质化"倾向，既体现在作家个体创作的自我重复上，也体现在作家群体对某些社会热点或文学类型的相互袭仿之中。它们所造成的结果是，作品数量增速迅猛，文坛也显得颇为繁荣，然而值得人们潜心研读的作品并不多，具有经典意味的优秀之作依然稀薄，文学创作的整体水平提升并不

---

[1] 席扬：《文学思潮：理论、方法、视野》，第6页，上海三联书店，2009年。
[2] 席扬：《文学思潮：理论、方法、视野》，第7页，上海三联书店，2009年。

显著。

  作家个体创作的自我重复,一直是20世纪90年代以来中国文坛较为突出的现象,并非新世纪以来才出现的创作痼疾。在个人化写作风格的笼罩下,一些当时颇有影响的作家,都曾出现过创作上不同程度的自我重复。像陈染早期小说中对女性私密经验的反复临摹,周梅森长篇小说中对官场风云的一次次叙述,看似故事各不相同,但都存在着一定程度上的"同质化"倾向。新世纪以来,这种现象有增无减。不仅实力派作家不断陷入自我重复的泥潭,一些文坛新秀在冲到一定高度的写作之后,也开始重复自己。譬如,在实力派作家中,叶广芩、刘庆邦、何顿、刘亮程等人的很多作品,都在自我创作中彼此相似。如果单独阅读他们的某部作品,人们都会觉得有一定的意味,故事也不乏某些新意,但是如果将他们近几年的作品放在一起进行整体细察,就会感到故事的营构方式、叙事语调、人物的性格面貌、作家的审美思考,几乎没有变化,不同的只是故事情节或人物关系。像叶广芩的《豆汁记》《状元媒》《太阳宫》等对北京旧城往事的日常生活书写,从母亲、女佣到邻居或亲戚,很多人物性格都没有太大的变化,故事情节也一律舒缓散淡,叙事语调则始终保持着某种自我陶醉式的优越感,由此形成了一种相似度极高的审美形态。刘庆邦在一些"底层叙事"的中短篇里也是如此。这些小说的通常模式是,一对夫妻或者兄妹、父女,总会因为这样或那样的事件产生情感隔阂,最终爆发冲突,由此凸现底层百姓的生活无奈和无助,其中的惯性化叙事经验和作家情感几乎成为一种不变的模型,让人无法看到创作主体的思想变化和自我超越的意图。何顿早期的一些小说中,人物关系、故事情节、叙述语调等,也常常如出一辙,像《告别自己》中的雷铁、《喜马拉雅山》中的"我"、《生活无罪》中的"我"等,都是辞去中学教职后闯入商海的淘金者,他们都在世俗的欲望中起起落落,一方面似乎看穿红尘,另一方面又拥抱红尘,对拜金主义充满了缱绻与绝决。说实在的,这些小说中的人物、情节几乎可以相互置换,阅读也极易产生彼此混淆,自我重复的"同质化"特点尤为突出。

曾因《一个人的村庄》而蜚声文坛的刘亮程,其后来的散文创作也一直盘旋在早期的经验书写中,像《虚土》《风中的院门》等散文集,仍是对早期散文的自我复制,包括虚拟的乡村幻境、超然的生活姿态、都市的欲望解构……作家的思考力度、艺术思维和审美方式,几乎没有变化,看不到作家自我超越的痕迹。

年轻的作家同样也是如此。像叶弥、朱文颖、路内等作家,刚开始写作时起点颇高,很多小说让人耳目一新,但随着时间的推移,自我重复也日趋明显。如叶弥的《明月寺》《桃花渡》《香炉山》等一些短篇小说中,主人公总是一位无所事事的单身女性,路过或来到某个江南小镇,在几天的小住中,她们又总是遇到有点特别的人,然后发生一些情感上的小摩擦,产生一些心灵上的小波澜。虽然在每篇作品中,主人公的内心体验颇为细腻、真切,但将这些作品放在一起读,便觉得只是一篇作品的不同翻版而已。朱文颖的一些中短篇里,常常出现的也都是一个情感虚空、心无着落的单身知识女性,她们总是迷恋某些略带封闭的环境,在幽静的氛围里自我怀伤;作家的情感、语调以及对人物生活氛围的营造,几乎没有变化。因《少年巴比伦》而备受关注的青年作家路内,对青春的叛逆、迷惘以及青年"亚文化"精神质地有着特殊的表达,但在随后的《云中人》《四十乌鸦鏖战记》《花街往事》等作品中,这种延续性的主题并没有得到深化,只是通过不同的故事情节将之重述,形成十分明显的自我重复。滕肖澜和张怡微对现代平民市井生活的微观叙事,细腻、鲜活,洋溢着日常生活的审美质感,但是读多了便觉得审美格调一样,思想情趣一样,基本上是一种模式化的产物。即使像马金莲这类刚刚崭露头角的文学新人,也开始出现不断重复,如中篇《长河》与短篇《口唤》,都是叙述有关宗教死亡的人生命题。这些重复,表面上似乎建构了作家的个人风格,实际折射了一些作家对既定叙事经验的不断复制以及艺术思维上的惯性特征。

除了自我重复之外,这种"同质化"写作,还集中体现在一些作家对某些社会热点或文学类型的盲目追捧上,由此形成一种作家相互袭仿、作品严重趋同的现象。其中最突出的，是体现在反腐小说、底层写作和网络类型小说三个方面。有关反腐小说和底层写作的"同质化"问题，我们曾在相关的文章中进行过较为详实的论述，并始终认为，"反腐小说"中确实有一些优秀之作，在揭露权、钱、色交易等腐败现象的同时，展示了邪不压正、恶欲必罚的正义伦理。但是，也有不少作品迷恋于人际关系和心术诡计的演绎，让人们在官场和日常生活中呈现出各种分裂的人格特征。特别是在日常生活中，一些官场腐败人物的活动中心就是钱、权、色，为了获取这些目标，他们要么假借信任玩弄骗术，要么通过金钱寻找对手的把柄，要么视女性为身体交易的工具，似乎永远活在欲望与诡计之中。他们或俯首帖耳以谄媚领导，或暗度陈仓以诋毁对手，或巧施诱饵以玩弄异性，或精研诡计以求加官晋爵……这类小说读多了，我们会发现，不仅故事大同小异，极似晚清时期的黑幕小说，而且叙事格调也十分平庸，无非是以"反腐"为幌子，兜售各种人玩人的"诡术"。同样，在"底层写作"大潮中，很多作家写到社会底层人民对不公生活的反抗时，要么杀人放火、暴力仇富，要么卖身求荣、任人耍弄，不仅人物命运模式化，故事情节粗俗化，而且人物性格也是扁平的，不见温暖，不见尊严，一律大苦大悲，凄迷绝望，鲜有十分丰饶的生命质感。

其实，不仅仅是反腐小说和底层写作中呈现出"同质化"倾向，即使是对某些特定阶层的人物形象塑造上，也同样呈现出高度"同质化"的特点。譬如，对当前高校教授形象的艺术塑造上，很多作品都将之处理成虚荣、卑琐、弄虚作假、追名逐利的欲望之徒，犹如鲁迅《肥皂》和钱钟书《围城》中人物的翻版，而且叙事语调也基本相同，都是戏谑加讥讽。像张者的《桃李》和《桃花》，邱华栋的《教授》，阎连科的《风雅颂》，曹征路的《大学诗》，史生荣的《所谓教授》《所谓大学》《大学潜规则》，倪学礼的《站在河对岸的教授们》，等等，都是如此。尽管这些小说在处理故事结构和人物关系时并不一样，叙事的艺术水准也各有千秋，但是，作家们在面对高校知识分子尤其是大学教授时，都呈现出一种比较明确的价值理念——教授多半是"叫兽",只活在欲望中,与精英无关,所以在叙事过程中作家们都是极尽讽喻之能事。这些作品中的教授形象,似乎天生就没有学术操守,没有求真意愿,从不对真理负责,更无家国情怀和知识分子担当,只是一些纵情欲海的超级选手。他们或嫖娼乱搞,生活极端腐败;或利用专业优势,四处捞钱;或蝇营狗苟,跑官谋权;或抄袭剽窃,争名逐利。一言以蔽之,他们都彻底颠覆了知识分子的基本伦理。这些作品不仅在故事营构上具有极大的类同性,对高校知识分子形象的塑造也过于脸谱化、戏谑化,而且非常突出地展示了作家们对当今高校教授生存状态及其内心困境的浮浅认识。其艺术形象"同质化"的背后,隐含了作家对笔下人物粗暴而草率的价值判断。

如果我们再看看近些年极为流行的网络类型小说,这种"同质化"现象同样非常突出。在很多类型小说中,只要某个类型中出现一两部走红的作品,该类型便在转瞬之间涌现出大量的争相效仿者,且绝大多数作品在故事情节、人物关系、审美意图上都基本相似,很少有能够将一种类型不断丰富和提升的异质性作品。如《鬼吹灯》《盗墓笔记》一炮走红之后,便迅速涌现出《鬼打墙》《盗墓之王》《密道追踪》等众多类似之作,这些作品完全袭用了《鬼吹灯》中探险、玄秘、传说等基本元素,且均未超越它。《诛仙》成功之后,也旋即出现了《极品邪帝》《剑心焚天》《仙道雄心》《盖世狂仙》等各种情节大同小异的仙侠小说。最具代表性的,或许是《杜拉拉升职记》的畅销,它引爆了"职场小说"巨大的消费空间,使这类小说风起云涌,出现了《圈子圈套》《职场小虾变身记》《浮沉》《米娅,快跑》《做单》等大量类似的小说。这些小说的基本内容都是将职场、商场、情场、名利场一锅煮,传达出来的生存伦理也都是同事之间的相互设套和彼此提防,只有利益,没有友情和信任。这类小说虽称"职场小说",却极少关注职业操守、职业伦理,人物的存在价值和生存目标就是位置和收入,或者说是"管别人"还是"被别人管"。它从价值观念上透露出一种奉"诡术"为"智慧"的人际逻辑,不仅折射了创作主体的价值误区,凸现了作家精神格调的褊狭与低俗,还体现了作家艺术思维的"同质化"倾向。这种"同质化"思维,驱使一些作家将某些有违人类基本伦理的生存手段,盲目地奉为新的生存经验和人性面貌,并对现实和历史进行所谓的"艺术重构"。其结果,必将使读者对人类赖以生存的良知和信念产生怀疑。

新世纪文学显得日趋"同质化",当然有很多复杂的因素,但其主要原因,不外乎市场化、信息化的文化环境和作家自身的主体意识。前者是外因,后者是内因,外因通过内因而起作用。因为从根本上说,"同质化"就意味着作家主体意识的孱弱,自我挑战、自我超越意识不强,知识更新和文化储备有限,艺术创新能力匮乏,致使自我重复和彼此袭仿成为写作的常态化行为。它折射了当代作家在主体精神建构上的自觉意识已日益淡漠,精神惰性和思维惯性在某种程度上成为写作的主要支撑。

市场化和信息化给中国社会的整个文化秩序带来的影响是极其深远的,虽然尚未有人对此进行全面系统的研究和总结,但是,它从根本上改变了我们以往的生存方式、价值观念甚至是思维方式。由市场化所培植出来的消费文化,是消费主义时代的核心文化,也是我们解析人们社会生活的价值系统和话语系统的重要依据。消费文化的一个重要特质是,不再过度迷恋商品内在的实际使用价值,而是竭尽所能地促使商品符号化,增加商品在符号层面上所承载的象征意义,使商品符号具有巨大的表意性功能。在消费文化中,生产商、广告商、媒介人等众多关联角色,都会充分利用符号的表意性功能,将各种意义符码融入商品的设计、生产、制作和宣传中,以满足现代人日常生活中的各种心理文化欲求,刺激消费者的内在欲望。对此,费瑟斯通曾分析道:"在鲍德里亚看来,面向大众的商品生产运动的重要特征,是在资本主义交换价值支配下,原有的'自然'使用价值消失了,从而使商品变成了索绪尔意义上的记号,其意义可以任意地由它在能指的自我参考系统中的位置来确定。因此,消费就决不能理解为对使用价值、实物用途的消费,而应主要看作是对记号的消费。"[1] 正是在这种消费逻辑驱动下,"在百货商店与市中心营造出的'梦幻世界'中,广告与商品陈列,利用商品记号的逻辑来逾越以前被屏蔽的意义,创建新商品与众不同的纷呈并置和排列,从而有效地改变对商品的命名。平凡与日常的消费品,与奢侈、奇异、美、浪漫日益联系在一起,而它们原来的用途或功能则越来越难以解码出来"[2]。

消费文化的这种特征,决定了商品的存在价值将更多地依附于符号内涵的不断拓展和象征意义的不断升级,并由此带来创意性符号的疯狂增长。"虽然消费主义带来了商品的过度膨胀,但这并不意味着神圣被遮掩覆没了。若我们能注意到在实践中的商品所具有的象征意义,那事情就一目了然了。"[3] 但是,应该明确的是,任何商品符号的象征意义在消费过程中,并不需要消费者动用理性的探索才能获得,而只需要在感官化的直觉接收中即可满足。也就是说,商品的符号意义是直供式的、被商家精心打造的。在这种文化境遇中,文学创作首先被自然而然地纳入文化产品之中,不再成为作家仅仅膺服于个人审美理想的精神劳作,而是一种文化商品的生产,无论自觉或不自觉,作家的创作都将受制于大众化的市场消费趣味的影响。它意味着,愈是艰深的、具有开拓性的、小众化的审美创造,将愈被消费市场所拒绝。其次,由于商品消费的符号化,文学作品内在的实际审美功能,尤其是它的思想内涵及其审美价值,将不再成为消费的核心价值,而是更多地被其表象化的符号意义所取代,读者作为消费者也很难再积极扮演文本意义的建构者,很难成为文本再创造的有效参与者,更难自觉地接受那些只有通过挑战性思考才能捕获审美意义的作品。而"同质化"的作品,由于缺少独创性

---

[1] [英] 迈克·费瑟斯通:《消费文化与后现代主义》,第124页,刘精明译,译林出版社,2000年。
[2] [英] 迈克·费瑟斯通:《消费文化与后现代主义》,第124页,刘精明译,译林出版社,2000年。
[3] [英] 迈克·费瑟斯通:《消费文化与后现代主义》,第177页,刘精明译,译林出版社,2000年。

和开拓性的艺术特质，是一种审美惯性的产物，在消费过程中不需要颠覆读者的阅读经验，因此更有利于大众的文化选择，这也是为何畅销书通常都是快餐文化产品的缘由。

除了市场化之外，以网络技术为核心的信息化社会同样也给文学的发展带来了巨大的影响。尽管人们对信息时代的主要文化特质尚在探讨之中，但有一点是比较明显的，那就是以理性为统摄地位的现实伦理受到了巨大的冲击："以最高的知识与理性为生产要素所生产出来的东西，其无心之果竟是最极端的（也是信息性的）非理性的充斥与超载。"[1] 所谓"非理性的充斥与超载"，其实表明了信息时代本身依靠强大的技术支撑，在现代媒介的急速扩张中，不断吞噬着人的理性精神和价值规范，使个体的人在泛自由主义的冲动下，催生了非理性的感性欲望，失去了必要的精神深度和对生存本体的形而上的思索。就文学来说，它直接导致了作品传播方式和阅读方式的彻底改变。这种改变，是以取消理性在场的自觉行为为代价，强化了感性阅读的合法性地位。

在信息时代之前，文学传播和阅读都是以纸媒为基本载体，并由此建构了一种以理性为支撑的接受体系。波斯特就认为，"启蒙主义的自律理性个体理论从阅读印刷文章这种实践中汲取了许多营养并得到强劲的巩固。……句子的线性排列、页面上的文字的稳定性、白纸黑字系统有序的间隔，出版物的这种空间物质性使读者能够远离作者。出版物的这些特征促进了具有批判意识的个体的意识形态，这种个体站在政治、宗教相关因素的网络之外独立阅读独立思考。以页面文字所具有的物质性与口传文化中言辞的稍纵即逝相比，印刷文化以一种相反但又互补的方式提升了作者、知识分子和理论家的权威"。[2] 这也就是说，纸质媒介对人类理性启蒙产生了极为重要的作用。它极大地弘扬了人类的主体

---

[1]〔英〕斯各特·拉什：《信息批判》，第124页，杨德睿译，北京大学出版社，2009年。
[2]〔美〕马克·波斯特：《第二媒介时代》，第60页，范静晔译，南京大学出版社，2005年。

意识和理性的自觉，使一切重要的人文科学在不断走向自律的过程中，获得了系统性、完整性和科学性。就文学艺术而言，它有效地控制了文学传播的速度和规模，在客观上还控制了文学作品的粗制滥造，为文学走向经典化提供了强有力的保障。信息时代却让这一情形发生了质的变化。尤其是当互联网已逐渐赢得"元媒介"地位之后，固态化和稳定性的纸质媒介开始走向边缘。一方面，它们不只是向我们提供纯粹的休闲和娱乐，而且已广泛"涉足严肃的话语模式——新闻、政治、科学、教育、商业和宗教——然后给它们换上娱乐的包装"。[1]将一切严肃的话语进行娱乐化处理，表面上看是为了迎合大众的接受心理和美学趣味，实际上是削弱或取消广大受众的理性思考，因为它们并不关注你在"看完"之后能够获得什么，而只是关注你是否在"看"，"看"的过程远比"看完"之后的思考更重要。另一方面，当动态性的"读屏"成为人们审美接受的主要方式，也就意味着理性的在场性大受影响，对文学作品反复揣摩和细细品味被浏览所取代，直接导致快餐文化的泛滥和经典的匮乏。

在消费文化和信息文化的双重影响下，我们社会的整个文化环境已出现了质的改变。理性衰落，感性兴盛；精英边缘，大众抬头；经典淡出，快餐流行。这也不可避免地影响了一些作家主体精神的自我建构，因为人是一种文化的存在。试想，从传播与阅读方式的改变，到文化消费市场的走向，都不再强烈召唤那些具有原创性、深邃性和经典化的文学作品时，作家作为一种日趋边缘化的社会存在，追求"独善其身"的理想热情也会减弱，其主体意识的衰退也就变得不可避免。一旦主体意识不突出，对人类生命存在的境遇及其可能性状况的探索驻足不前，一种既定的惯性心理便会主宰作家的创作。所以，有很多功成名就的作家，虽然在年复一年地发表他们的新作，但其中所包含的写作技能、审美思维乃至思考力度，并没有呈现出明确的超越姿态，只不过是创作主

---

[1] [美]尼尔·波兹曼：《娱乐至死》，第190页，章艳译，中信出版社，2015年。

体在既定经验上的惯性滑行罢了。这种惯性化的写作，借助自身拥有的文学地位和商业上的符号化包装，当然会产生一定的影响，也会给文坛带来一些活跃的成分，但最终还是在"同质化"的路途上渐行渐远。

这种"同质化"的写作，就是一种消极的惯性写作，要么自我重复，要么盲目效仿别人，对于中国文学的发展来说，这种写作是没有多少重要的艺术价值。它既不能提供文学史意义上的标杆式作品，也无法有力地呼应并展示这个时代人们内在的生存真相及其精神困境。但是，令人欣慰的是，还是有一些非常成熟的作家依然保持着自我挑战的激情，极力杜绝创作上的自我重复。他们的每一部新作问世，总是能够对人生、历史或现实提出新的思考，对表达形式进行新的尝试。像韩少功从《西望茅草地》《爸爸爸》《马桥词典》《暗示》《日夜书》一路写来，每部作品都大不一样，且每部作品都体现作家自我探索和创新的姿态。史铁生、王安忆、余华、格非、迟子建等作家的创作也是如此。这些作家，有的创作数量极丰（如王安忆、迟子建），但很少有自我重复的倾向，更不可能去盲从他人。对于那些在"同质化"轨道上不断滑行的作家，笔者以为，这些作家的创作或许是一种重要的借鉴。

第四节 愉悦的此岸，寂寥的彼岸

迟子建曾说："日常生活是多样性的，多样性的日常生活，当然会散发着人性中柔软、可人的气息。你无需刻意拾取，那种温情的东西就会从生活的每一个细节中探出头来。这种温情有时就会有意无意地稀释外部环境的荒蛮和残酷。"[1]同时她还强调："对于生活，我觉得庸常的就是美好的。平常的日子浸润着人世间酸甜苦辣的情感，让你能尽情品咂。对于文学，我觉得应该持有朴素的情感，因为生活是变幻莫测的，朴素的情感能使文学中的生活焕发出某种诗意，能使作家葆有一颗

---

[1] 迟子建、周景雷：《文学的第三地》，《当代作家评论》，2006年第4期。

平常心和永不褪色的童心,而这些在我看来都是一个作家最应具备的素质。"[1]迟子建的这两句话,其实道出了作家面对日常生活时应该秉持的写作态度,即"发现温情","持有朴素的情感"和必要的"童心",从那些看似庸常的生活背后捕捉生命的"诗意"。如果将她所说的"温情"和"诗意"理解为"彼岸"的审美世界,那么我们就应该明白,直面日常生活的"此岸性",最终就是为了揭示并呈现其中隐藏的"彼岸性"。这才是日常生活诗学的核心内涵。

然而,在新世纪以来的日常生活书写中,不少作家还是沉湎于形而下的表象化生存。很多人对日常生活所作的思考,仍然是一种"此岸"的喧嚣与放纵,冷漠与坚硬,很少有人倾力打探其中隐藏的温情和诗意。所以,在日常生活的审美表达中,不少作品都是袒露人们的生存困境或人性之恶,展示感官的满足或物质的享受,沉迷于"此岸"的悲情或狂欢,却很少能够抵达"彼岸"的旷达与诗意,由此形成了"此岸的愉悦"和"彼岸的寂寥"的审美错位。对于这种"贴着地面行走"的写作,《收获》主编程永新曾毫不含糊地认为,"绝对是一种文学的大倒退"。笔者也曾经在《底层写作与苦难焦虑症》中阐述过这一问题,并认为,一些作家几乎陷入一种对苦难的迷恋性怪圈之中,使他们笔下的苦难处在一种与文明对视的恶境之中。在那里,我们既看不到人类基本的伦理操守,又看不到现代文明的变革前景。很多作品,甚至以颠覆日常生活价值观念为代价,来演绎苦难的生存景象,放大不幸的生活处境。特别是对一些底层女性人物的书写,创作主体的意图似乎都是为了展示她们别无选择后的不幸,而不是让人物沉湎于肉欲和堕落的生活里以耻为荣,但在具体的审美表达过程中,作家们常常不顾任何叙事上的说服力,就让人物轻松地超越其道德底线,直奔各种悲苦的卖身现场。

遗憾的是,这一现象并没有获得多少改观,极端化的"此岸性"写

---

[1] 迟子建:《一滴水可以活多久:迟子建散文精品选》,第193页,湖南文艺出版社,2011年。

作依然四处流行,"崇苦崇恶"的美学趣味并未减少。譬如阎连科的《炸裂志》,将中国四十多年来的巨大变化,非常简单地隐喻成"男盗女娼"的结果。小说以炸裂村中孔家和朱家两个家族之间的争斗为冲突主线,叙述了贫穷而偏远的小小村庄炸裂村通过四十多年的发展,由山村变成小镇,又从小镇变成城市,最终从城市变成一个现代超级大都市的过程。这部小说仿佛是一个寓言,借一个小山村的传奇性发展,隐喻了中国现代化的迅猛崛起。但阎连科的用意显然不在于此。他努力要解析的是,中国社会迅猛崛起的过程和手段,都是非常态的,是人性高度扭曲的结果;它所带来的结局,也是人性恶的急剧膨胀和不断循环。小说中,孔家的二儿子孔明亮,先是通过偷盗火车上的货物成了村里第一个万元户,却以"勤劳"成为县里的致富标兵;而老村长朱庆方因为无法承诺年底村里出现十个万元户,被上级免职,孔明亮趁机签署了所谓的军令状,顺利当上了村长,炸裂村从此走上了不断"炸裂"的路途。当上村长后的孔明亮,所做的第一件事就是拿出金钱,让村里的各家各户往老村长朱庆方脸上吐痰,一口十块,以泄家族私愤。看到村民惶恐不从,孔明亮立即将价码提到"一口痰二十块",于是,村里每家每户都往朱庆方脸上吐痰,直至将其淹死。这种对传统伦理进行公然践踏的场景,表明了孔明亮的内心已无所畏惧,只有金钱才是唯一的信仰。事实也是如此。随后,孔明亮带领村民们扒火车盗取货物,去城里四处偷盗,精心组织卖淫,为迎合投资者而不惜丧尽人格,通过各种不择手段的方法,他终于将炸裂这个贫困村一步步地变为乡镇、县城、城市以及最后的国际化大都市。与此同时,朱庆方的独生女儿朱颖也没有闲着,而是全身心组织她的复仇计划。埋葬了父亲之后,朱颖只身闯荡大城市,通过组织庞大的卖淫集团,获得了巨额的金钱资本,然后返回炸裂村参与村长的普选,并用金钱获得了大多数村民的选票。旧恨新仇,孔明亮和朱颖再次面对权力进行较量。别有意味的是,朱颖在这个关键时期提出了自己的退选条件,让孔明亮娶她为妻。于是,孔明亮和朱颖组成了一个奇特的家庭,并在炸裂市上演了一场又一场复仇之戏。说实在的，读这部小说，我们能看到的，都是传统乡村伦理的急速溃败，日常生活的善恶不分，人们的脸上只有欲望，成功的唯一标准就是金钱。即使是一种批判性的寓言，《炸裂志》所展示出来的这些"此岸性"审美趣味，也折射了创作主体对中国社会历史发展的片面性思考。

这种远离"彼岸性"的日常生活书写，在女性作家的笔下也同样四处可见。像乔叶的《认罪书》，表面上虽是一部救赎之作，但在金金的自我复述中，我们看到，几乎所有人物都陷入仇恨和报复的怪圈；他们的日常生活，就是不断算计如何实现复仇的人生快意。主人公金金生于无父之家，自幼饱尝世俗伦理的伤害，也养成了她那玩世不恭的乖张个性与铁石心肠，使她面对母亲的多次哀求，至死不认哑巴是自己的生父。尽管她无意于要充当一位"弑父者"的角色，但是畸形的童年成长经历和屈辱的人生记忆，使她即便通晓了世间的各种伦理，也无法让心中的屈辱释怀。在自己的家族中，她是一个受害者，又是一个施害者。无论母女之间，还是兄妹之间，留下的只是冷漠和仇恨。然而，当她爱上了有妇之夫梁知之后，她再次自觉地扮演了一个受害者与施害者。她怀上了梁知的孩子，来到梁知生活的小城，试图与他来个鱼死网破。于是，她勾引梁知的弟弟梁新，揭露梁家隐秘的伤痛，搅乱梁家的正常生活……当一切都按照她的意愿实现之后，她最终发现，所谓的复仇、惩罚，只不过是自己以牺牲命运为代价，获取了某些情感上的快意罢了。与此同时，梅好疯了，最后在丈夫的注视下，步入群英河里失去了生命；梅梅虽然没有疯，但为了孩子，也几近疯狂。当梁知、梁新在东莞劝慰梅梅之后，这个与梁知没有血缘关系的妹妹，与梁知有过情感纠葛的梅梅，在暗夜里跳楼身亡，他们无一尽到救助的责任。在梁家，梁知无疑背负着沉重的心灵负担。金金将自己交于梁知后才感到情薄如纸，有了身孕后怀着复仇的目的勾引弟弟梁新，连她自己都觉得不可理喻："和兄弟两个先后有染，怀着哥哥的孩子和弟弟结婚，我知道在众人的形象中这情形有多么淫荡和污秽，我精心预谋的不伦之婚有多么肮脏和罪恶。"一方面，金金像一个见证人，让梁家人断断续续讲出各种隐秘的故事,让梁家意识到自己的人性之恶;另一方面,金金又以自己的人性之恶,实现了自己复仇的人生快意。尽管在儿子安安得了白血病夭折之后,金金的良知渐渐苏醒,但是整部小说所呈现出来的,依然是人性之恶的四处漫溢,以及两性之间的计算与伤害。

付秀莹的《他乡》试图演绎现代日常生活中的婚姻家庭对于女性的伤害,但是,在小梨的生命中,冷漠、厌倦、疲惫和埋怨,贯穿了她的日常生存。小梨和幼通的婚姻几乎无爱可言,他们结婚的目的只是为了解决小梨的户口,在彼此永无止境的相互折磨中,他们依然维持着破败的婚姻,也仅仅是为了小孩的成长,"付秀莹用女性的细腻文笔,将一位被婚姻家庭生活折磨得遍体鳞伤的女性呈现出来。女性面临的所有困惑几乎她都赶上了,未婚先孕、引产、婆媳不和、丈夫不上进、家庭破裂,为了事业上的成功或者说心灵的慰藉,走上了感情的歧途。生活的困顿让她常常以泪洗面,小说充满着愁绪,像是一位饱受婚姻家庭生活摧残的怨妇的回忆录。在她的婚姻中,没有丝毫的幸福可言。一开始似乎是冲破家庭的牢笼,愿意为了爱情奋不顾身,最终却主动提出离婚。在后来又经历了几段感情,但是都无疾而终,因为其中掺杂着不同的功利目的"。[1]可以说,这部小说所呈现出来的,都是冷漠和伤害,没有温情,更没有人伦中应有的爱意。盛可以的《息壤》也是如此。作者动用了其一贯的凌厉、冷酷、暴烈和生猛的叙事个性,通过多重视角,叙述了初家四代女人,即戚念慈,吴爱香,初云、初月、初冰、初雪、初玉以及初秀四十多年来"身体的日常呈现方式",既包括她们苦烈悲惨的生育史,又呈现了她们内在的情欲史。作为初家的生育工具,吴爱香从十八岁嫁给初安运之后,丈夫"就没让她的子宫清闲过","吴爱香点豆子般连生六女,夭折一个,其余五个健康苗壮,长得花团锦簇",分别为初云、初月、初冰、初雪、初玉。尽管五个女儿个个聪明,天生丽质,"初云慢性子,初冰有心计,初雪胆子大,初玉天赋高",但是,为

---

[1] 刘小波:《当下女性写作的现状与局限》,《文艺报》,2020年1月13日。

了让初家继续"历史悠久、源远流长",吴爱香最终还是生下了傻子初来宝。除了苦涩的生育史,小说还极力演绎了女性的情欲史。吴爱香在丈夫去世之后,竟然发现自己的身体存在着令人难以承受的欲望折磨:"她尤其没想到孤枕难眠与情欲搏斗的辛苦漫长。肉欲——那头非理性的猛兽会将人的灵魂撕咬得血淋淋的,白天灵魂恢复原状,晚上再被撕咬,如此反反复复,让人心力交瘁,苦不堪言。"因为这种难以自控的情欲,守寡八个年头之后,吴爱香终于与一家杂货店老板有了肉体上的缠绵:"她嗅到他公牛般的气息,这气息像八爪鱼一样追上来,缠住了她。逃离这条街,她感到恐惧仍然紧攥她的心并没松开,同时意识到身体某处湿漉漉的,羞耻感让她呼吸更加困难。"等到事情终于不可遏制地发生之后:"她永远记得那一瞬间,当那不知名的男人压上她的身体,她感觉自己被一场大火彻底消融吞噬,有时像一场冲进村庄的洪水四处漫溢,有时如一片羽毛在轻风中徐徐飞翔。"即使我们将《息壤》视为一部女性的寓言,但作者所呈现给人们的,依然是永无止境的苦难和屈辱,间或身体欲望的苏醒,无法看到"彼岸"里一点点微弱的曙光。

张欣的长篇《千万与春住》中,少女纳蜜还在读书的时候,爸爸就因为贪污入狱,死在狱中,自己也被同学嘲笑,毕业后进入一所普通学校,找了个不怎么招人待见的老公,住在条件很差的筒子楼里,被人排挤到一个远离市区的培训中心工作。后来,培训中心突然吃香,纳蜜开始有了一些金钱,社会地位也开始上升,不料四岁的儿子在商场被人贩子拐走,两口子穷尽心力都没有找到,最后因此离婚。学生时代的闺蜜夏语冰也和她断了来往,四十多岁的她,还是孑然一身。16年之后,警察向她通报,说她的儿子找到了,不料却揭开了一个惊天的秘密:原来纳蜜一直嫉妒夏语冰,渴望自己也能拥有像她那样的生活和人生,然而面对自身无奈的婚姻、工作和命运,看着自己只能过着普通人的生活,住在狭窄逼仄的房子里,日日为柴米油盐酱醋奔波,觉得此生无望的她,便将翻盘的希望寄托在儿子身上。她要"换子成龙",她要让儿子将来能够过上更好的生活,拥有绚烂的人生。于是,她将亲生儿子送到了夏语冰身边,并把夏语冰的儿子留了下来,结果又弄丢了别人的儿子。最终,纳蜜受到了夏语冰夫妇的憎恨和唾弃,只剩自己独居于冰冷的房子里。针对这种迷恋于"此岸性"的暴烈式书写,有人曾批评道:"首先,作家笔下的女性仍是极度依附的。其次,作家笔下的社会似乎没有为女性提供一个公平竞争的平台。再次,作家笔下的女性形象容易极端化。特别是,近期有关女性主题的书写似乎在进行一场场痛苦比赛,作家们在笔下较劲,比谁描写的人物更惨,通过'比惨',他们都在努力谱写一曲女性命运的哀歌。将女性的社会境遇作为一个问题摆出来,引起警觉有一定的正面作用,但一味比惨,能够进一步触动人心吗?能够建立起女性自己的信念和价值观吗?会不会适得其反,混淆视听,成为反面鸡汤文,麻醉读者甚至女性本身?社会不公、职场不易、婚姻不幸、堕落沉沦、性别深渊……这就是女性面临的现状?对女性命运的哀歌化书写,会不会引起女性的警觉甚至扭转她们的命运?"[1]这一连串的反问,其实也表明了人们对于日常生活中"彼岸性"缺失的失望。

针对这种日常生活中"彼岸性"缺席的局限,孟繁华曾经发出了文学中"情义危机"的质询。在他看来,"文学的情义危机,是一个相当普遍的现象。无论是乡土文学还是城市文学,人性之'恶'无处不在弥漫四方。贫穷的乡村几乎就是'恶'的集散地,每个人都身怀'恶'技。在一些作家的笔下,乡村中国是一个仍然处在前现代、对现代文明一无所知的社会。进城务工是至今仍未消歇的小说题材,这与当下中国的城市化进程和现实生活有密切关系。但是,在一些作品中,农民只要进了城市,就仿佛跌进了万劫不复的深渊。城市的不堪、龌龊、罪恶等,与外来的'他者'格格不入,似乎城市的一切都是反人性的。没有人能够感受到城市任何与人性相关的哪怕是微茫的曙光。以都市文明为核心的新文明在构建的过程中,能够看到的只有欲望和恶。于是,当事

---

[1] 刘小波:《当下女性写作的现状与局限》,《文艺报》,2020年1月13日。

人的怀乡病随之而来。这种程式化、概念化的写作，不是来自作家对当下生活真正的疼痛，而完全是一种主观臆想，这些作品的编造之嫌是难以辩白的"。[1] 紧随其后，钱念孙也对这一问题进行了声援性的讨论，并说道："当前文学创作确有不少作品尽管主题不同、人物各异，但落墨重点常常离不开虚假、欺骗、猜疑、嫉妒、冷漠、嫌弃、算计、报复等情感倾向。刘庆邦的短篇小说《杏花雨》构思巧妙，写一对已经离婚的青年男女，签订一份奔丧协议后，女方来到男方家为丈夫父亲奔丧。一场撕心裂肺、轰轰烈烈的嚎哭，表面是为公公撒手人寰而悲痛欲绝，其实哭丧者所思所想以及那响彻四方的哭声却与死者无关。许春樵的中篇小说《麦子熟了》广受好评，俊俏的麦叶跟随堂姐麦穗走出大山进城打工，在都市欲望和金钱的双重煎熬下未失良知和本分，却被堂姐猜忌她与老耿'闲扯'的风言风语所击倒，憨厚老实的丈夫桂生因嫉恨和复仇心作祟，偷车撞死老耿而入狱，善良的麦叶跌入家破人亡的深渊而无法自拔。诸如此类的小说，在琢磨生活和表现生活上均有自己的思考，在体察社会风气走向和世态人情冷暖上也颇具匠心，对于读者认识社会、理解人生具有可贵意义。不过，如果众多作家趋之若鹜地都追逐这种创作路数，出现如孟繁华所说的'无论是乡土文学还是城市文学，人性之"恶"无处不在弥漫四方'的现象，那就值得我们警惕和检讨了。"[2] 从某种程度上说，新世纪以来的文学中，很多作品所表现出来的叙事伦理，并非只是"情义"的缺失，而是对整个生命中"彼岸"的抛弃。

但是，无论我们如何界定文学的起源，都离不开一个最基本的事实：人类情感的自我需求。这种情感需求，在很大程度上是由于日常生活无法提供，而必须诉之于人类自身的精神幻想。因此，柏拉图说，艺

---

[1] 孟繁华：《写出人类情感深处的善与爱——关于文学"情义危机"的再思考》，《光明日报》，2019年3月27日。
[2] 钱念孙：《提升文学的精神高度和情义浓度》，《光明日报》，2019年4月3日。

术作品是"摹本的摹本","影子的影子",[1]罗兰·巴尔特则认为,文学就是人类"语言的乌托邦"。[2]如果我们没有理解错,从柏拉图到罗兰·巴尔特,其实都是在强调,一切文学艺术,在本质上就是人类心灵漫游的产物,是人类面对各种现实的生存困境时,努力寻找自我超越的一种理想方式。正因如此,无论是传统的文学理论,还是传统的美学理论,都将文学的世界与现实的世界视为完全不同的两个世界。宗白华就说过:"所谓艺术生活者,就是现实生活以外一个空想的同情的创造的生活而已。"[3]在分析传统美学的建构因素时,彭锋也认为:"由于现实生活是不以人的意志为转移的'硬件',人们的审美理想不可能现实地实现,因此只能采取艺术的方式虚拟地实现。艺术与日常生活的区别,关键在于前者是审美理想可以渗透的虚拟领域,后者属于审美理想无法渗透的现实领域。"[4]彭锋所说的"虚拟领域",在某种意义上说,就是指一种非现实性的精神想象领域,或者说是一种"彼岸"的理想领域。

文学就是人类理想的一种特殊传达,是人类心灵无法在现实生存中获得满足的一种话语寄托,这是一个基本的事实。在这个事实的背后,其实隐含了一个根本性的命题:文学作为一种纯粹的精神活动,其本身就是人类心灵巡游的话语行为,因此它应该对人类自身的理想负责,应该寻找并展示人类内心深处的光荣和梦想,并通过这种光荣和梦想,帮助人们摆脱内心深处的现实焦虑,克服世俗生存的诸多不幸,寻找抗争苦难和绝望的生存勇气,展示灵魂的自由、豪迈与旷达,确认生命的积极意义和内在动力。如果从哲学渊源上看,文学的这一理想属性,也是基于人类对于"彼岸"世界的憧憬。在西方,它是以罪感文化为基础,

---

[1] 朱光潜:《西方美学史》(上卷),第44页,人民文学出版社,1979年。
[2] [法]罗兰·巴尔特:《符号学原理》,第106页,李幼蒸译,生活·读书·新知三联书店,1988年。
[3] 宗白华:《美学与意境》,第17页,人民出版社,1987年。
[4] 彭锋:《日常生活的审美变容》,《文艺争鸣》,2010年第5期。

既正视"此生"所负载的罪孽,追求人间的"圣爱",又强调自身灵魂的拯救,寻找抵达天堂的路途。在中国,则以"乐感文化"为核心,强调"天人合一"的高迈境界。李泽厚曾从中国哲学的"情本体"出发,认为"战胜一切艰难险阻,历经苦难死亡,而奋力不息地生活着、斗争着,在诸生物族类中创此伟大世界,这就是人类总体的'本体'所在"。这种人生信念,既是"天行健,君子自强不息"的终极所旨,又与"人性善""天地之大德曰生"构成某种意义上的承续关系,甚至与基督教的"圣爱"宗旨异曲同工。[1] 可以说,无论西方还是东方,作为一个个体存在的人,都有一种超越现实、超越苦难的"彼岸性"意愿。从这种心灵意愿出发,人类才有了宗教、哲学、文学艺术等等,它是人类精神自我确认的特殊方式,也是人类不断建构生命意义的重要手段。

憧憬"彼岸"的世界,展示人类的理想,文学的这一精神属性,其实已经被无数中外经典作品所证明。可以说,它直接催生了欧洲最为辉煌的浪漫主义文学,也是中国古代大量优秀之作的精髓。米兰·昆德拉就曾经说过,欧洲最早的一些小说所讲述的,都是一些穿越世界的旅行,而这个世界在作家的笔下都是无限的,充满了理想主义的激情,即使是像《唐·吉诃德》中的主人公,他所启程前往的也是一个敞开的、具有无限幻想的世界。然而,"到了巴尔扎克,远景像现代楼房后面的景色,它消失了",[2] 理想气息开始衰退,文学变得越来越关注现实,越来越倾心于对现实生存状态的精临细摹。在昆德拉看来,文学的理想主义情怀,在支撑了浪漫主义思潮之后,却随着现实主义的兴起而渐趋黯淡。但问题并不那么简单。因为现实主义文学的崛起,虽然让写作逐步关注现实生活,但并没有拒绝理想的表达,只不过这种理想情怀常常渗透在日常生活书写的背后,而不再成为直接的、正面的表达对象而

---

[1] 李泽厚:《实用理性与乐感文化》,第182页,生活·读书·新知三联书店,2008年。
[2] [捷克]米兰·昆德拉:《小说的艺术》,第7页,孟湄译,生活·读书·新知三联书店,1992年。

已。应该说，文学由单纯的浪漫主义向现实主义转变，在保持文学审美功能的同时，也强化了文学的认识功能——对社会、对历史、对人性的深度体察和思考。因为文学毕竟不只是一种单纯的审美存在，它同样具有特殊的认识功能和教育功能，而对现实生存的不断关注，无疑会大大增强文学自身的认识功能和教育功能。这也是现实主义文学在近两百年来一直经久不衰，甚至成为全球主流文学的重要原因之一。更重要的是，在对现实生存的深度书写中，文学不仅没有抛弃理想情怀，还在人类生存的实践层面上，更为明确地赋予了理想对抗现实的具体作用和意义，就像李建军所说的那样："《红楼梦》讲色空，果戈理爱嘲讽，鲁迅冷峻，契诃夫忧郁，但他们都是伟大的理想主义者，因为，在他们的内心深处，在他们的作品里，都蕴含着对自己笔下的人物和人类的温暖的爱意，有着对美好人性、理想人格和理想生活的直接赞美或隐喻性的肯定。"[1]我们说，一种正常而健康的文学格局应该是，创作主体不仅要密切关注人们在日常生活中的各种生存困境，以及人性之变，还要捕捉那些困境背后的生命之光，在探讨并反省人类与自然、历史、社会之间的复杂关系中，既写出人性内在的丰富和繁杂，又展示人类灵魂的神圣与高贵，这才是日常生活诗学的核心追求，也是日常生活诗学的要义之所在。

---

[1] 李建军：《理想主义与文学的力量》，《文艺报》，2010年9月20日。

余 论
从日常生活诗学到诗意化的日常生活

新世纪已经走过了二十年。对于中国社会的发展来说,这二十年无疑是一个巨大的变化。从信息技术的变革到消费文化的盛行,从城市化进程的推进到全球化步伐的加快,几乎每一种变化都在深刻地影响着我们的日常生活,并改变了我们的日常消费方式、日常交往方式和日常观念活动。日常生活的这些变化,当然是源于有组织的、技术化和理性化的非日常生活发展,"新的非日常生活方式和支撑着工业文明的技术理性和人本精神重新塑造着人的生存方式或生活的样法,改造着传统的文化基因,而这种转型的文化和具有新文化基因的活动主体又反过来自觉地构造着现代化的社会"。[1] 我们很难判断,这种理性的变革是一种人类现代文明的进步,还是像列斐伏尔所说的是一种新的"异化",但是它已构成了我们日常生活的常态,即一种变动不居的、开放性和包容性不断增强的日常生活形态。

导致这种变化的主要原因,不仅仅是非日常生活不断强化了社会的分工,还有非日常生活与日常生活之间互动互构的不断加剧,以及它们之间的界线变得日趋模糊。在今天,任何一个人的家庭亲缘结构、日常

---

[1] 衣俊卿:《回归生活世界的文化哲学》,第389页,黑龙江人民出版社,2000年。

生活环境、日常生活方式以及思维方式，都会潜在地影响他在非日常生活中的自我发展；同样，在各种社会职场中，很多个人在日常生活中的种种言行方式及观念，也都深刻地影响了他在非日常生活中的地位和他所发挥的个人作用。有学者提出，应该通过对日常生活进行一种批判性的重建，从总体上打破传统社会中的日常生活结构形态，从而使日常生活世界和非日常生活世界相互渗透、相互作用，协调同步发展。"在这里，自觉的精神生产和社会活动领域为人提供自由创造和竞争的空间，而合理的日常生活世界则为人提供安全感和家园；每个人都既是日常生活主体又是非日常生活主体，他能同科学、艺术、哲学等人类精神建立起自觉的关联，无论在日常生活中还是非日常活动中都既能恰当地有限度地运用日常生活图式和重复性思维，又能自觉地求助于创造性思维和创造性实践。这样一来，日常生活就会从传统文化的保守寓所转变为现代理性化和人道化社会的有机组成部分。"[1] 这种理论上的设想，不仅充满了人本主义的理想情怀，而且在当今的现实中正在转化成一种可能性，并使我们对于日常生活的认知和理解变得更为艰难。

与此同时，我们也必须看到，这种变化还带来了一种显著的趋势，就是日常生活正在以加速度的方式不断扩容，并使一切固有的传统日常生活内涵充满了各种异质性。譬如，在日常消费活动中，传统的消费活动主要立足于衣食住行和节庆仪式等，或坚持明确的实用主义原则，或突出日常娱乐的狂欢效果，本质上都体现了人对物的主观性选择，其消费的主要目的也是为了满足人的日常生存需求。但如今的消费活动，已大大超出了单纯的实用主义原则或狂欢效果，像衣食住行方面的日常消费，就催生了巨大的市场产业和商业巨头，时装、美食或特色小吃、风格化的商品房，以及各种现代交通工具，可谓琳琅满目。各行业的商业巨头们不再被动地等待消费者的自主选择，而是利用广告宣传、符号化的商品增值等手段，在潜移默化的过程中，巧妙地剥夺了普通大众对商

---

[1] 衣俊卿：《回归生活世界的文化哲学》，第392—393页，黑龙江人民出版社，2000年。

品消费的选择权。更重要的是，除了衣食住行或节庆仪式之外，艺术品、书籍、影视产品以及各种具有风格化特征的非实用性商品，也成为人们日常生活中颇受追捧的消费对象，甚至人的身体本身（如各种模特、广告代言人以及网红主播）也都成了消费符号。这些消费对象，都是当今日常生活中不可或缺的存在，也使我们看到了日常生活急速扩容的特征。如果我们再看看日常交往活动、日常观念活动，同样存在着飞速扩容的巨大空间。面对这种无边无际的扩容态势，任何人都无法穷尽日常生活的内容，也难以把握它的整体内涵。

一方面是日常生活与非日常生活的不断渗透，彼此混杂，使得日常生活弥漫在整个人类生活之中；另一方面是日常生活本身的急速扩容，内涵不断变化，让人难以厘清它的各种流变倾向，这种混杂、丰富而又充满不确定性的日常生活，既为中国当代作家提供了巨量的写作资源，也为他们探寻生命存在及人性的真相提供了坚实的现实载体。曾有学者认为，新世纪以来的宏大叙事之所以不断衰微，是因为越来越多的作家不再关注重大历史，也不太热衷于宏观的现实问题，过于迷恋自我生存的小天地，迷恋于琐碎的日常经验。这类判断虽然有一定的道理，但我们也要看到，即使是日常生活中随处可见的"小我"，在如此繁复的现实境域中，早已隐含了无限丰富的审美信息。日常生活的这些变化，使当代作家在认知、理解和思考上，都充满了审美的挑战性，所以大多数作家无暇顾及宏大叙事，实属文学创作的必然情形，毕竟生活是写作的重要源泉。也正是因为这种独特的现实境域，才使得新世纪文学在日常生活诗学的建构上日显突出。

列斐伏尔说："人一定是日常的人，否则，他就完全不是人。"[1] 王国维也说道："生活之本质何？'欲'而已矣。""饥而欲食，渴而欲饮，寒而欲衣，露处而欲宫室。此皆所以维持一人之生活者也。"[2] 从

---

[1] [法]亨利·列斐伏尔：《日常生活批判》（第一卷），第117页，叶齐茂、倪晓晖译，社会科学文献出版社，2018年。
[2] 洪治纲主编：《王国维经典文存》，第132—133页，上海大学出版社，2003年。

本质上说，中国新世纪文学在建构日常生活诗学的过程中，并不是为了片面地张扬日常生活而排斥非日常生活的价值，而是让文学重新回到人的基础性生活之中。它体现了中国作家对当代文学曲折发展历程的一次调校，这种调校隐含了作家在艺术上的双重努力：其一，努力重建日常生活对于文学应有的审美价值，使文学与真正丰富的大众个体建立起有效的联系。通过日常生活的倾心书写，让每个个体真正地回到完整的生活中，回到日常之中，回到生命的本真状态中，努力改变当代文学创作过于强调人的集体性、组织性等非日常生活之偏颇，使文学不再局限于启蒙、革命、战斗等宏大的历史语境，重返琐屑、芜杂而平庸的日常状态，就像蓝蓝的诗歌《让我接受平庸的生活》所写的那样："让我接受平庸的生活/接受并爱上它肮脏的街道/它每日的平淡和争吵/让我弯腰时撞见/墙根下的几棵青草/让我领略无奈叹息的美妙//生活就是生活/就是甜苹果/曾是的黑色肥料/活着，哭泣和爱——/就是这个——/深深弯下的身躯。"对于芸芸众生中的个体而言，平淡和争吵，哭泣和爱，都是生命中最珍贵的体验，都承载了我们对于人生最幽深的体悟，也都需要我们弯下腰来将它们一一捧起。

其二，致力于人本主义的精神诉求，为当代文学探寻一种"整体的人"的审美理想。"整体的人"，当然包括日常生活中的人和非日常生活中的人，即马克思在《1844经济学哲学手稿》中所说的"人以一种全面的方式，也就是说，作为一个完整的人，占有自己的全面的本质"。[1]列斐伏尔认为，我们必须以辩证和发展的眼光来认识"整体的人"这一概念，因为任何一个个体的人都是有限的，处于不断被异化的状态，"在矛盾中，即在异化中，贯穿于整个矛盾过程，即异化过程，人和对象化了的人总是构成一个整体。作为完整的人——普遍的、具体的和活生生的，相对于社会发展的无限性而言，他只能被认为是有限的人"。因此，"整体的人是相对无穷大的一个极限。如果我们假定完整的人这

---

[1] [德] 马克思：《1844年经济学哲学手稿》，第80页，人民出版社，1985年。

个极限是一种普遍性，那么，我们就可以断定，在人类实践活动领域之间，诗歌和科学，艺术和知识，一定存在着一种深刻的、至今没有被认识到的统一性，尽管这些人类实践活动领域之间存在着冲突和矛盾。没有绝对真理，所以，认识就是纯粹相对的；没有完整的人，所以，人文主义和有关人的理论概念都重新陷入了分散的多元状态"。[1] 这也就是说，"整体的人"是多维度而不是单面的存在物，是多种属性和活动达到有机统一的主体，既是自然、感性、生物的，也是精神、社会、意向性的；既是理性的也是非理性的；既是经济、社会、政治的，也是文化动物；既是工具的制造者，也是符号、象征的创造者。"整体的人"是本质和现存、实然和应然、能动与受动、自由与责任的统一，是永远具有开放性的存在物。"整体的人"是多维需要和多重价值的统一体，既有物质、生理的需要，也有精神、社会、文化和自我创造的需要。[2] 作为人本主义的终极目标，"整体的人"只是一种预设的理想，人类所有的努力，只不过是行进在通向这个目标的过程中；同时，"整体的人"是建构在完整的生活之上，没有完整的生活，也就没有完整而丰沛的生命，对于文学创作而言，也不太可能呈现人本主义的审美理想。

中国作家借助新世纪以来的大量创作实践，在日常生活的书写上已经体现出较为明确的双重审美目标，展示了日常生活诗学的核心内涵，使我们在审美层面上重新认识到平凡个体的日常生活有着重要的意义。日常生活"就是一日复一日的、普普通通的、个体享有的'平日生活'。每个人都必定有每个人的日常生活，它是人们得以生存和消费的根本基础"。[3] 任何一种生活都是利弊兼存，日常生活同样也不例外。刘悦笛曾从消极与积极的两重性上分析了日常生活的特点："从消极的角度看，它是一个自明的、熟知的、惯常的世界，具有私人化、反复性、封闭性

---

[1] [法]亨利·列斐伏尔：《日常生活批判》（第一卷），第62—64页，叶齐茂、倪晓晖译，社会科学文献出版社，2018年。
[2] 吴宁：《日常生活批判——列斐伏尔哲学思想研究》，第169—170页，人民出版社，2007年。
[3] 刘悦笛：《"生活美学"的兴起与康德美学的黄昏》，《文艺争鸣》，2010年第3期。

的特点。……但如果从积极的角度看,它又是一种活生生的、基本经验的世界,具有混糅性、原发性、奠基性的特点。"同时,他还进一步指出:"在日常生活之中,现实的个人总以各种形式将自身对象化,他们一方面通过塑造他们生活的世界来塑造自身,另一方面,日常生活的世界反过来也对人加以限定与规定。前者指的日常生活世界是人们活动的对象,后者指的日常生活世界则是人们生活的背景,它们是交互规定着的关系。"[1] 的确,日常生活与每个个体之间的关系永远处在交互制约之中。日常生活约束甚至塑造了不同的个体,从生活方式、生存观念到思维方式,不同的个体都会受制于他所拥有的日常生活;而个体对日常生活的选择,既包括他对日常生活的服从和皈依,也包括他对日常生活的建构和改造。

最突出的一个例证,就是我们日常生活的急速扩容状态,包括文化消费、休闲度假、旅游观光等等,如果没有大量个体的积极参与,没有大众群体在日常消费方式和消费观念上的改变,所有的文化产业和文化市场不可能获得迅猛扩张,从"农家乐"到生态山水也难以维持可持续性发展。也就是说,不同的个体以积极的方式参与到日常生活的改造之中,才使得日常生活的疆域得以不断扩大。同样,人类社会在衣食住行方面之所以出现不断的变革,也正是基于人们对这些领域积极参与改造的产物。我们或许可以说,它是人们欲望不断膨胀的结果,同时又是人类欲望自我满足的体现。这种日常生活与个体之间的交互制约关系,是一种动态性的、永不歇息的状态,它在推动日常生活不断变化的同时,也使个体的生命变得更为充盈和繁复。所以,当我们在新世纪文学中看到很多"另类"人物形象时,无论是喧嚣的欲望之徒,还是充满"佛系"特征的宅男宅女,乃至各种"废柴"式青年,其实都体现了这种日常生活与个人之间交互制约的关系。

如果说日常生活的丰富与复杂,为中国当代作家笔下的人物书写提

---

[1] 刘悦笛:《"生活美学"的兴起与康德美学的黄昏》,《文艺争鸣》,2010年第3期。

供了无数鲜活而又充实的精神镜像,那么从日常生活诗学的角度来说,我们必须清楚地认识到生活的质量与生命质量之间的关系。只有保证有质量的生活,才能保证有质量的生命;只有保证生活的丰富性,才能保证个体的丰富性;只有保证生活的多元性,才能保证生命的独异性。因此,中国新世纪文学体现出来的日常生活诗学追求,并不仅仅是为了文学艺术本身的拓展,它同样借助文学的审美功能和认知功能,参与了日常生活的积极改造。作家们或质询、或首肯、或批判、或赞颂,他们所体现出来的精神追求,在某种程度上说,都是为了倡导有诗意的生活,提升我们的生命质量。尽管在现代性的进程中,几乎每个现代人都充满了内在的焦虑,但每个人都不会因为这种焦虑而停止积极的生活,就像宇向的诗《圣洁的一面》所写的那样:

> 为了让更多的阳光进来/整个上午我都在擦洗一块玻璃//我把它擦得很干净/干净得好像没有玻璃,好像只剩下空气/过后我陷进沙发里/欣赏那一方块充足的阳光//一只苍蝇飞出去,撞在上面/一只苍蝇想飞进来,撞在上面/一些苍蝇想飞进飞出,它们撞在上面//窗台上几只苍蝇//扭动着身子在阳光中/盲目地挣扎/我想我的生活和这些苍蝇的生活没有多大区别/我一直幻想朝向圣洁的一面

每个人都希望能够拥有真正有质量的生活,使自己的生命变得充实、丰沛而又独一无二,实现自己理想中的人生状态。但生活常常不如所愿。就像宇向在诗中所描述的那样,我们总是朝着内心确定的干净、圣洁的方向奔波,结果却经常沦为盲目的挣扎。这种尴尬、分裂与错位,虽不能说是现代人的生活常态,但它确实折射了个体与现实之间的复杂关系。所以我们在讨论日常生活诗学时,既不能简单地将人本主义诉求理解为对日常生活的单向度表达,也不能简单地视日常生活为人的生命自由的某种障碍,而是要在互动互构中,让创作主体的思考回到生活本身,尤其是要回到日常生活之中,既要聚焦于物质生活的质量,又

要关注精神生活的品质,从整体性视域中把握、理解并建构个体与生活之间的关系,使日常生活真正成为每个个体生命的出发地和栖息地,从"文学是人学"的角度来建构日常生活诗学。

但是我们也必须承认,在我们讨论日常生活诗学时,还有一个重要的命题对日常生活诗学构成了一种重要补充,那就是"日常生活审美化"。所谓日常生活审美化,主要是指艺术和生活之间的距离逐渐消失,人们在把"生活转换成艺术"的同时,也同样将"艺术转换成生活"。它的核心内涵主要有两层:一是艺术和审美进入日常生活,被日常生活化。二是日常生活中的一些重要物品、特别是工业化批量生产中的商品以及环境被审美化。可以说,日常生活审美化,既是新世纪以来中国学界讨论的一个学术热点,也是中国社会快速发展后所涌现出来的一种突出的文化现象。它让人们重新审视了文学艺术、个体生命与现代日常生活之间的关系,并在一定程度上揭示了文学艺术与现代日常生活的互动状态。这种状态,在有些学者看来,是精英化的文学艺术向日常生活的妥协,体现了文学艺术的萎缩与文学性的蔓延;在另一些学者看来,则是消费主义盛行之后,大量商品吸收了文学艺术的元素,并通过消费的方式融入到人们的日常生活之中,有效提升了个体生命的生活质量。应该说,这两种观点并不矛盾,只是讨论的角度不同而已,其核心问题均是指向文学艺术与日常生活之间日趋紧密的互动状态。陶东风就从社会发展和日常生活的角度分析道:"当代世界(包括中国的一些城市地区)的产业结构发生了深刻的变化,服务产业、文化产业、休闲娱乐产业在整个产业结构中的比重越来越大,与此同时,大众传播方式迅速发展与普及,文化的市场化与商业化程度日益加深。这一深刻的、全方位的转型导致了当代社会与文化的一个突出变化:日常生活的审美化。它是作为当代社会的重要组织原则而出现的,其范围已经不限于贵族或精英圈子,因而不同于中国古代士大夫或西方19世纪唯美主义者的'人生艺术化'。"[1] 借助韦尔施的相关理论，陶东风还进一步分析到，从城市的环境设计与装饰、购物中心的风格化装扮，到各种城市娱乐公园的剧增，这些表面上所体现出来的别致景观，实际上体现了现代人已经将审美化看作是一个深刻的、体现于社会与消费结构内部的、巨大的社会—文化变迁。也就是说，审美已不再局限于自律性的文艺范畴之中，而是延伸到了日常生活中各种具有文艺元素的事物内部。

表面上看，日常生活审美化关注的是日常生活中的一种文化现象，即日常生活中很多消费性的商品或场域，已明确地带有个体的审美活动情境，甚至体现了日常生活诗意化的美学倾向，但实质上，它既触及了日常生活的变化给个体的人所带来的生命感受，也触及了个体的人如何理解文学艺术与日常生活的同构关系，涉及到大众文化、现代媒介、文化消费等诸多重要问题。在《消费文化与后现代主义》一书中，费瑟斯通就从三种意义上讨论了"日常生活审美化"问题。首先，它是指那些带有亚文化气质的艺术，包括在第一次世界大战和20世纪20年代出现的达达主义、历史先锋派和超现实主义运动等，这些流派的作品以及一些艺术活动，逃脱了传统艺术的自律性规范，并消解了传统艺术与日常生活之间的界限；特别是20世纪60年代出现的后现代艺术，作为对博物馆与学术界中制度化了的现代主义之反动，就是基于这样一种审美追求。其次，它是将日常生活转化为一种艺术作品的审美策略，包括波德莱尔、唯美主义、福柯等极力探索的各种新生活方式实验，既隐含了审美消费的生活，又试图将日常生活融入到艺术和知识反文化的审美愉悦之中。这种努力，与一般意义上的大众消费、对新品味与新感觉的追求、对标新立异的生活方式的探寻紧密相连。再次，它是指充斥于当代社会日常生活之经纬的迅捷的符号与影像之流，也就是消费文化发展的核心内容。这种"拟像化"的文化消费，通过审美化的方式，让现实与影像之间的差别消失了，建构出足以混淆现实的仿真世界，根据鲍德里

---

[1] 陶东风：《日常生活的审美化与文艺社会学的重建》，《文艺研究》，2004年第4期。

亚的说法,这种超现实的"拟像世界"已成为今天的现实本身,构成了我们日常生活中的一个组织部分。[1]

从费瑟斯通的归纳中,我们可以进一步分析,日常生活审美化之所以成为当今日趋明显的生活现实,主要离不开大众文化的兴起、现代媒介的发展以及消费主义的盛行。这三种特殊的现实背景相互作用,不仅推动了精英化的文艺融入到日常生活之中,而且使文艺演变成各种消费时代的文化符号,成为人们日常中无可替代的精神生活之组成部分。

首先,大众文化的兴起,使理性的审美活动成为日常生活中的一种方式。尽管这种方式还没有达到普遍性的程度,但已成为部分民众在日常生活中的文化选择。所谓大众文化,通常是指被普通民众广泛接受并积极推崇的、具有通俗性质的文化。这类文化主要包含了三层含义:一是大众文化是在工业社会随着文化进入工业生产和市场商品领域而产生的新的文化现象,带有浓厚的商业化色彩。二是大众文化以大众传播媒介作为文化传播形式,以现代技术手段为文化生产形式,能够成为大众广泛接受的文化消费形式,并遵循市场化的批量化生产方式。三是大众文化以现代都市大众为主要受众,是现代都市大众普遍推崇的精神消费目标。因此,大众文化具有商品性、流行性、娱乐性、日常性等基本特征。在新世纪以来,随着物质生活的极大提高和现代电子媒介的飞速发展,大众文化在中国的崛起也异常迅速。它不仅带动了文化产业的快速发展,还将文学艺术从精英群体中解放出来,不断融入大众的日常生活之中,成为大众精神生活的消费对象。更重要的是,处于社会文化中心或热点的,不再是传统的经典艺术,流行歌曲、电视连续剧、广告、时装、模特表演、网络文学、畅销书以及动漫、网上视频、网络游戏、手机视频、手机短信等审美形式不断涌现。就文学作品而言,大量类型化的网络文学、非虚构类的纪实文学,都成为大众津津乐道的畅销商品,不少作品还进入影视等文化产业之中,形成了一种商业化的文化产

---

[1] [英]迈克·费瑟斯通:《消费文化与后现代主义》,第95—99页,刘精明译,译林出版社,2000年。

业链。

大众文化虽然没有明确地追求文学艺术与日常生活之间的无界限，但它确实对这两者之间的界限形成了冲击。早在20世纪50年代末，西方美术界就曾兴起"生活派"艺术。一些艺术家秉承"艺术与生活无界限"的美学理念，注重日常生活的所有细节中都可能蕴含的艺术成分，并对此进行挖掘。他们认为："生活中的一切就是最好的艺术品，街头噪音是最好的音乐，宇宙飞船与地面的通话胜似贝多芬的乐章，俯拾皆是的生活用品和垃圾箱中的破烂含有最高的审美价值。"[1] 这种情形，体现在新世纪以来的大众文化中，就是大众在消费文化和媒介受众中成为绝对的主力军，这种主力军的地位决定了他们的审美趣味必须受到关注。如果考虑到商业化的利益分享，大众的审美趣味甚至起到了决定性的作用。"大众趣味把审美消费整合到日常消费的世界中，从而，它拒绝予以艺术对象任何特别的'尊敬'……日常生活的评判标准被使用到艺术作品之中，并且，经由他所谓的'艺术事物'与'生活事物'之间的相关点而发挥作用。"[2] 这也意味着，审美活动也不再局限于图书馆、音乐厅、歌剧院、美术馆等与日常生活疏离的特定文化艺术场所，而是随时出现在普通大众的日常生活空间里，包括购物中心、街心公园、体育场馆、度假胜地，等等。在这些场所，文化活动、审美活动与社交活动、商业活动融为一体，相互交织；甚至审美作为一种文化消费也进入普通家庭，与日常生活相连，例如环境设计、街区美化、居家装修、美容健身以及闲暇时间边看电视剧边聊天谈笑等等，审美过程无形中成为日常生活的一个组成部分，彼此不分。由此带来的结果，一方面是大众文化利用其自身的审美趣味，促动了文学艺术向大众消费的倾斜，消解通俗性与高雅性之间的差别；另一方面也使大众的日常生活扩展到审美活动领域之中，从而形成日常生活审美化的现代生活景观。

---

[1] 邵大箴：《当代国外文艺思潮与我国美术创作》，《当代文艺思潮》，1982年第2期。
[2] ［英］约翰·费斯克：《理解大众文化》，第145页，王晓珏、宋伟杰译，中央编译出版社，2001年。

其次，现代媒介的技术变革，不仅彻底改变了人们对日常生活的认知方式，同时也在某种程度上改变了人们的日常生活方式甚至思维方式。特别是在今天这个互联网和移动通信高度发达的时代，一切与人们息息相关的日常生活，从移动支付、手机导航，到就餐选择、人际交往，现代电子媒介几乎以无时不在、无处不在的方式，完全左右了我们的日常生活，几乎彻底改变了我们的日常生活方式。同时，由于信息技术的支持，媒介已解决了人们在时间和空间上的诸多障碍，时间上的瞬时即达，空间上的全球同步，使人们在思维方式上也形成了新的变化。这些日常生活的变化，让我们有理由重新审视媒介作为信息传播工具的定义，因为它几乎构成了与人的主体相抗争的另一个主体。波兹曼就曾说道："和语言一样，每一种媒介都为思考、表达思想和抒发情感的方式提供了新的定位，从而创造出独特的话语符号。"[1] 查尔斯·斯特林甚至更明确地说道："媒介即生活。"[2] 但是，我们也必须注意，媒介所具有的这种执行力与它的受众群体形成了紧密的互动关系，也就是说，它既掌控了受众的话语符号，又必须依赖于受众的接受心理，并最终拥抱受众的生活。受众群体接受的大小、受众依赖程度的高低、受众呼应的频率，都决定了媒介的发展命运，尤其是支撑媒介技术变革的经济动力。这种情形，也迫使媒介的话语符号必须更好更多地契合于大众的文化心理，并增强与大众的互动性，使媒介成为大众日常生活的一个重要组成部分。

现代电子媒介正是以这种方式进入我们的日常生活，并通过与大众的密切互动，实现了对人类日常生活的深度融合。这种融合的后果是，媒介"更像是一种隐喻，用一种隐蔽但有力的暗示来定义现实世界。不管我们是通过言语还是印刷的文字或是电视摄影机来感受这个世界，这种媒介—隐喻的关系帮我们将这个世界进行着分类、排序、构建、放

---

[1] [美]尼尔·波兹曼：《娱乐至死》，第11页，章艳译，中信出版社，2015年。
[2] [美]查尔斯·斯特林：《媒介即生活》，王家全等译，中国人民大学出版社，2014年。

大、缩小、着色,并且证明一切存在的理由"。[1]从隐喻的关系上看,现代电子媒介由于解除了时间和空间的诸多障碍,从而表现出它对这个世界建构的执行力更为强悍,同时又由于它与大众之间的紧密关系,使一切(包括政治、经济、法律、科技、文化等等)在大众文化层面上步入了狂欢之境,呈现出日常生活的娱乐化倾向,也即波兹曼所说的"娱乐至死"。因为在大众深度参与的媒介话语符号建构中,消费性的感性欲望和快感追逐总是不可或缺的因素,快餐文化和流行文化成为重要的话语符号。表面上看,这些话语符号可以缓解工具理性对于人性的压抑,给大众带来感官上的欢乐,甚至体现了文化的某些平等共享价值,但在实质上,它们又从大众的狂欢接受过程中,完成了消费观念和消费行为的大面积输送,并成功获得了海量的消费信息与消费的主导地位。

再次,消费主义的盛行,不仅将商品的符号价值提到了全新的高度,使这些符号成为个体日常生活的身份确认标准和个性风格的体现,还使文化消费成为经济领域中重要的产业形式。更重要的是,它从根本上改变了我们在日常生活中的消费观念,使消费活动与审美活动形成了密切的关联。在本书前面的相关章节中,我们已多次讨论了消费主义对新世纪文学在日常生活书写中所产生的重要影响,但有一个重要问题需要进一步补充,那就是鲍德里亚的"消费是生产"的相关论述。在鲍德里亚看来,任何一件物品生产出来,首先体现出来的是实用性,即功用逻辑;当它进入商品流通领域实现了交易,则体现了其经济逻辑;而当此商品在消费过程中,聚合了各种声誉和品牌价值,则呈现了它的符号逻辑。当一件物品的符号价值不断获得彰显,个体的人在消费过程中就失去了应有的独立性,被消费社会整合到了符号编码系统中,进入了整个消费主义的符号体系里,参与了资本的再生产。细而言之,其具体程式是,消费生产了商品的品牌符号及符号价值,并进而参与生产了整个符号体系,接着又通过这种符号消费,帮助社会生产了世界资本主义体

---

[1] [美]尼尔·波兹曼:《娱乐至死》,第11页,章艳译,中信出版社,2015年。

系，当然也"生产"了个人的社会地位和身份。[1] 费瑟斯通认为，鲍氏的这种理论突出了"消费必然导致对记号进行积极的操纵。这是记号与商品联合生产'商品—记号'的晚期资本主义的核心。能指（signifier）的自主性意味着通过诸如传媒与广告对记号的操纵，使记号自由地游离物体本身，并运用于多样的相关联系之中"。[2] 符号消费是消费主义的重要特征，它对人们的日常生活产生了深远的影响，从人们的消费观念到个体精神的满足，已由商品的占有转换为对商品符号的追捧。

尽管鲍德里亚并不认同消费与个人的欲望、个体的享受相关，认为"消费是一个系统，它维护着符号秩序和组织完整；因此它既是一种道德（一种理想价值体系），也是一种沟通体系、一种交换结构"，而"享受会把消费规定为自为的、自主的和终极性的。然而，消费从来都不是如此。人们可以自娱自乐，但是一旦人们进行消费，那就绝不是孤立的行为了（这种'孤立'只是消费者的幻觉，而这一幻觉受到所有关于消费的意识形态话语的精心维护），人们就进入了一个全面的编码价值生产交换系统中，在那里，所有的消费者都不由自主地互相牵连"。[3] 但是，在实际生活中，不同的个体并非在消费符号体系中完全消失，或者只是充当了消费符号体系的某个环节，而是他们以群体的方式，参与了符号系统的编码。因为在这个过程中，以大众消费为主体的文化消费可以成为一个明确的例证。在大众的文化消费中，无论是影像符号，还是身体符号，都必须唤醒大众的欣赏趣味，并在这种趣味的互动（即审美活动）中，才能逐渐形成自身特有的符号生产体系。鲍德里亚自己也认为，所有关于身体的符号消费，无论是功用性的美丽符号，还是功能性的色情符号，都与人的欲望密切相连，因为"性欲是消费社会的'头等

---

[1] [法]让·鲍德里亚：《消费社会》，第58—59页，刘成富、全志钢译，南京大学出版社，2008年。
[2] [英]迈克·费瑟斯通：《消费文化与后现代主义》，第21页，刘精明译，译林出版社，2000年。
[3] [法]让·鲍德里亚：《消费社会》，第60页，刘成富、全志钢译，南京大学出版社，2008年。

大事',它从多个方面不可思议地决定着大众传播的整个意义领域。一切给人看和给人听的东西,都公然地被谱上性的颤音。一切给人消费的东西都染上了性暴露癖。当然同时,性本身也是给人消费的"。[1] 所以从消费符号体系来说,它是由大众文化和现代媒介共同参与的符号化生产系统。在这个系统中,文化消费作为一种重要的产业链,同样构成了日常生活审美化的一种内涵。

无论日常生活审美化对传统美学构成了怎样一种挑战,或者说它具有哪些合理性,又存在着哪些局限性,但是作为一种对现代日常生活的重新打量,它"反映了后期现代社会大众文化繁荣的历史状况,因此它对审美的身体性和感性快乐的强调,也有某种历史合理性。身体美学批判了传统意识美学对身体性的忽视,强调了审美的身心合一性,这是值得肯定的"。[2] 同时,它将审美活动与日常生活联系起来,使我们也重新认识了日常生活急速扩容之后,在大众文化、现代媒介和消费主义的紧密交织、深度融合中,越来越多地激活了人们的审美活动。从亮丽夺目的时装、精妙绝伦的广告,到造型别致的购物广场、奇思妙想的主题公园,以及让人脑力激荡的网游、丰富多样的影视作品,都在充实我们的日常生活,也在激发我们的审美体验。虽然我们还不能说,人们的日常生活正在走向某种诗意的路途中,但这些确实让我们的日常生活充满了富有诗意的审美情趣。

日常生活审美化问题,表面上看似乎与日常生活诗学并没有太深的关系,但是,日常生活诗学毕竟是建立在日常生活书写之上的诗学,而作家对于日常生活的书写,永远也离不开日常生活的经验和创作主体对于日常生活的认知。这些经验和认知,当然取决于日常生活本身的变化。日常生活审美化,无疑从一种全新的、审美的角度,对现代日常生

---

[1] [法]让·鲍德里亚:《消费社会》,第137页,刘成富、全志钢译,南京大学出版社,2008年。
[2] 杨春时:《"日常生活美学"批判与"超越性美学"重建》,《吉林大学社会科学学报》,2010年第1期。

活的重要特质进行了有意义的探讨,并使人们看到了日常生活中某些特殊的审美活动。或许它与人类追求的田园牧歌式的诗意生活相距甚远,但是,它也试图通过另一种技术主义的方式,建构某种现代意义的生活。要知道,谁不喜欢在一间装修别致、充满艺术情调的茶楼里喝茶聊天呢?谁不喜欢在一座设计别致、环境清幽的主题公园里漫步?谁又能否定这样的日常生活表达,不是日常生活诗学的某种体现?

文学是人学。一切文学艺术都是为了打开人的生活空间,揭示人的存在真相,并最终在审美的层面上提升人的精神生活,乃至人的生命境界。如果我们认同,"人学是研究如何认识'完整的人'、如何建构'完全的人'的系统学说。人学是关于'认识你自己'的辩证法",[1]那么,我们就有理由强调,真正的文学创作应该以"完整的人"为中心,应该呈现一个个真实的、立体的、鲜活的、集感性与理性于一体的生命。中国新世纪文学的日常生活书写,在努力建构日常生活诗学的过程中,既为我们提供了认识、理解和思考日常生活的诸多视角,展示了日常生活对于"完整的人"所具有的重要意义,也体现了中国当代文学重构人类生活完整性的积极意愿,以及追求身与心、人与物相统一的艺术理想。

---

[1] 姜剑云:《释"文学是人学"》,《太原师范学院学报》(社会科学版),2007年第5期。

参考文献

一、国内部分

吴　宁：《日常生活批判——列斐伏尔哲学思想研究》，人民出版社，2007年。

衣俊卿：《回归生活世界的文化哲学》，黑龙江人民出版社，2000年。

衣俊卿：《现代化与日常生活批判》，人民出版社，2005年。

刘悦笛：《生活美学与艺术经验——审美即生活，艺术即经验》，南京出版社，2007年。

刘悦笛：《生活美学——现代性批判与重构审美精神》，安徽教育出版社，2005年。

姜书阁：《诗学广论》，中国社会科学出版社，1982年。

陈良运：《中国诗学体系论》，中国社会科学出版社，1992年。

朱自清：《朱自清古典文学论文集》，上海古籍出版社，1981年。

朱光潜：《朱光潜全集》，安徽教育出版社，1987—1992年。

朱光潜：《西方美学史》，人民文学出版社，1979年。

周作人：《中国新文学的源流》，江苏文艺出版社，2007年。

钟叔河编订：《周作人散文全集》，广西师范大学出版社，2009年。

李健吾：《咀华集　咀华二集》，人民文学出版社，2007年。

梁漱溟：《中国文化要义》，上海人民出版社，2005年。

廖小平：《伦理的代际之维——代际伦理研究》，人民出版社，2004年。

徐复观：《中国文学论集》，九州出版社，2014年。

席　扬：《文学思潮：理论、方法、视野》，上海三联书店，2009年。

李泽厚：《实用理性与乐感文化》，生活·读书·新知三联书店，2008年。

宗白华：《美学与意境》，人民出版社，1987年。

陆　扬：《日常生活审美化批判》，复旦大学出版社，2012年。

陈晓明：《中国当代文学主潮（第二版）》，北京大学出版社，2013年。

吴　俊：《文学的变局》，广西师范大学出版社，2005年。

陶东风主编：《当代中国文艺思潮与文化热点》，北京大学出版社，2008年。

王安忆：《小说家的十三堂课》，上海文艺出版社，2005年。

荒　林：《日常生活价值重构——当代中国女性主义文学思潮研究》，北京大学出版社，2013年。

艾秀梅：《日常生活审美化研究》，南京师范大学出版社，2010年。

王士强：《消费时代的诗意与自由：新世纪诗歌勘察》，广西师范大学出版社，2017年。

陈仲义：《中国前沿诗歌聚焦》，中国社会科学出版社，2009年。

霍俊明：《新世纪诗歌精神考察》，河北大学出版社，2014年。

邵燕君：《新世纪文学脉象》，安徽教育出版社，2011年。

郜元宝：《小说说小》，上海文艺出版社，2019年。

二、国外部分

[德]马克思：《1844年经济学哲学手稿》，人民出版社，1985年。

[法]亨利·列斐伏尔：《日常生活批判》（共三卷），叶齐茂、倪晓晖译，社会科学文献出版社，2018年。

[英]本·海默尔：《日常生活与文化理论导论》，王志宏译，商务印书馆，2008年。

[英]戴维·英格利斯：《文化与日常生活》，张秋月、周雷亚译，武桂杰、苑洁译校，中央编译出版社，2010年。

[法]茨维坦·托多罗夫：《诗学》，怀宇译，商务印书馆，2016年。

[美]理查德·舒斯特曼：《实用主义美学》，彭锋译，商务印书馆，2002年。

[匈]阿格妮丝·赫勒：《日常生活》，衣俊卿译，黑龙江大学出版社，2010年。

[美]约翰·杜威：《艺术即经验》，高建平译，商务印书馆，2005年。

[英]迈克·费瑟斯通：《消费文化与后现代主义》，刘精明译，译林出版社，2000年。

[美]理查德·舒斯特曼：《生活即美学——审美经验与艺术生活》，彭锋等译，北京大学出版社，2007年。

[英]特里·伊格尔顿：《理论之后》，商正译，商务印书馆，2009年。

[匈]乔治·卢卡契：《审美特性》，徐恒醇译，中国社会科学出版社，1986年。

[德]沃尔夫冈·韦尔施：《重构美学》，陆扬、张岩冰译，上海译文出版社，2002年。

[美]欧文·戈夫曼：《日常生活中的自我呈现》，冯钢译，北京大学出版社，2008年。

[法]让·鲍德里亚：《消费社会》，刘成富、全志钢译，南京大学

出版社，2008年。

［美］鲁思·本尼迪克特：《文化模式》，张燕、傅铿译，浙江人民出版社，1987年。

［德］古茨塔夫·勒内·豪克：《绝望与信心——论20世纪末的文学和艺术》，李永平译，中国社会科学出版社，1992年。

［英］约翰·斯图亚特·穆勒：《功利主义》，叶建新译，中国社会科学出版社，2009年。

［土耳其］奥尔罕·帕慕克：《天真的和感伤的小说家》，彭发胜译，上海人民出版社，2012年。

［美］玛格丽特·米德：《文化与承诺——一项有关代沟问题的研究》，周晓虹、周怡译，河北人民出版社，1987年。

［德］瓦尔特·本雅明：《写作与救赎——本雅明文选》，李茂增、苏仲乐译，东方出版中心，2009年。

［捷克］米兰·昆德拉：《小说的艺术》，孟湄译，生活·读书·新知三联书店，1992年。

［意］卡尔维诺：《未来千年文学备忘录》，杨德友译，辽宁教育出版社，1997年。

［美］弗拉基米尔·纳博科夫：《文学讲稿》，申慧辉等译，上海三联书店，2005年。

［美］布罗茨基等：《见证与愉悦》，黄灿然编译，百花文艺出版社，1999年。

［秘鲁］马里奥·巴尔加斯·略萨：《给青年小说家的信》，赵德明译，上海译文出版社，2004年。

［美］赫伯特·马尔库塞：《单向度的人——发达工业社会意识形态研究》，刘继译，上海译文出版社，1989年。

［美］马克·波斯特：《第二媒介时代》，范静哗译，南京大学出版

社，2005年。

［美］尼尔·波兹曼：《娱乐至死》，章艳译，中信出版社，2015年。

［英］约翰·费斯克：《理解大众文化》，王晓珏、宋伟杰译，中央编译出版社，2001年。

［意］吉奥乔·阿甘本：《论友爱》，刘耀辉、尉光吉译，北京大学出版社，2017年。

［意］吉奥乔·阿甘本：《裸体》，黄晓武译，北京大学出版社，2017年。

后　记

英国学者本·海默尔曾说:"日常把它自身提呈为一个难题,一个矛盾,一个悖论:它既是普普通通的,又是超凡脱俗的;既是自我显明的,又是云遮雾罩的;既是众所周知的,又是无人知晓的;既是昭然若揭的,又是迷雾重重的。"的确,日常生活看似千篇一律、平庸琐屑,我们对之要么熟视无睹,要么漫不经心。然而,当我们以理性的态度来认真审视这种漫无头绪的日常生活时,却又发现它是云遮雾障,迷离不清。没有人能够说清楚日常生活的本质是什么,也没有人能够明确地厘清日常生活与人类社会发展的内在关系。所以,从上个世纪开始,众多学者开始从不同角度关注日常生活,并对之进行系统性的探讨。

为了表明这种探讨的理由和价值,本·海默尔曾经拿柯南·道尔的小说作为例证,高度赞颂了其笔下的福尔摩斯。"福尔摩斯对日常中最为平淡无奇的对象情有独钟,他似乎有某种超凡脱俗的才能天才,(像变戏法般)挖掘出与那些平淡无奇的对象有联系的种种故事。但是在这里,看起来异乎寻常的东西又一次被带回到普通的和日常的王国。在福尔摩斯解释他的推断过程时,它显得那么琐屑,乏味,简单易懂;看起来,它似乎只不过是对最不起眼的细枝末节多加注意而已。"从最不起眼的日常生活中发现案情的真相,这确实是福尔摩斯的拿手好戏,但站在福尔摩斯背后的,毕竟是柯南·道尔。也就是说,是作为小说家的柯南·道尔发现了日常生活内部所隐藏的各种秘密。

柯南·道尔当然并非一个特例。很多优秀的小说家或诗人，其实都倾心于日常生活的观察、发掘与思考。2014年，当我完成新时期作家的代际差别研究之后，一个非常突出的问题始终萦绕在我的脑海：为什么"70后""80后"的青年作家越来越专注于日常生活的书写？虽然不能说他们完全不愿意正面碰触各类历史或现实的宏大主题，但在实际创作中，我们确实看到，一代代青年作家大多自觉地投身于日常生活的微观化表达。

问题当然不在于"写什么"，在我的心目中，没有大事情，只有大手笔。就像柯南·道尔一样，很多优秀的作家也都是通过琐屑的日常生活书写，创作了诸多具有经典意味的作品，像汪曾祺、爱丽丝·门罗、雷蒙德·卡佛的一些短篇小说，张爱玲和川端康成的中篇小说，徐志摩的诗歌，林语堂的散文，等等。书写宏阔的历史或现实画卷，未必能成为史诗性的作品，同样展示微观的日常生活，也未必就是平庸之作。在文学创作中，"怎么写"和"写什么"其实同样重要，关键在于作家是否拥有一双慧眼，是否拥有深邃的思考能力。

为了更好地理解作家对于日常生活的书写，我开始陆续阅读有关日常生活研究方面的著述。从费瑟斯通、本·海默尔，到戴维·英格利斯、列斐伏尔，一路读下来，我逐渐意识到日常生活的内部，确实蕴藏了无限复杂的文化内涵。它既有相对稳定的模态，又有变动不居的成分；它既包含了形而下的世俗特征，又承载了形而上的伦理之思；它既有感性的无序和缭乱，又有理性的程式化和规范性；它既是惯性化的无聊和乏味，又时常进出节日的仪式和欢乐；它在某个族群内部保持着强大的共识性，却又与其他群族存在着巨大的差异性；它既能同化不同的个体，又被时代不断地改造。可以说，人类所有重大的社会变革，其实都孕育于日常生活之中。但是，就像列斐伏尔所说的那样，我们的文学、历史和哲学，常常被不平凡的生活所左右，以至于我们总是自觉地规避日常生活，甚至对世俗性的日常生活不屑一顾。实际上，正是日复一日的日常生活,及其承载的世俗文化,书写着我们的历史,改变着人类社会的未来。我们把纯粹的思想和日常生活的感性世界刻意分开,这本身就是一种日常生活的异化现象,也是我们必须质询和批判的目标。

有了这些理性的认识,重新回顾我们的文学传统,从《诗经》的"风"开始,一路看下来,有关日常生活的书写,虽非中国传统文学发展的重要脉络,但也不曾长时间的中断。特别是到了新世纪之后,随着一代代青年作家的崛起,日常生活的审美表达渐成主流。在深入分析新世纪以来的一些文学创作之后,我认为,一种日常生活诗学的审美理念已开始形成。它试图站在人本主义的立场上,唤起人们对于心与身、人与物的统一。于是,我着手进行一些必要的前期研究,并针对这一问题成功申报了国家社科基金重点课题。本书便是这一课题的最终成果。

作为新世纪文学研究的一部专著,我试图实现这样几个小小的目标:首先,确认日常生活诗学的建构,是中国新世纪文学发展的一个重要特质。通过大量文本的实证性分析,本书希望能够揭示新世纪文学在日常生活诗学建构中的发生肌理及其具体的审美特征,并进而从个体的日常生存出发,在多元繁复的日常生活境域中,探讨文学对于人本主义的现代思考。应该说,这一诗学追求既有社会发展与文化变迁的客观性,又有作家价值观念与美学趣味的主观性和相对性。它既是"文学即人学"所面临的新的历史任务,也是中国当代作家书写"中国经验"、讲好"中国故事"的重要审美策略。

其次,探讨日常生活诗学的建构,体现了新世纪中国作家对人的"完整生活"的理性追求。完整的人类生活,应该既包括集体性的"宏大生活",也包括个人化、碎片化甚至是非理性的"私人生活"。通过日常生活诗学的追求,中国当代作家体现出对变动不居而又丰富驳杂的现代生活的深入关注,对人的生命本体的全面理解和尊重,包括对必要的物质性诉求的正当维护,这也折射了某种朴素的人本主义思想。

再次,阐明日常生活诗学的建构,是中国当代文学发展的重要趋势。中国新世纪文学的健康发展,应该是既有理性启蒙和宏阔史诗的美学追求，又有日常生活的诗学建构。深入探究日常生活书写中理性价值的缺失、俗世主义的膨胀、感官欲求的突显、个人经验的迷恋等潜在局限，在批判性的经验总结过程中，使各种日常的"小生活"真正体现出作家艺术上的"大手笔"，对于中国文学重建本土经验的独特魅力，并与世界文学进行平等对话，具有十分重要的意义。

  围绕这些目标，在沉重而又繁琐的工作之余，我持续研究了六年之久。在研究过程中，我得到了无数师长、朋友和学生的相助，也获得了家人的倾力支持。需要感谢的名单实在太长，我只能借助后记，在此向所有为我提供帮助和支持的人们深鞠一躬：由衷地感恩你们！当然，由于个人学术能力和文化视野所限，上述这些目标在本书中未必获得了真正的实现。我将继续努力，并期待方家的指正。

洪治纲
2020 年 10 月于杭州